BASTEI
LÜBBE
TASCHENBUCH

Weitere Titel der Autorin:

Die stille Zeugin

Über die Autorin

Kate London machte ihren Abschluss an der Cambridge University. Anschließend folgte eine Theaterausbildung in Paris. Sie profilierte sich als Schauspielerin und Regisseurin und schrieb bereits, ehe sie Mitbegründerin der international auftretenden TOTTERING BIPEDS THEATRE COMPANY wurde. 2006 trat Kate London in den Polizeidienst des Metropolitan Police Service (MET) in London ein, wo sie zunächst als uniformierte Ansprechpartnerin arbeitete, um später zur Kriminalpolizei zu wechseln. Sie bestand die Prüfung zum Detective Constable und machte Praktika bei der Police Nationale in Frankreich. Ihre Polizeikarriere beendete sie als Mitglied der Mordkommission der MET. Im August 2014 gab sie den Polizeidienst auf, um sich ganz der Schriftstellerei zu widmen. *Das verlorene Mädchen* ist ihr zweiter Roman.

Kate London

Das verlorene Mädchen

Kriminalroman

Aus dem Englischen von
Ulrike Werner-Richter

BASTEI LÜBBE
TASCHENBUCH

BASTEI LÜBBE TASCHENBUCH
Band 17635

Dieser Titel ist auch als E-Book erschienen

MIX
Papier aus verantwortungsvollen Quellen
FSC® C083411
FSC
www.fsc.org

Vollständige Taschenbuchausgabe

Deutsche Erstausgabe

Textredaktion: Anita Hirtreiter, München
Titelillustration: © Janek Sedlar
Umschlaggestaltung: Uıberlin / Patrizia Di Stefano
Satz: two-up, Düsseldorf
Gesetzt aus der Minion
Druck und Verarbeitung: CPI books GmbH, Leck – Germany
Printed in Germany
ISBN 978-3-404-17635-9

1 3 5 4 2

Sie finden uns im Internet unter www.luebbe.de
Bitte beachten Sie auch: www.lesejury.de

Für meine Schwestern Ann und Felicity

Durch scharfen Hagdorn saust der Wind.

William Shakespeare: *König Lear*

Prolog

OKTOBER 1987

Der große Sturm von 1987 war die Zäsur zwischen Vorher und Nachher im Leben von Claire Mills. Auch mehr als fünfundzwanzig Jahre später wachte sie noch manchmal mitten in der Nacht auf, setzte sich zur Salzsäule erstarrt im Bett auf und sah mit erschreckender Klarheit die entwurzelten Bäume und zertrümmerten Fahrzeuge vor sich. In Gedanken ging sie dann immer wieder durch, ob sie nicht doch etwas Auffälliges hätte bemerken müssen. Sie machte sich unzählige Vorwürfe, unter anderem auch deshalb, weil sie es versäumt hatte, auf das eine oder andere böse Omen zu achten.

Sie wusste, dass ihre Tochter Geheimnisse hatte.

Sie wusste auch, dass ihr Mann eine Affäre hatte. Aber wann immer ihr seine allzu offensichtliche Untreue in den Sinn kam – und sie musste zugeben, dass sie sich bemüht hatte, dies zu verhindern –, entschied sie sich jedes Mal, sie lieber zu ignorieren. Irgendwann wäre es damit vorbei. Sein Fremdgehen konnte vielleicht nicht als alleinige Ursache für das gelten, was passiert war, doch es war ein weiteres Symptom für ihre Schlafstörungen. Sie hing viel zu sehr an ihrem geruhsamen Leben. Das Haus war immer ordentlich und sauber, und sie liebte ihre Zentralheizung, die Teppichböden und die neu installierten Fenster.

Mit dem anbrechenden Tag kam dann der Trost der Vernunft. Der Sturm hatte die nachfolgenden Ereignisse möglicherweise in gewisser Weise gefördert, aber er war sicher kein übernatürlicher Vorbote gewesen. Dennoch musste sie sich jedes Jahr, wenn die Tage im Herbst kürzer wurden, ganz allein ihrer Überzeugung stellen, dass es ihre eigene willkürliche Blindheit gewesen war, die eine solche Katastrophe über sie hatte hereinbrechen lassen.

Diese Bäume! Diese nach oben verdrehten Wurzeln!

In den gemütlich warmen Zimmern des Hauses der Adresse 14 Eccleshall Drive war am Abend des 15. Oktober 1987 alles so wie immer. Claire hatte spät am Abend allein in ihrem Wohnzimmer gesessen und die Wettervorhersage im Fernsehen geschaut. Michael Fish – der Sprecher mit Stirnglatze und Brille – stand zuversichtlich vor seinen Isobaren. »Heute hat eine Frau bei der BBC angerufen und erklärt, ein Hurrikan sei unterwegs«, sagte er und kicherte. In den Achtzigerjahren war es noch einfacher, weibliche Ängste nicht ernst zu nehmen. »Keine Sorge«, fuhr er lächelnd fort, »es ist kein Hurrikan unterwegs.«

Damit ging England zu Bett. Das Land hatte sich neu aufgestellt. Eine eiserne Lady hatte das »Groß« in den Namen Britanniens zurückgebracht. Dies war keine Nation, die sich vor Wind fürchtete.

Claire stand aus ihrem Fernsehsessel auf. Ihr Mann Ben saß im Esszimmer und büffelte mit gesenktem Kopf für seinen Segelschein. Er verschwendete keinen Gedanken an die Schiffe, die sich in der Nacht aus ihrer Vertäuung losreißen würden. Claire schaltete den Fernseher aus. In der Küche brachte sie Wasser zum Kochen, füllte eine Wärmflasche und stieg in Hausschuhen die Treppe hinauf zu ihrer Tochter, die an ihrem Schreibtisch saß und Hausaufgaben machte. Sie schlug die Decke des Jugendbettes zurück und legte die Flasche hinein.

»Zeit, schlafen zu gehen, Tania.«

In den frühen Morgenstunden wurde Claire sich eines ständigen Polterns bewusst, als ob über ihrem Kopf Pferde über einen harten Boden galoppierten. Verschlafen, wie sie war, konnte sie das Geräusch zunächst nicht einordnen. Was war da los? Stritt da jemand? Warf jemand Schornsteinaufsätze vom Dach? Nur langsam kehrte sie in die Realität zurück. Sie hörte ein klagendes Glissando, als ob die Schichten hoch über dem Erkerfenster ihres Schlafzimmers wie eine singende Säge zum Jaulen gebracht würden. Das Haus, so stellte sie inzwischen völlig wach geworden fest, bewegte sich. Es bewegte sich tatsächlich, neigte sich und knarrte. Sie rüttelte ihren Mann und sagte: »Ben, Ben«, aber er drehte sich weg von ihr, stöhnte und zog sich die Decke über die Ohren. Sie setzte sich auf, steckte die Füße in die rosafarbenen Pantoffeln, die neben dem Bett bereitstanden, zog ihren Bademantel über und ging nach unten.

Tania war schon dort und stand barfuß in einem elfenbeinfarbenen Seidenpyjama im vorderen Zimmer. Draußen heulte der Sturm, wütete und richtete Schaden an, doch sie schien ihre eigene kleine Insel der Ruhe gefunden zu haben. Der Strom war ausgefallen, und sie stand im Dämmerlicht, das durch das Fenster drang. Ihre Tochter so zu sehen machte Claire glücklich. Normalerweise legte Tania die Befangenheit vieler junger Mädchen an den Tag, die ihrer Schönheit nicht trauen oder sich schämen, die sich ducken und die Blicke anderer meiden, aber hier fühlte sie sich unbeobachtet und stand anmutig in der zeitlosen Haltung einer von Degas gemalten Tänzerin. Ihr zur Vorbereitung der nächsten verrückten Frisur in mehrere lange Zöpfe geflochtenes Haar fiel ihr über den schmalen Rücken. Ihr Gewicht ruhte auf einer Hüfte, den anderen Fuß hielt sie gewölbt mit den Zehen nach unten, so wie damals als Grundschülerin in ihrer Ballettklasse. Claire hatte die langen, schmalen Füße ihrer Tochter immer geliebt und kannte die harten kleinen Fersen schon vor Tanias Geburt. Schon im Mutterleib hatten sie Ausbuchtungen in die straffe Haut ihres Bauchs gemacht, als ob sie kleine Ambosse in ihrem Leib trüge.

Sie trat zu ihrer Tochter ans Fenster. Seite an Seite standen sie da und beobachteten die Linde im Garten gegenüber, die sich in dem verzweifelten Versuch, dem Wind zu gehorchen, wie ein Höfling verbeugte. Das Toben ließ keine Sekunde nach, klagte und polterte. In den anderen Häusern auf der Straße gingen nach und nach die Lichter von Taschenlampen und Kerzen an. Gesichter starrten aus anderen Fenstern.

Leise sagte Tania: »Ich liebe es, Mum. Ich finde es toll.«

»Hast du keine Angst?«

Tania, fasziniert von den Anstrengungen des Baumes, antwortete nicht sofort. Ein Blumentopf war von einem Fenstersims im ersten Stock gefallen und auf der Straße zerschellt. Eine einsame, entwurzelte Geranie lag auf dem Pflaster. Eine Mülltonne nahm die Gelegenheit wahr, ihrem üblichen düsteren Schicksal zu entkommen, und rollte die Straße entlang.

Tania sagte: »Es ist zwar beängstigend, aber auch irgendwie fantastisch. Wie im *Zauberer von Oz.* Ich habe immer den ersten Teil lieber gemocht, den in Schwarz-Weiß. Wie sich das Haus im Wirbelsturm dreht, die Kuh am Fenster vorbeifliegt und die beiden Männer im Ruderboot Dorothy mit den Hüten grüßen. Der ängstliche Löwe und der Zinnmann sind schon in ihren Overalls. Und dann der Zauberer selbst in seinem Pferdewagen …«

Claire unterbrach sie, indem sie Professor Marvel nachahmte. »Geh lieber in Deckung, Sylvester, da draußen bläst ein Sturm, ein Mordsding.«

Tania lachte. Claire legte ihren Arm um die schmale Taille ihrer Tochter und zog sie an sich. Normalerweise fühlte sich Tania dafür zu alt, doch irgendwie schien der Sturm eine Ausnahme zuzulassen.

»Oh ja. Das hat mir auch immer gefallen. Der heulende Wind, die galoppierenden Pferde und die Bäume vor dem Fenster, genau wie jetzt.«

Das schrille Läuten des Telefons riss sie am Morgen aus dem Schlaf. Tania war schneller als ihre Mutter, polterte die Treppe hinunter und hob den Hörer ab. Claire drehte sich auf den Rücken und rieb sich die müden Augen. Ben war bereits fort, ohne sich zu verabschieden, aber das Bett enthielt noch seinen männlichen Geruch und die warme Vertiefung seiner schlafenden Gestalt. Ohne die Zerstörungen zu beachten, hatte er sich in seinem neuen Audi durch die blockierten Straßen geschlängelt. Er war stolz auf dieses Auto, es war ganz neu – goldfarben.

Claire rief nach unten: »Was ist?«

Leichtfüßig kam Tania die Treppe hinauf. Plötzlich hatte sie es eilig, steckte aber kurz ihren Kopf durch die Schlafzimmertür.

»Oh, das war nur Katherine, Mum. Die Schule fällt heute aus. Anscheinend liegen überall Bäume herum. Wir treffen uns gleich.«

Katherine war Tanias beste Freundin. Schon seit der Grundschule waren die beiden Mädchen unzertrennlich. Als Katherine anfing, Violine zu spielen, hatte Tania darauf bestanden, auch Geigenunterricht zu bekommen. Katherine entstammte einer sehr musikalischen Familie, doch schon von Anfang an stellten alle Beteiligten fest, dass Tania diejenige mit dem echten Talent war. Claires Herz wollte fast zerspringen, wenn sie die beiden Mädchen in ihren Schuluniformen mit ihren Geigenkästen die Straße entlanggehen sah. In letzter Zeit kamen sie weniger gut miteinander klar – vielleicht lag es daran, dass Tanias Violinspiel unwiderruflich besser war als das ihrer Freundin –, aber trotzdem hätte Claire die Hand dafür ins Feuer gelegt, dass dies eine jener Freundschaften war, die alles überdauern würden. Sie konnte die beiden schon bei ihren jeweiligen Hochzeiten vor sich sehen.

Sie ging nach unten und machte sich daran, das Frühstücksgeschirr ihres Mannes abzuräumen. Bald würde sich etwas ändern müssen. Mrs Hitchens, die Frau, deren Kind sie betreute, hatte wieder nicht angerufen. Sie sollte versuchen, irgendeine Arbeit zu finden. Claire schaltete das Radio ein. Von oben kamen ein lauter Beat und eine weibliche Stimme voller Sehnsucht. Sie erkannte das Lied. *River Deep Mountain High* von Ike & Tina Turner.

Sie rief nach oben: »Tania, mach bitte leiser, ich versuche, Radio zu hören!«

Bahnlinien wurden gesperrt, und Tausende Haushalte sind ohne Strom …

Durch die Decke drangen reinste Phil-Spector-Klänge. Seltsam, dass Tania solche Musik hörte. Eigentlich war sie dafür zwanzig Jahre zu jung. Die Musik war laut und rhythmisch, riss Claire mit und zwang sie geradezu, mit den Füßen zu wippen und mit den Fingern zu schnippen. Sie schaltete das Radio aus und rief wieder nach oben, wobei sie versuchte, die Musik zu übertönen.

»Tania, willst du Porridge oder ein Ei?«

Sie stieg die Treppe hinauf. Tania stand in ihrem Zimmer, schwang die Hüften und hüpfte wie verrückt herum – so wie es in ihrer Generation alle taten. Sie hatte Claire den Rücken zugewandt und bewunderte ihr Gesicht im Spiegel.

Claire trat hinter sie. Nach einer etwas skeptischen Pause begann sie ebenfalls, ihre Hüften zu schwingen, die Arme zu heben und die Hände zu schwenken.

»So macht man das.«

Tania schnaubte. »Oh Mum.«

»Sei nicht gemein. Ich war auch einmal jung.«

Ein neuer Song begann. Unwiderstehlich. Ein hämmernder Rhythmus, bei dem sie offenbar nicht mithalten konnte. Tina Turner, die einem das Herz brach. Claire hob die Hände über den Kopf, drehte sie in den Handgelenken wie damals in den Sechzigerjahren und wiegte sich in den Hüften. Es war lange her, dass sie das letzte Mal getanzt hatte, aber vor ihrer Ehe und Tanias Geburt hatte sie es geliebt.

Tania lachte, imitierte ihre Mutter und bewegte sich genau wie sie.

Die Erinnerung ist immer noch sehr stark, und fast siebenundzwanzig Jahre später beschwört Claire Mills sie wieder herauf: Tania, die ihre großen bunten Glasohrringe und blau glitzernden Lidschatten trägt. Die Musik hat aufgehört, und beide sind atemlos. Tanias Anmut der vergangenen Nacht war nur flüchtig, jetzt zeigt sie sich wieder jugendlich befangen. Ihr Rock ist zu kurz. Ihr Haar ist nicht mehr geflochten, sondern kräuselt sich in langen Wellen. Der Geruch nach Haarspray liegt in der Luft. Ihr Stundenplan hängt am Spiegel. Claire würde sie vermissen, wenn sie zur Universität ginge. Lange dauert es nicht mehr. Nur noch drei Jahre. In diesem Augenblick ist sie so schön, dass Claire sie am liebsten an sich drücken würde, bis ihr die Luft wegbliebe. Sie sagt: »Liebling, du bist wirklich hübsch.«

»Danke, Mum.«

Sie will den Moment nicht entzaubern. Trotzdem muss man sie richtig erziehen, das gehört zur Liebe dazu.

»Nur dieser Rock …«

Tania rümpft die Nase. »Was denn?«

Claire gibt ihrer Tochter einen Kuss. »Na ja, er ist vielleicht ein bisschen kurz. Aber wie du meinst.«

Plötzlich riecht es angebrannt.

»Himmel, der Toast!« Claire rennt die Treppe hinunter, öffnet die Fenster und fächelt mit einem Geschirrtuch den Rauch nach draußen.

Fünf Minuten später steht Tania in der Küchentür. Jeansjacke, Röhrenhose, zwei Halsketten, orangefarbener Lippenstift, Schultasche über der Schulter, Geigenkasten in der Hand.

»Ich bin weg, Mum.«

»Du hast noch nicht gefrühstückt.«

»Schon gut, ich habe keinen Hunger.«

Vor dem Küchenfenster fährt Mrs Hitchens in ihrem neuen Sierra vor. An einem solchen Tag zu arbeiten! Claire an ihrer Stelle hätte die Gelegenheit genutzt, den Tag mit ihrem Kind zu verbringen. Aber obwohl die Schule ausfällt, geht Tania fort. Sie will mit ihrer besten Freundin lernen, abhängen und Musik hören.

»Aber du musst etwas essen, Tania.«

Claire sitzt in ihrem Bett und sieht es vor sich, als wäre es die Gegenwart. Mrs Hitchens lädt ihr Kleinkind und die zugehörige Tasche aus dem Auto. Tania küsst Claire im Vorbeigehen auf die Wange. »Schon gut, ich komme klar.«

Sie öffnet die Haustür, Claire steht hinter ihr im Flur. Der Fliederstrauch aus dem gegenüberliegenden Garten liegt quer über der Straße. Wie schade. Sie hatte diesen Busch geliebt, besonders im Mai, wenn die Straße nach seinen Blüten roch. Mrs Hitchens kommt mit dem kleinen Simon an der Hand den Gartenweg hinauf.

»Gehst du zu Katherine, Tania? Wann kommst du nach Hause?«

Tania gibt ihr noch einen Kuss.

»Keine Ahnung. So gegen sechs.«

Dann blockiert Mrs Hitchens Claires Sicht auf ihre Tochter, wie sie den Weg entlang- und die Straße hinuntergeht.

Und allein in ihrem Bett erinnert sich Claire an den *Zauberer von Oz*: Professor Marvel in seinem Pferdewagen. Er schaut in eine Kristallkugel und überredet Dorothy, nach Hause zu Tante Em, Hunk, Hickory und Zeke zu gehen, und als sie in den Sturm hinausläuft, sagt er: »Armes Kind. Ich hoffe, sie kommt gut nach Hause.«

TEIL EINS

1

MITTWOCH, 9. JULI 2014

Eine glänzend schwarze Krähe hüpfte auf dem Flachdach herum. Eine kleine, schlanke Frau stand daneben und rauchte. Detective Sergeant Sarah Collins trug polierte schwarze Oxford-Schuhe und einen grauen Hosenanzug, der ihr in den letzten Monaten um die Taille herum etwas zu weit geworden war. Ihr Haar war kurz, die Hände sauber und die Nägel ordentlich gefeilt, aber nicht lackiert. Aus der Ferne ließ ihr neutrales Aussehen sie jünger erscheinen, als sie tatsächlich war, aber wenn man genauer hinsah, erkannte man, dass sie etwa Mitte dreißig sein musste. Sie hatte ein durchschnittliches Gesicht – eckige Kinnpartie, ebenmäßige Züge –, das nicht so wirkte, als ob es oft lächelte, doch die Ernsthaftigkeit und Intelligenz in den Augen milderten jeden Ansatz von Strenge.

Sarah rauchte ihre Zigarette zu Ende und warf der Krähe namens Sid eine der Nüsse hin, die sie eigens für das Tier mitgebracht hatte. Zu ihrem Ärgernis liefen ihr plötzlich Tränen übers Gesicht. Unwillkürlich musste sie daran denken, dass es etwas wirklich Lächerliches über das eigene Leben aussagte, wenn man beim Abschied von einer Krähe traurig wurde. Sie wischte sich mit dem Handrücken über das Gesicht, wandte sich von dem Vogel ab und blickte zum Fluss hinüber.

Ein Schiff voller sitzender Touristen bewegte sich langsam stromaufwärts, Besucher der Megacity, die ahnungslos wie Binnenschiffer durch das ruhige Fahrwasser des Flusses fuhren. Sarah wusste zu viel über die Themse. Für sie war der Fluss kein Ort mehr für Vergnügungskreuzfahrten. Und auch kein Fluss aus Geschichte und Literatur. Keine Erinnerung an Elizabeth I., die in einer vergoldeten Barke flussabwärts fuhr. Nicht einmal Dickens' Fluss des Nebels und der Industrie, der Docks und Kräne, der Nichtswürdigen, der Schmutzfinken und Schauerleute, die sich ihren Lebensunterhalt an seinen schmutzigen, aber profitablen Ufern verdienten. Nein, ihre Zeit bei der Polizei hatte die Themse zu einem unpersönlichen, rein physikalischen Ort gemacht. Der kanalisierte graubraune Fluss unterlag den unaufhaltsamen Gezeiten und war nichts als eine Masse kalten und schmutzigen Wassers in unerbittlicher flächiger Strömung. Sie wusste, wie junge Männer betrunken und übermütig von einem Ufer aufbrachen, um sich plötzlich im Griff eines Sogs wiederzufinden, der immer stärker wurde und sie klein und hilflos wie einen dürren Zweig stromabwärts zerrte. Sie wusste, wie sich Leichen wie Müll in den Auffanggittern verfingen. Plötzlich fiel ihr ein, dass es vielleicht tatsächlich die Verzweifelten waren, die den Fluss am besten kannten, wenn sie wie auf einer Pilgerfahrt mit ihren beschwerten Rucksäcken zu ihm kamen und sich in seine Gleichgültigkeit stürzten.

Drei Jahre lang, während sie im Directorate of Specialist Investigations, kurz DSI, tätig war, hatte Sarah vom Flachdach vor ihrem Bürofenster aus diesen Blick auf die Themse gehabt. Todesfälle im Zusammenhang mit der Polizeiarbeit waren ihr tägliches Brot gewesen. Zu Beginn schien klar, dass ihre Aufgabe darin bestand, dem Fluss zu widersprechen und die Wichtigkeit jedes kleinen Lebens geltend zu machen, so winzig es auch auf der Skala des Universums sein mochte. In letzter Zeit jedoch war diese Überzeugung schwächer geworden, als ob ihre Stimme vom gleichgültigen Tosen des Flusses weggerissen und aufgelöst worden wäre.

Sie hatte die Arbeit im DSI mit einem gewissen Trotz begonnen. Immerhin war die Untersuchung von Polizeikollegen kein

Job, den jeder Beamte wollte. Vielleicht war es das, was sie gereizt hatte. Es war ein Bereich, der absolute Unparteilichkeit erforderte, das Ideal der Untersuchung schlechthin. Für sie war es eine Frage der Ehre gewesen, immer furchtlos zu sein und sich nie von anderen Meinungen beeinflussen zu lassen. Sie hatte geglaubt, ihre Hand immer wieder ins Feuer halten zu können, ohne je versengt zu werden.

Nun, sie hatte sich geirrt.

Vor sechs Monaten hatte ihr ehemaliger Kollege, Detective Constable Steve Bradshaw, ihr sehr deutlich zu verstehen gegeben, was er von ihr hielt, und es hatte sehr wehgetan. Sie hatte ihn als Detective bewundert und ihn für einen Freund gehalten. »Kein Wunder, dass du so verdammt einsam bist«, hatte er am Ende ihrer letzten gemeinsamen Untersuchung gesagt. Er war sogar noch weiter gegangen und hatte den Dolch noch tiefer in die Wunde gestoßen, als er sagte, dass er sie bedauere. Dann hatte er ihr nahegelegt, sich einen Hund anzuschaffen.

Seit dem Ende dieser Untersuchung anlässlich des Todes von Hadley Matthews, eines Polizeibeamten, und Farah Mehenni, eines Migrantenmädchens im Teenageralter, die zeitgleich von einem Hochhaus gestürzt waren, hatte sie den Eindruck gehabt, dass sie wie beim Wassertreten nur noch versuchte, nicht weggeschwemmt zu werden, dabei jedoch wusste, dass sie sich weiterbewegen musste.

Sie räusperte sich und wandte sich wieder Sid zu, die mit geneigtem Kopf, glänzenden wachsamen Augen und ihrem harten Schnabel auf sie wartete. Krähen seien klüger als Hunde, weil sie anpassungsfähiger wären, hatte sie gelesen. »Sei brav«, sagte sie und biss die Zähne zusammen, um nicht wieder weinen zu müssen.

Alle Detectives leiden manchmal unter Burnouts, sagte sie sich. Es liegt an der Art ihrer Arbeit.

An diesem Morgen hatte sie ein Zivilfahrzeug ihres neuen Teams in Hendon abgeholt. Sie war beruflich vorangekommen und stand vor ihrer Beförderung zum Detective Inspector bei der Mordkommission. Sie wusste, dass gleich nach ihrer Bewerbung die inoffiziellen Anrufe losgegangen waren, dass man Nachforschungen anstellte und versucht hätte, ihre Beförderung zu verhindern, wenn die am Telefon getauschten Befunde ausreichend schlecht gewesen wären. Aber offenbar war die Beurteilung gut ausgefallen. Der Chef hatte gesagt, man sei mit ihr zufrieden, und er musste es tatsächlich auch gemeint haben.

Sie hängte die Tasche mit dem Vogelfutter auf und duckte sich unter dem hochgeschobenen Fenster hindurch in ihr Büro, entschlossen, ihre Sachen schnellstmöglich in den Wagen zu packen und ohne einen Blick zurück zu gehen. Aber Jez, einer ihrer Detective Constables, wartete auf sie, verlagerte unbehaglich sein Gewicht von einem Fuß auf den anderen und erinnerte sie irgendwie an diese dumme Krähe. Da waren sie wieder, dieser Kloß im Hals und diese Hitze hinter den Augen. Bestimmt waren sie ohnehin schon rot und geschwollen. Vermutlich war es ziemlich offensichtlich.

Ihr aufblitzender Humor rettete sie. Wie hätte sie nicht über Jez' golden funkelnde Manschettenknöpfe, das weiße Hemd mit dem hohen Kragen, das sich über seine zweifellos im Fitnessstudio gestählte Brust spannte, und die wirklich schöne, aber vermutlich viel zu teure Ledertasche lächeln können. Er war jung und sah gut aus, aber er übertrieb ein bisschen. Als sie sich jedoch ganz besonders einsam gefühlt hatte, war er freundlich zu ihr gewesen und hatte sie unterstützt. Mit der Zeit hatte sie ihn schätzen gelernt.

Sie sagte: »Ich sollte mich vom Acker machen.«

Eine Pause entstand.

»Ich habe etwas für dich.« Errötend zog er ein flaches Päckchen aus der Tasche. Vielleicht ahnte er, wie nahe sie den Tränen war, denn er fügte hinzu: »Schon gut, Sarah. Mach es später auf.«

Sie nickte. Ihre Sachen standen in eine blaue Plastikkiste verpackt auf dem Schreibtisch.

Er sagte: »Soll ich sie dir zum Auto bringen?«

Sie schüttelte den Kopf. Zu sprechen wäre zu riskant gewesen.

Er sagte: »Ich kümmere mich um Sid.«

Sie griff nach einem Stück Papier, nahm einen Stift aus ihrer Jacke und schrieb: *Danke, Jez.*

Er legte seine Hand auf ihre. »Keine Bange. Wir hören später voneinander. Sie haben Glück, dich zu bekommen. Die Mordkommission dürfte nach dem hier eine Art Erholung für dich sein. Alles viel unkomplizierter.«

Sarah nahm die Straßen, durch die sie fuhr, kaum wahr – außer wenn sie plötzlich von Erinnerungen aus ihren Jahren der Polizeiarbeit bevölkert wurden. Fulham Palace Road, vor dem Blumenladen: ein schicker Typ, sturzbetrunken mit dem Gesicht nach unten auf der Straße. Es war ganz zu Anfang ihrer Dienstzeit gewesen. Damals trug sie noch Uniform. Als sie ihn aufgerichtet hatten, schwankte er mit seinem nach Erbrochenem riechenden Atem auf sie zu und sagte ihr, sie sähe mit diesem Hut ganz entzückend aus. Sie wechselte die Spur und fuhr den Broadway hinunter. Das Bezirksrevier Hammersmith zu ihrer Linken, zwei Polizeipferde warteten mit peitschenden Schwänzen vor dem Tor. An die Shepherd's Bush Road erinnerte sie sich als Standort von Wäschereien und schmuddeligen Imbissstuben, aber hier wurde gerade alles in geschmackvollen gedämpften Farben neu gestrichen, die wohl darauf abzielen sollten, den Eindruck von Landhäusern anstatt der Zone 2 von Central London zu erwecken. Wenn man sogar reich sein musste, um an einer Hauptverkehrsader zu wohnen, wo um alles in der Welt sollten dann die Armen leben? Shepherd's Bush selbst erschien ihr beruhigend unbesiegbar – eine kurze Erinnerung an rauflustige Australier vor dem Walkabout –, und dann, auf der vom stehenden Verkehr umgebenen, mit armseligem Grün bestandenen Insel, das Echo eines weinenden Mädchens mit abgebrochenen Fingernägeln und einer Schürfwunde auf der Wange.

Auf dem Weg nach Nordosten schaltete sie wieder auf Autopilot, und ihre Gedanken kehrten zu ihrer gewohnten Fixierung zurück: zu den Ermittlungen nach dem Tod von PC Hadley Matthews und Farah Mehenni.

Es war ihre letzte komplette Untersuchung beim DSI gewesen: diejenige, die sie dazu brachte, sich nach einer neuen Stelle umzusehen. Steve Bradshaw und sie waren praktisch als Erste vor Ort gewesen und hatten die beiden tot auf dem Beton gefunden. Ihre Körper waren völlig zerschmettert, aber noch nicht kalt.

Von außen betrachtet war die Untersuchung ein Erfolg gewesen. Innerlich jedoch fühlte es sich ganz anders an, und sie ahnte, dass sie diesen Vorfall während ihres gesamten Berufslebens mit sich herumtragen würde. Sie dachte an die hübsche junge Polizistin Lizzie Griffiths, die auf dem Dach gestanden hatte, als Hadley und Farah abstürzten, und die fortgelaufen war und tagelang vermisst wurde, ehe Steve und sie sie finden und verhören konnten. Mit größerem Unbehagen erinnerte sie sich an Lizzies Chef, Inspector Kieran Shaw. Wenn überhaupt jemand zur Rechenschaft gezogen werden musste, hätte er es sein sollen. Es fiel ihr schwer, das Gefühl zu beschreiben, das sich unbehaglich immer wieder meldete: Unzufriedenheit, Frustration, Wut – ja, Wut ganz bestimmt. Schuld, vielleicht. Selbstzweifel. Auch eine gewisse Dunkelheit. Sie rief sich zur Ordnung. Sie musste aufhören, immer wieder um diese Gedanken zu kreisen, denn sie blieb schon seit Monaten immer wieder an der gleichen Stelle stecken.

Sie konzentrierte sich wieder auf die Straße und auf das Hier und Jetzt. So war es nun einmal im Job eines Detectives: Einige Dinge vergaß man nie, und manche Fälle konnten nicht gelöst werden. Das musste man akzeptieren. Und genau das tat sie jetzt. Sie blickte nach vorne.

Langsam fuhr sie durch Wohnstraßen mit Doppelhaushälften aus den Dreißigerjahren und viktorianischen Reihenhäusern, verlangsamte vor Rüttelschwellen und schlängelte sich durch das Labyrinth aus Straßensperren, die Autofahrer davon abhalten sollten, Wohnstraßen als Schleichwege zu benutzen. Dank ihrer Jahre als Detective kannte sie fast ebenso viele Abkürzungen wie die Londoner Taxifahrer. Hier, in diesen Geschäftsarkaden, war sie als Detective Constable zu ihrem ersten Mord gerufen worden. Das Opfer hatte es noch über die Straße geschafft, um vor seiner Mutter zu verbluten, die aus ihrer über einem Alkoholgeschäft liegenden Wohnung nach unten gerannt kam. Der Mörder war erst siebzehn gewesen und kam sich vor wie in einem Film, als er den anderen Jungen wegen eines Joints tötete.

Wie eine Brieftaube auf dem Heimflug beschleunigte sie auf der A41 und fuhr links an den teuren Neubausiedlungen vorbei, die wie mächtige Redwoodbäume in die Höhe strebten. Sie bog in die Einfahrt des Peel Centre ein, vorbei an der Sicherheitskontrolle – die Zivilisten am Tor zeigten sich wie üblich nicht besonders eilig –, und parkte unter den Säulen, die den Eingang umrahmten.

Auf dem ehemaligen Paradeplatz blieb sie kurz stehen, nahm die Umgebung samt ihrer Liebe und ihrem Hass auf diesen Ort in sich auf und machte sich mit der Weitläufigkeit vertraut, auf die aus einem grauen Himmel ein leichter Nieselregen niederging. Die Gebäude rings um den Platz waren niedrig und bestanden aus weißem Beton mit grünen Blenden und Ziegelsteinsäulen und hatten lange Fensterbänder und Flachdächer.

Hendon: weniger berühmt als New Scotland Yard, aber für

viele, die dort arbeiteten, das geheime Herz der Metropolitan Police. Das Geschäft des Umgangs mit der Öffentlichkeit, mit Opfern, Zeugen, Familien und Verdächtigen erfolgte anderswo. Hendon war das Backoffice, ein Ort, an dem man nicht von Leuten belästigt wurde, die keine Ahnung hatten, wie es bei der Polizei zuging – in der Welt der verlassenen Kinder, der Gewalt und des Wahnsinns. Bis vor Kurzem hatten hier noch alle Polizeianwärter trainiert und sich auf dem Paradeplatz in Reihen aus glänzenden Schuhen, polierten Knöpfen und weißen Handschuhen aufgestellt; es war ein Ort gewesen, an den man während seiner gesamten Dienstzeit zurückkehrte, ein Ort, an dem es zwar weiterging, der aber für sich blieb. Es würde ein neuer Anfang in einer wohlbekannten Umgebung werden.

Sarah schleppte ihre blaue Plastikkiste die offenen Treppen des Gebäudes hinauf, in dem die Mordkommission untergebracht war, betrat ihr neues Büro und zog die Tür hinter sich zu. Ihr neuer Chef, DCI James Fedden, hatte ihr gesagt, dass sie sofort einen Fall übernehmen würde, und tatsächlich standen bereits drei Ablagekästen auf dem Schreibtisch. Operation Egremont: das Verschwinden von Tania Mills, eines Mädchens im Teenageralter im Jahr 1987.

Sie stellte ihre Kiste auf dem Boden ab und fuhr mit den Fingern über die Oberseite des ersten Kastens. Am liebsten hätte sie ihn sofort geöffnet und angefangen zu lesen, aber es war besser, damit zu warten, bis sie systematisch vorgehen konnte.

Sie begann, ihren Arbeitsplatz einzurichten und ihre Sachen in Schubladen zu sortieren – Nusspackungen für die Abende, wenn alle Geschäfte schon geschlossen waren und man nicht nach Hause kam, eine Schachtel Frühstücksflocken für Frühschichten, eine Zahnbürste, Zahnpasta, Seife und ein Handtuch. Den Schultergurt mit Handschellen und Schlagstock warf sie in die unterste

Schublade, stellte ihre juristischen Handbücher ins Regal und die Kaffeemaschine auf das Fensterbrett. Schließlich öffnete sie Jez' Geschenk. Es war ein gerahmtes Bild von Sid, auf dem von Hand geschrieben *Illegitimi non carborundum* stand, was so viel hieß wie: Lass dich von den Arschlöchern nicht unterkriegen. Ein schöner Gedanke. Sie hängte es an die Wand neben das Bild von ihrem Hund und lächelte. Andere Leute hatten Kinder. Sie hatte einen Hund und eine Krähe.

Es klopfte leise, und die Tür ging auf. Detective Inspector Peter Stokes' Gesicht verschwand fast hinter den beiden großen Ablagekästen, die er vor sich hertrug.

»Wohin damit?«, fragte er.

Sarah schob ihren Kram beiseite. »Stellen Sie sie einfach auf den Boden.«

Er stellte sie vor dem Fenster ab, richtete sich auf, kratzte sich am Hinterkopf und blickte auf den Paradeplatz hinunter. Er war seit dreißig Jahren dabei. Heute verabschiedete er sich, und sie war seine Ablösung. Es war sein Büro, in das sie einzog. Er drehte sich um und reichte ihr die Hand.

»Willkommen bei der Mordkommission, Sarah. Und danke, dass Sie die Operation Egremont übernehmen.«

»Vielen Dank. Kein Problem.«

Er war ein mit allen Wassern gewaschener Detective mit grauen Schläfen, den nichts mehr aufregte. Groß, ein bisschen verschwitzt und übergewichtig in einem ausgebeulten Anzug mit nichtssagender Krawatte. Sarah kannte ihn nicht besonders gut, aber sie vermutete, dass ihm nie viel an Beförderung gelegen hatte: Ihm genügte es, Verbrechensfälle zu lösen. Er schien nicht gern in den Ruhestand zu gehen, was sie nicht wirklich überraschend fand. Sicher war es nicht leicht, den Dienstausweis zurückzugeben und zu versuchen, als gealterter Mensch ins Zivilleben zurückzukehren.

Die Kästen, die er mitgebracht hatte, bestanden aus dunkel gesprenkelter Pappe, einer deutlich besseren Qualität als das Zeug, das heutzutage gestellt wurde. Auf den Sarah zugewandten Rückseiten trugen sie gedruckte Etiketten mit der Aufschrift »Operation Egremont«, die sich bereits lösten.

Sie stützte die Hände auf die Hüften. »Ich wollte mich gerade damit vertraut machen. Gibt es irgendetwas, das Sie mir dazu sagen können?«

Er schüttelte den Kopf und imitierte ihre Körpersprache. Es war, als krempelten sie beide die Hemdsärmel auf, um zusammenzuarbeiten.

»Nichts, was mir auf Anhieb einfällt. Rufen Sie mich an, wenn Sie es durchgelesen haben. Falls Sie überhaupt Fragen haben.«

Sarah lächelte ihn freundlich an, und nach einer Pause lächelte er ebenfalls. »Natürlich müssen Sie mich nicht anrufen«, sagte er.

»Nein, aber es ist gut zu wissen, dass es Ihnen nichts ausmachen würde. Danke sehr.«

»Der Chef lässt sich übrigens entschuldigen.«

»Schon gut. Er hat mir eine Mail geschickt. Er ist gerade in Thailand, nicht wahr?«

»Richtig. Seine Tochter heiratet dort.« Stokes trat an den Schreibtisch und legte die Hände auf den ersten Kasten. »Haben Sie etwas dagegen?«

»Natürlich nicht.«

Er öffnete den Kasten, nahm das oberste Blatt und reichte es Sarah. »Das ist sie.«

Es war das Suchplakat für Tania Mills. Es sah auf undefinierbare Art veraltet aus – vielleicht war es das spröde Papier oder die Patina einer Zeit, in der die Met eine solche Aufgabe an eine Druckerei weitergab, oder die dunkle, nicht mehr ganz scharfe Schrift und der Geruch nach zu langer Lagerung in einem Kasten.

Auf dem Plakat war ein schwarz umrandetes Schwarz-Weiß-Foto des vermissten Mädchens, das in die Kamera blickte, abgebildet. Es trug eine Schuluniform mit einer zu breiten, diagonal gestreiften Krawatte; das Haar war zu langen Zöpfen geflochten. Linkisch, aber hübsch. Die Hotline-Nummer entsprach einem längst nicht mehr gültigen Londoner Code, der schon mehrfach wegen des Wachstums der Stadt und wechselnder Telefonanbieter geändert worden war.

Stokes verschränkte die Arme über der Brust. »Um ehrlich zu sein, verfolgt sie mich seit fast dreißig Jahren. Als junger DC habe ich schon an diesem Fall gearbeitet und hoffe wirklich, dass die neue Spur irgendwo hinführt. Klar, dass ich der Sache am liebsten selbst nachgehen würde. Wenn Sie den Fall lösen, lasse ich eine Kiste Champagner springen. Versprochen. Und ich stehe zu meinem Wort.«

Sarah hätte ihm gern etwas zum Trost gesagt, das ihm wirklich half. Sie legte das Plakat wieder in den Kasten und wartete einen Moment, ehe sie antwortete.

»Vermutlich ist es das Schicksal jedes gewissenhaften Detectives, ungelöste Fälle mit in den Ruhestand zu nehmen. Ich selbst hatte schon welche, die ich nicht vergessen kann, und ich habe noch fast zwanzig Jahre vor mir.« Sie lächelte. »Nicht, dass ich etwa behaupten will, besonders gewissenhaft zu sein.«

Er zuckte mit den Schultern und betrachtete weiter das Plakat. »Ich muss loslassen, das ist mir klar.«

»Was sagt denn Ihr Gefühl? Sind Sie sicher, dass sie ermordet wurde?«

»Tja …« Sanft legte er den Deckel auf die Kiste. »Ihr Verschwinden war so absolut ungewöhnlich.« Er öffnete die Hände wie ein Magier, der etwas fortzauberte. »Und dass sie nie wieder Kontakt aufgenommen hat – niemals? Nicht in all diesen Jahren?«

»Es ist wohl die plausibelste Erklärung. Aber sie hätte auch einen Unfall haben können und ist einfach nur tot, nicht ermordet.«

»Ja, das stimmt wohl. Aber wir haben eben keine Leiche.«

Beide schwiegen. Schließlich sagte Sarah: »Und die Familie hofft noch immer?«

»Was den Vater angeht, kann ich nichts dazu sagen – er will keine Informationen, wenn es nicht wirklich notwendig ist. Macht alles über das Telefon und findet es wohl zu schmerzlich, sich mit uns zu treffen. Die Mutter hingegen stellt definitiv jeden Abend eine Kerze ans Fenster. Sie hielte es für Verrat, nicht mehr auf Tanias Heimkehr zu warten.«

Sarah holte tief Luft. Natürlich verhielt es sich so: Hoffnung war der letzte Akt der Treue.

»Haben Sie ihnen von den letzten Untersuchungen erzählt?«

Er schüttelte den Kopf. »Dem Vater ja, aber ich fürchte, die Mutter muss ich Ihnen überlassen. Ich ertrage es nicht, das alles noch einmal mit ihr durchzumachen. Erst die Hoffnung, dann die Enttäuschung. Im Lauf der Jahre hatten wir so viele Fehlinformationen.«

»Die Eltern leben nicht zusammen?«

»Sie haben sich etwa zwölf Monate nach Tanias Verschwinden getrennt. So etwas geschieht häufig. Ich habe mir angewöhnt, die Mutter etwa einmal im Jahr zu treffen. Wir trinken zusammen Kaffee, und ich erkläre ihr, dass wir niemals aufgeben.«

»Ist bestimmt nicht leicht für Sie.«

»Nein, ganz und gar nicht.«

Er rieb sich die rechte Augenbraue mit dem Zeigefinger. »Allerdings immer noch leichter für mich als für die Familie.« Frustriert breitete er die Arme aus. »Das Problem war immer, dass wir keine Leiche haben. Keinerlei physischen Beweis. Keine Gelegenheit zu einem hilfreichen DNA-Treffer. Schließlich hat sich die Technik rasant weiterentwickelt, und die Verbrecher damals hatten keine Ahnung, dass sie lieber keine Spuren hinterlassen sollten.« Wieder entstand ein kurzes Schweigen, doch dann schien es, als ob Stokes sich nicht mehr bremsen konnte. »Man steckt eine Menge Geld in Fälle, bei denen man der Aufmerksamkeit der Öffentlichkeit sicher sein kann, aber niemand interessiert sich dafür, Mitarbeiter für die unbedeutende Ermittlung nach einem fünfzehnjährigen, vor mehr als fünfundzwanzig Jahren verschwundenen Mädchen abzustellen.«

Aber das war normal, dachte Sarah. Wie sollte man die Suche nach all diesen vermissten Personen und ungelösten Fällen finanzieren? Sie dachte über ihren Pessimismus nach. Noch wusste sie nicht, ob es sich überhaupt um einen ungelösten Fall handelte oder nicht. Und eine neue Spur bedeutete sicher, dass man etwas Geld investieren würde, um zu ermitteln. Hoffnung gehörte zu ihrer beruflichen Verantwortung.

Stokes schien sich plötzlich daran zu erinnern, dass hier Smalltalk angesagt war, und betrachtete das Foto der glänzenden schwarzen Krähe mit den wachsamen Augen. »Wer ist das?«

Sarah lächelte. »Oh der, das ist Sid. Ein ehemaliger Kollege.«

»Und der wollte nicht zur Mordkommission?«

»Nein, er gehört zu den strikt auf Sonderuntersuchungen spezialisierten Rabenvögeln. Die anderen haben mir versprochen, dass sie ihn füttern werden.«

Er tippte auf das Foto des Spaniels. »Und dieser kleine Kerl?«

»Das ist Daisy. Ich habe sie gerade erst bekommen und weiß nicht, was ich mir dabei gedacht habe.«

»Sieht nach einem netten Hund aus.«

»Ist sie auch. Und macht viel Spaß.«

»Was machen Sie mit ihr, wenn Sie im Dienst sind?«

»Ich habe eine Hundesitterin. Wenn hier viel los ist, geht sie ganze Tage dorthin.«

Stokes nickte. »Ich kann mich noch an Zeiten erinnern, als wir unsere Hunde mit zur Arbeit bringen durften. In den Nachtschichten bei der Kripo lagen immer ein paar Köter unter den Schreibtischen. Noch etwas, das uns nicht mehr erlaubt ist. Tja, die Zeiten ändern sich.«

Zum ersten Mal spürte Sarah seinen Blick mit der kühlen Abschätzung eines Detectives auf sich ruhen. Es war eine unbewusste Angewohnheit, die alle guten Ermittler auszeichnete – ihre berufliche Aufmerksamkeit auf nicht berufliche Angelegenheiten zu übertragen.

Er sagte: »Dann leben Sie also allein?«

»Das geht Sie nichts an.«

Sie hatte ein bisschen frech zu klingen versucht, aber dieser Stil entsprach nicht ihrer Art. Stokes hatte nur ihre Rechtfertigung wahrgenommen.

»Entschuldigung«, sagte er schnell. »Ich wollte Ihnen nicht zu nahe treten.«

»Schon gut, keine Sorge. War nur ein Scherz. Ja, ich lebe allein.«

Sie öffnete die Operation-Egremont-Kiste, nahm das Suchplakat heraus, holte Klebepads aus ihrer Schublade und brachte das Plakat direkt über dem Computer an.

Stokes nickte. »Nette Geste. Danke.«

»Kein Problem.«

Sie dachte, sie hätte ihm klar vermittelt, dass sie das Gespräch als beendet betrachtete, aber vielleicht hatte sein Detective-Blick etwas in ihr gesehen, das sein Mitgefühl hervorrief, weil er jetzt sagte: »Hören Sie, Sarah. Machen Sie sich nicht zu viel Arbeit mit der Operation Egremont. Ich bin auch kaum dazu gekommen. Jedenfalls nicht wirklich. Es ist einfach unmöglich, denn sobald ein aktueller Fall hereinkommt, ist man viel zu beschäftigt. Man muss ein bisschen Raum für Ausfallzeiten finden.«

Sie versuchte, ihn abblitzen zu lassen. »Machen Sie sich keine Sorgen. Ich werde nur tun, was ich kann.«

Aber er verstand nicht und unterbrach sie. »Dieser Job kann Sie bei lebendigem Leib auffressen.«

Sie bot ihm ihre Hand. »Ich sehe Sie später im Crown.«

Er nahm ihre kleine Hand in seine beiden und lächelte. »Sehen Sie, diese Sache mit Tania Mills. Ich weiß, Sie werden sich kümmern, und dafür bin ich dankbar. Aber ich bin auch realistisch.«

»Hey«, gab sie zurück, »schon in Ordnung. Ich habe es kapiert.«

Er ließ ihre Hand los. »Tut mir leid. Ich habe zwei Töchter. Manchmal muss man mir sagen, wenn es reicht.«

»Das ist okay. Also: Jetzt reicht es.« Sie lächelte.

Er sagte: »Es wird Ihnen bei uns gefallen. Und ich bin sicher, dass Sie es schaffen. Ich habe gehört, was hinterrücks über Sie geredet wird, und hätte gern mit Ihnen gearbeitet. Ich bewundere Menschen, die ein bisschen stur sind.«

Die Tür schloss sich. Sarah steckte eine Kapsel in die Kaffeemaschine und setzte ihre Lesebrille auf.

Die Akten in der Kiste hatten einen schwer fassbaren Duft, eine Erinnerung an eine andere Zeit und anders gelebte Leben. Manche Berichte waren noch Durchschläge, und die maschinengeschriebenen Blätter trugen Tipp-Ex-Korrekturen. Sarah selbst war im Jahr 1987 noch ein Kind gewesen und erinnerte sich nur noch dunkel an die Zeit.

Das Verschwinden von Tania Mills war schon lange ein Cold Case, und doch gab es nach all diesen Jahren plötzlich eine neue Spur. Erdem Sadiq, ein Untersuchungsgefangener in Thameside, behauptete, zu wissen, was geschehen war. Sarah hätte den Informanten gern selbst verhört, um seine Beweise abzuschätzen, aber der DCI hatte gesagt, dafür sei es leider zu spät.

»Wir haben das Verhör bereits angekündigt. Die Gefängnisverwaltung wird uns in diesem Stadium die Beamten nicht mehr austauschen lassen. Aber keine Sorge, ich schicke einen guten Mann hin: Lee Coutts. Er wird Ihnen gefallen – er hat den nötigen Biss. Erinnert mich an mich selbst als junger Mann. Aber freuen Sie sich nicht zu früh. Der Informant ist ein Sexualstraftäter und hat bestimmt seine Gründe, mit uns zu reden. Aber vielleicht ist für den Anfang etwas dabei. Und dann immer mit der Ruhe. Die aktuellen Ermittlungen haben Vorrang.«

Fedden klang nicht gerade ermutigend, aber er hatte recht, Erdem Sadiqs Informationen mit Vorsicht zu genießen. Sadiq hatte großes Interesse daran, zu reden: Sollte er Beweise vorlegen, die zu einer Anklage führten, bekäme er einen Strafnachlass zugestanden.

Sarah begann, die Untersuchungszusammenfassung zu lesen und durch die leidenschaftslosen Worte zu dem fünfzehnjährigen Mädchen vorzudringen, das am 16. Oktober 1987 sein Zuhause verlassen hatte.

Lagebericht: Operation Egremont
Opfer: Tania Mills
Datum des Verschwindens: 16. Oktober 1987

Zusammenfassung

Tania Mills verließ ihr Elternhaus am 16. Oktober 1987 um ca. 9.00 Uhr. Der Unterricht fiel wegen des Sturms aus. Tania erzählte ihrer Mutter Claire Mills, dass sie ihre Freundin Katherine Herringham besuchen wolle, um den Lehrstoff noch einmal durchzugehen. Tania lernte häufig außerhalb ihres Zuhauses. Ihre Eltern waren der Meinung, dass sie eine musikalische Karriere einschlagen würde, aber kurz vor ihrem Verschwinden hatte sie sich entschieden, Fremdsprachen zu studieren. Es war bekannt, dass Tania einen Park durchqueren musste, um zu ihrer Freundin zu gelangen. Katherine gab zu Protokoll, dass Tania nie bei ihr auftauchte, aber dass sie sich keine Sorgen machte, weil diese häufig ihre Pläne änderte.

Tanias Verschwinden wurde um 19.30 Uhr gemeldet. Ihre Mutter Claire Mills sagte der Polizei, dass sie ihre Tochter gegen 18.00 Uhr zu Hause zurückerwartet hatte, sich aber zunächst nichts dabei dachte, als sie sich verspätete. Tania war mit fünfzehn Jahren fast erwachsen, und Claire ging davon aus, dass es eine Erklärung für die Verspätung gab.

Zu dem Zeitpunkt, als Tanias Vater Benedict Mills nach Hause kam, begann Claire, sich ernsthaft Sorgen zu machen. Benedict Mills fuhr zur Polizeiwache Ellersby und meldete seine Tochter als vermisst.

Erste Maßnahmen

Beamte des betreffenden Viertels begannen sofort mit einer Durchsuchung des Parks und der Umgebung. Die Suche wurde durch die einsetzende Dunkelheit und Sturmschäden in Form zahlreicher umgestürzter Bäume behindert. Tanias Freunde wurden zu Hause kontaktiert. Niemand hatte Tania am 16. Oktober gesehen. Am nächsten Morgen übernahm das zuständige Criminal Investigation Department (CID) die Ermittlungen. Der Park wurde abgesperrt und eine umfangreiche Suche durchgeführt. Man fand eine Jeans, die Tania gehörte, jedoch keine weiteren Beweisstücke. Der Parkwärter Robert McCarthy wurde vorläufig festgenommen, später allerdings wieder freigelassen. In keinem Bereich des Parks wurden Anzeichen für Kampfhandlungen oder Verletzungen gefunden. Niemand hatte etwas Ungewöhnliches gesehen. Nachdem Tanias Schule Hatchett den Unterricht wieder aufgenommen hatte, wurden Lehrer und Schüler vernommen. In der Lokalzeitung Ellersby Gazette, auf BBC London und Capital Radio wurden Aufrufe veröffentlicht …

Die ersten Vernehmungen und die nachfolgenden Überprüfungen hatten zu Hunderten von Aussagen geführt. Die Akten enthielten auch andere Dinge – Listen von Beweisstücken, Schulzeugnisse und Fotos. Sarah las drei Stunden. Trotzdem hatte sie den Eindruck, gerade erst angefangen zu haben. Sie musste Tania kennenlernen und versuchen, sie über die stummen Jahre hinweg zu erreichen, was durchaus nichts mit Sentimentalität zu tun hatte. Es war ihre Aufgabe als Detective, sich auf jedes Detail zu konzentrieren, bis das Opfer, das sie niemals kennengelernt hatte, zu einer atmenden Persönlichkeit wurde, die man nur zu dem Zweck wiederbelebte, den Film erneut ablaufen zu lassen. Manchmal war es ein verborgener Hinweis, der zur Aufklärung des Geschehens führte – eine kriminelle Aktivität oder eine geheim gehaltene Freundschaft vielleicht – es konnte sich aber auch um ein zufälliges Detail handeln, wie beispielsweise ein Umweg des Opfers, um Zigaretten zu besorgen, oder das sehr frühe oder sehr späte Verlassen einer Party.

In diesem Fall war Sarah von Zeugen abhängiger als sonst. Im Jahr 1987 hatte es weniger Kontrollmöglichkeiten gegeben. Weniger Kameras. Kein hilfreiches Surfen im Internet. Kein Smartphone, auf das die Jugendliche stündlich zugriff, um ihre Nachrichten zu checken oder ihren Status zu aktualisieren und einem Ermittler so mitzuteilen, wo sie sich befand und wer ihr wichtig war. Sie hoffte, dass die Detectives ihre Arbeit ordentlich erledigt, ihr Netz weit ausgeworfen und die Leute ermutigt hatten, sich sicher genug zum Reden zu fühlen.

Schließlich stand sie auf, rieb sich das Gesicht, verschränkte die Hände hinter dem Nacken und streckte sich.

Der im Untersuchungsbericht ständig wiederholte Refrain, das Opfer sei ein nettes Mädchen gewesen – gut in der Schule und eine talentierte Musikerin –, irritierte sie. Es gab kaum andere Aussagen. Wo waren Tanias kleine Sünden? Wo waren die Kleinigkeiten, die einen echten Teenager ausmachten – die Unordnung, das Schulschwänzen, das heimliche Rauchen? Wo war das entscheidende, aus der Norm fallende Detail, das einen neuen Ermittlungsansatz bieten konnte?

Ein einziger Störfaktor war nicht durch das Raster gefallen: ein ungewöhnlicher Ladendiebstahl bei Selfridges sechs Monate vor Tanias Verschwinden. Man hatte Tania zwar kurzfristig festgenommen, aber zu mehr war es nicht gekommen. Es war nicht viel, doch es bot einen Ansatz. Und dann war da noch die andere Sache, die Sarahs Aufmerksamkeit erregte. Am Morgen ihres Verschwindens hatte Tania sich heimlich ihrer Jeans entledigt und einen kurzen Rock angezogen. Für die Polizei war dies ihr letztes Lebenszeichen. Vielleicht könnte auch dieser Moment eine erneute Untersuchung rechtfertigen.

Sie telefonierte. Die anderen Beamten ihres neuen Teams wollten direkt zu Peter Stokes' Ausstand gehen, aber vielleicht konnte sie noch einen Besuch dazwischenquetschen.

Sie schaltete ihren Computer ab und zog ihre Jacke an.

Sarah klopfte an die Haustür des Hauses, das Tania vor fast dreißig Jahren verlassen hatte. Sie hatte zuvor angerufen und war etwa zwanzig Minuten Richtung Westen in die hübsche Vorstadt mit baumbestandenen Wohnstraßen gefahren. Es war später Nachmittag, aber es passte noch in ihre Arbeitszeit.

Die Tür wurde geöffnet. Claire Mills war Ende sechzig, wirkte allerdings immer noch fit. Der erste Eindruck war der einer gut gekleideten Frau, die das Haus nie ohne Make-up und Lippenstift verlassen würde. Sorgfältig frisiertes aschgraues Haar.

Eine blaue Brokatjacke über einem passenden knielangen Kleid. Ein Liberty-Schal um den Hals. Doch das blieb nur ein sehr kurzer Eindruck. Tanias Mutter wandte sich schnell in den Flur um, bat Sarah ins Haus und ließ sie im Vorderzimmer allein, während sie Tee machte. Trotz der hellen Farben des Schals, der eleganten Kleidung und der gut geschnittenen Haare hatte Sarah sofort die Starrheit in Claires Ausdruck und eine gewisse Härte um Mund und Augen erkannt: Es waren die Anzeichen verhaltener Trauer, die sie mit so vielen ansonsten sehr unterschiedlichen Leidensgenossen teilte, die Sarah im Lauf der Jahre erlebt hatte. Das Leben dieser Frau war 1987 stehen geblieben. Alle ihre Aktivitäten vermittelten nur die Illusion einer Bewegung um einen unnachgiebigen Kummer. Das Vorderzimmer – es war tatsächlich ein vorderes Zimmer, kein Wohnzimmer – entpuppte sich als Schrein. Eine Wand verschwand fast unter einem skandinavischen Regalsystem, das ganz dem vermissten Mädchen gewidmet war. Ein gerahmter Zeitungsausschnitt zeigte sie mit einigen anderen Mädchen. Sie standen in einer Reihe, hielten einen Ball und trugen Medaillen: Der Preis für die U14 im Volleyball-Wettbewerb der Schule. Ein Zeugnis mit besonderer Auszeichnung für den Geigenunterricht. Fotografien in Rahmen. Tania mit ihrer Violine auf einer Bühne vor einem Orchester. Tania im Trägerkleid und mit weißer Strumpfhose knickst neben einem Klavier und übergibt Blumen an Prinzessin Diana. Tania am Strand, ein Kleinkind mit Eimer und Schaufel. Wieder am Strand, eine ältere Tania – winzige, eben erst knospende Brüste – im Matrosenbadeanzug mit einem weißen Saum um die Hüften und einer herzförmigen roten Plastiksonnenbrille. Es gab auch Gegenstände. Einen Teddybär. Ein kleines Glaspferd. Der Schulmusikpreis 1986: eine Trophäe in Form eines Violinschlüssels.

Während sie in dem stillen Zimmer stand, dachte Sarah plötzlich: Claire hielt zwar noch die Stellung, aber eines Tages würde sie auch nicht mehr da sein. All diese Erinnerungsstücke wären dann wie ein Familienvideo, das niemand mehr haben will, in einer Kramkiste im Trödelladen. Und auch der Wunsch, Tania wiederzufinden, würde verstummen.

Die Tür ging auf, und Claire trat mit einem Tablett mit zwei Porzellantassen, einer kleinen Teekanne, einer Zuckerdose, einem Milchkännchen und einem Teller mit Keksen ein. Sie stellte das Tablett auf den runden Couchtisch und strich ihr Kleid mit beiden Händen glatt, ehe sie sich setzte.

»Ben wollte nicht, dass ich Fotos aufhänge. Ihm fällt es leichter als mir, Dinge loszulassen, die ihn unglücklich machen. Aber als er mich dann verließ, habe ich richtig losgelegt.«

Sarah rang sich ein Lächeln ab und trat zu einem Sessel. »Ich hoffe, es macht Ihnen nichts aus, dass ich mich umgesehen habe.«

»Ganz und gar nicht.«

Sie nahm die angebotene Tasse Tee an. »Es sind schöne Fotos.«

»Danke.«

»Sie hat Geige gespielt?«

»Oh ja, sehr gut. Mit vierzehn gehörte sie schon zu den Fortgeschrittenen und bekam eine Auszeichnung. Alle waren überzeugt, dass sie die Musik zum Beruf hätte machen können.«

Sie presste es hervor wie eine Beschwörung. Wie oft mochte sie diese Worte schon gesagt haben, seit Tania nicht mehr da war? »Aber sie hat sich entschlossen, die Musik auf dem College nicht zum Hauptfach zu machen?«

»Nun ja, das stimmt. In gewisser Weise war mir das auch ganz recht. In der Musik herrscht ein starker Konkurrenzkampf. Je besser man wird, desto besser sind auch die anderen. Mädchen haben davor Angst. Und dann das viele Üben! Ich dachte, sie hätte mehr vom Leben, wenn sie es als Hobby beibehielte.«

Sarah nickte und nahm das Stichwort auf. »War sie ein besonders ängstliches Mädchen?«

Claire runzelte die Stirn. Eine winzige Einbuchtung bildete sich zwischen ihren Brauen. »Nicht besonders, nein.«

Sarah tastete sich behutsam vor. »Sie müssen sie schrecklich vermissen.«

»Das tue ich. Jeden Tag.«

»Würden Sie mir von ihr erzählen?«

Claire lächelte. Sarah verstand, dass sie sich freute, eine Gelegenheit zu bekommen, über ihre Tochter zu sprechen. »Sie war ein entzückendes Mädchen, absolut entzückend. Schön, talentiert und nett.«

Sarah nickte. »Ich würde Sie gern etwas fragen.«

Wieder lächelte Claire. »Fragen Sie, was immer Sie wollen.«

»Nun, am Morgen ihres Verschwindens ... Sie hat sich noch einmal umgezogen. Ich meine, nachdem sie von zu Hause weggegangen war.«

Claire schüttelte in gespielter Verzweiflung den Kopf, als spräche sie über ein Mädchen, das erst vor einer Minute aus dem Zimmer gegangen war.

»Diese jungen Dinger! Ich fand ihren Rock zu kurz. Daraufhin zog sie Jeans an. Sie tat es nur mir zuliebe, denn kaum war sie aus dem Haus, zog sie den Rock wieder an.«

»Mehr wissen Sie nicht darüber?«

Claire neigte den Kopf und verengte die Augen. »Nein«, sagte sie. »Warum sollte ich? Müsste ich sonst noch etwas wissen?«

Sarah lächelte. »Nein, durchaus nicht. Zumindest glaube ich es nicht. Dieser Fall ist neu für mich, und ich versuche, mir ein besseres Bild davon zu machen.«

Claires Lächeln wirkte etwas gezwungen. »Schon in Ordnung.«

Sarah hielt inne. »Es gibt noch etwas, wonach ich fragen wollte. Ich hoffe, es stört sie nicht.«

»Bitte sehr.«

»Da war diese Sache mit dem Ladendiebstahl, etwa sechs Monate vor Tanias Verschwinden.«

Wieder runzelte Claire die Stirn. »Ach das. Das war nichts! Sie war in die Stadt gegangen, zu Selfridges. Sie war in diesem Alter, wissen Sie, wo man anfängt, mit der Kleidung herumzuexperimentieren.«

»Mmm. Was genau ist passiert?«

»Sie hat einen Ledergürtel anprobiert und das Geschäft verlassen, ohne zu bemerken, dass sie ihn noch trug. Dummes Mädchen. Jedenfalls haben die Beamten ihr geglaubt, wie sie den Vorfall schilderte. Es hatte keine Konsequenzen.« Nach einer kurzen Pause fügte Claire hinzu: »Darf ich fragen, warum Sie das interessiert?«

»Wie schon gesagt, ich versuche, mir ein genaueres Bild von dem Fall zu machen. Der Vorfall passt nicht zu Tania.«

»Stimmt – obwohl eigentlich doch nicht, weil sie ja nichts gestohlen hat.«

»Nein. Es passierte also bei Selfridges im Stadtzentrum von London. Ein ziemlich weiter Weg von hier.«

»Schon, aber Sie wissen doch, wie Mädchen so sind. Als echte Großstadtkinder kennen sie sich aus mit den öffentlichen Verkehrsmitteln und Kaufhäusern. Sie können Kleider anprobieren und Make-up und Parfüm ausprobieren.«

»War sie mit einer Freundin unterwegs?«

»Ich glaube nicht. Eher auf eigene Faust.«

Wieder entstand eine Pause. Schließlich sagte Claire: »Wenn Sie es für wichtig halten, könnten Sie meinen Ex-Mann fragen. Er ist nach London gefahren, als sie verhaftet wurde.«

»Das könnte ich tun.«

Claires Mund wirkte angespannt. »Er will nicht über sie reden, oder? Weitermachen, eine neue Familie, all das.«

»Ich habe ihn noch nicht kennengelernt.«

Nach einem gereizten Schweigen fuhr Claire fort: »Es war noch keine zwölf Monate her, als er mit ihr zusammenzog. Also mit der Ersten. Inzwischen ist er bei der dritten Frau. Nichts hält ihn auf.«

»Verstehe.«

»Ich habe mich gefragt, ob sie schon zusammen waren, bevor Tania verschwunden ist.«

»Und was glauben Sie?«

»Ich denke schon.«

»Aber sicher wissen Sie es nicht?«

»Nein, nicht sicher.«

Claire senkte den Blick und streckte die Finger aus.

Sarah sagte: »Es tut mir leid, dass ich Sie das alles fragen muss.«

»Nein, nein, nein. Schon gut. Sie brauchen mich nicht mit Samthandschuhen anzufassen. Ich sage Ihnen alles, was irgendwie helfen kann.« Sie blickte Sarah an. »Einen Keks?« Zwischen den Duchy-Keksen auf dem blumigen Porzellanteller lagen auch Penguins in ihren glänzenden Packungen. Auf ihnen waren im Wasser tobende Pinguine, Pinguine beim Kanufahren und Pinguine beim Skateboarden abgebildet. Sarah beugte sich vor und wählte einen Surf-Pinguin. Auch Claire nahm einen. Kommentarlos verglichen sie ihre Kekse. Claires Pinguin fuhr Ski. Beide lächelten, während sie die Plätzchen auspackten.

Sarah sagte: »Stört es Sie, wenn ich ihn eintauche?«

Claire tunkte bereits ihren eigenen Keks in ihren Tee.

»Nur zu.«

Die geschmolzene Schokolade war extrem süß und rief Erinnerungen an einen Teller Kekse wach, der auf dem Küchentisch wartete, wenn Sarah von der Schule nach Hause kam.

Claire sagte: »Früher waren die Verpackungen aus Aluminiumfolie, und die Pinguine waren schwarz und weiß. Aber die bekommt man nicht mehr.«

»Sie haben immer eine Packung im Haus?«

Claire nickte, und Sarah hütete sich, den Gedanken weiterzuführen.

Für ihre Rückkehr.

Claires Stimme klang rechtfertigend. »Manchmal werden Vermisste noch Jahre später lebend gefunden. Jaycee Dugard, Natascha Kampusch, Elizabeth Smart ...«

Sie brach ab. In Sarahs Fantasie tauchten ungebeten diese gefangen gehaltenen, vergewaltigten, aber noch lebenden Mädchen auf, die schließlich zu ihren Familien zurückgekehrt waren. Es war ein vergiftetes Dilemma. Wenn man darum betete, dass Tania noch am Leben war, worum genau betete man dann?

Plötzlich sprudelte Claire hervor: »Ich weiß! Ich weiß, wie ich auf Sie wirke. Meine dummen Penguin-Kekse! Wenn Sie wüssten, wie sehr ich mir wünsche, ich könnte die Uhr zurückdrehen und sie daran hindern, aus dieser Tür zu gehen.«

Sarah spürte, wie ihr Tränen in die Augen traten. Instinktiv streckte sie die Hand aus und legte sie auf Claires Knie. »Claire, Sie können sich nicht vorstellen, wie glücklich ich wäre, wenn ich Ihre Tochter finden könnte.«

Claire blickte Sarah direkt in die Augen. Sie nickte, als hätte sie überrascht etwas erkannt, das sie nicht erwartet hatte.

»Danke. Ja, ich habe es bemerkt. Danke dafür. Ja. Danke.«

Sarah nahm ihre Worte kaum wahr. Ihr wurde klar, dass sie vorübergehend die Kontrolle über sich verloren hatte, und das war keineswegs professionell. Sie hatte vergessen, weshalb sie gekommen war und was sie bieten konnte. Sie zog ihre Hand zurück und lehnte sich in ihren Sessel. Ein ungebetener Gedanke kam ihr in den Sinn. *Diese Sache bedeutet mir jetzt schon zu viel.* Nach einer weiteren Pause sagte Claire: »Erzählen Sie mir doch von dieser neuen Spur, die Sie haben.«

Später stand Sarah im Park an der Straße nicht weit von Tanias Haus. Der Himmel war wolkenverhangen, und der Park glühte in jenem seltsamen Licht, das manchmal einem Schauer vorausgeht. Vielleicht trödelte sie absichtlich, um zu spät zu Peter Stokes' Ausstand zu kommen – aber nein, sie verwarf den Gedanken. Es wäre immer noch genügend Zeit für einen Drink auf die Schnelle.

Langsam schlenderte sie die Strecke entlang, die Tania laut ihren Schulfreunden täglich benutzt hatte. Der Weg führte zwischen Bäumen hindurch bergab. Links lag ein Kinderspielplatz mit Schaukelpferden auf Federn und einer Seilrutsche – alles neueren Datums. Sarah versuchte sich vorzustellen, wie es hier an dem Morgen aussah, als Tania verschwand. Die Fotos kannte sie: entwurzelte Bäume, verstreute Zweige, aufgerissene Erde.

Ein Stück weiter unten befand sich die Hütte des Parkwächters: ein kleines verschlossenes Gebäude. Die Holzwände bestanden aus senkrecht errichteten Stämmen, die mit Moos überwuchert waren. An einem quadratischen Fenster hingen schmutzige Vorhänge mit Blumenmuster. Die Tür war mit einem Vorhängeschloss gesichert. Ein Geisterhaus. Im Jahr 1987 diente sie dem Hauptverdächtigen Robert McCarthy als Unterkunft.

Sarah hatte den Bericht über seine Verhaftung mehr als einmal gelesen. Als die Polizei am ersten Abend in den Park kam, war Robert da: ein leicht übergewichtiger Mann, den seine Mutter auch noch im Alter von fünfunddreißig Jahren in Strickjacken und Hosen mit Hosenträgern kleidete. Er lungerte in der Dämmerung herum. Mit einer gewissen Weichheit um die Mundpartie und seiner Art, nicht immer ganz zu verstehen, worum es ging, passte er nicht zum emotionalen Zustand der Leute, die auf der Suche nach dem vermissten Mädchen waren. Er ging ihnen auf die Nerven.

Als der Park auch am nächsten Tag weiter im Fokus der Polizei stand, war Robert wieder da, störte die Suchtrupps und stellte zu viele Fragen. Zwar war er der Parkwächter, aber niemand schien zu wissen, wie er den Job bekommen hatte. Der Park war ziemlich klein, und die Notwendigkeit für einen Vollzeit-Wächter bestand nicht. Er bekam nur ein symbolisches Gehalt, das, wie sich herausstellte, von der örtlichen Kirchengemeinde aufgebracht wurde. Robert und seine Mutter Pauline waren regelmäßige Kirchgänger. Einer der pfiffigeren uniformierten Polizisten bat ihn um eine Tasse Kaffee.

Robert fühlte sich geehrt, als ein großer Polizist in voller Uniform bei ihm in der Hütte saß. Er gab dem Polizisten den besten Stuhl – den Stuhl, den er, wie er sagte, normalerweise für seine Mutter reservierte – und machte ihm auf seinem Campinggasherd eine Tasse Instantkaffee. PC Lawrence machte Robert Komplimente, wie hübsch er es hätte. Es gab eine große weiße Plastikflasche für Wasser, eine kleine blaue Plastikschale für den Abwasch, und an einem Haken hing ein sauberes Geschirrtuch. Auf einem Regal standen einige Matchbox-Autos. Außerdem lag eine gefaltete Damen-Jeans auf dem Tisch, und Lawrence fragte, wem sie gehörte.

»Tania.«

»Tania?« Und dann, nach einer Pause: »Wieso hast du ihre Jeans?«

»Weil sie herkam, um sich umzuziehen.«

»Um sich umzuziehen?«

»Ja.«

»Und warum hast du sie behalten?«

»Sie hat sie vergessen. Ich will sie ihr zurückgeben.«

Der Polizist schrieb in seiner Aussage, dass er eigentlich Kontakt zu den Ermittlern aufnehmen wollte, ehe er irgendwelche Maßnahmen ergriff, aber er konnte Robert nicht in seiner Hütte zurücklassen, wo vielleicht Beweise hätten zerstört werden können. Also nahm er ihn fest. Er benutzte Handschellen, weil Robert, obwohl er sich gefügig zeigte, ein ziemlich großer Mann war.

Innerhalb der nächsten Stunde sprachen die Detectives bei Claire Mills vor. Sie identifizierte die Jeans als diejenige, die Tania trug, als sie am Vormittag das Haus verlassen hatte.

Robert schien sich im Gefängnis recht wohl zu fühlen. Er plauderte mit den Polizisten, die ihm Tee und Plätzchen servierten. Als seine Mum Pauline kam, gestattete man ihnen ein Privatgespräch in einem der Verhörräume. Pauline erklärte Robert, dass die Polizei nur alles herausfinden wollte, was möglich war. Sie würden ihm ein paar Fragen stellen, und er sollte die Wahrheit sagen. Dann wäre alles wieder in Ordnung. Robert brauchte keinen Anwalt, weil er nichts falsch gemacht hatte.

Roberts Stimmung begann sich zu verschlechtern, als seine Mutter nicht mehr als seine Kontaktperson zugelassen wurde. Da sie ihm ein Alibi für den ganzen Tag verschafft hatte, war sie Teil der Beweiskette und durfte nicht in das Verhör miteinbezogen werden. Dann sagte eine Nachbarin aus, sie habe am betreffenden Nachmittag Paulines Haare geschnitten; damit war Paulines Zuverlässigkeit als Zeugin dahin. Sie wurde wegen Rechtsbeugung festgenommen.

Robert bekam mit, wie seine Mutter in Gewahrsam genommen wurde. Sarah wusste nicht, ob man es mit Absicht getan hatte, um Druck auf Robert auszuüben. Es war eine andere Zeit gewesen. Die Polizei war sich der gefährlichen Beeinflussbarkeit schutzloser Verdächtiger nicht bewusst. Robert erklärte dem Beamten im Verhör, dass er nicht verstand, was passierte. Er hatte Polizisten immer gemocht. Viele seiner Matchbox-Autos waren Polizeiautos.

Bei einer Durchsuchung der Hütte fand man ein Foto von Tania und Robert. Man sprach ihn im Verhör darauf an. Er antwortete, dass er das Foto besaß, weil er Tania liebte. Sie sei etwas Besonderes, nicht wie die anderen Mädchen, sondern immer freundlich.

Das Verhör wurde ausgesetzt. Man erließ Haftbefehl, um eine weitere Befragung zu ermöglichen. Die Detectives beantragten einen Durchsuchungsbefehl für Roberts Haus. Unter seinem Bett fanden sie eine Sammlung von Porno-Magazinen. Der örtliche Pfarrer Reverend Byers stellte sich auf Paulines Bitte als neue Kontaktperson für Robert zur Verfügung. Die verhörenden Beamten warfen Robert unverblümt vor, er habe Tania ermordet. Robert barg den Kopf in den Händen und weinte. Er weinte so bitterlich, dass sie ein Tuch besorgen mussten, um den Tisch abzuwischen. Detective Constable Clarke fragte Robert, ob er weine, weil er sich für seine Tat schuldig fühlte.

Robert antwortete, dass er sich nicht schuldig fühle: Er weine, weil Tania tot war.

Clarke fragte ihn, wo er die Leiche versteckt hätte.

Robert begann zu schaukeln. Reverend Byers bat um eine Pause.

Robert wurde in seine Zelle zurückgebracht. Die Beamten sagten Reverend Byers, sie wollten die Beweise überprüfen und schauen, ob sie für eine Anklage ausreichten.

Der Gefängniswärter brachte eine Tasse Tee in Roberts Zelle und erwischte ihn beim Masturbieren. Er solle sich schämen, sagte der Wärter. Tania sei tot und Robert wichste? Er wäre ein Monster! Vielleicht waren diese Kommentare des Beamten verständlich: Es handelte sich um einen jungen Mann, und seine Gefühle waren in Aufruhr. Überall hingen Plakate von Tania. Früher am Tag hatte eine Pressekonferenz stattgefunden, und der Beamte hatte daran teilgenommen: Tanias Vater mit versteinertem Gesicht, die Mutter schluchzend und unfähig, auch nur ein Wort hervorzubringen. Auf jeden Fall brach ein völliges Chaos aus. Robert versuchte, den Gefängniswärter zu verprügeln, und musste dann daran gehindert werden, seinen eigenen Kopf auf den Boden der Zelle zu schlagen. Selbst unter der Aufsicht einer mitfühlenden Beamtin, die neben ihm saß, und eines Beamten, der an der Tür stationiert wurde, weinte und schaukelte Robert die ganze Zeit. Reverend Byers bat um ein Gespräch mit dem diensthabenden Chef. Er bestand darauf, dass seine Aussagen aufgenommen wurden, und schrieb sie höchstpersönlich in einer wunderschönen Handschrift nieder.

Robert, ein Erwachsener mit besonderen pädagogischen Bedürfnissen, befindet sich mittlerweile seit mehr als drei Tagen in Haft.
Robert hat in seiner Zelle masturbiert. Dies ist unangemessen, beweist jedoch seinen Geisteszustand. Ich kenne Robert seit etwa acht Jahren und habe bisher nie ein solches Verhalten feststellen können. Unter Druck verschlechtert sich sein geistiger Zustand deutlich. Er ist verwirrt und verzweifelt.
Die Beweislage gegen Robert scheint zu sein wie folgt: Er hatte ein Foto von Tania und eine ihrer Jeans an seinem Arbeitsplatz – für beides gab es eine Erklärung –, und in seinem Haus befanden sich einige pornografische Zeitschriften.
Gewisse Fragen bleiben unbeantwortet. Hätte Robert Tania tatsächlich getötet, wie hätte er es mit einem IQ, der so niedrig ist, dass er nur Comics lesen kann, schaffen sollen, ihre Leiche so effektiv und in so kurzer Zeit zu verbergen? Wie konnte er jeden Beweis für Gewalt *gegen sich selbst oder gegen Dinge vernichten?*
Die Behörde geht davon aus, dass Roberts Verzweiflung ein Beweis für seine Schuld ist.
Meiner Ansicht nach jedoch weinte Robert beim Verhör nicht etwa, weil er wusste, dass Tania tot war, sondern weil er den

Detective Constable, der ihn des Mordes beschuldigte, missverstanden hatte. Für eine Person mit Lerndefiziten kam die Anklage einer vielleicht unbeabsichtigten, irrtümlichen Darstellung von Anhaltspunkten gleich. Robert dachte, die Polizei wüsste, dass Tania tot sei.

Robert hat den Detectives mitgeteilt, dass Tania freundlich zu ihm war. Es erschien ihm ungewöhnlich, dass sie sich Zeit nahm, mit ihm zu sprechen. Verständlicherweise hat sich Robert in Tania verliebt, und als er glaubte, sie sei tot, weinte er. Ich bin sehr besorgt, dass durch diesen Fokus auf Robert McCarthy wichtige Spuren übersehen werden könnten. Die Polizei weiß nicht, was mit Tania geschehen ist. Eine Leiche wurde bisher nicht gefunden. Sie könnte noch am Leben sein.

Detective Superintendent Barton, so schloss Sarah aus der Akte, war nicht dumm gewesen. Er hatte die Niederschrift des Reverend gelesen, erkannt, dass alle unter Druck standen, und akzeptiert, dass möglicherweise Fehler gemacht worden waren. Er hatte den Mordverdacht gegen Robert fallen lassen. Die Ermittlungen wurden jedoch fortgesetzt. Robert musste sich täglich bei der Polizei melden. Die Zeitungen berichteten lediglich, dass ein Einheimischer der Polizei bei ihren Untersuchungen behilflich sei. Roberts Name wurde nicht genannt. Dennoch wusste das gesamte Viertel, wer er war. Irgendwann wurde er ohne Kaution auf freien Fuß gesetzt. Auch die Untersuchung gegen seine Mutter wegen Rechtsbeugung wurde aus familiären Gründen fallen gelassen. Aber Tania wurde nie gefunden, und niemandem wurde der Mord an ihr zur Last gelegt. Der Makel von »kein Rauch ohne Feuer«, der Robert anhaftete, ließ sich nie mehr beseitigen.

Roberts Hütte wurde mit den Worten »Kinderschänder« und »Perversling« beschmiert. Ein Ziegelstein flog durch Paulines Frontfenster. Robert durfte nicht mehr zu seiner Arbeit im Park zurückkehren. Für eine Weile wohnten er und seine Mutter im Pfarrhaus, einem großen, kalten Gebäude aus dem neunzehnten Jahrhundert. Reverend Byers sagte, dass es für alle ausreichend Platz bot. Schließlich verkaufte Pauline ihr Haus und sie zogen weg. Robert war nicht mehr als eine Interferenz im elektromagnetischen Feld gewesen, ein Kollateralschaden in einer Ermittlung, die nie gelöst und nie abgeschlossen wurde.

Sarah ging durch den Park zurück. Seither war viel Zeit vergangen. Die damals gepflanzten jungen Ersatzbäume waren längst groß.

Hätte man Robert nicht verdächtigt, wäre er ein Zeuge gewesen. Er hatte ausgesagt, dass Tania sich in seiner Hütte umgezogen hatte, und war somit die letzte Person, von der die Polizei wusste, dass sie Tania lebend gesehen hatte.

Sarah schlüpfte in ihr Auto und rauchte bei geöffneter Tür. So viel also für diesen Tag. Sie sollte jetzt schnell ins Büro fahren und mit ihrem neuen Team feiern.

Sie schloss die Augen, lehnte sich in ihren Sitz zurück und dachte an den lange zurückliegenden Unfalltod ihrer eigenen Schwester: Die Erde hatte sich weiter um das frische Grab gedreht. Ohne auf den Lehm zu achten, der ihren besten Rock verschmutzte und an ihren Schuhen klebte, hatte sie sich hingekniet und ein Fossil gefunden. Der Schiefer fiel in ihren Händen an der richtigen Stelle auseinander und gab den Abdruck eines seit Jahrtausenden toten Farns frei.

Sie öffnete die Augen und drehte den Zündschlüssel. Erneut überlegte sie, ob sie zu Peter Stokes' Ausstand fahren sollte. Sie stellte sich einen Haufen Beamte an einer Bar vor, die sich Shots genehmigten und sich dabei gegenseitig anrempelten. Alle kannten einander, hatten den Druck gemeinsamer Arbeit an Morden mehr als einmal erlebt und tranken inzwischen schon seit einigen Stunden. Es würde schwierig werden, zu versuchen, zwischen ihnen ihren Platz zu finden. Außerdem, so sagte sie sich, als sie losfuhr, hier draußen war sie schon so gut wie auf dem Heimweg. Wollte sie wirklich in die entgegengesetzte Richtung fahren? Es war nicht schlimm, wenn sie die Party versäumte. Es würde noch viele andere geben.

Fünf Minuten später parkte sie vor einem türkischen 24-Stunden-Supermarkt an einer der abgelegenen Straßen, die aus dem Ballungsgebiet London an den deutlich begrünteren Stadtrand führten. Hell erleuchtet hob sich der Laden von der dunklen Straße ab. Riesige Koriander- und Minzbüsche standen vor der Tür. Im Innern zeigte ein großer Bildschirm die Bilder mehrerer Überwachungskameras. Ein dunkelhaariger junger Mann stand hinter der Ladentheke.

Sarah grüßte mit einem Nicken, ging mit einem Einkaufskorb durch den Laden und warf Weinblätter in der Dose, etwas Salat – ausgezeichnete Tomaten gab es hier – und eine Schale abgepacktes Hackfleisch als Leckerli für Daisy hinein. An der Kühltheke sah sie eine Frau, die sie zwar kannte, aber nicht zuordnen konnte. Eine flatternde Erregung machte sich in ihr breit. Sie versuchte, sie zu ersticken, blieb in einem der Gänge stehen und durchstöberte ihr Gedächtnis. Die Frau wandte ihr den Rücken zu, doch die engen Jeans um ihren runden Po und das dunkle, lockige Haar wirkten sehr vertraut und irgendwie fröhlich. Plötzlich wusste sie wieder, wer die Frau war. Hastig drehte sie sich um und machte sich auf den Weg zur Kasse.

Caroline Wilson: die ehemalige Mathematiklehrerin von Farah Mehenni. Sarah hatte Caroline während ihrer letzten Ermittlung für den DSI interviewt.

Caroline war ihr vom ersten Augenblick an sympathisch gewesen. Sie sah die junge Lehrerin in ihrem Klassenzimmer auf einem Tisch stehen, von dem aus sie eine Stecknadel in ein Plakat pinnte. Sie wirkte unglaublich süß, wie sie sich so gefährlich auf dem wackeligen Tisch reckte, und auch ein bisschen schamlos, denn man konnte ein Stückchen ihres Hinterteils über dem Gürtel ihrer Jeans erkennen, weil ihre Arme angehoben waren. Die Gefühle hatten jedoch nicht auf Gegenseitigkeit beruht, zumindest nicht sofort. Caroline hatte Sarah ziemlich direkt zu den Ermittlungen befragt, aber Sarah hatte auch das gefallen. Sie fand es sympathisch, dass Caroline ihre tote Schülerin am Herzen lag und sie ihr Gerechtigkeit widerfahren lassen wollte. Am Ende spürte sie, dass Caroline ihr vertraute und glaubte, sie würde für Farah nur das Beste tun. Nachdem der Fall allerdings ohne konkretes Resultat abgeschlossen worden war, ohne dass jemand zur Rechenschaft gezogen wurde, war Caroline der letzte Mensch, dem Sarah begegnen wollte.

Der Mann an der Kasse begann ihre Einkäufe zu scannen und sie in eine blaue Tragetasche zu legen. Beeilen Sie sich, hätte sie ihn am liebsten gedrängt.

Jemand tippte ihr auf die Schulter. »Detective Sergeant Collins?«

Da war das breite, freundliche Gesicht mit den Lachfältchen um die Augen, an das Sarah sich so gut erinnerte.

»Sie sind es doch, oder?«, fragte Caroline.

Es war ein Regelbruch: Man hatte sie nicht so in der Öffentlichkeit anzusprechen, wenn sie allein und nicht im Dienst war. Sie nickte dem Mann hinter der Theke zu, der sie jetzt ebenfalls registrierte. Hastig reichte sie ihm eine 20-Pfund-Note, und mit einem kurzen Blick über die Schulter sagte sie: »Sarah Collins, ja.«

Der Ladenbesitzer gab ihr das Wechselgeld. Sie wandte sich zum Gehen, aber Caroline stand immer noch da. Offenkundig erwartete sie einen Plausch. Eine peinliche Pause entstand. Caroline lächelte wieder. »Ich bin Caroline. Erinnerst du dich?«

»Ja.«

Caroline schien Sarahs absichtlich unfreundliche Einsilbigkeit entweder nicht zu bemerken oder zu ignorieren.

»Ich war Farahs Lehrerin.«

»Ja, ich erinnere mich.«

Sie erinnerte sich auch an das Gespräch mit ihr im Klassenzimmer. Farah sei ein stilles Mädchen gewesen, hatte Caroline gesagt, und gut in Mathematik. Und an noch etwas anderes erinnerte sie sich: an Carolines Freundin, die gegen Ende des Gesprächs dazukam. Patti. So hatte sie geheißen.

Wieder lächelte Caroline, und ihr Lächeln wirkte echt, ohne Rückhalt und ohne versteckte Missbilligung. »Du hast also schließlich keinen Schuldigen gefunden?«

Es wäre so viel einfacher, jemandem entgegenzutreten, der unfreundlich war und sie ebenso wie sie sich selbst für das Ergebnis der Untersuchung verantwortlich machte.

»Darüber möchte ich nicht sprechen.«

»Aber das Ergebnis der gerichtlichen Untersuchung ist doch allgemein bekannt!« Sie sagte es so freundlich, als bemühe sie sich, es zu verstehen. »Ich habe es nachgelesen. Ein Unfall, ein Unglück, keine böse Absicht.«

Warum musste sie es breitwalzen? Sarah zog ihre Autoschlüssel aus der Tasche. Vielleicht war das Hinweis genug. »Stimmt. Darf ich mich jetzt bitte entschuldigen?«

»Was wurde aus der vermissten Beamtin … PC Lizzie Griffiths? Was ist mit ihr? Warum ist sie davongelaufen?«

»Ich kann nicht darüber sprechen. Wer die Untersuchung verfolgt hat, dürfte die Aussagen kennen.«

Wieder entstand eine Pause, und in dieser Pause lag nur eine Andeutung dieses Lächelns auf Carolines Lippen und in den Fältchen um ihre Augen. Schließlich sagte sie: »Bist du immer so angespannt?«

Sarah hielt ihrem Blick stand. »Wenn ich außer Dienst in einem Supermarkt stehe und in Verlegenheit gebracht werde, ja, dann schon.«

Caroline streckte die Hand aus und legte sie auf Sarahs Schulter. »Es tut mir leid. Du hast sicher dein Bestes gegeben.«

Angesichts von Carolines unerwarteter Freundlichkeit wurde Sarah von Gefühlen übermannt und errötete. Sie biss die Zähne zusammen, um sich zu beherrschen. Besonders schwer wog, dass Caroline jemand war, mit dem sie gern gesprochen hätte. Aber sie konnte mit niemandem sprechen. Sie durfte es nicht riskieren. Jeder könnte die Presse informieren. Wie hätte sie der jungen Frau vertrauen sollen? Sie stellte sich die Beamten ihres neuen Teams vor – die inzwischen zweifellos längst über alte Geschichten lachten, und fühlte sich erbärmlich hier so ganz allein mit ihrer blauen Tragetasche voller Weinblätter-Konserven und Hackfleisch für den Hund.

»Alles in Ordnung?«, fragte Caroline.

Sarah nickte. Sie musste unbedingt hier weg.

»Darf ich dich auf einen Drink einladen? Ich werde auch kein Wort über die Ermittlung verlieren – nicht, wenn du es nicht willst.«

»Vielleicht ein anderes Mal.« Und dann, nach einer Pause: »Wie geht es Patti?«

Das Lächeln wurde mit einem Mal sehr breit. Sarah konnte Carolines gleichmäßige weiße Zähne sehen. »Du erinnerst dich an ihren Namen?«

»Ich bin Polizistin. Es gehört zu meinem Job, mich an Leute zu erinnern.«

Caroline lachte, als glaubte sie ihr kein Wort. »Okay. Wie auch immer. Ruf mich an, wenn du willst. Patti ist weg. Sie ist zu ihrer Familie in St. Lucia gegangen.« Sie wandte sich an den Mann hinter der Theke. »Hey, Sie Neugieriger. Hätten Sie mal einen Stift und Papier?«

Sarah fuhr fast blind weiter, schlängelte sich durch die Vorstädte und dachte wieder einmal an PC Lizzie Griffiths, die fortgelaufen und tagelang verschwunden war. Lizzies Aussagen in der Untersuchung kamen ihr in den Sinn – wie ihre Erinnerung an das, was auf dem Dach des Hochhauses geschehen war, nur bruchstückhaft zurückgekehrt sei. Ein Sachverständiger hatte bestätigt, dass Griffiths – die den Sturz ihres Kollegen PC Matthews und des Mädchens Farah miterlebt hatte – an einer posttraumatischen Belastungsstörung litt.

Griffiths sagte vor Gericht aus, dass sie keine Ahnung hatte, warum sie davongelaufen war, und Sarah hatte gespürt, wie die Herzen der Rechtsvertreter der hübschen jungen Frau entgegenschlugen, die in Uniform aussagte. Sie war so jung, so blass, so verletzlich. Sie war auf das Dach des Portland Tower gestiegen und hatte ihr Leben riskiert, um den fünfjährigen von Farah entführten Jungen zu retten. Alle hatten mit Lizzie Griffiths gelitten. Sarah jedoch hatte gewusst, dass sie Beweise zurückhielt und mehr dahintersteckte. Sie konnte es nur nicht beweisen. Im Gerichtsverfahren wurde Griffiths nicht gerügt. In ein paar Tagen würden die Ergebnisse des internen Disziplinarverfahrens bekannt gegeben. Aber damit hatte Sarah nichts mehr zu tun. Gott sei Dank war es nicht mehr ihre Angelegenheit.

Sie bog in ihre Auffahrt ein. Sie wohnte in einem kleinen Einfamilienhaus, das sie sich niemals hätte leisten können, wenn sie nicht das Glück gehabt hätte, schon vor fünfzehn Jahren Geld dafür zu hinterlegen. Damals erschien ihr die Hypothek unerschwinglich, inzwischen war sie ein Schnäppchen. Der Wert des Hauses hatte sich vermutlich inzwischen verdreifacht. Als sie den Schlüssel ins Schloss steckte, hörte sie ein Kratzen und Jaulen. Sie trat ein. Der Hund sprang um sie herum und versperrte ihr den Weg. Er legte die Ohren an, wedelte mit dem Schwanz, sprang an Sarah hoch, hechelte und versuchte, sie abzulecken.

Sarah lachte. »Schon gut, schon gut, Daisy.«

Sie war spät nach Hause gekommen und hätte die Hundesitterin bitten sollen, Daisy länger bei sich zu behalten. Sie hob den Spaniel hoch und liebkoste seine Ohren mit der Nase. Daisy war leicht und lebhaft, und Sarah konnte die Rippen unter ihrer Haut spüren, als die Hündin sich anstrengte, ihr das Gesicht zu lecken. Sie hätte den Hund nie zu sich nehmen dürfen. Angesichts der Anzahl ihrer Arbeitsstunden war sie nicht in der Lage, ein Haustier zu halten. Selbst ihre Mutter hatte sich sanft dagegen ausgesprochen, aber es war ihr so schlecht gegangen, als sie in einer Anzeige den Wurf sah, und der Hund war so süß gewesen.

Sarah ging in die Küche. Auf dem Boden fand sie eine kleine Pfütze vor, doch sie brachte es nicht über sich, Daisy deswegen zu tadeln. Die Hündin wusste ohnehin, dass sie etwas falsch gemacht hatte, denn sie zeigte mit angelegten Ohren ihr Büßergesicht. Während sie die Hintertür öffnete und Daisy in den Garten setzte, sagte Sarah ohne Überzeugung: »Du böser kleiner Hund.«

Sie wischte die Pfütze auf und öffnete dann die Plastikverpackung mit dem Fleisch. Als sie ihre Schüssel auf dem Steinboden scheppern hörte, kam Daisy aus dem Garten gesaust. Sarah sah der Hündin zu, wie sie das Fleisch verschlang, und fühlte sich schuldig.

Sie schlüpfte in ihre Gummistiefel. Obwohl es bereits ganz dunkel war, griff sie nach der Hundeleine und machte sich in der Finsternis auf den Weg zu der steilen Strecke hinter ihrem Haus.

2

Es war fast Mitternacht. Die orangefarbene Beleuchtung der Wohnanlage verschwamm zum Rand hin in der Dunkelheit. Mark Brannon zog seine Kapuze hoch und ging über die zentrale Grasfläche, vorbei an dem kleinen, mit Gummimatten versehenen Spielplatz für Kleinkinder. Ein paar Jungen drehten gelangweilt Runden auf ihren Fahrrädern. Einer von ihnen streckte im Vorüberfahren seine Hand aus, um Marks ausgestreckte Handfläche zu berühren. Mark blickte nach rechts und sah zu seiner Zufriedenheit, dass ein Sweatshirt über der Überwachungskamera hing, die das Gelände abdeckte.

Marks Zeiten als Fahrradkurier für Drogen lagen mehr als zehn Jahre zurück. Er hatte sich hochgearbeitet und fuhr jetzt für einen der ortsansässigen Drogenbarone. Sein Gesicht zeigte einen *Leg-dich-nicht-mit-mir-an*-Blick. Obwohl er nicht mehr als eins fünfundsiebzig maß, hatte er eine breite Brust, war muskulös und lief wie ein Kämpfer. Er trug Jeans, braune Chukkas, eine Jeansjacke und darunter einen Hoodie. Er ging den Betonweg entlang, zog vor der Haustür die Schuhe aus und steckte den Schlüssel ins Schloss. Leise zog er die Tür hinter sich zu und schlüpfte auf Socken ins Wohnzimmer.

Georgie lag schlafend mit der Hündin auf dem Sofa. Die Hündin hob den Kopf an und wedelte vorsichtig mit dem Schwanz. Er hatte sie einige Jahre zuvor zusammen mit dem Rest des Wurfs auf der Straße in einem Karton gefunden. Sie war kaum mehr als ein Flaumball gewesen, mit Augen, die so blassblau waren wie seine eigenen. Er hatte sie unter den Arm geklemmt und zu seiner

Cousine Marley mitgenommen. Marley badete die Kleine, föhnte sie und legte ihr ein Halsband um. Dann kaufte sie eine Geschenkschachtel, er setzte den Welpen hinein und überreichte ihn Georgie und seiner Tochter. Er konnte sich noch genau an Skyes Jauchzen erinnern, als sie die Schachtel öffnete. Ein Welpe! Auf Georgies Gesicht lag eine Mischung aus Liebe und leichter Verärgerung. Er hätte sie fragen sollen, bevor er einen Hund anschaffte. Skye durfte den Namen für die Hündin aussuchen und hatte sich für Candy entschieden. Ein Name, der auch für Heroin benutzt wurde. Dafür hatten ihn die Jungs ganz schön unter Beschuss genommen! Candy war zunächst klein gewesen, wurde aber immer größer. Sie war schlank und hatte einen schmalen Kopf, der an einen Windhund oder Saluki erinnerte, aber das flauschige Fell passte nicht dazu, denn es war braun und schwarz gefleckt.

Er zwängte sich neben Candy an den Rand des Sofas und versuchte, sich auszustrecken. Er hatte stundenlang getrunken. Nach einem Streit mit Georgie war er zu Marley gegangen. Er musste unbedingt das Haus verlassen, wenn er sich so fühlte, und Marley und er erinnerten sich dann zurück an den Anfang, als nur sie beide allein gegen die ganze Welt ankämpften. Ihr konnte er vertrauen. Sie stärkte ihm den Rücken. Gute alte Marley. Als selbst seine Cousine ihm nicht mehr zuhören mochte, war er weitergezogen. Er ging zu einem Freund, rauchte ein paar Joints und sniffte eine oder zwei Lines Koks. Zum Schluss erledigte er für sich allein im Park eine Flasche Whisky.

Der Fernseher lief mit gedrosselter Lautstärke. Der Bildschirm beleuchtete Georgies Gesicht mit wechselndem weißem Licht. Es war eine dieser Realityshows, in denen es um Häuser ging. Das vorgestellte Haus hatte Meerblick. Die Brandung rollte herein, und der Moderator ging langsam am Strand entlang. Der Vater wollte in Australien ein neues Leben anfangen, die Mutter lieber in Halifax bleiben. Die Familie hatte eine schwierige Entscheidung zu treffen. Mark zog eine selbstgedrehte Zigarette aus der Tasche und zündete sie an. Dann stand er auf und ging zum Schlafzimmer seiner Tochter.

Obwohl sie sieben war, schlief Skye immer noch mit einem Nachtlicht, das sich drehte und Bilder von Mond und Sternen an die Decke warf. Ihr Gesicht wirkte friedlich. Ihre Hände lagen auf ihrer Prinzessinnen-Steppdecke. Sie war eine Mini-Version ihrer Mutter: schlanke Gliedmaßen und langes glattes blondes Haar. Er hockte sich neben ihr Bett und beobachtete sie, legte seine Hand über ihren Mund und spürte ihren fast unmerklichen warmen Atem. Das Zimmer roch nach sauberem Kind, nach Wäsche und nach Shampoo. Gott, er liebte seine Familie so sehr, dass er dachte, sein Herz würde zerspringen. Und genau das war es, was ihn so wütend machte.

Er ging zurück ins Wohnzimmer, schlenderte in der Wohnung umher, stand in der Küche. Der Hauptraum des durchgehenden Wohnbereichs war in L-Form geschnitten, mit Ess- und Küchenbereich im unteren Strich des Buchstabens. Er sah die perfekte Ordnung der Küche. Sie hatte geputzt, während er fort gewesen war. Nichts stand herum. Ihr Regal mit Nippsachen war aufgeräumt und sauber. Wie konnte sie so herzlos sein? Er war den ganzen Abend nicht in der Lage gewesen, an etwas anderes zu denken. Immer nur an sie. Er hatte sich damit praktisch krank gemacht. Aber Georgie? Sie wachte nicht einmal auf, wenn er hereinkam. Er schnipste die Asche in die Küchenspüle.

Er stellte sich hinter das Sofa und stampfte mit dem Fuß auf. Der Fernseher lief noch immer. Er griff nach der Fernbedienung auf der Armlehne und steigerte die Lautstärke bis zum Maximum, bis der Moderator wie ein Verrückter klang. Endlich rührte sich Georgie und hob verschlafen den Kopf.

»Pst, Mark, Skye schläft.«

Himmel, wenn sie wenigstens nett wäre!

»Ist das alles, was du mir zu sagen hast?«

Als Candy seinen Tonfall erkannte, hob sie den Kopf und knurrte leise. Georgie stand auf, ging mit geschmeidigen Schritten zum Fernseher und schaltete ihn aus. Sie trug eine locker geschnittene rosa Pyjamahose und ein ärmelloses T-Shirt und war barfuß.

»Das Kind nicht aufzuwecken – ist das alles, worum du dich sorgst?«

Georgie rieb sich die Augen. Sie war so verdammt schön und sexy.

»Wo warst du, Mark?«

Er ging um das Sofa herum zu ihr.

»Das spielt keine Rolle.«

»Ich freue mich, dich zu sehen. Ich freue mich, dass du zurück bist.«

Das angespannte leichte Stirnrunzeln, das sich zwischen ihren Augenbrauen hielt, strafte ihre Worte Lügen. Warum konnte sie ihn nicht so bedingungslos lieben, wie er sie liebte? Seine Familie war für ihn sein Ein und Alles. Wer war es wohl, der dafür sorgte, dass Essen auf den Tisch kam, während sie zu Hause blieb und Räucherstäbchen anzündete?

Er packte sie, legte eine Hand auf ihr Hinterteil und die andere zwischen ihre Beine. Sie legte ihm ihre Hand in den Nacken und drückte ihren Mund gegen seinen. Aber er spürte, wie halbherzig die Aktion war. Er hielt inne und schob sie weg. »Was ist los mit dir?«

»Nichts.«

»War dein Freund hier? Kannst du es nicht zweimal in einer Nacht machen – ist es das?«

»Ich war den ganzen Abend mit Skye hier.«

Er nahm ihr Telefon aus seiner Jackentasche und warf es auf den Boden.

»Entsperre es. Ich will deine Textnachrichten sehen.«

Sie lachte – ob sie wohl dachte, dadurch würde er ihr eher glauben?

»Sehr komisch, nicht wahr?«

Er versetzte ihr einen Schlag auf die Brust. Sie taumelte rückwärts und musste sich festhalten. Wieder knurrte der Hund.

»Ich liebe dich, Mark. Das weißt du ganz genau.«

Er schlug sie erneut. Auf dem Laminatboden war das leichte Kratzen der Hundepfoten zu hören. Das Tier kam auf ihn zu und knurrte leise. »Was zum Teufel?« Er packte den Hund am Halsband und zerrte ihn in die Küche. Dieser Scheißköter, er verdankte ihm schließlich sein Leben! Vergalt man Freundlichkeit auf diese Weise?

»Wirst du mich wohl verdammt noch mal nicht anknurren?«

Georgie beobachtete ihn. »Bitte, tu Candy nicht weh.«

»Was glaubst du wohl, was ich bin? Ein verdammtes Monster?«

Er war laut geworden, und der blöde Hund begann zu bellen. Er nahm den nächstbesten Stuhl, bedrohte das Tier, und als der Hund ihn anknurrte, schlug er gezielt zu. Die Hündin jaulte laut auf, dann wimmerte sie nur noch und verkroch sich unter dem Tisch.

Er stürmte zurück zu Georgie und packte sie an ihrem T-Shirt.

»Und? Bist du jetzt zufrieden? Sieh dir an, wozu du mich gebracht hast. Gefällt es dir, dass ich den Hund verletzt habe?«

Sie schüttelte den Kopf.

»Ich liebe diesen beschissenen Köter!«

»Mark, bitte.«

Sie brauchte doch nur ein bisschen nett zu ihm zu sein, verdammt.

Die Tür zum Schlafzimmer seiner Tochter wurde geöffnet. Das Mädchen stand auf der Schwelle und blickte ihn an. Er sagte: »Geh wieder in dein Zimmer, Skye. Jetzt sofort.«

Georgie wandte sich zu ihrer Tochter um. »Genau, Skye. Marsch ins Bett.«

Die Tür schloss sich. Er sagte: »Na, bist du nun endlich glücklich? Bist du endlich glücklich? Bist du, verdammt noch mal, endlich glücklich?«

Sie antwortete nicht, also fragte er sie wieder. »Endlich glücklich? Bist du nun endlich glücklich?«

Sie schüttelte den Kopf nur einmal. Wenn sie wenigstens einmal etwas Nettes sagen würde! Mehr wollte er doch gar nicht.

»Ich liebe diesen Hund, du blöde Kuh!«

»Ich liebe den Hund auch, Mark. Wir alle lieben den Hund.«

Er schlug ihr heftig ins Gesicht.

»Du blöde Schlampe. Du hast mich dazu gebracht, den verdammten Hund zu verletzen. Wage es nicht, mir zu sagen, dass du den Hund liebst.«

Sie wischte sich über den Mundwinkel.

Danach konnte er sich nicht genau erinnern, was geschah.

3

DONNERSTAG, 10. JULI 2014

Lizzie Griffiths parkte ihren 2008er Golf in einer der abseits der Straße gelegenen Parkbuchten der Polizei und legte den Brief des Detective Inspectors auf das Armaturenbrett, der ihr gestattete, ihren Wagen dort abzustellen.

Caenwood war eine betriebsame Polizeiwache am Rand des Londoner Stadtzentrums: ein großes, rechtwinkliges Gebäude aus den Sechzigerjahren mit Metallfenstern, hohen Mauern um den Hof und Überwachungskameras mit Blick auf die Straße. Lizzie stieg aus ihrem Wagen und versuchte, die Seitentür, die zum Hof führte, mit ihrem Dienstausweis zu öffnen. Doch das Licht blinkte rot: Offensichtlich war ihre Karte noch nicht aktiviert. Es war ihr erster ordnungsgemäßer voller Arbeitstag, und es half keineswegs gegen ihre Beklommenheit, dass ihr das Betreten ihrer neuen Diensträume schwer gemacht wurde.

Lizzie hatte sich aufgebrezelt, um sich Mut zu machen – ein neuer dunkler Hosenanzug aus Schurwolle, eine himmelblaue Seidenbluse, Pumps –, aber alles, was sie damit erreicht hatte, war, sich zu fühlen, als ob sie eine Rolle spielte. Warum bloß hatte sie Schuhe mit Absätzen angezogen? Sie war Langstreckenläuferin und fand es alles andere als bequem, wenn ihre Füße nicht flach auf dem Boden ruhten. Bei ihrer durchtrainierten Figur standen ihr die Klamotten ausgezeichnet, doch sie fühlte sich zur Schau gestellt, overdressed und keineswegs mutig. Der Wind war kalt, und ihre Hände fühlten sich bereits eisig an. Sie versuchte, sie in die Jackentaschen zu stecken, die, wie sie erst jetzt entdeckte, noch nicht aufgeschnitten waren.

Die Straße war mit Polizeifahrzeugen und den weißen Vans der Forensiker zugeparkt. Eine Gruppe uniformierter Beamter trat aus dem Tor. Sie trugen Schutzwesten und stiegen fröhlich in eines der Autos. Lizzie spürte den Rhythmus der Polizeiarbeit, an dem sie monatelang nicht teilgehabt hatte. Er hielt sie dort fest, gefangen zwischen zwei entgegengesetzten Kräften, von denen ihr eine zuredete, hineinzugehen und wieder ein Teil des Ganzen zu werden, während ihr die andere sagte, sie solle weglaufen, so wie sie impulsiv geflohen war, nachdem Hadley und Farah in den Tod gestürzt waren. Immer noch sah sie diesen Augenblick vor sich: Der Wind peitschte über das Dach des Hochhauses, Hadley und Farah standen am Rand, hinter ihnen blauer Himmel mit einigen Wolken. Lizzie wusste, wie schlecht gewisse Dinge manchmal liefen.

Sie betrat das Büro des Reviers. Leute saßen herum. Eine Frau mit Lanyard, die telefonierte. Drei pickelige Jungen in nicht zugeschnürten Sneakers. Ein rotgesichtiger Penner, der vermutlich für den strengen Geruch im Raum verantwortlich war, führte eine Katze an einem Stück Kordel.

An der Theke sprach ein Mann mit Jagdmütze und Pepitajacke laut mit der diensthabenden Beamtin. Noch ehe Lizzie ihren Dienstausweis zeigen konnte, wandte er sich verärgert zu ihr um und fragte: »Würde es Ihnen etwas ausmachen, zu warten, bis Sie an der Reihe sind?« Sie lächelte entschuldigend und zeigte der Beamtin, einer jungen Frau mit blassem Gesicht und dunklen Haaren, ihren Dienstausweis. Sie würdigte Lizzie kaum eines Blickes, griff unter die Theke und drückte einen Knopf.

Der Flur war dunkel, mit einem praktischen schwarzen Plastikboden ausgestattet und hatte keine Fenster. Plakate an den Wänden verkündeten Ermahnungen, Ziele zu erreichen oder sich vernünftig zu kleiden. *Wertschätzung für die Opfer!* Eine Putzfrau wischte mit einem schmutzigen Mopp langsam die

Treppe hinunter. Obwohl Lizzie erst einmal hier gewesen war, um ihren neuen Detective Inspector – eine Frau – kennenzulernen, wusste sie den Weg zu ihrem neuen Büro. Sie ging die Treppe hinauf und wandte sich nach links in den Flur. Sie war in das Traineeprogramm für Detectives aufgenommen und der Einheit für häusliche Gewalt in diesem Stadtbezirk zugeteilt worden. Alles war Teil des Neubeginns, den sie nach den Todesfällen am Portland Tower anstreben sollte.

Das Disziplinargremium hatte die Prozessakten durchgearbeitet. Man hatte ihre nicht genehmigte Abwesenheit als Fehlverhalten auslegen wollen, aber ihr Anwalt hatte erfolgreich argumentiert, dass sie unter einer posttraumatischen Belastungsstörung litt, als sie verschwand. Danach hatte der Chief Superintendent sie zu einem Treffen gebeten. Außerdienstlich sagte er ihr, dass einige Leute der Meinung waren, Lizzie hätte ein Lob für ihre Tapferkeit verdient, weil sie das Leben des fünfjährigen Jungen gerettet und sich so intensiv bemüht hatte, auch Farah zu retten. Dann zuckte er mit den Schultern – sie begriff, dass es unter den Umständen nicht möglich gewesen war. Trotzdem wollte die Polizei sie nicht verlieren. Man wollte sie wieder in die Arbeit integrieren, ehe man der Presse von dem Vorfall berichtete. Aber Lizzie brauchte einen Neuanfang: eine neue Tätigkeit und ein anderes Büro, weit entfernt von all den Beamten, die Hadley gekannt hatten.

In ihrer alten Dienststelle hatte sie alle Mitarbeiter gekannt, hier allerdings war jeder, der an ihr vorbeiging, ein Fremder. Mehr denn je vermisste sie Hadley. Nach fast dreißig Jahren im Job hätte er genau gewusst, wie man sich auf einer fremden Dienststelle zu verhalten hatte. Während sie in ihren lächerlichen Schuhen den Korridor hinunterging, stellte sie sich seinen tröstlichen bärenstarken Arm um ihre Schulter vor. Er war nicht nur ein Kollege für sie gewesen, sondern auch ein wirklich guter Freund.

Niemand blickte auf, als sie das Großraumbüro betrat. Das Büro des Detective Inspectors zu ihrer Rechten war leer. Sie blickte sich um. Man hatte jeweils sechs Schreibtische zu Gruppen zusammengeschoben, an den meisten saß jedoch niemand. Die Oberflächen waren schmutzig, überfüllt mit Akten, die mit Gummis zusammengehalten wurden, überquellenden Posteingangskörben und herumliegenden kostenlosen Zeitungen. An den Wänden hingen Fahndungsfotos, manche davon mit dicken Markerstrichen eingerahmt. Auf Whiteboards standen die Namen der Beamten und ihre jeweilige Schichtabfolge. Neben einigen Namen klebten ausgeschnittene Schnipsel: Shaggy Rogers von Scooby-Doo, Bret Maverick, Foxy Brown, Jessica Rabbit. Unmittelbar vor ihr pappte eine fett gedruckte Notiz auf dem Bildschirm eines Computers: *Dieser Dinosaurier ist ein Scheißdinosaurier.*

Am anderen Ende des Raums blickte ein Beamter von seinem Bildschirm auf, lächelte Lizzie an und machte ihr mit dem Zeigefinger ein Zeichen, zu ihm zu kommen. Er hatte braune Augen, war Mitte dreißig und sah zwar gut, aber ein wenig schäbig aus. Sein Haar wirkte, als hätte er es nur mit einem Handtuch abgetrocknet. Er trug ein nicht weiter bemerkenswertes blaues Hemd und einen kastanienbraunen Pulli mit V-Ausschnitt, der ein bisschen aus der Form gegangen war.

»Bist du die Neue?«

Lizzie wurde rot. »Ja, Lizzie.«

Er strahlte und rieb sich die Hände. »Dich schickt der Himmel!« Er trat hinter dem Schreibtisch hervor, und sie sah, dass er seine grauen Hosenbeine in die Socken gesteckt hatte. Er folgte ihrem Blick und lächelte. »Ach das? Der Teppich ist voller Flöhe. Wir werden davon geradezu heimgesucht.«

Sofort begannen Lizzies Knöchel zu jucken. Sie bückte sich und steckte ihre Hose in ihre poppigen Socken.

Der Mann kicherte. »Oh, jetzt siehst du aus wie Audrey Hepburn!« Lizzie kicherte ebenfalls. Sie fühlte sich besser. Er lächelte und reichte ihr die Hand. Sein Händedruck war warm und überraschend fest. »Ash Attalah. Ich bin dein Ausbilder.« Er setzte sich wieder, warf einen Blick auf den Bildschirm und sah dann wieder Lizzie an. »Jedenfalls tue ich so. Ich bin eigentlich nur DC wie du auch.«

»Na ja, ich bin dafür nur angehender DC.«

»Ganz ehrlich, meine Liebe, wen interessiert das schon? Wir haben mehr zu tun, als wir eigentlich schaffen können, und freuen uns über jede Unterstützung. Und wo wir gerade dabei sind: Bei uns sitzt einer in Gewahrsam. Ich habe niemanden außer dir zur Verfügung und acht neue Protokolle zu überprüfen. Kannst du das übernehmen?«

»Ja, natürlich.«

Lizzie bewegte die Maus auf dem Computer vor ihr. Er gab ein schwirrendes Geräusch wie ein abhebendes Raumschiff von sich.

»Wo ist denn unsere Frau Inspector? Ich sollte ihr wenigstens guten Tag sagen.«

»Bridget? Die ist so gut wie nie hier. Was im Übrigen nicht unbedingt schlecht ist.« Er reichte ihr eine Akte. »Hier ist das Übergabeprotokoll der festnehmenden Beamten. Dein erster Gefangener ist ein widerlicher Kerl, also herzlichen Glückwunsch. Ein guter Anfang mit einem angemessenen Probanden.«

Der Arrestraum war brechend voll. Beamte warteten, um am Schalter an die Reihe zu kommen, lehnten an der Wand und unterhielten sich mit ihren Gefangenen und deren Anwälten. Am Schalter nahm ein weiblicher Sergeant einen Gefangenen in Handschellen auf, der sich wie ein alter Geier, der in der Wüste darauf wartete, dass irgendwer starb, über die Theke beugte. Obwohl Lizzie in dieser Dienststelle und ihrer Rolle als Detective noch völlig neu war, empfand sie doch die in Fleisch und Blut übergegangene Verpflichtung einer Polizistin, so dreinzublicken, als wüsste sie, was sie tat. Sie prüfte die Hinweise auf dem Whiteboard des Arrestraums und suchte selbst nach dem Weg den Korridor hinunter zu »Männer 3«.

Leise schob sie die Abdeckung des Türfensters beiseite und betrachtete ihren Gefangenen. Mark Brannon lag mit offenen Augen auf dem Rücken auf der Plastikmatratze. Der Reißverschluss seiner Jeans stand offen. Seine rechte Hand ruhte bequem auf dem Bauch, sein linker Arm hing seitlich herunter. Weil er nicht auf das Öffnen des Fensters reagierte, schob Lizzie die Perspex-Scheibe beiseite und sagte: »Mark.« Er bewegte sich, zog den Reißverschluss seiner Jeans ohne Verlegenheit hoch, schwang die Beine auf den Boden und stand langsam auf. Er trug ein blau und weiß gestreiftes Fußballhemd und einen grauen Hoodie. Gemächlich schlenderte er zur Tür und rieb dabei die Stoppeln seines rasierten Kopfes mit der rechten Hand. Er hatte kleine Hände mit kurzen Fingern und runde, kurz geschnittene Nägel. Obwohl er nicht groß war, schien er offenbar stark zu sein und hatte den Blick eines Mannes, der schon einmal zuschlug, ehe er Fragen stellte.

Er hielt sein Gesicht vor die Öffnung. Lizzie schreckte vor seinem Atem zurück, er roch säuerlich. Er hatte blassblaue Filmstar-Augen, die etwas Melancholisches an sich hatten, Augen, die sich toll in einem Western machen würden, wenn sie sich sehnsüchtig in der Weite des Horizonts verlören.

»Kann ich mir das Gesicht waschen?«

Lizzie stand neben ihm am Ende des fensterlosen Korridors, als er rosafarbene Flüssigseife aus dem Spender in seine geöffnete Handfläche drückte. Er beugte sich über das Waschbecken, spritzte sich Wasser über Gesicht und Kopf und seifte Nacken und Kopfhaut ab.

Sie sagte: »Queens Park Rangers, oder?« Damit meinte sie einen Fußballclub in London.

Er antwortete nicht, beugte sich über den Wasserhahn und spülte sich den Mund.

Lizzie sang leise vor sich hin: »*Wir hassen euch, Chelsea, ja wir hassen euch.*«

Brannon zog massenweise blaue Papiertücher aus dem Plastikspender an der Wand. Er trocknete Hände und Gesicht ab und sagte leise: »Ich mag diesen Mist nicht. Idiotisch.«

Lizzie zuckte mit den Achseln. »Tut mir leid. Ich wollte nur Konversation machen.«

Brannon betrachtete sie. Bei ihm schien es klick zu machen. »Kenne ich Sie?«

»Das bezweifele ich. Ich bin neu hier.«

»Nein, ich habe Sie schon irgendwo gesehen.« Seine Augen verengten sich, als er sie einzuordnen versuchte. »Wie heißen Sie?«

»Lizzie.«

»Lizzie wie?«

Sie kam nicht umhin. »Lizzie Griffiths.«

»Okay, Lizzie Griffiths, seien Sie ein Schatz. Darf ich meine Frau anrufen? Ich möchte nur sicher sein, dass es meinem kleinen Mädchen gut geht.«

»Mal sehen, wie die Anhörung läuft. Ihr Anwalt wartet schon darauf, Sie zu beraten.«

Zwanzig Minuten später waren sie mitten in der Anhörung. Der Anwalt beugte seinen Kopf über seinen Notizblock und enthüllte schütteres Haar, das in dünnen Strähnen an seiner sommersprossigen Glatze klebte. Brannon lehnte sich auf dem Stuhl gegenüber Lizzie zurück, streckte die Beine aus und verschränkte die Arme über der Brust. Der Raum roch nach ihm – nach Alkohol und dem abgestandenen Geruch eines Mannes, der in seiner Kleidung geschlafen hatte.

»Mark – darf ich Sie Mark nennen?«

»Kein Kommentar.«

»Okay. Verstehen Sie die Sache mit der Kaution, oder soll ich Ihnen den Vorgang erklären?«

»Kein Kommentar.«

Sie sah den Anwalt an, doch der blickte nicht einmal auf.

»Sie haben rechtliche Vertretung, also machen wir weiter. Haben Sie ›Hallo, ihr Schwuchteln‹ zu den Beamten gesagt?«

Die Frage rief ein Lächeln hervor. Lizzie konnte sich die beiden uniformierten Beamten deutlich vorstellen, die Brannon gegen Ende ihrer Schicht vor seiner Wohnung antrafen. Angeblich hatte er Käsetoast gegessen und geraucht.

»Für das Protokoll: Mr Brannon lächelt.«

»Kein Kommentar.«

»Haben Sie Georgina Teel ins Gesicht geschlagen?«

»Kein Kommentar.«

»Haben Sie sie an den Haaren gepackt und sie ›widerliches, treuloses Weib‹ genannt?«

»Kein Kommentar.«

»Haben Sie sie auf die Brust geschlagen und sich, als sie stürzte, auf sie gesetzt und sie eine ›scheiß Hure‹ genannt?«

»Kein Kommentar.«

»Haben Sie ihr ins Gesicht gespuckt?«

»Kein Kommentar.«

»Haben Sie sie an den Beinen in die Küche gezerrt?«

»Kein Kommentar.«

»Haben Sie sich auf die Couch gelegt und Georgina aufgefordert, Ihnen Käsetoast zu machen?«

»Kein Kommentar.«

»Wo war Ihre Tochter, als das geschah?«

»Kein Kommentar.«

»Wo war Skye, Mark?«

Er sah sie an. Zum ersten Mal war er eindeutig wütend. Er presste die Lippen zusammen, und seine Kiefer mahlten.

»Wo war Skye?«

»Kein Kommentar. Verdammt, kein Kommentar.«

Lizzie blickte auf die Uhr. Sie sollte feststellen, was er zu seiner Verteidigung zu sagen hatte. Wenn man das überhaupt so nennen konnte. Sie durchforstete den ihr bekannten Katalog der Entschuldigungen und Lügen. Welche Ausrede könnte er vorbringen?

»Glauben Sie, dass Georgina Teel Ihre Aussage stützt?«

Er studierte ihr Gesicht. »Hat sie schon ausgesagt?«

Da hatte sie es: Er erwischte sie auf dem falschen Fuß. Lizzie zögerte. Den kurzen Absatz in dem Bericht zur häuslichen Gewalt konnte man kaum als Aussage bezeichnen, obwohl er zumindest unterschrieben war. Es handelte sich um ein unordentliches Gekritzel von drei Zeilen, geschrieben mit einem Kugelschreiber, der mehrmals den Dienst versagt hatte und entweder kleckste oder aussetzte. Die Handschrift senkte sich zum Ende der Seite hin ab, einige Worte waren durchgestrichen oder falsch geschrieben und vermutlich in aller Eile hingeschmiert. Allerdings machte sich Lizzie um die Armseligkeit der Aussage weniger Sorgen als darum, Brannon mitzuteilen, dass seine Partnerin gegen ihn ausgesagt hatte. Wer wollte schon die Gefahr vergrößern, in der Georgina Teel ohnehin schon schwebte?

Der Anwalt blickte auf. Er hatte Ringe unter den Augen, und das Weiße war mit Blutgefäßen durchzogen.

»Wenn es eine Aussage gibt, dann müssen Sie sie offenlegen, wenn es zur Anklage kommt.«

»Uns liegt eine kurze Erklärung vor, ja.«

Brannon beugte sich vor. »Was bedeutet das? Was sagt sie?«

»Ich werde keine Fragen dazu beantworten. Ich bin nicht diejenige, die verhört wird.«

Der Anwalt hob die Hand. Die Manschetten seines Jacketts waren fadenscheinig. In seiner Geste lag keine sonderliche Begeisterung, aber man musste ihm zugutehalten, dass er seinen Job tat.

»Wenn Sie diese Anhörung zu irgendeiner Art von Beeinflussung benutzen wollen, müssen Sie mir ausreichende Auskünfte geben, um meinen Klienten zu beraten.«

Lizzie musste an die unbekannte Georgina Teel denken, die über den Boden geschleift worden war, um Mark Brannon anschließend den Käsetoast zu machen, auf dem er beim Eintreffen der Polizei noch kaute.

»Georgina hat ausgesagt, Sie hätten sie letzte Nacht angegriffen, Mark. Das sollte genügend Auskunft sein, um mir mitteilen zu können, ob es die Wahrheit ist, oder nicht?«

Brannon lehnte sich zurück und verschränkte die Arme über der Brust.

»Kein Kommentar.«

»Gibt es einen Grund, warum sie sich das hätte ausdenken sollen? Irgendeine Geisteskrankheit? Oder Groll? Vielleicht Eifersucht?«

Am liebsten hätte sie hinzugefügt: *denn schließlich bist du ein hübscher Kerl, ein echtes Schätzchen.*

»Kein Kommentar.«

»War es vielleicht Notwehr? Hat sie Sie angegriffen, und Sie haben sich verteidigt?«

Brannon wandte sich an seinen Anwalt, der gerade laut genug für die mitlaufende Aufzeichnung sprach.

»Ich erinnere Sie an meinen früheren Rat.«

Brannon schwieg und lehnte sich wieder auf seinem Stuhl zurück, ganz die Parodie eines Mannes, der eine Entscheidung trifft.

»Dann eben: kein Kommentar.«

Es erwies sich als wahre Herausforderung, Brannon wieder in seine Zelle zurückzubringen. Zunächst mussten sie Schlange stehen, um ihn wieder einzubuchen. Dann bat er um eine weitere Besprechung mit seinem Anwalt. Der für den Arrestbereich zuständige weibliche Sergeant – sehr glamourös aufgemacht mit blonden Strähnchen in den Haaren, gefärbten dunklen Wimpern und einer ziemlich hochnäsigen Art – beäugte Lizzie so missbilligend, als ob sie es sei, die um die Beratung gebeten hatte.

»Das hast du ihm zu ermöglichen.«

Lizzie versuchte zu protestieren. »Sarge, ich muss noch den Bericht für den Staatsanwalt schreiben.«

Der Mund der jungen Frau verwandelte sich in eine harte, verbissene Linie. »Nein, *Detective*. Er ist dein Gefangener. Ich kann keinen Haftbeamten entbehren.«

Lizzie stand in ihren unbequemen Pumps da, lehnte sich an die Wand und starrte in die Luft, während Brannon und sein Berater hinter einer geschlossenen Glastür konferierten. Wohin würde dieser ganze Aufwand führen? Zu einer Bewährungsstrafe? Oder gemeinnütziger Arbeit? Ihr Telefon summte. Eine Nachricht von Kieran: 👍?

Sie tippte eine Antwort – ebenfalls ein Emoticon –, löschte sie aber sofort wieder.

Kieran Shaw war ihr Inspector gewesen, als Hadley und Farah starben. Er war auch ihr Liebhaber. Nach den Todesfällen hatte er die Kontrolle übernommen und ihr ganz klar – vielleicht zu klar – gesagt, wie sie sich verhalten sollte. Er hatte ihr zur Seite gestanden, sich in die Schusslinie gestellt und sie zum Disziplinarausschuss begleitet, aber nachdem alles vorbei war, hatte er ihr erklärt, dass es nun an der Zeit sei, einen Schlussstrich zu ziehen. Und wenn man noch so hart mit sich ins Gericht ging – es würde Hadley und Farah nicht zurückbringen. Seine Gewissheit ließ keinen Raum für ihre Zweifel.

Doch auch schon vor den Todesfällen war es ein ziemliches Durcheinander gewesen, denn Kieran war verheiratet und hatte eine Tochter. Seine Ruhetage hatte er bei seiner Familie in Lewes verbracht und würde an diesem Abend nach London zurückkehren, weil er am nächsten Tag Frühschicht hatte. Er wollte sie abends zum Essen ausführen, um ihren ersten Arbeitstag zu feiern. Und wie immer war es das Gleiche: Sie zögerte zwar, würde sich aber vermutlich dann doch nicht weigern, ihn zu treffen.

Ihre Gedanken wurden unterbrochen, als Ash hereinkam und sich neben sie an die Wand vor dem Beratungszimmer lehnte. Zusammen beobachteten sie Brannon und seinen Anwalt. Lizzie ließ das Telefon in ihre Tasche gleiten.

»Dieser Anwalt nimmt sich ganz schön viel Zeit, oder?«, stellte Ash fest. »Dabei werden sie nicht mehr nach Stunden bezahlt.«

»Er ist kein Pflichtverteidiger.«

»Nicht?«

»Brannon hat Freunde. Sieht aus, als ob sie sich um ihn kümmern.«

»Interessant.«

Nach kurzem Schweigen fuhr Ash fort: »Ein kleiner Vogel hat mir geflüstert, dass ein böser Sergeant im Arrestbereich unfreundlich zu unserem hübschen neuen Detective war.«

Wider besseres Wissen musste Lizzie lachen.

Ash sagte: »Brannons Partnerin Georgina hat angerufen. Sie will mit dir reden.«

»Aber ich hänge hier fest!«

»Ich habe mich mit dem äußerst zuvorkommenden Haftbeamten Hussain unterhalten. Er ist bereit, uns auszuhelfen. Und wenn du gleich an Sergeant Hitchin vorbeikommst, vergiss nicht, danke zu sagen. Schließlich willst du sie nicht gegen dich einnehmen. Sie kann rachsüchtiger sein als Anne Boleyn.«

Lizzie informierte sich an der Tafel im Büro des Inspectors.

Hier waren die Kennzeichen der Dienstwagen des Bezirks aufgezeichnet, daneben die Namen und Handynummern der Beamten, die sie benutzten. Nicht ein einziges Auto war verfügbar. Sie fühlte sich noch nicht selbstsicher genug, eine Runde durch die Büros zu machen und die Kollegen zu fragen, ob einer auf ein Auto verzichten würde. Ihr eigener Golf stand unten; den würde sie nehmen. Zwar sollte man im Dienst keine eigenen Fahrzeuge benutzen, aber mit öffentlichen Verkehrsmitteln würde sie mehr als eine Stunde zu einem Tag hinzufügen, der schon jetzt so aussah, als ob er sich bis in die Abendstunden hinein dehnen würde.

Mit dem Auto war Georginas Wohnung nur fünfzehn Minuten vom Revier entfernt: zunächst an der Haupteinkaufsstraße mit Programmkino und Gastro Pub entlang, von dort aus ging es in die ärmeren, raueren Seitenstraßen. Lizzie parkte in einer kostenpflichtigen Parkbucht unmittelbar vor dem Wohnblock, stieg die Treppe hinauf und ging den Außenkorridor entlang. Auf dem Treppenabsatz hatte jemand mit blauer Kreide ein Himmel-und-Hölle-Spiel gezeichnet. Ein rosa Mädchenfahrrad, an dessen Lenker Quasten hingen, lehnte an der Wand direkt vor der Wohnungstür.

Georgina war schlank und wirkte in ihren engen hellen Jeans sehr groß. Sie hatte langes, glattes blondes Haar mit Strähnchen und trug ein ärmelloses weißes T-Shirt, das ihre kleinen Brüste und dünnen Arme zeigte. Sie führte Lizzie in den schmalen Flur. Es war viel zu warm. Die Hitze quoll aus voll aufgedrehten Heizkörpern.

»Hätten Sie etwas dagegen, die Schuhe auszuziehen?«

»Nein, überhaupt nicht. Im Gegenteil – Ihre Bitte kommt mir sogar sehr entgegen.«

Sie bückte sich und stellte ihre Schuhe auf den Schuhständer.

Dabei bemerkte Lizzie Georginas schmale und schön gepflegte Füße und die lackierten Zehennägel. An der Innenseite ihres Knöchels war ein Lotusblüten-Tattoo.

Sie richtete sich auf und fühlte sich ein bisschen verlegen wegen ihrer poppigen Socken.

Sie betraten das Wohnzimmer durch die Milchglastür am Ende des Flurs. Am Tisch saß ein etwa siebenjähriges Mädchen, das seiner Mum sehr ähnlich sah: lange Beine in einer rosa Caprihose, lange, nackte Arme, eine schmale Brust in einem weißen T-Shirt mit einem Cupcake auf der Vorderseite. Zwei blonde Zöpfe fielen auf die Schultern der Kleinen. Ihre in Söckchen steckenden Zehen rollten sich um die Streben des Holzstuhls, und ihr Kopf beugte sich konzentriert über einen Webrahmen, auf dem sie bunte Gummibänder verwebte.

Eine andere Frau in Georginas Alter saß rechts auf einem weißen Sofa hinter einem Couchtisch aus Glas. In dieser Ecke war es recht dunkel, daher konnte Lizzie sie nicht richtig sehen.

Georgina sagte: »Sei ein liebes Mädchen, Skye. Geh damit in dein Zimmer und mach es dort fertig. Ich muss mit der Dame reden.«

»Aber ich brauche den Tisch.«

»Du kannst dir später eine DVD anschauen. Und jetzt tu, was ich dir sage. Geh in dein Zimmer. Ich möchte es nicht noch einmal wiederholen.«

Skye lächelte Lizzie kurz, aber freundlich an, nahm ihren Webrahmen und den Behälter mit den Gummibändern und verschwand in ihrem Zimmer. Georgina ging zur Küche.

»Tee?«

»Ja, bitte.«

Die Frau auf dem Sofa meldete sich zu Wort. »Ich mach das schon, Georgie.«

»Ah, danke.«

Die Frau blickte Lizzie an, und Lizzie lächelte. »Hi, ich bin Lizzie.«

Die Frau erwiderte ihr Lächeln nicht. »Ja, ich weiß, wer Sie sind.«

Sie mochte Ende zwanzig sein, hatte kaffeefarbene Haut und krauses goldblondes Haar. Ein Nasenflügel trug ein Piercing, und ein kurzes sportliches Top zeigte ihren muskulösen braunen Bauch. Der Nabel war mit einem Stab und einem Edelstein gepierct. Sie verschwand im Küchenbereich, und Lizzie bemerkte zum ersten Mal einen Hund, der mit einem blauen Gipsverband am rechten Vorderbein in einem Korb lag.

Sie setzte sich an den Tisch. »Was ist denn mit dem Hund passiert?«

Georgina zuckte mit den Achseln und setzte sich ihr gegenüber. »Sie hat sich das Bein gebrochen. Dumme Sache. Ist vor ein Auto gelaufen.«

Lizzie blickte sich in der Wohnung um. »Hier sieht es ja wirklich makellos aus.«

»Eine leichte Zwangsstörung. Habe ich von meiner Mutter.«

»Ist Ihre Mutter auch so?«

Georgina lachte. »Himmel, nein. Eher das Gegenteil.«

Jetzt erst fiel Lizzie der blaue Fleck unter Georginas Auge auf, der geschickt überschminkt worden war. Die andere Frau brachte ein Tablett mit Tee und einem Teller mit Keksen. Die Tassen waren aus Porzellan, sogar mit Untertassen. Die Frau setzte sich, als gehörte sie dazu.

Lizzie sagte zu Georgina: »Hat jemand diesen blauen Fleck fotografiert?«

Georginas rechte Hand berührte flüchtig ihr Gesicht, doch die andere Frau unterbrach sie, ehe sie antworten konnte.

»Hören Sie, lassen Sie uns auf den Punkt kommen. Georgie kann das nicht durchziehen.«

Lizzie wandte sich ihr zu. »Entschuldigen Sie, aber ich weiß nicht, wer Sie sind.«

»Ich bin eine Freundin von Georgie.«

Lizzie befeuchtete ihre Lippen. »Okay.«

»Georgie hat mich heute Morgen unter Tränen angerufen. Sie kann es nicht durchziehen.«

»Georgina, ist das wahr?«

Georginas Augen irrten zu der Frau und dann zurück zu Lizzie. »Ja.«

Die Freundin unterbrach sie. »Mark ist Skyes Vater. Sie sind eine Familie.«

»Könnten Sie mir bitte Ihren Namen sagen?«

»Warum sollte ich?«

»Vielleicht sollte ich lieber allein mit Georgina reden.«

»Aber ich bin hier, um sie zu unterstützen.«

Sie zu unterstützen. Mit dieser Aussage beanspruchte sie ihr moralisches Recht und degradierte Lizzie, als ob sie darauf aus wäre, Georgina zu schaden.

»Georgina, würde es Ihnen etwas ausmachen, ohne Ihre Freundin mit mir zu reden?«

Erneut mischte sich die Freundin ein. »Warum ist das nötig?«

Lizzie sah ihr gerade ins Gesicht und machte keinen Versuch, ihre Feindseligkeit zu verbergen. »Weil es hier um eine rechtliche Angelegenheit geht und Sie nicht einmal bereit sind, mir Ihren Namen zu nennen. Ich werde Georginas Aussage aufnehmen.«

»Aber ich bin hier, um sie zu unterstützen!«

»Das sagten Sie bereits.« Lizzie konzentrierte sich auf den Tisch und nahm sich zusammen. Schließlich sagte sie freundlich und nur an Georgina gewandt: »Georgina, ist es wirklich nötig, dass Ihre Freundin hierbleibt?«

Sofort warf die Freundin ein: »Ich kann bleiben, Georgie, wenn du mich brauchst.«

Georgina schüttelte den Kopf. »Nein, schon okay. Für mich ist es in Ordnung.«

»Bist du sicher, Schatz?«

»Ja, mir geht es gut.«

»In Ordnung. Mein Handy ist an. Jederzeit.«

Sie umarmten sich. Die anonyme Freundin steckte ihren Kopf in Skyes Zimmer, um sich zu verabschieden, kam rasch wieder heraus und zog ihre Jacke an, als wolle sie zu verstehen geben, dass Lizzie Griffith sie nicht im Mindesten beeindruckte.

Nachdem die Tür ins Schloss gefallen war, entstand ein kurzes Schweigen, ehe Lizzie sagte: »Warum sagen Sie mir nicht einfach, was hier los ist?«

Georgina presste die Hände an ihre Augen. Sie schien nicht sprechen zu können. Lizzie wartete.

»Er sagt, er liebt mich.«

»Er darf keinen Kontakt zu Ihnen aufnehmen, auch nicht über eine dritte Person.«

»Das hat er auch nicht getan. Marley ist aus eigenem Antrieb hergekommen«

»Marley?«

»Das Mädchen, das eben hier war. Die Freundin, die Sie hinausgeworfen haben. Er hatte sie von der Wache aus angerufen. Sie wollte mir nur sagen, wie sehr ihm das alles zu schaffen macht.«

»Warten Sie, Georgina …«

»Er sagt, es tut ihm leid! Und dass er mich liebt. Auch Skye liebt er. Er will sich ändern. Noch einmal ganz von vorn anfangen.«

Lizzie starrte in ihren Tee und dachte nach. Dabei fiel ihr ein, dass Marley vielleicht hineingespuckt hatte. Sie stellte die Tasse wieder ab.

»Glauben Sie ihm, wenn er sagt, dass er sich ändern will?«

»Ich weiß es nicht.« Georgina wischte sich den linken Augenwinkel.

»Er sollte sich nicht mit Ihnen in Verbindung setzen.«

»Er will doch nur, dass ich ihm eine Chance gebe.«

»Und was, wenn Sie das nicht tun? Was, wenn Sie ihm keine zweite Chance geben? Was, wenn Sie sagen, dass es Ihnen reicht?«

Georgina antwortete nicht.

»Hat er solche Versprechungen nicht schon früher gemacht?«

»Sie verstehen mich nicht. Ich kann ihn nicht verlassen.«

»Warum nicht? Haben Sie Angst vor ihm?«

»Marley hat mir gleich gesagt, dass Sie so wären.«

Eine Pause entstand. »Ist Marley eine Freundin oder Verwandte von Mark?«

»Das hat nichts damit zu tun.«

Lizzie nickte. »Okay.«

»Sie sagte, Sie würden versuchen, mich unter Druck zu setzen. Sagte, Sie würden es nicht verstehen.«

Die Tür zu Skyes Zimmer ging auf. Beide Frauen hörten sofort auf zu reden und sahen das Mädchen an, das an der Tür stand und ein Loom-Band in der ausgestreckten Hand hielt. Jetzt erst entdeckte Lizzie, dass die Nägel der Kleinen mit Blumen und Schmetterlingen lackiert waren.

»Das habe ich für dich gemacht, Mum.«

Das Band war rosa, blau und lila. Lizzie sagte: »Das ist ja wunderschön. Hast du es ganz allein gemacht?«

Skye trat einen Schritt vorwärts. »Ich kann auch eins für dich machen.«

»Darüber würde ich mich sehr freuen.«

Georgina stand auf und nahm das Band. »Schön, Skye. Aber ich habe dir gesagt, du sollst in deinem Zimmer bleiben.«

Skye verzog das Gesicht, trat aber den Rückzug an. Georgina streifte das Band über ihr Handgelenk, wo sie bereits eines trug.

Lizzie traf Georginas Blick, und ihr Polizeiwissen drängte sich ihr auf: der Schaden, den ein Mann anrichten kann.

Georgina fragte: »Haben Sie Kinder?«

»Nein.«

»Aber einen Freund, oder?«

Lizzie zuckte mit den Achseln. Konnte sie Kieran wirklich als ihren Freund bezeichnen? Georgina schenkte ihr ein unangebracht komplizenhaftes Lächeln.

»Männer sind vom Mars, nicht wahr?«, sagte sie.

Lizzie lächelte unsicher. »Ja, das nehme ich an.«

»Sie haben ihn nicht erlebt, aber Mark ist sehr liebevoll.«

Lizzies Herz flog Georgina plötzlich zu: die aufgeräumte Wohnung, der Buddha im Flur, ihre schönen Füße, ihr gehorsames kleines Mädchen.

»Es ist ein Verhaltensmuster«, sagte sie. »Verstehen Sie das nicht?«

»Er ist nur so, wenn er betrunken ist. Er will mit dem Trinken aufhören, das hat er versprochen. Er hat es Marley gesagt. Er sagte, er weiß, dass er aufhören muss zu trinken.«

Lizzie erinnerte sich an den Bericht von Brannons erstem aktenkundigen Angriff: schwere Körperverletzung bei einem Ladenbesitzer, der versucht hatte, ihn von einem Diebstahl in seinem Laden abzuhalten. Brannon war damals fünfzehn Jahre alt gewesen. Es schien, als raste er immer aus, wenn jemand ihm seinen Willen vorenthielt. Er hatte den Ladenbesitzer als »Paki« beschimpft und ihm eine Getränkedose gegen die Stirn geschlagen, die er aus einem der Regale genommen hatte. Dann hatte er ihm das Schlüsselbein gebrochen, indem er auf ihm herumtrampelte. Er verließ den Laden, ohne etwas mitzunehmen. Seither hatte er immer wieder Menschen angegriffen.

Lizzie sagte: »Warum gehen Sie nicht einen Schritt zurück? Geben Sie Mark die Chance zu beweisen, dass er mit dem Trinken aufhören kann. Wenn er rauskommt, können Sie vielleicht eine Beziehungspause einlegen?«

»Wenn ich zustimme, bedeutet das, dass Sie die Klage fallen lassen?«

»Georgina …«

Georgina erhob die Stimme. »Sie tun es nicht, stimmt's?«

Wieder ging die Tür zum Kinderzimmer auf. Skye stand mit einem anderen Loom-Band auf der Schwelle.

»Skye, ich habe dir gesagt, du sollst in deinem Zimmer bleiben!«

Skyes Gesichtchen verhärtete sich. »Aber ich habe das hier für Lizzie gemacht. Sie hat mich darum gebeten.«

»Das kann nicht sein. Du hattest gar nicht genug Zeit für ein anderes Band. Geh in dein Zimmer!«

Skye engleisten die Gesichtszüge, und sie begann zu weinen.

Plötzlich kippte die Stimmung im Raum. Georgina barg den Kopf in ihren Händen. Skye stand verloren mitten im Zimmer wie eine kleine Gestalt allein an einem Strand, die kurz davor war, von der Flut abgeschnitten zu werden. Lizzie stand auf und trat auf sie zu.

»Das ist lieb von dir, vielen Dank.« Sie nahm das Loom-Band. »Es ist toll.« Sie streifte es über und drehte ihre Hand nach allen Seiten. »Ich werde es in Ehren halten.«

Sie blickte zu Georgina hinüber, die immer noch die Ellbogen auf den Tisch stützte und ihr Gesicht in den Händen hielt. Lizzie drehte sich zurück zu Skye, beugte sich zu ihr hinunter und legte ihr sanft die Hand auf den Oberarm.

»Deine Mum ist gleich wieder für dich da. Sie braucht nur noch einen Moment, um mit mir zu sprechen. Kannst du solange in deinem Zimmer warten? Es dauert nicht mehr lange.«

Skye nickte. »Warte kurz.« Lizzie trat an den Tisch und griff nach dem Teller mit den Keksen. »Nimm dir ein paar davon.«

Die Kinderzimmertür wurde wieder geschlossen. Lizzie setzte sich und wartete. Georgina putzte sich die Nase.

»Sie sind wirklich gut darin«, sagte sie.

»Was meinen Sie?«

»Wie sie mit Skye umgehen.«

Lizzie lachte. »Keine Ahnung.«

Georgina lächelte skeptisch. »Ich sollte Sie babysitten lassen.«

»Sie ist süß.« Lizzie zeigte ihr Handgelenk. »Jedenfalls werde ich dieses Loom-Band in Ehren halten. Ich hatte noch nie eines.«

Beide Frauen lächelten. Es war lustig und nett; sie spürten es beide.

Georgina sagte: »Skye macht sich große Sorgen. Ich kann ihr nicht antun, mich von ihrem Vater zu trennen, das müssen Sie verstehen. Mark muss einfach nur aufhören zu trinken.«

»Aber wenn Sie doch vielleicht einmal eine Beziehungspause einlegen?«

Georginas Augen funkelten sie an. »Ich kann nicht, verstehen Sie das nicht?«

»Sie müssen auch an Skye denken.«

Plötzlich wurde Georginas Blick ganz scharf. »Ich denke immer an Skye. Meine Tochter steht für mich grundsätzlich an erster Stelle. Also was reden Sie da?«

Lizzie hatte den falschen Ansatz gewählt. Klar. »Georgina …«

»Skye liebt ihren Vater. Und er vergöttert sie.«

Aber immerhin hatte sie es angesprochen.

»Es tut ihr nicht gut, Gewalt mitzuerleben.«

»Er wird an einem Projekt zur Verhaltensänderung teilnehmen.«

»Dann nehmen Sie sich Ihre Auszeit, während er das tut. Skye sollte nicht mit ansehen, wie ihr Vater ihre Mutter verletzt.«

»Wollen Sie mir drohen?«

»Wie kommen Sie denn darauf? Ich bin nur besorgt.«

»Besorgt? Ich hasse dieses Wort! Ich kenne euch Polizisten nur allzu gut. Ihr glaubt immer, alles besser zu wissen. Mark verlassen? Sie haben ja keine Ahnung! Und Skye geht es gut.« Sie blickte sich in ihrer tadellosen Wohnung um. »Sehen Sie hier irgendetwas, das Ihnen Sorgen bereitet?«

»Natürlich nicht. Hier ist es richtig schön.«

»Ich will hier keine Sozialarbeiter sehen.«

Alles, was Lizzie gesagt hatte, hatte es nur noch schlimmer gemacht.

Plötzlich erinnerte sie sich an ihren Kollegen Hadley, der sich mit einer Schildkröte auf der flachen Hand in einen unbequemen Holzstuhl gequetscht hatte. Es war eine ärmliche kleine Wohnung gewesen. Der älteste Junge hatte etwas demoliert. Die erschöpfte Mutter, die seit viel zu langer Zeit vier Kinder allein aufzog, wollte trotzdem nicht, dass ihr Sohn verhaftet wurde. Hadley hatte den Jungen aus der Wohnung geworfen, blieb aber noch sitzen und wartete ab, dass er nicht zu schnell wieder zurückkehrte. Als Kind habe er eine eigene Schildkröte gehabt, behauptete er. *Manchmal verstecken sie sich verdammt gut.* Die Frau hatte sich entspannt und begann zu lächeln. Hadley hatte diese Art an sich gehabt. Und doch konnte ihn niemand je beschuldigen, sein Auftreten zu überschätzen.

Einigen Leuten kann man einfach nicht helfen. Vergiss niemals: Wir sind die Polizei und keine Sozialarbeiter, Gott sei Dank.

Lizzie sah sich im Zimmer um: die ordentlich aufgeräumten Regale, der süße Hund, das gerahmte Bild von Skye mit ihrem Vater auf einer Eisbahn. Sie hatte es versucht. Jetzt würde sie den Vorschriften folgen. Sie öffnete ihre Tasche, nahm die Aussageprotokolle heraus, die sie ordentlich in einen Plastikordner geheftet hatte, und hielt ihren Kugelschreiber griffbereit.

»Wenn Sie absolut sicher sind, dass Sie Ihre Aussage zurückziehen wollen, setzen wir eine entsprechende Erklärung auf, und ich informiere die Staatsanwaltschaft. Sie trifft die Entscheidung, nicht ich.«

»Dann tun Sie das.«

Lizzie begann, das Formular auszufüllen. »Es bedeutet allerdings nicht zwangsläufig, dass man ihn nicht zur Rechenschaft zieht.«

»Aber es ist unwahrscheinlich, nicht wahr?«

Lizzie checkte ihr Smartphone wegen des Datums. »Weniger wahrscheinlich. Vielleicht werden Sie vorgeladen, oder man macht ohne Ihre Aussage weiter.« Sie setzte Georginas Namen ein. »Okay, was wollen Sie sagen?«

Georginas Gesicht wirkte angespannt. »Letztlich macht Ihre Aussage den Unterschied, nicht wahr?«

Lizzie zuckte mit den Achseln.

Georgina insistierte. »Was werden Sie ihnen erzählen?«

Lizzie wusste genau, was sie in ihren Bericht für den Staatsanwalt schreiben würde: Brannon stellte eine fortdauernde und bedeutende Bedrohung für Georgina dar. Auch Skye war gefährdet. Brannon sollte angeklagt werden, und man benötigte eine Vorladung, um Georgina zu zwingen, ihre Aussage zu machen.

Sie sagte: »Ich bin Polizistin. Es ist meine Aufgabe, mich um die kriminellen Aspekte zu kümmern. Warum lassen Sie nicht zu, dass ich Sie mit jemandem in Kontakt bringe, mit dem Sie über alles sprechen können – jemand, der nicht Teil dieses Vorgangs hier ist?«

Georgina ließ sich nicht beirren. Sie schüttelte den Kopf. »Und warum sagen Sie mir nicht, was Sie der Staatsanwaltschaft mitteilen wollen?«

»Ich habe mich noch nicht entschieden. Ich muss erst darüber nachdenken.«

»Nun, denken Sie an die kleine Skye, ehe Sie etwas schreiben.«

»Ich denke an Skye.«

»Ein Mädchen braucht seinen Vater.«

Es war bereits vier Uhr, als Lizzie ins Büro zurückfuhr. Sie hatte seit dem Frühstück nichts gegessen. Sie parkte, lief zu M&S und stand wie in Trance vor einem hell beleuchteten Kühlschrank voller Harissa-Hühnchen und King-Prawn-Salaten. Sie griff nach einem Risotto, stellte es aber wenig überzeugt wieder ins Regal. Ihr Telefon summte: Kieran. Sie hatte ihm eine Nachricht geschickt, dass sie wahrscheinlich zu spät käme, aber ein Blick auf den Bildschirm zeigte ihr, dass er derjenige war, der sie auslud.

Sorry, Elternsprechstunde. Vergessen. Komme danach, aber erst spät.

Wer wusste schon, was wirklich zu seiner Verspätung führte? Sie hatte gelernt, nicht zu fragen. Sie steckte ihr Telefon ein, nahm ein Kartoffel-Spinat-Curry aus dem Regal und erlag der Versuchung eines Schokoriegels, als sie in der Schlange vor der Kasse wartete.

Ash war noch im Büro und starrte auf seinen Bildschirm. Sie warf ihre Tasche auf den Tisch. Er blickte auf.

»Wie ist es gelaufen?«

»Widerrufserklärung.«

»Mist.«

»Du sagst es.«

»Du brauchst trotzdem eine Vorladung.«

»Ja, ich weiß.« Sie nahm das Curry aus der Tasche. »Wo ist die Mikrowelle?«

Ash blickte auf das Fertiggericht und hob die Augenbrauen. »Da hast du dir ja Leckeres mitgebracht.«

»Tut mir leid. Ich konnte doch nicht ahnen, dass du noch hier bist.«

»Ich war eben so blöd, bei einem Häftling auszuhelfen.«

»Was war?«

»Pah! Der Depp hat eine Bettdecke nach seiner Tussi geworfen.« Sein Telefon summte. »Anscheinend kann ich ihn jetzt vernehmen.« Er steckte sein Telefon ein und schlenderte aus dem Büro.

Die Schatten auf den Gebäuden gegenüber den Bürofenstern wurden länger. Der Anwalt am anderen Ende der Telefonleitung hatte einen walisischen Akzent. Lizzie stellte ihn sich mit seiner Tasse Kaffee und seiner endlosen Liste von Fallzusammenfassungen vor, die alle angeklickt, gelesen und entschieden werden mussten. Ob er einen Schwedenofen besaß und über die Täler hinweg den Sonnenuntergang sehen konnte? Schlief ein Labrador zu seinen Füßen? Vielleicht war er im Pyjama. Oder gar nackt. Vielleicht war er ein Zentaur. Wer konnte es schon wissen?

»Frage Nummer eins: Geht sie vor Gericht?«

»Zunächst hat sie eine Erklärung abgegeben, die hat sie aber jetzt wieder zurückgezogen.«

»Gut, überlassen Sie das mir. Rufen Sie in zwanzig Minuten wieder an. Könnten Sie inzwischen bitte eine Risikobewertung schicken? Ich möchte mir ein Bild über die Schutzmaßnahmen machen.«

Lizzie stellte den Timer ihres Handys und legte ein großes Blatt Papier auf die Tastatur: *Offene Leitung zur Staatsanwaltschaft! Bitte nicht trennen.*

Sie setzte sich an ihren Schreibtisch und gab Brannons Namen und sein Geburtsdatum in das Informationsprogramm ein. Der Computer sortierte und lud Daten aus den verschiedenen Polizeiverzeichnissen – Berichte über Delikte, Vorladungen zur Polizei, Mitteilungen an Sozialdienste.

Die siebenjährige Skye hatte bereits ein Aktenzeichen, als sie sich noch im Ultraschall-Ozean von Herzschlägen und knospenden Gliedmaßen bewegte. Die Polizei war von einem Nachbarn gerufen worden, der über einen heftigen Streit berichtete. Schreie und Schläge waren zu hören. Georgina, die sichtbar schwanger war, weigerte sich, die Beamten in die Wohnung zu lassen. Mark stand hinter ihr im Flur und forderte wutentbrannt den Namen des Nachbarn, der angerufen hatte.

Lizzie klickte den nächsten Bericht an: Er kam von der Notaufnahme des örtlichen Krankenhauses. Georgina war mit Blutergüssen an den Armen eingeliefert worden. Der Arzt glaubte nicht, dass die Verletzungen ein Unfall waren. Georgina behauptete jedoch, es wäre dazu gekommen, als Mark sie bei einem Treppensturz aufgefangen habe. Der Arzt stellte fest, dass die damals zweijährige Skye extrem auf ihre Mutter fixiert war.

Lizzie tippte schnell.

Ein Becher Tee erschien neben ihrer linken Hand. Lizzie blickte auf. Ash stand neben ihr und bot ihr eine geöffnete Keksdose an.

»Custard Cream, Detective?«

Sie schüttelte den Kopf. »Nein danke. Wieso bist du nicht beim Verhör?«

»John Grisham hatte noch ein paar Fragen zu dieser Bettdecke. Ich habe mich bemüht, ihnen begreiflich zu machen, dass es hier nicht um *Die zwölf Geschworenen* geht, aber ohne Erfolg. Sie beraten sich wieder.«

Er griff nach dem Hörer und hielt ihn bedrohlich über das Telefon. Lizzie schüttelte den Kopf. »Hör auf, mich zu verarschen.«

Ash schnalzte mit der Zunge. »Sturmwarnung! Unsere Neue dreht bereits durch.« Er legte den Hörer wieder auf den Schreibtisch. »Weshalb die Panik?«

»Ich hab doch keine Panik«, sagte sie und drückte auf den »Senden«-Knopf ihrer E-Mail. »Der Anwalt wollte eine Risikobewertung.«

»Und wie hast du dich entschieden? Ist Brannon eine Gefahr

für Leib und Leben oder nur ein ganz normales herkömmliches Arschloch?«

»Ich glaube, er ist beides.«

Der Timer von Lizzies Handy summte. Sie nahm den Hörer vom Tisch und entriegelte den Stummschaltknopf. »PC Griffiths hier.«

»Alles klar. Ich lese gerade Ihre Risikobewertung. Ich denke, wir werden Anklage erheben.«

Lizzie drehte den Schlüssel im Schloss und öffnete die schwere Tür. Brannon lag auf dem Bett und starrte an die Decke. Er setzte sich auf und lächelte: ein nettes Lächeln mit Anzeichen von Reue.

»Tut mir leid, wenn ich eben nicht nett war.«

Sie zuckte mit den Achseln.

»Ich kann manchmal ein ganz schöner Wichser sein, okay? Aber nur, wenn ich besoffen bin.«

Nachdem er seinen Rausch ausgeschlafen hatte, war er liebenswerter geworden. Trauriger und menschlicher mit seinen blassblauen Augen, die an ferne Horizonte erinnerten.

»Schon gut.«

»Was ist?«

»Ich habe zwei Anklagen wegen Körperverletzung in einem minder schweren Fall gegen Sie.«

»Kein Scherz, oder?«

Sie zuckte mit den Achseln. »Wollen Sie juristischen Beistand?«

Er schüttelte den Kopf und stand bereits auf, um zum Schalter zu gehen. »Nein, lassen Sie es uns hinter uns bringen.«

Sie mussten warten, bis sie bei dem Sergeant an die Reihe kamen, und saßen nebeneinander auf der Bank. Von Kieran kam eine weitere Nachricht. Lizzie wandte sich ab und las sie. Er wäre bald in London. Sie schrieb zurück:

Häftling. Bin in 30 m fertig. Kannst du mich abholen?

Brannon reckte den Hals. »Treffen Sie jemanden?«

Lizzie steckte ihr Telefon ein und streckte die Finger aus.

Er sagte: »Ich soll mich um meinen eigenen Kram kümmern, stimmt's?«

»Ich denke schon.«

Er blickte sie an, spielte Luftgitarre und summte. »Wie heißt der Song?«, fragte er.

Sie hatte es sofort erkannt. *I bet you look good on the dancefloor* von den Arctic Monkeys.

Sie nickte. »Ja, schon gut, es reicht jetzt.«

Er rieb sich den Kopf. »Schauen Sie, Lizzie – Sie heißen doch Lizzie, nicht wahr? Ich weiß, Sie denken, dass ich ein Arschloch bin, aber ich liebe Georgie wirklich.«

»Aha.«

Sie schwiegen eine Weile, ehe er wieder begann: »Und die kleine Skye liebe ich auch.«

Lizzie warf einen Blick zu dem diensthabenden Sergeant hinüber – ein tadellos uniformierter Mann mit ergrauendem Haar und einer Haut, die so schwarz war, dass sie fast glänzte. Er beschäftigte sich mit einer Menge Beweisstücke, deren Stempelnummern er methodisch in das entsprechende Programm einscannte. Es waren Festplatten, Handys, ein Baseballschläger … und es dauerte eine gefühlte Ewigkeit. Es widerstrebte ihr, so viel Zeit mit Brannon verbringen zu müssen. Er hatte wieder angefangen.

»Ich könnte sie nicht mehr lieben.« Er lächelte missbilligend. »Ich bin ein ziemliches Ekel, wenn ich etwas getrunken habe.«

»Sagen Sie lieber jetzt nichts mehr. Sie stehen immer noch unter Arrest. Ich muss alles aufschreiben.«

»Ja, aber ich möchte, dass Sie mich verstehen. Ich bin kein

schlechter Mann. Ich habe ein gutes Herz. Ich liebe Georgie. Und ich liebe meine Familie.«

»Okay.«

»Okay?«

Lizzie wandte sich ihm zu. »Keine Ahnung, Mark. Was soll ich dazu schon sagen?«

Halleluja! Die Beamten räumten die Asservatenbeutel beiseite, und der Sergeant läutete eine imaginäre Glocke auf dem Schreibtisch. »Der Nächste.«

Die Anklagen waren unkompliziert. Die Probleme begannen, als Brannon erkannte, dass Lizzie beantragte, ihn in Gewahrsam zu behalten.

Er wandte sich ihr zu. »Himmel noch mal, kommen Sie! Sie wollen wohl scherzen! Ich war den ganzen Tag hier. Ich will nach Hause zu meiner Tochter.«

Der Sergeant griff ein und streckte seine Hand aus. »Sprechen Sie mit mir, nicht mit der Beamtin. Ich bin derjenige, der entscheidet.«

Brannon runzelte die Stirn, ließ Lizzie aber nicht aus den Augen.

»Warum mögen Sie mich nicht?«

»Das ist nichts Persönliches.«

»Es geht um meine verdammte Frau! Und um meine Tochter. Ich lebe für sie.«

Zwei Beamte näherten sich und stellten sich neben Lizzie. Einer von ihnen legte eine Hand auf Brannons Schulter. »Komm schon, Kumpel. Beruhige dich.«

Brannon schüttelte seine Hand ab. »Ich bin nicht dein Kumpel. Fick dich.«

Der Sergeant warf den beiden Beamten einen Blick zu. »Ich bewillige den Antrag von PC Griffiths, den Delinquenten in Gewahrsam zu behalten.«

Brannon schlug mit der Faust auf den Schreibtisch. »Ich werde Georgie verdammt noch mal nicht wehtun. Ich liebe sie.«

»Können Sie beide PC Griffiths bitte dabei helfen, Mr Brannon wieder in seine Zelle zu bringen?«

Brannon ging schnell mit gesenktem Kopf. Lizzie folgte den beiden Beamten, die ihn in die Zelle begleiteten, und verschloss die Tür. Brannon rief: »Ich will eine Tasse Tee!«

Sie öffnete den Spion, ließ aber die Perspex-Scheibe davor. Brannon stand unmittelbar hinter der Öffnung.

»Haben Sie noch nie einen Fehler gemacht?« Als sie nicht sofort antwortete, sagte er: »Nun?«

»Natürlich habe ich Fehler gemacht. Das tun wir alle.«

Er antwortete nicht, sondern starrte sie nur an. Sie lächelte nervös. »Ich besorge Ihnen Ihre Tasse Tee. Mit Zucker?«

»Und man hat Ihnen trotzdem gestattet weiterzumachen?«

Weiterzumachen? Nun, zumindest versuchte sie es. »Hören Sie, ich muss gehen. Wollen Sie nun Tee oder nicht?«

Er trat ein Stück zurück. »Zwei Stücke Zucker.«

Sie stand in dem vollgepackten kleinen Raum neben den Styroporschachteln mit den Fertiggerichten zum Aufwärmen und den Regalen voller Asservatenbeutel und Waffenboxen. Sie prüfte, ob der Tee nicht zu heiß war, falls er ihn über sie schüttete, und verrührte den Zucker mit einem Plastikstäbchen.

Als sie das Fenster öffnete, stand Brannon immer noch da. Vorsichtig reichte sie ihm den Tee und trat sofort zurück. Aber inzwischen schien er entspannter und ruhiger zu sein.

»Danke, Schätzchen.«

»Schon gut.«

Sie wollte den Spion gerade schließen, als er sagte: »Darf ich Sie kurz noch etwas fragen?«

Ärger kroch in ihr hoch. Schließlich hatte sie Kieran gesagt, es dauere noch dreißig Minuten. »Ich bin ein bisschen in Eile.«

»Glauben Sie daran, dass Menschen eine zweite Chance verdienen?«

Sie lächelte. »Was für eine Frage an eine Polizeibeamtin!«

»Wie meinen Sie das? Sie sind doch auch ein Mensch, oder? Wieso halten Sie sich für so anders als uns?«

»Das tue ich doch gar nicht. Es ist nur so, dass es nicht zu meiner Arbeit gehört. Ich meine Vergebung und Verständnis, diese Dinge. Mein Anteil sind die Ermittlung und die Anklage.«

»Ja, aber Sie glauben doch auch, dass Menschen sich ändern können, oder? Sie als Mensch?«

Lizzie dachte an Georgina. Sie hoffte wirklich, dass Brannon sich ändern konnte, aber sie war nicht überzeugt. »Ganz ehrlich? Ich weiß es nicht.«

»Sie wissen es nicht?«

Sie zuckte mit den Achseln. »Ich bin nur Polizistin.« Plötzlich wirkte er wieder sehr erregt. »Brauchen Sie eine Zigarette? Ich frage einen der Haftbeamten, ob er Zeit hat, Sie nach draußen zu bringen.«

Seine Paul-Newman-Augen verengten sich, und sein Kiefer spannte sich an. Er nickte. Er hatte sie sehr genau verstanden.

»Sie halten sich wohl für eine sehr schlaue kleine Fotze, nicht wahr?«

Etwas hinderte sie daran, den Spion zu schließen. Plötzlich hatte er ihre gesamte Konzentration.

»Und eine heuchlerische kleine Fotze obendrein.«

Sie konnte die von ihm ausgehende Hitze geradezu spüren.

»Froh über eine zweite Chance, nicht wahr? Zumindest wenn Sie es sind, die sie bekommt. Machen Sie mir nichts vor. Ich weiß, wer Sie sind, PC Lizzie Griffiths. Sie sind die Polizistin, die das Mädchen vom Dach hat fallen lassen.«

Ash war schon weg, als sie wieder ins Büro kam. Aber auf ihrem Schreibtisch lag eine Notiz: Tschüssikowski!

Lizzies Telefon klingelte: Kieran wartete unten auf sie. Nach ihrer Begegnung mit Brannon hatten sich alle Bedenken wegen Kieran in Luft aufgelöst. Sie verschickte die Datei mit der Anklage, schnappte ihre Tasche und lief in ihren hochhackigen Pumps die Treppe hinunter. Der Land Rover parkte auf der Straße und blinkte sie kurz an. Sie konnte Kieran im dunklen Innenraum nicht klar erkennen, sondern sah nur den ihr zugewandten Umriss seines Gesichts. Er betätigte die Lichthupe, und plötzlich empfand sie eine große Wärme. Er lächelte.

4

Sarah war spät dran. Heute wollte Detective Constable Lee Coutts den Denunzianten Erdem Sadiq verhören, der angeblich Informationen über Tanias Verschwinden hatte. Sarah war lange im Büro geblieben, um Lee zu briefen, ehe er zum Gefängnis ging. Lee – Ende zwanzig, mit glänzendem Haar und ebenso glänzendem Anzug – hatte nicht den Eindruck erweckt, besonders an dem interessiert zu sein, was sie zu sagen hatte. Aber der Chef hatte gesagt, er sei ein guter Beamter. Vielleicht hätte sie sich nicht einmischen sollen.

Sie ließ den Dienstwagen auf einem Anwohnerparkplatz stehen und lief die Treppe zur Wohnung hinauf. Die Sicherheitskette war vorgelegt, und ein Mann spähte durch den schmalen Spalt zwischen Tür und Rahmen. Sarah sah breite graue Stoppelwangen, große Ohren, Haare in den Nasenlöchern und blassblaue Augen. Sie zeigte ihren Dienstausweis und nannte den Code.

»Lotus Cortina.«

Robert McCarthy entfernte die Sicherheitskette. Er war klein und plump, trug eine dunkle Hose mit Hosenträgern und ein zugeknöpftes weißes Hemd mit aufgekrempelten Ärmeln. Ein Stück hinter ihm stand ein schlaksiger blasser Typ mit einem blauen Beanie, aus dem sich Locken kräuselten – Sarah nahm an, dass es sich um Ewan, Roberts Sozialarbeiter, handelte.

»Willkommen in meinem Heim«, sagte Robert fast schon majestätisch und winkte sie mit einer schwungvollen Geste herein.

Ewan lächelte Sarah zu. Sie trat ein. Robert schlurfte hinter ihnen in den Wohnraum. Das Zimmer roch säuerlich nach altem Wolltuch und Palmolive-Seife.

Ringsum standen auf Regalen, in Schränken und in auf dem Boden gestapelten Kartons Hunderte von Spielzeugautos – Lastwagen, Sportwagen, Pick-ups, Krankenwagen, Feuerwehrfahrzeuge, Polizeiautos, mehrere Autotransporter, ein Sprengmittelentfernungsfahrzeug, Wohnmobile, drei Schneepflüge – aufgereiht Seite an Seite.

Sarah trat zu einer Sammlung Polizeiautos: Austins, ein Mini Cooper Van, ein Daimler, ein Ford Granada und ein Capri.

»Darf ich einen in die Hand nehmen, Robert?«

»Klar.«

Sie nahm einen BMW mit weißer Lackierung, einem roten Streifen in der Mitte und einem T auf dem Dach. Er besaß das befriedigende Gewicht und die Detailtreue alter Metallguss-Spielzeuge.

Robert sagte: »Das ist ein BMW E28 528i von 1987. Die Polizei von Hampshire hat solche benutzt.«

Ewan stand hinter Robert und schüttelte heftig den Kopf. Offenbar war es nicht leicht, Robert zum Aufhören zu bewegen, wenn er einmal angefangen hatte. Sarah musste gegen ihren Willen lächeln. Sie stellte den Miniatur-BMW wieder ins Regal zurück und sagte: »Eigentlich bin ich hier, um über Tania zu sprechen, Robert.«

Robert ließ die Hände hängen. Er sah aus wie ein alter Soldat, der brav Dienstgrad und Nummer wiederholte.

»Die Polizisten haben mich doch schon damals alles gefragt. Ich habe Tania nur gesehen, als sie in die Hütte kam, um die Jeans aus- und ihren Rock anzuziehen.«

Sarah hatte die Abschrift der Verhöre gelesen. Robert hatte unbeugsam an seiner Aussage festgehalten: Er sei den ganzen Tag im Park gewesen, aber er habe Tania nur kurz gesehen, früh am

Morgen, als sie gebeten hatte, seine Hütte benutzen zu dürfen. Das Problem war, dass die verhörenden Beamten ihn ausschließlich als Verdächtigen gesehen hatten. Sie interessierten sich nur dafür, ihn in Widersprüche zu verwickeln und ihn festzunehmen. Alle anderen Fragen hatten sie nicht gestellt, jene Fragen, die irgendwo auf einen neuen Weg hätten führen können.

»Robert, darf ich mich setzen?«

Er nickte. Sie nahm auf dem harten Sofa Platz.

»Möchten Sie sich nicht auch setzen?«

Er setzte sich neben sie. Sie bemerkte seine Schuhe – auf Hochglanz polierte schwarze orthopädische Schnürschuhe. Ewan ging zur Küchenzeile hinüber und füllte den Wasserkocher.

»Erinnern Sie sich noch an den betreffenden Morgen, Robert? An den Tag, als Tania verschwand?«

»Ja.«

Sie versuchte, ihn aus der Reserve zu locken. »In der Nacht hatte es gestürmt.«

»Ja.«

»Erzählen Sie mir von Tania.«

»Sie hat gefragt, ob sie sich umziehen dürfe.«

»Wie war sie? War sie gut gelaunt?«

Er schüttelte den Kopf. »Daran kann ich kann mich nicht mehr erinnern.«

Sarah hätte nicht vermutet, dass es so schwierig wäre, Robert zum Sprechen zu bewegen, und war nicht sicher, ob es an Erinnerungslücken oder seiner Zurückhaltung lag. Sie fragte: »Hat Ihre Mutter gesagt, Sie sollen nicht darüber reden?«

Robert nickte.

»Ich wünschte, Ihre Mutter wäre hier. Ich würde mich für das, was passiert ist, sofort entschuldigen.«

»Mum ist tot.«

»Ich weiß, Robert. Es tut mir leid.«

Nach einer Pause begann Sarah von Neuem: »Ich versuche wirklich nicht, Sie auszutricksen. Ich denke nicht, dass Sie Tania wehgetan haben. Sie waren schließlich ihr Freund. Ich weiß, Sie sprechen nicht gern darüber, aber Sie sind ein sehr wichtiger Zeuge und erinnern sich vielleicht an ein paar Details, die mir helfen würden, sie wiederzufinden. Ihre Mutter wartet noch immer darauf, dass sie nach Hause kommt. Sie wollen doch sicher auch, dass wir herausfinden, was passiert ist.«

Robert kratzte sich an der Nase und sah zu Ewan hinüber, der noch am Spülbecken stand. Ewan nickte. »Wenn du helfen kannst, Robert, solltest du es tun.«

»Es war an dem Morgen. Ich habe mich umgesehen. Viele umgestürzte Bäume. Tania kam angelaufen. Sie war aufgeregt und ziemlich in Eile. Sie fragte mich, ob sie meine Hütte benützen dürfte, um sich umzuziehen.«

»Okay.«

»Ich habe draußen gewartet. Als sie wieder herauskam, trug sie einen Rock. Ich fragte sie, ob sie eine Tasse Tee wolle, aber sie sagte nein danke und lief davon. Ich ging in die Hütte. Ihre Jeans lagen auf dem Boden. Sie hatte sie dort vergessen. Die Hosenbeine waren falsch herum herausgezogen. Ich habe sie richtig herum gedreht und die Jeans gefaltet. Ich wollte sie ihr zurückgeben.«

»Haben Sie sie wiedergesehen?«

Er schüttelte den Kopf. »Nein.«

»Wie ging es dann weiter? Sind Sie den restlichen Tag über im Park geblieben?«

Sarah ließ ihn reden.

Er hatte sich Sorgen um die Bäume gemacht. Überall lagen abgebrochene Zweige, einige hingen gefährlich über den Wegen. Er hatte seine große Schere und seine Trittleiter genommen. Es war harte Arbeit gewesen, auf die Trittleiter zu klettern, ohne jemanden zu haben, der sie stabilisierte. Kinder, deren Schulen geschlossen blieben, kamen und spielten.

Sarah hörte zu und stellte sich den geschäftigen Park im Jahr 1987 vor. Obwohl sie die Zeit selbst noch erlebt hatte, besaß die Vergangenheit eine gewisse Patina: Es gab voluminöse Frisuren, alle Polizisten trugen Uniform, und die Berliner Mauer stand noch. Es war nicht ganz einfach, im Hier und Jetzt und mit heutigen Wünschen und Realitäten daran zu denken, dass diese Zeit einmal die Gegenwart gewesen war – mit Folgen, die ganz anders hätten ausfallen können.

Robert hatte sich einen Tee gemacht und seine Sandwiches gegessen. Er war durch den Park mit all seinen kleinen Seitenwegen und seinen versteckten Plätzen gelaufen, hatte mit Hundespaziergängern gesprochen und mit Müttern, die neben den Schaukeln warteten. Um ihm die Konversation mit anderen Menschen zu erleichtern, hatte seine Mutter ihm die Namen der Blumen in den Beeten beigebracht: gelbes Fingerkraut, weißer Phlox und Fleißige Lieschen in so lebhaften Farben, dass er es nicht ertrug, sich in ihrer Nähe aufzuhalten. Aber am liebsten stand er an der Hauptstraße und beobachtete die Autos.

In Roberts Bericht gab es nichts, das Sarah an etwas anderes als einen belebten Park am Tag nach dem Sturm denken ließ. Der Park war klein, und selbst wenn es einen Platz gegeben hätte, eine ruhige Ecke, wo etwas hätte passieren können, wäre es auf jeden Fall unmöglich gewesen, eine Leiche ohne Störung oder ohne Beobachtung vom Gelände zu bekommen. Gleich am nächsten Tag war der Park gründlich durchsucht worden, außerdem hatte es einen Zeugenaufruf gegeben, auf den sich jedoch niemand gemeldet hatte.

Sarah sagte: »Sie hatten ein Foto von Tania in Ihrer Hütte.«

»Ich habe es noch immer.«

»Ich dachte, die Polizei hätte es beschlagnahmt.«

»Der Reverend brachte sie dazu, es mir zurückzugeben.«

»Ist es hier?«

Robert schlurfte zu einer Kommode und fand es sofort. Das Bild hatte den breiten weißen Rahmen einer Polaroidaufnahme und war in einem schlechten Zustand. Die Farben waren verblichen und einander ähnlicher geworden. Das Bild wirkte grau und unscharf. Aber man erkannte einen jüngeren Robert mit einem breiten Lächeln auf dem Gesicht. Einen Arm hatte er um Tania gelegt.

»Was für ein schönes Bild. Sie lächeln beide. Sie mochten sich, nicht wahr?«

Robert blickte auf seine schwarzen Lederschuhe hinunter.

»Wer hat das Bild gemacht, Robert?«

»Niemand.«

»Aber jemand muss doch die Kamera bedient haben. Wer war das?«

»Tania hat es gemacht.«

»Wie denn? Sie ist doch auf dem Bild.«

»Sie hatte dieses Dings. Ich weiß nicht, wie man es nennt. Es macht einen Ton.«

»Sie hatte eine Kamera mit einem Selbstauslöser?«

Robert zuckte mit den Achseln. »Kann sein.«

Sie machten eine Pause. Ewan brühte noch mehr Tee auf und verteilte Schokoladenkonfekt.

»Lassen Sie uns noch einmal zurückgehen«, schlug Sarah vor. »Zurück zum Anfang Ihrer Freundschaft. Wie kam der Kontakt zu Tania zustande?«

»Ich hörte im Park jemanden schreien.«

»Schreien?«

»Ja. Ich machte mir Sorgen und lief hin. Sie stritten sich.«

»Wer hat gestritten?«

»Tania und ein Mann.«

»Wann war das?«

»An einem sonnigen Tag. Im Park waren nicht sehr viele Leute.«

»Okay.«

»Tania war in ihrer Schuluniform. Der Mann hat mich gesehen und ist ein paar Schritte zurückgetreten.«

»Wie sah dieser Mann aus?«

»Groß.«

»Wie groß?«

Robert schüttelte den Kopf. »Weiß nicht.«

»Größer als du?«

»Vielleicht.«

»Größer als Ewan?«

Robert lächelte breit. »Nein!«

Sarah verbarg ihre Enttäuschung. Es war nichts Auffälliges an der Größe des Mannes.

»Sonst noch etwas?«

»Nein.«

»Schwarz oder weiß?«

»Weiß.«

»Wie alt?«

»Älter als Tania.«

»Ein Erwachsener?«

»Ja, ein Erwachsener.«

Ein weißer Erwachsener, möglicherweise geringfügig größer als der Durchschnitt, vielleicht aber auch nicht. Na toll.

Als Robert sie das erste Mal sah, stritten sie, aber als sie ihn entdeckten, hatten sie aufgehört. Der Mann hatte »verdammte Scheiße« gesagt und sich von Tania entfernt.

»Wie war Tania, Robert?«

»Wie meinen Sie das?«

»War sie glücklich, traurig, ruhig, wütend?«

»Sie hat geweint.«

»Geweint?«

»Ja. Aber sie hörte damit auf, als sie mich sah. Sie sagte: ›Alles in Ordnung.‹«

Danach wurden Robert und Tania Freunde. Manchmal blieb sie stehen und unterhielt sich mit ihm in seiner Hütte, oder sie genossen zusammen das Abendlicht. Er hatte Tania und den Mann von Zeit zu Zeit zusammen gesehen.

»Warum haben Sie der Polizei nie davon erzählt?«

»Ich wurde nie danach gefragt.«

»Ist das der einzige Grund?«

Robert blickte zu Ewan hinüber, der ermutigend nickte.

»Tania hat mich gebeten, niemandem etwas zu erzählen. Sie war meine Freundin.«

»Gut. Dann haben Sie also gesehen, wie Tania mit diesem Mann durch den Park nach Hause gegangen ist?«

»Nein.«

»Nicht?«

»Er setzte sie ab.«

»Oh, er setzte sie ab?«

»Auf der anderen Seite des Parks. Manchmal blieb er noch ein bisschen bei ihr im Park, aber sie ging immer allein nach Hause.«

»Hatte er ein Auto?«

»Ja.«

»Erinnern Sie sich daran?«

»Natürlich. Es war ein grüner Jaguar XJ6 Serie III.«

Sarah parkte auf dem Paradegelände von Hendon und rief ihren neuen Chef an. Über Lees Ergebnisse nach seinem Besuch bei Erdem Sadiq im Gefängnis Thameside war sie noch nicht informiert worden.

»Gehen wir doch in die Kantine und trinken einen Kaffee zusammen«, schlug Fedden vor. »Ich komme runter. Ich bin der fette Typ im blauen Anzug.«

Der weiße Himmel verlor langsam seinen Glanz, und das Paradegelände leerte sich. Der Arbeitstag der meisten Menschen war entweder bereits vorbei oder endete gerade. Sarah setzte sich ins Auto, schob den Fahrersitz zurück und wartete. Sie dachte an dieses Treffen und wie sehr sie sich wünschte, dass es gut ging. Einige ältere Beamte hatten einen recht undefinierbaren Ruf, aber Fedden gehörte nicht dazu. Nachdem ihre Versetzung beschlossen war, hatte sie seine Bedeutung schnell zu spüren bekommen. »Fedden«, sagten die Kollegen, lächelten dabei und verengten die Augen, als ob sie nicht überzeugt wären, dass dies eine gute Idee war. Er arbeitete schon seit Menschengedenken für die Polizei. Ergebnisse waren ihm wichtig. Er galt als ziemlich harte Nuss. Offenbar hatte er eine berüchtigte Eigenart: Bei alkoholseligen Betriebsfeiern sang er *It's not unusual* von Tom Jones. Auch einen Spitznamen besaß er: der Bulldozer.

Sie fragte sich, was Fedden über sie gehört hatte und wie ihr Spitzname lautete.

Gerade verließ er den Block der Mordkommission – Sarah erkannte ihn sofort anhand seiner Beschreibung. Sie stieg aus dem Wagen, und er watschelte über den Paradeplatz auf sie zu.

Sie reichte ihm die Hand. »Hallo, James.«

Seine Hand war klein mit kurzen Knubbelfingern. »Oh bitte – hier nennen mich alle Jim.«

Sie gingen in Richtung Kantine. Sarah wurde langsamer, als sie die Kurzatmigkeit des DCI bemerkte.

»Hatten Sie einen schönen Urlaub?«, erkundigte sie sich.

»Haben Sie es schon gehört? Einmal und nie wieder. Das war das erste und das letzte Mal!« Er keuchte beim Lachen und zeigte kleine, weit auseinanderstehende Zähne in einem großen Mund. »Nein, Quatsch, es war toll, aber ich weiß nicht, was an Chipping

Norton für eine Hochzeit falsch sein soll. Außerdem ist es ein gutes Stück billiger.«

Die Kantine war praktisch leer, doch vor dem einzigen verfügbaren Schalter stand eine Gruppe Spezialeinsatzleute. Man konnte Süßkram, Kaffee, Paninis, Brownies und in Zellophan gewickelte Pfannkuchen kaufen. Fedden und Sarah hielten etwas Abstand.

»Also, unser Informant hat uns einen Verdächtigen genannt«, sagte Fedden und rieb sich die Hände.

Euphorie hieß die Devise, dachte Sarah: Männer wie Fedden liebten Begeisterung. »Ja toll!«

Die Dame hinter dem Tresen – grauhaarig, ordentlich und geduldig angepasst in ihrer adretten blauen Uniform – sah Sarah an und lächelte. »Was kann ich für Sie tun, Herzchen?«

»Einen Espresso, bitte. Was nehmen Sie, Jim?«

Er zog seinen Dienstausweis aus der Tasche. »Das geht auf mich. Das Übliche, meine Liebe. Einen Pfannkuchen. Die sind wirklich gut, Sie sollten einen probieren. Geben Sie uns doch bitte gleich zwei.«

Sie setzten sich an einen unbesetzten Tisch am Fenster mit Blick über den Paradeplatz. Die silbrigen, zur Polizei-Gedenkstätte gehörigen Birken glühten wie weiße Knochen im verblassenden Licht.

Fedden warf sein geräumiges Jackett über eine Stuhllehne. »Also dieser Erdem Sadiq behauptet, dass er den Namen des Schuldigen kennt: ein gewisser Andrew Walker.« Er packte den Pfannkuchen auf seinem Teller aus und biss hinein. »Ich bin der Letzte, der einem Denunzianten glaubt, aber ich muss zugeben, die Informationen über Walker sind interessant. Er ist ein einschlägig bekannter Sexualstraftäter, damit ist eine Tendenz in diese Richtung nicht von der Hand zu weisen. Und im Jahr 1987 wohnte er in der Nähe von Tania Mills.«

»Wie ist Sadiq an die Information gekommen?«

»Sie saßen in derselben Zelle. Beim Austausch von Wichs-Fantasien sagte Walker zu Sadiq, er hätte es getan.«

»Dürfte interessant werden, wenn Sadiq es vor Gericht bezeugen muss.«

Fedden warf den Kopf zurück und lachte. »Können Sie sich das Kreuzverhör vorstellen?«

Sarah imitierte den Ermittlungsrichter: »Gut, Mr Sadiq, Sie waren also gerade dabei, zu masturbieren.«

Fedden prustete vor Lachen, nahm sich aber sofort wieder zusammen und tupfte sich die Stirn mit einer Papierserviette ab. »Wie auch immer, wir haben genug, um Walker einzubuchten. Ich habe Lee beauftragt, einen Durchsuchungsbefehl zu besorgen.«

»Tut mir leid, davon habe ich nichts mitbekommen. Hat Lee ihn schon unter Eid genommen?«

Sofort wünschte sie, sie hätte es anders formuliert. Der Chef wünschte es eindeutig ebenfalls: Er spannte sichtbar den Kiefer an. Dann lächelte er.

»Hat er. Heute Nachmittag … Ich hätte mit Ihnen darüber gesprochen, aber Sie waren zu einer Befragung unterwegs.« Er aß das letzte Stück Pfannkuchen und trank einen Schluck Kaffee. »Ich bin sehr daran interessiert, die bösen Jungs wegzusperren.«

»Ich auch.«

»Prima. Dann lassen Sie uns hart durchgreifen.«

»Aber Sie haben selbst gesagt, wir sollten skeptisch sein. Sadiq hat bestimmt eigene Gründe dafür, das Gespräch mit uns zu suchen. Er wurde wegen sexueller Übergriffe auf einen Dreizehnjährigen verurteilt und er verbreitet Kinderpornographie. Ohne unsere Eingabe an den Ermittlungsrichter sieht er einer langen Haftstrafe entgegen.«

»Ja, aber er hat sich das Zeug nicht einfach ausgedacht. Walker lebte zur damaligen Zeit in der Gegend. Woher hat Sadiq das gewusst?«

»Zugegeben, eine Überprüfung der Informationen lohnt sich auf jeden Fall. Allerdings bevorzuge ich die sanfte Art der Annäherung. Wir müssen weiter ermitteln. Vielleicht können wir den Haftbefehl noch hinauszögern?«

»Sie wissen doch, wie diese Leute sind: Sie behalten immer irgendwelche Dinge als Trophäen. Wenn Walker erfährt, dass wir herumschnüffeln, wird er alles vernichten, was er hat. Wir nehmen ihn morgen fest. Lee hat ein Durchsuchungsteam organisiert. Walker ist eine fortwährende Bedrohung für Frauen.«

Sarah überlegte, ob Fedden vielleicht dachte, »Bedrohung für Frauen« wäre das, was sie hören wollte.

Er redete immer noch. »Lee kann bei dem Verhör helfen.«

Ein hitziges Gefühl rollte über Sarahs Hals und ihr Gesicht. Sie hatte DC Steve Bradshaw in die Kantine kommen sehen, die Autoschlüssel noch in der Hand. Ein ganzer Haufen anderer Detectives war bei ihm. Er sah immer noch so beruhigend aus wie eh und je: sein wie eine braune Papiertüte zerknittertes Gesicht, die unscheinbare Kleidung, die weichen braunen Schuhe. Der Boss hatte ihn auch gesehen, denn er hob seine Hand zu einem fröhlichen Gruß. Erst als er sich ihnen zuwandte, sah Steve, dass Sarah ebenfalls dort saß. Sofort musste sie daran denken – wie er vermutlich auch –, wie sie ihn für einen Freund gehalten hatte und wie er die ganze Zeit völlig anderer Meinung gewesen war. Gegen Ende der Portland-Tower-Untersuchung hatte er ihr gesagt, dass er in diesem Job arbeite, um echte Bösewichte hinter Schloss und Riegel zu bringen, und dass, wenn man ihn fragte, die junge und unerfahrene PC Lizzie Griffiths den Anforderungen nicht genügte. Das war, ehe er Sarah nahegelegt hatte, sich einen Hund anzuschaffen.

Steve schüttelte Feddens Hand. »Chef.« Dann nickte er ihr zu. »Sarah.« Sie nickte zurück. »Steve.«

Fedden fragte: »Sie kennen sich?«

Offenbar hielt er es für eine gute Sache. Steve antwortete: »Wir waren zusammen beim DSI.«

»Und Sie hatten beide genug davon! Sehr verständlich. Unmöglicher Job. Ich habe gesehen, dass eine Pressemitteilung über diese Geschichte am Portland Tower erschienen ist.«

Sarah und Steve wechselten einen kurzen Blick. Sarah hatte zwar gewusst, dass diese Nachricht irgendwann veröffentlicht würde, trotzdem fühlte sie sich kalt erwischt. Steve warf seine Autoschlüssel in die Luft und sah zu den Männern hinüber, mit denen er gekommen war. Sie hatten sich an einen weiter entfernten Tisch gesetzt. »Jedenfalls muss ich jetzt gehen. Tut mir leid.«

»Schon gut. Verständlich.«

Steve nickte Sarah zu. »Sarah.«

»Schön, dich mal wiederzusehen, Steve. Nur noch ganz kurz.«

»Ja?«

Sie lächelte. »Ich habe deinen Rat angenommen.«

Er neigte den Kopf. »Welchen Rat?«

»Ich habe jetzt einen Hund.«

Steve runzelte kurz die Stirn, aber das ging schnell vorbei. Ein unsicheres Lächeln huschte über sein Gesicht. »Oh. Gut. Was für ein Hund ist es?«

Sarah lächelte. »Ein Spaniel. Daisy.«

Fedden blickte verwirrt zwischen ihnen hin und her. Steve verharrte einen Moment, als wolle er noch etwas sagen. Dann sah er Fedden an und warf seine Schlüssel wieder in die Luft. »Ich muss wirklich los. Man sieht sich.«

Er ging. Nach einer kurzen Pause sagte Fedden: »Verdammt guter Detective.«

»Ja, das ist er.«

Fedden wies mit dem Kopf auf den unberührten Pfannkuchen auf Sarahs Teller.

»Essen Sie ihn nicht?«

»Nein.«

»Hätten Sie etwas dagegen?«

»Bedienen Sie sich.« Sie schob ihm den Teller zu. »Dürfte ich denn …«

Er kaute bereits und konnte nur mit einem Nicken antworten.

»Es geht um Tania Mills. Ich brauche mehr Hintergrundinfos über das Opfer.«

Er schluckte. »Ich würde ja gern helfen, aber ich kann Ihnen nichts geben, was ich nicht habe.«

»Nur einen Beamten …«

»Ich habe drei Fälle, die vor Gericht gehen. Gerade erst musste ich zwei Leute für den Kinderschutz abstellen. Ein DC ist stressbedingt krankgeschrieben. Bei jedem Bereitschaftsdienst kommt ein Mord rein. Ganz ehrlich: Mit den aktuellen Fällen haben wir wirklich genug um die Ohren.«

»In dem Moment, in dem wir Walkers Tür aufbrechen, ist es ein aktueller Fall.«

Fedden lehnte sich auf seinem Stuhl zurück, lockerte die Krawatte, zog sie sich über den Kopf und legte sie auf den Tisch.

»Starten sie einen öffentlichen Aufruf für Informationen über Walker. Suchen Sie nach Zeugen und Bekannten. Vielleicht fördert das etwas mehr Hintergrund zutage und bringt eine Verbindung zu Tania.«

»Ich weiß nicht recht. Immerhin ist er ein Sexualstraftäter.«

»Na und?«

»Wir würden ihn bloßstellen.«

»Wirklich? Warum sollte jemand erfahren, wo er wohnt? Wir interessieren uns doch ohnehin nur dafür, was damals gewesen ist. Und wenn Sie ganz auf Nummer sicher gehen wollen, benutzen Sie ein Foto aus der damaligen Zeit, und nennen Sie keinen Namen. Sie wissen schon: *Wer erinnert sich an diesen Mann?* Wir können es rechtfertigen. Wie schon gesagt, er ist eine Bedrohung für Frauen.«

Als Sarah nicht antwortete, tupfte sich Fedden die Stirn mit seiner Papierserviette. »Sind Sie immer noch nicht glücklich damit?«

Sie wiegte den Kopf. »Nein, aber ist schon in Ordnung.«

Fedden rieb seine Unterlippe mit dem Zeigefinger. »Sarah, ich muss Ihnen leider sagen, dass Ihnen der Ruf vorauseilt, ein bisschen schwierig zu sein.«

Sie versuchte, alle unangenehmen Gefühle zu unterdrücken, die sich eventuell auf Ihrem Gesicht abzeichnen könnten. Ihre Haut kribbelte. »Tut mir sehr leid, das zu hören.«

»Ich gebe mein Bestes, dass sich alle hier wohlfühlen. Jeder ist willkommen an Bord, aber der Kapitän bin hier immer noch ich.«

Sarah brachte ein Lächeln zustande und salutierte. »Aye, aye, Käpt'n.«

Fedden lehnte sich zurück und verschränkte die Arme über der Brust. »Kein Pfannkuchen, und Ihren Kaffee trinken Sie auch nicht. Was ist los mit Ihnen?«

»Ich habe eine Kaffeemaschine im Büro. Und ich muss noch etwas erledigen, ehe ich gehe.«

Er nickte, und sein Blick wurde weich. »Ich liebe Arbeitstiere. Ich habe übrigens auch gute Sachen über Sie gehört, Sarah.«

»Das freut mich.«

Er schob seinen Stuhl zurück und stand auf. »Sind wir durch?«

»Könnten Sie mir nicht vielleicht doch einen Beamten zuteilen? Wenigstens für zwei Tage.«

»Verdammt. Sie sind wirklich hartnäckig!«

»Eine meiner besten Eigenschaften.«

Gegen seinen Willen musste er lachen. »Okay, zum Teufel. Da ist eine Frau im Büro, die arbeitet … wie heißt das heutzutage? Ach ja, mit verminderter Stundenzahl. Teilzeit eben.«

Sarah wusste genau, wen er vorschlug. Die Gerüchte über die Dame waren längst bis zu ihr vorgedrungen: Sie sei faul, unmotiviert und keine richtige Polizistin.

»Doch nicht etwa Elaine, oder?«

»Dann haben Sie schon von ihr gehört?«

Unschuldig zuckte Sarah mit den Schultern.

»Sie nannten sie doch nicht etwa Fat Elaine?«

»Doch, das taten sie. Und die wollen Sie mir andrehen?«

»Also, ich bin selbst fett, deshalb mache ich ihr deswegen keine Vorwürfe. Sie können Sie haben – jetzt sofort und ohne weitere Verpflichtungen. Was sagen Sie dazu?«

»Die Tatsache, dass Sie sie mir komplett anbieten, und das nach allem, was Sie über den Personalmangel gesagt haben, legt nahe, dass ihr Verlust dem Team nicht sonderlich schadet.«

»Mensch, kommen Sie schon. Geben Sie ihr ein paar Tage und schauen Sie, ob sie das Team Lügen straft. Wenn sie nichts bringt, verspreche ich, über jemand anderen nachzudenken.«

»Aber dann hätten Sie etwas gegen Sie in der Hand, um sie loszuwerden.«

Er öffnete die Hände und zuckte mit den Achseln. »Nur, wenn sie sich als nutzlos erweist.«

Jemand hatte einen *Evening Standard* auf einer der Mülltonnen im Treppenhaus der Mordkommission liegen lassen. Sarah nahm die Zeitung mit. Sie ging die Treppe hinauf und den Korridor entlang. Es dämmerte bereits. Im Gehen löste sie die Bewegungsmelder aus, und die Leuchtstoffröhren erwachten flackernd zum Leben. Sie schaute bei der Einsatzleitung vorbei. Elaine saß alleine an ihrem Terminal und tippte Daten ein. Sie blickte auf, und

Sarah sagte: »Könnten Sie kurz zu mir kommen, wenn Sie einen Moment Zeit haben?«

Sie steckte eine Kapsel in ihre Kaffeemaschine.

Die Zeitung war bereits an der entsprechenden Seite aufgeschlagen, und Sarah las die Schlagzeile. *Todesstürze vom Portland-Tower: Polizistin von jedem Verdacht freigesprochen.*

Die Unabhängige Beschwerdestelle der Polizei hat heute erneut das Thema der obligatorischen Körper-Kamera für alle Polizeibeamten zur Sprache gebracht. Der Überwachungsbeamte empfahl das Tragen solcher Kameras nach der Ankündigung, dass sich PC Lizzie Griffiths, die beim Tod von PC Hadley Matthews und der jungen Farah Mehenni anwesend war, keinem Disziplinarverfahren stellen muss.
PC Matthews und Miss Mehenni stürzten am 17. April dieses Jahres von einem Londoner Hochhaus, dem Portland Tower.

Sarah übersprang die obligatorischen Zitate und die unvermeidliche Unzufriedenheit und las nur noch den letzten Abschnitt.

Younes Mehenni, der Vater des toten Mädchens, verlieh seiner Unzufriedenheit mit der Untersuchung deutlichen Ausdruck. In einer von seinem Anwalt herausgegebenen Erklärung sagte er: »Das ist nicht gerecht. Die Beamten der britischen Polizei haben sich gegenseitig geschützt und jeden Beweis für ihre korrupte Haltung verschwinden lassen.«
Ein Sprecher der Polizei-Vereinigung jedoch meinte: »Nach den tragischen Ereignissen am Portland Tower haben sowohl die kriminologische als auch die polizeiliche Untersuchung keinerlei Beweise für ein Vergehen seitens PC Lizzie

Griffiths oder ihres Vorgesetzten Inspector Kieran Shaw ergeben. Bei der Anhörung erklärte Professor Millar, Lizzie Griffiths habe nach dem tragischen Tod ihres Kollegen PC Hadley Matthews und der jungen Farah Mehenni unter einer schweren posttraumatischen Belastungsstörung gelitten und bitte jetzt nur darum, in Ruhe gelassen zu werden, damit sie ihre Arbeit ungestört fortsetzen könne.

Sarah faltete die Zeitung zusammen. Das war es also. Das Verfahren war gelaufen. Sie hatte keinen Grund, sich etwas vorzuwerfen. Die Arbeit – nur darum ging es.

Sie durchforstete ihre Notizen aus der Anhörung von Robert McCarthy.

Zunächst fiel es ihr schwer, doch dann hatte sie sich plötzlich in den neuen Fall eingelesen. Sie konnte geradezu nach Tania greifen und stellte sich vor, wie sie zu Roberts Hütte im Park lief und sich so eilig umzog, dass sie ihre Jeans auf dem Boden vergaß.

Ihre Gedanken wanderten zu dem Mann im Park, dem Mann, der sich laut Robert öfter mit Tania traf. Anhand der Beschreibung konnte man ihn kaum ausfindig machen: weiß, älter als Tania, ungewisse Größe. Aber er hatte einen grünen Jaguar XJ6 Serie III gefahren.

Sie googelte das Fahrzeug: eine lange Limousine mit Leichtmetallfelgen und leicht abfallender Motorhaube mit verchromtem Kühlergrill. Es war ein sowohl blitzschnelles als auch konservatives Auto. Das Auto eines Mannes, der alles richtig gemacht hatte und es die Leute gern wissen ließ.

Sie rief die Bereitschaft der Informationsabteilung an.

Eine hohe weibliche Stimme mit südenglischem Akzent teilte ihr mit, dass 400 732 Fahrzeuge des Typs Jaguar XJ6 Serie III produziert worden waren. »Warten Sie …« Nach einer kurzen

Pause erklärte sie dann auch noch genau, was das bedeutete. »Die Menge entspricht etwa der Einwohnerzahl von Stoke-on-Trent, oder der von Oxford und Swindon zusammen.«

»Haben Sie die Statistik eigens nachgeschlagen oder kannten Sie diese Fakten schon?«

»Warum so biestig? Sie können schließlich keine Wunder von uns erwarten.«

Nach einer kurzen Pause ließ sie aber dann doch Milde walten. »Haben Sie irgendeinen Anhaltspunkt, um die Suche einzugrenzen? Vielleicht die Zulassungsnummer oder zumindest einen Teil davon?«

»Leider nicht.«

»Es handelt sich um historische Daten. Dafür müssen Sie sich an die Kraftfahrzeug-Zulassungsstelle wenden, aber grüne Autos dürfte es ziemlich viele geben.«

»British Racing Green?«

»Genau. Alle haben diese Farbe geliebt.«

»Okay, danke für Ihre Hilfe.«

»Kein Problem.«

Arme Tania. Ein älterer Mann mit einem Jaguar in British Racing Green – ein Klischee, das man nicht so leicht verfolgen konnte. Vielleicht hatte Andrew Walker einen Jaguar gehabt – aber das wäre einfach zu viel Zufall. Darauf durfte man gar nicht erst hoffen.

Der Jaguar-Mann war Tanias Geheimnis gewesen. Sie hatte also doch Geheimnisse gehabt. Falls sie tot war – und davon ging Sarah aus –, hatte vielleicht dieses Geheimnis sie auf dem Gewissen.

Sarah machte ihr bestimmt keine Vorwürfe. Welche Fünfzehnjährige hatte keine Geheimnisse? Sie erinnerte sich an ihre eigenen Teenager-Geheimnisse: Wie sie vor allem besonders die Mädchen bemerkte, sich nach ihrer Gesellschaft sehnte und sich zu ihnen hingezogen fühlte. Und wie sie versuchte, diese Empfindungen zu verbergen.

Sie hatte ein paar Dates mit Jungs gehabt. Mit einem hatte sie sich *RoboCop* angesehen. Er hatte seinen Arm um sie gelegt und versucht, sie auf den Mund zu küssen. Sie erinnerte sich an andere ungeschickte Fummeleien bei Teenager-Partys: ein Junge, der ihren BH öffnete, eine Umarmung auf der Rückbank eines Autos. Es hatte sich – wie sollte sie es ausdrücken – nicht ganz richtig angefühlt. Mit Jungen empfand sie sich als unmotiviert, wie auf einer Geographie-Exkursion in einem uninteressanten Land, in dem das Essen nicht wirklich schmeckt.

Bei Mädchen war es anders, eigentlich das genaue Gegenteil. Sie hatte heimlich in ihrer süßen Schönheit geschwelgt, ihre sprießenden Brüste in ihren Schulblusen genossen, war dem Charme ihrer hübschen Waden erlegen, wenn sie auf dem Schulsportplatz Hockey spielten, und hatte das elegante V zwischen ihren Beinen bewundert.

Dann war da ihre Schulfreundin Jessie Adams gewesen: bemitleidenswert dünn, aber pfiffig. Sie rauchte Zigaretten hinter der Bushaltestelle, hatte als Erste den Führerschein und zeigte den anderen Fahrern den Stinkefinger. Jessie war chaotisch, wild und schlief mit zu vielen Jungs. Die bewundernswerte Jessie. Sarah beobachtete sie heimlich, half ihr bei den Hausaufgaben, deckte sie, wenn sie die Schule schwänzte, und versuchte, sich beliebt zu machen, ohne dass Jessie bemerkte, wie heftig sie sich anstrengte.

Eines Nachmittags im Sommer kletterten sie zusammen auf einen Baum und lümmelten sich auf seinen breiten Ästen. Jessie sprach über die Kleinstadt-Angelegenheiten ihres Vaters und die Depression ihrer Mutter. Sarah, die auf einem ausladenden Ast der Rosskastanie lag, beobachtete, wie Licht durch die Blätter flirrte und sich in den feinen blonden Härchen auf Jessies Beinen und Armen verfing. Jessie hätte über Einkaufslisten oder den Busfahrplan sprechen können: Sarah wäre glücklich gewesen. Sie hing einem hitzigen Tagtraum nach; sie hätte nur die Hand ausstrecken müssen, um Jessie zu streicheln.

Es klopfte, und Elaine betrat das Büro. »Sie wollten mit mir sprechen?«

Sarah schob ihren Stuhl zurück und strich sich mit der Hand über das Gesicht. »Darf ich Ihnen einen Kaffee anbieten? Ich habe meine eigene Maschine. Er ist gut.«

»Danke, nicht nötig. Worum geht es?«

Sarah dachte an all die Dinge, die sie hätte sagen können, entschied sich aber dagegen. Sie musste sich auf die Fakten beschränken und alle Gefühle außen vor lassen.

»Ich brauche Hilfe bei der Operation Egremont.«

Ein misstrauischer Blick flackerte über Elaines Gesicht. »Und was habe ich damit zu tun?«

»Ich muss den Weg einer ganz bestimmten Person nachverfolgen. Ich möchte, dass Sie die Schulfreunde des Opfers kontaktieren.«

»Tut mir leid. Ich habe keine Zeit für Ermittlungen. Ich arbeite für die Einsatzleitung.«

Sarah atmete tief durch, konnte sich aber nicht bremsen.

»Sie sind Polizeibeamtin und Detective. Sie haben ein Traineeprogramm bei der Met durchlaufen. Der Chef hat Sie freigestellt, um an der Operation Egremont zu arbeiten. Haben Sie damit ein Problem?«

Elaine wusste, dass sie nicht ablehnen konnte. Mit klugen Augen musterte sie Sarahs Gesicht. »Natürlich nicht.«

»Gut.«

»Aber können Sie mir sagen, ob ich dafür außerhalb meiner im Dienstplan eingetragenen Stunden hier sein müsste? Mein Schichtplan ist festgelegt, denn ich habe familiäre Verpflichtungen. Mein Mann arbeitet auch hier, und ich muss mich nach seinen Zeiten richten.«

Sarah seufzte. Es war so verdammt ermüdend!

»Wie sieht denn Ihr Schichtplan aus?«

»Ich arbeite fünfmal in der Woche halbtags. Diese Woche nachmittags, um die Frühschicht meines Mannes abzudecken. Und grundsätzlich nicht an Wochenenden.«

Nicht an Wochenenden?

»Und damit sind Sie zufrieden?«

»Nein. Halbe Tage sind scheiße. Aber es war das Beste, was ich herausholen konnte.«

»Ich würde mich nicht zu laut beschweren. Ihre Zeiten sind besser als meine.«

Elaine schürzte die Lippen: Sie war keineswegs beeindruckt.

»Ich werde mich jedenfalls nicht da hineinhängen. Denken Sie, was Sie wollen.«

Sie schloss ihren Mund so hart, dass ein Muskel in ihrem Kiefer zuckte. Offenbar wollte sie aufhören, konnte aber nicht. »Und erwarten Sie nicht, dass ich Mitleid mit Ihnen habe. Wenn Sie sich entschieden haben, nicht für ein Leben außerhalb des Jobs zu kämpfen, dann ist das Ihre Sache.« Sie blickte Sarah kühl an. »Auf jeden Fall glaube ich, dass die meisten Leute, die bis tief in die Nacht allein hier arbeiten, nicht viel haben, das sie nach Hause zieht.«

Sarah spürte, wie bei Elaines Unhöflichkeit ihr Gesicht erstarrte, versuchte jedoch, ihren Zorn zu ignorieren.

»Organisieren Sie in der kommenden Woche einen Schichtplan, der Ihnen passt. Es ist mir egal, wie Sie es machen, aber ich brauche Sie für die Arbeit hier. Machen Sie so viele Überstunden, wie Sie brauchen, dann will ich allerdings auch Resultate sehen.«

Elaine begann aufzustehen, doch Sarah sprach weiter, und sie setzte sich wieder – ein bewegungsloses Scheinbild von Gehorsam.

»Ehe ich gehe, schicke ich Ihnen eine Zusammenfassung dessen, was bisher unternommen wurde. Das Wichtigste ist, dass Sie mit Tanias Freunden über eventuelle Liebeleien sprechen und der Spur eines Mannes mit einem grünen Jaguar folgen. Tania hatte eine beste Freundin, Katherine Herringham. Sie hatten geplant, sich an dem Morgen zu treffen, als Tania verschwand. Mit ihr sollten Sie anfangen.«

Elaine wartete einen Augenblick, ehe sie fragte: »Sind wir dann fertig?«

Sarah nickte. »Ja, wir sind fertig.«

Die Tür fiel zu. Sarah war froh, wieder allein zu sein. Gefühle brodelten in ihr. Sie schämte sich, Elaine so brutal herumkommandiert zu haben. Natürlich war es ihre kleine Rache gewesen. Erst jetzt dachte sie über das nach, was Elaine gesagt hatte. *Die meisten Leute, die bis tief in die Nacht allein hier arbeiten, haben nicht viel, das sie nach Hause zieht*. Das stimmte. Sie selbst hatte keine Eile, nach Hause zu kommen. Sie trug nur die Verantwortung für Daisy, und die war bei der Hundesitterin.

Der *Evening Standard* lag noch offen auf dem Schreibtisch. Sarah griff in ihre Tasche und holte den Zettel heraus, auf den Caroline im Supermarkt ihre Nummer gekritzelt hatte, und wählte. Sofort nahm jemand ab, und im selben Moment bedauerte Sarah, dass sie es getan hatte. Hastig sprudelte sie hervor:

»Hallo, Entschuldigung, dass ich störe. Hier ist Sarah.«

Die Stimme klang kehlig und verspielt. »Sarah?«

»Detective Inspector Sarah Collins. Wir haben uns ...«

Wieder klang die Stimme neckend. »Ich weiß, wer du bist! Ich wusste nur nicht, dass sie dich zum Inspector befördert haben.«

»Ich wollte nur sagen ... Vielleicht hast du eben die Nachrichten gesehen. Kein Disziplinarverfahren.«

»Ja, das habe ich gesehen.«

»Entschuldige, dass ich dir gestern nichts gesagt habe. Aber ich konnte nicht. Ich hoffe, du verstehst das.«

Nach einer kurzen Pause sagte Caroline: »Du klingst enttäuschter, als ich es bin.«

»Aber nein!« Das war zu laut herausgekommen. Sarah mäßigte ihre Stimme. »Nein, überhaupt nicht. Es ist nur so, dass … Ich weiß, wie intensiv du dich um Farah gekümmert hast. Vielleicht hast du auf ein anderes Ergebnis gehofft.«

»Hör zu, sollen wir uns vielleicht treffen? Wir könnten in aller Ruhe darüber reden. Vielleicht zusammen eine Kleinigkeit essen. Was hältst du davon?«

»Nein. Es wäre toll, aber ich kann nicht. Es wäre nicht gerade die beste Idee, mich mit Zeugen zu treffen.«

Und das war nicht nur vernünftig, sondern es stimmte sogar. Sie beendeten das Gespräch.

5

FREITAG, 11. JULI 2014

Lizzie Griffiths' Stimmung änderte sich so unmerklich wie der Verlauf von Tinte, die sich in Wasser ausbreitet. Kierans Hand lag noch auf ihrem Rücken. Er war still geworden und bewegte sich nicht. Die Augen hielt er fest geschlossen, als müsse er sich auf einen langsam schwindenden Geschmack konzentrieren. Langsam öffnete er sie wieder und blickte sie an. »Lizzie«, sagte er, lächelte, rollte sich auf den Rücken und streckte die Arme und Beine aus.

Lizzie sah zur Decke auf. »Ich muss auf dich verzichten.«

Kieran lächelte. »Auf mich verzichten?«

Sie wischte sich die Augen mit dem Handrücken ab. »Ja. Ich muss es tun.«

»Noch nie hat jemand auf mich verzichtet. Wo hast du das her?«

Sie lächelte und verwarf ihre Ernsthaftigkeit. »Das ist aus *Jane Eyre*. Ich habe in der Schule darüber ein Referat gehalten.«

Kieran setzte sich an den Bettrand und zog seine Boxershorts an.

»Ich fürchte, das ist mir zu intellektuell. Jedenfalls musst du später auf mich verzichten. Wir müssen los.«

Er ging im Zimmer umher, benutzte ein Deodorant und zog Jeans an. Lizzie sah ihm zu. Er hatte die typische Polizistenbräune unterhalb des Ärmelsaums, und außerdem war da die Rosentätowierung auf seinem Bizeps – ein abgedroschenes Klischee, und doch fand Lizzie sie schön: eine nostalgische Rose. So war Kieran: Er konnte die guten Dinge ohne Scham genießen. Wenn sie der Tätowierung eines Tages müde war, hätte sie vielleicht auch genug von ihm.

Sein Körper bewegte sich mit einer verborgenen Kraft, einer Andeutung von Macht und einer Art versteckter Klarheit über sich selbst, die ihr fehlte. Am liebsten hätte sie sich da hineingewickelt. Seine Jeans reichte ihm bis knapp unter den Bauchnabel. Obwohl sie gerade erst fertig geworden waren, hätte sie sofort wieder anfangen können. Und doch stand etwas zwischen ihnen, das sie nicht auslöschen konnte. Es war nach Hadleys und Farahs Tod gewesen. Sie war auf der Flucht gewesen und trotz allen Geredes und aller Gefühle hatten sie alleine auf einem Feld zusammen gestanden, und er hatte alles hinuntergespielt: Es sei eine Frage des reinen Überlebens. *Glaube bloß nicht, du kannst mich mit dir hinunterziehen, denn das kannst du nicht.* Sie hatte ein Stück Holz in der Hand gehabt, das sie schälte, und sie hatte den Geschmack von Rinde im Mund gespürt.

Er drehte sich um und sah sie mit einem freundlichen Lächeln an. »Du bist wirklich traurig.«

Sie zuckte mit den Achseln. Es war nur ein Moment gewesen, und alles war ihr ausweglos erschienen. Es hatte andere, bessere Momente gegeben, die sicher überwogen. Nachdem die erste Untersuchung vorüber war und man sich entschied, keine Anklage gegen sie zu erheben, wurde sie krank. Sie hatte sich krankschreiben lassen und mehrere Monate außerhalb der Saison allein im Wohnwagen eines Freundes an der englischen Küste verbracht. Kieran hatte sich Sorgen gemacht. Selbst sein unerschütterliches Vertrauen wurde angesichts ihrer Zerbrechlichkeit erschüttert. Die kurze Kälte zwischen ihnen war längst vorbei. Er war sehr besorgt um sie und fand immer wieder Zeit, bei ihr zu sein. Sie hatte seine Wärme gespürt. Sie war echt, ebenso echt wie dieser Augenblick der Kälte. Mit Fürsorglichkeit kannte er sich aus. Er hatte sie besucht, sie in leere Küstencafés zum Essen ausgeführt, sie hatten an Laminattischen gesessen und Kakao getrunken und waren durch den scharfen Wind gelaufen.

Jetzt waren sie in einer neuen Phase angekommen. Nach der Untersuchung wegen möglichen Fehlverhaltens schien die interne Pressemitteilung der Beziehung zwischen Kieran und Lizzie zu lauten: *Lizzie bricht zu neuen Ufern auf!* Sie sprachen nicht darüber, vielleicht weil sie wussten, dass sie, wenn sie nach der Schlagzeile weiterlasen, möglicherweise nicht einverstanden wären.

Kieran warf ihr eines seiner T-Shirts zu und nahm die zum Wechseln mitgebrachte Bluse aus ihrer Tasche.

»Ich bügele sie dir eben auf.«

Als sie über den Flur zum Badezimmer ging, hörte sie Siebzigerjahre-Soul, eine klingende Gitarre, eine gefühlvolle Stimme, einen funky Beat. Zunächst erkannte sie den Song nicht, dann stellte sie fest, dass es Marvin Gaye war. *Let's get it on*. Sie blickte nach rechts ins Wohnzimmer. Kieran stand mit dem Gesicht zu ihr, wiegte sich vor dem Bügelbrett und tänzelte von einem Bein auf das andere. Er hielt das Bügeleisen in der rechten Hand, den freien Arm reckte er und bewegte ihn über seinen Körper. Er tanzte gut und mit Humor. Sie sollte nicht immer so ernst sein! Er schaltete das Bügeleisen aus und winkte sie im Takt der Musik zu sich.

Sie lächelte, wandte sich aber von ihm ab.

Mit geschlossenen Augen stand sie unter der Dusche. Warmes Wasser rann über ihren Körper. Sie trocknete sich ab und putzte sich die Zähne.

Sie befanden sich in Kierans Londoner Wohnung, angeblich nur ein Ort, an dem er sich aufhielt, wenn er im Dienst war. Seine Frau und seine Tochter wohnten in einem kleinen Dorf in der Nähe von Lewes. Das gerahmte Foto seiner Tochter hatte er abgehängt, aber Lizzie wusste, dass es irgendwo versteckt war und sich leicht zurückholen und wieder aufhängen ließ. Vermutlich gab es auch eines von seiner Frau. Aber es war nicht nur so, dass er verheiratet war: Geheimnisse gehörten zu seinem Temperament und waren ein Teil von ihm, so wie Rugby oder Angeln ein Teil anderer Männer waren. Er war in diese andere Welt zurückgekehrt, die verdeckte Welt, in der er eingesetzt worden war, ehe er befördert und – für kurze Zeit – ihr Vorgesetzter in einer uniformierten Einsatztruppe wurde. Über sein neues Einsatzgebiet erzählte er ihr nichts. Er war jemand, der sich nie völlig öffnen konnte. Sie vermutete, dass er immer geheime Orte brauchen würde und mehr als ein Telefon.

Sie kehrte aus dem Badezimmer zurück. Das Bügelbrett war weg. Ihre Bluse hing am Türsturz. Jetzt sang Otis Redding *These Arms of Mine*. Kieran hatte die Augen geschlossen, seine Arme um seinen Körper geschlungen und tanzte mit sich selbst. Er öffnete ein Auge und winkte sie zu sich.

Sie sagte: »Wir kommen zu spät.«

Er drohte in scherzhaftem Widerspruch mit dem Zeigefinger. Das war Kieran: Der Augenblick zählte, nur der Augenblick. Sie drehte sich um, um schnell einen Kaffee aus der Küche zu holen, aber er legte seine Arme um sie und wiegte sie hin und her.

»Ich komme zu spät.«

Er küsste sie und flüsterte an ihrem Hals. »Macht doch nichts. Ich fahre dich.«

Sie drehte sich zu ihm um und tanzte ganz nah mit ihm, lehnte sich an ihn und atmete seinen Duft ein.

Sie kletterte in den Land Rover Discovery. Er ließ den Motor an und bedeutete ihr, sie solle ins Handschuhfach schauen. Darin lag die Zeitung des vorigen Tages.

»Seite zwei«, sagte er, blinkte und fuhr los.

Sie las den Artikel.

Sie bittet jetzt nur darum, in Ruhe gelassen zu werden, damit sie ihre Arbeit ungestört fortsetzen kann.

Wem war wohl dieser lächerliche Satz eingefallen?

»Aus dem Gröbsten bist du raus«, sagte Kieran und warf ihr einen Blick zu. Da war es wieder: Er wollte ihre Zweifel und Deutungen nicht hören.

»Heute Abend habe ich übrigens keine Zeit«, fuhr er fort. »Aber am Mittwoch hast du Spätschicht. Pack eine Tasche. Ich hole dich von der Arbeit ab.«

Sie parkten vor ihrer neuen Einsatzstelle, und er tat etwas, das er noch nie zuvor getan hatte: Als er sich zu ihr lehnte, um sie zu küssen, sagte er: »Es nervt zwar, aber ich glaube, ich liebe dich.«

Sie stieg aus. Er fuhr davon und ließ sie mit ihrer plötzlichen Einsamkeit auf dem Bürgersteig zurück. Es war nicht fair von ihm, so etwas zu sagen. Ein solcher Spruch erforderte ein Echo, und sie hätte es gern ausgesprochen. *Ich liebe dich auch.* Doch wie hätte sie sich ihm so anbieten können? Wahrscheinlich konnten sie sich an diesem Abend nicht treffen, weil er zu seiner Frau und seiner Tochter nach Hause fuhr.

Das Telefon klingelte. Es war Ash. »Tut mir leid, Herzchen. Es geht um Brannon. Dringlicher Antrag auf Entlassung. Du musst schnell zum Gericht.«

Alle Dienstwagen waren bereits vergeben. Lizzie nahm die Tube und schaffte die fünfzehn Gehminuten zum Gericht in nur zehn, indem sie fast rannte. Dabei schwor sie sich, nie wieder Absätze zu tragen. Ihr Blazer fühlte sich über den Schultern eng an. Am liebsten hätte sie ihn abgelegt, sorgte sich aber wegen der Schweißränder, die sich wahrscheinlich unter ihren Armen und am Rücken gebildet hatten.

Dieses Gerichtsgebäude kannte sie noch nicht. Niemand saß am Empfang. Sie folgte einem mit einer Robe bekleideten Anwalt, der hastig durch das Marmor-Atrium ging. Vor den nummerierten Verhandlungsräumen warteten Leute. Durch eine verschlossene Glastür sah sie mehrere Personen, die vor einem Fotokopierer anstanden. Sie zeigte ihren Dienstausweis und betrat das Büro der Staatsanwaltschaft.

Auf den Schreibtischen türmten sich die Akten. Pflichtverteidiger lungerten herum, ärgerten die Staatsanwälte mit Anspielungen, nervten und beschwerten sich über nicht erhaltene Informationen. Warum fand alles auf den letzten Drücker statt? Einer der Angestellten wies auf einen kleinen, dünnen Mann Anfang sechzig mit Schuppen auf seinen in eine Robe gehüllten Schultern. Er war also der Staatsanwalt, der sich mit Brannons Entlassungsgesuch beschäftigte. Er beugte sich über eine Seite und las so angestrengt, als handele es sich um eine Art bizarren olympischen Sprintsport. Seine Perücke lag neben ihm auf dem Schreibtisch. Seine rechte Hand, die einen Füllfederhalter hielt, zuckte, als wolle sie seine Augen überholen.

Lizzie trat zu ihm. Er sagte nichts und sah nicht auf. Wenn überhaupt, schien sich seine Konzentration noch zu erhöhen.

Sie räusperte sich. »Äh … mein Name ist Lizzie Griffiths. Ich bin die zuständige Polizeibeamtin im Fall Brannon. Ist dies das Entlassungsgesuch?«

Er würdigte sie keines Blickes.

»Verhandlungsraum fünf. Es kann eine Weile dauern, bis Sie gebraucht werden. Sie haben noch Zeit für einen Kaffee.«

»Brauchen Sie noch Informationen? Haben Sie seine Vorstrafen gesehen?«

»Ist alles hier. Ich lese es gerade.«

»Können Sie mir etwas über die Gründe für sein Entlassungsgesuch mitteilen?«

»Nein, tut mir leid.«

»Ich wollte nur sagen …«

»Ich habe es eilig.«

»Ja … dass wir die Sache trotz des Widerspruchs des Opfers unbedingt weiterverfolgen sollten.«

Der Staatsanwalt warf ihr einen durchdringenden Blick zu. Er hatte kluge dunkle Perlen anstelle von Augen.

»Ach, und noch etwas, ehe Sie sich Ihren Kaffee besorgen: Sprechen Sie nicht mit dem Opfer, falls sie im Gerichtssaal ist.«

Der scharfe Warnblick war nur kurz gewesen. Er vergrub seinen Kopf wieder in den Fallakten.

Lizzie fragte: »Warum denn das?«

Der Kopf des Staatsanwalts bewegte sich nicht, aber sie konnte sehen, dass er nicht las. Er wollte, dass sie wegging.

»Ich kann jetzt nicht darüber sprechen. Möglicherweise werden Sie als Zeugin berufen. Warten Sie vor dem Verhandlungsraum, bis Sie gerufen werden.«

Vor dem Verhandlungsraum? Warum davor?

Er stützte seine Ellbogen auf den Schreibtisch und legte beide Hände an die Schläfen, als wolle er jede Ablenkung ausgrenzen. Verunsichert blieb sie noch einen Augenblick stehen, ehe sie die öffentlichen Bereiche des Gerichts aufsuchte. Georgina mit Skye und ihrer Freundin Marley saßen dort und starrten sie mit beunruhigender Intensität an. Sie erinnerte sich, dass sie keinen Kontakt mit Georgina aufnehmen sollte, und ging in die Kantine im ersten Stock.

Sie stand am Fenster und blickte auf die Straße hinaus, in der sich eine Baustelle befand. Ein schwerer Betonblock wurde von einem Kran an seinen Platz gehievt. Plötzlich ertönte eine Lautsprecherdurchsage:

PC Griffiths in Raum fünf, bitte. PC Griffiths in Raum fünf.

Lizzie folgte der Gerichtsdienerin, einer molligen Frau in einem schwarzen Kleid, zum Zeugenstand. Sie trat in die Box, legte ihre Hände auf das Brett vor ihr und legte den Eid ab. Sie bemerkte

Marley auf der Publikumsgalerie. Brannon auf der Anklagebank schenkte ihr ein aggressives, aber gewinnendes Lächeln.

Die Ermittlungsrichterin – eine dünne weiße Frau mit Tränensäcken und großer Nase – beugte sich vor. »Wir haben heute einen etwas ungewöhnlichen Fall vor uns. Ich habe ziemlich lange gebraucht, um mich zu entscheiden, wie wir vorgehen sollen.«

»Ma'am.«

»Wichtig ist, dass Sie sich jetzt nicht einschüchtern lassen dürfen, verstehen Sie?«

Eine dumme Phrase ging Lizzie durch den Kopf. *Ich verlasse mich ganz auf Sie, Euer Ehren.* Beinahe hätte sie gelacht. In ihrer Nervosität war sie in Gefahr, in irgendeine Art von angelesenem Gerichtsjargon zu verfallen. Allerdings konnte man wohl kaum *»Tut mir leid, ich verstehe Sie nicht«* zu einer Richterin sagen. Weil ihr keine Antwort einfiel, sagte sie gar nichts und wartete ab.

Die Richterin lächelte. »Natürlich verstehen Sie nicht, denn ich habe es noch nicht erklärt. Es scheint, dass dem Opfer nahegelegt wurde, gewisse ernsthafte Vorwürfe gegen Sie vorzubringen.«

Vorwürfe?

Lizzies Herz begann verwirrt zu pochen.

»Weil der Angeklagte gegenwärtig wegen dieser Angelegenheit in Gewahrsam behalten wird, halte ich es für sinnvoll, diese Anschuldigungen sofort anzuhören. Allerdings darf ich auch Ihren eigenen Sachverhalt nicht außer Acht lassen. Idealerweise hätten Sie rechtlichen Beistand in Anspruch nehmen sollen.«

Rechtsbeistand?

»Gleich wird die Anwältin des Angeklagten Sie vernehmen. Sie wird diese Prüfung mit gebührender Vorsicht beginnen und Sie darauf aufmerksam machen, dass es Ihr gutes Recht ist, sich nicht mehr von Ihrem Rechtsbeistand vertreten zu lassen. Wir sagen dies nicht nur der Form halber. Wenn Sie irgendwann während dieses Verhörs den Eindruck haben, dass Sie einen Anwalt brauchen, sollten Sie sich sofort an mich wenden und eine Unterbrechung des Verfahrens fordern.«

Lizzie atmete tief durch.

»Okay«, sagte sie und fügte hastig hinzu: »Euer Ehren.« Sie errötete und legte ihre Hände auf ihre Beine, um sich zu beruhigen.

»Sind Sie bereit?«

»Ja, Ma'am.«

Als sie ihren Kopf der Verteidigerin zuwandte, schloss Lizzie kurz die Augen, um nicht noch einmal Brannons grinsendem Gesicht zu begegnen, und sei es auch nur für eine Sekunde. Sie würde weder ihn noch Marley mit ihrem boshaften Blick anschauen, sondern wandte ihre Augen dem Staatsanwalt zu. Dessen Hände ruhten auf dem Schreibtisch, und er schien sie intensiv zu studieren. Was auch immer hier vorging, von ihm konnte sie keine Hilfe erwarten. Sie war auf sich selbst gestellt.

Die Verteidigerin, eine üppige, deftige Frau in den Fünfzigern, die ihre Robe immer wieder zurechtzupfte, als ob sie noch nicht herausgefunden hätte, wie die Amtstracht über ihre großen Brüste passen sollte, begann.

»Police Constable Griffiths, Sie sind nicht verpflichtet, etwas zu sagen, aber es kann Ihrer Verteidigung schaden, wenn Sie jetzt etwas nicht erwähnen, worauf Sie sich später vor Gericht berufen. Alles, was Sie sagen, kann als Beweis verwendet werden. Sie haben ein Recht auf Rechtsberatung, und wir können dieses Verfahren aussetzen, wenn Sie diesen Anspruch geltend machen. Haben Sie das verstanden?«

»Ja.«

Die Frau zupfte an ihrer Robe.

»Im vergangenen Jahr waren Sie in den Tod zweier Menschen verwickelt, PC Hadley Matthews und Farah Mehenni, die von einem Hochhaus in London in den Tod stürzten.«

Lizzie begann zu schwitzen. Sie wollte aus dem Zeugenstand hinaus, ja, und auf diese von der Richterin angebotene Rechtsberatung bestehen, aber irgendwie war sie in diesem Raum gefangen – gefangen durch Formalitäten, durch ihren Job und durch sich selbst. Wenn sie die Verhandlung unterbrechen ließ, würde es sofort die Runde machen. Es würde ein großes Durcheinander geben, und bei ihren Kollegen würden sich Gerüchte verbreiten wie ein Lauffeuer. Sie hatte Angst vor diesen schrecklichen gedämpften Gesprächen hinter verschlossenen Polizeitüren, vor der plötzlichen Stille, wenn sie ein Zimmer betrat, und erst recht vor der Unsicherheit und der Angst, die sie dann noch einmal verfolgen würden. Sie wusste auch, dass die Anklage gegen Brannon unter solchen Umständen auf die plötzlich zwingendere Frage reduziert würde, ob sie irgendwie schuldig war oder sich falsch verhalten hatte.

»Würden Sie die Frage bitte beantworten.«

»Können Sie sie bitte wiederholen?«

»Im vergangenen Jahr waren Sie in den Tod zweier Menschen verwickelt …«

»Nein.«

»Nein?«

»Nein, das war ich nicht. Ich war nicht in ihren Tod verwickelt. Ich war bei ihrem Tod anwesend, aber es lag kein Fehlverhalten meinerseits vor.«

Die Anwältin kramte in ihren Papieren.

»Gut, also nicht verwickelt. Sollen wir dann sagen: involviert?«

»Nein, auch das nicht. Ich war auch nicht involviert.«

»Sie waren dort?«

»Ja, ich war dort.«

»Und wie kam es dazu, dass Sie dort waren?«

Die Richterin unterbrach sie. »Frau Verteidigerin, ich sehe in dieser Fragestellung keinen Zusammenhang mit dem Thema unserer Verhandlung.«

»Ich versuche lediglich nachzuweisen, dass die Akte dieser Beamtin nicht makellos ist, Euer Ehren.«

»Das tun Sie nicht, wenn ich das sagen darf. Tatsächlich beweisen Sie gerade das Gegenteil.« Sie wandte sich an Lizzie, um ihr zu Hilfe zu kommen. »Nur um diese Befragung zu vervollständigen: Liegen irgendwelche disziplinarischen Vorwürfe oder Erkenntnisse über strafbare Handlungen gegen Sie vor?«

»Nein, Euer Ehren.«

Lizzies Nase kribbelte, und sie spürte eine schmerzhafte Hitze hinter ihren Augen. Eine Erinnerung überwältigte sie – jener letzte, unabänderliche Anblick von Hadley und Farah, ehe sie stürzten, eingerahmt vom intensiven Blau des Himmels hinter ihnen. Sie war von jeglichem Fehlverhalten freigesprochen worden, das schon, aber das bedeutete nicht, dass sie sich nicht verantwortlich fühlte. Sie rieb sich den Nacken und trank einen Schluck Wasser.

Dann blickte sie zu Brannon und seinem quälenden Grinsen hinüber. Er hatte es geschafft, den Spieß umzudrehen, damit nun sie im Kreuzfeuer stand.

Die Richterin fragte: »Sind Sie bereit fortzufahren, PC Griffiths?«

Lizzie spürte ihre Füße auf dem Boden und das billige Furnierholz des Zeugenstands unter ihren Händen.

»Ja, Ma'am.«

»Frau Verteidigerin, fahren Sie fort.«

»PC Griffiths, die Beschwerdeführerin in dieser Angelegenheit, Miss Georgina Teel, hat uns mitgeteilt, dass Sie einen unangemessenen Druck auf sie ausgeübt haben, gegen den Angeklagten, ihren Partner Mr Brannon, auszusagen.«

»Tatsächlich?«

»Wie es immer in Kriegsfilmen heißt, PC Griffiths, ich bin hier diejenige, die die Fragen stellt. Allerdings machen wir heute eine Ausnahme. Ja, das hat sie in der Tat.«

Die Verteidigerin lächelte über ihren eigenen Witz. Sie war wahrscheinlich ziemlich lustig, wenn sie ein großes Glas Rotwein in der Hand hatte. Aber Lizzie erinnerte sich an Kieran, der an einem Bach stand, während sie die Rinde von einem Stück Birke abschälte und ihr Mund nach Erde schmeckte. *Wenn du nur eins daraus lernst, dann lass es das sein: Gib den Mistkerlen nichts in die Hand.* Vielleicht war er doch nicht so kalt gewesen. Vielleicht hatte er recht gehabt.

Sie sah Brannon an, erinnerte sich an den scharfen Geruch von Alkohol und männlichem Schweiß, der ihr am Morgen nach seinem Angriff auf Georgina entgegengeschlagen war. Nun hatte Georgina also eine Beschwerde gegen die Person eingereicht, die versucht hatte, ihr zu helfen.

Dann stirb eben, Georgina. Mach so weiter und stirb.

Sie hätte es beinahe laut gesagt.

»Verstehen Sie, dass dies eine sehr ernste Beschuldigung ist, PC Griffiths?«

»Oh ja. Ernst, aber unbegründet.«

»Unbegründet?«

»Vollkommen unbegründet.«

»Lassen wir dieses Detail. Mr Brannon sagt, dass er, als er in Haft war, versucht hat, mit Ihnen über seine Liebe zu seiner Familie zu sprechen, Sie sich jedoch abweisend verhielten. Wie würden Sie Ihre Haltung beschreiben?«

»Es gehört nicht zu meinen Aufgaben, mir Gedanken über die Gefühle von Mr Brannon für seine Familie zu machen. So etwas hat keinen Einfluss auf die Untersuchung.«

»Mr Brannon sagt, Sie seien unhöflich gewesen. Wie würden Sie Ihr Benehmen beschreiben?«

»Professionell.«

»Mr Brannon sagt, er habe den Eindruck, dass Sie diese Untersuchung ganz und gar nicht professionell durchgeführt haben, sondern dass persönliche Gefühle eine Rolle spielten und Sie ihn nicht mochten.«

Die Richterin unterbrach sie erneut. »Kommt irgendwann auch eine Frage, Frau Verteidigerin?«

»Ja, Euer Ehren, sofort. PC Griffiths, wie würden Sie Ihre Einstellung zu Mr Brannon beschreiben?«

»Professionell.«

Das Wort *professionell* wurde, wie Lizzie mit einem bitteren Lächeln erkannte, ihre Version von *kein Kommentar.*

»Professionell?«

»Ja.«

Ungeduldig klickte die Richterin mit ihrem Kugelschreiber. »Sie sollten sich dieses Wort zu Herzen nehmen, Frau Verteidigerin. Haben wir das jetzt erledigt?«

»Haben wir, Ma'am. Ich bitte um Entschuldigung. Und wie sieht Ihre Haltung gegenüber Georgina aus, Miss Griffiths?«

Lizzie erinnerte sich an Brannons fröhliche Wiederholung von *kein Kommentar.* In einer Geste der Verwirrung wandte sie ihre Hände nach außen, lächelte breit zu Brannon hinüber und sagte: »Nun, ich würde behaupten, sie war professionell.«

In diesem Augenblick fiel ihr ein, dass sie noch Skyes Loom-Band an ihrem Handgelenk trug.

»Georgina erklärt, Sie hätten sie unter Druck gesetzt. Sie haben ihrer Freundin Marley nicht gestattet, bei ihr zu bleiben.«

»Marley war nicht bereit, mir ihre persönlichen Daten zu geben. Ich wusste nicht, in welcher Beziehung sie zu dem Angeklagten oder der Beschwerdeführerin stand. Ich hatte den Eindruck, dass, wenn jemand Druck auf Georgina ausübte, es Marley war, und natürlich der Angeklagte selbst, Mr Brannon.«

»Marley war da, um ihre Freundin zu unterstützen. Haben Sie der Beschwerdeführerin eine Alternative genannt, als Sie Marley ausschlossen? Miss Teel ist eine verletzliche junge Frau, wie Sie bemerkt haben dürften.«

»Sie ist verletzlich, ja.«

»Beantworten Sie die Frage: Haben Sie irgendeine Alternative zu Marley angeboten?«

»Nein. Ich nahm eine Widerrufserklärung der Beschwerdeführerin auf und fragte sie, ob ich sie an eine Organisation verweisen solle, in der sie bei häuslicher Gewalt Zuflucht suchen könne – an jemanden, der mit der Untersuchung nichts zu tun hat und mit dem sie vertraulich sprechen könne.«

»Und warum haben Sie das getan?«

»Sie war verstört.«

»Oh, sie war verstört.«

»Natürlich war sie das. Sie wollte ihre Familie nicht zerstören. Sie sagte, ihr Partner Mr Brannon würde nur gewalttätig, wenn er betrunken sei.«

Die Richterin griff ein. »Police Constable Griffiths, ich muss Sie hier unterbrechen. Wir sind nicht hier, um die Beweise in dieser Angelegenheit zu prüfen, sondern nur die Zulassung dieser Beweise. Ihr letzter Kommentar war jedenfalls nur Hörensagen.«

»Entschuldigen Sie, Euer Ehren.«

Die Verteidigerin schob ihre rutschende Robe wieder auf die Schultern und schaute in ihre Notizen. »Sie geben also zu, dass Georgina verstört war?«

»Ich verstehe nicht, was daran zuzugeben ist.«

»Ich erkläre es Ihnen. Georgina war verstört, Sie aber hörten nicht auf, darüber nachzudenken, wie sich das auf ihre Aussage auswirken könnte. Vielleicht hätte sie für das Gespräch mit der Polizei eine unabhängige Unterstützung gebraucht.«

»Ich habe lediglich die Widerrufserklärung aufgenommen.«

»Aber Sie haben versucht, sie zu überreden, gegen ihn auszusagen.«

»Aber nicht, sie zu überzeugen, unwahre Behauptungen aufzustellen.«

»Außerdem war Miss Teels Tochter Skye dabei.«

»Zeitweise. Meistens war sie in ihrem Zimmer.«

»Haben Sie Miss Teel darauf hingewiesen, dass sie bei der Entscheidung, ob sie gegen ihren Partner aussagen solle oder nicht, an Skye denken müsse?«

Die Fragen waren so schnell gekommen, dass Lizzie nicht in der Lage war, nachzudenken oder die Richtung der Fragen der Verteidigerin zu erkennen. Plötzlich begriff sie, wessen sie beschuldigt wurde: dass sie Georgina mit dem Hinweis auf das Sorgerecht für Skye gedroht hätte, um sie dazu zu bringen, gegen Brannon auszusagen. Deshalb hatte die Richterin ihr rechtlichen Beistand angeboten. Denn bei entsprechender Begründung könnte man ihr dies als Straftat auslegen. Wie lautete das Gesetz? Wäre es Einschüchterung eines Zeugen … oder vielleicht Rechtsbeugung? Alles hatte sich verändert. Sie und nicht Brannon war die Person in diesem Gerichtssaal, die sich in Gefahr befand. Sie versuchte, sich an die Einzelheiten des Gesprächs zu erinnern, das sie mit Georgina geführt hatte. Skye hatte ihr das Loom-Band gegeben. Beide hatten sie sich entspannt, das war es. Und dann hatte sie gesagt … Sie hatte gesagt … Was genau?

»Miss Griffiths?«

Lizzie blickte auf. Die Verteidigerin beobachtete sie aufmerksam. Niemals lügen: Das hatte sie gelernt. Niemals je lügen. »Ich gab einen allgemeinen Kommentar ab. Es ging nicht um die Aussage. Ich sagte, sie müsse das Wohlergehen ihrer Tochter im Auge behalten. Wissen Sie, Skye hatte geweint, und das war der Anlass.«

»Weiter.«

»Ich sprach ganz allgemein. Ich sagte, es täte ihr nicht gut, Gewalt mitzuerleben.« Die Richterin notierte sich etwas. Lizzie spürte, wie ihr das Thema entglitt. »Das war wirklich nur allgemein gesprochen. Wir haben eine Sorgfaltspflicht gegenüber den Opfern häuslicher Gewalt und ihren Kindern.«

»Haben Sie weiter über soziale Dienste gesprochen?«

»Nein, das habe ich nicht getan.«

»Wirklich nicht?«

Die Gefahr auch nur der geringsten Falschdarstellung hatte sich tief in Lizzie eingegraben: Sie selbst war wichtiger als alles andere, selbst als eine erfolgreiche Klage. Die Wahrheit sagen. Nur die Wahrheit sagen. Auch wenn alles ringsum in Flammen aufging, sie würde die Wahrheit sagen.

»Georgina hat es selbst getan.«

»Georgina? Können Sie mir mehr dazu sagen?«

»Sie meinte, sie hätte genug von ständig anwesenden Sozialarbeitern. Und dass es Skye gut ginge.«

»Haben Sie es so ausgelegt, dass sie Angst hatte, Skye könne ihr fortgenommen werden, wenn sie nicht gegen Mr Brannon aussagte?«

Lizzie erinnerte sich, wie ihr Gefühl für Georgina plötzlich milder geworden war, dass sie sie gemocht und Angst um sie gehabt hatte. Es war Schwäche gewesen, das begriff sie jetzt.

»Nein, so habe ich es nicht ausgelegt. Es kam mir nicht in den Sinn. Natürlich ist es schwierig. Sie sehen jemandes persönliche Umstände …«

Sie hielt inne. Ihr fehlten die Worte, und sie fühlte sich plötzlich den Tränen nah.

»Sprechen Sie weiter.«

Aber es ging nicht, weil sie ganz woanders war.

Sie saß mit Hadley in dem Haus der alleinerziehenden Mutter, während der Sohn seine Jacke anzog und aus der Tür stürmte und Hadley eine Schildkröte auf der Handfläche hielt. Er sagte, er hätte als Kind auch eine gehabt, und Lizzie hatte nicht gewusst, ob es der Wahrheit entsprach oder ob er es nur sagte, um die verstörte Mutter zu trösten. Jetzt war er tot, und sie würde ihn nie mehr fragen können. Sie lächelte. Wie albern! Warum war es überhaupt wichtig? Sie stellte sich vor, wie er sie im Gerichtssaal auslachte. Du spinnst doch! Du beschämst die Uniform! Er war in der Lage gewesen, über fast alles zu lachen. Ich kann diesen Job nicht machen, dachte sie. Sie war verloren, völlig verloren. Sie wusste nicht einmal, wo sie war.

»PC Griffiths?«

Sie legte eine Hand auf das Pult, um sich zu beruhigen. Die Richterin griff ein. »Geht es Ihnen nicht gut? Können Sie weitermachen, PC Griffiths? Brauchen Sie eine Pause?«

Irgendwie fand sie den Faden dessen wieder, was sie gesagt hatte. Sie hielt sich daran fest und ließ sich aus der Dunkelheit herausführen.

»Ja, Ma'am. Es geht mir gut, danke. Man muss einfach professionell bleiben, das ist es, was ich sagen wollte. Ich erinnere mich, wie ein Kollege mir einmal sagte: ›Wir sind die Polizei, keine Sozialarbeiter.‹ Ich glaube, er meinte damit, dass wir es uns nicht leisten können, zu viel Mitgefühl zu zeigen. Unsere Arbeit sieht anders aus, und das aus einem guten Grund. Und obwohl ich gewisse Befürchtungen hinsichtlich Miss Teel und ihrer Tochter nicht leugnen konnte, beriet ich sie nicht weiter, sondern nahm nur die Widerrufserklärung auf.«

Die Verteidigerin fuhr fort: »Haben Sie im Anschluss einen Bericht an die Staatsanwaltschaft geschickt und empfohlen, dass die Klage beibehalten wird und das Gericht den Beschuldigten vorlädt?«

»Ja, das ist richtig.«

»Haben Sie darüber nachgedacht, wie Ihre Bemerkungen über ihre Tochter Georginas Aussage beeinträchtigen könnte?«

Lizzie schüttelte den Kopf. »Nein.«

»Danke, Police Constable Griffiths. Keine weiteren Fragen, Euer Ehren.«

Lizzie stand vor dem Verhandlungsraum fünf. Ihr war, als wäre sie mit siedendem Wasser gefüllt und ihre Haut würfe unter der Oberfläche Blasen. Am liebsten hätte sie an einem weniger öffentlichen Ort gewartet, aber der Raum der Staatsanwaltschaft wäre auch kein wirkliches Rückzugsgebiet, und in dem engen, mit Beamten mit Asservatenbeuteln vollgestopften Polizeizimmer mochte sie sich auch nicht aufhalten. Georgina, die mit Skye am anderen Ende des Wartebereiches saß, blickte zu ihr hinüber. Lizzie ging zur Treppe. Die Cafeteria machte gerade zu, aber sie bekam noch eine Flasche Wasser. Sie schloss die Augen und wartete darauf, dass die Hitze in ihr nachließ.

Als sie wieder in den Wartebereich zurückkehrte, gingen Brannon und seine Verteidigerin gerade aus dem Gerichtssaal.

Es war also vorbei. Der Fall war zu den Akten gelegt worden. Brannon hatte gewonnen. Lizzie fragte sich, ob es irgendwelche Folgen für sie haben würde. Sie konnte nicht weiter in Richtung des Büros der Staatsanwaltschaft gehen, ohne direkt auf Brannon zu stoßen, also blieb sie stehen und beobachtete vom Eingangsfoyer aus, wie er zu Georgina hinaufging und die beiden sich nach kurzem Zögern umarmten. Dann nahm er Skye auf den Arm und drückte sie fest an sich. Er setzte sie wieder ab, zwickte sie in die Wangen, bis sie sich wand, und knuffte sie in den Magen. »Dad!« Er drehte sich um, küsste Marley auf die Wange und drückte ihre Hand. Dann schüttelte er voller Wärme die Hand der Verteidigerin.

Jeder, der ihnen mit einem gewissen Abstand zugeschaut hätte,

hätte sich daran gefreut. Es war eine glückliche Geschichte: eine kleine Feier, eine wiedervereinigte Familie, ein verhinderter Justizirrtum.

Familie: Gab es in diesem Moment etwas Unangenehmeres? Lizzie dachte an Kieran, seine Frau und seine Tochter und beschloss, niemals selbst Kinder zu bekommen.

Die Glückwünsche ebbten ab, die Verteidigerin verabschiedete sich, ging davon und zog dabei ihre Robe um die Schultern. Die kleine Familie machte sich auf, das Gericht zu verlassen, und musste dabei direkt an Lizzie vorbei. Es war zu spät, sich abzuwenden, ohne das Gesicht zu verlieren.

Marley sprach sie an. In ihren Zügen spiegelte sich Triumph. »Warum fangen Sie nicht einfach richtige Verbrecher?«

Brannon sagte: »Nächstes Mal haben Sie sicher mehr Glück.«

Georgina hob den Blick nicht. Sie hielt Skyes Hand. Lizzie hätte ihr am liebsten etwas gesagt, was sie nicht sagen durfte und auch nicht sagte.

Beim nächsten Mal solltest du nicht die Polizei rufen.

Lizzie saß auf dem Oberdeck des Busses auf dem vordersten Sitz. Das Leben sprühte zu ihr hinauf, während der Bus fuhr, anhielt, wendete, schwankte und wieder anhielt. Obstkisten, die Dächer der Bushaltestellen, ein Kinderwagen mit einem strampelnden Baby, ein gefährlich wackelndes Fahrrad zwischen Bus und Bürgersteig.

Der Staatsanwalt war ein wenig gelangweilt gewesen, sogar ungeduldig, als er im Nachhinein alles noch einmal mit ihr durchgesprochen hatte. Es sei so weit in Ordnung, hatte er gesagt, während seine Augen bereits den nächsten Papierstapel musterten, den er für seinen nächsten Fall lesen musste. Die Richterin hatte es ganz klar ausgesprochen: Lizzie brauchte nichts zu befürchten, denn sie hatte sich nicht unerlaubt eingemischt. Trotzdem hatte die Richterin entschieden, dass Georginas Angst, man könne ihr das Kind wegnehmen, ihre Aussage unzuverlässig machte. Aus diesem Grund war der Fall verworfen worden. Brannon musste nicht einmal aussagen.

Mit einem Mal wurde Lizzie klar, dass sie all das von ganzem Herzen leid war. Warum hatte sie sich in diese Lage gebracht – und das für Menschen, die sie nicht einmal kannte?

Sie versuchte, ihre Gedanken zum Verstummen zu bringen, ihre Situation zu betrachten und darüber nachzudenken, was sie eigentlich wollte. Sie war sechsundzwanzig, und das erfüllte sie mit Schrecken. Ihr Leben glitt ihr durch die Finger, und sie bekam es nicht zu fassen. Dieser verfluchte Job!

Sie hatte sich bemüht, Georgina zu helfen.

Am liebsten wäre sie aus dem Bus gestiegen und losgerannt, bis sie nicht mehr laufen konnte. Sobald sie zu Hause war, sagte sie sich, würde sie ihre Laufschuhe anziehen. Es war eine Freiheit, die ganz anders war als jede andere, wenn sie rannte und den Rhythmus ihres Herzens und ihres Atems spürte. Als Schülerin war sie für ihre Grafschaft angetreten und hatte die 10 000 Meter in sechsunddreißig Minuten geschafft. Dann aber hatte sie mit den Wettbewerben aufgehört, weil die Jagd auf Sekundenbruchteile ihr die Freude an ihrer Lieblingsbeschäftigung verdarb; es machte ihr keinen Spaß, sich abzumühen und zu quälen, um ein paar Minuten herauszuschinden. Und jetzt fühlte sich die Polizeiarbeit auch so an. Es hatte Spaß gemacht! Sie hatte es genossen. Heute konnte sie es kaum noch glauben. Sie hatte sich eine spannende Zukunft ausgemalt: Mordfälle zu lösen, undercover zu arbeiten und vielleicht sogar Terrorangriffe zu verhindern. Aber die Realität war … Ihre Gedanken stolperten. Ja, wie war sie? Beschissene Jobs, beschissene Leben und Menschen, denen sie nicht helfen konnte.

Und manchmal war sie sogar eine Katastrophe. Hadley tot. Farah tot.

Damals hatte sie sich entschlossen, weiterzumachen. Sie würde alles überleben, wenn sie eine gute Polizistin war. Aber jetzt, hier im Bus, erschien ihr das unmöglich. Ihr Tag dauerte nicht von neun bis fünf, noch nicht einmal von acht bis zehn. Es war, als gestalte man das Muster seiner Nerven ganz neu, bis man jemand anderes wurde und die Verbindung zu dem verlor, der man einmal war. Es war, als wäre aus ihrem Leben ein Paar zuschanden gelaufener Laufschuhe geworden.

Schnell machte sie sich auf den Weg zu ihrer Wache, drängte sich rücksichtslos durch die langsamen Menschenmassen, vorbei an Spendensammlern, einem Zeitungsstand, einer Blumenauslage im Freien, einer Gruppe junger Männer, die zu viert nebeneinander spazieren gingen.

Sie ging direkt in das Büro ihrer Vorgesetzten, aber die war nicht da. Was sollte sie nun mit ihrer Dynamik anfangen? Ash saß an seinem Schreibtisch. Er blickte auf und lächelte.

»Hey, Schönste.«

»Oh, leck mich, Ash.«

»Was?«

Sie nahm ihren Dienstausweis aus der Tasche, reichte ihn über den Schreibtisch und fühlte sich dumm und hoffnungslos.

»Ich will den hier nicht mehr, aber ich kann die Chefin nicht finden, um ihn ihr zurückzugeben. Könntest du ihn bitte nehmen?«

Er reckte die Hand über den Tisch. »Aber natürlich, Herzchen.« Er blätterte ihn auf, betrachtete lächelnd das Bild und spähte dann in das Innenfach. »Du hast deine Treuekarte für Caffè Nero dringelassen. Und zehn Pfund. Willst du sie nicht behalten?«

Lizzie setzte sich und rieb sich die Stirn. Ash trommelte minutenlang mit dem Mittelfinger auf den Tisch.

Schließlich sagte er: »Du hast völlig recht. Ein junges Ding wie du sollte unbedingt aus diesem Job aussteigen. Genaugenommen finde ich, dass wir alle aussteigen sollten. Wie wäre das?«

Lizzie konnte nicht sprechen. Stattdessen versuchte sie zu lächeln. Ash lachte über ihre Bemühungen.

»Ach du liebe Zeit.« Seine Augen verengten sich mitfühlend. »Ganz ehrlich – findest du allen Ernstes, dass ausgerechnet jetzt der richtige Moment ist, um eine solche Entscheidung zu treffen?«

Sie schüttelte den Kopf. Er reichte ihr den Dienstausweis. »Nimm den erst mal wieder an dich. Warte einen Tag ab und entscheide dann, wie du dich fühlst.«

Verlegen steckte Lizzie ihren Ausweis wieder ein. Trotzdem hatte sie diesen melodramatischen Impuls vielleicht gebraucht, um die Veränderung anzustoßen, die sie durchleben musste. Nun war sie wieder an der gleichen Stelle angekommen.

Ash sagte: »Um ehrlich zu sein, bin ich nicht gerade ein Meister, wenn es ans Eingemachte geht. Was hältst du davon, abzuhauen und ein Eis zu essen? Da arbeitet ein hübscher Junge – der dürfte uns beide aufmuntern.«

»Vielen Dank, aber lieber nicht. Ich glaube, ich mache einfach Schluss und gehe nach Hause.«

Lizzie stellte den Brannon-Bericht fertig, wie Ash ihr geraten hatte, erklärte darin, warum es nicht zur Anklage gekommen war, empfahl, eine Organisation gegen häusliche Gewalt einzusetzen, und berichtete ihrer Vorgesetzten in einer E-Mail über ihre Bedenken. Pünktlich auf die Minute stempelte sie sich aus, nahm ihre Tasche und machte sich auf den Weg nach unten.

Brannon schlenderte rauchend auf dem Bürgersteig vor dem Revier herum. Er grinste. Sie hätte an ihm vorübergehen müssen, zögerte aber. Er verschränkte die Arme über die Brust und lächelte fröhlich. »Hallo, Lizzie.«

Sie nickte. »Mark.«

Obwohl sie ihr Auto nur für einen Tag in der Parkbucht hätte lassen dürfen, wartete ihr kleiner blauer Golf unbeschadet auf sie. Sie betätigte ihren Schlüssel, und die Lichter blinkten auf. Mit Gänsehaut ging sie an Brannon vorbei. Sie stieg in den Wagen, widerstand dem Drang, die Türen zu verriegeln, warf ihre Tasche auf den Beifahrersitz und setzte rückwärts in den fließenden Verkehr hinaus. Was hatte der Mann dort zu suchen? Sein Telefon war als Teil der Untersuchung einbehalten worden – vielleicht hatte er es nach der Einstellung des Verfahrens gegen ihn auf dem Revier abgeholt. Während sie durch Nebenstraßen und über Bodenwellen schlich, begann sie allmählich loszulassen. Jemand wie Brannon verbrachte vermutlich viel Zeit in seinem zuständigen Polizeirevier, und wenn es nicht um ihn ging, dann vielleicht um einen seiner Freunde. Falls sie weiter von Caenwood aus arbeitete, würde sie ihm wahrscheinlich häufig begegnen. Er war einer jener Typen, die immer wieder kamen.

6

Der Vorgarten war gepflastert und enthielt nichts als Plastikmülltonnen auf Rädern. Sarah öffnete das Gartentor. Eine Wagenladung Polizeibeamter in blauen Overalls bewegte sich wie eine große blaue Raupe schweigend an ihr vorbei. Der Typ ganz vorn war ein echter Brocken: bestimmt mehr als zwei Meter groß, mit breiten Schultern. Er trug die schwere rote Ramme, als wäre sie so leicht wie eine leere Aktenmappe, und trat mit überraschend anmutigem Vertrauen an die Tür. Er wiegte die Maschine im angewinkelten Ellbogen und blickte über die Schulter, um zu sehen, ob alle bereit waren. Stumm zählte der Sergeant an seinen Fingern ab: eins-zwei-drei.

Das große rote Werkzeug schwang nach vorne, die Tür zersplitterte und gab beim ersten Versuch nach.

Schreiend liefen die Männer die Treppe hinauf.

»Polizei! Polizei! Polizei!«

Mit Lee, der den Durchsuchungs- und den Haftbefehl in der Hand hielt, ging Sarah langsam den Polizisten nach, die die Kontrolle übernahmen und vermutlich schon daran dachten, wie sie sich mit einem schönen Abendessen dafür belohnen würden, ihren Job so gut gemacht zu haben. Sarahs Arbeit aber begann erst.

Es war eine Einzimmerwohnung in einem in Apartments aufgeteilten viktorianischen Haus. Fettiger Abwasch trocknete auf einer verkalkten Edelstahlspüle. Die Tür zum Bad war nur angelehnt, und es roch nach Urin. Die Vorhänge waren vergilbt von Nikotin. Auf dem Nachttisch stand ein mit Kippen überfüllter Aschenbecher. Andrew Walker saß im Bett, strich sich mit der

Hand über das Gesicht und gähnte. Er trug eine Weste und Boxershorts, hatte langes, schütteres Haar, eine gewölbte Stirn und Arme, die vortretende blaue Adern aufwiesen.

Er fragte: »Darf ich rauchen?«

Alle sahen Sarah an, und sie nickte. »Ja.«

Als Andrew mit zitternden Händen seine Zigarette anzündete, trat Lee vor.

»Ich verhafte Sie wegen des Mordes an Tania Mills im Oktober 1987. Begründet wird dieser Schritt durch Informationen, dass Sie diesen Mord gestanden haben.«

Sarah blickte sich im Zimmer um und entdeckte eine ungewöhnlich große Anzahl gerahmter Schwarz-Weiß-Fotografien an den Wänden. Das Bild einer alten Dame, die auf einer Bank sitzt und ein Eis isst. Eine Weitwinkelaufnahme von Kindern, die in einer Gasse herumhüpfen. Sarah vermutete, dass es sich um Arbeiten eines begabten Amateurfotografen handelte.

Einer der Polizisten nickte zu einem Regal, in dem drei gute, aber altmodische Filmkameras standen.

»Er fotografiert gern.«

»Ein typischer Perverser«, fügte der Sergeant hinzu.

»Wir möchten bitte alle Kameras und Filme mitnehmen«, sagte Sarah.

Andrew, der keinerlei Einspruch erhob, ließ sich widerstandslos festnehmen. Er behielt die Zigarette im Mund und schloss ein Auge gegen den Rauch.

Die Polizeiwache von Ellersby hatte das alte Gebäude vom Anfang des zwanzigsten Jahrhunderts ersetzt, in dem Tanias Vater die erste Vermisstenanzeige aufgab. Erbaut während der fetten Jahre der Ära Blair dominierte es die Straße: getöntes Glas, blaue und weiße Simse, ein eindrucksvoller runder Büroturm auf der linken Seite. Im Verhörraum summte Sarahs Telefon. Sie blickte auf den Bildschirm. Es war eine Voicemail ihres Vaters. Ohne sie anzuhören, wusste sie, worum es ging. In weniger als zehn Tagen fand der Gedenkgottesdienst für ihre Schwester statt. Ob sie es schaffen würde? Sie schaltete ihr Telefon aus und steckte es wieder in die Tasche. Sie legte ihren Stift neben ihr Notizbuch auf den Schreibtisch, holte tief Luft, beruhigte sich und bereitete sich darauf vor, sich zu konzentrieren.

»Entschuldigen Sie. Fahren Sie bitte fort.«

Walker, der inzwischen ein hellblaues Baumwollhemd mit ausgefranstem Kragen und eine blaue Hose trug, saß teilnahmslos vor ihr. Er hatte keine besonderen Merkmale – außer vielleicht seiner scharfen Nase und seiner blassen Haut –, aber er roch geradezu nach Einsamkeit. Sein Anwalt Derek Holt, ein drahtiger, lebendiger kleiner Mann im Anzug mit einem Akzent aus dem Norden, las eine vorbereitete Stellungnahme vor.

»Mein Name ist Andrew Walker, und dies ist meine Antwort auf den Vorwurf, dass ich 1987 Tania Mills ermordet haben soll.

Ich wurde auf Bewährung entlassen und besuche das Behandlungsprogramm für Sexualstraftäter im Staatsgefängnis Ripon. Dieses Programm steht nur Männern offen, die ihre Straftaten zugegeben haben und ihr Leben verändern wollen.

Ich mag Mädchenunterwäsche, das ist mein Ding. Mir liegt nicht daran, Menschen zu berühren oder sie zu verletzen. Ich bin nicht gewalttätig. Ich will nur schauen.

Ich stelle mir vor, wie Mädchen ihre Beine öffnen und mir ihr Höschen zeigen. Ich stelle mir vor, dass sie es gern und freiwillig tun. Ich habe diese Gedanken standig. Ich kann nicht mit einer Frau reden oder neben ihr stehen, ohne mir vorzustellen, was für ein Höschen sie trägt.

Als ich in einem Büro arbeitete, ließ ich ständig meinen Stift neben den Schreibtischen von Frauen fallen. Ich habe den Selfie-stick quasi erfunden. Einmal wurde ich verhaftet, als ich mich in einem Sportzentrum als Reinigungskraft verkleidet, eine Kamera an einen Schrubbergriff geklebt und ihn unter der Tür einer Damenumkleide hindurchgeschoben hatte. Ich gehe in Schwimmbäder und tauche mit Schwimmbrille. Inzwischen kann ich hervorragend den Atem anhalten. Lächerlich, nicht wahr? Wer würde mir vorwerfen, dass ich dachte, das, was ich tat, schade ja niemandem?

Vor vier Jahren jedoch erkannte ich, dass ich mich selbst kontrollieren musste. Ich werde darüber sprechen, damit Sie verstehen, wie es passiert ist.

Ich traf auf zwei Mädchen, die in einem abgelegenen Teil des Parks in der Sonne lagen. Sie hatten ihre Röcke hochgezogen, um ihre Beine zu bräunen. Als ich vorbeikam, konnte ich ihre Höschen erkennen. Gott steh mir bei – es war das Erotischste, was ich je gesehen hatte. In der Nähe war eine Toilette. Ich sperrte mich in eine der Kabinen ein und versuchte, die beiden zu vergessen. Aber es klappte nicht. Ich musste ständig daran denken, wie sie da lagen, plauderten und ihre Slips zeigten. Ein echter Notfall.

Als ich zurückkehrte, war eines der Mädchen fort. Das andere hatte seinen Rock heruntergezogen. Es lag auf der Seite und las.

Es gibt dort ein Eisentor, das in ein kleines Naturschutzgebiet führt. Innen steht eine Bank. Ich setzte mich, wartete und hoffte fast, dass das Mädchen den Park auf einem anderen Weg verlassen würde. Als sie vorbeikam, fühlte es sich an wie eine Fügung des Schicksals. Ich stand auf und versuchte, es so aussehen zu lassen, als ob ich den Park gerade zufällig zur gleichen Zeit verließ wie sie. Sie ging schneller, aber ich packte sie am Oberarm und sagte: ›Du musst mitkommen.‹

Ich zerrte sie hinter einen umgestürzten Baumstamm. Noch nie hatte ich ein derart überwältigendes Gefühl gehabt. Ich befahl ihr, still zu liegen und ihren Rock hochzuziehen.

Sie tat, was ich ihr sagte. Wären wir nicht unterbrochen worden, hätte ich getan, was ich tun musste, und sie gehen lassen. Doch ich wurde unterbrochen. Ein schwarzer Labrador kam auf uns zu, und das Mädchen schrie. Der Hund fing an zu bellen. Ich stand auf und rannte davon. Ein Mann packte mich an der Schulter und hielt mich zurück. Er nannte mich einen schmutzigen Perversling und schlug mir ins Gesicht. Es gelang mir, wieder davonzurennen. Meine Nase blutete. Ein Hubschrauber kreiste am Himmel. Ich versteckte mich in einem Graben. Ich konnte Leute hören, die durch das Unterholz trampelten. Auch den Polizeifunk hörte ich. Ein hechelnder Hund kam näher. Ich sah ihn durch die Brombeeren und Brennnesseln: einen wütend bellenden Schäferhund. Eine Frauenstimme rief: ›Wenn Sie nicht herauskommen, lasse ich den Hund los!‹

Außer bei der Festnahme sprach niemand mit mir, während wir auf den Transport warteten. Meine Nase war gebrochen und tat höllisch weh. Einer der Polizisten spuckte vor mir aus. Ich dachte, wenn ich nur fertig geworden wäre, hätte ich sie gehen lassen, und dann hätten sie gewusst, dass ich nicht gewalttätig bin. Ich bekam nie die Chance, es zu beweisen.

Mein Polizeifoto wurde veröffentlicht. Ich sah aus wie irgendein beliebiges Sex-Monster. Der Detective Chief Inspector sagte, ich sei eines der abscheulichsten und verdorbensten Individuen, dem er je begegnet wäre. Der Ausdruck wurde in allen Zeitungen und Nachrichten wiederholt. *Eines der abscheulichsten und verdorbensten Individuen.* Er sagte auch, dass der Mann, der mich geschlagen hatte, ein Held sei. Er hätte möglicherweise ein Leben gerettet. Aber das stimmte nicht. Ich hätte dem Mädchen nichts getan. Ich wollte nur ihr Höschen sehen.

Allerdings begriff ich, dass ich eine Linie überschritten hatte. Ich begann zu akzeptieren, dass ich etwas tun musste, und habe mich zu dem Programm in Ripon angemeldet.

Lange habe ich mich gefragt, warum ich so bin. Vielleicht ist es ja angeboren, oder aber ein Ereignis in meiner Kindheit hat mich geprägt. Ich würde es gerne verstehen und mich ändern. Doch mein Berater im Staatsgefängnis Ripon sagte mir, dass es keinen Sinn macht, über die Gründe nachzudenken. Ich sei nun einmal so. Es gehe nicht vorbei und ich müsse es kontrollieren. Also mache ich alles, was in meiner Macht steht. Ich habe eine feste Adresse. Ich nehme die Medikamente, die mir verschrieben werden. Ich halte alle Termine ein. Es ist nicht einfach, so zu leben. Nun behaupten Sie, ich hätte jemanden umgebracht. Ich mache mir Gedanken. Wo liegt da der Sinn? Werde ich je selbstbestimmt leben dürfen?

Als ich in Gewahrsam war, teilte ich mir eine Zelle mit Erdem Sadiq und könnte mir vorstellen, dass Sie ihn als Spitzel auf mich angesetzt haben. Damals war in meinem Fall noch kein Urteil gesprochen, und daher nahm ich noch nicht an dem Programm teil. Wir waren bis zu dreiundzwanzig Stunden am Tag eingeschlossen. Erdem ist ebenfalls ein Sexualstraftäter. Wir unterhielten uns gegenseitig, indem wir über die Dinge sprachen, die wir gerne machen würden. Wir hatten viel Zeit, uns Dinge auszudenken, und wir langweilten uns. Masturbieren ist ein Weg, der Langeweile zu entfliehen. Jemanden zu haben, mit dem man reden kann, ist ebenfalls eine Erleichterung. Oft sind es sehr private Gedanken, die man mit sonst niemandem teilen kann. Darüber zu sprechen führt dazu, dass man sich besser fühlt – man empfindet sich als normaler, weil man nicht der Einzige ist.

Ich musste nicht lange überlegen, um mir etwas über Tania auszudenken. Sie wohnte nur wenige Straßen von mir entfernt, als ich ein junger Mann war. Als sie verschwand, war ihr Gesicht überall in der Zeitung. Ich konnte mich an sie erinnern, wie sie die Straße hinunterging oder auf den Bus wartete. Ich begann mir etwas auszudenken, was ich mit ihr gemacht haben könnte.

Ich habe Erdem davon erzählt. Allerdings habe ich nie gesagt, ich hätte sie getötet, sondern nur, dass sie mich ihren Slip sehen ließ. Und dass es ihr gefallen hätte. Dass es sie anmachte. Vielleicht lag es an den mir zur Last gelegten Vorwürfen, dass er glaubte, ich hätte nicht nur auf ihr Höschen geschaut, sondern sie auch ermordet. Aber ich habe Tania nicht getötet. Ich kannte sie überhaupt nicht. Schauen Sie sich meine Vorstrafen an. Warum hätte ich 1987 Tania umbringen sollen und danach nie wieder jemandem etwas zuleide tun?

Erdem saß wegen Besitz von Kinderpornos in Gewahrsam. Die Bilder müssen erstklassig gewesen sein – kleine Mädchen, die Dinge taten, die die meisten erwachsenen Frauen nicht tun würden. Ich weiß nicht, was er dieses Mal ausgefressen hat, aber ich habe gehört, was er hätte tun wollen. Wenn er tatsächlich irgendetwas von diesem Zeug in die Tat umgesetzt hat, dürfte er eine harte Zeit vor sich haben. In einer derartigen Situation versucht jeder, sich umzusehen und nach Auswegen zu suchen.

Vermutlich hat er sich überlegt, wie er meine Fantasien über Tania nutzen könnte. Ich könnte mir vorstellen, dass ihr ihm dabei geholfen habt. Ihr habt es ihm eingeredet, oder? Einige von euch sind darin ziemlich gut. Ihr habt dafür gesorgt, dass er sich überlegen fühlte – er mag ein paar schmutzige Bilder besessen haben, aber er war nicht so wie ich, nicht wahr? Ich verstehe das, denn so verhält sich jeder. Jeder – und ich meine wirklich jeder – benutzt die Bösen, um einen Abstand zwischen sich selbst und deren schmutzige Gedanken zu schaffen. Doch machen Sie sich nichts vor. Erdems Darstellung seines Lebens ist ebenso beschönigt und mit Geheimnissen behaftet, wie es meine immer war.

Erdem benutzt mich, und er benutzt Sie. Ich bin ein einsamer Mann, der unter dem Fluch einer fixen Idee leidet, aber ich habe Tania nie etwas zuleide getan.«

Sie machten eine Pause. In einem Nebenraum begann Sarah, eine Reihe von Dingen aufzulisten, die sie Walker fragen wollte. Sie versuchte, Lees Bemerkungen über das »kranke Monster«, das sie gerade vernommen hatten, zu überhören. Es war wie perverses Bingo; bald schon würden sie über ein Full House an Attributen verfügen. Sie verstand, dass Lee wütend und verunsichert war, doch es lenkte sie ab, so zu tun, als höre sie ihm zu. Sie wünschte, sie hätte Erdem Sadiq selbst vernehmen können und Gelegenheit gehabt, seine Aussagen abzuwägen. Schließlich sagte sie: »Entschuldige, aber ich versuche mich zu konzentrieren.«

Lee nahm sich noch einen Kaugummi und meinte: »Nur eine Frage: Glaubst du, er hat es getan?«

»Ich weiß es nicht.«

»Aber du weißt hoffentlich, dass diese Typen abgefeimte Lügner sind. Es gehört sozusagen zu ihrer Jobbeschreibung.«

»Ja, das weiß ich.« Lee schien nicht zufrieden zu sein. »Sonst noch etwas?«

»Nur, dass es meistens die verdächtigste Person ist.« Sie sah ihn an. »Vertraust du mir etwa nicht?«

Lee stellte Walker die von Sarah aufgelisteten Fragen. Daten, Zeiten, Orte. Er war ein geschickter Fragensteller, gewissenhaft bis ins Detail. Walker sagte, dass alles zu lange zurückläge, um sich noch zu erinnern, und dass er nicht mehr wisse, was er am Tag nach dem großen Sturm im Jahr 1987 getan hatte.

Sarah hakte nach: »Sie können sich nicht mehr an den Tag nach dem Sturm erinnern? Dabei war es so ein unvergesslicher Tag. Ein bisschen wie der 11. September. Einer jener Tage, an die sich jeder erinnert.«

»Mag ja sein, aber ich erinnere mich nicht mehr.«

Sie notierte sich etwas und machte weiter. »Sie sind also jemand, der eher schaut, aber nicht berührt?«

»Das ist richtig.«

»Sie und Erdem haben nur vor sich hin geträumt?«

»Ja.«

»Warum haben Sie sich dabei ein echtes Mädchen vorgestellt?«

»Ich interessiere mich nur für echte Mädchen. Sie tauchte plötzlich in meinen Gedanken auf, aber ich hatte sie nicht darum gebeten.«

»War es Zufall, dass Sie über ein Mädchen fantasierten, das vermisst wurde?«

Er hielt Sarahs Blick stand. »Vielleicht habe ich sie mit schmutzigen Dingen verbunden, weil sie vermisst wurde. Ich habe mir vorgestellt, sie sei ein unanständiges Mädchen, das mir gerne sein Höschen zeigen wollte.«

Sarah dachte nach und stellte dann die einfachste Frage.

»Hatten Sie 1987 ein Auto?«

»Ja. Einen Mini. Er war alt. Fast schon ein Oldtimer.«

Sie notierte es.

»Kommen in ihrem Kopfkino auch andere vermisste Mädchen vor? Oder Mädchen, die ermordet wurden?«

»Nein.«

»Wann fingen Sie an, über Tania zu fantasieren?«

»Warum?«

Es war das erste Mal, dass er ihre Frage mit einer Gegenfrage beantwortete. Irgendetwas musste ihn gestört haben, etwas, was sie nicht genau bestimmen konnte. Sie wartete auf eine weitere Bemerkung, die ihr helfen könnte, aber sie kam nicht. Also kehrte sie zu der einfachen Frage zurück, die ihn beunruhigt hatte.

»Das Warum spielt keine Rolle. Wann haben Sie das erste Mal über Tania fantasiert?«

»Ich kann mich nicht erinnern.«

»Bevor oder nachdem sie verschwand?«

»Danach.«

»Wie lange danach?«

»Das weiß ich nicht mehr.«

»Wie kam es dazu?«

»Ich weiß es nicht. Vielleicht die Fotos von ihr in der Zeitung. Oder die Berichte im Fernsehen.«

Sofort musste Sarah an den Appell von Tanias Eltern denken: der Vater mit ausdruckslosem Gesicht, die Mutter, die nicht in der Lage war, auch nur ein Wort hervorzubringen. Eine unfreiwillige Geste schien ihre Reaktion auf Walkers Worte offenbart zu haben, denn er beobachtete sie mit wissender Miene. Seine Schilderung hatte sie nicht kaltgelassen. Vielleicht war dies der erste Schritt dazu, ihm zu glauben. Vielleicht hatte er auch gelernt, den Ekel der Leute vor ihm gegen sie einzusetzen.

»Sie sagten, Sie hätten Tania nie persönlich kennengelernt?«

»Nein, nie.«

»Auch niemals mit ihr gesprochen?«

»Nein.«

»Ganz sicher?«

»Sage ich doch!«

Sarah kaute auf ihrem Stift. »Was haben Sie Erdem erzählt, was Sie mit Tania getan haben wollten?«

Er breitete die Hände aus. »Den üblichen Kram. Wie ich es Ihnen bereits gesagt habe.«

»Kommen Sie, Sie wissen doch, dass wir die Details brauchen.«

Er atmete tief ein, als langweile er sich. »Dass sie einverstanden gewesen wäre, mit mir nach Hause zu kommen. Dass sie sich mit geöffneten Beinen auf den Bauch legte. Dass ich ihren Slip sehen konnte. Dass sie zuließ, dass ich über ihr stand und mir einen runterholte.«

»Wie oft?«

»Einmal. Es war immer wieder die gleiche Fantasie.«

Sie dachte darüber nach: Immer wieder die gleiche Fantasie. »Warum waren Sie so besessen davon?«

»Ich weiß es nicht.«

»Haben Sie Erdem erzählt, Sie hätten sie getötet?«

»Niemals. Wenn er Ihnen das gesagt hat, hat er es sich ausgedacht.«

Sie entließen Walker. Was hätten sie auch sonst tun können? Sie hatten keine Beweise gegen ihn, abgesehen von der Aussage eines anderen Sexualstraftäters.

Die A40 war überfüllt. Autos fuhren in der städtischen Routine des Beschleunigens und Bremsens vor den gelben Starenkästen zu dicht auf. Von einer Hochstraße aus geriet Sarah in den Stau vor Londons Innenstadt. Sie bog in die Umgehung von Regent's Park ab. Herrschaftliche Häuser versteckten sich hinter hohen Sträuchern und schwarzen Gusseisenzäunen. Am Zoo parkte sie und gönnte sich einen Moment, atmete den Duft des Grases ein und beobachtete die Giraffen vom Bürgersteig aus. Sie liebte den geradezu unwahrscheinlichen Anblick dieser Tiere mitten im Herzen von London, und sie hoffte, in ihrer sonderbaren Grazie ein wenig Trost zu finden, nachdem sie einen Blick in die Abgründe von Andrew Walkers Seele hatte werfen müssen. Sie lächelte, bezaubert vom schiefen, aber überraschend eleganten Gang der Giraffen – als ob sie eigentlich etwas falsch machten, aber trotzdem Erfolg hatten. Gern hätte sie eine Hand oder vielleicht sogar ihre Wange an ihre warmen, gefleckten Flanken gelegt.

Fast widerwillig stieg sie wieder in den Wagen und ließ den Motor an.

Unwillkürlich kehrten ihre Gedanken zu der vor langer Zeit verlorenen Jessie zurück. Sie war so verliebt gewesen! Aber nie hatte sie ihre geheimen Wünsche geäußert. Einmal, während der Schulferien, hatte Jessie angerufen.

»Komm schnell. Mum ist den ganzen Tag unterwegs.«

Sie waren durch die großen, sauberen Räume des imitierten Tudor-Hauses von Jessies Mutter gewandert wie in der Savanne freigelassene Löwinnen. Jessie hatte Sarah die Treppe hinauf ins Schlafzimmer ihrer Mutter gelotst, und Sarah hatte in ihrer Schüchternheit hoffnungsvoll dagestanden und den dicken weißen Teppich unter ihren Socken gespürt.

Jessie hatte gelächelt und herausfordernd gesagt: »Sollen wir? Traust du dich?«

Um ein Haar hätte Sarah eine unverkennbare Geste gemacht und ihre Hand nach Jessies Gesicht ausgestreckt, um sie zu einem Kuss an sich zu ziehen. Gerade noch rechtzeitig erfasste sie die wahre Bedeutung von Jessies Frage. Ihr Hals und ihre Wangen brannten, wie verbrüht von der gerade noch einmal vermiedenen Schande dieses Fehlers. Aber sie erholte sich schnell, und ohne ausreichend nachzudenken sagte sie: »Ja klar, warum nicht?«

Es gab da einen Jungen. An seinen Namen erinnerte Sarah sich nicht mehr. Sie erinnerte sich nur, wie verknallt Jessie in ihn gewesen war und dass der Junge irgendwann einen flotten Dreier vorgeschlagen hatte.

Er besaß ein Motorrad und kam innerhalb weniger Minuten. Seine Maschine röhrte die Auffahrt hinauf. Durch das geriffelte Glas der Haustür erkannte Sarah seine Verwundbarkeit so klar wie ihre eigene. Schon ehe er von seinem Bike stieg, nahm er seinen Helm ab und fuhr sich durch die Haare. Er stellte die Maschine ab und hastete zum Haus, als hätte er es sehr eilig. Welche Enttäuschung, dass er dabei sein musste, aber er war nur nebensächlich. Welches Glück, endlich in den frischen Laken im Bett von Jessies Mum mit Jessie zusammen zu sein.

Sarah erinnerte sich, dass Jessie einen BH aus feiner weißer Baumwollspitze über ihren kleinen Brüsten und einen passenden

Spitzenslip trug. Sarahs Hände wanderten über ihr Hinterteil, ihren Bauch und zwischen ihre Beine. Sie knabberte an ihrem Hals bis hinauf zu ihrem Ohr. Jessie drehte sich um und begann sie zu küssen.

Aber dann hatte der Junge alles ruiniert – der arme, dumme, nervende, eifersüchtige Junge. Seine Eifersucht war einfach lächerlich; schließlich war es Sarah, die sich verstellte, Sarah, die sich versteckte.

»Du schenkst mir nicht die geringste Aufmerksamkeit«, protestierte er plötzlich, stand auf, entfernte sich wütend vom Bett und zog seine Unterhose an. In jugendlicher Wut, mit hochrotem Gesicht, bemühte er sich verbissen, in seine Hose zu steigen.

Jessie setzte sich auf und versuchte, ihn zu trösten. Sie ging zu ihm und schmiegte ihren schönen Körper an ihn. Er legte seine Hand auf ihren Rücken. Sie küsste ihn. Es war völlig klar, wo Jessies wirkliche Interessen lagen. Mit insgeheim gebrochenem Herzen entschuldigte sich Sarah und huschte ungehindert und kaum bemerkt die Treppe hinunter.

Einige Tage später versuchte sie, das Gespräch auf das Geschehene zu lenken und möglichst beiläufig zu erwähnen, dass sie es vielleicht noch einmal versuchen sollten.

»Himmel nein, Sarah! Ich könnte anfangen, es zu sehr zu genießen.«

Zu sehr?

Es tat weh, aber zumindest sah sie die Dinge jetzt klarer. Sie hatte das, was passiert war, als das erkannt, was es tatsächlich war: ein zögerlicher erster Schritt. Vielleicht würde es nicht mit Jessie passieren, aber es würde andere geben. Und sie selbst wäre weniger verzweifelt, kritischer und weniger heuchlerisch. Und beim nächsten Mal wären keine Jungs dabei. Und keine Mädchen, die eigentlich nur Jungs wollten.

Dann jedoch geschah etwas, das sie sich nie hätte vorstellen können. Patrick, der Freund ihrer Schwester Susie, den alle sehr mochten, fuhr sein Auto gegen einen Baum und riss sie beide in den Tod. Susie war nicht mehr da, und alles änderte sich.

Die Fahrt war fast unbemerkt vergangen. Sarah fuhr am Sicherheitscheck vorbei, parkte im Schatten des Gebäudes, blieb kurz stehen und hörte die Voicemail ihres Vaters ab. Hastig schrieb sie eine Nachricht. Sie wollte nicht riskieren, dass er anrief.

Tut mir leid, Dad, aber dieses Jahr werde ich es nicht schaffen, zu Susies Gedenkgottesdienst zu kommen. Ich kann mir den Tag nicht freinehmen, aber ich werde an Mum und Dich denken. Alles Liebe, Sarah

Sie zögerte, ehe sie auf Senden drückte. Dann nahm sie ihre Tasche aus dem Wagen und machte sich auf den Weg zur Mordkommission.

Alle Kollegen ihres Teams waren längst nach Hause zu ihrer verlängerten Ruhezeit geeilt, bevor wieder der Bereitschaftsdienst begann, aber vom Flur aus konnte sie Stimmen hören. Licht drang aus den offenen Türen des Nachbarteams. Vermutlich ein neuer Job.

Sie suchte in ihrer Tasche nach dem Schlüssel zu ihrem Büro. Sie würde höchstens noch eine Stunde arbeiten, Tanias Datei durchsehen und mit den Ergebnissen des Verhörs auf den neuesten Stand bringen.

Sie öffnete die Tür, rieb sich die Augen und schaltete das Licht an. Ein brauner Ordner mit einer Post-it-Notiz von Fat Elaine lag auf dem Schreibtisch: *Richard Stephenson, Tanias Geigenlehrer. Damals noch verheiratet, inzwischen geschieden. Fuhr einen grünen Jaguar.*

Sie öffnete die Akte. Zur Zeit von Tanias Verschwinden hatte Stephenson in Hatchett, ihrer Schule, unterrichtet. Der damalige Schulleiter war inzwischen verstorben, aber Elaine hatte es geschafft, sich mit dem ehemaligen stellvertretenden Direktor in Verbindung zu setzen, der sich an das Auto erinnerte. Sarah fuhr ihren Computer hoch und schickte Elaine eine Mail.

> Wunderbar, dass Sie Stephenson gefunden haben. Gut gemacht! Bitte führen Sie weitere Open-Source-Nachforschungen durch – Schulen, an denen er gearbeitet hat, Orchester, die er leitete, die jeweiligen Gründe für die Kündigung – und fordern Sie bei den Geheimdiensten weitere Informationen und eventuelle Berichte über Straftaten an.

Als sie ihre E-Mail noch einmal durchlas, fragte sie sich, ob sie genug in der Hand hatte, um derart dringliche Untersuchungen zu rechtfertigen. Elaine hatte die grundlegenden Überprüfungen bereits durchgeführt. Stephenson hatte keine Vorstrafen. Es gab keine Berichte über Straftaten im Metropolitan Police District. Es gab keine Beschwerden und keine Geheimhaltungsvermerke.

Sie dachte auch über die Arbeitsbelastung nach, die sie auf Elaine abwälzte, und wie sie sich darüber ärgern würde. Sie beendete ihre E-Mail sehr freundlich.

> Danke für all die Arbeit! Ich weiß, es ist viel, aber ich weiß es auch zu schätzen!

Sie drückte auf Senden und fragte sich sofort, ob sie es mit den Ausrufezeichen vielleicht ein bisschen übertrieben hatte. Elaine kam ihr nicht so vor, als ob sie unbedingt ein Fan enthusiastischer Interpunktion wäre.

In ihrem Posteingang waren zwölf E-Mails. Eine kam vom Chef. Im Betreff stand: *Bitte um Info zu Andrew Walker: Entwurf.* Sie klickte sie an.

Die Polizei setzt eine Belohnung von £ 40 000 aus, um das Verschwinden von Tania Mills im Jahr 1987 zu klären.

Und dann kam etwas, das ihr überhaupt nicht gefiel.

DCI Fedden bittet die Öffentlichkeit, nähere Angaben zu diesem Mann zu machen [Sarah: Fotos einfügen], der zum Zeitpunkt des Verschwindens von Tania in deren Nachbarschaft lebte. Jeder, der ihn während dieser Zeit kannte oder ihm begegnet ist, wird gebeten, die Einsatzleitung unter der unten angeführten Nummer zu kontaktieren.

Fedden trieb sie zu viel zu großer Eile an. Es war zu früh, um so etwas zu veröffentlichen. Sie mussten die Informationen erst auswerten, um nicht weiter im Dunkeln zu tappen. Und vor allem durften sie nicht jeden Idioten mit Wut im Bauch ermutigen, sich zu profilieren. Aber sie wusste, dass Fedden keinen Widerspruch duldete, also schickte sie ihm kurz eine Antwort und bemühte sich trotz ihrer Bedenken um einen fröhlichen Ton.

Ich erledige das gerne. Sarah

Sie musste versuchen, ihre eigenen Recherchen voranzutreiben. Sie mailte der Schulsekretärin von Tanias ehemaliger Schule Hatchett und bat um einen Besuchstermin am Morgen des ersten Tages ihres Bereitschaftsdienstes. Sie konnte die Befragung dazwischenquetschen, ehe ihre offizielle dienstliche Tour am Nachmittag begann. Zunächst aber musste sie ihre vorgeschriebene Ruhezeit antreten. Während der Bereitschaft war das Team für jeden Mord in London zuständig, und diese Zeit konnte eine echte Strafe sein.

Sie meldete sich ab, schloss ihre Bürotür und machte sich auf den Weg nach unten, wo sie im Schutz des Gebäudes eine Zigarette rauchte.

Abendlicht fiel über den leeren Paradeplatz. Der Asphalt verströmte die Hitze des Tages. Alle Bürofenster waren dunkel, bis auf die der Büros neben ihrem eigenen, die orange leuchteten. Das benachbarte Team der Mordkommission würde vermutlich die Nacht durcharbeiten. Sie liebte Hendon, wenn es so war wie jetzt – wenn alles Störende und jegliche Irrelevanz durch die späte Stunde relativiert wurden. Wer jetzt noch im Dienst war, hatte echte Polizeiarbeit zu leisten, und Hendon war ganz es selbst geworden: ein geheimer, zweckmäßiger Ort, den nur die Polizisten wirklich kannten.

Sie lehnte sich an die Mauer und dachte an Tania. In Gedanken sortierte sie das Wissen über sie; sie konnte die musikalische Heranwachsende mit den langen Haaren vor ihren Augen sehen, wie sie an jenem Morgen in den Park lief. Auch das Foto kam ihr in den Sinn, das Robert ihr gezeigt hatte. Hinter dem Grauschleier und den verblassenden Farben standen Robert und Tania zusammen im Schatten eines Baumes, sein Arm um ihre Schultern, beide lächelnd, beide offensichtlich glücklich.

Und während sie an dieses Foto dachte, tat sich plötzlich blendend klar eine Spur auf. Wieso war sie noch nicht darauf gekommen?

Sie drückte ihre Zigarette aus und lief die Treppe hinauf in ihr Büro. Sie meldete sich an, nahm die Aufstellung der Gegenstände aus der Wohnungsdurchsuchung bei Walker aus ihrer Schreibtischschublade, fuhr mit dem Finger daran entlang und überprüfte die jeweilige Beschreibung der wichtigsten Beweisstücke anhand von Google im Internet. Sie kritzelte die Referenz SBB/23 C3427680 auf ein Stück Papier, holte den Schlüssel zum Asservatenraum und ging nach unten.

Die Neonröhren erwachten flackernd zum Leben. Der Keller war grau betoniert, fensterlos und roch muffig. Abgesehen von einem konstanten leisen elektrischen Summen war der Raum still. Reihen versiegelter, im Beton gesicherter Gitterboxen waren mit vom Boden bis zur Decke reichenden Regalen gefüllt. Sie ging durch den Mittelgang, entlang an Reihen aufeinandergestapelter blauer Plastikkisten, die blutige Kleider, Telefone, Briefe, Kinderspielzeug und andere Überreste menschlichen Lebens enthielten, die sich als unvorhergesehenes Beweismaterial bei Mord und Totschlag in der Hauptstadt erwiesen hatten.

Am Ende des Ganges sperrte sie einen der Käfige auf und setzte sich auf den Boden neben das Regal, das für die Operation Egremont bereitgestellt worden war. Hier wurden die jüngst bei der Durchsuchung von Walkers Wohnung sichergestellten Gegenstände aufbewahrt. Sie durchstöberte die Kisten, bis sie die richtige fand, nahm sie aus dem Regal und stöberte darin herum, bis sie SBB/23 fand. Sie nahm den Gegenstand mit, schloss das Gitter ab, machte sich wieder auf den Weg nach oben und schickte Elaine eine weitere E-Mail.

Habe das Beweisstück SBB/23 aus der Durchsuchung von Walkers Wohnung aus der Asservatenkammer geholt und in meiner Schublade eingeschlossen. Bitte reichen Sie es für eine schnelle Fingerabdruckabnahme und einen DNA-Vergleich mit Tanias Proben ein. Der Fall wird aktuell bearbeitet – daher machen Sie die Anfrage bitte dringend. Bitten Sie darum, das Gehäuse, insbesondere den Filmtransporthebel, auf Fingerabdrücke zu überprüfen.

TEIL ZWEI

7

MITTWOCH, 16. JULI 2014

Sarah löste Daisys Geschirr vom Sicherheitsgurt. Die Hündin sprang sofort aus dem Wagen und lief die Auffahrt hinauf. Mrs Edwards, eine dralle Frau in blauem Hausmantel und Hausschuhen, wartete bereits an der Tür. Daisy sprang an ihr hoch. Mrs Edwards hob sie hoch und kraulte sie hinter den Ohren.

Sarah nahm den Hundekorb, die Leckerlis und das Futter aus dem Kofferraum und folgte ihrer Hündin. In Daisys Körbchen hatte sie einen Umschlag mit Geld gesteckt. Mrs Edwards sprach nicht gern über Geld.

»Danke, dass ich sie so früh bringen durfte.«

»Nichts zu danken, meine Liebe. Daisy ist uns immer willkommen.« Sie streichelte den Hund. »Schreiben Sie mir einfach eine Nachricht, wenn Sie sie wieder abholen wollen. Wenn ich nichts von Ihnen höre, gehe ich davon aus, dass sie bis zum Ende Ihres Bereitschaftsdienstes bei uns bleibt. Arme Kleine, sie wird Sie vermissen.«

Beim Anblick von Daisy in Mrs Edwards' Armen war das allerdings schwer zu glauben.

Sarah war um acht Uhr im Büro. Ihre Anfrage an Tanias frühere Schule war an einen Dr. Gower weitergeleitet worden, der per E-Mail seine Handynummer geschickt hatte. Seine ausgefallene Berufsbezeichnung fiel ihr auf – »Direktor für Außenbeziehungen« – und dass er seine E-Mails mit all seinen Titeln unterschrieb: Doktor, MA (Oxon), PGCE. Sie rief ihn an und erklärte ihre Bitte. Dr. Gower entschuldigte sich: Er konnte sie frühestens um zehn Uhr dreißig empfangen.

Sarah zögerte. Der Termin lag später als von ihr gewünscht. Trotzdem rechnete sie damit, dass sie die Schule noch besuchen konnte, ehe ihre offiziellen Pflichten begannen. Sie frühstückte, buchte einen Dienstwagen und fuhr in Richtung Westen.

In einem ruhigen Viertel mit vornehmlich viktorianischen Häusern gelegen, wirkte das älteste Schulgebäude wie eine gotische Laune: gemustertes Mauerwerk, ein steiles Schieferdach mit kleiner werdenden Schindeln und ein kleiner Turm mit Lanzetten- und Rosettenfenstern. Sie hatte die Schule gegoogelt. Hatchett wurde im Jahr 1874 als Gymnasium von einem viktorianischen Philanthropen gegründet und war im Jahr 1980 unabhängig geworden. Vom Amt für Bildungsstandards *Ofsted* als herausragend qualifiziert, gehörte die Institution inzwischen zu den besten Mädchenschulen Englands.

Das ursprüngliche Gebäude stand mit ziemlicher Sicherheit unter Denkmalschutz, aber irgendwie hatte die Schulleitung die Erlaubnis für einen modernistischen Glas- und Stahlanbau erhalten, der aus einer Seite herausragte, auf zwei runden, hellen Steinpfeilern ruhte und den Pausenhof vor Wind und Regen schützte. Die Erweiterung zeugte sowohl von Privileg als auch von Ehrgeiz – ein Anspruch an Verwegenheit, die vermutlich jeder Narr als extrem elegant und fantastisch teuer erkannte.

Dr. Gower kam ihr am Haupteingang entgegen. Er war ungefähr fünfunddreißig mit vorzeitig ergrautem Haar. Er wirkte sehr elegant – polierte Schuhe, frisch gebügeltes Hemd, hellgraue Krawatte, ein passendes Tuch in der Brusttasche – und bestand auf einer Besichtigungstour. »Um Ihnen eine Vorstellung von den Örtlichkeiten zu geben.«

Die Schule bestand aus den unterschiedlichsten architektonischen Stilen – ein flaches Backsteingebäude mit Außentreppen aus den Fünfzigerjahren, ein Siebzigerjahreblock mit ausladendem Dach. Jenseits der Gebäude erstreckten sich Sportplätze, wo eine Leichtathletikstunde stattfand: Mädchen, die sich im Staffellauf übten, flitzten über die Tartanbahn. »Verdammt noch mal, Tabitha!«, schallte es herüber, gefolgt von einem schrillen Pfiff. In zwei Tagen fingen die Ferien an, und Sarah stellte sich die langen Sommerferien vor, die vor diesen jungen Frauen lagen.

Sie kehrten zurück zu den Schulgebäuden. Eine Gruppe Mädchen ging vorbei. Sie trugen teure Blazer, hatten hübsch frisiertes Haar und stellten eine affektierte Lethargie zur Schau. Eine war in Hose und Hidschab. Alles wirkte beruhigend vielfältig und zeitgemäß.

»Hatten Sie die Möglichkeit, Mr Stephensons Akten durchzusehen?«

»Ja, aber da gibt es nicht viel zu berichten. Er trat 1985 in den Lehrkörper ein und verließ ihn Anfang 1988 mit hervorragenden Referenzen. Unter seiner Leitung blühte das Fach Musik geradezu auf. Es gab Veranstaltungen, die Schülerinnen reisten bis nach Salzburg. Ich konnte keinerlei Hinweise auf irgendwelche Probleme finden.«

»Dürfte ich eine Kopie der Aufzeichnungen machen?«

»Das muss ich mit dem Direktor klären, weil es Datenschutz-Vorschriften geben könnte.«

»Was ist mit den Unterlagen über die Mädchen, die damals an der Schule waren? Gibt es einen Verein ehemaliger Absolventinnen?«

»Würden Sie mir bitte etwas mehr über Ihre Ermittlungen erzählen? Es könnte uns helfen, eine Entscheidung über den Austausch von Informationen zu treffen.«

Sarah nahm diese Bemerkung mit einer gewissen Skepsis zur Kenntnis. Dr. Gower kam ihr vor wie jemand, der sich der Gefahr eines historischen Skandals für eine Schule wie Hatchett sehr bewusst war. Sie dachte kurz nach. Seine Bitte machte Sinn – sollte sie wirklich die Gerüchteküche zum Überkochen bringen, nur weil Mr Stephenson einmal einen grünen Jaguar gefahren hatte?

»In diesem Stadium noch nicht«, sagte sie.

»Ich bringe Sie in unser Archiv«, bot Dr. Gower an. »Es ist allgemein zugänglich. Sie werden dort Fotos des Orchesters und ähnliche Dinge finden.«

Er führte sie durch die Eingangshalle – geometrische Bodenfliesen, ein Schrank mit polierten Pokalen, Ölgemälde von früheren Schulleitern an den Wänden – zu einer schmalen Wendeltreppe aus Holz. Hier war das alte Herz der Schule, und Sarah stellte sich vor, wie es einmal gewesen sein mochte, bevor man es modernisiert hatte: die abgenutzten, staubigen Stufen, die Streben des Geländers, die dringend hätten gestrichen werden müssen, das Knarren der Treppe. Auf der linken Seite befanden sich kleine Musikzimmer mit Bogenfenstern, durch die man Himmel und Wolken sah. Hinter einer Glaswand beobachtete sie ein molliges Mädchen in blauem Rock und weißer Bluse, das auf einer Violine kratzte. Es war auf jeden Fall möglich, dass hier ein verstohlener Quickie stattgefunden haben könnte. Dr. Gower, der Sarahs Überlegungen möglicherweise erahnte, erwähnte flüsternd, dass die Übungsräume eine neuere Errungenschaft waren. Vor siebenundzwanzig Jahren befand sich an dieser Stelle ein Klassenzimmer voller Mädchen, die in Reihen saßen und die Köpfe über Mathe und Latein beugten. Am Ende der Passage befand sich das ehemalige Lehrerzimmer, das in ein Archiv umgewandelt worden war. An den Wänden reihten sich ledergebundene Alben mit Daten auf den Rücken.

Sie blätterten das Jahrbuch von 1987 durch: Sportfeste und Schnappschüsse von Mädchen, die in Windjacken und wasserdichten Hosen ihren Duke of Edinburgh Award erwanderten. Das Orchester in einer Halle: weiße Blusen und dunkle Röcke. Sarah entdeckte Tania, eine kleine Gestalt, die die erste Violine spielte. Ein paar Seiten weiter fand sich der Bericht einer Lokalzeitung: *Hatchett krempelt die Ärmel auf.* Sarah fischte ihre Brille aus der Tasche, um das Kleingedruckte zu lesen. Es gab Fotos von Sturmschäden, die Beschreibung einer Aufforstungsinitiative im Morville Park: *vom Gemeinderat gesponsert und teilweise durch Aufführungen des Schulorchesters von Hatchett finanziert.* Ein etwas verwischtes schwarz-weißes Zeitungsfoto zeigte einen Mann, der auf einem entwurzelten Baum saß: *Mr Stephenson, Musiklehrer in Hatchett.* Vor ihm standen Mädchen mit jungen Bäumen und Spaten in den Händen.

Sarah verstand, warum Hatchett sich gern mit dem Morville Park schmückte. Der Park war das Jagdgebiet der Tudor-Fürsten, sagte die Website, und so ganz anders als der kleine Vorortpark, aus dem Tania verschwunden war. Sie googelte die Fahrzeit und war überzeugt, dass sie es noch schaffen konnte. Der Bereitschaftsdienst dauerte sieben Tage, und sie hätte vielleicht für eine Weile keine Chance weiterzuforschen, falls etwas passierte. Aber die Fahrspuren verengten sich von drei auf eine, und der Verkehr kam sozusagen zum Stehen. Eine Frau in einem langen Rock und mit buntem Kopftuch ging mit einem Eimer voller Rosen unter dem linken Arm an der Schlange entlang.

Sarah bog in eine Seitenstraße ab und fuhr in Richtung eines Mitarbeiterparkplatzes, der auf der Website des Parks angezeigt wurde. Sie parkte vor einem verschlossenen Tor. Daneben befand sich ein Fußgängereingang.

Der Weg verlief unter Bäumen. Ein kurzer Schauer hatte die Luft angefeuchtet. Dicke Tropfen kullerten von breiten Blättern und brachten die Erde zum Duften.

Es war weiter, als sie gedacht hatte, bis sie die grüne Hütte des Parkwächters entdeckte. Auf der einen Seite war ein kleiner umzäunter Bereich, in dem ein Mini-Traktor und ein paar Servicefahrzeuge parkten. Sie klopfte an die Tür, dann drückte sie die Klinke herunter. Das Innere entpuppte sich als Ruheraum – ein Tisch mit Stühlen, ein kleiner Kühlschrank, ein Toaster. Es gab noch eine weitere Tür, die entweder in ein anderes Zimmer, eine Toilette oder einen Umkleideraum führte. Ein Weißer mit Dreadlocks saß am Tisch und aß Toast. Außer ihm war niemand anwesend. Er war groß und schlank, trug eine grüne Fleecejacke und eine passende Fallschirmspringerhose. Sarah präsentierte ihren Dienstausweis. Er streckte ihr die Hand entgegen.

»Ich heiße Tom. Kommen Sie herein. Tee?«

»Nein danke. Nur eine kurze Frage – gibt es vielleicht Aufzeichnungen über die Wiederaufforstung nach dem Sturm von 1987?«

»Da müssten Sie sich an Harry wenden.«

»Harry?«

»Harry Medcalfe. Der weiß alles über diesen Park, und ich meine wirklich alles. Er hat mehr als dreißig Jahre hier gearbeitet. Jetzt ist er zwar im Ruhestand, aber er kommt noch immer ziemlich häufig.«

Tom lehnte sich zur Seite und angelte ein Handy mit einem zersprungenen Bildschirm aus seiner Gesäßtasche. »Hier ist seine Nummer«, sagte er und hielt ihr das Telefon entgegen. Sarah holte ihre Brille aus der Tasche. »Das ist wirklich nett von Ihnen, danke.« Als sie jedoch ihr eigenes Handy entsperrte, um die Nummer aufzuzeichnen, sah sie, dass der Bildschirm keinen Empfang zeigte. Sie lief nach draußen und bekam ein Signal.

Es war nicht allzu schlimm – es war erst zwei Minuten her, dass der Chef eine Voicemail hinterlassen hatte –, trotzdem musste sie sich zur Ruhe zwingen. Ihr Team hatte einen Job.

Tom fuhr sie in einem der elektrischen Service-Fahrzeuge zum Parkplatz, holperte durch Schlaglöcher und hupte, während sie

Fedden anrief und so zu klingen versuchte, als hätte sie alles unter Kontrolle. Als sie in ihrem Wagen saß, setzte sie Blaulicht und Martinshorn ein und schaffte die zwölf Meilen quer durch London in weniger als zwanzig Minuten.

Einsatzfahrzeuge standen überall auf der Straße herum. Ein Krankenwagen, zwei Notarztwagen. Polizeifahrzeuge. Der weiße Lieferwagen der Forensiker. Ein Pulk von Zivilisten hatte sich vor dem Absperrband zusammengefunden, sprach mit gedämpften Stimmen und beobachtete die Aktivitäten der Beamten und Sanitäter. Eine Frau mit spitzem Hut band mit einem gelben Band Blumen um einen Laternenpfahl, an dessen Fuß bereits Blumen und Teddybären lagen.

Sarah verschaffte sich einen Überblick über die Umgebung und machte sich Gedanken um die Logistik. Zur Wohnung führte ein öffentlicher Gehweg. Die Presse war noch nicht vor Ort, aber bis dahin war es nur noch eine Frage der Zeit. Es wäre gut, wenn sie die Leiche bergen könnten, ehe die Journaille kam, aber realistisch war es wohl nicht. Und es würde sich als schwierig erweisen, die Privatsphäre zu bewahren.

Sie begab sich zum äußeren Kordon. Lee war da und stand neben Joanne Robinson, der Ermittlungsleiterin. Sarah kannte Joanne von anderen Jobs und freute sich, sie zu sehen. Auch der örtliche Detective Inspector war mit ein paar Detective Constables anwesend. Er stellte sich mit ausgestreckter Hand vor – »Chan Kapoor« – und nickte zu seinen beiden Beamten hinüber: »Louise Marsh, Andreas Lippi.«

Sarah warf den beiden einen kurzen, prüfenden Blick zu – Andreas war Mitte zwanzig, recht attraktiv, mit verstrubbeltem Haar, Louise Ende dreißig mit harten Gesichtszügen. An Tatorten war es immer so. Für ein paar Stunden wäre sie nun abhängig von diesen Beamten, die sie zuvor nie gesehen hatte, die aber sicherstellten, dass die ersten Maßnahmen getroffen wurden.

»Schön, Sie kennenzulernen«, sagte sie und lächelte. »Detective Inspector Sarah Collins.« Sie deutete auf ihre beiden Kollegen. »Detective Constable Lee Coutts. Joanne Robinson vom Forensik Team.«

Man schüttelte sich die Hände. Alle wussten, dass es kein angenehmer Anlass war, und zumindest Sarah schien es, dass in den ausgedehnten Höflichkeitsbezeigungen eine Art Beschwörung von Entschlossenheit lag. Kapoor hatte ein Notizbuch in der Hand und öffnete es. »Alle so weit okay?«

Sarah nickte. »Ja, vielen Dank. Berichten Sie uns, was wir haben.«

Chan briefte sie gründlich. Er hatte alles Wesentliche erledigt, den Tatort kontrolliert, die nächsten Verwandten ausfindig gemacht, aber noch nicht benachrichtigt, den Tatverdächtigen identifiziert, die Kleidung der Notfall-Einsatzkräfte sichergestellt und eine Sichtung der Überwachungskameras in Auftrag gegeben. Die Ermittlungen liefen, der Verdächtige war allerdings noch nicht gefunden.

Sarah fragte: »Waren Sie schon drinnen?«

Kapoor verzog das Gesicht. Er besaß die Reife zuzugeben, dass er das lieber anderen überließ. Er deutete auf eine mollige Frau in grüner Uniform, die auf dem Trittbrett eines der Krankenwagen saß und rauchte, während ein uniformierter Beamter ihre Schuhabdrücke nahm.

»Sie ist die Chefin der Sanitäter. Sehr professionell. Sie hat offiziell den Tod festgestellt. Es machte keinen Sinn, den Tatort noch weiter zu verunreinigen, während wir auf Sie gewartet haben. Außer den ersten Beamten, die nach dem Kind gesucht haben, war sonst niemand drinnen.«

»Gut gemacht. Danke. Dann hat uns also die Sanitätschefin berichtet, was uns in der Wohnung erwartet?«

»So ist es.«

Sarah kritzelte einige Notizen in ihre Entscheidungstabelle und sagte dann: »Wissen wir Näheres über das Kind?«

Kapoor schüttelte den Kopf. »Noch nicht.«

»Okay, dann müssen wir dringend die nächsten Verwandten informieren. Könnten Sie die örtlichen DCs darum bitten?« Sie reichte Kapoor ihre Karte. »Das ist meine Handynummer. Das Ermittlungsbüro muss eine Risikobewertung durchführen. Bitten Sie den zuständigen Beamten, mich anzurufen. Ich informiere ihn dann. Oder sie, falls es sich um eine Frau handelt.«

Sie schaute zum Fußweg hinüber. An der Haustür stand ein uniformierter Beamter, der teilnahmslos ein Tatort-Protokoll in der Hand hielt. »Ich hole mir einen Overall, dann gehen Joanne und ich hinein und sehen uns um.«

8

Lizzie stellte ihre Übernachtungstasche ab. Ash und sie waren die einzigen Beamten in der Spätschicht. Sie hoffte, dass es nicht zu turbulent wurde. Nach der Arbeit würde sie Kieran treffen.

»Es gibt eine gute und eine schlechte Nachricht«, sagte Ash, als er mit einem Wasserkessel das Büro betrat. »Die gute ist: Wir haben keine Gefangenen in Gewahrsam. Die schlechte: Ich habe dir zwei Fälle von häuslicher Gewalt zugeschustert, die noch keinen Straftatbestand erfüllen.«

Sie setzte sich vor ihren Computer und überprüfte den ersten der beiden Berichte. Es war die Anzeige eines Dritten: Ein Nachbar hatte Schreie gehört. Beide Parteien beharrten jedoch darauf, dass sie keine Polizei brauchten. Trotzdem musste sie die Leute anrufen.

Der Mann, der das Gespräch annahm, sagte kaum Hallo, sondern rief: »Justin, ist es zu fassen? Da ist schon wieder die Polizei.«

Der Hörer wurde kurz abgedeckt, dann sprach ein anderer Mann.

»Es tut mir wirklich leid wegen Adam. Der arme Beamte, der bei uns an der Tür war – Adam war sehr unhöflich zu ihm. Der Mann versuchte nachzuhaken und fragte, ob wir jemals grausam zu Tieren gewesen wären. Ich zeigte ihm unsere beiden Siamkatzen und fragte ihn, ob er jemals so verwöhnte Tiere gesehen hätte.«

Ein uniformierter Inspector war ins Büro gekommen – eine höchstens eins sechzig große Frau, blond und sehr agil. Lizzie vermutete, dass sie der Inspector vom Dienst war, also die Beamtin, die für alle kritischen operativen Entscheidungen des Bezirks zuständig war, bis die Fachleute kamen. Es musste etwas Besonderes passiert sein. Sie sah Lizzie an und machte ihr ein Zeichen, das Telefonat zu beenden.

Die Stimme quasselte weiter. »Wie kann ich Ihnen bloß verständlich machen, dass wir die Polizei wirklich nicht brauchen?«

»Das haben Sie bereits. Ich werde die Anzeige zu den Akten legen. Bitte entschuldigen Sie die Unannehmlichkeiten.«

Der weibliche Inspector sprach mit leiser Stimme und schottischem Akzent. »Hallo, Kollegen. Wir haben einen kritischen Vorfall. Briefing in der Kantine in zehn Minuten. Alle sollen sich bitte bereit machen.«

9

Sarah und Joanne hatten ihre Gesichtsmasken, Plastik-Überschuhe und Doppelhandschuhe angezogen, ihre Kapuzen aufgesetzt und mit Schnüren zugebunden. Es war erstickend, man konnte sich kaum bewegen und nur wenig sehen. Sarahs Mund und ihre Nase waren jetzt schon feucht unter der Maske.

Joanne hockte sich hin und öffnete die Tür, indem sie sie ganz unten berührte.

Drinnen war es dunkel und beengt. Keine der Frauen wollte den Lichtschalter berühren. Sarah leuchtete den Flur mit ihrer Taschenlampe aus, während Joanne Fußplatten auslegte. An der Wand hingen Mäntel, ein Haufen Schuhe lag darunter. Der Laminatboden war mit zahlreichen blutigen Abdrücken verschmiert. Sarah stieß eine Tür zu ihrer Linken auf und blickte hinein.

Es war ein kleines Bad mit einem beheizbaren Handtuchhalter, der zu viel Hitze in den kleinen stickigen Raum ausstrahlte. Blutgetränkte Kleidung lag in einem Haufen auf dem Boden. Ein blutiges Frotteetuch fand sich in der Badewanne. Waschbecken und Wasserhähne waren mit Blut verschmiert, genau wie das Handtuch daneben.

Ansonsten handelte es sich um ein unauffälliges Bad, sehr ordentlich und eher weiblich geprägt. Bimsstein am Rand der Badewanne. Eine Schachtel Tampax und ein Beutel mit Damenbinden in einem kleinen Weidenkorb neben der Toilette. Ein dunkles Speckstein-Öllicht neben der Wanne. Hübsch sortierte Reihen von Nagellack auf dem Regal unter dem Spiegel, daneben Entferner und eine Reinigungslotion.

Sarah trat zurück in den Flur. Er endete an einer Mattglas-Tür; eine Blutspur auf der gegenüberliegenden Seite war deutlich sichtbar. Joanne kniete sich hin und schob die Tür auf.

Hier war sehr viel Blut: Das ganze Wohnzimmer roch nach dem typisch metallischen Aroma. Die Frau lag auf dem Rücken in einer Lache, die über den Boden gesickert war und einen flachen See gebildet hatte, dessen dunkle Oberfläche sich kräuselte, weil das Blut allmählich stockte und trocknete. Neben der Frau lag eine leere Johnnie-Walker-Flasche. Sie sahen Blutspritzer an den Wänden, Blut auf dem gläsernen Couchtisch, Blut auf dem Bildschirm des Fernsehers. Zwei Esszimmerstühle waren umgestoßen worden. Auf dem Sofa fand sich ein blutiger Handabdruck, ein anderer an der Wand, wo das Opfer gestürzt war.

In der Mitte dieses Gemetzels erschien der Tisch wie eine seltsame Oase der Ruhe: Neben einem leeren Whiskyglas sah Sarah einen durchsichtigen Plastikbehälter mit farbigen Gummibändern. Auch einen halb gegessenen Kinderjoghurt entdeckte sie, der Löffel steckte noch im Becher. Neben dem Sofa stand ein Trolley mit einem Zuggriff. Der Reißverschluss war halb geöffnet.

Sie wussten kaum, wo sie anfangen sollten. Mit so viel Blut und so vielen möglichen Beweisstücken würde es schwierig werden, hier zu arbeiten. Es war durchaus möglich, dass sie tagelang für den Tatort brauchten. Joanne legte Fußplatten auf den kürzesten Weg zur Seite der Leiche.

Das Opfer war bekleidet. Jeans. Ein kurzärmeliges T-Shirt, nass vor Blut. Nackte Füße, lackierte Zehennägel, das Tattoo einer Lotusblüte auf der Innenseite ihres linken Knöchels. Ihr Mund und ihre Augen standen weit offen. Sie schienen in die linke Ecke des Zimmers zu starren, als ob dort etwas wäre, das für alle Ewigkeit ihre Aufmerksamkeit erregt hätte. Die Frau hatte einen blauen Fleck auf ihrer rechten Wange. Vermutlich nur ein Schlag, aber ein wirksamer. Ihr langes Haar war zu einem blutigen Klumpen neben ihrem Kopf verfilzt. Ihr rechter Arm ruhte über ihrer Brust. Die vor Blut triefende Hand war mit der Handfläche nach unten hinabgeglitten. Wahrscheinlich war sie von ihrem Hals abgerutscht, wo sich eine blutige Wunde befand, ein klaffendes Stück Fleisch. Der ganze Hals und die Brust waren durchnässt; Sarah vermutete eine verletzte Arterie, aus der Blut gespritzt war, ehe das Opfer schnell das Bewusstsein verlor, stürzte und starb.

Sie hockte sich neben die Leiche, um besser sehen zu können. Abgebrochene Fingernägel. Abschürfungen an der Innenseite des Unterarms. Diese Frau hatte gekämpft. Zwei Loom-Bänder am linken Handgelenk des Opfers. Sarah fasste sie nicht an: Es war besser, zuerst alles zu fotografieren und dafür zu sorgen, dass der Pathologe seine erste Untersuchung gleich hier an Ort und Stelle machte.

»Okay?«, erkundigte sie sich mit durch die Maske gedämpfter Stimme.

Joanne nickte.

»Lass uns nur noch kurz das Kinderzimmer untersuchen. Dann gehen wir hinaus und reden über die nächsten Schritte.«

Im Schlafzimmer waren die Vorhänge zugezogen und ließen violettes Licht durchsickern. Die Bettdecke hatte einen Bezug mit Eulenmuster mit passendem Kissen. An der Wand hingen ein Plakat für *Die Eiskönigin* und ein gerahmtes Schulzeugnis: *Schülerin des Monats. TOLL! Mach weiter so*. Es gab auch ein Bild des Mädchens selbst, mit rosa Sonnenbrille, einem gefiederten Stirnband und Perlen, das seinen Arm um die Schultern eines ähnlich gekleideten Mädchens im gleichen Alter legte. Beide lächelten. Darunter stand in Kursivschrift: *Alles Gute zum Geburtstag! Beste Freundinnen* für immer. *Ich hab dich lieb, Irit.*

Eine der Schubladen stand offen. Es gab keine Anzeichen für eine eventuelle Störung, nur einen ordentlichen Stapel gebügelter und gefalteter T-Shirts. Auf dem obersten war das Bild eines Delphins, der aus einem ruhigen türkisfarbenen Meer sprang.

Das Zimmer war tadellos aufgeräumt. Es gab kein Anzeichen dafür, wohin das Kind verschwunden war.

10

Der Inspector vom Dienst hatte alle Kriminalbeamten des Reviers zusammengetrommelt. Mit lautem Scheppern verteilte der Getränkeautomat Cola und Red Bull. Ash hatte die Nachricht dadurch gefeiert, dass er die Keksdose aus dem Büro mit in die Kantine brachte. Alle griffen erfreut zu, und die Dose leerte sich schnell.

»Ich bin ein Rebell!«, erklärte er mit imitiertem nördlichem Akzent. »Ich kann es kaum erwarten, das Gesicht unseres DI zu sehen, wenn die Kekse morgen alle weg sind. Glaubt ihr, dass sie Anzeige erstattet?«

Ein Beamter, der gerade dabei war, gleichzeitig zwei Kekse in seinen Mund zu stopfen, sagte: »Du bist fein raus, Kumpel. Es gibt keine Zeugen.«

Der Inspector vom Dienst kam zügig in die Kantine und setzte sich an einen der Tische.

»Sind Sie so weit?«

Die Kollegen traten näher. Die meisten blieben stehen. Eilig gedruckte Briefing-Bögen wurden ausgegeben.

»Nachdem die Gerüchteküche der Wache in aller Regel voll funktionsfähig ist, denke ich, dass die meisten von Ihnen bereits wissen, worum es geht.«

Lizzie starrte das Papier an. Ganz oben befand sich das Polizeifoto eines weißen Mannes: runder Kopf, kurz geschnittenes Haar, QPR Shirt. Es war das neueste Bild, aufgenommen bei seiner letzten Verhaftung. Ein Stück weiter unten stand der Name des Opfers. Sie zog einen Stuhl heran und setzte sich. Ash schaute in ihre Richtung, aber sie ignorierte seinen Blick und heftete ihre Augen standhaft auf das Briefing-Blatt. Inspector Redwood sprach noch immer.

»Unser Freund hier hat vermutlich seine Lebensgefährtin ermordet. Wenn ich ›vermutlich‹ sage, dann meine ich damit, dass er der Tatverdächtige ist. Dass sie tot ist, daran besteht unglücklicherweise kein Zweifel.«

Ein kurzes Schweigen entstand, unterbrochen von einem gemurmelten »Mistkerl«.

Redwood sprach weiter. »Okay, Leute, hier handelt es sich um einen vorrangig zu behandelnden Fall – der Verdächtige ist auf freiem Fuß, und ein Kind wird vermisst. Ich habe diese Informationen von der Mordkommission, aber wenn Sie irgendwelche Fragen haben, können Sie sie auf deren Handy anrufen – und ich schlage vor, dass Sie es tun. Und bitte gehen Sie sorgfältig vor. Hier handelt es sich um eine hochkarätige Morduntersuchung. Diese Briefing-Bögen sind nummeriert und dürfen diesen Raum nicht verlassen – ich sammele sie am Schluss unseres kleinen Gesprächs wieder ein.«

Ash sagte: »Entschuldigen Sie, Ma'am, aber ich hätte da eine Frage. Etwas, das wichtig sein könnte, wenn wir ihm begegnen.«

Inspector Redwood blickte auf. »Ich hoffe, Sie machen nicht wieder einen Ihrer verdammten Witze, Ash.«

»Kein Witz, Ma'am. Ich denke nur an unsere Sicherheit. Wie hat er sie getötet?«

»Oh, Entschuldigung. Die Leiche weist mehrere Stichwunden auf. Das Messer wurde noch nicht gefunden. Niemand sollte versuchen, ihn ohne Unterstützung zu verhaften.«

Ash und Lizzie bekamen den Auftrag, die nächsten Verwandten zu verständigen. Lizzie besorgte sich einen Autoschlüssel, und sie trafen sich im Büro, um ihre Ausrüstung zu holen. Der Satz, der

Lizzie im Gericht in den Sinn gekommen war, fiel ihr wieder ein. *Dann stirb eben.* Sie versuchte, ihn auszublenden. Sie legte ihr verdecktes Inside-Holster an, das ihr Funkgerät, den Schlagstock, Gas und Handschellen enthielt, und zog ihre Jacke darüber.

Ash fragte: »Ist das okay für dich?«

Sie blickte ihn an. Er lächelte ihr zu. »Ja, alles in Ordnung.«

»Warum bleibst du nicht im Büro? Ich bin sicher, du kannst mit jemandem tauschen.«

»Nein, schon gut. Ehrlich.«

Sie prüfte, ob sie leere Protokollbögen und Asservatenbeutel bei sich hatte. Dann gingen sie auf den Hof. Lizzie drückte auf den Schlüssel, um das Auto zu finden. Ein schäbiger alter Ford blinkte.

»Willst du fahren?«, fragte sie.

Ash hob die Augenbrauen. »Im Job fahren? Ich? Nie. Man wird nicht mehr dafür bezahlt, und es gibt jede Menge Mist, der schieflaufen kann.«

Sie schob den Sitz zurück und stellte die Spiegel ein. Während ihrer kurzen Dienstzeit hatte sie schon einige Todesnachrichten überbracht, aber diese hier empfand sie als besonders bedrohlich. Ihr Herz pochte, ihre Hände waren kalt. Wie würde sie es anstellen, Georginas Mutter mitzuteilen, dass ihre Tochter ermordet worden war und ihre Enkelin vermisst wurde? Sie ließ den Motor an. Es war wie alles, was der Job von einem verlangte: Man musste es einfach tun.

»Kontrollierst du das Fahrzeug nicht?«, erkundigte sich Ash.

»Wenn irgendwas damit nicht stimmt, will ich es gar nicht erst wissen. Wir finden nämlich kein anderes Auto mehr.«

»Da hast du es«, sagte Ash und gurtete sich an. »Du forderst den Ärger geradezu heraus. Wenn etwas nicht stimmt und wir einen Unfall haben, bist du dran.«

Wie betäubt wendete Lizzie den Wagen und fuhr durch die

Tore. Sie beschleunigte bis zur Ampel. Ash legte seine Hand auf das Armaturenbrett.

»Bist du ganz sicher, dass du mit der Sache umgehen kannst? Du scheinst ein bisschen durcheinander zu sein, wenn ich ehrlich bin.«

»Verdammt, wie oft willst du mich das noch fragen?«

»Also gut, aber dann fahr wenigstens langsamer. Du hast alles für Georgina getan, was möglich war. Die Todesnachricht ist kein Notfall. Es lässt sich nichts mehr ändern.«

Er nahm ein gefaltetes Stück Papier aus der Jackentasche und öffnete es. »Willst du Infos zur Adresse haben?«

»Ja, schieß los.«

»Schieß los! Hör dir doch mal zu. Du bist durch und durch Polizistin. Du liebst diesen Job. Wie bist du bloß auf die Idee gekommen, aufhören zu wollen?«

»Wie auch immer. Scheiße. Was haben wir?«

»Nichts allzu Schlimmes. Mums Freund Fergal war mal ein ziemlicher Langfinger, arbeitet aber seit ein paar Jahren nicht mehr – zumindest wissen wir nichts davon. Ist inzwischen bei der städtischen Müllabfuhr beschäftigt.«

»Und Mum?«

»Julie Teel. Eine Reihe Ladendiebstähle, einmal Betrug. Keine Verurteilungen wegen Gewalt. War mal gewaltig auf Drogen. Heroin. Scheint aber davon weg zu sein. In letzter Zeit war nichts mehr.«

Deakin Estate war in den Siebzigerjahren auf einem von deutschen Bomben geschaffenen Platz erbaut worden. Die Gebäude hätten gut in einen Kubrick-Film gepasst: Hochhäuser, überdachte Gehwege, nach oben gedrehte weiße Kugellaternen. Bei der örtlichen Polizei kursierte das Bonmot, dass ein weiterer direkter Treffer nicht schlecht wäre. Der Stadtrat hatte in den

Achtzigerjahren versucht, die Siedlung abzureißen und neu aufzubauen, aber den Bewohnern war es gelungen, die Anlage unter Denkmalschutz stellen zu lassen. Jetzt – herausgeputzt mit Lotteriegeld – blieb alles, wie es war, und wurde Abenteuerlustigen und Geringverdienern auf Immobilien-Internetseiten als ikonisch, ungewöhnlich und aufregend angepriesen. In einem der Eingänge hing eine Gruppe Jugendlicher in Hoodies ab. Als sie die beiden Polizisten registrierten, verschwanden sie rasch.

Die Gegensprechanlage des Hauses schien nicht zu funktionieren. Lizzie kramte in ihrer Tasche herum und zog Hadleys Generalschlüssel für Brandschutztüren hervor. Sie hatte ihn nur wenige Meter von der Dachkante des Portland Tower entfernt gefunden, wo Hadley abgestürzt war. Er hatte so gelegen, als sei er eigens für sie dort deponiert worden. Der Schlüssel fesselte sie – sie sah ihn als Talisman für Hadleys Beherrschung der weniger populären Kenntnisse der Polizeiarbeit, die sie selbst, wie sie wusste, noch nicht besaß. Sie stellte sich auf Zehenspitzen, konnte aber das Schloss nicht erreichen. Sie wandte sich an Ash und hielt ihm den Schlüssel hin.

»Du musst es tun.«

Ash nahm den Schlüssel. »Verdammt, was habe ich gesagt? Du besitzt sogar so ein Ding. Nur die wirklich scharfen Jungs haben so einen.«

»Er gehört mir nicht. Ich habe ihn von jemandem bekommen.«

Er reckte sich und steckte den Schlüssel in das Schloss. Die Tür ging auf, und er gab ihr den Schlüssel zurück. Sie gingen über die weißen Beton-Außenkorridore bis zu Nummer 14 am Ende einer Reihe. Das Licht war an.

Ein weißer, für Zeit und Ort unpassend in eine Warnweste gekleideter Mann öffnete die Tür. Er war übergewichtig und hatte runde Wangen, die aussahen, als stünden sie unter Druck, und deren Oberfläche von Tausenden geplatzter Äderchen durchzogen war. Seine abgeknabberten Nägel waren schmutzig. Sowohl Lizzie als auch Ash zeigten ihren Dienstausweis, aber das war nur eine Formalität. Als er ihnen die Tür öffnete, hatte er sofort gewusst, dass sie Polizisten waren. Er stützte eine Hand auf den Türrahmen und blickte sie kühl an: Ohne sich jemals zuvor gesehen zu haben, erkannten sie einander.

»Was wollen Sie?«

Ash sagte: »Dürfen wir hereinkommen?«

»Sagen Sie zuerst, worum es geht.«

»Niemand ist in Schwierigkeiten.«

»Ohne Durchsuchungsbefehl kommen Sie hier nicht rein.«

Lizzie unterbrach ihn. »Fergal, nicht wahr?«

Er nickte. Etwas an ihrem Benehmen veränderte ihn.

»Es tut mir wirklich leid«, sagte Lizzie, »aber wir müssen hereinkommen.«

Fergal zögerte mit angespanntem Gesicht, als ahne er bereits, worum es ging, und wolle eine Möglichkeit finden, die Folgen zu verhindern. Schließlich trat er zurück und ließ sie ins Wohnzimmer gehen. Ein starker Cannabisgeruch hing im Raum, und auf einem großen Plasmabildschirm lief die Wiederholung einer Kochsendung. Julie saß auf dem Sofa neben einem fetten Pit Bull, dessen Kopf auf ihrem Schoß lag und der leise schnarchte. Die Frau war dünn und nervös, hatte aber Stil. Sie trug verblasste blaue Jeans, fingerlose Handschuhe und war in eine karierte Decke gehüllt. Die Handschuhe waren ein Zeichen dafür, dass ihr Kreislauf nach den Jahren an der Nadel nicht mehr richtig funktionierte, aber sie waren trotzdem schön – ein Fair-Isle-Muster in herbstlichen Farben.

Ash wies Lizzie den einzigen noch freien Platz an, doch sie lehnte ab und kniete sich Julie gegenüber auf den Boden. Ash setzte sich neben sie.

Auf einem niedrigen Glastisch standen die Dinge, die man in

diesem Haushalt für nötig hielt – offene und ungeöffnete Bierdosen, ein großer Kneipen-Aschenbecher voller Kippen selbst gerollter Zigaretten, eine Jumbo-Packung Zigarettenpapier, aus deren Pappe Stücke herausgerissen worden waren, um Hülsen für Joints daraus zu machen.

An der Wand hing das gerahmte Foto eines Babys mit der Beschriftung: *Schon ein Jahr, wie wunderbar*. Daneben hing ein silberner Rahmen in Herzform mit einem Bild von Georgina in einem *Beste-Mami-der-Welt*-T-Shirt. Auf ihrem Schoß saß Skye als Kleinkind und trug Gummistiefel und ein Tutu.

Ash warf Lizzie einen hastigen Blick zu, aber sie ignorierte ihn, weil Julie in ihrem Gesicht nach der Nachricht forschte, die sie für sie hatte. Ihre Augen waren überraschend schön und lebendig in einem Gesicht, dem man ansonsten die vielen Jahre des Drogenkonsums ansah: Wangen und Hals waren schlaff, um Mund und Augen hatten sich tiefe Linien eingegraben. Nach all den Drogen, der Leidenschaft und der Verzweiflung, der Kämpfe und der Verhaftungen, war sie schließlich mit einem schlaffen alten Hund und gemütlichen Fernsehabenden zur Ruhe gekommen, vielleicht mit einem oder zwei Joints, damit alles friedlich blieb. Doch das Chaos war im Begriff, wieder die Oberhand zu übernehmen.

Sie sagte: »Es ist Georgie, nicht wahr?«

Sie sagte es mit einer gewissen Heftigkeit, aber es war klar, dass sie im Grunde die Widerlegung ihrer schlimmsten Ängste forderte.

Weder Fergal noch Julie hatten daran gedacht, den Fernseher abzuschalten, daher musste Lizzie Georginas Mutter die Todesnachricht überbringen, während ein glatzköpfiger Starkoch das Menü eines männlichen Kandidaten kommentierte.

Julie bewegte sich nicht, doch sie presste die Lippen zusammen, bis sie weiß wurden. Sie hob die linke Hand, um ihre Augen zu bedecken, und beugte sich mit geöffnetem Mund nach vorn. Ihre Fingernägel hätten die einer Jugendlichen sein können: rosa lackiert mit Herzen und Glimmer. Sofort musste Lizzie an Skye denken. Vom Bildschirm her drangen die Worte ›*Was für fabelhafte Dinge man doch aus einer Aubergine machen kann*‹ an ihr Ohr. Fergal legte seinen Arm um Julie und streichelte ihren Rücken. »Es tut mir so leid, Liebling.« Julie schüttelte den Kopf, sagte aber nichts. Sie zog ihre Füße auf das Sofa und wickelte die Decke enger um sich.

Nach etwa einer Minute sah sie die beiden Beamten an. »Nein«, sagte sie. »Ich kann es nicht glauben.«

Lizzie nickte: Die Realität zu akzeptieren fiel in aller Regel zu schwer. Es konnte Tage oder auch Monate dauern, und manchmal wurde einem die Wahrheit nie wirklich bewusst. Auch sie selbst fand es schwierig. Vor ihren Augen machte Julie diese Verschiebungen des Verständnisses durch, als ob Trauer eine abgestufte chemische Reaktion wäre und jede Umwandlung sie für immer veränderte. Auf ihrem Gesicht lag jetzt ein tiefes Stirnrunzeln, ihr Mund war ein verkrampfter Kreis. Sie konzentrierte sich auf Lizzie, als wäre diese eine Hebamme, die ihr bei einer Geburt zur Seite stand.

»Sind Sie ganz sicher? Ist sie wirklich tot?«

Lizzie geriet in die übliche Versuchung: zu lügen. Tatsächlich wollte sie es selbst nicht glauben. Die Wahrheit klar auszusprechen war eigentlich einfach, aber wer schreckte nicht davor zurück? Angesichts Julies Verleugnung spürte sie, wie ihr eigenes Vertrauen in die irreversible Tatsache des Todes von Georgina schwankte.

»Ja. Es tut mir wirklich leid. Es ist wahr.«

Julie schauderte, aber sie senkte ihren Blick nicht. Ihr Mund verformte sich zu einer verdrehten Grimasse. Sie sprach heiser. »Und die kleine Skye?«

Lizzie musste ihre Stimme zwingen. »Skye wird vermisst, Julie.«

Julie nickte, aber ohne Verständnis. »Vermisst? Was bedeutet das? Hat er sie mitgenommen?«

»Wir wissen es nicht. Die Nachbarin sagt, sie wäre bei Georgina gewesen.«

Julie unterbrach sie. »Wie hat er sie getötet?« Lizzie erinnerte sich an die Beschreibung der Diensthabenden: *Die Leiche weist mehrere Stichwunden auf.* Sie suchte nach einer Alternative, fand aber keine. Ash, der vielleicht ihre Hilflosigkeit spürte, sprang ein.

»Wir warten noch auf die Ergebnisse der Obduktion. Erst dann wissen wir die genaue Todesursache.«

»Haben Sie schon einen Anhaltspunkt?«

»Soweit wir wissen, wurde sie mit einer Stichwaffe verletzt.«

Mit einer Stichwaffe.

Julie brauchte einen Augenblick, um es zu begreifen. Lizzie beobachtete, wie das Verständnis in einen Ausdruck des Entsetzens mündete. »Haben Sie sie gesehen?«

»Nein.«

Julie konzentrierte ihren Blick wieder auf Lizzie.

»Aber Sie sind absolut sicher?«

Lizzie erinnerte sich an Georgina mit ihren schönen gepflegten Füßen und an Skye, die ihr mit ausgestreckter Hand ein Loom-Band hinhielt. Ihr fiel ein, dass sich dieses Band immer noch an ihrem Handgelenk befand. Es erschien ihr wie eine unerträgliche Belastung, diese Nachricht weiterzugeben, weil sie sie selbst kaum begriff. Und dann dachte sie wieder an die Gerichtsverhandlung und ihren eigenen Impuls. *Dann stirb eben.* Wie hatte sie so etwas je denken können? Wie konnte ihr Mitgefühl derart scheitern?

Sie sagte: »Ja, ich bin ganz sicher.«

Julie atmete scharf ein und fing an zu schluchzen. Sie hielt den Kopf zwischen den Händen und schaukelte hin und her. Ein Schrei entrang sich dem verzweifelten, in eine Decke gehüllten Bündel.

»Sie müssen Skye finden! Unbedingt!«

Lizzie beugte sich vor und legte ihre Hand auf Julies Knie. »Man sucht bereits nach ihr.«

Der Kahlkopf im Fernsehen sagte etwas in die Kamera. Etwas über Nachtisch.

Julie hörte plötzlich auf zu weinen. Sie sah verwirrt und wütend aus. »Nein, nein. Ich kann es nicht glauben.«

Der Hund hob den Kopf. Er sprang vom Sofa herunter und lief mit aufgestellten Ohren und leicht wedelnd zur Tür. Ein Schatten lief am Fenster vorbei.

Ash sagte leise: »Erwarten Sie jemanden?«

Es klopfte. Eine höfliche Männerstimme sagte: »Julie, bist du da drin, meine Liebe? Wir müssen reden.«

Es war unmissverständlich Brannon in seinem besten Charme-Modus. Lizzie sprach sehr leise. »Niemand antwortet. Julie, glauben Sie, er will Ihnen etwas antun?«

Sie nickte. »Gut möglich. Er hasst mich.«

Wieder klopfte es. »Julie?«

Fergal sagte leise, aber voller Überzeugung: »Lassen wir ihn doch rein. Ich bringe den Mistkerl um!«

Lizzie schüttelte den Kopf. »Nein. Wir brauchen ihn lebendig, um Skye zu finden. Wenn wir ihn hereinlassen, wird es einen Kampf geben. Er will Julie an den Kragen, und er hat ein Messer. Das Schlimmste wäre jetzt, ihm zu geben, was er will.«

Brannon polterte jetzt gegen die Tür. Der Hund begann zu bellen. Julie sah Lizzie an. In ihrer Stimme lag beherrschte Dringlichkeit.

»Sie dürfen ihn nicht laufen lassen. Eher würde ich sterben.«

Lizzie deutete auf das Fenster an der anderen Seite des Raumes. »Kann ich dort nach hinten hinaussteigen und wieder nach vorn kommen?«

Julie nickte.

Lizzie ging schnell zum Fenster und entriegelte es. Ash trat zu ihr. »Ich gehe«, sagte er leise.

»Nein. Einer von uns muss bei Julie und Fergal bleiben. Du bist stärker als ich, falls er sich gewaltsam Zutritt verschafft. Ich gehe um das Haus und behalte ihn im Auge. Du forderst Unterstützung an.«

Ash antwortete nicht sofort. Schließlich sagte er: »Er ist ein Mörder, Lizzie.«

»Ich werde ihn nur im Auge behalten.«

»Versuch bloß nicht, ihn zu verhaften.«

»Ich habe es nicht vor.«

Brannon brüllte im Außenflur: »Ich weiß, dass du wach bist! Ich höre den Fernseher und den verdammten Hund!«

Jemand klopfte von oben an die Decke, und eine Stimme rief: »Ruhe, ihr Penner!«

Fergal und Julie sahen die beiden Polizisten an. Lizzie winkte ihnen, zum Fenster zu kommen.

Wieder brüllte Brannon: »Mach auf, du blöde Kuh!«

Fergal stand neben ihnen und drängte: »Lassen wir ihn rein. Ich kann ihn festhalten.«

Brannon bearbeitete die Tür mit den Fäusten. Lizzie schüttelte den Kopf und legte einen Finger auf die Lippen. »Wir schnappen ihn, keine Sorge.«

Sie drehte die Lautstärke des Funkgeräts so weit wie möglich herunter und reichte es Ash. »Du funkst aus dem Schlafzimmer.«

Er nahm es. »Was du nicht sagst!«

»Ich rufe dich mit meinem Handy an.«

Er packte ihren Unterarm und hielt ihn einen Augenblick fest. »Komm ihm nicht zu nah.«

Während sie aus dem Fenster stieg, hörte Lizzie Brannon wieder an der Tür. »Ich weiß, dass du wach bist! Mach die verdammte Tür auf!«

Lizzie ließ sich von der Fensterbank fallen und verdrehte sich dabei den Knöchel. Der scharfe Schmerz lenkte sie kurz ab. Sie bückte sich, rieb die Stelle, suchte hastig Schutz an der Mauer und rief Ash an. Er nahm den Anruf an, aber keiner von ihnen sprach. Sie beendete das Gespräch nicht und ging um das Gebäude herum. Von hier aus konnte sie den Ausgang zum Gehweg sehen und hörte das Klopfen und die Rufe. In einigen anderen Wohnungen gingen Lichter an. Unmittelbar über ihr öffnete jemand ein Fenster. Sie nahm ihren Schlagstock aus dem Gurt und hielt ihn möglichst verdeckt an ihrer linken Seite. Ihr Herz hämmerte aufgeregt.

Sie lehnte sich an die Hauswand und atmete tief ein. Nach einer weiteren Serie von Poltern gegen die Tür und wütenden Rufen hörte sie Schritte, die näher kamen, vorübergingen und sich wieder entfernten. Ein Mann verschwand rasch. Sie trat aus dem Schatten, schaute nach links und sah Brannon. Er trug dunkle Jeans und eine khakifarbene Militärjacke. Sie wartete, bis er die Wiese überquert hatte und nach links auf den Bürgersteig abbog, ehe sie in ihr Handy sprach.

»Links. Links die Simmonds Street entlang.«

»Verstanden.«

Erst als Brannon außer Sicht war, lief Lizzie leichtfüßig über die Wiese in den Schatten des nächsten Gebäudes. Sie spähte um die Ecke und beobachtete, wie er die Straße hinauf verschwand. Er ging schnell. Sie schob ihren Schlagstock zusammen, steckte ihn zurück in den Gurt, trat auf den Bürgersteig und begann in ihr Handy zu sprechen.

»Ja, tut mir leid, dass ich zu spät komme. Ich bin jetzt auf dem Weg. Sei doch nicht so.«

»Sehr gut«, spottete Ash. »Ausgesprochen sachkundig, meine Liebe. Lass dich bloß nicht erdolchen.«

Brannon war weit voraus am Ende der Straße. Er schien etwas eng an seinem Bein in der rechten Hand zu halten. An einer T-Kreuzung wandte er sich nach rechts, und sie verlor ihn aus den Augen.

»Rechts. Rechts an der T-Kreuzung der Simmonds Street. Dunkle Jeans, khakifarbene Militärjacke. Definitiv Brannon. Könnte ein Messer in der rechten Hand halten.«

»Bleib zurück, um Himmels willen. Er würde dich nur zu gern umbringen.«

»Schon gut. Er kann mich nicht einmal sehen.«

Sie verfiel in einen leichten Laufschritt, wurde am Ende der Straße langsamer, regulierte ihre Atmung und versuchte, sich zu beruhigen, ehe sie abbog.

Er war ihr ein gutes Stück voraus und ging schnell. Sein rechter Arm schien steif, und Lizzie war sicher, dass sie das silberne Glänzen einer Klinge an seinem Oberschenkel gesehen hatte.

Sie sprach in ihr Telefon. »Ich habe dir doch gesagt, du sollst dir keine Sorgen machen, Mum.«

»Sehr witzig. Ich erwähne diese Bemerkung bei deiner Beerdigung. Die Kollegen sind auf dem Weg und rechnen mit etwa sechs Minuten. Bist du sicher, dass er es ist?«

»Ja, bin ich. Hast du die Beschreibung?«

»Ja.«

»Ich kann eine Sirene hören. Sag ihnen, sie sollen das blöde Ding abschalten.«

»Komm zurück. Sie brauchen dich nicht mehr.«

»Er rennt jetzt. Links, links an der nächsten Kreuzung. An der Ecke ist ein Zeitungshändler. Ich verliere ihn.«

Auch sie rannte jetzt. Als sie um die Ecke bog, erkannte sie, dass er etwa hundert Meter gutgemacht hatte. »Ich kann ohnehin nicht mehr mithalten.«

Doch dann wurde Brannon langsamer und drehte sich um. Er musste sie gehört und aus ihrem Tritt geschlossen haben, dass sie ihn allein verfolgte.

»Er kommt auf mich zu.«

»Hey, das ist echt nicht komisch.«

»Nein, es stimmt.«

Sie ließ das Telefon fallen und zog den Schlagstock aus dem Gurt. »Zurück!«

Er kam gezielt auf sie zu, das Messer in der rechten Hand. Sie erkannte es deutlich im Licht der Straßenlaterne. Es hatte eine glatte silberne, etwa zwanzig Zentimeter lange Klinge.

»Waffe fallen lassen!«, rief sie.

Er schrie etwas Unverständliches und starrte sie mit unbewegtem Gesicht an. Sie kannte dieses Verhalten und vermutete, dass er unter Drogen stand. Er sah verrückt und unbesiegbar aus und hielt das Messer in der geballten Faust mit der Klinge nach oben. Einen absurden Moment lang musste sie an ihr Sicherheitstraining denken; ihr fiel ein, wie hilflos sie sich immer gefühlt hatte, wenn sie gegen jemanden kämpfen musste, der ein Messer in der Hand hatte. Damals hatten sie darüber gelacht!

Ihr blieben noch Minuten, vielleicht sogar nur Sekunden, ehe er zustach. Sie trat hinter einen Laternenpfahl und versuchte, ihn als Deckung zu benutzen, während sie um Entschlossenheit kämpfte. *Nachdenken. Weiterkämpfen.* Einmal hatte sie eine Messerstecherei miterlebt: Auf der ganzen Straße war Blut gewesen. Er war jetzt so nah, dass sie im städtischen Halbdunkel einen dunklen Fleck auf dem Messer erkennen konnte. Ihr Training fiel ihr wieder ein – wie ein Hinweis bei einer Multiple-Choice-Prüfung. *Aus seiner Reichweite herausbleiben.* Er sprang auf sie zu. Sie wich zurück und schwang ihren Schlagstock, verfehlte ihn jedoch. Dabei verließ sie die Deckung des Laternenpfahls. Nun war nichts mehr zwischen ihr und dem Messer. Er hechtete wieder vor und riss die Klinge in einem brutalen Schwung nach oben. Sie wäre mitten durch ihren Körper gegangen, doch er hatte ihre Wendigkeit unterschätzt und geriet vorübergehend aus dem Gleichgewicht. Sie sprang schräg nach vorne und legte allen Schwung in ihren Schlagstock. Dabei stöhnte sie wie eine Tennisspielerin in Wimbledon.

Die Wucht des Schlags erschütterte ihre Hand. Brannon ließ das Messer nicht fallen, er beugte sich allerdings nach vorn und schüttelte sein Handgelenk. Sie holte erneut aus und zielte auf seinen Kopf, aber auch jetzt fehlte ihr die Überzeugung für so viel Brutalität, und er konnte ihr mit Leichtigkeit ausweichen. Er stand wieder aufrecht, trat auf sie zu und sagte leise:

»Du kleine Fotze.«

Sie wollte davonlaufen, doch er war ihr zu nah, und sie wagte nicht, ihm den Rücken zuzudrehen. Alles außer ihm hatte sie ausgeblendet. Erneut holte sie mit dem Schlagstock aus, aber er sprang vorwärts, bewegte das Messer von links nach rechts und fuchtelte damit vor seinem Körper.

»Willst du etwas davon, du Fotzengesicht?«

Der Blutfleck an der Klinge war nun klar erkennbar. Sie musste jetzt zuschlagen, und zwar mit einem einzigen gezielten Treffer. Doch sie trat einen Schritt zurück und sagte: »Bitte nicht.«

»Du hast sie gegen mich aufgebracht, nicht wahr? Du Fotze. Du blöde, kleine Fotze.«

Er sprang wieder vorwärts. Lizzie wich hastig zurück, stolperte über den Bordstein hinter ihr und stürzte. Rückwärts und ohne Kontrolle. Es tat sogar weh. Ein scharfer Schmerz durchzuckte ihr Kreuzbein.

Der Boden war jetzt wirklich der schlechteste Ort für sie. Er stand über ihr, seine Füße auf beiden Seiten neben ihren Hüften. In diesem Moment wirkte er seltsam vertraut – sein runder Kopf, die blassblauen Augen –, und plötzlich bekam sie Panik. Sie sah jede Messerstecherei vor sich, die sie je miterlebt hatte. Sie drehte sich und versuchte, auf die Seite zu kommen, um Brannon zu treten. Der Schlagstock lag zusammengezogen in ihrer rechten Hand; mit der Linken kramte sie unter ihrer Achsel nach dem Gas.

Er beugte sich über sie. Sie drehte sich und versprühte ihr Gas. Obwohl sie absolut nichts sehen konnte, schlug sie blind um sich und spürte den harten Aufschlag ihres Schlagstocks. Ihre Augen brannten und begannen zu tränen. Etwas traf ihre Schulter wie ein Schlag. Scheinwerfer blendeten auf. Sie schlug wieder zu, traf aber ins Leere. Eine verschwommene Flut blauer Lichter und ohrenbetäubender Sirenen kam näher. Sie fühlte einen weiteren Schmerz, einen harten Schlag auf ihren Unterarm. Brannon hatte sich umgedreht und lief. Sie erkannte nur verschwommen die Sohlen seiner Schuhe, wie sie die Straße hinunter verschwanden. Blut tropfte auf ihr Gesicht.

Ein Sanitäter mit perlengeschmückten Zöpfen beugte sich über sie und bot ihr eine Sauerstoffmaske an. Sie atmete tief ein. Zwar konnte sie nun wieder klarer sehen, doch ihre Nase lief. Das Reizgas. In ihrem Kopf drehte sich alles. Leute werkelten an ihr herum und zerschnitten ihre Kleidung. Abgeschnittene Stücke wurden auf den Asphalt geworfen. Sie waren blutig – es sah aus wie vergossene Tinte. Ihr Pulsschlag dröhnte in ihren Ohren. Ein Polizist legte seine Hand auf ihre Schulter. Sie registrierte das Holster an seiner Hüfte. Er beugte sich zu ihr hinunter: kurzes graues Haar, schmales Gesicht.

»Wissen Sie, wo er Sie erwischt hat, Liebes?«

Mit einem Mal fiel ihr ein, wo Brannon hinlaufen könnte.

»Marley«, sagte sie.

Der Sanitäter setzte ihr die Maske wieder auf. »Atmen Sie noch einmal tief ein. Wir heben Sie gleich hoch.«

»Marley«, wiederholte sie, ehe sie einatmete und sich zurückfallen ließ. Sie legten das Rettungstuch um sie herum und hoben sie auf. Über ihr klapperten die Rotoren des Polizeihubschraubers auf der Suche nach Brannon.

11

Nachdem sie von dem Angriff auf einen Beamten gehört hatte, fuhr Sarah sofort ins Krankenhaus. Man schickte sie auf eine Station auf der sechsten Etage. Die Krankenschwester an der Rezeption zeigte auf einen abgetrennten Bereich in einem Raum mit vier Betten, um welche die Vorhänge zugezogen waren. Der Bericht war fehlerhaft gewesen: Sarah fand nicht den männlichen DC vor, den sie erwartet hatte, sondern eine Frau in den Zwanzigern, die mit blassem Gesicht und geschlossenen Augen im Bett lag. In dem Moment, als Sarah durch den Vorhang trat, wusste sie sofort, dass sie das schlafende Gesicht schon einmal gesehen hatte, konnte es im ersten Moment aber nicht zuordnen. Den Mann allerdings, der neben dem Bett saß, erkannte sie sofort: Es war Inspector Kieran Shaw, an diesem Tag nicht in Uniform. Sie wandte ihren Blick wieder der schlafenden Frau zu. PC Lizzie Griffiths. Natürlich! Sie war es.

Shaw schaute auf. Als er Sarah erkannte, stand er leise auf und machte ihr ein Zeichen, ihm nach draußen zu folgen. Sie standen in der gedämpften Atmosphäre der Überwachungsstation. Krankenschwestern huschten auf ihren Runden vorbei. Leise, aber wütend redete er auf sie ein.

»Was zum Teufel haben Sie sich dabei gedacht?«

»Ich weiß nicht, was Sie meinen.«

»Haben Sie überhaupt eine Risikobewertung durchgeführt?«

Seine Augen waren hart vor Verachtung, und sie erinnerte sich, wie er sie während der Untersuchung gegen Lizzie Griffiths und ihn verspottet hatte. Sie hatte einen Durchsuchungsbefehl an seiner Heimatadresse durchgeführt, und er hatte ihr eine Tasse Kaffee hinausgebracht und sie gefragt, was um alles auf der Welt sie auf der Polizeischule gelernt hätte. Unter anderem war dieser Mann ein echter Tyrann.

»Ich habe den zuständigen Bezirk und die Informationsabteilung beauftragt …«

Während sie noch sprach, erkannte sie, dass es dumm war, auf ihn einzugehen.

»Wussten Sie, dass die Mutter des Opfers eine einstweilige Verfügung gegen den Verdächtigen beantragt hatte? Haben Sie auch nur eine Sekunde darüber nachgedacht, wie sehr Sie Ihre Kollegen gefährden?« Er wurde lauter. »Das war verdammt inkompetent!«

Eine vorübergehende Krankenschwester verlangsamte ihre Schritte und blickte sie offenkundig besorgt an.

Sarah lächelte entschuldigend. »Wir wollten nicht stören.«

Kieran sagte nichts. Das brauchte er auch nicht: Sein Gesicht drückte die Verachtung, die er empfand, vollkommen aus.

Die Augen der Krankenschwester glitten zwischen den beiden Kontrahenten hin und her. Schließlich ging sie weiter in die hinteren Räume.

Sarah sagte leise: »Ich weiß, Sie sind wütend, aber jetzt gerade ist weder die richtige Zeit noch der richtige Ort.«

»Lizzie hätte sterben können! Und Sie sind als Ansprechpartnerin für schwere Verbrechen absolut ungeeignet. Ich werde alles tun, damit man Sie zur Rechenschaft zieht.« Plötzlich hielt er inne und wandte den Kopf. Lizzie stand in einem Krankenhaushemd und mit nackten Füßen an der Tür. Arm und Schulter waren verbunden.

»Lizzie«, sagte Kieran sofort besänftigt.

Lizzie blinzelte und wandte sich an Sarah. »Detective Sergeant Collins, nicht wahr?«

Gegen ihren Willen musste Sarah lächeln. Es war schwer, in dieser bleichen, zittrigen jungen Frau die Beamtin zu erkennen, der sie erst vor kurzer Zeit Fehlverhalten vorgeworfen hatte. »Stimmt. Wie geht es Ihnen?«

Kieran unterbrach sie. »Lassen Sie sie in Ruhe.« Er trat auf Lizzie zu. »Komm, ich bringe dich wieder ins Bett.«

Lizzie wich einen Schritt zurück. »Warte.« Sie wandte sich Sarah zu. »Haben Sie ihn schon erwischt?«

»Leider nicht.«

»Ich muss mich wieder hinlegen. Aber kommen Sie zu mir, dann können wir reden. Ich habe den Leuten im Krankenwagen gesagt, dass es jemanden gibt, der ihm vielleicht hilft, vor der Polizei zu fliehen. Ist das angekommen?«

Zum Glück hatte Sarah keine Zeit zu bleiben und mit Kieran Shaw zu streiten. Lizzies Informationen bedurften eines sofortigen Handelns. Schon auf der Treppe im Krankenhaus rief sie Lee an. Sie wartete, während er alle Informationen über Marley zusammentrug – die junge Frau, von der Lizzie behauptete, sie hätte Georgina überredet, nicht gegen Brannon auszusagen. Nach weniger als einer Viertelstunde rief Lee zurück. Lizzies Verdacht wurde durch frühere Berichte an Sozialdienste bestätigt, aus denen nach einiger Nachforschung hervorging, dass Marley und Brannon tatsächlich Cousins waren und als Kinder zusammengelebt hatten.

Es war eine vertraute Horrorgeschichte: eine große Familie unter einem zu kleinen Dach, eine fatale Abfolge neuer Beziehungen, Geburten und Zwischenfällen, ehe die Familie schließlich auf Anordnung des Jugendamts getrennt wurde. Marley und Brannon kamen ins gleiche Kinderheim, bis sie von unterschiedlichen Pflegefamilien aufgenommen wurden.

Lee hatte auch Marleys Adresse ausfindig gemacht. Gerade

wurde ein Notfall-Einsatzteam zusammengestellt: Sarah sollte sofort zum Treffpunkt kommen.

Sie verließ das Krankenhaus. Im Laufschritt hastete sie die Treppe hinunter und durch die Korridore voller Menschen, die sich langsam im Neonlicht des Krankenhauses bewegten. Der Treffpunkt lag ganz nah – nur eine kurze Strecke mit Blaulicht durch die verstopften Straßen in Richtung Stadtrand.

Sarah erreichte die Tankstelle als Erste. Sie wartete, parkte vor der geschlossenen Autowaschstraße, beobachtete den vorbeifließenden Verkehr und die Fahrer, die in die hell erleuchtete Anlage einfuhren, ihre Autos betankten und dann zum Kassierer vorzogen, der in seinem beleuchteten Häuschen saß. Kurz nach Sarah kamen die BMWs der bewaffneten Einheiten. Auch ein Van der Hundestaffel war dabei, mit einem Schäferhund, der sich im Fond bewegte. Als Nächstes kam der Wagen der Mordkommission mit Lee und Fedden. Die Beamten standen im Kreis. Fedden übernahm die Führung, und Lee begann, die Kollegen mit den nötigen Informationen zu versorgen.

»Marley selbst scheint kein großes Risiko zu sein. Ihre Straftaten beschränken sich auf das Gebiet der arglistigen Täuschung und haben nichts mit Gewalt zu tun – sie scheint eine ziemliche Expertin in Sachen Katalogbetrug zu sein. Aber ihre kriminellen Verbindungen sind erste Sahne. Sie unterhält Kontakte zum Young-Clan und hat einen Ex-Freund bei den Tottenham Bluds.«

Fedden spulte die Entscheidungskriterien ab. Sie konnten nicht auf die Überwachungsvideos um Marleys Wohnung zugreifen, weil die Büros der Stadtverwaltung geschlossen hatten. Die Überwachung des Gebäudes hatte nichts ergeben. Die Lichter waren aus, die Vorhänge zugezogen. Was sie hatten, war allenfalls etwas mehr als eine Intuition. Laut Informationsabteilung gab es allerdings niemanden, der Brannon näherstand als Marley. Fedden hatte die Optionen gegeneinander abgewogen und sich für einen Schnellzugriff entschieden. Ein Gespräch an der Tür durften sie nicht riskieren, falls sich der verzweifelte und gewalttätige Brannon mit Skye und seinem Messer in der Wohnung befand.

»Es ist besser, um Verzeihung zu bitten als um Erlaubnis, Chef«, sagte Lee, und Sarah bemerkte, dass zwei der Bewaffneten trotz des Klischees grinsen mussten.

Lee redete weiter. »Möchten Sie, dass ich nach dem Zugriff mit Marley spreche?«

Fedden lächelte. »Danke, aber ich glaube, das wäre eher etwas für ein weibliches Teammitglied. Versuchen Sie, ein paar Stunden zu schlafen, und kommen Sie morgen früh zurück. Sarah wird Marley übernehmen. Es macht Ihnen doch nichts aus, Sarah?«

»Natürlich nicht.«

»Okay, Chef. Ist es möglich, dass ich einen Dienstwagen bekomme?«

»Aber sicher. Seien Sie wenn irgend möglich früh um sechs wieder im Büro.«

»Kein Problem.«

Lee setzte sich in ein Auto und fuhr nach Westen davon. Sarah holte die Schutzweste aus dem Kofferraum ihres Wagens und schlüpfte hinein. Fedden war jetzt ihr Beifahrer. Sie fuhren hinter dem bewaffneten Team her in die Wohnanlage und parkten ein paar hundert Meter vom Haus entfernt außer Sichtweite. Sie duckten sich in den Schatten einer Mauer und warteten darauf, dass die Bewaffneten ihren Job erledigten.

Sarah wünschte, Smalltalk fiele ihr leichter.

Fedden sagte: »Dieser Lee ist ein guter Junge.«

»Stimmt.«

Er sprach weiter darüber. Es war ein Thema, bei dem er sich offenbar wohlfühlte. »Er wäre gern hiergeblieben, aber ich musste ihn nach Hause schicken. Wir werden morgen ausgeruhte Leute brauchen.«

»Das ist richtig.«

»Besonders gefällt mir an ihm, dass er nicht auf die Uhr schaut. Er will nicht ständig wissen, wann er nach Hause gehen darf.«

Sarah dachte an Fat Elaine, die keine andere Wahl hatte, als auf ihre Uhr zu schauen, und schon vor Stunden Feierabend gemacht hatte. Sie dachte auch an ihr eigenes Klappbett, das in einem der Abstellräume in Hendon stand, und an Daisy bei der Hundesitterin.

Sie hörten den Lärm und die Rufe während des Schnellzugriffs. Die Nachricht, dass die Wohnung sicher war, kam schnell. Im Innern befand sich nur eine Person: Marley Davies. Man gestattete ihr, ihren Anwalt anzurufen.

Sarah und Fedden betraten die Wohnung. Marley saß in einem lila Seidenpyjama mit gekreuzten Beinen auf dem Boden, beugte sich über ihr Smartphone und hinterließ eine wütende Voicemail. »Rufen Sie mich sofort an, sobald Sie das hier erhalten.« Ihre schlanken braunen Füße waren nackt, mit Fußbändern um einen Knöchel und Zehenringen an beiden Füßen. Zwei uniformierte Constables – eine kleine asiatische Frau und ein kräftiger weißer Typ mit dichtem Bart –, die von der Bezirkspolizei als Unterstützung bei der Tatortsicherung abkommandiert worden waren, warteten an der Küchentür. Fedden nickte den beiden Constables zu und gesellte sich zu ihnen. »Danke, dass Sie uns aushelfen.« Er wollte, dass Sarah das Gespräch mit Marley führte, damit er es beobachten konnte.

Sarah blieb neben dem Tisch stehen und ließ Marley ihren Anruf beenden. Ein Blick durch das Apartment zeigte die Erfolge der Ratenzahlungen – ein großer Fernseher, ein Trockner, eine Waschmaschine, eine Saftpresse. Auf dem Couchtisch vor ihr stand ein aufgeklappter Apple-Laptop, daneben Zigaretten und ein Aschenbecher, eine Dose Diet Coke und eine weiße Porzellanhand mit vielen Ringen und Halsketten an den langen Fingern. Marley beendete den Anruf und legte das weiße Samsung auf den Tisch.

»Okay, ihr seht ja, dass Mark nicht hier ist. Ihr könnt euch also getrost vom Acker machen. Gleich morgen früh kommt die Beschwerde.«

Sarah versuchte zu lächeln.

»Hi, ich bin Sarah Collins, Detective Inspector bei der Mordkommission.« Sie deutete auf Fedden. »Jim Fedden.«

Marley blickte sie mit dem Desinteresse eines Menschen an, der die Polizei aus tiefstem Herzen hasste.

»Meine Nachbarn haben alles mit angesehen! Was sollen sie jetzt von mir denken?«

»Tut mir aufrichtig leid. Darf ich trotzdem einen Augenblick mit Ihnen reden?«

Marley fuhr mit dem Finger über das Touchpad des Laptops und begann mit zwei Fingern zu schreiben. Ohne den Blick vom Bildschirm zu wenden, murmelte sie: »Meinetwegen.«

»Danke. Ist Mark hier gewesen?«

»Nein.«

Marley ließ den Computer nicht aus den Augen. Sarah bewegte sich vorsichtig hinter sie. Der Bildschirm zeigte ein Foto der improvisierten Gedenkstätte mit Blumen, Teddybären und Kerzen, die Sarah vor der Wohnung von Georgina und Mark gesehen hatte. Marley scrollte nach unten und las den Zeitungsbericht über die Ermittlungen. Sie presste die vier Fingerspitzen ihrer linken Hand gegen ihren Mund, kehrte zu ihrer Suchmaske zurück und tippte *Skye Brannon* ein. Eine Serie von Bildern wurde sichtbar. Marley klickte auf eines davon. Es zeigte einen Haufen Schulkinder, die vor einem asiatischen Schnellimbiss herumblödelten. Skyes Kopf war von der Zeitung mit einem Kreis gekennzeichnet worden. *Fieberhafte Suche nach vermissten Mädchen.* Marley fluchte leise.

Sarah trat zur Seite. »Morgen früh überprüfen wir die Sicherheitskameras der Wohnanlage. Wenn er hier war, werden wir es herausfinden. Anhand der Nachrichten können Sie erkennen, dass Sie besser nicht lügen sollten.«

Marley starrte Sarah einen Moment an. Offenbar dachte sie nach. Schließlich sagte sie: »Ja, okay, wie auch immer! Ja, er war hier. Er tauchte mit Skye und dem Hund hier auf. Aber ich wusste ja nicht, dass er … Sie wissen schon.«

»Was hat er denn gesagt?«

»Dass sie Krach gehabt hätten. Dass er irgendwo anders unterkommen wolle, aber Skye kurz bei mir lassen müsste, während er etwas zu klären hatte.«

Sie wandte ihren Blick wieder zum Bildschirm. »Ich kann es nicht glauben. Ich glaube nicht, dass er sie getötet hat.« Sie blickte Sarah mit einer Art verzweifeltem Vorwurf in den Augen an, als ob sie und nicht Brannon für das Geschehene verantwortlich wäre.

Sarah fragte: »Er hat Sie also mit Skye allein gelassen? Was passierte dann?«

Aber Marley widmete sich wieder ganz ihrem Laptop, klickte und starrte.

»Was schauen Sie sich da an?«

»Georgies Facebook-Seite. Alle hinterlassen Nachrichten und sagen, wie sehr sie sie vermissen.«

»Sie scheinen schockiert zu sein.«

»Verdammt, natürlich bin ich schockiert!«

Marley packte den Computer und warf ihn quer durch den Raum. Dabei kippte die Coladose um, die auf dem Couchtisch stand. Eine Colapfütze sprudelte auf dem Boden. Fedden wandte sich an einen der Polizisten. »Holen Sie ein Wischtuch.«

Aber Marley war schon aufgesprungen. »Nein! Ich kümmere mich darum. Es ist meine Wohnung.« Hastig drängte sie sich an dem Beamten vorbei, und Sarah sah, wie die Hand des Mannes zu den Handschellen zuckte. Sie konnte es ihm nicht verdenken und fragte sich auch, ob es sicher war, Marley in die Küche gehen zu lassen, wo ein schicker Messerblock aus Holz mit einem Satz scharfer Messer stand.

Die Beamtin stellte sich Marley in den Weg. »Sagen Sie mir genau, was Sie wollen und wo es ist, dann hole ich es für Sie.«

»Das ist doch lächerlich!« Marley sah erst Sarah und dann die Beamtin an. »In Gottes Namen: oberste Schublade. Geschirrtuch.«

Die Beamtin reichte ihr ein Geschirrtuch. Während sie wütend die Cola aufwischte, sagte Marley: »Er war ungefähr eine Stunde fort, kam zurück und nahm beide mit. Ich hatte doch keine Ahnung.«

»Okay«, sagte Sarah. »Und wie hat Skye sich verhalten?«

»Sie war wie immer. Sagte nicht viel und sah fern. Sie kam mir still vor, aber Skye ist immer still.«

»Keine Verletzungen?«

»Verletzungen? Was glauben Sie eigentlich? Natürlich hatte sie keine Verletzungen. Hätte sie Verletzungen gehabt, hätte ich wohl etwas gesagt, oder?« Sie ließ das nasse Handtuch auf dem Boden liegen, zündete eine Zigarette an und inhalierte tief.

»Haben Sie eine Ahnung, wo er sein könnte? Vielleicht bei jemandem, der ihm nahesteht?«

»Er hat mir nichts gesagt. Wollte mich morgen anrufen, wenn er sich wieder erholt hätte.«

»Hatte er ein Auto?«

Marley zog lang und tief an ihrer Zigarette. »Keine Ahnung. Aber ich nehme es an. Wie sonst hätte er das Kind und den Hund herbekommen?«

»Was für ein Auto?«

»Ich weiß es nicht! Ich weiß nicht, was er fährt. Er wechselt ständig.«

Marley drückte ihre Zigarette im Aschenbecher aus. Sie umschloss die Finger ihrer rechten Hand fest mit ihrer linken, als hätte sie eine Art Krampf. Langsam kräuselte Rauch über dem Tisch hoch.

»Ich weiß, es ist schwierig für Sie. Aber denken Sie …«

»Ich denke doch nach!« Marley stand auf und griff nach ihrem Telefon. »Ich weiß nicht, was passiert ist. Aber er ist kein Unmensch. Ich werde jetzt versuchen, ihn anzurufen.«

Sarah trat zu ihr, streckte die Hand aus und legte sie auf die Tastatur. »Tun Sie das bitte nicht.«

Marley riss das Telefon an sich. »Wieso nicht? Es ist mein Telefon! Und meine Wohnung!« Sie packte das Telefon mit fester Faust. »Ich kenne euch doch. Ihr werdet ihn töten, sobald ihr die Möglichkeit dazu habt. Ich kann ihn dazu bringen, sich zu stellen.«

Sie blickte wieder auf ihr Telefon, entspannte sich und begann das Display zu berühren. Sarah griff mit einer schnellen Bewegung zu. Die Beamtin war für alle Fälle einen Schritt vorgetreten, aber Sarahs Geschwindigkeit hatte Marley überrascht. Es kam nicht einmal zu einem Handgemenge. Sarah zog bereits einen Asservatenbeutel aus der Tasche ihrer Schutzweste und ließ das Samsung hineinfallen. Die Temperatur im Zimmer stieg spürbar an.

»Was zum Teufel … Das ist illegal.«

»Tut mir leid. Wir werden Sie vielleicht später bitten, Mark anzurufen. Aber nicht jetzt.«

»Das dürfen Sie nicht, verdammt! Geben Sie mir mein Telefon zurück, und zwar sofort.«

»Es ist keineswegs illegal. Ich halte mich rechtmäßig hier auf, und das Gerät könnte Beweise für ein Verbrechen enthalten. Lassen Sie uns versuchen, bei der Suche nach Skye zusammenzuarbeiten.«

»Sie halten sich nicht mehr rechtmäßig hier auf, weil ich Sie nämlich auffordere, auf der Stelle zu verschwinden.«

Sarah warf Fedden einen fragenden Blick zu. Wie wollte er damit umgehen? Sie hatte versucht, freundlich zu bleiben, aber nun wurden sie aufgefordert zu gehen. Es stimmte, dass sie jetzt ihre Befugnisse überschritten. Fedden übernahm und wandte sich an den Polizisten. »Würden Sie Miss Davies bitte wegen Deckung eines Tatverdächtigen festnehmen?«

Marley spuckte Sarah an und traf ihre Jacke.

»Ihr verdammten Schweine!«

Der Polizeibeamte hielt sich schon bereit. Schnell kam er mit den Handschellen. Er war ein großer Kerl, und Marley begriff, dass es keinen Sinn hatte, sich zu sträuben. Als Sarah und Fedden die Wohnung verließen, schrie sie hinter ihnen her:

»Ich will mein Telefon! Ich muss meinen Anwalt anrufen!«

Draußen vor der Tür reichte Fedden Sarah ein Taschentuch, um ihre Weste abzuwischen. »Ziemlich ungeschickt, sich erwischen zu lassen.«

»Da haben Sie wohl recht.«

»Wollen Sie sie dafür belangen?«

»Natürlich nicht.«

Die meisten Lichter in den Wohnungen waren erloschen, nur eine Frau beobachtete sie von ihrem offenen Fenster in einem der oberen Stockwerke aus. Der Polizeihund saß geduldig neben seiner Führerin, während die bewaffneten Beamten dabei waren, ihre Ausrüstung einzusammeln. Der Sergeant verteilte Schokoladenriegel. Sarah nahm einen; der Sergeant forderte sie auf, zwei zu nehmen. Den zweiten ließ sie in ihre Tasche gleiten.

Fedden sagte: »Wir müssen sie einbuchten. Eine andere Möglichkeit gibt es nicht. Immerhin gibt sie zu, dass er Skye bei ihr gelassen hat, während er loszog, um die Großmutter zu töten. Wir müssen die Wohnung auf den Kopf stellen und sämtliche Handys und Computer beschlagnahmen.«

»Wollen Sie, dass ich versuche, noch einmal mit ihr zu reden? Sie zu überzeugen versuche, uns freiwillig zu helfen? Wir könnten darauf verzichten, sie in Gewahrsam zu nehmen, und so vielleicht mehr aus ihr herausbekommen.«

»Das wäre sinnlos. Sie ist so bösartig wie ein Sack voller Schlangen. Ich glaube kaum, dass sie zurückrudert, und ich traue ihr nicht über den Weg. Dieses Mädchen lügt, wenn es den Mund aufmacht.« Er blickte auf die Uhr. »Wann war heute Morgen Ihr Dienstbeginn?«

Sarah erinnerte sich kurz an ihren Besuch in Hatchett am Morgen. Das schien eine halbe Ewigkeit her zu sein. »Um acht.«

»Organisieren Sie die Suchmannschaft, und gehen Sie dann nach Hause. Es ist schon verdammt spät. Bis wir die Durchsuchung abgeschlossen, den Inhalt des Telefons heruntergeladen und die Formalitäten für die Inhaftierung hinter uns haben, ist es Morgen. Steve und Lee sollen sie gleich morgen früh verhören. Können Sie mich in Hendon absetzen?«

12

Zunächst hatte er noch Angst gehabt, aber jetzt war jener Teil der Nacht gekommen, wo er sich frei bewegen konnte. Nun schliefen die Leute am tiefsten. Alle Vorhänge des kleinen viktorianischen Reihenhauses waren zugezogen. In keinem Fenster brannte Licht. Brannon stellte sich vor, wie die Leute mit offenen Mündern auf dem Rücken oder zusammengerollt auf der Seite lagen. Paare wandten sich in ihren Doppelbetten voneinander ab. Babys lagen mit dem Hinterteil in der Luft in ihren Wiegen. Alte Leute schliefen allein und rochen abgestanden. Er hatte schon unzählige Male dagestanden, sie beobachtet und ihre Ahnungslosigkeit gegenüber seiner Gegenwart genossen.

Er bewegte sich schnell auf der Straße, die neben dem umzäunten, parkähnlichen Grundstück entlanglief. Der Mond schien nicht, doch die Straßenlaternen waren so hell, dass die Dunkelheit keine Deckung bot. Das einzig vorstellbare ernsthafte Missgeschick wäre ein Streifenwagen, der zufällig vorbeikäme – ein einsamer Mann in einem Hoodie zu dieser nächtlichen Stunde würde sicher das Interesse der Beamten wecken. Aber hier war nicht die Innenstadt von London. Er war ziemlich sicher, dass man ihn nicht stören würde. Blieb die Frage nach Skye und Candy, die er im Kofferraum des verschlossenen Autos in einer Seitenstraße ein paar Meter vom Park entfernt zurückgelassen hatte. Er hatte das zuvor schon einmal machen müssen, als er von der Telefonzelle am Bahnhof aus angerufen hatte, und obwohl er sich beeilte, hatte Skye es gehasst. Die gusseisernen Tore waren viktorianisch, vielleicht fünfeinhalb Meter hoch, und hatten vergoldete Dekorspitzen. Auf alle, die es nicht besser wussten, hätten sie einschüchternd gewirkt, aber tatsächlich war der Einstieg in dieses Grundstück ein Kinderspiel. Das Geländer maß nämlich kaum zwei Drittel der Torhöhe und war leicht zu überwinden. Schickes Tor, scheiß Geländer. Wie oft hatte er so etwas schon gesehen.

Schnell prägte er sich den Weg ein, während er mit gesenktem Kopf und den Händen in den Taschen die Straße entlanglief wie ein Mann auf dem Heimweg. Die untere Strebe mit dem dekorativen Fries eignete sich gut, um den Fuß aufzusetzen. Eine Metallhalterung mit dem Hinweis auf die Öffnungszeiten konnte sich als große Hilfe erweisen. Das Geländer schloss mit einem weiteren dekorativen Fries ab. Der Trick bestand darin, mit einem Minimum an Aufwand reibungslos hinüberzukommen. Er schaute nicht einmal über die Schulter, als er mit fließenden Bewegungen loslegte: den rechten Fuß auf die untere Strebe, rechte Hand an die Klammer, den linken Fuß hinauf zur Klammer, rechte Hand an die obere Strebe. Dann kam ein prekärer Moment mit beiden Füßen auf der oberen Halterung, ehe er in der Lage war, einen Fuß hinüberzuschwingen. Er ließ sich auf das Grundstück fallen und begann zu laufen.

Innerhalb des Parks war es dunkler. Die übliche Euphorie überkam ihn. Er war ein Jäger, und bei Nacht besser. Schon immer hatte er verschlossene und verlassene Grundstücke geliebt: die leeren Pfade, die dunklen, stillen Teiche. Der Holzzaun war leicht zu überwinden, dann ging es durch den kleinen Privatgarten. Die Lichter waren aus. Das Messer steckte hinten in seinem Gürtel. Er hatte Skyes Nylon-Haarbürste mitgenommen und ein paar Schlagschlüssel in seine Innentasche gesteckt. Die Hintertür zum Garten hatte ein einziges Sicherheitsschloss. Er schob einen Schlüssel hinein und versetzte ihm einen leichten Schlag mit der Haarbürste. Beim ersten Mal klappte es nicht, aber beim zweiten

Mal saßen Schlag und Rotation genau richtig. Er spürte, wie sich die Stifte im Schloss bewegten, und stieß die Tür auf.

Er betrat das Wohnzimmer, atmete die Stille der Wohnung ein und versuchte zu erfühlen, ob jemand anwesend war. Weiter ging es in den Flur. Es gab nur ein Schlafzimmer, die Tür war nur angelehnt. Er spähte hinein. Das Doppelbett war nicht gemacht und leer. Weiße Laken. Ein verblüffendes Detail: ein Teddy. Wer hätte das von ihr gedacht? Es war ein altes Stofftier mit hartem grauem Fell. Ein Auge fehlte. Jedenfalls hatte er das nicht erwartet. Er hob das Plüschtier auf. Auf der linken Seite des Flurs befand sich das Badezimmer. Das gefiel ihm: die Intimität der Wohnung, die er für sich beanspruchte. Er war noch nie einer von denen gewesen, die zitterten und fürchteten, sich in die Hose zu machen, die Scheiße bauten, sich an Glas schnitten oder vergaßen, Handschuhe zu tragen. Bei Nacht in einem Haus, das nicht seines war, fühlte er sich immer ganz in seinem Element. Am liebsten hätte er es in Besitz genommen, erforscht und alles durchwühlt, aber das wäre die Arbeit eines Amateurs gewesen. Im Übrigen hätte er später genügend Zeit, alles in Augenschein zu nehmen.

Immer noch mit dem Teddy im Arm, öffnete er das Schloss an der Eingangstür und blickte kurz auf die Straße hinaus. Lizzies Auto parkte dort, dunkel und leblos. Er lehnte die Tür an und blockierte sie mit einigen der Schuhe, die im Flur herumlagen. Er schlich durch die Wohnung, warf den Teddy in den Abfalleimer in der Küche und drückte ihn ganz nach unten. Er wusch sich die Hände und trocknete sie mit ihrem Geschirrtuch ab. Dann ging er wieder zurück in den Garten. Er spürte, wie die Zeit verging. Bald würden die Leute aufwachen. Lichter würden angehen. Türen würden geöffnet. Minuten später war er wieder bei seinem Wagen und hob Skye auf den Beifahrersitz. Sie war eingeschlafen und rieb sich die Augen.

»Entschuldige, dass ich das tun musste, Schatz, aber ich darf kein Risiko eingehen. Du verstehst das, nicht wahr, Süße? In einer Minute haben wir es hübsch und gemütlich. Wenn du willst, darf Candy bei dir schlafen.«

13

DONNERSTAG, 17. JULI 2014

Sarah ließ heißes Wasser über ihren Kopf laufen. Es war fast drei gewesen, als sie nach Hause kam. Sie hätte im Büro übernachten können, wollte aber die Gelegenheit wahrnehmen, in ihrem eigenen Bett zu schlafen. Sie würde Daisy noch tagelang nicht zu Gesicht bekommen. Die Hündin dachte wahrscheinlich, Mrs Edwards sei ihre Besitzerin. Sarah erledigte das Notwendige – Zähneputzen, Make-up auftragen, schnell einen Kaffee trinken – und war innerhalb von zwanzig Minuten gegen halb acht wieder auf dem Weg in Richtung Hendon.

Im Büro wimmelte es von Detectives. Alle waren beschäftigt, prüften Hinweise und koordinierten die Suche nach Skye. Wenn die Leute überhaupt miteinander sprachen, dann nur leise. Die meisten waren gut angezogen – vor allem die Kommissare, das öffentliche Gesicht der Met –, aber auch eine kleinere Anzahl Back-Office-Leute und verdeckte Ermittler in Jeans war anwesend. Lee wollte an diesem Tag offenbar zu Letzteren gehören. Statt eines Anzugs trug er ein verblichenes *Los-Pollos-Hermanos*-T-Shirt, Jeans und ein Schulterholster.

»Auf dem Heimweg?«, fragte sie.

»Nein, ich bin gerade angekommen.«

»Haben Sie und Steve Marley befragt?«

»Ja. Steve ist verdammt gut!«

»Das ist er.« Sarah betrachtete Lee und tat, als ob sie vor ihm zurückschreckte. »Heute nicht ganz das richtige Outfit, oder?«

Er grinste. »Stimmt. Dachte, es ginge um eine Durchsuchung! Glauben Sie, es macht dem Chef etwas aus?«

»Ich denke, das geht in Ordnung.« Sie lächelte. »Und? Hat Marley etwas von sich gegeben?«

»Nichts. Wir bekamen eine vorbereitete Aussage – Brannon sei bei ihr zu Hause gewesen, aber sie hätte keine Ahnung gehabt, dass er von der Polizei gesucht wurde. Danach hieß es nur noch: Kein Kommentar. Sie hat absolut nichts gesagt, nicht einmal inoffiziell. Der Chef hat sie auf freien Fuß gesetzt, lässt sie aber überwachen. Das Telefon hat er ihr zurückgegeben – er hofft, dass Brannon sie anruft.«

Eine peinliche Pause entstand. Bei allen Bemühungen um Freundlichkeit hatten sie das Ende ihrer Arbeitsmitteilungen erreicht. Plötzlich fragte Lee: »Haben Sie Lust auf Frühstück?«

Sein Angebot brachte Sarah zum Lächeln. Wahrscheinlich hatte er irgendwo einen Lieblingsimbiss, wo seine Kumpel verkehrten, und sie war vermutlich die letzte Person, die er dorthin mitnehmen wollte. Es war nett von ihm, sie einzuladen, und sie erkannte darin etwas von dem, was Fedden so sehr an ihm mochte. Lee mochte vielleicht etwas großspurig sein, aber er schloss niemanden aus.

»Vielen Dank, aber ich kann nicht. Ich bin gerade erst gekommen und muss mich erst einmal auf den neuesten Stand bringen.«

Sie ging den Korridor entlang und wünschte, sie hätte die Sache mit Marley letzte Nacht besser gemacht. Andererseits – wenn auch Steve nichts aus ihr herausbekommen hatte … Die Tür zu Feddens Büro war geschlossen, doch durch die Glasscheibe konnte sie sehen, dass er gerade mit Steve sprach. Sie klopfte und Fedden nickte.

Als sie die Tür öffnete, sagte er: »Ich bin im Augenblick beschäftigt, Sarah, aber kommen Sie in einer halben Stunde. Ich klingele kurz an, wenn ich so weit bin. Die Identifizierung der Leiche soll in zwei Stunden stattfinden – können Sie das beaufsichtigen?«

»Selbstverständlich.«

Sie ging die paar Schritte zurück zu ihrem Büro. Brannon hatte mit dem Young-Clan zu tun. Steve beschäftigte sich unter anderem mit Informanten und versuchte wahrscheinlich, die Leute dazu zu bringen, mit der Polizei zu sprechen. Gespräche über diese dunkle Kunst fanden immer nach dem *Need-to-know*-Prinzip statt.

Auf ihrem Schreibtisch stapelten sich Berichte, ihr Posteingang war voller Updates. Ein Teil des Teams war über Nacht geblieben und hatte an dem Mordfall gearbeitet. Es gab bereits einen Namen dafür: Woodhall. Gut, dass sie diese Kaffeemaschine gekauft hatte.

Eine E-Mail von Elaine, die sie hastig überflog, enthielt Neuigkeiten zur Operation Egremont. Sie hatte von der Schule Stephensons frühere Adresse bekommen und den Vermieter über das Grundbuch herausgefunden – ein ordentliches Stück Arbeit. Der Vermieter erinnerte sich noch sehr gut an Stephenson, denn er war offenbar ein außergewöhnlich unangenehmer Mieter gewesen. Er beschwerte sich ständig, war niemals zufrieden und verlangte immer irgendetwas – neue Fenster, eine bessere Küche, einen für sein Auto reservierten Platz auf der Straße – was auch immer. Eine Sache hatte das Fass wohl zum Überlaufen gebracht: Nachdem Stephenson ausgezogen war, entdeckte der Vermieter, dass er, ohne um Erlaubnis zu bitten, den Teppich in der gesamten Wohnung entfernt und die Dielen abgeschliffen hatte. Zu allem Überfluss war es ein teurer Teppich gewesen – Axminster, blassgrün mit Blumenmuster. Der Vermieter hatte die Kosten von der Kaution abgezogen. Stephenson war nicht erfreut gewesen, aber er konnte nichts dagegen unternehmen. Elaine hatte sich nicht weiter dazu geäußert, doch die Andeutung, dass diese Geschichte vielleicht interessant sein könnte, war unverkennbar, und Sarah stimmte ihr zu. Trotzdem war sie für sich allein besehen nichts wert, dachte sie und schickte Elaine eine kurze Dankes-Mail.

Doch jetzt ging es zunächst einmal nicht um die Operation Egremont. Sie stürzte ihren Kaffee hinunter und wandte ihre Aufmerksamkeit Brannon zu.

Die ersten Ergebnisse der Überwachungskameras waren inzwischen da, und Sarah schaute sie durch. Standbilder aus Brannons Wohnanlage zeigten ihn, wie er nach dem Mord mit Skye und dem Hund das Haus verließ. Brannon war im Profil zu sehen: ein eher kleiner Mann mit einem runden, rasierten Kopf, der dunkle Converse-High-Tops, dunkle Jeans und eine khakifarbene Militärjacke trug. Auf dem Rücken hatte er einen kleinen Seesack, von der Schulter baumelte eine weiche braune Umhängetasche. Skye ging auf seiner linken Seite, ihre Hand fest in seiner: blondes, zu zwei Zöpfen geflochtenes Haar, elfenbeinfarbene Steppjacke mit Pelzkapuze, grüne Caprihose, Glitzerschuhe. Der Hund humpelte mit seinem blauen Gips am rechten Vorderlauf neben ihnen her. Brannon hielt die Leine in der rechten Hand.

Die Bilder waren großartig – die Kleidung unverwechselbar, das Gespann aus Mann, Kind und Hund wirklich auffällig. Leider aber nicht von Dauer. Brannon würde sich vielleicht nicht mehr zusammen mit einem von ihnen in der Öffentlichkeit blicken lassen. Ohne Skye oder den Hund aber wäre er längst nicht mehr so leicht erkennbar. Vermutlich würde er bei nächster Gelegenheit die Kleidung ändern oder andere Taschen benutzen. Dennoch könnte man sein Gesicht bald überall sehen, und irgendwem würde er sicher über den Weg laufen.

Sarah studierte gerade die Downloads von Georginas Telefon, als ihr eigenes Handy nur ein einziges Mal klingelte. Sofort machte sie sich auf den Weg zu Feddens Büro.

Mit nach vorn geneigtem Kopf, gelockerter Krawatte und der Brille auf der Nase konzentrierte sich der Chef auf irgendwelche

Papiere. Auf seinem Schreibtisch stapelten sich Papierservietten, überall auf dem Boden lagen zusammengeknüllte Exemplare davon herum.

»Ja, kommen Sie rein, und machen Sie die Tür zu.«

Er nahm die Brille ab, legte sie auf den Schreibtisch, wischte sich die Stirn mit einer der Papierservietten ab, knüllte sie zusammen und warf sie auf den Boden. Mit verzweifeltem Blick sah er Sarah an.

»Heute Morgen hat Inspector Kieran Shaw bei mir angerufen. Er war nicht gerade begeistert darüber, dass Sie Beamte zu Georginas Mutter geschickt haben, ohne zuvor eine angemessene Risikobewertung durchzuführen. Er sagte, Sie hätten die Kollegen in Gefahr gebracht.«

Nach einer kurzen Pause fragte Sarah: »Darf ich mich setzen?«

Fedden fuhr sich mit der Hand über das Gesicht – unverkennbar eine von Müdigkeit und Ärger geprägte Geste. Sarah fragte sich, wie viel er in der Nacht geschlafen hatte.

»Natürlich dürfen Sie. Warum fragen Sie? Wir sind hier nicht in der Schule!«

Sarah setzte sich. Jetzt war definitiv nicht der richtige Moment, ihm zu erklären, warum Shaw so scharf darauf war, sich über sie zu beschweren. Trotzdem hielt sich vor ihren Augen das Bild, wie sie in ihrem Auto vor seinem Haus in Sussex gewartet hatte, um die Hausdurchsuchung bei ihm durchzuführen. Seine Frau hatte sich drinnen bewegt, irgendwann kurz aus dem Fenster geschaut und sie gesehen. Die Frau war gertenschlank, mit langen dunklen Haaren. Als Shaw in seinem Land Rover nach Hause kam, war die Tochter mit nackten Füßen hinausgelaufen, um ihn zu begrüßen. Er hatte sie in die Arme genommen und wieder ins Haus gebracht. Ein idyllischer kleiner Schnappschuss – lediglich nur beeinträchtigt durch die Tatsache, dass Shaw mit Lizzie Griffiths schlief. Ein paar Minuten später war Shaw herausgekommen und hatte über die Sinnlosigkeit des Durchsuchungsbefehls gespottet. *Wenn ich wirklich etwas gehabt hätte, wäre es längst fort.* Er hatte ihr eine Tasse Kaffee mitgebracht und ihr gesagt, sie solle die leere Tasse neben dem Auto stehenlassen. Aber hinter seinem Spott verbarg sich echte Wut. Natürlich hatte er etwas dagegen, dass sie sein Haus durchsuchte, die Ermittlung auf seine Familie ausdehnte und vielleicht seine Ehe riskierte, falls seine Beziehung zu Lizzie Griffiths dabei ans Tageslicht kam. Vermutlich genoss er jetzt die Möglichkeit, den Spieß herumzudrehen. Sie durfte seine Feindschaft nicht unterschätzen. Sie erinnerte sich noch sehr gut, wie er sie bei jeder Frage in die Schranken gewiesen hatte.

»Ich will nur das Allerwichtigste«, sagte Fedden. »Warum haben Sie die Bezirksbeamten beauftragt, die nächsten Verwandten zu informieren, und es nicht unseren Leuten überlassen?«

»Es ging darum, eine rasche Entscheidung zu treffen. Wegen des vermissten Kindes und des leicht zugänglichen Tatorts dachte ich, dass die Ermittlungen wahrscheinlich sehr schnell ein gefundenes Fressen für die Social Media und die Londoner Presse wären. Ich wollte nicht, dass die Verwandten es auf diese Weise erfuhren, ehe wir mit ihnen sprechen konnten. Daher habe ich beschlossen, die Bezirksbeamten anzufordern, um die Todesnachricht zu überbringen.«

Fedden nickte, sah aber immer noch ärgerlich aus. »Okay, das klingt vernünftig.«

»Danke.« Es war noch nicht vorbei, das wusste sie. Sie fuhr fort und stellte alles sehr präzise dar. »Ich habe sowohl das Bezirksrevier als auch die Informationsabteilung beauftragt, eine Risikobewertung zur betreffenden Adresse und deren Bewohnern durchzuführen. Das alles steht in meinem Entscheidungsprotokoll; darüber hinaus gibt es eine Aufzeichnung des Funkverkehrs, die den Sachverhalt bestätigen dürfte. Ich schicke Ihnen die entsprechenden Daten.«

Er wehrte mit den Händen ab, als ob sie zu viel Aufhebens um eine Nichtigkeit machen würde. »Nicht nötig.« Sie ging jedoch nicht darauf ein. Den Nachweis, dass Shaws Beschwerde jeder Grundlage entbehrte, würde sie bis ins Detail liefern.

»Es macht nicht die geringste Mühe. Die Daten stehen in meinen Notizen. Ich habe sie letzte Nacht noch überprüft, bevor ich nach Hause ging. Dabei hat sich übrigens herausgestellt, dass die einstweilige Verfügung gegen Brannon samt dem Verbot, die Wohnung zu betreten, nicht in die landesweiten Dateien der Polizei eingetragen war. Das Risiko war den Kollegen daher leider nicht bekannt, aber das liegt nicht an mir.«

Der DCI klopfte ein paarmal mit seinem Stift auf den Schreibtisch. »Okay, gut. Damit sind wir raus aus der Scheiße.« Doch sein Lächeln erreichte seine Augen nicht. »Es gibt ohnehin keine förmliche Beschwerde.« Nach wie vor sah er nicht zufrieden aus. Er legte seine Hände flach auf den Schreibtisch. »Noch etwas, bevor wir zur Tagesordnung übergehen. Es tut mir leid, das jetzt aufs Tapet zu bringen, aber letzte Nacht gab es keine Gelegenheit.«

Sarah spürte, wie sich ihr Gesicht unwillkürlich anspannte. »Okay.«

»Warum waren Sie gestern zu Beginn Ihrer Bereitschaft nicht im Büro?«

Sie dachte einen Augenblick nach, ehe sie antwortete. Vermutlich war es das Beste, keinen Rückzieher zu machen.

»Ich hatte eine Spur bei der Operation Egremont. Leider dauerte die Recherche länger, als ich dachte. Danach bin ich direkt zum Tatort gefahren und war nicht später dort als die anderen.«

Fedden hob das Kinn und betrachtete sekundenlang die Decke. Mit seinem dicken, verschwitzten Körper, seinen gespreizten Beinen und seinen kleinen Händen, die flach auf dem Schreibtisch lagen, sah er fast aus wie ein kluger Frosch. Ein kluger, aber schlecht gelaunter Frosch.

»Sarah …«

»Es wird nicht wieder vorkommen.«

Er lächelte. Offensichtlich kämpfte er darum, seine miese Stimmung zu beherrschen.

»Vielleicht erreichen wir bei der Operation Egremont etwas. Ich freue mich, dass Sie sich darum kümmern. Man munkelt, dass, wenn einer den Durchbruch schafft, dann Sie.«

Nun wurde auch Sarah ungeduldig. Sie hatte ebenfalls nicht viel geschlafen, und sie war auch nicht mehr in der Grundschule. Es war Zeit, dass die Standpauke endlich endete. »Danke.«

»Sie sind wie ich. Sie wollen Ergebnisse sehen.«

Wie ich. Als Kompliment war der Satz recht aufschlussreich. Obwohl sie keinesfalls so war wie er, das wussten sie beide.

»Trotzdem ist mir sehr wichtig, dass Sie nie vergessen, was ich über mich selbst gesagt habe: Ich bin der Kapitän dieses Schiffes.«

Sie bemühte sich um ein Lächeln und eine beschwichtigende Geste, aber sie vermutete, dass ihre Körpersprache ebenso wenig überzeugend war wie seine. »Schon gut, ich habe es kapiert. Ich habe mich falsch verhalten, aber es wird nicht wieder vorkommen.«

»Danke. Ich hätte nicht gedacht, dass ich darauf hinweisen müsste.« Er nickte ohne Wärme. Sie erinnerte sich an die vergangene Nacht – sie hatten gut zusammengearbeitet. An diesem Morgen schien es allerdings so, als könne er sich nicht entscheiden, ob sie ihm passte oder nicht. »Gut. Okay. Jetzt also: Operation Woodhall. Nach der Identifizierung von Georginas Leiche treffen wir uns – ich will alle im Büro sehen, um die Infos zu teilen. Können Sie sofort zurückkommen?«

»Natürlich.« Sie stand auf. »Wer ist für den Opferschutz bei Julie zuständig?«

»Verdammt, ich wusste doch, dass da noch etwas anderes war, das ich Ihnen sagen musste.«

14

Augen, Lippen, Hände – es war so wie immer, und doch … tat es ihr weh, wenn sie sich bewegte. Ein steifer Hals. Schmerzen in ihrem Unterarm, wo das Messer sie verletzt hatte. Auch in ihrer Schulter. Sie mussten sich vorsichtig bewegen, und in dieser Behutsamkeit entdeckte sie etwas anderes. Sie spürte seine Haut, seinen Geschmack. Es war ihr fast peinlich, so lebendig auf ihn zu reagieren und den Augenblick zu genießen, als er in sie eindrang. Dann war es plötzlich, als würde er vom Liebesakt überwältigt, und nach einem heftigen Ansturm war es schon vorbei. Er küsste sie, lächelte und sagte: »Entschuldige.« Seine Sorge um sie tat ihr fast leid, und ängstlich fragte sie sich, wohin das führen sollte. Sanft glitt seine Hand nach unten, um sie zu streicheln.

Als sie erwachte, hörte sie die Dusche. Steif lehnte sie sich über den Nachttisch und nahm zwei der Schmerztabletten, die man ihr verschrieben hatte.

Kieran kam ins Schlafzimmer und begann sich anzuziehen.

»Ich hoffe, du legst offiziell Beschwerde gegen diese Collins ein.« Er kramte in einer Schublade herum.

»Ich weiß nicht recht.«

Er zog seine Jeans hoch. »Wie – du weißt es nicht? Die Situation hat sich jetzt umgekehrt.«

Sie zog die Bettdecke um ihre Schultern. »Lass mich mit diesem Zeug in Ruhe.«

Er schloss den Gürtel seiner Jeans. »Gut, belassen wir es für den Moment dabei.« Er kam zu ihr und küsste sie auf die Wange. »Du kannst heute hierbleiben, wenn du willst.«

»Nein, ich gehe zur Arbeit.«

»Spinnst du?«

»Lass mich in Frieden, Kieran.«

Sie rollte sich von ihm weg, zog sich die Bettdecke über den Kopf, schloss die Augen und döste wieder ein, bis Geräusche aus der Küche sie weckten. Es duftete köstlich nach Kaffee und Toast mit gebratenem Speck. Kieran steckte den Kopf ins Zimmer.

»Wenn du magst: Es gibt Frühstück. Du hast es übrigens in die Londoner Zeitungen geschafft. Die Met hat deinen Namen zwar nicht genannt, aber du solltest für alle Fälle deine Mutter anrufen.«

Lizzie streckte sich aus und dachte an Georgina. Es fiel ihr schwer zu glauben, dass sie tot war. Sie sah sie wieder vor sich, wie sie mit ihrer kleinen Familie das Gerichtsgebäude verließ. Brannon hatte die kleine Skye auf dem Arm und drückte sie fest. Lizzie könne sie nicht verstehen, hatte Georgina gesagt. Sie wisse nicht, wie liebevoll Mark sein könne. *Er ist nur so, wenn er betrunken ist.* Dort, im Foyer des Gerichts, hatte Lizzie diesen liebevollen Brannon gesehen. Er hatte seine kleine Tochter auf den Boden gestellt und sie angestupst. Skye hatte protestiert und sich vor Vergnügen unter den Neckereien ihres Vaters gewunden. »Dad!« Aber Georgina schien, zumindest in ihrer Erinnerung, nicht so glücklich zu sein. Sie war Lizzies Blick ausgewichen.

Kieran rief ihr etwas zu. Sie verstand nur die zweite Hälfte.

»… Bluse für dich bügeln?«

Lizzie griff nach ihrem zerbrochenen iPhone, das neben dem Bett lag. Der Bildschirm war zersprungen, als sie es auf die Straße hatte fallen lassen. Sie zog ein T-Shirt und einen Slip an und tapste barfuß in die kleine Küchenecke. Auf dem Tisch warteten eine Tasse Kaffee und Toast auf sie. Kieran wandte ihr den Rücken zu und häufte Rührei auf Teller.

»Möchtest du, dass ich dir eine Bluse bügele – falls du wirklich zur Arbeit willst?«

Lizzie warf einen Blick auf ihre Tasche auf dem Sofa. Kieran hatte sie auf dem Rückweg vom Krankenhaus aus dem Büro mitgenommen. Drinnen befanden sich ein paar Blusen, einige Hosen und Unterwäsche zum Wechseln. Und ihr Make-up. Sie erkannte, dass es schon fast zur Routine geworden war.

»Wenn es dir nichts ausmacht.«

»Nicht das Bügeln macht mir etwas aus.«

Lizzie setzte sich an den Tisch und biss in eine Scheibe Toast. Kieran setzte ihr einen Teller mit Rührei und großen saftigen Pilzen vor. Er setzte sich ihr gegenüber. Auf seinem eigenen Teller lagen Speck, Pilze, Tomaten und Eier.

»Du bist verrückt, wenn du hingehst. Du bist nicht fit genug zum Arbeiten.«

Lizzie legte einen Pilz auf ihren Toast. »Das ist köstlich. Danke.«

»Was um alles in der Welt hast du dir letzte Nacht gedacht? Du bist zu erfahren, um ein solches Risiko einzugehen.«

Sie trank einen Schluck Kaffee und verdrehte die Augen. »Hm, köstlich.«

»Ernsthaft. Du spinnst doch, Lizzie.«

Sie zuckte mit den Achseln. Er ließ nicht locker. »Ich möchte wissen, was du dir dabei gedacht hast. Einem Wahnsinnigen mit einem Messer nachzulaufen!«

Lizzie konsultierte ihr Telefon. Sie hatte eine Nachricht von Ash.

Guten Morgen, du Verrückte. Bist du fit für die Arbeit? Ich nehme an, die Antwort lautet Nein. Schreib mir einfach.

Sie antwortete: *Bin in etwa einer Stunde da.*

Kieran sagte: »Ich bin viel zu alt, um darauf warten zu müssen, dass du fertig telefoniert hast.«

Das Handy summte erneut, aber Lizzie legte es fort.

Kieran sah sie an: »Nun?«

Leicht verärgert erwiderte sie seinen Blick. »Ich dachte nicht, dass es gefährlich wäre.«

Kieran lachte ungläubig auf. »Ach, wirklich?«

»Die Mutter des Opfers war da. Ich konnte ihn nicht einfach laufenlassen.«

»Warum nicht? Sie kommen immer wieder.«

Sie erinnerte sich an Brannons Klopfen an der Tür und den Blick in Julies Augen.

Kieran löffelte Ei auf seinen Toast, biss ab und fragte mit vollem Mund: »Ging es um das Kind?« Er kniff die Augen zusammen, als stelle er ihren Geisteszustand infrage. »Es war nicht nötig, dieses Risiko einzugehen – nicht einmal für ein Kind. Du siehst ja, was dabei herausgekommen ist. Dein Vorgehen hat keinen Unterschied gemacht.«

Sie würde sich nicht weichkochen lassen, ganz gleich, was er sagte. Die Schmerzmittel wirkten, und sie fühlte sich ein wenig besser. Sie würde sich von dieser Sache nicht einholen lassen.

Erneut warf sie einen Blick auf ihr Telefon. Wieder Ash.

Wenn du kommst, dann bist du a) verrückt und b) King Kong will dich sehen – brezel dich also ein bisschen auf.

Lizzie lächelte und schrieb zurück: *J*

»Lizzie, bekomme ich vielleicht eine Antwort?«

Kieran blieb beharrlich. Sie blaffte ihn an.

»Mensch, Kieran, kannst du mich nicht einfach in Ruhe lassen?«

Sie legte ihr Telefon ab und stützte ihre Stirn für einen Augenblick in die Hände, ehe sie sich wieder ihrem Frühstück widmete. Das Telefon summte. Ash hatte geantwortet. Sie las:

Ich mag dich auch.

Sie tippte ein X, legte das Telefon beiseite und aß weiter.

Kieran ließ sein Besteck sinken.

»Es tut mir leid. Der Anruf gestern Abend mit der Nachricht, dass du verletzt worden bist, war einfach nur schrecklich.«

Sie pickte einen weiteren Pilz vom Teller und steckte ihn in den Mund. Kieran ließ nicht locker.

»Was du getan hast, war völlig verrückt. Du musst mir versprechen, dass du so etwas nie wieder tust.«

Als sie nicht antwortete, sagte er: »Hat es mit Hadley zu tun?«

Sie schüttelte den Kopf und schwenkte ihren Kaffee.

»Versprich mir, dass du nicht versuchen wolltest, vergangene Fehler wiedergutzumachen. Das beunruhigt mich nämlich am meisten.«

Sie antwortete nicht.

»Du weißt, dass das nicht nötig ist. Du hast keine Fehler gemacht. Diese Todesstürze waren nicht deine Schuld.«

Sie schob ihren Teller weg. »Damit hat es nichts zu tun, okay?«

Sie begann den Tisch abzuräumen und das Geschirr in die Spülmaschine zu stellen. Er stand auf, trat hinter sie und umarmte sie. Als er ihren Hals küsste, schüttelte sie ihn ab und fuhr fort, den Tisch abzuräumen.

Er sagte: »Lass es gut sein. Ich mache das.«

Sie wandte sich zum Badezimmer, hielt kurz inne und sagte leichthin: »Ich spiele eben einfach gern Fangen, das habe ich schon immer. Mehr war nicht dabei.«

Lizzie hatte es geschafft, ihren schmerzenden Arm in der von Kieran gebügelten Bluse unterzubringen. Ihr Kampf mit Brannon hatte sich offenbar wie ein Lauffeuer verbreitet, denn als sie das Büro betrat, applaudierten die Kollegen und lachten ihr zu. Als sie sich Ash gegenübersetzen wollte, schüttelte er den Kopf.

»Du brauchst dich gar nicht erst einzuloggen. Geh gleich weiter. King Kong wartet im dritten Stock.«

Sie lächelte. »Danke.«

»Bei mir brauchst du dich nicht zu bedanken. Ich bin stinksauer. Wem zum Teufel soll ich heute die Verhörberichte geben?«

Sie öffnete die untere Schublade ihres Schreibtischs und holte ein Paar Pumps heraus.

Ash lächelte. »Schön, dass du meinen Rat befolgst und dich sexy zurechtmachst.«

Skeptisch hob Lizzie die Schuhe hoch. »Sexy?« Sie schlüpfte hinein. »Ich müsste noch kurz telefonieren. Glaubst du, ich kann das Büro der Chefin benutzen?«

»Lieber nicht. Sie ist hier. Am Ende stellt sie dich noch zur Rede.«

Er deutete auf einen großen Abstellraum am Ende des Büros. »Den da finde ich ganz nützlich. Wenn du durch die Mäntel und die Rückwand gehst, müsstest du ungestört sein.«

Der Abstellraum war voller Aktenschränke und Plastikkisten, die mit Asservatenbeuteln und abgelegten Polizeiwesten gefüllt waren. Auch ein Klappfahrrad und aus unerfindlichem Grund ein Kindersitz standen da.

Lizzie rief ihre Schwester Natalie an.

»Hi, Natty, hier ist Lizzie. Wie geht es den Kindern?«

Natalie berichtete das Übliche. Seb war von einer Schaukel gefallen. Ihr Mann arbeitete zu viel. Sie hatten günstige Flüge nach Barcelona bekommen und eine fantastische Villa mit eigenem Pool auf einem Hügel gefunden. Dank Last Minute nicht einmal allzu teuer. Lizzie schaute auf die Uhr und gestattete ihrer Schwester fünf Minuten ohne Unterbrechung.

»Ja, äh … Natty. Ich habe mich bei dir gemeldet, weil ich dich bitten wollte, Mum für mich anzurufen. Gestern Abend gab es einen kleinen Zwischenfall, und ich möchte nicht, dass sie es aus der Zeitung erfährt. Ich halte es für das Beste, wenn du zuerst mit ihr sprichst. Es ist wirklich nichts Schlimmes.«

Das große Büro des Bezirkskommandeurs Detective Chief Superintendent Trask befand sich auf der obersten Etage. Hier oben herrschte angenehme Ruhe, und die Teppiche waren sauber. Das Büro seines Assistenten befand sich gleich nebenan, und es gab einen kleinen Wartebereich mit Bildern an der Wand: eine handgemalte hebräische Inschrift aus einer Synagoge in der Nähe, ein Foto von einigen Officers vor einer Hüpfburg, ein Ortsschild unbestimmbarer Herkunft. Die Tür des Commanders ging auf und er rief sie sofort herein.

»Treten Sie näher, Lizzie, kommen Sie herein.«

»Sir.«

Als sie eintrat, stand er auf, und Lizzie begriff, warum Ash ihn King Kong genannt hatte. Er war in der Tat ein Gorilla – ungefähr eins fünfundneunzig groß mit breiter Brust und langen Armen. Sogar jetzt noch, kurz vor dem Ruhestand, wäre er in einem Kampf immer noch ein erschreckender Gegner. Er trug einen ausgeleierten Anzug mit breiten Nadelstreifen.

Hinter ihm an der Wand hing ein Bild von seiner Familie: ein hochgewachsener Sohn und eine Tochter, beide in akademischem Talar. Ein Glasschrank enthielt Erinnerungsstücke von ausländischen Polizeikräften, gerahmte Belobigungen, Zeitungsartikel und Fotos der verschiedenen Teams, mit denen er gearbeitet hatte. Auf dem Schreibtisch standen ein Polizeifunkgerät und ein Becher mit dem Logo des Überfallkommandos.

»Nehmen Sie Platz.«

»Danke.«

»Schauen Sie nicht so nervös drein. Ich beiße nicht.«

Er setzte sich ebenfalls und legte seine großen Hände flach auf den Schreibtisch. Trask blickte Lizzie an und vermittelte ihr sofort einen Eindruck seiner beruflichen Persönlichkeit: viel ordentlicher Dienst, viele schwierige Aufträge, ein Saubermann, der keine zwielichtigen Dinge tat. *Du willst für mich arbeiten.*

»Fragen Sie sich, warum ich Sie habe rufen lassen?«

Sie wich der Frage aus. »Sir?«

»Brannon.«

»Ja, Sir.«

»Glauben Sie, Sie haben ihn verletzt?«

»Gut möglich. Ich habe ihn ziemlich hart getroffen.«

Nach kurzer Pause lächelte Trask so breit, dass es fast nach einem Lachen aussah. »Dann haben Sie es verdammt gut gemacht.«

Lizzie verzog das Gesicht.

»Danke, Sir.«

Wieder entstand eine Pause. Der Bezirkskommandeur neigte den Kopf leicht nach links, was seinem Aussehen eines harten Kerls widersprach. Offenbar war er auch ein kluger Gorilla.

»Verstehen Sie, was ich mit ›gut gemacht‹ meine?«

»Ich denke schon, Sir.«

»Ich finde es gut, dass Sie versucht haben, dafür zu sorgen, dass Brannon rechtmäßig festgenommen wird, und ich finde es gut, dass Sie sich selbst effektiv und angemessen verteidigt haben.«

»Natürlich, Sir. Genau das habe ich verstanden.«

Er hörte sich ihre Antwort mit dem Anflug eines Lächelns an, das sich schnell zu einem Grinsen verbreiterte, das er eindeutig nicht unterdrücken konnte. »Und wenn Sie ihm obendrein noch das Handgelenk gebrochen hätten, wäre das geradezu ein Bonus.«

Gegen ihren Willen musste Lizzie lachen. Er lachte ebenfalls.

»In den guten alten Zeiten«, begann er, lehnte sich zurück und breitete die Arme aus, »hätte ich Ihnen einen Drink angeboten. Das ist jetzt natürlich nicht mehr möglich.«

Er stand auf und streckte ihr über den Schreibtisch die Hand entgegen. Sie war warm und beruhigend, und er legte die andere um ihre kleine Hand und hielt sie in seinem starken Griff fest.

»Sehr mutig, Lizzie.«

»Danke, Sir.«

»Alles in Ordnung? Ich meine die Wundnähte und das alles? Fit für die Arbeit?«

»Ja, Sir.«

Er nickte. »Prima. Von der alten Schule. Das gefällt mir.«

Sie zuckte mit den Achseln. »Damit kenne ich mich nicht aus.«

Beide setzten sich wieder.

»Okay«, sagte er, wobei es ihm nicht ganz gelang, seine körperliche Präsenz auf die eines »Mann-hinter-dem-Schreibtisch« zu reduzieren. »Wir müssen noch über den praktischen Kram sprechen. Ich habe mir Brannons Akte angesehen. Sie haben getan, was Sie konnten, das liegt auf der Hand. Bei häuslicher Gewalt und Mordfällen innerhalb der Familie findet grundsätzlich eine Überprüfung statt, aber ich sehe in Ihrem Verhalten nicht das geringste Problem. Auch ich gehöre der alten Schule an, und Sie können davon ausgehen, dass ich während der ganzen Geschichte ganz und gar hinter Ihnen stehe. Was gestern Abend angeht, so hat es sich eindeutig um Selbstverteidigung gehandelt. Allerdings weiß man heutzutage nie. Irgendein Depp von Rechtsverdreher könnte versuchen, Ihnen einen Strick daraus zu drehen. Falls Fragen aufkommen, wenden Sie sich an mich persönlich. Keine falsche Schüchternheit.«

Er kritzelte etwas auf ein Stück Papier. »Das ist meine Handynummer.«

»Danke.«

»Tag und Nacht.«

»Ja, Sir. Danke.«

»Das MIT-Team braucht Ihre Aussage für das Gerichtsverfahren, aber bis dahin dauert es noch.«

»Natürlich.« Sie stand auf.

»Nur noch eins.«

»Ja, Sir?«

Er wartete. Sie setzte sich wieder.

»Georgina Teels Mutter Julie ist Ihnen sehr dankbar. Sie sagt, sie kann Ihnen nach dem, was Sie getan haben, voll und ganz vertrauen, und möchte Ihnen nach Kräften helfen – Leichen identifizieren und solche Dinge. Der DCI drüben ist ganz scharf darauf, Sie mit ins Boot zu nehmen, aber ich bin mir nicht wirklich sicher. Ich möchte, dass Sie absolut ehrlich sind: Glauben Sie, dass Sie damit umgehen können? Es dürfte ein ziemlicher Druck sein. Die Identifizierung findet in etwa einer Stunde statt.«

15

Sarah legte die Papiere, in denen sie gelesen hatte, wieder auf den Schreibtisch. Vor ihrem Bürofenster nieselte es auf den Paradeplatz. Sie zog ihre Jacke über und lief die Treppe hinunter. Im Schutz des Gebäudes zündete sie sich eine Zigarette an, schlang die Arme um sich und beobachtete die neuen Rekruten, die tapfer im Regen marschierten. Sie würden zu den Letzten gehören, die diesen Boden betraten.

Die überdachten Gänge, die den Paradeplatz wie einen College-Campus umgaben, die kalte, schallende Turnhalle, in dem Sarah ihren Fitness-Test abgelegt und immer wieder das Anlegen von Handschellen geübt hatte, die verglaste Kantine, in der sich die Teams bei Einsätzen versammelten: In einem Jahr wäre das alles weg – abgerissen und ersetzt durch eine kompaktere Vision dessen, wie man als Polizei mit Londons acht Millionen Einwohnern umzugehen gedachte.

Der Regen ließ nach. Sarah drückte ihre Zigarette aus und begann, an der Seite des Sportgeländes entlangzuspazieren. Zu ihrer Rechten befanden sich die unbenutzte Eisbahn und die Sportplätze.

Vor der Identifizierung der Toten durch ihre Verwandten musste sie den Kopf freibekommen. Kaum zu glauben, dass man ausgerechnet Lizzie als Opferschutzbeamtin eingesetzt hatte.

Fedden hatte es ihr in seinem Büro erklärt.

»Ja, es handelt sich um die Bezirksbeamtin, die versucht hat, Brannon zu verhaften. Die Familie war sehr beeindruckt von ihr. Ich übrigens auch. Ihr Kommandeur fragt sie heute Morgen, ob sie für die Aufgabe bereit ist. Ich kann mir kaum vorstellen, dass sie nein sagt.« Er konsultierte seine Notizen. »PC Lizzie Griffiths. Sie ist noch kein Detective, sondern Trainee und hat gefühlt nur ungefähr fünf Minuten Dienst geschoben.«

Sarah hatte unwillkürlich die Augen geschlossen. Fedden sprach weiter.

»Sie war wirklich sehr mutig, ausgesprochen mutig. Die Mum war äußerst beeindruckt …«

Sarah unterbrach ihn. »Jim.«

Er runzelte die Stirn. »Ja?«

»Lizzie Griffiths ist die Beamtin, gegen die ich ermittelt habe. Die Todesstürze am Portland Tower.«

»Verdammt.«

Er hielt inne, rieb Zeigefinger und Daumen gegeneinander und dachte nach.

»Nun, eigentlich sehe ich da kein Problem, denn sie wurde von jeglichem Fehlverhalten freigesprochen. Es sollte keine Schwierigkeiten geben, solange Sie beide sich professionell verhalten.«

Sich professionell verhalten. Hatte sie da den Vorwurf herausgehört, dass sie es vielleicht nicht tat? Oder war das nur ihre Paranoia? In letzter Zeit war sie nur selten in der Lage, das eine vom anderen zu unterscheiden. Natürlich wollte Fedden das Problem nicht vertiefen und wegen Kieran Shaws Beschwerde auf keinen Fall eins und eins zusammenzählen. Immerhin hatte er Wichtigeres zu tun. Und sie selbst schien nicht fähig zu sein, ihm klarzumachen, dass – abgesehen von allem anderen – es ihr persönlich schwerfiel, mit Lizzie Griffiths zu arbeiten. Sie fürchtete, dabei Schwäche zu zeigen, und brachte ihren Einwand nicht über die Lippen. Bisher hatte sie nicht einmal angefangen, sich gegenüber Detective Chief Inspector Fedden zu beweisen.

Die grauen Studentenwohnheime vor ihr ragten in einen düsteren Himmel. Sie erinnerte sich an das schmale Bett, die dünne Matratze und das Fenster mit Blick auf die Stadtbahn. Bald würden auch diese Blöcke verschwinden. Man würde sie in einer Wolke aus Staub und Ziegelsteinen sprengen. Sie stellte sich die geplanten neuen Wohnheime vor wie die Zeichnungen der Architekten: kleine Bäume und glückliche Figürchen, die in Atrien standen. Es waren Pläne, die austauschbar in jede moderne Stadt passten. Die Met verkleinerte sich, glich sich an, verkaufte ihr Tafelsilber und entfernte Überbleibsel wie die Standarten längst vergangener Regimenter, die inzwischen ungeliebt in fremden Messehallen hingen. Überrascht stellte Sarah fest, dass diese Vorstellung sie traurig machte.

Sie wandte ihre Gedanken den Auswertungen von Georginas Telefon zu.

Um 11.00 Uhr hatte Georgina ihrer Mutter eine WhatsApp-Nachricht geschickt: *Mark wieder einmal schlecht gelaunt.*

Weitere Nachrichten waren gefolgt. Brannon hatte sie nach ihrer Aussage bei der Polizei gefragt und herumgenörgelt. *Wolltest du mich einsperren lassen?* Etwa eine Stunde später gab es ein paar nicht angenommene Anrufe an ihre Mutter, dann eine weitere Reihe von WhatsApp-Nachrichten.

Mum, bitte ruf mich an.

Er ist fortgegangen. Wahrscheinlich trinkt er wieder.

Kannst du mich bitte anrufen?

Ich komme mit Skye vorbei. Ruf mich an, wenn du das liest. Julie hatte die Nachrichten nicht gelesen, weil ihr Wi-Fi nicht funktionierte und sie kein Datenvolumen mehr auf dem Handy hatte. Hätte sie es gelesen, wäre sie vielleicht hingegangen. Vielleicht wäre alles anders gekommen. Vielleicht auch nicht.

Die Auswertung der Überwachungskameras ergab, dass Brannon während dieser Zeit das örtliche Spirituosengeschäft besuchte, wo er drei 70-cl-Flaschen Johnnie Walker Blended Whisky erstand. Die Kameras zeigten ihn trinkend im Einkaufsviertel. Eine leere Flasche Johnnie Walker war in einer der Mülltonnen gefunden und zur Analyse von Fingerabdrücken und DNA ins Labor geschickt worden.

Um 12.57 Uhr kehrte Brannon in den Wohnblock zurück.

Eine weitere leere Flasche Johnnie Walker war in seiner und Georginas Wohnung gefunden worden. Neben dem Sofa stand ein Koffer mit Georginas Kleidung.

Sarah dachte darüber nach, wie es passiert sein könnte.

Er kommt zurück nach Hause. Er sieht den gepackten Koffer im Wohnzimmer. Georgina ist vielleicht in Skyes Zimmer und packt deren Sachen.

Den Partner zu verlassen ist so ungefähr das Gefährlichste, was ein Opfer häuslicher Gewalt tun kann. Sarah konnte sich genau vorstellen, wie Brannons Anwalt den Vorwurf des Mordes abmildern und auf Totschlag plädieren würde: Brannon kam sturzbetrunken nach Hause, entdeckte den gepackten Koffer und rastete aus. Er war so betrunken, dass er es nicht einmal fertigbrachte, einen Vorsatz zu fassen – der aber für eine Mordanklage notwendig wäre.

Doch so hatte es sich nicht abgespielt. Sarah glaubte nicht, dass Brannon Georgina sofort ermordet hatte. Da war beispielsweise die zweite Flasche Whisky auf dem Boden neben Georginas Leiche. Auf dem Tisch stand ein leeres Glas.

Trunkenheit war kein so einfacher Auslöser, weder vor dem Gesetz noch in der Realität. Natürlich bestand die Möglichkeit für den Verteidiger, zu sagen: Mein Mandant war so betrunken, dass er keine Kontrolle mehr über sich selbst hatte. Es war Totschlag und kein Mord.

Aber es gab noch eine andere Möglichkeit, die sie persönlich bevorzugte. Sarah hatte Lizzie Griffiths' Bericht über die letzte gescheiterte Anklage gegen Brannon gelesen. Die ausführliche

Schilderung könnte die Anklage unterstützen, nach der Brannon ganz genau gewusst hätte, was er tat. Georgina hatte zu Griffiths gesagt: »Er ist nur so, wenn er betrunken ist«, und erklärt, er hätte versprochen, mit der Trinkerei aufzuhören, wenn sie ihn wieder aufnähme. Und dann gab es da noch den von Lizzie Griffiths wiedergegebenen Satz, den Brannon während der Wartezeit nach seiner Festnahme geäußert hatte: »Ich bin ein ziemliches Ekel, wenn ich etwas getrunken habe.«

Brannon hatte nicht gemordet, weil er betrunken war, sondern es war eher umgekehrt: Er hatte sich wissentlich und gezielt betrunken. Er hatte in dieser Halle gestanden, Alkohol in sich hineingeschüttet und sich so in eine trunkene Wut aufgeschaukelt, von der er genau wusste, dass er sie nur durch Gewalt befriedigen konnte. Und nachdem er die ganze Flasche Johnnie Walker vor der Ladenzeile ausgetrunken und sich in die Qual aus Eifersucht und Wut hineingesteigert hatte, kehrte er zurück in die Wohnung und war in der Lage, das zu tun, was er tun musste.

In der Wohnung saß er dann am Tisch, trank immer weiter – daher das leere Glas –, fragte Georgina nach dem Koffer und hielt ihr vor, wie niederträchtig es von ihr war, gegen ihn auszusagen. Georgina hatte die Gefahr wohl auch erkannt. Warum war sie in diesem Moment nicht gegangen? Dann war da noch das Tablett mit den farbigen Gummibändern auf dem Tisch, außerdem ein geöffneter Kinderjoghurt.

Sarah hatte die Protokolle der Mitarbeiter des Jugendamts über Skye überprüft. Georgina war eine Vorzeige-Hausfrau gewesen, darin stimmten alle überein. Die Wohnung war makellos. Wenn Skye satt gewesen wäre, hätte Georgina niemals einen geöffneten Joghurt oder einen schmutzigen Löffel auf dem Tisch gelassen. Hier handelte es sich um eine Mahlzeit, die nie beendet und nie fortgeräumt wurde. Hatte Brannon Skye an den Tisch gezerrt? Sie gezwungen, sich zu ihm zu setzen? *Setz dich, Skye, verdammt noch mal. Gib ihr etwas zu essen!* Oder hatte Skye vor ihrem halb geleerten Joghurt geweint und Georgina holte die farbigen Gummibänder, um sie abzulenken?

Zumindest war es plausibel, dass das Mädchen neben Brannon sitzen musste, während er weitertrank. Wenn Skye jedoch dort saß, wäre sie eine Art Geisel für seine plötzlichen Gewaltausbrüche gewesen. Georgina hätte nie gewagt, etwas zu unternehmen – weder wäre sie gegangen noch hätte sie jemanden angerufen. Hatte Brannon das Messer da schon bei sich? Vielleicht auf dem Tisch? Oder in seiner Jacke?

Sarah hatte die Treppe erreicht, die zu den ehemaligen Schulungsräumen hinaufführte. Vor dem weißen Betoneingang stand ein kleiner Sockel mit einer Statue des britischen Staatsmanns und Politikers Robert Peel. Die Bronzefigur aus dem neunzehnten Jahrhundert wirkte neben den Gebäuden aus den Sechzigerjahren irgendwie fehl am Platz. Peel stand als lässiger Patrizier gleichgültig gegenüber den Veränderungen um ihn herum auf seinem Sockel; geknöpfte Weste, eine Schriftrolle in einer Hand, die andere Hand ruhte leicht auf seiner Hüfte. Grünspan zog sich über die Falten seiner Jacke. Offenbar wollte man ihn beim Abriss der Schulungsräume in Bläschenfolie verpacken und ihn anderswo aufstellen.

Sie wandte der Statue den Rücken zu, schaute über die Spielfelder hinweg und erinnerte sich daran, wie sie auf den Ball eingetreten hatten, sich gegenseitig beschimpften, hinfielen und lachten – ohne die leiseste Ahnung, was sie auf den Straßen Londons erwarten würde.

Erneut stellte sie sich den Tatort vor.

Die Gewalttat hatte im Wohnzimmer stattgefunden. Wider besseres Wissen hoffte Sarah, dass Skye sie nicht mit angesehen hatte – dass man sie vielleicht in ihrem Zimmer eingeschlossen hatte –, aber der Joghurtbecher auf dem Tisch sprach eine andere Sprache. Im ersten Befund des Pathologen am Tatort war von drei Stichwunden in Georginas Brust die Rede. Das Blut auf ihrem T-Shirt stammte von diesen Wunden und nicht von der Verletzung der Halsschlagader, die erst nach den Stichen in die Brust erfolgte. Es war kein schneller Tod gewesen. Vor der arteriellen Blutung hatte ein Handgemenge stattgefunden. Sarah wusste, dass es bei Morden innerhalb der Familie oft zu unglaublicher Gewalt und wilder Grausamkeit kam.

Sie sah die Szene vor sich. Skye, die am Tisch saß. Den Hund, der sich verkroch oder bellte. Georgina, die kämpfte – den Schlag ins Gesicht, die Blutergüsse an den Armen. Dann die Stiche in die Brust, einmal, zweimal, dreimal. Den Sturz – vielleicht. Den Schnitt in den Hals, der die Arterie eher anritzte als durchtrennte. Georgina, die flach auf dem Rücken lag und minutenlang ausblutete.

Erst fast eine Dreiviertelstunde nach Brannons Heimkehr registrierte die Überwachungskamera, wie er das Haus mit Skye verließ. Eine schrecklich düstere Dreiviertelstunde innerhalb der Wohnung.

Brannon, trunken vom Whisky und mit Blut besudelt, hatte sich gewaschen. Er hatte seine Kleidung gewechselt, die von Georgina für Skye gepackte Tasche genommen und seine eigenen Kleider in eine andere Tasche gestopft. Wo war Skye gewesen, während er das tat? Wie hatte er sie unter Kontrolle gehalten? Sarah standen nur die Bilder der Überwachungskamera zur Verfügung, als sie das Haus verließen: Skye in ihrer Steppjacke mit ihrem Vater und dem Hund – fast eine Parodie auf eine Familie, die in den Urlaub reiste.

Sarah beugte sich tief nach vorn. Sie musste die Vision von so viel Grausamkeit unbedingt unter Kontrolle bringen. In Dokumentarfilmen hatte sie gesehen, wie Männer in Anzügen wichtigtuerisch die Frage nach dem Warum erklärten. Diese Leute hatten doch keine Ahnung! Sarah wusste um die Leichen auf den Bahren, die Schädel mit stumpfem Trauma, die Strangulationsmerkmale. Die wirkliche Tat verschloss sich jeglicher Erklärung. Sarah kannte das Warum längst, andererseits jedoch würde sie es wohl nie begreifen.

Sie richtete sich wieder auf, atmete die feuchte Luft tief ein und blickte über die leeren Spielfelder.

Das Gesetz war dankenswerterweise deutlich einfacher und viel mehr schwarz-weiß als ihre Betrachtungen. Sobald man nachweisen konnte, dass Brannon die entsetzliche Tat begangen hatte, würde man ihn des Mordes anklagen. Schlimmsten Impulsen nachgegeben zu haben war keine Verteidigung. Sarah stellte sich die Fallakten, den Strafregisterauszug und die nummerierten Beweisstücke vor, die Brannons Absichten kalt darstellten und alle mildernden Umstände widerlegten, auf die er sich berufen könnte. Vor dem Gesetz würde es keine Entschuldigung geben. Eine lebenslängliche Haftstrafe war alles, was die Polizei Georginas Familie und ihren Freunden anbieten konnte.

Aber zunächst mussten sie Skye finden. Dazu musste Sarah ihre Gefühle überlisten. Sie würde sich in Brannon hineindenken und die Welt von seinem zerbrechlichen, dissonanten, wütenden Standpunkt aus wahrnehmen müssen.

Sie nahm ihren Rundgang von Neuem auf. Jetzt befanden sich die Spielfelder und die blaue TARDIS der Polizei zu ihrer Rechten, parallel dazu verlief die Stadtbahn mit ihren Pendlern auf der linken Seite.

Zurück im Büro, blätterte sie schnell durch die neuen Aussagen, die auf ihrem Schreibtisch eingetroffen waren. Eine stammte von Skyes Freundin Irit, die Georginas Leiche entdeckt hatte. Am Morgen hatten Irit und Skye auf dem Gehweg Himmel und Hölle gespielt, und Irit wollte nachmittags weiterspielen. Nach langem, ungeduldigem Klopfen an der Tür war sie auf Skyes Fahrrad geklettert und hatte durch das Fenster geschaut. Sie war sofort nach Hause gerannt.

Mum, Mum, Mum. Georgie liegt auf dem Boden.

Sarah schrieb ihre Gedanken in ihr Notizbuch.

Operation Woodhall. Beweise für den Grad der Vorbereitung und Planung:
Brannon betrinkt sich.
Zeitablauf: 40 Minuten in der Wohnung. Stürmische Szene, ehe Georgina stirbt? Brannon nimmt sich Zeit, sich umzuziehen etc.
Überwachungskamera: Brannon verlässt das Haus in anderer Kleidung, als er beim Betreten trug. Hat Taschen bei sich. Skye und der Hund sind bei ihm. Beabsichtigt, Verhaftung zu vermeiden.
Leichenfund: früher als von Brannon geplant? Wusste nicht, dass Skye mit Freundin Irit spielen wollte. Glaubte vielleicht, Mord würde erst am folgenden Tag entdeckt. Irits Absicht, mit der besten Freundin zu spielen, macht ihm einen Strich durch die Rechnung.

Sarah legte den Stift hin und zog die Fotokopie von Lizzie Griffiths' Aussage aus dem Stapel. Jemand von der Mordkommission hatte die junge Frau letzte Nacht im Krankenhaus befragt. Sie überflog den Text bis zu der Stelle, wo Brannon bei Georginas Mutter ankam.

Das erste Klopfen an der Tür war höflich. Brannon sprach leise. Er sagte: »Julie, bist du da drin? Wir müssen reden.« Erst als ihm niemand antwortete, fing er an, die Tür unsanft zu bearbeiten.

Sie markierte den Absatz mit einem roten Stern und machte eine weitere Notiz.

Bewiesene Absicht, Julie Teel zu überraschen, ehe sie vom Tod ihrer Tochter erfuhr. (siehe MG11: PC Lizzie Griffiths.)

Schnell ging sie den Korridor hinunter. Fedden saß nicht an seinem Schreibtisch. Lee befand sich allein im der Einsatzzentrale und arbeitete an einem Computer. Sie zog sich einen Stuhl heran. Er blickte nicht sofort von seinem Bildschirm auf, und als er es tat, war sein Ausdruck verwirrt, als könne er nicht verstehen, warum sie ihn störte.

»Entschuldigen Sie, dass ich Sie um etwas bitten muss, aber ich habe keine Zeit, es selbst zu erledigen. Ich muss bei der Identifizierung dabei sein.«

»Ich kann Ihnen leider nicht helfen. Ich überprüfe gerade Brannons finanzielle Situation. Ein Auftrag von höchster Wichtigkeit.«

Sein Ton war unerbittlich. Obwohl sie höherrangig war als er, hielt sie es für sinnlos, ihn herauszufordern. »Okay.«

Nachdem er diesen Punkt gutgemacht hatte, verhielt er sich freundlicher. »Worum geht es denn?«

»Ich brauche jemanden, der für Julie Teel und ihren Partner eine vorläufige Bleibe sucht. Ein nettes Hotel, damit sie gern dortbleiben. Außerdem will ich eine Alarmanlage in ihrer Wohnung. Ich glaube, Brannon hatte einen Plan, und Julie zu töten war ein Teil davon. Falls ich richtig liege, hat er seinen Plan nicht vollendet, und er könnte zurückkehren. Nach meiner Einschätzung stellt er immer noch eine Bedrohung für sie dar.«

Lee antwortete nicht sofort, und Sarah spürte Ärger in sich aufsteigen. Schließlich sagte er: »Elaine ist da. Ich werde sie damit beauftragen.«

Lee stand in der Hierarchie nicht über Elaine. Wieso durfte er sie mit dem Kram beauftragen, den er nicht erledigen konnte? Doch Sarah hatte keine Zeit für solche Nichtigkeiten. Sie war ohnehin schon spät dran.

»Okay.«

»Steht Ihr Name auf dem Auftrag?«

»Ja, warten Sie nicht auf einen Höherrangigen. Ich rede mit dem Chef darüber, sobald ich kann, und schreibe ihm noch eine E-Mail, bevor ich zur Leichenhalle gehe.«

Lee hob zwar die Augenbrauen, sagte aber nichts mehr. Sarah ignorierte seine Skepsis: Sie hatte schon Schlimmeres hinter sich.

Sie ging in ihr Büro und schickte Fedden eine E-Mail, in der sie erklärte, warum Julie ihrer Meinung nach in Sicherheit gebracht werden musste. Dann durchsuchte sie ihre E-Mails, ob es noch etwas Wichtiges gab, das sie wissen musste, ehe sie das Büro verließ. Eine Nachricht von Elaine: Auf der Kamera, die sie im Cold Case Operation Egremont eingereicht hatten, waren eindeutige Spuren entdeckt worden.

16

Lizzie hatte Julie und Fergal bei einer von Julies Freundinnen abgeholt. Jetzt wartete sie gemeinsam mit ihnen auf Metallstühlen mit blauen Stoffsitzen, die in das Wartezimmer eines Hausarztes zu gehören schienen. Kein Smalltalk konnte die Befürchtungen und Ängste überdecken, die sie alle empfanden. Julie roch nach Alkohol, aber wer hätte ihr daraus einen Vorwurf gemacht?

Sarah kam an. Sie begrüßte Lizzie mit einem kurzen Nicken und stellte sich Julie und Fergal vor, ehe sie anfing, sie über das Verfahren zu informieren. Julie hörte so aufmerksam zu, als bereite man sie auf einen Tanz auf dem Hochseil vor.

»Zwischen Ihnen und Georgina befindet sich eine Glasscheibe. Das muss sein, weil die forensischen Arbeiten noch nicht ganz abgeschlossen sind.«

Julie nickte hastig und signalisierte damit, dass Sarah weitermachen solle: Die Anforderungen der Spurensicherung überstiegen wahrscheinlich ihren Horizont. »Okay, okay.«

Fergal hielt Julies Hand und wandte den Blick nicht von ihr. Lizzys Herz flog ihm zu. Er nahm offenbar alles an Größe zusammen, was ihm möglich war. Aus irgendeinem Grund trug er wieder seine Warnweste. Ob er von der Arbeit gleich hergekommen war?, fragte sie sich. Hatte er heute Morgen Mülltonnen geleert?

Er musste ihre Gedanken gelesen haben, denn er sagte: »Entschuldigen Sie meinen Aufzug.«

Sie schüttelte den Kopf. »Ach was.«

»Ich bekomme keinen Lohn, wenn ich nicht aufkreuze.«

Sarahs Blick ging zwischen ihnen hin und her. Lizzie bekam sofort ein schlechtes Gewissen.

Sarah erklärte weiter.

»Wir gehen in den Raum. Georgina liegt auf der anderen Seite der Glasscheibe auf einer Bahre. Sie dürfen so lange oder so kurz bei ihr bleiben, wie Sie möchten. Uns genügt es, wenn wir sie zweifelsfrei identifizieren können.«

Julie erstarrte. Sie begann, an Sarah vorbei auf die Tür zu starren, die zur Leichenhalle führte.

Lizzie fragte: »Geht das in Ordnung, Julie? Werden Sie es schaffen?«

»Ja, auf jeden Fall. Ich will es machen.«

Sarah fragte: »Wollen Sie, dass ihr Gesicht abgedeckt ist, wenn wir hineingehen, oder hätten Sie es lieber aufgedeckt?«

Julie wandte sich an Lizzie, als wäre sie eine Art Expertin. »Was meinen Sie?«

Lizzie war ratlos. Sie fühlte sich wie bei einem perversen Quiz, bei dem sie der Telefonjoker war, der die Antwort nicht wusste. Sie sagte: »Was immer Sie am besten finden.«

»Ich weiß es nicht.«

Irgendwie drehte sich plötzlich alles um diese Angelegenheit. Es schien fast lächerlich, war es aber durchaus nicht. Lizzie dachte, dass sie mit jedem anderen Beamten außer Sarah im Nachhinein vielleicht darüber hätte schmunzeln können. *Dieser schreckliche Moment, als …* Aber im Augenblick gehörte jede Art von Lachen einer anderen Dimension an.

Sarah sagte: »Wollen Sie, dass ich entscheide?«

Julie wandte sich wieder an Lizzie. »Was meinen Sie?«

Die Entschlussfassung hatte sich auf eigene Faust aufgebläht und fühlte sich jetzt an wie eine Supernova. Plötzlich erkannte Lizzie, dass die Frage überhaupt keinen Sinn hatte. Es gab keine richtige Antwort. Abgedeckt oder aufgedeckt: Es würde keinen Unterschied machen. Jede Entscheidung war schlecht, weil Georgina immer tot wäre. Das Feilschen um die richtige Wahl war nichts anderes als eine Folge des Verlustes. Sie konnte Julie nur helfen, indem sie die Dinge in Bewegung brachte.

Sie sagte: »Ich halte es für besser, wenn sie aufgedeckt ist.«

Julie schluchzte auf. Doch schnell nahm sie sich wieder zusammen und sagte:

»Also aufgedeckt.«

Sarah übernahm die Initiative. »Okay, ich gehe dann und sorge dafür, dass alles bereit ist. Noch etwas: Wer soll mit Ihnen hineingehen?«

»Nur Lizzie.«

Nachdem der Schleier zerrissen war, zeigte sich die unumstößliche Wahrheit mit voller Wucht. Die Leiche auf der anderen Seite der Trennscheibe überlagerte alle anderen Empfindungen. Außer ihr war nichts mehr von Bedeutung. Julie erstarrte. Lizzie sah Georgina Brannons unbewegliches, wächsernes Gesicht, in das nie mehr Leben zurückkehren würde. Julie warf sich so heftig gegen die Trennscheibe, dass diese erbebte. Sie schien sich nach unten entgegen einer Reibungskraft zu bewegen, die sie an Ort und Stelle festhielt. Dabei verschmierte sie das Glas mit Mund und Händen.

»Georgie, Georgie, Georgie, Georgie.«

Schließlich lag sie auf den Knien und fasste sich hektisch an Gesicht und Hals. Eine gutturale Stimme entrang sich ihrer Kehle.

»Nein, nein, nein, nein, nein.«

Lizzie beugte sich zu Julie hinunter, umklammerte ihre Hände und hielt sie fest, bis sie schließlich erschlafften. Dann legte sie ihre Arme um die laut schluchzende Frau und wiegte sie sanft.

Julie fiel in sich zusammen und wurde klein und still, wie ein Vogel, der in seinem Käfig resigniert.

Sarah hatte den Identifikationsbericht schon vorbereitet und las ihn im Vorzimmer vor.

»… ich sah eine Frau auf einer Bahre. Es handelte sich um meine Tochter Georgina Brannon.«

Plötzlich meldete sich Sarahs Telefon. Sie warf einen Blick auf den Bildschirm. »Es tut mir sehr leid, aber es geht um eine Ermittlung. Ich muss das Gespräch annehmen.«

Sie verließ den Raum. Julie saß da und starrte reglos und still vor sich hin, als litte sie unter einer schweren Krankheit, die sich durch Bewegung verschlimmerte.

Auch Lizzies Telefon begann zu klingeln. Der Klingelton war laut und wütend: *Cleanin' Out My Closet* von Eminem. Ein unangebrachterer Moment war kaum vorstellbar. Hastig betätigte sie die Stummschaltung des Telefons.

»Entschuldigung.«

Julie schüttelte den Kopf. »Ach was. Ist doch egal.«

Sie sah immer noch wie betäubt aus, als nähme sie kaum etwas wahr. »Eminem, nicht wahr?«

Lizzie steckte ihr Telefon wieder in die Tasche und hoffte, dass Julie die Anrufer-ID nicht gesehen hatte. »Stimmt.«

Sie hatte sofort gewusst, wer die Anruferin war, weil sie ihrer Mutter den Klingelton als eine Art Scherz zugewiesen hatte. Offenbar hatte ihre Schwester mit ihr gesprochen, und nun wollte sie ihre Panik an Lizzie auslassen.

»Telefonieren Sie ruhig.«

»Nein, schon gut. Ich hätte es ausschalten sollen.«

Sarah kam zurück. »Lizzie, ich muss gehen. Wirst du hier ohne mich fertig?«

Lizzie nickte. »Ja, sicher. Kein Problem. Es geht nur um den Bericht, oder?«

»Ja. Eine meiner Teamkolleginnen ist auf dem Weg hierher. Sie heißt Elaine Lucas. Kannst du auf sie warten?« Sarah trat zu Julie. »Der Anruf gerade kam von einer Kollegin – wir bringen Sie und Fergal woanders unter.«

»Das verstehe ich nicht.«

»Wir gehen davon aus, dass Brannon nach wie vor eine Bedrohung für Sie ist. Der Name der Beamtin ist Elaine. Sie kommt gleich, um mit Ihnen zu sprechen. Es tut mir wirklich leid, aber ich muss gehen.«

»Schon in Ordnung. Gehen Sie ruhig. Ich will, dass Sie Skye finden. Das ist alles, was jetzt zählt.«

Die Tür fiel hinter Sarah ins Schloss. Nach einer Weile wechselten Lizzie und Julie einen Blick. Ein leichtes Lächeln glitt über Julies Gesicht. »Sie beide kommen nicht besonders miteinander aus, oder?«

Lizzie errötete. Es machte sie verlegen, dass Julie etwas bemerkt hatte. »Wie kommen Sie darauf?«

»Keine Ahnung. Sie scheinen sehr vorsichtig miteinander umzugehen, und sie hat kaum mit Ihnen gesprochen.«

Lizzies Telefon meldete eine Nachricht – wahrscheinlich von ihrer Mutter, sie solle sich melden. Sie sagte: »Wissen Sie, Detective Inspector Collins und ich arbeiten normalerweise nicht zusammen. Aber sie ist ein sehr guter Detective, da können Sie ganz sicher sein.« Und das stimmte auf jeden Fall. Lizzie nahm sich zusammen, legte das Identifikationsprotokoll auf Julies Schoß und reichte ihr einen Stift. »Könnten Sie bitte hier unterschreiben?« Julie unterschrieb. »Und hier.« Sie unterschrieb noch einmal. »Danke.«

Julies Stimme war kaum zu hören. »Danke, dass Sie das für mich tun.«

»Ich wünschte, ich könnte mehr machen.«

»Sie haben versucht, ihn zu verhaften.«

»Das ist nun mal mein Job.«

An der Tür klopfte es, und eine dicke Frau in einem geblümten Kleid mit nackten Beinen und flachen Schuhen trat ein. Sie entsprach absolut nicht Lizzies Vorstellung von einer Beamtin der Mordkommission. Lizzie lächelte, aber die Frau schien sie kaum zu bemerken. Sie ging direkt auf Julie zu und reichte ihr ihre Hand.

»Hi, ich bin Elaine. Ich bin zwar Detective, aber vor allem bin ich Mutter. Mein herzliches Beileid.«

Julie brach sofort in Tränen aus. Elaine umarmte sie, tätschelte ihr mit ihren fetten Händen den Rücken und streichelte ihr Haar, als wäre sie ein Kind. Trotz des Altersunterschieds und der Umstände sahen die beiden Frauen aus, als wären sie schon seit Jahren miteinander bekannt.

Elaine kümmerte sich um den Umzug von Julie und Fergal ins Hotel. Es war gut so, denn Lizzie fühlte sich allmählich sehr erschöpft. Auf ihrer Oberlippe lag ein dünner Schweißfilm. Ihr Arm schmerzte. Sie nahm noch eine Schmerztablette ein. Alles war in Ordnung. Sie musste sich nur freinehmen und sich hinlegen.

Auf dem Parkplatz der Leichenhalle setzte sie sich in ihr Polizeifahrzeug und rief ihre Mutter an. Sie musste es tun. Den Anruf aufzuschieben würde nicht helfen. Als ihre Mum aber abnahm, fühlte sie sich gleich schlechter.

»Lizzie, ich komme zu dir.«

»Nein, Mum, danke, wirklich.«

»Ich ertrage es kaum, auch nur daran zu denken. Jemand hat auf dich eingestochen, Lizzie! Mit einem Messer! Du musst diesen blutigen Job aufgeben.«

Lizzie hielt das Telefon von ihrem Ohr weg. Hätte sie ihre Rückkehr ins Büro abgewartet, hätte sie jemanden bitten können, den Anruf zu unterbrechen und so zu tun, als würde sie gebraucht.

»Mum, es klingt viel schlimmer, als es war.«

»Wer kümmert sich um dich?«

»Ich brauche niemanden, der sich um mich kümmert.«

»Triffst du dich immer noch mit diesem Mann – der Mann, der zur Beerdigung deines Vaters gekommen ist?«

»Ich kann jetzt wirklich nicht sprechen.«

»Ich merke durchaus, dass ich dich störe, und ich weiß, dass du dich ärgerst. Aber ich bin deine Mutter, das musst du verstehen. Ich liebe dich, und es ist schrecklich für mich, dich in Gefahr zu wissen.«

»Ich bin nicht in Gefahr.«

»Du scheinst überhaupt kein eigenes Leben mehr zu haben.«

»Bitte. Es geht mir gut. Ich wünschte fast, ich hätte dir nichts gesagt. Ich komme bald und besuche dich, versprochen.«

Sie beendete den Anruf und ließ den Kopf auf das Lenkrad sinken, ehe sie Kieran eine Nachricht schickte.

Fühle mich gerade nicht so toll. Könntest du mich vielleicht von der Arbeit abholen?

17

Den ganzen Weg zurück nach Hendon kam der Verkehr nur im Schneckentempo vorwärts. Schwerer Smog hing in der Luft. Ein elektrisches Umspannwerk war von einem hohen grünen Geländer und Warnzeichen umgeben. *Lebensgefahr!* Ein paar gescheckte Pferde standen mit eingeknickten Hinterläufen traurig auf einer winzigen Weide. Ein Baumarkt. *Paletten gesucht*. Sarah dachte an den Anruf von Elaine, den sie in der Leichenhalle angenommen hatte. Sie hatte nicht einmal Hallo gesagt.

»Ich habe das Hotel für Julie und Fergal gebucht und bin jetzt auf dem Weg.«

»Danke, ich muss zu diesem Meeting.«

»Schon gut. Ich freue mich wirklich, dieser armen Frau helfen zu können, aber sorgen Sie bitte dafür, dass dieser Schleimer Lee mir keine Befehle mehr erteilt. Sein Rang ist nicht höher als meiner, er hat weniger Dienstjahre, und außerdem ist er ein Arschloch.«

»Tut mir leid.«

»Er gehört zur Fat-Elaine-Brigade.«

»Tatsächlich. Tut mir wirklich leid.«

»Glaubt zu wissen, wie ein guter Polizist aussieht, weil er jeden Tag einen im Spiegel sieht. Pinkelt fast immer im Stehen. Auf keinen Fall will er so sein wie ich. Und er will bestimmt keine Kinder, um die er sich kümmern muss.«

»Tut mir leid. Sie machen einen tollen Job. Ich war in Eile …«

Elaine legte auf, ehe Sarah ihren Satz beenden konnte.

Nun klingelte das auf dem Armaturenbrett befestigte Telefon

wieder. *Unbekannte Nummer.* Sie antwortete im Freisprechmodus.

»Detective Inspector Collins.«

Sie hörte den seltsamen Akzent von Walkers Anwalt Holt. Er brüllte. Sarah schaltete die Warnblinker ein und zog aus der Schlange. Sie unterbrach ihn: »Haben Sie die 999 angerufen?« Die Autos ringsum hupten und machten Platz. Sie setzte das Blaulicht aufs Dach und schloss es am Zigarettenanzünder an. Die Sirene begann zu heulen. »Ich fahre gerade hin und muss jetzt auflegen.« Die Straße vor ihr wurde freier. Sie gab Gas.

Minuten später hatte sie den North Circular verlassen und war in die Wohnstraßen der besser Betuchten in der Nähe von Tanias Haus abgebogen. Große Erkerfenster. Kirschbäume und Flieder. Rechts ging es in eine Kurve, die sie kannte. Neben einer Ladenarkade befand sich das heruntergekommene Haus mit den Plastikmülleimern im Vorgarten. Vor dem Tor parkte ein Einsatzfahrzeug in der zweiten Reihe. Seine Lichter blitzten.

Die Haustür stand offen. Sarah packte ihren Holster, rannte durch den kleinen Garten und nahm die Stufen immer zwei auf einmal, aber als sie die Wohnungstür erreichte, war alles schon vorbei. Andrew Walker lag auf der Seite und hielt sich die Rippen. Sein Gesicht war blutiger Matsch, ein Auge geschwollen und geschlossen. Ein großer Mann stand mit hinter dem Rücken gefesselten Händen neben zwei uniformierten Beamten. Er wirkte völlig deplatziert. Er trug einen schicken Anzug und ein sehr teures Hemd. Der Mann war Tanias Vater Ben Mills.

Das Sicherheitssystem des Polizeireviers Ellersby begann Sarah auf die Nerven zu gehen. Es war immer schwierig, als Beamtin einer anderen Polizeiwache aktiv zu werden, aber Ellersby hatte noch einmal ein ganz anderes Niveau. Man brauchte den Dienstausweis, um sich im Gebäude zu bewegen, weil der von

Sarah aber für einen anderen Bezirk registriert war, musste er erst aktiviert werden. Sarah hatte ganze fünf Minuten gebraucht, um überhaupt in die Dienststelle hineinzukommen, und weitere zehn, um jemanden zu finden, der sie in den Lift lotste, damit sie Fedden in der Kantine treffen konnte. Diese befand sich im obersten Stockwerk des Turms: komplett verglast mit guter Aussicht über die Vorstädte hinaus bis zum Grüngürtel.

Fedden wartete schon auf sie. Lee saß neben ihm vor den Überresten zweier Portionen Fish and Chips. Sarah stellte fest, dass er sich inzwischen umgezogen hatte und einen Anzug trug. Beide Männer hatten ihre Jacken abgelegt und die Ärmel ihrer Hemden aufgerollt. In Feddens Kragen steckte eine Papierserviette, eine weitere lag auf seinem Schoß. Er schob eine ungeöffnete Pommestüte und eine Flasche Wasser über den Tisch auf Sarah zu.

»Geht auf mich. Hoffe, sie sind noch heiß.«

»Danke.«

»Bitte.«

Die Pommes waren tatsächlich noch warm und ziemlich salzig. Sarah hatte großen Hunger.

Fedden sagte: »Was für ein verdammter Shitstorm!«

Sarah nickte mit vollem Mund. Es war nicht ihre Idee gewesen, einen Aufruf zu veröffentlichen, der Walker als Verdächtigen im Fall des Verschwindens von Tania Mills bezeichnete. Walkers Anwalt hatte bereits Beschwerde eingelegt.

Fedden fragte: »Hat Tanias Vater etwas dazu gesagt, warum er es getan hat?«

»Ein Reporter hat ihn belagert. Er hatte seine Hausaufgaben zu dieser Veröffentlichung recht ordentlich gemacht, erzählte Mills von der versuchten Entführung und fragte ihn, was er über die vermutete Verbindung von Walker zu Tania dachte.«

»Verdammter Mist!«

Sarah steckte sich noch eine Pommes in den Mund und antwortete nicht.

Fedden fragte: »Und wie hat Mills herausgefunden, wo Walker wohnt?«

»Das will er nicht sagen. Wir können seinen Computer und sein Telefon durchsuchen, aber ich glaube, es war nicht schwer. Walker lebt noch in der gleichen Gegend wie früher. Die Leute dürften wissen, wo er wohnt.«

»Lee ist mit Walker im Krankenhaus gewesen.«

Sarah wandte sich an Lee, und er sagte: »Gebrochener Kiefer, allerdings nur ein Haarriss. Er will keine Anzeige erstatten, weil er meint, dass er dadurch nur noch mehr gefährdet wird.«

Sarah fragte sich, wie intensiv Lee versucht hatte, Walker zu einer Aussage zu überreden, sagte aber nichts, sondern konzentrierte sich auf ihre Pommes.

»Hat Mills Reue gezeigt?«, fragte Fedden.

Sarah schüttelte den Kopf.

»Mir täte es ganz bestimmt nicht leid, wenn es meine Tochter wäre«, meinte Lee.

Fedden sagte: »Ich habe mit seinem Anwalt gesprochen. Er hat seine Kanzlei in 3 Holden Court. Macht einen sehr kompetenten Eindruck. Nicht die Art Anwalt, der Pflichtverteidigungen übernimmt. Offenbar ein Freund der Familie. Jedenfalls will er Mills überreden, eine Verwarnung zu akzeptieren.«

Angewidert stellte Sarah fest, dass die Pommes doch nicht wirklich heiß waren. Sie schob sie zur Seite und sagte:

»Wir könnten versuchen, ihn wegen Selbstjustiz zu belangen. Die Aussagen der Beamten dürften ausreichen.«

In Lees Wange zuckte ein Muskel. »Ich will ja nicht unhöflich sein, Sarah, aber das verstehe ich nicht.«

Sarah blickte ihm gerade ins Gesicht. »Wie bitte? Was genau verstehen Sie nicht?«

»Ich sagte doch bereits, dass Walker keine Aussage gemacht hat.«

»Genau deshalb schlage ich ja vor, dass wir ohne seine Aussage tätig werden.«

»Und eben das ist es, was ich nicht verstehe. Wollen Sie einen Mann anklagen, der den Mörder seiner Tochter angegriffen hat?«

Fedden schritt ein. »Lee, lassen Sie es.«

Lee erkannte den strengen Gesichtsausdruck seines Chefs und nahm sich zusammen. »Schon recht. Tut mir leid, wenn ich zu voreilig war, Sarah.«

»Schon gut.«

»Könnten Sie uns einen Augenblick allein lassen, Lee?«, bat Fedden.

Lee verließ die Kantine, aber Sarah konnte ihn immer noch sehen. Er stand neben dem Aufzug und scheiterte an seinem für das Sicherheitssystem nicht aktivierten Dienstausweis. Schließlich steckte er den Kopf wieder durch die Kantinentür und bat einen der Beamten, ihm zu helfen. Dabei grinste er, und Fedden nickte ihm sichtlich weniger entzückt als gewöhnlich zu.

Leise sagte er: »Machen Sie sich keine Sorgen wegen Lee, ich werde mit ihm reden. Es darf nicht sein, dass das Fußvolk die Dienstgrade ignoriert.«

Nach dem Rang zu gehen hatte Sarah noch nie gefallen. Sie sprach schnell, weil sie hoffte, so ihre Einwände zu kaschieren. »Vielen Dank für die Unterstützung, aber ich glaube, ich stehe lieber für mich selbst ein.«

Fedden runzelte die Stirn, als wäre er nicht einverstanden. »Nun, das liegt ganz bei Ihnen.« Nach einer Pause fügte er hinzu: »Ich hoffe, Sie nehmen es nicht persönlich.«

»Ganz und gar nicht.«

»Gut, also zurück zu Mills. Ich will die Sache abschließen. Dieser Anwalt wird ihm eine Entschuldigung aus den Rippen leiern,

Sie verpassen ihm eine polizeiliche Verwarnung, und ich segne sie ab. Die Tochter dieses armen Mannes ist mit ziemlicher Sicherheit tot. Wir sollten ihm wirklich nichts anhängen, das wissen Sie ebenso gut wie ich.«

Kein Wunder, dass man Fedden den Bulldozer nannte. Sarah wusste nicht, was sie sagen, geschweige denn denken sollte. Sie dachte an Walkers blutiges Gesicht. Jeder verdiente den Schutz des Gesetzes. Und doch musste sie zugeben, dass sie sich auch erleichtert fühlte. Es wäre schwer gewesen, den Mumm aufzubringen, Tanias Vater zu belangen. Fedden fuhr fort:

»Ich möchte, dass Sie sich darauf konzentrieren, Walker vor den Kadi zu bringen.«

»Jim ...«

»Ich weiß, was Sie sagen wollen, aber wir haben mehr als ausreichend Personal für die Suche nach Brannon abgestellt. Sie kümmern sich jetzt um Walker. Lee wird dafür sorgen, dass er eine neue Adresse bekommt, aber der einzige gangbare Weg, Walker vor weiteren Repressalien zu schützen, wären eine Mordanklage und eine anständige Gefängnisstrafe. Es gibt keine größere Sicherheit als die in der Obhut Ihrer Majestät, finden Sie nicht? Ich habe gesehen, dass es einen forensischen Treffer auf der Kamera gab, die Sie eingereicht haben. Gut gemacht.«

»Das war Elaine.«

»Sie hat das Beweismittel vielleicht eingereicht, aber es war Ihre Idee. Nehmen Sie Walker morgen fest, und verhören Sie ihn erneut.« Er schob seinen Stuhl zurück. »Falls ich es schaffe, hier wieder herauszukommen, fahre ich zurück nach Hendon. In Sachen Brannon haben wir noch immer nichts Brauchbares.«

18

Kieran war noch einmal weggegangen, um etwas zu essen zu besorgen. Lizzie aalte sich in einem heißen Bad und trank Weißwein. Zusammen mit den Schmerztabletten sorgte er dafür, dass sie sich viel besser fühlte. Sie stieg aus der Wanne, trocknete sich ab und setzte sich ins Handtuch gehüllt auf die Toilette. Plötzlich fiel ihr etwas ein. Sie legte die Finger zwischen ihre Beine. Als da nichts war, suchte sie ein wenig tiefer. Sie wusch sich die Hände, schlüpfte in T-Shirt und Höschen und ging ins Schlafzimmer.

Die Haustür ging auf.

»Applaus für das beste Alu Gobhi in ganz West-London!«, rief Kieran.

»Toll!«, rief Lizzie zurück. Aber sie hielt ihr Telefon in der Hand und konsultierte ihren Kalender. Drei Tage über die Zeit. Vermutlich nichts zu befürchten. Nach den Ereignissen der letzten vierundzwanzig Stunden war es kein Wunder, dass ihre Periode sich verzögerte.

Currydüfte zogen durch die Wohnung. Sie ging zu Kieran. Er stellte die Aluminiumbehälter auf den Tisch. Es gab ein wahres Festmahl: Biryani-Reis, Blumenkohl, Garnelen, Spinat, Papadams, Paratha.

»Mann, ist das viel«, erklärte sie offensichtlich erstaunt.

Er holte den Wein aus dem Kühlschrank, schenkte sich ein Glas ein und trank.

»Zur Feier des Tages.«

»Was feiern wir denn?«

Er füllte ihr Glas nach und reichte es ihr. »Es ist ungefähr ein Jahr her, dass wir uns kennengelernt haben.«

»Ungefähr ein Jahr?«

»Ich kann mir Daten doch nicht gut merken«, sagte er, und Lizzie musste an ihren Kalender und das diskrete kleine P denken, das regelmäßig wie ein Uhrwerk alle achtundzwanzig Tage auftauchte. Ob er auch für solche Daten kein Gedächtnis hatte? Er hielt ihr sein Glas entgegen. »Also Prost.«

»Prost.«

Sie begannen zu essen. Die Gerichte schmeckten gut, aber Lizzie war abgelenkt. Sie legte ihre Hände auf den Tisch.

»Du hast das Bild von deiner Tochter abgenommen«, stellte sie fest.

Er lächelte. »Weil ich dachte, es wäre dir unangenehm.«

»Aber das ist es ganz und gar nicht. Eher stört mich, dass du es abgenommen hast.«

Langsam stand er auf, nahm den Rahmen aus einer Schublade, hängte ihn an die Wand und setzte sich wieder. Er lächelte: »Besser?«

Sie betrachtete das Bild des kleinen tanzenden Mädchens, wandte jedoch schnell den Blick ab. Sie ärgerte sich, dass sie Kieran veranlasst hatte, das Bild wieder aufzuhängen.

»Ja, danke«, sagte sie. »Vielen Dank. So ist es besser.«

19

Um 22.00 Uhr fuhr Sarah quer durch London in Richtung Osten und bog aus den belebten, stark befahrenen Straßen in den ruhigen grünen Vorort Hampstead ab. Ihre Gedanken waren bei Skye: eine weitere Nacht, in der das Kind vermisst wurde.

Nachdem Tanias Vater die Verwarnung akzeptiert hatte, rief Sarah Fedden von der Polizeiwache aus an, um ihn zu bitten, das Verhör von Walker aufzuschieben, damit sie bei der Suche nach Brannon helfen konnte. Aber Fedden war hart geblieben.

»Wir brauchen Ergebnisse bei der Operation Egremont, und ich möchte, dass Sie sich darauf konzentrieren. Sie haben selbst gesagt, dass die Operation in dem Moment, als wir Walkers Tür aufbrachen, zur aktuellen Ermittlung wurde.«

Also hatte Sarah die Zähne zusammengebissen. Sie musste gegen den hässlichen Verdacht ankämpfen, dass es die Beschwerde von Walkers Anwalt war, derentwegen Fedden unbedingt eine Anklage wollte. Er hatte ihr befohlen, sich auf Tania zu konzentrieren, war hinausgegangen und verschwunden. Sie dachte auch an Claire Mills, die seit 1987 darauf wartete, etwas über den Verbleib ihrer Tochter zu erfahren.

Obwohl es schon spät war, hatte sie Ben Mills überzeugen können, einige dringend zu beantwortende Hintergrundfragen mit ihr zu klären, und er war einverstanden gewesen, bei sich zu Hause mit ihr zu sprechen.

Die Straße mit den großen, freistehenden Backsteinhäusern wurde von jungen Silberbirken gesäumt, die Häuserfronten verschwanden hinter dichten Hecken. Die Autos in den Auffahrten waren entweder Oberklassewagen oder süße kleine Flitzer für die Nannys oder die erwachsenen Kinder: zwei Porsche, ein Daimler, ein hellblauer Fiat 500, ein klassischer Morris Minor Traveller.

Ben hatte sich umgezogen und trug jetzt einen weichen grauen Pullover und indigoblaue Denim Jeans. Sein Handschlag war kurz und fest. Er führte Sarah zu einem Besucherzimmer im vorderen Teil des Hauses. Ein großer Krug mit frischen Lilien stand auf einem schön gearbeiteten steinernen Kaminsims.

In einer Ecke entdeckte Sarah einen Stutzflügel aus Walnussholz. Sie fragte: »Spielen Sie?«

»Meine Töchter spielen. Ich konnte das Üben im Haus zunächst nicht ausstehen – aber Olivia bestand darauf. Ihr Vater ist Pianist.«

Sarah fiel es schwer, zu glauben, dass Ben jemals mit Claire Mills verheiratet gewesen war und sie sogar gleichaltrig waren. Sie schienen nicht nur verschiedenen Welten, sondern auch unterschiedlichen Epochen anzugehören.

Sarah nippte an ihrem Tee. Im ganzen Zimmer gab es keine Fotos, was sie zu dem Kommentar veranlasste: »Ihre Ex-Frau Claire hat einen … nun ja, eine Art Schrein für Tania.«

»Das stimmt. Jeden Tag, wenn ich von der Arbeit nach Hause kam, hing ein weiteres Foto da.« Er griff in seine Gesäßtasche und zog eine dunkle Lederbrieftasche heraus. »Das hier ist das einzige Bild von Tania, das ich immer bei mir habe.« Er reichte Sarah die Brieftasche. Unter einer leicht getrübten Plastikabdeckung steckte das Foto eines Kleinkindes: ein bisschen pummelig, blonde Locken, an einem Strand, mit Sand an Händen und Knien.

»Wie alt war sie da?«

»Ungefähr drei. Ich nehme an, es ist mir gestattet, mich an mein liebstes Alter zu erinnern – jetzt, wo sie nicht mehr da ist.

Ich habe schon vor einigen Jahren eingesehen, dass sie tot sein muss.«

Er nahm ihr die Brieftasche aus der Hand und steckte sie schnell zurück in seine Tasche.

»Und Sie erinnern sich am liebsten an Tania als kleines Kind?« Als er nicht antwortete, fragte sie: »Warum ist das so?«

Sein Gesichtsausdruck wurde unversöhnlich. »Ich möchte mich nicht daran erinnern, wie sie war, als sie verschwand. Claire mag sie zu einem kleinen Engel hochstilisiert haben, aber hinter unserem Rücken hatte sie eine Menge Flausen im Kopf. Ich glaubte eine Zeitlang, dass sie sich selbst in Gefahr gebracht hat.«

»Flausen im Kopf? Was meinen Sie damit?«

»Sie war unhöflich. Sie kam zu spät nach Hause und hat uns nicht gesagt, wo sie war. Sie hat mit den Geigenstunden aufgehört.«

Das alles klang nicht wirklich schlimm.

»Es gab da einen Ladendiebstahl. Erzählen Sie mir davon.«

»Ich wurde bei der Arbeit von der Polizei angerufen. Tania war bei Selfridges beim Diebstahl eines Gürtels erwischt worden.«

»Ihre Ex-Frau sagt, sie hätte ihn nicht gestohlen.«

Er nickte. »Das ist typisch. Claire verschließt immer gern die Augen vor der Wahrheit. Natürlich hatte Tania ihn gestohlen. Bis ich auftauchte, hatte ein Mann angeboten, für den Gürtel zu zahlen. Er war offensichtlich ein geschätzter Kunde, denn danach ließ das Geschäft die Angelegenheit auf sich beruhen.«

»Dieser Mann – können Sie ihn beschreiben?«

»Er war schon fort, als ich ankam. Ich habe auch nicht länger darüber nachgedacht. Meine Tochter war ein hübsches Mädchen, das gelernt hatte, seine Tränen gezielt einzusetzen. Jetzt, wo Sie danach fragen, werde ich tatsächlich stutzig.«

Sarah fragte sich, ob es Walker gewesen sein könnte. Aber noch nicht einmal damals hatte er ein Auftreten, mit dem er so souverän eingreifen konnte. Aber wer dann? Es machte keinen Sinn zu spekulieren. Obwohl sie versuchen würde, die Beamten aufzutreiben, die sich damals mit der Sache beschäftigt hatten, war ihr klar, dass der Mann im Laden jetzt wohl kaum noch auffindbar wäre.

»Und dann fuhren Sie mit ihr nach Hause, und das war es?«

»Ich sagte ihr, dass ich ihr die Geschichte des lediglich vergessenen Gürtels nicht abnehmen könne.«

»Sie haben ihr nicht vertraut?«

»Es war ja nicht nur der Ladendiebstahl. Es gab noch andere Vorfälle. Sie hatte eine Dose in ihrem Zimmer – auf den ersten Blick ein nicht entwickelter Film. Aber natürlich war es ein Versteck. Die Dose enthielt Cannabis und Zauberpilze.«

»Aber sie interessierte sich für Fotografie?«

»Das behauptete sie zumindest. Es gab da einen Abendkurs an der Volkshochschule, aber ich glaube, sie war nur ein paarmal da. Sie hatte überhaupt kein Durchhaltevermögen mehr.«

»Wissen Sie, wo der Kurs stattfand?«

»Nein, aber Claire weiß es sicher.«

Nach kurzem Schweigen sagte Ben: »Was ich gesagt habe, soll nicht heißen, dass ich sie nicht jeden Tag vermisse.«

Sarah erinnerte sich, wie sie ihn in Walkers Wohnung zum ersten Mal sah: Blut an den Händen, Blut auf seinem fein gestreiften Hemd. Er hatte zugeschlagen, bis seine Knöchel anschwollen. Er war kein Mann, der mit sich selbst im Reinen war – so viel zumindest war klar.

Sie sagte leise: »Aber natürlich tun Sie das.«

Er gab keine Antwort, und ihr fiel ein, wie spät es war. Vor dem Verhör von Walker am nächsten Morgen musste sie noch andere Aussagen überprüfen. Und um Claires Abendkurse musste sie sich auch noch kümmern.

»Fällt Ihnen vielleicht noch etwas ein, das mir helfen könnte, irgendetwas … Es könnte etwas sein, was Sie nicht einmal für wichtig halten.«

»Ich weiß nicht, ob es relevant ist, aber …«

»Ja?«

»Ich hatte damals eine Affäre, wie Sie vielleicht wissen.«

Sarah nickte und wartete.

»Ein paar Tage vor Tanias Verschwinden saß ich mit der Frau, die meine zweite Frau wurde, in einem Café. Wir hatten Pech – Tania entdeckte uns. Sie marschierte sofort auf uns zu. Stinkwütend. Sie fluchte. Es war mir peinlich. Ich nahm sie am Arm und führte sie aus dem Café. Ich sagte: ›Es ist nicht das, wonach es aussieht.‹ Sie nannte mich einen Lügner, und ich gab ihr eine Ohrfeige. Ich sagte ihr, dass es sie nichts anginge, sie solle sich auf ihre Hausaufgaben konzentrieren, Geige üben und aufhören, die Schule zu schwänzen.« Er beugte sich vor und barg den Kopf in den Händen. »Ich kann immer noch nicht glauben, dass ich sie geohrfeigt habe.«

Am liebsten hätte Sarah ihm eine Hand auf die Schulter gelegt, aber er wirkte nicht wie ein Mann, der gern berührt wurde. Sie sagte: »Es tut mir leid, dass ich das alles noch einmal aufgewühlt habe.«

Er blickte auf. Sein Gesicht wirkte verzerrt.

»Wenn ich damals nur anders reagiert hätte! Das ist es, was mir zu schaffen macht.«

Sarah konnte nicht umhin, an Tania zu denken. Sie kam ihr in zunehmendem Maß isoliert vor, hilflos verloren in ihren Teenager-Geheimnissen.

»Machen Sie sich bitte keine Vorwürfe, Mr Mills«, sagte sie.

»Schon, aber vielleicht hätte es einen Unterschied gemacht! Verstehen Sie das? Wenn ich ehrlich zu ihr gewesen wäre, hätte sie vielleicht mit mir gesprochen. Vielleicht hätte ich mehr darüber erfahren, was in ihr vorging. Vielleicht wäre sie noch hier.«

20

FREITAG, 18. JULI 2014

Na endlich, dachte er. Die letzte Aufnahme war gut geworden und damit alles unter Dach und Fach. Brannon hatte die Videokamera vor einer weißen Wand aufgestellt und ein Laken über einen Stuhl gehängt. Zwischendurch hatte er sich tierisch geärgert, aber jetzt fühlte er sich wieder besser. Er trat vor die Kamera und drückte die Stopptaste. Seit mehr als einem Tag hatte er immer wieder an seiner Aussage gearbeitet. Fernsehmoderatoren schienen einen leichten Job zu haben, aber es war schwieriger als gedacht, solche Aufnahmen richtig hinzubekommen. Immerhin gab es beim Fernsehen Leute, die den Moderatoren halfen, während er alles selbst machen und alles in einem Rutsch aufnehmen musste. Es war schwierig, auf eigene Faust und unter so viel Druck zu arbeiten. Er hatte sich Hund Candy dazugeholt, weil er den richtigen Eindruck vermitteln wollte. Die Leute sollten sehen, dass der Hund ihn nicht im Stich gelassen hatte. Das war wichtig. Der Hund liebte ihn noch immer. Er schluckte seine Tränen hinunter. Er musste stark sein. Dies hier war seine Chance, seine Seite der Geschichte zu vermitteln. Er war ein vollkommen glücklicher Mensch gewesen, bis Fremde ihre Nase in seine Angelegenheiten zu stecken begannen. Zu alledem hier war er gezwungen worden. Er hatte versucht, den Leuten verständlich zu machen, wie sehr er seine Familie liebte und wie viel sie ihm bedeutete, aber niemand hatte ihm zugehört.

Er zog die Vorhänge zurück und schaute in den Morgen hinaus. Das frühe Licht schien golden durch das Fenster. Es war ein kleines Zimmer mit einem französischen Fenster, das den Blick auf einen überraschend langen Garten freigab. Am Ende befand sich ein Zaun mit einer kleinen Tür zum Park auf der anderen Seite. Es war noch sehr früh, und er fragte sich, ob er es riskieren konnte, seine Tochter und Candy für ein paar Minuten mit hinauszunehmen. Skyes Haar war jetzt kurz und dunkel. Es hatte ihr gar nicht gefallen, als er es abschnitt. Sie hatte gejammert und geweint, bis er sich gezwungen sah, sie zu ohrfeigen. Es war ein langer Tag in der winzigen Wohnung gewesen. Himmel, geradezu unendlich lang! Doch ihr Haar zu verändern war den Aufwand wert gewesen. Sie sah ganz anders aus. Trotzdem erschien ihm das Risiko zu groß, sie nach draußen zu lassen. Wer weiß, was sie anstellen würde. Sie wusste schließlich nicht, was am besten für sie war. Nur er konnte sie beschützen. Sicher wäre alles bald vorbei. Diese Tussi konnte schließlich nicht für immer fortbleiben.

Es klopfte leise. Er nahm die Videokamera vom Stativ und klemmte sie unter den linken Arm. Er hielt den Hund am Halsband fest, nahm sein Messer vom Tisch, steckte es hinten in den Bund seiner Jeans und ging dann schnell zur Haustür. Skye hatte geschlafen, aber trotz aller Bemühungen, sie nicht zu wecken, erschien sie mit hängenden Armen und aufmerksamen Augen an der Schlafzimmertür. Er machte ihr ein Zeichen, zu verschwinden. »Es ist nur ein Freund, Skye. Geh wieder ins Bett.« Er spähte durch den Spion, öffnete die Tür und übergab die Videokamera und ein Handy aus der Gesäßtasche. Er schüttelte dem Besucher kurz die Hand und sagte: »Danke.« Dann schloss er die Tür wieder.

Eigentlich hatte er alles im Griff, doch manchmal fühlte es sich an, als ob sein Kopf explodieren wolle. Er hatte etwas Koks bei sich. Und den Whisky aus der ersten Nacht. Das hatte ihm geholfen. Nur Skye erwies sich als schwieriger als gedacht. All diese verdammten Fragen. Er hatte sich bemüht zu erklären, aber sie ließ nicht locker. Ging es Mum gut? Ging es ihr wirklich gut?

Die Handschellen lagen auf dem Tisch im Wohnzimmer. Er war jederzeit bereit.

Er ging ins Schlafzimmer und schob die Verdunkelung ein Stück zur Seite, um einen kurzen Blick auf Lizzie Griffiths' Auto zu werfen. Es stand nach wie vor an derselben Stelle wie an dem Abend, als sie angekommen waren.

Skye leerte die Kommode. Damenunterwäsche, T-Shirts und Trainingsanzüge lagen vor ihr auf dem Boden. Er hätte mehr Spielzeug für sie mitnehmen sollen. Auf dem Nachttisch stand das Schwarz-Weiß-Foto eines Mannes in Soldatenuniform. Skye griff danach.

»Wer ist das?«

»Ist doch egal.«

Skye runzelte die Stirn, und Brannon bedauerte seinen Tonfall sofort. Für das Kind musste er jetzt die ganze Familie sein, Vater und Mutter zugleich. Er sollte beruhigend und nett mit ihr umgehen. Er hatte ihr erzählt, dass eine Freundin ihm die Wohnung für ein paar Tage zur Verfügung gestellt hatte, bis alles geklärt war, und so riet er ins Blaue: »Der Vater meiner Freundin.«

»Ist er tot? Steht das Bild deshalb neben dem Bett?«

Die Frage verärgerte ihn wieder. Er wusste, dass ihre fixe Idee, was den Tod anging, nicht gerade hilfreich war. Dieser Mann war wahrscheinlich tatsächlich tot, aber was scherte sie das? Alte Menschen starben nun mal.

»Nein. Sie hat ihn eben gern, deshalb steht er neben dem Bett.«

»Ich hätte gern ein Bild von Mum.«

»Ja klar. Ich besorge dir eins, sobald es geht.«

»Wann erfahren wir, ob Mum in Ordnung ist?«

»Ganz bald. Wir müssen nicht mehr lange warten.«

»War er Soldat?«

»War er. Ein Held. Und jetzt sei still, Skye.«

Er hatte draußen ein Auto gehört. Er linste durch den Vorhang. Es war ein schwarzer Land Rover Discovery, und er erkannte Lizzie Griffiths auf dem Beifahrersitz. Schnell nahm er die Handschellen vom Wohnzimmertisch.

»Los, Skye. Ich habe dir doch gesagt, was wir tun müssen.«

»Ich will nicht.«

Er schloss den Hund im Schlafzimmer ein und zerrte Skye ins Wohnzimmer. Der Hund wimmerte und kratzte. Skyes erschrockener Blick machte ihn wütend. Er überlegte, ob es eine Möglichkeit gab, sie zusammenzulassen.

»Das ist der einzige Weg, wie du sicher bist. Komm schon, wir machen es, wie wir es geübt haben.«

Er fesselte die Kleine an ein Heizungsrohr. Sie weinte.

»Sei brav und bleib ruhig. Ich bin gleich wieder da. Und dann fahren wir wieder.«

»Darf Candy zu mir kommen?«

»Nein, Candy bleibt, wo sie ist!« Er versuchte, seinen Ausbruch mit einem Lächeln zu versüßen. »Ich habe es dir doch erklärt, Schätzchen.«

Er lehnte sich mit dem Messer in der Hand an die Wand hinter der Tür. Innerlich jubelte er. Er würde das hier hinter sich bringen und dann mit Skye verschwinden. Er würde einen schönen Ort für sie beide finden. Vielleicht irgendwo in Ex-Jugoslawien. Er hatte gehört, dass es dort schöne Strände gab.

Das Geräusch eines sich entfernenden Autos. Gut. Vermutlich der Land Rover. Er wartete auf Schritte und den Schlüssel im Schloss. Er würde schnell handeln. Es gäbe keine Worte, keine Verhandlungsversuche. Sie hatte es sich selbst zuzuschreiben. Schließlich hatte sie die Scheiße gebaut. Er zitterte vor Aufregung.

21

Sarah hatte bis zwei Uhr nachts gearbeitet, um sich auf das Verhör vorzubereiten. Elaine und sie hatten Walker früh am Morgen vor der Tür seines neuen Aufenthaltsorts verhaftet. Seinen Anwalt Holt hatten sie unterwegs gleich ebenfalls abgeholt, um den Vorgang zu beschleunigen, und beide direkt in den Gewahrsamsbereich von Ellersby gebracht. Walkers Gesicht war geschwollen und zeigte die volle Palette von Blau, Violett, Grün und Gelb. Er erwähnte jedoch nichts darüber, während er schweigend im Hof rauchte. Holt stand neben ihm, um jeglichem Vorwurf einer Einmischung zuvorzukommen. Auch der Anwalt rauchte, und zwar mit erheblich mehr Energie, als die Tätigkeit eigentlich zu erfordern schien.

Sarah tippte eine hastige Höflichkeits-SMS an Mrs Edwards.

Werde Daisy noch mindestens zwei Tage nicht abholen können. Vielen Dank für Ihre Hilfe, Mrs E!

Sie zeigte auf ihre Zigarettenschachtel. »Lust auf noch eine?«

Walker schüttelte den Kopf. »Nein, lassen Sie uns weitermachen.«

Keinem von ihnen waren Verhörräume fremd. Schnell fanden sie ihre Plätze am Tisch. Elaine kümmerte sich um die Formalitäten.

Sarah öffnete ihre Akte. »Okay, Andrew. Wie Elaine Ihnen bei Ihrer Verhaftung erklärte, sind wir im Besitz neuer Informationen. Wir werden sie jetzt gemeinsam durchgehen. Danach können Sie sich mit Ihrem Anwalt besprechen.«

Andrew nickte.

Sarah setzte ihre Brille auf. »Ich habe hier eine Abschrift Ihres ersten Verhörs.« Sie folgte den hervorgehobenen Worten mit dem Stift. »Hier ist es. Ich habe Sie gefragt, ob Sie Tania je getroffen hätten, und Sie haben geantwortet: ›Niemals.‹ Ich fragte, ob Sie mit ihr gesprochen hätten, und Sie haben auch das verneint.« Sie nahm die Brille ab. »Es ist also ziemlich eindeutig, dass Sie Tania nicht kannten. Stimmt das so?«

Holt griff ein. Er hatte einen Manchester-Akzent und sprach schnell. »Andrew, wie besprochen rate ich Ihnen, die Fragen der Beamtin nicht zu kommentieren, bis sie ihre neuen Informationen vollständig offenbart hat und wir uns besprechen konnten.«

Sarah nickte. »Okay.« Sie sah Andrew an. »Wir führen das heutige Gespräch, weil uns Beweise vorliegen, die Ihrer Aussage, Sie hätten Tania nie getroffen, widersprechen. Falls Sie sich in Ihrem ersten Verhör irgendwie geirrt hätten, könnten Sie dies jetzt korrigieren.«

Holt griff erneut ein. »Um Himmels willen, Detective Inspector.«

»Ich stelle lediglich Fragen, Mr Holt. Sie dürfen Andrew beraten, aber es obliegt ihm, zu antworten, wie er es für richtig hält.«

Sie nickte Elaine zu, die ein Foto von Tania aus der Akte nahm und es Walker über den Tisch hinweg zuschob.

Sarah fuhr fort: »Nur für den Fall, dass Sie nicht sicher sind, wer Tania Mills ist, zeige ich Ihnen ein Foto von ihr zum Zeitpunkt ihres Verschwindens. Es handelt sich um Beweisstück DJF/4. Möchten Sie angesichts dieses Bildes Ihre Aussage korrigieren, Tania niemals getroffen zu haben?«

Walker sah zwischen ihr und Elaine hin und her. »Kein Kommentar.«

»Zu Beginn der Ermittlungen wurde ein Mann namens Robert McCarthy als Verdächtiger verhaftet, später aber wieder aus der U-Haft entlassen. Robert besaß ein Foto von sich selbst mit

Tania. Als ich ihn fragte, wer es aufgenommen hätte, sagte er, dass Tania das Foto selbst gemacht habe, und zwar mit einem Selbstauslöser. An sich keine große Sache. Das Ungewöhnliche daran war, dass es sich bei dem Foto um ein Polaroid handelte. Polaroidkameras mit Selbstauslösern waren relativ selten. In einem Gespräch hat Tanias Mutter gegenüber Elaine bestätigt, dass Tania ihres Wissens nur eine Kamera besaß, eine Pentax K1000, die herkömmliche 35-mm-Filme verwendet. Die einzige andere Kamera der Familie war eine Kodak Instamatic. Als wir aber Ihre Wohnung durchsuchten, fanden wir das hier.«

Sarah griff in die Tasche, die neben ihr auf dem Boden stand, und nahm einen versiegelten Beweisbeutel heraus. Im Inneren befand sich eine wie ein UFO geformte große, klobige Kamera aus grauem Plastik, auf deren Vorderseite »Spectra« stand. Sie legte sie auf den Schreibtisch.

»Beweisstück SBB/23 versiegelt in C3427680. Es handelt sich um eine Spectra SE, die relativ selten ist: eine Polaroidkamera, die für den Einsatz von Profis entworfen wurde. Für eine Polaroidkamera ungewöhnlich ist, dass sie einen Selbstauslöser besitzt. Darüber hinaus macht die Größe des Films sie unverwechselbar – ein Spezialprodukt namens Polaroid 1200 Film. Robert McCarthys Foto stammt von einem solchen Film. Ist das Ihre Kamera?«

Holt hob die Hand. »Ich würde gern etwas vorlesen, das ins Protokoll aufgenommen werden soll.«

Sarah nickte. »Okay.«

Holt las aus seinen hastig hingekritzelten Notizen vor.

»Da Detective Inspector Collins uns bisher nicht mitgeteilt hat, welcher Art die neuen Beweise gegen Mr Walker sind, rate ich ihm, auf die gestellten Fragen keine Antwort zu geben.«

Sarah schrieb etwas in ihr Notizbuch und legte dann ihren Stift wieder auf den Tisch.

»Andrew, die Wahl, ob Sie meine Fragen beantworten wollen oder nicht, liegt ganz bei Ihnen. Wir haben diese Kamera in Ihrer Wohnung gefunden, und ich frage einfach, ob sie Ihnen gehört, ja oder nein?«

»Kein Kommentar.«

Sarah fuhr fort. »Tanias Mutter hat mir gestern Abend erzählt, dass ihre Tochter im Ellersby College of More Education Fotokurse besucht hatte. Waren Sie jemals dort?«

»Kein Kommentar.«

»Sie haben dort gearbeitet, nicht wahr? Als Techniker?«

»Kein Kommentar.«

»Okay. Zurück zur Kamera. Wir haben sie auf DNA und Fingerabdrücke untersucht. Hat Tania diese Kamera je berührt?«

Walker blickte Holt an, der den Kopf schüttelte.

Walkers Stimme war kaum hörbar. »Kein Kommentar.«

»Soll das eine Art Roulette-Spiel werden?«, polterte Holt. »Haben Sie überhaupt etwas Konkretes?«

»In der Tat haben wir etwas. Auf der Kamera befindet sich die DNA von Tania. Die Wahrscheinlichkeit ist sehr gering – nur eins zu zehn Millionen –, aber wir haben tatsächlich auch einen teilweisen Fingerabdruck gefunden.«

»Das alles sind Nebensächlichkeiten«, wandte Holt ein. »Solche Funde können auf Kontaminationen beruhen …«

Sarah unterbrach ihn. »Ich glaube, ich sollte Sie lieber jetzt auffordern, zu schweigen.« Sie wandte sich an Walker. »Ihr Anwalt hat Ihnen zwar Empfehlungen gegeben, aber die Fragen bleiben ganz einfach. Kannten Sie Tania? Ist das Ihre Kamera? Kann Tania sie berührt haben?«

Er schüttelte den Kopf. »Ich habe nichts zu sagen.«

»Außerdem gibt es einen Ort, wo Sie Tania hätten begegnen können: das Ellersby College. Sie besaßen die richtige, eher ungewöhnliche Kamera, auf der wir DNA und einen teilweisen

Fingerabdruck gefunden haben. Betrachtet man jede Erkenntnis für sich, ist das nicht viel, aber zusammengenommen liefern sie einen deutlichen Beweis dafür, dass Sie Tania gekannt haben.«

»Kein Kommentar.«

»Wir haben außerdem einen Zeugen, der aussagt, Sie hätten ihm gestanden, Tania getötet zu haben.«

Walker schob seinen Stuhl zurück. »Ich will dieses Verhör beenden.«

Auch Holt stand auf. »Halten Sie den Mitschnitt an. Sofort.«

Elaine hatte einen der Beamten überredet, ihr seine Zugangskarte zu leihen. Mit Sarah machte sie sich auf den Weg zur Kantine im obersten Stockwerk, die ihnen beiden einen Kaffee besorgte. Elaine zog zwei Stühle an eine der Glaswände, holte zwei Cupcakes aus der Tasche und bot sie Sarah an.

»Wagen Sie bloß nicht abzulehnen.«

»Das würde ich mich nie und nimmer trauen.«

Sie stippte das Küchlein in ihren Kaffee.

»Na, hat der Chef Ihnen Lee für das Verhör vorenthalten?«, erkundigte sich Elaine. »Meinte er, dass er für die Suche nach Skye gebraucht würde?«

Sarah wischte sich den Mund mit einer Papierserviette ab.

»Das stand nie zur Debatte.«

»Wie meinen Sie das?«

»Ich wollte Lee nicht. Ich wollte Sie.«

Elaine kicherte. »Warum denn das?«

»Nicht, dass ich auf Sie stehe, falls es das ist, weshalb Sie lachen.«

Elaine prustete. »Ich werde es mir merken.«

Sarah lachte ebenfalls, dachte aber dann, dass sie versuchen sollte, Elaine klarzumachen, warum sie ausgerechnet sie dabeihaben wollte. Hier war die Möglichkeit, sich dafür zu entschuldigen, dass sie Lee beauftragt hatte, Elaine mit der Suche nach der Unterkunft für Julie Teel zu betrauen. Sie würde es ein wenig verbrämen, aber Elaine sollte wissen, dass sie große Stücke auf sie hielt.

»Lee hat selbst keine Ahnung, was er wirklich denkt«, sagte sie. »Er macht sich viel zu viele Gedanken um die Meinung anderer. Er überlegt sich ständig, was ein guter Polizist sagen würde, und das macht ihn dumm. Sie hingegen scheinen sich keinen Deut darum zu scheren, und das mag ich irgendwie.«

Erst nach einer Stunde kehrten sie in den Verhörraum zurück.

Sobald die Bänder wieder liefen und die Hinweise gegeben waren, sagte Sarah: »Andrew, Sie sind es gewohnt zu lügen, um sich zu schützen.«

»Nein.«

»Das war keine Frage, sondern eine Feststellung.«

»Nun, das stimmt nicht. Ich lüge nicht, um mich zu schützen.«

Holt meldete sich zu Wort. »Andrew, ich erinnere Sie daran, was ich Ihnen geraten habe.«

»Sie behaupten, Sie lügen nicht, und Sie sagen, Sie fügen niemandem Schmerzen zu. Lassen Sie uns das doch einfach testen. Gestern Abend habe ich mir die Aussage des Opfers nach Ihrer letzten Verhaftung angesehen. Sie bescheinigt Ihnen etwas ganz anderes.« Sarah setzte ihre Brille auf. »Ja, hier steht es. Ich lese nur die relevanten Ausschnitte vor. ›Er tauchte hinter mir auf und sagte: ›Halt die Klappe, oder ich schlage dir ins Gesicht.‹ Er zog mich auf den Weg zum Tor im Zaun. Ich flehte ihn an: ›Bitte, bitte, bitte lass mich gehen‹, aber es war so, als wäre ich gar nicht da.« Sie fuhr mit dem Finger am Text entlang und übersprang einiges. »›Er zog mich hinter einen umgestürzten Baum und zwang mich, mich hinzulegen. Als ich versuchte aufzustehen, stieß er mich gegen die Brust und schlug mir ins Gesicht.‹«

Sarah sah Andrew an. »Mir haben Sie nichts von alledem erzählt. Sie sagten, Sie hätten sie nur anfassen wollen. Nichts davon, dass Sie sie aufforderten, die Klappe zu halten, weil Sie sie sonst ohrfeigen würden. Und nichts davon, dass Sie sie auch tatsächlich schlugen.«

Andrew zuckte mit den Achseln.

»Sie sagten außerdem, Sie seien ein geläuterter Mensch, für den nur noch die Wahrheit zähle, aber allein anhand dieser Aussage ist klar, dass das nicht stimmen kann.«

»Ich bin geläutert.«

Der Anwalt warnte: »Andrew …«

Walker sagte: »Ich habe mich entschlossen.«

Sarah wandte sich an Elaine. »Würden Sie bitte …«

Elaine öffnete den Laptop, der auf dem Schreibtisch stand. Stühle wurden gerückt, bis alle so saßen, dass Sie etwas sehen konnten. Sarah sagte: »Okay, Andrew. Die Aussage Ihres Opfers June wurde per Video aufgezeichnet. Wir spielen Ihnen jetzt einige Ausschnitte daraus vor.«

»Ich kann nicht erkennen, was das mit dem gegenwärtigen Verdacht zu tun haben soll«, wandte Holt ein. »Das ist doch als Beweis unzulässig.«

Sarahs Stimme blieb neutral. »Wir lassen das Gericht entscheiden, ob die Aussage zugelassen wird oder nicht. Im Augenblick aber werde ich weitermachen, wie es mein gutes Recht ist.«

Das Standbild zeigte ein junges, in einen Sessel gekauertes Mädchen. Es trug Jeans und einen Hoodie mit hochgezogener Kapuze. In der rechten Ecke des Bildes erkannte man eine Erwachsene in einem blauen Hosenanzug, von der nur das Profil zu sehen war.

»Dem Opfer fiel es schwer, diese Aussage zu machen«, erklärte Sarah. »Sie fragte, ob sie die Kapuze des Hoodies aufsetzen dürfe.«

Andrew nickte. »Okay.«

»Die andere Frau …«

»Ich weiß schon: Sie ist die Polizeibeamtin.«

»Okay, Elaine, sind Sie so weit?«

Das Mädchen sprach zwar, aber so leise, dass man zu Beginn kein Wort verstand. Elaine drehte den Ton lauter.

»Er sagte, dass ich mich hinlegen und meinen Rock hochziehen solle, und wenn ich ihm nicht gehorchte, würde er mir ins Gesicht schlagen. Ich sagte ihm meinen Namen und dass ich eine Schwester und zwei Katzen hätte. Und dass meine Mum mich wahrscheinlich längst vermissen würde. Er sagte, ich soll den Mund halten.«

Die junge Beamtin auf der rechten Bildseite lehnte sich ganz leicht nach vorne. »Welche Worte hat er benutzt?«

Das Mädchen räusperte sich. »Er sagte: ›Halt verdammt noch mal die Fresse.‹«

»Okay. Und weiter?«

»Er knöpfte seine Hose auf, hockte sich über mich und machte dabei stöhnende Geräusche. Er hatte meine Beine unter seine Knie geklemmt und seine linke Hand lag auf meiner rechten Schulter. Er sagte: ›Sag, dass du es magst.‹ Aber ich konnte nicht anders, ich kreischte nur. Daraufhin schlug er mir sehr hart ins Gesicht. Er wiederholte immer wieder: ›Sag, du magst es, sag, du magst es.‹ Er begann zu masturbieren …«

Das Mädchen brach ab. Die Beamtin redete leise auf sie ein: »Ich weiß, das ist schwierig.«

Erst nach langem Schweigen begann das Mädchen wieder zu sprechen.

»Ich fragte: ›Wenn ich alles mache, was Sie wollen, lassen Sie mich dann gehen?‹ Aber er schlug mir nur wieder ins Gesicht. ›Halt deine verdammte Fresse. Halt endlich die Fresse. Sag, dass du es magst.‹«

Sarah schaute zu Walker hinüber. Stirnrunzelnd verfolgte er wie gebannt die Aufnahme. Das Mädchen hatte die Hände vor das Gesicht gepresst und hielt sich sie Augen zu. Schließlich schlang sie die Arme um sich, bis man außer der Kapuze nichts mehr sah. Nur die Stimme drang sehr leise daraus hervor.

»Ich hatte Angst, dass er mich wieder schlagen würde. Aber er hatte nicht gesagt, ob er mich gehen lassen würde, wenn ich tat, was er verlangte. Dann war es plötzlich so, als ob etwas anderes in mir die Kontrolle übernahm. Ich ekelte mich vor ihm. Ich hasste ihn. Weil ich beim besten Willen nicht aussprechen konnte, dass es mir gefiel, würde er mich vielleicht einfach töten. Er legte seine Hand auf meinen Hals und drückte immer fester zu. Ich konnte hören, wie er keuchte: ›Sag, dass es dir gefällt.‹ Ich bekam keine Luft mehr. Und dann kam Gott sei Dank ein Hund.« Sie lachte und schüttelte den Kopf. Sarah erhaschte einen kurzen Blick auf die Nase des Mädchens. »Es war ein schöner schwarzer Labrador. Er bellte. Der Mann sprang auf, zog seine Hose hoch und rannte davon. Ich glaube, das war der schönste Moment meines Lebens. Als später die Polizei kam und der Hubschrauber über uns kreiste, hoffte ich, dass sie ihn töten würden.«

Sarah streckte die Hand aus und berührte Elaines Arm. Elaine hielt das Band an.

Manchmal fiel es Sarah schwer, mit ihren eigenen Gedanken Schritt zu halten und genau die Frage zu stellen, die gerade gebraucht wurde. »Im letzten Verhör haben Sie gesagt, dass es nicht zu Ihren Fantasien gehöre, jemanden zu verletzen«, stellte sie schließlich fest.

»Das ist richtig.«

»Vielleicht stimmt es ja sogar. Sie wollen die Leute nicht verletzen, aber Sie wollen unbedingt das in die Tat umsetzen, was in Ihrer Fantasie stattfindet.«

Er unterbrach sie, legte seine Hände auf den Schreibtisch und lehnte sich nach vorn. »Ja, zum Beispiel genau jetzt. Ich finde es schwer, mich zu konzentrieren, weil ich eigentlich nur will, dass Sie aufhören zu reden, zu reden und zu reden, sondern Ihre Beine spreizen und mir Ihr Höschen zeigen.«

Elaine sprang halb auf.

Holt sagte: »Ich denke, wir sollten noch einmal unterbrechen.«

»Meiner Ansicht gibt es keinen Grund dafür«, widersprach Sarah. Sie wandte sich an Walker. »Ich begann mich schon zu fragen, wann wir endlich zu diesem Punkt kämen. Warum, glauben Sie, haben Sie das jetzt gesagt?«

Zum ersten Mal während des Verhörs klang er wütend. »Ich weiß es nicht. Es überkam mich einfach: Sie mit gespreizten Beinen, und Ihr Slip, ein Stück Stoff, das sich über Ihre behaarte Fotze spannt. Welche Art Höschen tragen Sie?«

Holt sagte: »Mr Walker ist eindeutig erregt. Ich kann Sie nur warnen – diese Kommentare meines Klienten werden vor Gericht vermutlich nicht anerkannt.«

Sarah blickte den Anwalt an. »Davon gehe ich nicht aus. Das Verhalten von Mr Walker in diesem Verhör ist relevant. Der Mann, den wir jetzt hier sehen, widerspricht komplett dem sanften, geläuterten Charakter, den er im ersten Interview vorgetäuscht hat.« Erneut wandte sie sich an Walker. »Sie haben sich gerade nur so provokativ gegeben, weil Sie das Thema wechseln wollten.«

Er schüttelte den Kopf. »Nein.«

»Sie sind nicht die ehrbare, gewaltlose Person, die Sie uns im ersten Verhör vorgespielt haben. Sie sind nicht jemand, der nur schauen will.«

»Doch, das bin ich.«

»Warten Sie, ich formuliere es genauer. Ich glaube, diese Sache mit dem Anschauen ist nicht nur eine – wie haben Sie es genannt? – eine Fantasie. Sie wollen es unbedingt wirklich tun.

Und Sie sind bereit, Gewalt anzuwenden, wenn Sie glauben, damit etwas zu erreichen. Sie haben es getan, als Sie Ihr Opfer im Park entführt haben. Sie haben sie bedroht, Sie haben sie geschlagen. Und gewürgt haben Sie sie auch.«

»Nur dieses eine Mal.«

»Es gibt zwei Arten von Sexualmördern. Es gibt diejenigen, die morden, weil es sie antörnt, zu verletzen und zu töten. Sie gehören der anderen Art an: Sie sind nicht daran interessiert, Menschen wehzutun, aber wenn es nötig ist, um zu bekommen, was Sie wollen oder um nicht erkannt zu werden, dann tun Sie es.«

»Nein.«

»Sie sind ein gefährlicher Mann. Sie sind ein Lügner. Sie sind manipulativ. Und Sie sind gewalttätig.« Sie hielt inne und blickte ihm gerade ins Gesicht. »Sie haben Tania getötet. Sie haben sie kennengelernt, sie hat Ihnen vertraut, und Sie haben sie getötet.«

Andrews Blick irrte zwischen Sarah und seinem Anwalt hin und her. Schließlich sagte er: »Ich habe Tania nicht getötet.«

»Sie wollten es nicht, aber Sie mussten es tun. Es war der einzige Weg, aus der Sache herauszukommen.«

»Nein.«

»Sie waren sogar recht erfolgreich damit. Wir haben sie nie gefunden. Wo ist sie, Andrew?«

22

Das Hotel, in dem Julie untergebracht war, befand sich unmittelbar außerhalb der Stadtgrenze Londons. Lizzie hatte vor, ihre Aussage aufzunehmen, dann zu ihrer Mutter zu fahren, am nächsten Tag zurückzukehren und direkt zur Arbeit zu gehen. Sie hatte gehofft, genügend Zeit zu haben, kurz in ihrer Wohnung vorbeizuschauen und frische Kleidung einzupacken, aber die Zeit war ihr davongelaufen, und sie wollte Julie nicht warten lassen. Als Kieran sie daher vor ihrer Wohnung absetzte, warf sie ihre Tasche direkt in den Kofferraum ihres Golfs. Schließlich besaß ihre Mutter eine Waschmaschine, und sie konnte ihre Arbeitskleidung durchaus am nächsten Tag zur Nachtschicht tragen.

An der A41 gab es zwar Felder, Bäume und Hecken, doch die Schnellstraße war zu stark befahren und zu gut ausgebaut, um als echte Landstraße durchzugehen. Ihre begrünten Randstreifen wurden von vereinzelten Einrichtungen unterbrochen, die die nahe Stadt verrieten: Hotels mit Konferenzräumen, Autohäuser, ein Drive-in-McDonalds, ein Supermarkt.

Lizzie bog in den weitläufigen Hotelparkplatz ein und ging durch die mit falschem Marmor getäfelte Lobby zu Julies unpersönlichem Zimmer mit seinem gemusterten blauen Teppich und den taupefarbenen Vorhängen.

Julie saß auf dem Bett. Sie wirkte klein und sehr dünn. Obwohl der Raum warm war, hatte sie sich zusätzlich in eine Decke gewickelt und rollte eine Zigarette zwischen ihren fingerlosen Handschuhen. »Ich sehne mich nach einer Fluppe, aber ich habe

Angst, dass die Rauchmelder losgehen.« Sie sah aus wie ein dürrer Vogel, den man aus dem Nest geholt hatte, ein Vogel, auf dessen Überleben man keine Wetten abschließen würde.

Lizzie fummelte an dem schweren, angeblich tragbaren silbernen Kasten des Doppelkassettenrekorders herum.

Julie sagte: »Sie scheinen Stress mit dem Ding zu haben.«

Lizzie blickte auf. Julie lächelte.

»Immer mit der Ruhe«, sagte sie. »Ich laufe Ihnen bestimmt nicht weg.«

Die dünnen schwarzen Mikrofondrähte des Rekorders steckten verheddert in einem Fach auf der Rückseite.

»In diesem Hotel gibt es einen Pool, ein Fitnessstudio und ein Restaurant. Ich habe das Gefühl, auf dem Mars gelandet zu sein.«

Lizzie legte die Kassetten ein.

»Ich bin gleich so weit. Stört es Sie, wenn ich Ihre Aussage mitschreibe, während Sie sprechen?«

»Warum sollte ich?«

Lizzie kniete sich neben den niedrigen Couchtisch aus Glas und drückte auf Play. Julie begann:

»Mutter zu sein ist wahrscheinlich das Wichtigste, was ein Mensch tun kann. Aber ich war nicht gut darin, das weiß ich genau. Als ich mit Georgie schwanger wurde, wusste ich nicht einmal, was mit mir los war. Ich war total neben der Spur.

Ich dröhnte mich damals mit Heroin zu. Es gibt so viele Namen dafür: Junk, Snief, Smack, Horse, H, Stoff … Irgendwie sind diese Namen wie Kosenamen für das Zeug und lassen es glamourös klingen. Aber etwas, das so bösartig ist, muss das vielleicht.

Als ich damit anfing, ganz zu Beginn, schluckte ich es nur. Ich dachte, ich könnte damit umgehen. Doch dann hat es mich überwältigt. Ich hatte keine Ahnung, was mit mir passierte. Es war wie in diesem Song von den Rolling Stones: *Can't Get No Satisfaction*.

Ich musste immer weitermachen und mich damit abfinden, wie sehr ich danach gierte. Erst fing ich an, das Zeug zu rauchen, bis mir ein Kumpel sagte, er würde die Sache für mich regeln. Ihn trifft keine Schuld: Ich wusste, was er meinte. Er zeigte mir, wie man fixt, und das war es dann. Ich bin ein richtiger Junkie geworden. Ich trug mein Zeug in einem kleinen rosa bestickten chinesischen Beutel mit Druckknöpfen mit mir herum: einen Löffel, ein Feuerzeug, meine Spritze.

Das Gefühl, wenn man sich einen Schuss setzt, ist unbeschreiblich. Als würde der Kopf explodieren. Aber wenn man wieder zu sich kommt, fühlt man sich todkrank. Man hat keinerlei Energie und zittert ständig. Selbst an sonnigen Tagen läuft man mit Mütze, drei T-Shirts und Pullover herum. Und dann ständig diese Gier. Ich bestand nur noch aus Hunger. Junk frisst einen von innen auf und höhlt einen aus, als hätte man Ameisen unter der Haut. Der einzige Weg, sich nicht mehr krank zu fühlen, ist, sich einen Schuss zu setzen, danach fühlt man sich allerdings wieder elend. Es ist ein Teufelskreis. Man hat zwar seine Junk-Freunde, aber was heißt das schon? Tatsächlich hat man keine wirkliche Beziehung. Da gibt es nichts als den Stoff.

Alles, was Sie je über Junkies gehört haben, habe ich durchgemacht. Tiefer hätte ich nicht mehr fallen können. Auf den Strich gehen? Habe ich getan. Damals machte es mir nichts aus. Ich tat es, ließ es über mich ergehen, um von meinem Freier das Geld für den nächsten Schuss zu bekommen. Ich stahl meiner eigenen Mum Geld. Meine Arme und Beine waren mit Einstichen übersät. Ich suchte in meinem inneren Oberschenkel und meinen großen Zehen nach einer Vene.

Georgie wurde süchtig geboren und im Krankenhaus entwöhnt. Man bot mir eine Chance, und ich wollte das Kind auch wirklich, aber sie haben mir die Kleine dann doch weggenommen. Ich verbrauchte nämlich das ganze Geld, das ich für Essen und Heizung bekam, für den Stoff. Sozialarbeiter kamen und sagten, es wäre besser für Georgie, wenn ich sie zur Adoption freigeben würde. Aber ich konnte nicht. Georgie war das Einzige, das jemals stärker war als H. Deshalb glaube ich auch, dass sie eine Art Engel gewesen sein muss, denn nur ein Engel kann den Teufel bekämpfen. Ich vermisste sie so sehr, dass ich mich zusammenriss und den Ausstieg schaffte. Der Richter meinte, ich hätte es wirklich gut gemacht und der beste Platz für Georgie wäre bei ihrer Mum.

Ich muss zugeben, dass ich ein paarmal ins Straucheln geriet. Dann kümmerte sich meine Mutter um Georgie und ließ mich nicht zu ihr. Sie sagte: ›Komm bloß nicht her. Georgie sollte dich jetzt besser nicht sehen.‹

Aber wir hatten auch gute Zeiten. Oft raffte ich mich auf, und dann habe ich mit Georgie alles Mögliche unternommen. Ich gab mein ganzes Geld für sie aus. Ausflüge in den Park. Eislaufen. Einmal fuhr ich mit ihr in den Ferien nach Spanien. Es gab da einen Pool und alles. Nur sie und ich. Wir brauchten niemanden sonst. Ich liebte sie.

Georgie wurde richtig gut darin, Geheimnisse zu hüten. Zu gut. Sie hat die Wohnung hübsch aufgeräumt und sauber gemacht, wenn die Sozialarbeiter ihren Besuch ankündigten. Sie war gut in der Schule. Nie gab es Probleme. Sie war sehr ruhig. Und ordentlich. Meine Mutter sagte manchmal: ›Alter Kopf auf jungen Schultern.‹

Irgendwann schaffte ich den endgültigen Ausstieg. Ich nahm diesen chinesischen Geldbeutel, füllte ihn mit Steinen und warf ihn in den Kanal. Danach zählten nur noch wir beide: Georgie und ich. Ich wollte keinen Ärger mehr. Fergal zog erst ein, nachdem Georgie ausgezogen war, obwohl er immer gut zu mir war.

Mit siebzehn ging sie von der Schule ab und besorgte sich einen Job in einem Telefonladen. Dort hat sie Mark kennengelernt. Sie verkaufte ihm ein Telefon. Gott, ich wünschte, sie hätte an diesem Tag die Arbeit geschwänzt! Sie sagte mir, er würde sie anständig behandeln. Wäre nicht zu schnell zur Sache gekommen. Wäre voller Respekt, hätte immer Geld – logisch – und bezahlte immer für alles. Von Anfang an war er der Allergrößte. Sie ist fast sofort ausgezogen. Er hat ihr ein Zuhause gegeben. Ich glaube, am Anfang gefiel ihr, wie er sie herumkommandierte, weil ich ihr als Kind viel zu viel hatte durchgehen lassen.

Sie konnte nicht genug von ihm bekommen. Mark hier und Mark da. Es dauerte Monate, bis ich ihn kennenlernen durfte. Am Tag vor seinem ersten Besuch kam sie zu mir und forderte mich auf, mich hübsch anzuziehen, aufzuräumen und die Aschenbecher zu leeren. Und bloß nicht über die Narben an meinen Armen zu reden.

Sie sagte: ›Biete mir auf keinen Fall eine Zigarette an. Ich rauche nicht mehr.‹ – ›Prima‹, meinte ich, und sie sagte: ›Mark kann es nicht leiden.‹ Ich habe mich verhalten, wie sie es gewollt hatte. Ich trug eine hübsche langärmlige Bluse und einen langen Rock. Irgendwann stand ich mit einer Zigarette in der Küche. Er kam herein und sagte – er hatte wirklich eine Schraube locker –: ›Ich will nicht, dass du in Georgies Anwesenheit rauchst.‹

Wäre es nicht um Georgie gegangen, hätte ich ihm klipp und klar gesagt, dass er sich um seinen eigenen Scheiß kümmern solle.

Doch mir blieb keine Wahl. Ich tat, was er von mir wollte. Leerte den Aschenbecher vor seinen Augen und ließ den Tabak in einer Schublade verschwinden. Wollte ihm zeigen, dass ich eine gute Mum sein konnte, damit er weiter Kontakt zuließ, wenn eines Tages Kinder kämen. Heute weiß ich, dass ich eine bessere Mum gewesen wäre, wenn ich ihm gesagt hätte, dass er mich mal könnte. Aber man weiß nie, was das Leben für einen bereithält. Ich hätte ihm die Stirn bieten sollen. Für Georgie habe ich nie etwas richtig gemacht.

Ich fing an zu stricken – Baby- und Kindersachen – und sie an einem dieser Stände für Touristen in Covent Garden zu verkaufen. Es zeigte sich, dass ich ein Händchen dafür hatte. Ich strickte alle möglichen Muster, Cable und Fair Isle und so. Echt schnell und echt ordentlich. Ich denke, die Leute hielten mich für eine Fischerin von einer schottischen Insel. Dabei ist die einzige Insel, auf der ich je war, die Isle of Dogs, hier in der Themseschleife im East End! Inzwischen habe ich eine eigene Seite auf eBay und beliefere ein paar nette Geschäfte in Hampstead, Kensington und so. Jedenfalls strickte ich immer, wenn Mark und Georgie vorbeikamen. Damit ich nicht an Fluppen denken musste.

Als Skye geboren wurde, habe ich mich oft um sie gekümmert. Mark brachte sie vorbei. Sagte kein einziges Wort außer: ›Bis dann‹ und ging wieder. Es ist schwierig zu spüren, dass man für nicht gut genug gehalten wird. Man fühlt sich so machtlos. Ich war immer irgendwie auf dem Rückzug.

Georgie hat mir zuerst nichts gesagt, aber ich habe es trotzdem bemerkt. Sie behauptete, sie wäre gegen einen Schrank gelaufen oder hätte sich am Tisch gestoßen. Wer rennt schon gegen einen Schrank? Ich bin doch nicht von gestern! Und dann war da noch Skye. Eines Tages, als sie bei mir war, sagte sie: ›Dad schlägt Mum.‹ – ›Oh, wirklich?‹ Und sie sagte: ›Ja.‹

Ich versuchte, sie darauf anzusprechen. ›Wenn es etwas gibt, worüber du reden willst …‹, oder ›Georgie, mir ist klar, dass ich nicht die beste Mutter war, aber du weißt, dass ich jetzt immer für dich da bin. Was auch immer du brauchst. Ich würde mein Leben für dich geben.‹ Aber sie sagte immer nur: ›Alles in Ordnung, Mum.‹ Irgendwann schlug er ihr einen Vorderzahn aus, und ich setzte ich mich mit ihr zusammen. ›Bist du nun endlich bereit, darüber zu sprechen? Du weißt, dass ich dich über alles in der Welt liebe.‹ Sie war ein hübsches Mädchen und konnte nicht verbergen, wie viel es ihr ausmachte. Er hatte eine große Lücke in ihrem Gesicht hinterlassen und sie gewarnt, wenn sie zur Polizei ginge, würde er sie töten.

Ich konnte nicht mehr schlafen. Ich wusste, dass es meine Schuld war, dass sie sich einen übermächtigen Partner gesucht hatte, mit festen Regeln und so.

›Du musst ihn verlassen, das weißt du‹, sagte ich. ›Denk an Skye. Sie darf nicht sehen, dass er dir so etwas antut. Ich weiß, ich habe viele Fehler gemacht, und es steht mir nicht zu, dich zu kritisieren. Aber wenigstens bin ich jetzt für dich da, was früher nicht der Fall war. Fergal und ich würden alles für dich tun. Fergal liebt dich wie sein eigenes Kind, und das weißt du.‹

Doch sie brachte es nicht fertig, ihn zu verlassen. Wegen Skye, wegen der Wohnung, all diese Dinge. Außerdem drohte er, sie umzubringen, falls sie ihn jemals verließe. Aber ich war wild entschlossen. Ich sagte: ›Eines Tages wirst du gehen wollen, und wenn du es tust, machen wir es ganz schnell. Wir holen dich da raus, wenn er nicht da ist.‹

Damals fing er an herzukommen, an die Tür zu poltern und mich zu bedrohen. ›Kümmere dich um deinen eigenen Kram, alte Schachtel!‹ Er enthüllte seine andere Seite. Schließlich wurde es so schlimm, dass ich etwas dagegen tun musste. Ich ging vor Gericht und beantragte eine einstweilige Verfügung.

Georgie bekam einen Teilzeitjob als Lehrassistentin. Nur zwei Tage in der Woche, doch es war immerhin ein Anfang. Ich passte auf Skye auf. Sie brachte sie zu mir. Skye half mir mit der Wolle. Ich streifte mir die losen Stränge über die Hände, streckte sie aus, und Skye wickelte die Knäuel. Sie hat mir einen Schal in wunderschönen Farben gestrickt. Bestimmt hat sie ewig dafür gebraucht! Fergal zog auf das Sofa um, und Skye schlief bei mir im Bett. Sie hatte ihren eigenen Schrank mit Schlafanzügen und

Kleidern zum Wechseln, ihre eigene Decke und ihren Teddy – alles. Immer rannte sie als Erstes auf ihren Teddy Roly Poly zu. Wir sagten ihr, er hätte auf sie gewartet. Genau wie unser Hund Sally. Wenn Skye bei uns war, schlief Sally neben ihrem Bett.

Georgie und ich kamen uns wieder näher. Es war, als hätte ich die Chance bekommen, mich bei ihr zu entschuldigen, indem ich immer für sie da war. Ich kritisierte sie nie. Gleichzeitig war es, als ob sie … als ob sie vielleicht jetzt verstand, dass wir alle Fehler machen können und irgendwo landen, wo wir gar nicht hinwollten. Mein Fehler war natürlich anders, die Schuld lag bei mir ganz allein. Georgie war nur mit einem Mistkerl zusammengezogen.

Ganz allmählich ging es ihr besser. Es war, als wäre sie über den Berg. Sie hat sich die Zähne richten lassen und war immer noch jung und hübsch. Sie dachte über eine Ausbildung als richtige Lehrerin nach. Sie war klug und entschlossen, und ich bin sicher, dass sie es hätte schaffen können.

Ich sagte zu ihr: ›An dem Tag, an dem du bereit bist, ihn zu verlassen, rufst du mich an, und wir machen es zusammen.‹ Meine Zeit als Junkie hat mich einige Dinge gelehrt. Schnell zu verschwinden gehörte dazu. Ich ging davon aus, dass es nur noch eine Frage der Zeit war, und ich glaube, das hat auch Mark wahrgenommen.«

Erst als Lizzie von ihren Notizen aufblickte, erkannte sie, dass Julie mit angezogenen Knien und um sich geschlungenen Armen auf dem Bett lag und leise vor sich hin weinte.

»Soll ich die Aufzeichnung anhalten?«

»Darum hat er es getan. Er ahnte, dass sie ihn verlassen und ihr Leben selbst in die Hand nehmen wollte.«

Lizzie trat zu ihr und legte ihre Hand auf Julies Knie. »Ich halte die Bänder an.«

»Ich habe ihre WhatsApp-Nachrichten von dem Tag gelesen, als er sie umbrachte. Ich hätte sie nie ermutigen dürfen. Es ist fast, als hätte ich sie getötet, weil ich kein Datenvolumen mehr hatte.«

»Nein …«

»Er wollte sie nicht gehen lassen. Natürlich nicht. Ich hätte es wissen müssen.« Sie nahm ihren Kopf in die Hände, schaukelte vor und zurück und weinte. »Er hat mich zerbrochen.«

»Julie …«

Sie blickte auf. Ihr Gesicht war jetzt fest und entschlossen. »Verkünden Sie es ruhig bei der gesamten Polizei! Ich will nicht, dass er stirbt. Ich will, dass er verhaftet wird. Sagen Sie das unbedingt Ihren Kollegen!«

»Natürlich.«

»Und ich will meine Skye zurück. Ich lebe für sie …«

»Die Kollegen tun alles, was sie können.«

»Ich wünsche mir, dass er lange lebt, weil es so für Skye besser wäre. Sie könnte lernen, ihn zu hassen, anstatt ihn zu bedauern. Und für ihn ist das Leben die schlimmste Strafe, die er bekommen kann. Ich wünsche mir, dass er vor Gericht stehen und hören muss, was er verbrochen hat. Jede blutige Einzelheit. Und dann wünsche ich mir, dass er im Gefängnis mindestens dreißig Jahre lang Tag für Tag damit konfrontiert wird. Irgendwann wird er vielleicht begreifen, was er getan hat. Und dann fühlt er sich so wie ich jetzt. Er wird nicht mehr leben wollen.«

23

Sie hatten sich wieder in den Verhörraum gesetzt. Walkers Anwalt las eine vorbereitete Aussage vor.

»Ich kannte Tania Mills. Sie kam einige Male zu einem Abendkurs für Fotografie im Ellersby College, bei dem ich assistierte. Wir kannten uns zwar, aber nicht besonders gut. Sie gehörte nicht zu den Mädchen, die einem das Kennenlernen leicht machen. Sie war mit den Gedanken immer woanders. Ich habe sie insgesamt etwa fünfmal gesehen.

Ich hatte Zugang zur Dunkelkammer des Ellersby College. Manchmal schwänzte sie die Schule, und ich zeigte ihr, wie man Fotos entwickelt. Ich erinnere mich noch gut daran. Sie trug ihre Schuluniform. Ich fand es sehr erotisch, mit ihr in der Dunkelkammer zu stehen, auf engstem Raum und im roten Licht. Sie geisterte ständig durch meine Fantasien. Ich habe ihr für ein paar Tage meine Polaroidkamera geliehen, um mit ihr in Kontakt zu bleiben.

Am Tag nach dem Sturm war das College geschlossen, und ich blieb zu Hause. Um elf Uhr rief mich Tania von einer Telefonzelle aus an. Sie sagte, sie wolle mir die Kamera zurückbringen. Etwa eine Stunde später tauchte sie bei mir auf. Sie hatte ihre Geige und eine Umhängetasche bei sich. Ich bat sie herein.

Sie war in einer seltsamen Stimmung, hatte Cannabis mitgebracht und drehte einen Joint. Sie betrachtete meine Kameras. Ich bin verrückt nach Kameras und hatte eine ganz ordentliche Sammlung – eine Nikon, eine kleine Leica, eine Hasselblad 500C/M. Tania wusste natürlich nicht, was mich sonst noch interessierte. Allerdings war sie ohnehin kein bisschen neugierig auf mich. Sie benutzte mich nur. Sie fragte, ob sie mein Telefonbuch durchsehen dürfe, legte sich bäuchlings auf den Boden und blätterte es durch. Dabei beugte sie die Knie und wackelte mit den Füßen. Plötzlich riss sie eine Seite aus dem Buch. Sie sagte, sie suche jemanden, und jetzt hätte sie die Adresse und würde hingehen. Ich hörte kaum, was sie sagte, weil ich fotografierte. Ich benutzte die Hasselblad. Bei dieser Kamera befindet sich der Sucher auf der Oberseite, und wenn jemand nicht wirklich aufmerksam ist, weiß er nicht, was genau gerade fotografiert wird. Außerdem war sie daran gewöhnt, dass ich herumlief und fotografierte. Sie fragte, ob sie die Bilder sehen dürfe, nachdem sie entwickelt waren. Daraufhin nahm ich einige herkömmliche Porträts auf, um ihr etwas zeigen zu können, wenn wir uns wiedersahen.

Im ersten Interview fragten Sie, wann ich anfing, über Tania zu fantasieren. Nun, nach diesen Fotos wurde es wirklich extrem. Sie waren nämlich großartig.

Irgendwann ging sie, und das war das letzte Mal, dass ich sie sah. Als ich in den Nachrichten hörte, dass sie vermisst wurde, vernichtete ich die Fotos, weil ich ahnte, wie leicht sie mich in die Ermittlungen hineinziehen konnten. Aber ich habe nie aufgehört, an Tania zu denken, und deshalb habe ich Erdem von dieser Fantasie erzählt – immer und immer wieder.

In meinem ersten Verhör habe ich fälschlicherweise angegeben, Tania nicht zu kennen, um mich zu schützen. Doch die vorliegende Aussage ist die Wahrheit. Ich habe darin alles erwähnt, woran ich mich erinnern kann.«

Elaine und Sarah legten eine Kaution für Walker fest. Sie verhörten ihn weiter, aber alles, was er zu sagen hatte, stand bereits in seiner Aussage. Beide waren hungrig, doch Elaine wollte lieber nach Hause zu ihren Kindern gehen, anstatt Zeit damit zu verschwenden, gutes Essen zu besorgen.

»Meine Geheimwaffe«, sagte sie und zog eine ungeöffnete Packung Schokoriegel aus der Tasche.

»Ausgezeichnet mitgedacht. Wir holen uns Kaffee am Automaten in der Kantine, und ich rufe Fedden von dort aus an.«

Sie drehten ihre Stühle so, dass sie nach Westen blickten. Fedden nahm nach ein paarmal Klingeln ab.

»Ich habe Ihre Nachricht bekommen, Sarah. Das sind ja wirklich gute Neuigkeiten. Es wird Zeit, die Strafverfolgungsbehörde zu informieren.«

Elaine bot ihr einen weiteren Schokoriegel an. Sarah winkte mit der rechten Hand ab und telefonierte weiter.

»Jim, ich bin mir nicht sicher, ob wir schon so weit sind. Es gibt noch viel zu tun, aber immerhin haben wir auch schon eine Menge! Walker hat ausgesagt, dass er Tania kannte, in seiner ersten Aussage gelogen hat und sie an dem Tag, an dem sie verschwunden ist, bei ihm zu Hause war.«

»Wenn ich ein Sexualstraftäter wäre, würde ich wahrscheinlich auch lügen, wenn man mich fragte, ob ich ein vermisstes Mädchen kenne.«

»Ja, aber Sie sind kein Sexualstraftäter.« Elaine, die in aller Ruhe weiterkaute, sah Sarah mit zunehmend amüsiertem Gesichtsausdruck an. Fedden redete wie ein Wasserfall. Sarah unterbrach seine begeisterte Tirade nicht. Als er schließlich zum Ende kam, sagte sie: »Ich tendiere zu einer anderen Spur.«

Es war zwar nur seine körperlose Stimme, die aus dem Headset ihres Handys bellte, aber sie konnte Fedden fast vor sich sehen – rot vor Wut und Ungläubigkeit.

»Ja, ich habe es gesehen. Irgendein armer Irrer erinnert sich nach mehr als zwanzig Jahren an ein grünes Auto, und ein Lehrer an Tanias Schule fuhr einen Jaguar? Himmel noch mal!«

»Ein Ermittler sollte alle vernünftigen Spuren verfolgen, ganz gleich, ob sie auf den Verdächtigen hinweisen oder von ihm ausgehen.«

»Sagen Sie mir, dass Sie scherzen.«

»Was ich meine, ist, dass es noch eine weitere Spur gibt, und wenn wir Anklage gegen Walker erheben, müssen wir das der Verteidigung offenlegen.«

»Oder, um es anders auszudrücken: Nachdem Sie mir mit diesem Unsinn gekommen sind, haben wir ein Problem. Glauben Sie nicht, dass Walker es getan hat?«

»Ich weiß es noch nicht.«

»Sie wissen es noch nicht? Wie viele Dienstjahre haben Sie?«

»Weniger als Sie …«

Er unterbrach sie. »Verdammt richtig. Offensichtlich sind Sie noch so naiv, dass Sie denken, ein Perverser, der zugegeben hat, Tania am Tag ihres Verschwindens gesehen zu haben, wäre nicht verantwortlich für ihren Tod.«

»Meiner Ansicht nach kommt jemand, der abstoßend und sogar gefährlich ist, nicht unbedingt für jedes Verbrechen infrage, das wir irgendwie mit ihm verknüpfen können – auch wenn wir es gerne hätten.«

Elaine lächelte breit und schüttelte den Kopf. Sie drohte mit dem Zeigefinger und schnalzte warnend.

Fedden sagte: »Reden Sie mit der Staatsanwaltschaft über Walker. Finden Sie heraus, was noch von uns für eine Anklage benötigt wird. Sobald wir die Operation Woodhall unter Kontrolle haben, teile ich Ihnen ein paar vernünftige Leute zu, die alles nach den von mir und der Staatsanwaltschaft festgelegten Richtlinien umsetzen.«

Eine Pause entstand.

»Darf ich Elaine in der Zwischenzeit behalten?«

»Ja, in der Zwischenzeit dürfen Sie Elaine behalten und sie auffordern, alles zu tun, um diese Nebelkerze aus dem Weg zu schaffen. Ich möchte, dass Sie sich darauf konzentrieren, eine Anklage für Walker zusammenzubekommen.«

Er legte auf. Sarah steckte das Telefon in die Tasche.

»Klingt, als wäre es gut gelaufen«, meinte Elaine.

»Hm.«

»Er hat sich nach der Zahl Ihrer Dienstjahre erkundigt?«

»Hat er.«

Elaine lachte. »Das bedeutet, dass er Sie wirklich nicht leiden kann. Jede Wette, dass er Lee nie danach gefragt hat.«

»Vermutlich nicht.«

»Der Typ ist ein Arschloch«, erklärte Elaine fröhlich, steckte die fast leere Packung wieder in die Tasche und stand auf. »Tut mir leid, aber ich muss gehen.«

Sarah stand ebenfalls auf. »Ich weiß, dass Sie gehen müssen, aber ich würde die Aussage gern noch mit Ihnen durchsprechen. Fünf Minuten. Unten im Hof, damit ich rauchen kann.«

Sie standen im überdachten Bereich. Ein paar Beamte fuhren in einem Zivilfahrzeug vor und begannen, große Plastikbeutel mit Beweisstücken aus dem Kofferraum zu laden. Es war ziemlich viel: drei Computer, eine Mikrowelle, eine Küchenmaschine, ein Mini-Kühlschrank.

»Um welchen Tatbestand mag es hier wohl gehen?«, überlegte Elaine.

»Schwarzhandel, würde ich sagen. Das Zeug sollte bei eBay verkauft werden.«

»Wahrscheinlich haben Sie recht.«

Sarah zündete ihre Zigarette an und sagte: »Wir sollten darüber nachdenken, was es bedeuten könnte, wenn Walker die Wahrheit sagt.«

Elaine nickte und Sarah fuhr fort.

»Am Tag, an dem Tania verschwand, hat ihre beste Freundin

Katherine Herringham bei ihr angerufen und sich mit ihr verabredet. Claire Mills sagt, dass Tania gegen neun Uhr das Haus verließ. Sie erinnert sich an die Zeit, weil Tania gerade ging, als ihr Pflegekind gebracht wurde. Tania ging zu Roberts Hütte und zog sich um. Und das war es dann. Nachdem sie Roberts Hütte verlassen hat, haben wir nichts Konkretes mehr.«

Beide schwiegen kurz und dachten über die Fakten nach.

»Walker sagt, dass Tania ihn anrief und etwas später in seiner Wohnung besuchte«, fuhr Sarah schließlich fort. »Es war bereits später Vormittag, als sie kam – nach elf. Wenn er also die Wahrheit sagt, haben wir eine Lücke von etwa zwei Stunden zwischen der Zeit, als Tania die Hütte verließ und ihrem schlecht gelaunten Auftauchen bei Walker.«

»Ging sie vielleicht woandershin, obwohl sie eigentlich Katherine treffen wollte?«, schlug Elaine vor.

»Könnte sein.« Sarah hielt inne. »Oder Katherine lügt, und ihre Freundin hat sie doch besucht. Immerhin hat Katherine nicht bei Tania zu Hause angerufen, um zu erfahren, warum die Freundin nicht aufgetaucht war.«

»Danach habe ich sie gefragt, als ich versuchte, mehr über den Jaguar herauszufinden. Katherine sagte, Tania sei immer unzuverlässig gewesen. Sie war sauer auf sie und wollte sich nicht bei ihr melden. Aber sie könnte lügen, ja. Durchaus möglich.«

»Aber warum sollte sie lügen? Sie wollte doch sicher helfen, ihre Freundin zu finden.« Sarah dachte einen Moment nach. »Katherine und Tania machten zusammen Musik. Stephenson war vermutlich auch Katherines Lehrer. Hat sie sich an den Jaguar erinnert?«

»Nein. Sie konnte sich an niemandem mit einem grünen Jaguar erinnern.«

»Das muss nichts bedeuten. Ich kann mich auch nicht erinnern, welche Autos meine Lehrer fuhren.«

Elaine lachte. »Ich erinnere mich, dass meine Deutschlehrerin einen Mini fuhr, weil wir uns davorgelegt haben, um sie davon abzuhalten, die Schule zu verlassen.«

Sarah lachte. »Ich kann mir Sie dabei lebhaft vorstellen.«

»Also wirklich!«, rief Elaine mit gespielter Empörung.

Sarah zuckte mit den Schultern und kehrte zu ihren Gedanken zurück. »Es gibt keinen Grund, sich an die Autos seiner Lehrer zu erinnern, falls man überhaupt je darauf geachtet hat.«

»Hatte ich mit Stephenson einfach nur Glück?«

»Schon möglich. Oder aber …« Sie dachte darüber nach. »Vielleicht gehörte Stephenson zu der Art Mensch, an die man sich erinnert. Wie Ihre Deutschlehrerin. Der stellvertretende Rektor, der sich an das Auto erinnerte – was für einen Eindruck von Stephenson hat er Ihnen vermittelt?«

»Er schien ihn nicht gemocht zu haben. Stephenson legte offenbar Wert darauf, dass alles nach seinem Kopf ging: Proberäume, die Organisation der Klassenfahrten für das Schulensemble. Stephenson war arrogant, aber weil er gute Ergebnisse brachte, ließ man ihm seinen Willen.«

»Und was ist mit Katherine? Wie war sie, als Sie sie kennengelernt haben?«

»Unfreundlich. Meinte, sie hätte die Angelegenheit jetzt unzählige Male durchgekaut, was sie wohl jetzt noch hinzufügen könne? Aber bleiben wir fair: Sie ist alleinerziehende Mutter, und das macht vielleicht verständlich, dass sie es eilig hatte, mich loszuwerden.«

Sarah drückte ihre Zigarette in dem an der Wand befestigten Aschenbecher aus. »Ich finde nichts als jede Menge Fragen, die ich nicht beantworten kann. Es ist so schwer, die Lücken zu füllen.« Sie zog ihre Zigarettenschachtel aus der Tasche. »Dabei könnte alles ganz einfach sein, wie Fedden glaubt. Walker hat Tania getötet.«

Sie steckte sich eine weitere Zigarette zwischen die Lippen und griff nach ihrem Feuerzeug.

»Sie machen sich noch krank damit«, wandte Elaine ein.

»Hören Sie auf zu nörgeln. Das ist heute erst meine dritte.«

»Gut, aber dann beeilen Sie sich. Ich muss nach Hause.«

Aber Elaine hatte ihr das Vergnügen vergällt. Sarah steckte die Zigarette wieder in die Schachtel.

»Soll ich Katherine noch einmal befragen?«, erkundigte sich Elaine. »Ich könnte morgen hingehen.«

»Nein, noch nicht. Warten wir mal ab, ob wir noch mehr zusammenbekommen. Haben Sie die Bitte um zusätzliche Nachforschungen zum Thema Stephenson weitergegeben?«

»Habe ich. Sie werden verständigt, sobald es weitere Informationen gibt.«

»Schade, dass wir dieses Telefonbuch nicht haben, von dem Walker gesprochen hat. Fall es überhaupt existiert. Zumindest könnte es uns den ersten Buchstaben des Nachnamens verraten.«

»Haben Sie ihm denn geglaubt?«

»Ich weiß es nicht. Fedden hält mich für bescheuert, weil ich auch nur in Erwägung ziehe, Walker zu glauben. Für ihn geht es nur um die Frage, genügend Beweise zu finden, um ihn zu verurteilen.«

»Wenn Tania heute vermisst würde, wäre der ältere Kerl, mit dem sie sich von Zeit zu Zeit traf und der sie in einem Park absetzte, anstatt sie nach Hause zu bringen, definitiv eine Spur für uns.«

»Ja, aber wir wissen nicht einmal, ob Stephenson dieser Mann war. Alles, was wir wissen, ist, dass er einen Jaguar fuhr. Trotzdem will mir diese Baum-Pflanz-Aktion im Morville Park noch immer nicht aus dem Kopf. So etwas wäre eine verdammt gute Möglichkeit, eine Leiche zu entsorgen.«

Elaine lachte. »Ich glaube zwar, dass Sie Stephenson durchaus im Fokus behalten sollten, aber nicht, dass Sie genug Material haben, um Parks umgraben zu lassen.« Sie schwang ihre Tasche über die Schulter. »Falls wir fertig sind, bin ich weg. Bleiben Sie noch im Dienst?«

Sarah war in Gedanken allerdings noch immer bei der Operation Egremont. Ein weiteres Detail fiel ihr ein. »Wann hat Stephenson sich scheiden lassen?«, fragte sie.

»Sechs Monate nach Tanias Verschwinden.«

»Interessant. Ich würde gerne mit seiner Ex-Frau sprechen. Wie heißt sie?«

»Abigail Levy.«

»Können Sie mir die Adresse heraussuchen?«

Elaine verzog das Gesicht. »Sie meinen aber nicht jetzt gleich, oder?«

Sarah schüttelte den Kopf. »Natürlich nicht.« Sie lächelte. »Es würde Ewigkeiten dauern, zurück nach Hendon zu fahren und sich darum zu kümmern.«

»Verdammte Scheiße.«

Sarah breitete die Hände aus – ein Bild der Unschuld. »Was?«

»Sie sind eine Nervensäge.«

»Sie sind nicht die Erste, die das feststellt.«

»Okay. Ich werde von hier aus eine schnelle Adressenrecherche durchführen, aber wenn wir nicht sofort einen Volltreffer landen, gebe ich auf und gehe nach Hause.«

Sarah lächelte und zwinkerte.

Elaine sagte: »Wagen Sie es ja nicht.«

»Keine Sorge, ich sage bestimmt nichts. Ich würde Sie ja als ganz tolle Kollegin bezeichnen, aber ich weiß, das würde Sie nur aufbringen. Ich hole mir jetzt etwas zu essen; kommen Sie mit?«

»Oh nein. Ich mache das noch, dann bin ich allerdings weg.«

Kehrmaschinen fegten die herumliegenden Kleiderbügel und zertrampelten Kohlblätter des Markttags von der Straße. Rechts war ein McDonalds, hell und seltsam beleuchtet wie Aquarien in Einkaufszentren. Junge Männer standen um einen Tisch, Polizeibeamte in Uniform reihten sich in die Warteschlange der Essensausgabe ein, ein stämmiger Mann mit schmutzigen Händen in einem orangefarbenen Overall mit fluoreszierenden Streifen saß alleine an einem Tisch und beschäftigte sich eingehend mit zwei Burgern. Sarah wäre nicht überrascht gewesen, auch ein Alien vorzufinden: violett, mit acht Tentakeln, das ungestört vor seinem Laptop saß und einen Big Mac mit Pommes vertilgte.

Das Gefühl, sich von den Leuten hinter der Glasscheibe zu unterscheiden, war ihr vertraut. Sie fragte sich, wie oft sie schon in der überfüllten U-Bahn gesessen, die Gesichter ihrer Mitreisenden betrachtet und überlegt hatte, was sich hinter ihren gelangweilten Mienen verbarg.

Als Trainee hatte sie einmal einen chinesischen DVD-Verkäufer verfolgt, der tief unten in einer Tasche mit Raubkopien von Avengers-Titeln und Batman-Filmen einige weitere sehr spezielle DVDs verborgen hatte. Als Bestandteil des Falles musste sie eine Liste mit Stichproben und Inhalten zusammenstellen. Während einer achtstündigen Schicht sah sie sich Filme mit den unterschiedlichsten Frauen an, die alle möglichen Stellungen beim Geschlechtsverkehr darboten, und zwar hauptsächlich mit Hunden. Eine der Frauen brachte es ziemlich überzeugend fertig, Lust vorzutäuschen, andere wiederum wirkten eher professionell. Mädchen aus der ganzen Welt waren dabei. Asiatische Mädchen. Amerikanerinnen in Hot Pants. Einige blonde Mädchen, vermutlich aus Osteuropa. Eine Darstellerin war ihr ganz besonders im Gedächtnis geblieben: ein junges Mädchen mit kurzen schwarzen Haaren und Tätowierungen auf dem Bauch, dessen extreme Magerkeit auf Drogenkonsum schließen ließ. Das Mädchen war zusammen mit einer anderen Frau zu sehen, die sich mit viel Erfahrung bewegte. Diese Frau hatte das Mädchen ermutigt, ihre Hände dahin zu legen, wo sie hingehörten, und ihr gezeigt, wie man durch Biegen und Drehen die notwendigen Bewegungen mit geübter Miene absolvierte, während das Mädchen, das offenbar sein Debüt gab, verunsichert lächelte, errötete, den Blick in die Kamera vermied und ihr Gesicht zu bedecken versuchte. Scham war ihr noch nicht fremd.

Wenn es um Sexualstraftäter ging, zeigten die Menschen alle Spielarten von Reaktionen, angefangen bei moralischer Heuchelei bis hin zum kaum verborgenen Kitzel. Mit dem Ausdruck »Verkappte Monster« grenzten sich die Anständigen gegenüber diesen Leuten ab. Aber das fand Sarah keineswegs tröstlich. Der DVD-Verkäufer hatte das Video dieses Mädchens aus einer Tasche heraus auf Londons Straßen verkauft. Offenbar gab es also einen Markt. Genau da lag ihr Problem, dachte sie, als sie die Straße überquerte und die hell erleuchtete Mall betrat: Ihr Job gab ihr zu viel Zugang zu den verborgenen Bereichen des Lebens der Menschen. Das Begehren wurde durch seine Unvorhersehbarkeit verdorben und führte zu vielfältigen Formen des Schadens.

Sie schob die schwere Glastür zu einem Sushi-Imbiss auf. Summende Kühlschränke enthielten Plastikschalen mit gewürfeltem rohem Lachs, in durchsichtigen Schalen lagen perfekt grüne Bohnen. An der Theke bestellte sie ein heißes Gericht und setzte sich auf einen der hohen Hocker, die auf die Mall hin ausgerichtet waren. Sie hob den Pappdeckel von den Nudeln. Die braune Standard-Soße dampfte. Es gab die üblichen grünen Blätter und Raspel von etwas, das aussah wie Holz und auch so schmeckte. Angeblich gesundes Essen, wurde auf der Karte versprochen. Eine der Fünfmal-am-Tag-Gemüse-Portionen. Gott, war sie müde!

Jemand tippte ihr auf die Schulter, und sie drehte sich um. Ein breites, strahlendes Lächeln begrüßte sie. »Hey, Sarah! Zweimal in ebenso vielen Wochen!« Caroline grinste. »Darf ich mich zu dir setzen?« In ihrer Jeans und ihrem weißen Baumwollhemd wirkte Caroline frisch und unverdorben. Sarah hatte das Gefühl, ein Bad zu brauchen, ehe sie mit jemanden sprach, der so viel Optimismus ausstrahlte. »Klar. Allerdings muss ich gleich gehen.« Caroline sprang auf den Hocker neben dem von Sarah und stellte eine Sushi-Box auf den schmalen Tresen am Fenster. »Bist du immer so mürrisch?«

Wider Willen lächelte Sarah. »Ziemlich oft.«

»Ich treffe mich mit ein paar Freunden. Wir wollen ins Kino. Du kannst mitkommen, wenn du willst.«

»Ganz ehrlich, ich kann nicht. Ich bin noch im Dienst.« Caroline riss das Siegel ihrer Sushi-Box auf. Sie entleerte das Tütchen mit Sojasoße in die kleine Schüssel, drückte eine großzügige Portion grünes Wasabi hinein, stippte ein Lachs-Sushi in das Gemisch und führte es mit einem begeisterten Schnalzen zum Mund. Plötzlich wurde Sarah von einem prickelnden Gefühl für sie überwältigt – für die Sinnlichkeit ihrer Lippen und ihre Lust am Essen. Caroline hatte eine weitere Sushi-Rolle ausgesucht und tunkte sie in die Schüssel.

»Na, was hast du in letzter Zeit so getrieben?«, erkundigte sie sich.

»Ach, nichts Besonderes. Ein paar Verhöre durchgeführt.«

»Verhöre? Klingt interessant.«

»Tut mir leid, aber ich möchte nicht darüber sprechen.«

Caroline runzelte die Stirn. Zwischen ihren Augenbrauen zeigten sich vor Verwirrung zwei Falten, die aber schnell wieder verschwanden. »Okay.« Sie steckte sich das zweite Sushi in den Mund und verzog begeistert von der Schärfe des Wasabi das Gesicht.

Sarah rieb sich die Stirn mit beiden Händen. Vielleicht sollte sie jetzt lieber gehen und sagen, ihr wäre unwohl. Sie blickte Caroline an, die sie mit einer Neugierde studierte, die sowohl mitleidig als auch amüsiert schien.

»Entschuldige«, sagte Sarah. »Es war ein langer Tag.«

»Schon gut. Du siehst wirklich müde aus.«

Eine Pause entstand.

»Ist es schlecht gelaufen heute?«

»Ziemlich.«

»Du darfst nicht über deinen Job reden?«

»Na ja …«

Das nächste Sushi musste dran glauben. Ein weiteres begeistertes Zungenschnalzen. »Liegt es daran, dass du dich über etwas ärgerst, oder schweigst du aus Gründen der Vertraulichkeit?«

Sarah versuchte zu lächeln. »Es tut mir wirklich leid, aber es ist nur … nicht der richtige Moment. Können wir bitte das Thema wechseln?«

Über Carolines Gesicht flimmerte ein leichtes Unbehagen, das sie schnell unter einem Lächeln verbarg. »Ja, sicher. Warum nicht?«

»Erzähl mir von deinem Tag. Du bist gern Lehrerin, nicht wahr?«

Caroline erzählte ihr von einem Mädchen, das in einem Mathewettbewerb überraschend gut abgeschnitten hatte, aber beide interessierten sich kaum dafür. Sie verstrickten sich in Höflichkeiten. Vielleicht gab es andere Dinge, über die sie gerne gesprochen hätten, doch sie brachten sie nicht über die Lippen.

Schließlich sagte Sarah: »Tut mir leid, aber ich muss wieder zur Arbeit.«

Caroline betrachtete ihre Sushi-Schale. »Aber ich habe nur noch vier weitere Stücke! Kannst du nicht bei mir bleiben, bis ich fertig bin?«

Sarah warf einen Blick auf die Schale. Tatsächlich waren nur noch vier Rollen übrig. »Natürlich.«

Caroline musterte sie fragend. »Magst du mich nicht?«

»Doch, sicher. Aber weißt du, es war wirklich ein langer Tag.«

»Das sagtest du bereits.«

Plötzlich lächelten sie sich an. Erleichtert wurde ihnen bewusst, wie ungeschickt sie vorgegangen waren. Beide wollten gern zusammensitzen, fühlten sich dann aber unwohl, als sie es taten.

»Du brauchst wirklich nicht zu bleiben. Vielleicht können wir das ja noch mal wiederholen.«

»Nein. Ich möchte gern bei dir bleiben.«

Über den Tisch hinweg berührte Caroline ihre Hand. »Weißt du, ich bewundere dich.«

»Sei nicht albern.«

»Ich habe keine Ahnung, wie du diesen Job machen kannst.«

Ich habe keine Ahnung, wie du diesen Job machen kannst.

Dieser Satz war so ungefähr das Schlimmste, was sie hätte sagen können. Sarahs Gesicht musste es gezeigt haben, denn Caroline schüttelte verwirrt den Kopf.

»Was?«

»Nichts.«

»Was habe ich gesagt?«

»Es ist nichts.«

Beide schwiegen lange. Caroline hatte aufgehört zu essen. Sie wartete mit fragendem Lächeln auf eine Antwort. Schließlich sagte Sarah: »Es ist albern. Wirklich.« Als Caroline nicht antwortete, fügte sie hinzu: »Es ist nur dieser Satz.«

»Welcher Satz?«

»Ich habe keine Ahnung, wie du diesen Job machen kannst.«

»Was ist denn damit?«

»Das sagt jeder.«

»Na und? Ich meine es so. Ich bewundere dich. Du machst einen schwierigen Job.«

Sarah nickte. »Okay.«

»Okay?«

»Was genau meinst du, wenn du sagst, du weißt nicht, wie ich das mache?«

Caroline runzelte die Stirn. »Ich meine es genau, wie ich es sage – ich könnte es nicht machen. Könnte es nicht ertragen. All dieses Leid. Was ist denn damit?«

»Willst du es wirklich wissen?«

»Komm schon.«

»Denk nur einen Augenblick nach. Willst du es wirklich hören?«

Caroline sah jetzt verärgert aus.

»Ja, das will ich. Sprich es aus.«

»Okay. Wenn jemand sagt, er könnte meine Arbeit nicht machen, dann meint er nicht, er wäre nicht klug oder schlau genug, oder dass er einfach nicht hart genug arbeiten könnte. Er meint nicht, dass er nicht nach nur vier Stunden Schlaf aufstehen könnte, nachdem er sechzehn Stunden Dienst geschoben hat, und schon wieder anfangen muss, und auch nicht, dass er sich nicht professionell verhalten könne und kotzen müsse, wenn jemand eine Woche lang tot in einem Bad gelegen hat. Er meint nie, dass er weder die Geduld noch die Widerstandsfähigkeit oder die Entschlossenheit hätte. Nein, er schmeichelt sich selbst. Der Grund, warum er meinen Job nicht machen könnte ist, dass er einfach *zu empfindsam* ist.«

»Sarah …«

»Ich bin gleich fertig.«

»Gut. Mach weiter. Ich lasse dich ausreden.«

»Er kann es nicht ertragen, Zeuge böser Dinge zu werden. Oder er ist einfach zu moralisch, die arme Seele. Er könnte keine

Geduld mit einem schlechten Menschen aufbringen. Er könnte nicht dasitzen, ihm zuhören und fair und freundlich zu ihm sein – denn das alles gehört auch dazu, und zwar ganz gleich, wie abstoßend diese Person ist.«

Sie hielt inne. Caroline war aufgestanden. Plötzlich bedauerte Sarah ihren Ausbruch.

»Du hast immer so einsam gewirkt.«

Sarah war selbst über ihre Tirade erschrocken. »Entschuldige, dass ich dich mit alledem konfrontiert habe. Mir ging es heute nicht so gut.«

»Ich habe doch nur versucht, freundlich zu dir zu sein.«

»Ich weiß. Es tut mir leid. Ich weiß nicht, warum ich das alles gesagt habe.«

»Wir kennen uns nicht gut genug, dass du mir so etwas an den Kopf werfen dürftest. Du weißt doch gar nichts von mir.«

Sarahs Telefon klingelte. Aus alter Gewohnheit nahm sie es sofort aus der Tasche und warf einen Blick auf den Bildschirm. Es war Elaine, aber sie drückte den Anruf weg. Caroline hatte sich bereits zum Gehen gewandt. Sarah stand auf und rief ihr nach. Plötzlich war ihr nicht einmal peinlich, dass die Leute sie anstarrten.

»Es tut mir leid!«

Doch es war zu spät. Die Glastür hatte sich geöffnet und wieder geschlossen. Caroline ging schnell durch die Mall davon, und Sarah blieb stehen. Wieder klingelte ihr Telefon. Sie setzte sich wieder und nahm den Anruf an. Elaine hatte eine Adresse von Abigail Levy.

Stephensons Ex-Frau lebte in einem umgebauten Bauernhof in Primrose Hill. Es handelte sich um eine jener in der Mega-City verborgenen romantischen Ecken, die von den Reichen längst entdeckt und vereinnahmt worden waren. Pferde und Landarbeiter gab es dort schon seit Langem nicht mehr, und wenn Gespenster über das Kopfsteinpflaster geisterten, dann taten sie es sicher nur in freundlichster Absicht. Die Tontöpfe vor Abigail Levys Tür quollen über vor Blumen: gelber Sonnenhut, grünvioletter Akanthus.

Abigail war klein und dünn: mit ihren kaum eins sechzig wog sie wahrscheinlich weniger als fünfzig Kilo. Sie war eine gepflegte Mittfünfzigerin, hatte dunkle braune Augen, einen fülligen blonden Bob und trug einen eleganten rosa Anzug mit dunkel gepaspelten Taschen, der durchaus von Chanel sein konnte, oder, wenn nicht, zumindest diesen Stil nachahmte. Sie hätte ausgezeichnet in die Mittagstalkshow für Frauen eines bestimmten Alters gepasst. Als Sarah ihren Dienstausweis präsentierte, lächelte sie zunächst mit einer gewissen feindseligen Verwirrung, bat sie aber dann in ihr kleines Haus. Das Wohnzimmer war perfekt ausgestattet: ein persischer Seidenteppich wie eine himmelblaue Wiese, seitliche Lampen, die alles in ein weiches Licht tauchten, zwei zusammenpassende antiquarische Sessel. Abigail bot Tee an und brachte ihn auf einem runden Silbertablett. Sie setzte sich in einen der Sessel, streckte die Beine aus und kreuzte sie in Höhe der Knöchel. Dann neigte sie ihren Kopf zur Seite.

»Wie kann ich helfen?«

»Danke, dass ich vorbeikommen durfte, Mrs Levy.«

»Nicht Mrs, sondern Miss.«

»Entschuldigen Sie, Miss Levy. Ich ermittele im Fall eines Mädchens, dessen Lehrer Ihr Ex-Mann war. Es geht um Tania Mills.«

Abigail zeigte ein etwas verkrampftes Lächeln, das zwar die Linien neben ihren Augen vertiefte, aber keine Freude zu enthalten schien. »Der Name sagt mir nichts.«

»Hat Ihr Ex-Mann nie über sie gesprochen?«

»Nicht, dass ich wüsste.«

»Eines Tages verschwand sie und wurde nie gefunden. Eigentlich durchaus ein Gesprächsthema.«

Abigail zog ihre Füße an und beugte ihre Knie schräg zur Seite, ohne dass ihre Fersen den Boden berührten. »Daran erinnere ich mich, ja. Nur der Name sagte mir nichts. Aber er hat nicht wirklich über sie gesprochen. Mein Mann war niemals an irgendwem außer sich selbst interessiert.«

»Im darauffolgenden Jahr haben Sie sich scheiden lassen.«

»Keinen Tag zu früh.«

»Darf ich Ihnen dazu einige Fragen stellen?«

Abigail legte die Hände zusammen und hob sie an ihr Kinn. So blieb sie für einen Augenblick, ehe sie sagte: »Ich würde lieber nicht darüber sprechen, wenn es Ihnen nichts ausmacht. Welche Bedeutung könnte es für eine polizeiliche Ermittlung haben?«

Sarah überlegte, ob sie Druck ausüben solle, entschied sich jedoch dagegen. »Hat Ihr Mann ehrenamtlich gearbeitet?«

»In letzter Zeit vielleicht, aber damals nicht. Zumindest glaube ich es nicht.«

»Aber hat er sich nicht in der Gemeinde engagiert? Etwas in dieser Art?«

Abigail lachte freudlos auf. »Himmel, nein! Warum sollte er so etwas tun? Sie kennen ihn tatsächlich nicht. Er interessiert sich nicht für andere Menschen.«

»Aber heute arbeitet er ehrenamtlich?«

»Wirklich? Darüber weiß ich nichts.«

»Und damals?«

»Nicht, dass ich wüsste.«

»Es gab da diesen Sturm ...«

»Ach ja, der Sturm. Daran erinnere ich mich.«

»Er hat freiwillig dabei geholfen, den Morville Park aufzuforsten.«

Sie schien überrascht, ja sogar interessiert zu sein.

»Tatsächlich?«

»Wussten Sie das nicht?«

Sie lehnte sich in ihren Sessel zurück und kreuzte die Beine. Die Lebhaftigkeit, die sie kurz gezeigt hatte, wurde wieder unterdrückt.

»Nein, das wusste ich nicht. Wir standen uns schon nicht mehr sehr nah.«

Sarahs Telefon summte. Sie blickte auf das Display. Es war eine Gruppennachricht an ihr gesamtes Team. OPERATION WOODHALL: DRINGEND. Sie steckte das Handy wieder in die Tasche, wartete einen Augenblick, ehe sie weitersprach, und ließ die durch die Unterbrechung entstandene Gesprächspause kurz wirken.

»Das tut mir leid.«

»Schon in Ordnung.«

Abigail lächelte wieder, streckte die Beine aus und kreuzte erneut die Knöchel.

»Dürfte ich Sie fragen …«, begann Sarah.

»Ja?«

»Wie haben Ihr Ex-Mann und Sie sich kennengelernt?«

»Er war mein Geigenlehrer. Ein wirklich sehr guter Lehrer.«

»Spielen Sie noch?«

Abigail schüttelte den Kopf. »Himmel, nein. Das habe ich schon jahrelang nicht mehr.« Sie lächelte und neigte den Kopf zur Seite: »Haben Sie noch weitere Fragen? Denn wenn nicht …«

Sarah lächelte ebenfalls und stand auf. »Nein. Vielen Dank, dass Sie mir Ihre Zeit geopfert haben.« Sie reichte der Frau ihre Karte. »Falls Ihnen noch irgendetwas einfällt, was mir bei meinen Ermittlungen helfen könnte.«

Abigail bedankte sich und legte die Karte ordentlich auf den Tisch.

24

Brannon hatte schon eine ganze Weile getrunken. Skye war noch im Wohnzimmer. Er konnte seine Tochter nicht ansehen. Es ging einfach nicht. Noch nicht. Erst musste er noch eine Zeitlang weitertrinken.

Dieser Augenblick, als Lizzie davongefahren war und er mit dem Messer in der Hand einfach nur dastand – einfach unerträglich. Er konnte fast hören, wie die Leute über ihn lachten. Danach war es, als hätte man ihm eine Keule über den Kopf gezogen. Wie betäubt musste er sich erst einmal setzen.

Doch schnell war er wieder aufgestanden und ins Wohnzimmer getaumelt, weil er glaubte, die immer noch an den Heizkörper gefesselte Skye hätte etwas gesagt. Ganz sicher war er aber nicht. Doch er konnte die Kleine weder anschauen noch auf sie reagieren. Stattdessen griff er sich die Whiskyflasche und kehrte in den Flur zurück.

Die düstere Schlucht, in die er nun abglitt, war ihm vertraut. Er kannte sie bereits seit seiner Kindheit, allerdings war sie damals noch kleiner – ein enger, beklemmender Raum wie ein geschlossener Schrank. Das erste Mal war es bei einer der Männerbekanntschaften seiner Mutter so gewesen. Die Erinnerung war so weit entfernt, dass er nicht mehr wusste, wie alt er gewesen war. Er hatte mit dem Rücken gegen die Wand dagestanden und zugesehen. Der Mann hatte seine Mutter mehrmals geschlagen, und eine schreckliche Panik kroch durch seinen Körper. Er hatte nicht gewusst, was er tun sollte. Er hatte einmal einen Film gesehen – *Jason und die Argonauten* –, und er wäre gern gewesen wie

Talos, die bewegliche Bronzestatue mit den langen Beinen, die ausdruckslos über die schwachen und tatenlosen Krieger hinausragte, die unter seinem gnadenlosen Schwert nicht mehr waren als ängstliche Ameisen. Stattdessen war er selbst eine der Ameisen. Warum kümmerte sich niemand? Warum half niemand?

Eine andere Erinnerung überrollte ihn wie eine dunkle Wolke. Seine Mutter hatte ihn in ihr Schlafzimmer gerufen. Die Vorhänge waren zugezogen, und im Zimmer war es dunkel. Er konnte sich nicht mehr an das Gesicht des Mannes erinnern, fast so, als hätte der eigentlich gar kein Gesicht gehabt. Nur die Umrisse seines Körpers erhoben sich über seine Mutter wie ein Tier – wie der Zyklop in *Sindbad* mit seinen dichten Augenbrauen und den haarigen Oberschenkeln. Seine Mutter hatte sich auf die Ellbogen gestützt und ihm befohlen, Zigaretten zu holen. Das Geld lag auf dem Nachttisch gleich neben ihnen. Als er zögerte, schnauzte sie ihn an, er solle verdammt noch mal seinen Hintern bewegen.

Er musste einen alten Betrunkenen vor dem Laden darum bitten, die Zigaretten für ihn zu kaufen, weil er zu jung war. Der Betrunkene zog das Cellophan des Päckchens ab und nahm sich zwei Zigaretten. »Steuer«, sagte er und tippte sich an die Nase. Ohne Cellophan aber war die Schachtel ruiniert. Er erinnerte sich noch an die goldene Schachtel von Benson & Hedges in seiner Hand.

Das musste passiert sein, kurz bevor die Polizei kam. An diesem Tag saß eine Frau neben ihm auf dem Sofa und las ihm aus einem Buch vor, während die anderen sich in Hörweite unterhielten. Die Polizei durchsuchte mit plappernden Funkgeräten die Wohnung, die Familie in dem Buch lief auf der Suche nach dem Bären durch Blumenfelder.

Im Kinderheim war zunächst auch noch Marley gewesen, doch dann waren irgendwelche Entscheidungen getroffen worden. Er hatte sich bemüht, den Gesprächen zu folgen, es allerdings nicht geschafft. Er verstand bloß, dass Marley nicht mehr da war. Er fing wieder an, ins Bett zu machen. Die anderen Kinder lachten ihn aus. Damals begann sich die Dunkelheit zu verändern. Sie wurde beweglich und entwickelte Reichweite und Kraft. Er konnte spüren, wie sie sich aufbaute, ähnlich wie Isobaren, die sich auf den Wetterkarten bei Sturm verändern und sich in Kraft und Intensität verstärken. Im Grunde war es wirklich etwas Wunderbares.

Er hatte in der Schule Scheiße gebaut und war ins Erziehungsheim geschickt worden. Aber was hatte das schon zu bedeuten? Er war auch ohne all diesen Mist zu Geld gekommen. Schon bald arbeitete er für den Young-Clan. Sie konnten sich auf ihn verlassen, und er wollte, dass sie es wussten. Nicht nur aus beruflichen Gründen – dahinter steckte mehr. Und offenbar wussten sie es, denn sie vertrauten ihm und behandelten ihn mit Respekt. Er war ein Teil der Familie. Natürlich nicht einer der wirklich wichtigen Jungs, aber sie kümmerten sich um ihn. Er fing an, jemand zu sein. Und mit diesem Wissen im Rücken hatte er seine eigene kleine Familie gegründet. Auch das respektierten sie. Er erkannte es daran, wie sie mit ihm sprachen.

In Georgina hatte er sich auf den ersten Blick verliebt. Er war wie besessen von ihr. Sie war seine Traumfrau. Was für ein schönes Zuhause sie sich geschaffen hatten! Seine wunderbare Familie! Es waren andere Leute, die sich zwischen sie gedrängt hatten, Leute, die ihnen eigentlich hätten helfen sollen: Georginas Mutter und dieses Miststück Lizzie Griffiths … Niemand hatte ihm je geholfen! Niemand hatte sich je um ihn gekümmert. Er konnte niemandem vertrauen. Keiner Menschenseele. Er musste für alle seinen Mann stehen. Niemand sonst sorgte für klare Regeln. Niemand sonst hielt einmal gegebene Versprechen.

Er dachte an Skye im Wohnzimmer. Zuerst hatte sie geweint, aber jetzt war sie still. Sie tat ihm unendlich leid. Sie war so klein und so kostbar. So unschuldig. Niemand konnte sie vor dieser Welt schützen. Er hatte gedacht, er könnte es, aber er hatte sich geirrt. Wenn sie ihn erwischten und töteten, würde man sie in die gleiche Einrichtung stecken, in der auch er gewesen war. Niemals! Das würde er um keinen Preis zulassen. Es würde ihn zwar umbringen, das zu tun, was er tun musste, doch er war stark genug. Er würde sich um Skye kümmern. Er musste nur weitertrinken, und dann würde er es schaffen.

Er drehte das Samsung in seiner Hand. Es war wie ein Lichtschimmer hier in der Dunkelheit. Trotz allem konnte er stolz auf seine Fähigkeiten sein. Handwerkliches Können – so nannte man das. Damit kannte er sich aus. Telefonieren konnte jeder. Dieses hochwertige Gerät war noch unberührt.

Es gab da eine App. Er klickte sie an. Er würde einfach mal nachschauen, wo sich das Miststück aufhielt. Er studierte das Protokoll und spürte, wie sich ein Lichtstrahl in seine Dunkelheit tastete. *Er konnte sie verfolgen.* Sogar in dieser Entfernung hatte er eine gewisse Kontrolle über sie. Sie hatte sich zwei Stunden in einem Hotel außerhalb von London aufgehalten. Er überlegte kurz. Das billige Flittchen hatte vermutlich einen verheirateten Mann zu einem Fick getroffen. Jetzt bewegte sie sich auf der M6. Er spürte seine Macht: Irgendwann musste sie nach Hause kommen. Vielleicht konnte er doch warten.

Er loggte sich in einen Internet-Browser ein. Sein Video war auf YouTube hochgeladen und Tausende Male angeklickt worden. Auch Kommentare gab es.

Truk407: Mark Brannon, du bist mein Held.

Fedora-Man: Stirb, du mordendes Stück Scheiße.

Dieser Loser Fedora-Man – wer auch immer er war – interessierte ihn absolut nicht. Dem war er doch haushoch überlegen!

Brannon ging ins Wohnzimmer. Skye lag schlafend neben der Heizung. Er ging in die Küche und durchsuchte die Schränke.

Zum Glück hatte Lizzie Mehl und Eier. Er rührte einen Teig zusammen, kniete sich neben Skye und schloss vorsichtig die Handschellen auf. Er hob sie auf, wiegte sie in den Armen und streichelte ihr Haar.

»Komm schon, meine Hübsche, wach auf. Ich mache Pfannkuchen.«

25

Die Büros der Mordkommission waren wie eine noch spät offene Bibliothek, wo sich nur noch die Allereifrigsten aufhielten. Es fand so wenig Bewegung statt, dass die Korridore dunkel waren und die Lichter erst aufflackerten, als Sarah an ihnen vorüberging. Fast alle Kollegen waren nach dem auf YouTube hochgeladenen Video unterwegs und mit dringenden Verhören betraut. Diejenigen, die zurückgeblieben waren, arbeiteten schweigend an ihren Schreibtischen. Lee saß allein in der Einsatzzentrale. Er zeigte auf einen PC, und als sie auf den Link klickte, stand er auf und stellte sich neben sie, während sie sich das Video ansah.

Das Video war bereits fast achttausend Mal angeklickt worden. Mark Brannon saß vor einer weißen Wand in einem Sessel, über den er ein weißes Laken drapiert hatte. Sein Benehmen erinnerte ein wenig an die Angst vor einem Vorstellungsgespräch, auf das sich der Kandidat unzureichend vorbereitet hat, aber dennoch gegen jede Wahrscheinlichkeit hofft, den heiß ersehnten Job zu bekommen. Brannon trug ein gebügeltes Hemd, war jedoch nicht rasiert, und seine Hände ruhten auf den Stuhllehnen, als wären sie dort festgeschnallt. Der Hund Candy lag an seiner Seite.

Georgie war meine perfekte Frau. Alles, was ich je wollte, war, mit ihr zusammen zu sein.

Lee sagte: »Twitter dreht gerade durch.«

»Können wir YouTube dazu bringen, das herauszunehmen?«, fragte Sarah, ohne die Augen vom Bildschirm zu wenden.

»Der Chef kümmert sich bereits darum.«

Tränen liefen über Brannons Gesicht. Der Hund veränderte seine Lage.

Ich hatte eine Familie. Ich hatte Liebe. Ich hatte alles. Wenn die Polizei nicht wäre, würde Georgie noch leben.

»Mistkerl! Nichts als Selbstmitleid«, sagte Lee.

»Haben wir eine ISP-Adresse, wo es hochgeladen wurde?«

Ich wollte Georgie nie verletzen, aber was hätte ich tun sollen? Sie wollte gehen und Skye mitnehmen. Ich konnte nicht zulassen, dass sie das tat.

Lee sagte: »Es war ein Internetcafé. Wir haben jemanden hingeschickt, um die Überwachungskamera zu prüfen.«

Brannon war völlig zusammengebrochen. Er schluchzte und stützte seinen rasierten Kopf in die Hände. Dann aber schien er genug davon zu haben. Er blickte auf, wischte sich mit der Hand über die Nase, schniefte und wischte sich mit dem Handrücken die Tränen aus dem Gesicht. Er sammelte sich. Seine durchdringenden blauen Augen blickten direkt in die Kamera.

Ich fühle mich jetzt völlig klar. Und ich warne euch. Skye ist alles, was ich noch habe. Ich werde nie zulassen, dass ihr sie mir wegnehmt. Kommt ihr nicht zu nah.

»Die Seelenklempner warnen anscheinend vor Mord und Selbstmord in Tateinheit«, berichtete Lee. »Der Chef ist sehr besorgt um Skye.« Sein Telefon meldete sich. Er warf einen Blick auf den Bildschirm und fluchte. »Wieder nichts!«

Er zeigte Sarah die WhatsApp-Nachricht mit einem Filmausschnitt aus der Überwachungskamera des Internet-Cafés, wo das Video hochgeladen worden war: ein Mann mit tief ins Gesicht gezogener Kapuze. Man konnte nicht erkennen, wer er war, er war allerdings zu groß und dünn für Brannon.

»Er bekommt also Hilfe, aber wir wissen nicht, von wem«, stellte Sarah fest.

Erneut wandte sie sich dem Computerbildschirm zu. Irgendwie erinnerte das Video jetzt an das eines Terroristen: Brannons tränenüberströmtes Gesicht wirkte unglaublich sicher und entschlossen.

Es ist noch nicht zu Ende. Hier wird es nicht enden.

Der Titel des automatisch geladenen nächsten Videos poppte auf – der Trailer für einen Krimi namens *Krokodilstränen* –, darunter lief ein Banner mit einer Werbung für ein West-End-Musical. Sarah schloss das Internet-Fenster. Im Geiste suchte sie das Video bereits nach Hinweisen ab. Obwohl Fedden sie aufgefordert hatte, sich auf Tania zu konzentrieren, schrie alles in ihr danach, Skye zu finden.

26

Fedden saß in seinem Büro und las mit der Brille auf der Nase und abgelegtem Schlips irgendwelche Papiere. Er blickte auf, und sein Gesichtsausdruck veränderte sich von konzentriert zu verärgert. Er schob die Brille auf den Kopf.

»Ja, schließen Sie die Tür und setzen Sie sich.«

Er schob seinen Stuhl vom Schreibtisch zurück. Sein Hemd war am Hals aufgeknöpft und unter den Armen feucht. Er wäre dabei, einen Appell an Brannon zu entwerfen, erklärte er und schwenkte ein Blatt Papier.

»Ein forensischer Psychiater hat mir dazu geraten. Wir wissen schließlich jetzt alles, und wenn wir den Mistkerl schnappen, ehe er noch einmal über sich hinauswächst, wird er für unzurechnungsfähig erklärt. Wir werden nicht ganz klug aus ihm. Offenbar muss ich ihm anbieten, ihm zu helfen. Dabei würde ich den Mistkerl am liebsten eigenhändig erwürgen.«

Er legte den psychiatrischen Befund auf den Schreibtisch, beugte sich vor und schob Sarah den Ausdruck einer E-Mail über den Tisch. »Deswegen ist das hier im Moment wirklich das Letzte, was ich brauchen kann.«

Sarah begriff sofort. Vor ihr lag die förmliche Beschwerde von Mr Richard Stephensons Anwälten. Er hatte, wie sie sehen konnte, eine der renommiertesten in Westminster ansässigen Kanzleien konsultiert. Der Kerl hatte nicht nur Geld, sondern er wusste auch, an wen er sich wenden musste. Die Androhung einer Zivilklage stand deutlich zwischen den Zeilen. Die Anwälte hakten die Hauptpunkte ab – der Schaden, der angerichtet worden war

(*Mr Stephensons Ansehen zu beschädigen*), der Wert der beschädigten Sache (*ein angesehenes Mitglied der Gesellschaft, Member of the British Empire mit einer langen und herausragenden Karriere*) – und deuteten natürlich die möglichen Folgekosten für die Polizei an, wenn der Staub sich erst einmal gelegt hätte: *Die Bedrängnis und der finanzielle Verlust sind schwer einzuschätzen.* Darüber hinaus verlangten sie zu erfahren, welche Beweise die Polizei in der Hand hätte.

Sarah überlegte, wer Stephenson von den Befragungen erzählt haben könnte, und legte die E-Mail auf den Tisch. Der Chef trommelte mit seinen fetten kleinen Fingern auf den Schreibtisch. »Irgendwelche Erklärungen, ehe Sie die Entschuldigung schreiben?«

»Nur, dass ich nicht gern zurückgepfiffen werde. Ich bin sicher, Sie empfinden ebenso.«

Fedden schüttelte den Kopf. »Sie haben absolut nichts in der Hand! Er fuhr einen grünen Jaguar!« Er schlug mit der flachen Hand auf den Schreibtisch. »Ich habe keine Zeit für so etwas.«

Sarah presste die Lippen zusammen und wartete.

»Nennen Sie mir nur die Fakten. Womit haben Sie Elaine beauftragt?«

»Ich bat sie, mit den Schulen zu sprechen, wo er gearbeitet hat, und mit den Orchestern, die er dirigierte.«

»Um Himmels willen!«

»Dürfte ich feststellen, dass Sie mich mehr oder weniger gezwungen haben, die Ermittlung zu beschleunigen?«

Fedden blinzelte hastig. »Ich habe Ihnen sicherlich nicht freie Hand gelassen, den Ruf eines Mannes zu ruinieren. Wenn Sie wenigstens Beweise hätten.«

Sarah hob die Hand, um ihn zu unterbrechen. »Wenn ich dazu etwas sagen dürfte, bin ich sicher, dass Sie sich gleich besser fühlen.«

Fedden starrte sie an. Er sah aus, als würde er jeden Augenblick explodieren. Sein Gesichtsausdruck war fast komisch, aber sie unterdrückte ein Lächeln und passte ihre Sprache an, ehe sie einander vielleicht anfauchten, bis es keinen Weg zurück mehr gäbe.

»Ich glaube nicht, dass Sie sich Sorgen machen müssen. Wir sind für unsere Anfragen zu Mr Stephenson ziemlich gut abgedeckt. Ich habe gerade meine E-Mails gecheckt. Elaine hat auch andere Polizeibezirke um Hinweise in Bezug auf Stephenson gebeten. Gegen Mr Stephenson liegen drei offene Ermittlungen zu Beschwerden wegen ernsthafter sexueller Übergriffe einschließlich Vergewaltigung von ehemaligen Schülerinnen vor. Eine von ihnen war erst dreizehn. Die Anzeigen kommen von verschiedenen Schulen in verschiedenen Bezirken, und die Frauen kennen einander nicht. Die Methode scheint ihre Berichte zu bestätigen. Mit etwas mehr Zeit könnte noch mehr zutage kommen.«

Fedden stützte die Ellbogen auf den Tisch und nahm sein Kinn in die Hände. Angesichts der neuen Informationen machte er große Augen. Schließlich grinste er: »Danke.« Je tiefer die gute Nachricht sackte, desto intensiver wurden die Lachfältchen neben seinen Augen. Hier kam der fröhliche Fedden zum Vorschein, der nichts mehr liebte, als böse Jungs zu schnappen. Als sie ihn so sah, glaubte Sarah durchaus, dass seine Version von »It's not unusual« möglicherweise gar nicht einmal schlecht war. »Dann kann er sich seine Beschwerde in den Arsch stecken«, frohlockte er. Er rutschte auf seinem Stuhl herum und studierte Sarah für einen Moment. »Ich muss mich doch jetzt hoffentlich nicht bei Ihnen entschuldigen, oder?«

Sarah schüttelte den Kopf. »Nein.«

»Gut, denn ich glaube, ich explodiere, wenn noch etwas passiert.« Er hielt kurz inne, lehnte sich dann aber über den Schreibtisch und reichte ihr seine Hand. Sie war warm und verschwitzt. »Zum Teufel damit – es tut mir leid. Diese Sache mit Skye …«

»Schon gut. Sie stehen ziemlich unter Druck.«

Er setzte sich wieder.

»Das stimmt allerdings. Schildern Sie mir alles so schnell es geht. Was haben wir außer dem Jaguar noch gegen Stephenson in der Hand?«

Jemand klopfte an die Tür. Steve Bradshaw lugte um die Ecke. Fedden rieb sich die Stirn und winkte ihn herein. »Tut mir leid, aber darum muss ich mich zuerst kümmern. Es geht um Brannon.«

Sarah stand auf, Fedden sagte allerdings: »Nein, bleiben Sie.« Er sah Steve an. »Ist Ihnen doch recht, oder?«

Steve zog sich einen der an der Wand stehenden Stühle heran. »Na klar.«

Sarah blickte zwischen den beiden hin und her und lehnte sich in ihren eigenen Stuhl zurück. Steve begann mit dem Briefing.

»Zunächst kurz die Hintergründe für Sarah. Heute Morgen hat Marley – sie ist eine Verwandte …«

Sarah unterbrach ihn. »Ja danke. Ich weiß, wer sie ist.«

»Gut. Sie bekam also einen Anruf von einem nicht registrierten Prepaid-Handy. Ist vielleicht ein bisschen weit hergeholt, aber wir sind gewissermaßen verzweifelt. Also hat der Chef ein paar Beamte geschickt, um das Geschäft zu überprüfen, wo das Handy vor sechs Tagen gekauft wurde.«

Fedden unterbrach ihn. »Legen Sie einen Zahn zu, Steve. Lassen Sie uns nicht zu lange warten, ehe wir unsere Geschenke auspacken dürfen. Ich vermute, es gab einen Treffer bei der Überwachungskamera.«

»Ja, Chef. Es war Brannon, der dieses Telefon gekauft hat.«

27

Es gab keinen tieferen Frieden als Konzentration.

Sarah hatte Fedden auf den neuesten Stand gebracht. Sie hatte ihm von Stephensons plötzlichem Interesse an ehrenamtlicher Arbeit nach der Nacht des großen Sturms und von der Beschwerde seines Vermieters wegen der eigenmächtigen Entfernung des Teppichs aus seinem Haus erzählt. Unter diesen Umständen hatte Fedden zugestimmt, dass es sich lohnen könnte, den Morville Park näher unter die Lupe zu nehmen.

Sarah leitete alles in die Wege und schickte Elaine eine Nachricht, sie am nächsten Morgen im Park zu treffen.

Eine Stunde später steckte Fedden den Kopf durch ihre Bürotür. Marleys Wohnung war durchsucht und Marley in Gewahrsam genommen worden.

Sarah fuhr quer durch London nach Osten. Die Viertel änderten sich, als sei London nicht eine Stadt, sondern ein Konglomerat von Dörfern. Innerhalb weniger Meter verwandelte sich die Umgebung, als überschritte man unsichtbare Grenzen. Hier gab es strenggläubige Juden, die mit ihren Kindern ihren Freitagabend-Spaziergang unternahmen. Nur ein Stück weiter wurden die Straßen breiter; unter Bäumen standen Häuser aus dem achtzehnten Jahrhundert, und Menschen erholten sich vor einem Pub in Gesellschaft einer ganzen Meute gepflegter Hunde. Dann wurden die Viertel ärmer. Auf der linken Seite stand ein Mädchen im frühen Abendlicht, die nackten Füße in High Heels, und hoffte auf einen Freier. Links waren Kunstrasenplätze, auf denen Gruppen von Jungs unter gespenstisch weißem Licht Fußball spielten.

Fedden hatte sie gebeten, Marley zusammen mit Steve zu verhören, aber sie war sich nicht ganz sicher, von wem die Idee stammte. Seit den Verhören von Lizzie Griffiths hatte Sarah nicht mehr mit Steve gearbeitet. Ob der Vorschlag zur gemeinsamen Arbeit wohl von Steve gekommen war? Oder waren die Neuigkeiten über Stephenson so entscheidend gewesen, dass sie damit endlich Feddens Wertschätzung errungen hatte? Auf jeden Fall war sie nicht unglücklich darüber. Sie erinnerte sich, wie gut Steve und sie sich bei den Verhören immer verstanden hatten. Er wusste den richtigen Augenblick abzuwarten, um etwas zu sagen, besaß das richtige Einfühlungsvermögen und traf den richtigen Ton. Und sie freute sich über die bevorstehende Aufgabe, die vielleicht schwierig, aber durchaus überschaubar war: Sie mussten Marley ausquetschen, bis sie alles preisgab, was sie über Brannons Pläne wusste. Als sie über die Schwellen fuhr, die den Verkehr vor dem Polizeirevier von Caenwood abbremsten, verspürte sie einen Adrenalinstoß, der mit einer gewissen Nervosität einherging. So fühlten sich vermutlich Athleten, ehe sie einen Wettstreit antraten, den zu gewinnen sich lohnte.

Vor den Gewahrsamszellen herrschte Hektik: Gefangene und Polizisten warteten auf der Bank, ein Haftbeamter nahm im Nebenraum Fingerabdrücke ab, Polizisten liefen mit Beweistaschen herum. Marley stand ganz vorne: Sie lehnte sich an die Theke und präsentierte ihren hübschen Hintern. Sie trug einen breitkrempigen schwarzen Hut, unter dem ihre goldenen Locken stylish hervorquollen, und kaute ihren Kaugummi so laut, als handele es sich um Performancekunst. Sie trug schwarz-weiße Riemchensandalen mit hohen Absätzen, einen sehr kurzen Rock und ein abgeschnittenes Top, das ihren flachen Bauch zeigte. Lee und der zuständige Sergeant – ein kurzer, weiblich aussehender Weißer mit quadratischem Kopf, einem Grübchen im Kinn und einem diskreten Ansatz weicher Brüste unter dem Hemd – schienen sich an die inoffiziellen Richtlinien der Polizei zu halten, indem sie mit undurchdringlicher Miene und zur Schau gestellter Langeweile auf Marleys Verhalten reagierten. Als ein junger Mann an ihr vorbei zu den Zellen für die Männer geführt wurde, machte sie ihm ein High-Five-Zeichen.

»Sicher!«

»Und der Kaugummi?«, hörte Sarah den Sergeant fragen.

Marley spuckte ihn in ihre Hand, streckte den Arm aus und bot ihn Lee an. Verächtlich hielt er ihr einen kleinen Asservatenbeutel hin. Sie legte den Kaugummi langsam hinein und verzog den Mund zu einem Schmollen.

Steve trat neben Sarah. »Komm«, sagte er leise und klopfte auf seine Hemdtasche.

Sie rauchten draußen im Hof. Es war fast wie in alten Zeiten.

Steve berichtete Sarah über die Verhaftung.

»Wir haben ein paar Kokaintütchen in ihrer Nachttischschublade gefunden und sie wegen Verstoß gegen das Betäubungsmittelgesetz und Unterstützung eines Straftäters in Gewahrsam genommen.«

»Haben wir das Telefon geknackt?«

Steve nickte, inhalierte tief und warf die Kippe auf den Boden. »Haben wir. Das auf Brannon registrierte Telefon hat Marley aus einem Wohnpark in Haringey angerufen. Wir haben nicht genug Zeit, um die dortigen Überwachungskameras zu überprüfen. Inzwischen hat das Telefon London verlassen, wie du vermutlich weißt.«

Sarah erinnerte sich, wie oft sie auf dem Flachdach vor ihrem alten Büro gestanden, über ihre verschiedenen Untersuchungen gesprochen und zu viel geraucht hatten. Sie erinnerte sich auch, wie die Krähe um sie herumhüpfte und auf Futter hoffte. Es war eine schöne Zeit gewesen.

Steve sagte: »Sie hat sich zum Austausch für ihn angeboten.«

»Hast du die Berichte über sie gelesen – was die beiden zusammen durchgemacht haben, als sie Kinder waren?«

Steve nickte. »Ich verstehe, warum sie es tut, aber sie tut mir nicht leid.«

Nach einer kurzen Pause meinte Sarah:

»Ich habe ihr geglaubt, dass sie nicht wusste, dass er Georgina getötet hat, als er unmittelbar nach dem Mord bei ihr war.«

»Vielleicht können wir damit etwas anfangen. Immerhin hat er sie getäuscht.«

»Hast du ihr irgendwelche Hinweise gegeben, wie lange sie eingebuchtet werden könnte?«

»Ja. Sie tut zwar so, als interessiere es sie nicht die Bohne, aber ich glaube, sie hat Schiss.«

Sarah drückte ihre Zigarette an der Wand aus. »Gut.«

Unmittelbar nach den Vorbereitungen für das Verhör schaltete sich der Rechtsanwalt ein.

»Marley hat mir mitgeteilt, dass sie sehr daran interessiert ist, die Polizei bei der Suche nach Mark Brannon zu unterstützen. Das Wohlergehen von Marks Tochter Skye liegt ihr sehr am Herzen.«

Sarah nahm ihre Lesebrille ab und musterte den Anwalt. Er war dünn, trug Jeans und Sportschuhe und sah aus, als wäre er höchstens Mitte bis Ende zwanzig. Ein Idealist, vermutete sie. Jeder in seinem Alter mit einem anständigen Abschluss in Jura musste einmal in der Strafverteidigung arbeiten. Marley zu beraten war wohl sein bisher größter Fall, und die Verantwortung zeigte sich in seinen hellen Augen. Sie fragte sich, ob er seiner Mandantin glaubte.

»Danke.«

Sie blickte zu Marley hinüber, die ihre Zähne langsam über

ihre Oberlippe zog. Das Wichtigste zuerst. Sie würden auf das Angebot des Anwalts zurückkommen, aber noch nicht jetzt. Zunächst war das Ausquetschen an der Reihe.

»Marley, wir haben uns erst vor zwei Tagen gesehen, als ich auf der Suche nach Mark und Skye in Ihre Wohnung kam. Sie sagten mir, Sie wüssten nicht, dass Mark Georgina getötet hatte, und Sie hätten ihm nicht geholfen, einer Verhaftung zu entgehen.«

Als Marley nicht antwortete, legte Steve das Handy im Beweisbeutel auf den Tisch. Er tat es ohne großes Brimborium, und Sarah erinnerte sich, dass er immer gespürt hatte, wenn sie wollte, dass er etwas tat, und er wusste auch, wie es zu tun war.

»Beweisstück LMC/4«, erläuterte sie. »Ihr Handy, das Ihnen nach Ihrer Verhaftung in den Frühstunden des 17. Juli zurückgegeben wurde. Ein Download hat einen Anruf zu einem nicht registrierten Prepaid-Handy nachgewiesen. Dieses Telefon gehört Mark Brannon.«

Marley tat, als wäre es ihr egal, aber hinter ihrer Verachtung zeigte sich Angst.

Sarah sagte: »Sie wissen, dass Mark gesucht wird. Sie wissen, dass er getötet hat. Haben Sie mit ihm gesprochen? Oder ihm sogar geholfen?«

»Ich habe versucht, ihn zu überreden, sich zu stellen!«

»Hätten Sie uns von dem Telefon erzählt, hätten wir es orten können.«

»Das können Sie immer noch. Er weiß nicht, dass Sie es wissen.«

»Was hat er Ihnen gesagt?«

»Er hat nur darüber gesprochen, wie er sich fühlte, wie schwer es für ihn war. Er sagte, es sei alles die Schuld der Polizei, und ich solle mir keine Sorgen machen. Er würde Skye niemals wehtun.«

Sarah lehnte sich in ihrem Stuhl zurück. »Das Telefon, von dem er angerufen hat, wurde auf der M6 geortet.«

»Er hat dort Freunde. Leute, mit denen er gearbeitet hat. Ich kann Ihnen Namen nennen.«

Sarah rieb sich den Nacken, als ob sie Schmerzen hätte. »Ich weiß, dass Mark und Sie zusammen viel durchgemacht haben. Ich weiß, dass Sie zu ihm halten.«

»Ich habe nur mit ihm geredet. Ich habe ihm nicht geholfen. Sie können mir keine Beihilfe anhängen.«

»Mir fällt auf, dass Ihre Geschichte sehr durchdacht ist.«

Marley blickte zwischen Sarah und Steve hin und her. Steve nahm seinen Stift in den Mund wie eine Zigarre und imitierte einen amerikanischen Akzent. »Ich liebe es, wenn ein Plan funktioniert.«

Der Anwalt wollte protestieren, aber Steve unterbrach ihn mit einer Handbewegung. »Das ist aus dem *A-Team*. Ein bisschen vor Ihrer Zeit.«

Marley blickte auf. »Ich kenne es.«

»Ich glaube, Ihr Cousin kommt sich vor wie Hannibal Smith«, sagte Steve.

Sarah fügte hinzu: »Steve will Ihnen damit sagen, dass Mark Sie benutzt hat.«

»Wie meinen Sie das? Ich will Ihnen doch helfen. Ich bin bereit, Ihnen Namen, Adressen und alles Weitere zu geben.«

»Skyes Leben ist in Gefahr, und Sie spielen mit uns.«

»Ich versuche nur zu helfen!«

»Nein, das tun Sie nicht.«

Der Anwalt versuchte einzugreifen. »Warum nehmen Sie nicht einfach die Information, die meine Mandantin Ihnen anbietet, und arbeiten damit?«

Sarah ignorierte ihn. »Weil alles zu genau passt. Zum Beispiel dieses Handy, das er benutzt. Von diesem Telefon aus wurde nur eine Nummer gewählt – Marleys Nummer, die Nummer, die die Polizei kennt.«

»Mark hatte einen Fehler gemacht! Er war einsam und wollte mit jemandem reden.«

»Und nachdem er diesen Fehler gemacht hat, will er nicht bemerkt haben, dass er ihn gemacht hat? Und das Telefon, das abgesehen von dem Anruf an Sie abgeschaltet war, ist nun eingeschaltet und lässt sich praktischerweise auf seinem Weg nach Norden orten? Wir können es verfolgen. Nachdem er sich zwei Tage erfolgreich vor uns versteckt hat, wird Mark also plötzlich zum Idioten.«

Mit einem Mal wirkte Marley wie in einer Falle und zog sich zurück – als hätten sie eine dieser kratzbürstigen, streunenden Katzen erwischt, die im Brachland ihr Leben fristeten. Sarah spürte etwas in ihr, den Kern von etwas Verzweifeltem in ihrem Innern.

»Sie haben zu Mark gehalten. Das haben Sie immer. Ich weiß, dass Mark und Sie zusammen viel durchgemacht haben.«

Marleys Augen bewegten sich unruhig, als ob die Antworten in unleserlicher Schrift an den Wänden stünden.

Steve sprach nachdenklich. »Vielleicht war es nicht *Das A-Team*. Vielleicht hat Mark einmal zu oft *Die Bourne Verschwörung* gesehen. Sie wissen schon, diese Stelle, wo er sein Handy in jemandes Tasche steckt und man statt Matt Damon dem Handy folgt?«

»Bis wir in Manchester vergeblich nach ihm fahnden, dürfte es zu spät sein«, stellte Sarah fest. »Bis dahin sind die Beweise gegen Sie erdrückend. Sie befinden sich bereits in Gewahrsam, und wir haben Sie gebeten, die Wahrheit zu sagen, aber Sie lügen noch immer.«

»Sind Sie wirklich bereit, bis zum bitteren Ende zu ihm zu halten?«, fragte Steve.

Sarah sagte: »Ich glaube nicht, dass Sie eine herzlose Person sind. Haben Sie schon einmal die Möglichkeit in Betracht gezogen, dass er Skye töten könnte? Haben Sie daran gedacht, dass er sie erstechen könnte wie ihre Mutter?«

Marley presste die Lippen zusammen. Sie zuckte mit den Achseln, als wäre ihr alles egal, aber sie kratzte, offenbar ohne sich dessen bewusst zu sein, mit den Fingernägeln über den Tisch. Sarah bewegte ihre Hand in Marleys Sichtbereich, bis die junge Frau aufblickte.

»Glauben Sie wirklich, dass Mark Skye nichts antut?«

Entsetzen flackerte in Marleys Augen auf. Sie schüttelte den Kopf.

Steve sagte: »Wir halten die Aufzeichnung für eine Minute an.«

Sarah hatte ein Gefühl, als galoppierten Pferde in ihrer Brust. Irgendwo da draußen war Skye bei ihrem Vater. Tot oder lebendig? Steve brachte Marley zurück in ihre Zelle. Sarah blieb mit dem Anwalt im Verhörraum.

Ohne Eile öffnete er seinen Notizblock und klickte mit seinem Kugelschreiber. Sarah versuchte, sich zu beruhigen. Ihr Drängen könnte die Kommunikation beeinträchtigen. Sie fragte sich, ob der Neuling realistisch genug war, um zu wissen, dass das einzige Interesse seiner Mandantin darin bestand zu mauern.

»Möchten Sie eine Tasse Kaffee?«

Er schüttelte den Kopf.

Sie verstand ihn: Ihre Freundlichkeit könnte Verrat sein. Sie war die Feindin, die Person, die seiner Mandantin schaden würde. Hier ging es um die besondere Ehre eines Verteidigers: seinen Mandanten zu schützen, ganz gleich, wie die Umstände waren. Sein Herz mochte sich danach sehnen, Skye zu finden, aber seine Pflicht war es, hinter Marley zu stehen.

Sarah fuhr sich mit den Fingern durch die Haare.

»Ich bin nicht sicher, ob Marley wirklich versteht, was sie getan hat.«

Er blickte sie vorsichtig an. »Dazu kann ich nichts sagen.«

Nach einer kurzen Pause sagte Sarah: »Ich werde die Sicht der Polizei darstellen, okay?«

»Okay.«

Sarah berührte ihre Unterlippe und dachte nach.

»Marley und Mark Brannon wurden in einem Haushalt groß, in dem es Missbrauch gab. Es ist keineswegs verwunderlich, dass sie sich loyal verhält, was auch immer passiert. Natürlich sind das mildernde Umstände, aber lange nicht genug, um sie vor einer Bestrafung zu schützen. Ich meine damit, dass Marleys Loyalität gegenüber Mark Brannon nicht auch Ihre sein darf. Nicht Mark ist Ihr Mandant, sondern Marley. Mark zieht sie in eine Menge Ärger hinein, und es ist Ihre Aufgabe, ihr zu helfen.«

»Ich werde ihr kaum dadurch helfen, dass ich sie schuldig aussehen lasse.«

»Das verstehe ich. Aber schauen Sie sich die Beweise an: Von diesem Telefon wurde niemand außer Marley angerufen. Es war von vornherein als Versuch geplant, die Polizei in die Irre zu führen. Marley muss sich beeilen, uns die Wahrheit über das zu sagen, was während dieses Anrufs besprochen wurde und mit wem sie telefonierte.«

»Versuchen Sie nicht, mich unter Druck zu setzen.«

»Ja, Sie können natürlich darauf hoffen, dass sie aus Mangel an Beweisen durchkommt. Aber glauben Sie wirklich, eine Jury wäre ihr wohlgesonnen, wenn sie Skyes Leben hätte retten können und es nicht tat?«

Er wurde lauter. »Ich werde die Anweisungen meiner Mandantin nicht kommentieren.«

Aber er spürte es, so viel war klar. Sie musste ihm den Raum zugestehen, die richtige Entscheidung zu treffen.

»Ich sage Ihnen, wie wir es sehen, und dann können Sie mit Marley reden.«

Er klickte wieder mit dem Kugelschreiber und blickte auf sein Notizbuch. Offenbar war er ganz erpicht darauf, etwas aufzuschreiben.

»Skye lebendig zu finden ist unsere absolute Priorität. Im Moment ist Marley nur ein kleiner Bestandteil eines viel größeren Bildes, aber sie ist wichtig, weil sie uns helfen kann. Sobald Skye gefunden wird, ändert sich das. Die Hebelwirkung ist nicht mehr vorhanden, und wenn Skye tot ist und Marley uns nicht geholfen hat, dann können Sie mir glauben, dass sich unsere Perspektive ändert. Wir werden viel mehr Energie aufbringen, uns auf sie zu konzentrieren. Dessen können Sie sicher sein.«

Marleys Selbstsicherheit war verschwunden. Sie kauerte mit starrem Gesicht auf ihrem Stuhl. Vielleicht hatte sie so ausgesehen, als sie im Alter von neun Jahren ins Heim kam – ängstlich und klein.

»Ich habe nicht mit ihm gesprochen«, sagte sie und kaute auf ihren Nägeln. »Es war jemand anderes, jemand, den ich nicht kenne. Er sagte, ich täte Mark einen Gefallen, wenn ich ans Telefon ginge. Mehr brauchte ich nicht zu wissen. Ich fragte ihn, ob die Polizei mich einbuchten würde, und er sagte: ›Wenn sie es tun, brauchst du nur zu sagen, dass Mark dir gesagt hätte, wie er sich fühlt. Das ist dann keine Beihilfe.‹« Sie runzelte ängstlich die Stirn. »Ich habe den Mann nach Skye gefragt, und er sagte, dass es ihr gut geht. Mark hätte versprochen, dass er ihr nicht wehtun würde.«

Sarah überließ es Steve, die Klage gegen Marley aufzusetzen. Sie hatten mit dem Anwalt vereinbart, dass Marley danach noch bei Steve bleiben und ihm alles erzählen würde, was sie über Brannon wusste. Es würde eine Weile dauern, denn jedes Detail könnte hilfreich sein. Sarah würde Fedden Bericht erstatten und dann nach Hause gehen, weil sie früh im Morville Park erwartet wurde.

Auf dem Tisch in der Kantine stand ein Becher, den Fedden auf Sarah zuschob, als er sie hereinkommen sah.

»Ich habe Kaffee aus dem Hauptbüro stibitzt«, sagte er. »Ist Ihnen das gut genug?«

»Ja. Danke.«

»Ich will Sie nicht lange aufhalten. Was meint Ihr Instinkt zu Marley? Sagt sie die Wahrheit?«

»Ich glaube schon. Sie weiß nichts. Sie hat noch nicht einmal mit Brannon gesprochen. Jemand anderes hat sie von diesem Telefon aus angerufen. Die Informationen, die sie Steve über seine Mitarbeiter gibt, mögen nützlich sein, aber ich bezweifle es. Brannon war sehr vorsichtig.«

»Ich habe Beamte losgeschickt, die dem Telefon nach Manchester folgen. Wir könnten wenigstens in der Lage sein, die Leute festzusetzen, die ihm helfen. Ich vermute, sie gehören dem Young-Clan an. Brannon weiß vermutlich Dinge, die sie nicht preisgeben wollen, daher müssen sie ihn decken.« Fedden sah auf die Uhr. »Sie sollten schlafen gehen.«

»Ich schließe mich so bald wie möglich wieder der Suche an.«

»Machen Sie sich darüber keine Sorgen. Kümmern Sie sich um die Operation Egremont.«

Jede Ampel schien bei ihrer Annäherung auf Rot umzuspringen. Mit eiserner Geduld wartete sie auf Grün. Sie war die heimliche Schwäche der Polizei, diese Leerlaufzeit, die man einfach ertragen musste.

London pulsierte um sie herum. Sie beobachtete diese Geschäftigkeit, während sie in ihrem Auto saß und nicht einmal bemerkte, dass die Ampel umgesprungen war, bis jemand hinter ihr hupte. Sie fuhr weiter in Richtung Euston Road. Irgendetwas störte sie. Sie zerbrach sich den Kopf, bis ihr Gehirn es aus ihrer Erschöpfung herausfischte und ihr präsentierte: das zufällige

Treffen im Sushi-Imbiss. Carolines Lächeln und ihre lachenden Augen. Der Verkehr kam erneut zum Stehen. Frustriert von ihrer eigenen Unhöflichkeit ließ sie die Stirn auf das Lenkrad sinken.

Sie bog in die schmalen Straßen ab, die zwischen den Eisenbahnlinien verliefen, um schneller nach Hause zu kommen.

Ihr Weg führte sie am türkischen Minimarkt vorbei. Der Besitzer stand vor dem Laden und drehte die Markise ein. Er erkannte sie wieder.

»In Ordnung«, nickte er, »aber bitte schnell. Wir schließen.«

Aber sie beeilte sich nicht. Sie verweilte vor den Kühlschränken und zögerte vor Brot und Kuchen. Sie war nicht hungrig. Sie brauchte nichts. Auch Daisy wartete nicht zu Hause auf ein Leckerli. Ihr Haus wäre leer und still. Sie warf ein Klarsichtpäckchen mit frischen Nudeln in den Korb und machte sich auf den Weg zur Kasse. Der Mann wartete bereits ungeduldig auf sie. Sie stellte ihren Korb auf die Theke. Er sagte: »Es macht keinen Sinn, auf gut Glück hierherzukommen. Sie müssen sie anrufen.«

»Wovon reden Sie?«

»Schon gut, alles klar.«

Er tippte den Preis für die Nudeln ein. Sarah reichte ihm eine 20-Pfund-Note.

»Wissen Sie«, sagte er und fischte das Wechselgeld aus der Kasse, »Sie können nicht darauf zählen, ihr zufällig über den Weg zu laufen. Vor allem nicht so spät am Abend. Wenn Sie sie sehen wollen, müssen Sie sie anrufen. Haben Sie noch ihre Nummer?«

28

SAMSTAG, 19. JULI 2014

Die helle, klare Morgensonne warf Lichtmuster zwischen die Baumstämme. Es waren Stadtbäume im weniger belebten Bereich eines Londoner Parks. Und doch schienen sie unversehrt und ursprünglich. Sarah erinnerte sich undeutlich an einen Mythos von Bäumen, die gehen, sprechen und sehen konnten. Obwohl der Wald als solcher schon alt war, waren die meisten dieser Bäume viel jünger. Höhe und Umfang zeugten nur von den Jahren, die seit jener Nacht im Oktober 1987 vergangen waren, als ein großer Sturm über Südengland hinweggefegt war.

Es gab Leute, die behaupteten, der Sturm sei die Strafe für die Wiederwahl von Margaret Thatcher gewesen, die im Süden viele Stimmen bekommen hatte, aber die örtlichen Abgeordneten stemmten sich mit aller Kraft gegen derart lächerliche Hinweise auf übernatürliche Vorgänge. Jetzt war Handeln gefragt, und schnell brachten sie die notwendigen Treffen und Diskussionen hinter sich. Sie beugten sich über Papiere und unterzeichneten die nötigen Aufträge. Gelder wurden freigegeben. Man ließ Bagger kommen und pflanzte zarte Setzlinge – die empfindlichen Teile durch Säcke geschützt – auf das Schlachtfeld aus umgekippten Stämmen und umgedrehten Wurzeln.

Und vielleicht, dachte Sarah, während sie den Waldweg entlangging, vielleicht war noch jemand da gewesen. Jemand, der still und leise bei Nacht kam. Jemand mit einer Leiche, die im Gewirr einer Wurzel begraben werden sollte.

Von der Verwüstung sah man längst nichts mehr. Die Bäume redeten nicht. Nur die Vögel sangen.

Vor Ort wurde bereits gearbeitet. Ein paar uniformierte Polizisten standen an der Absperrung. Zwei Leute in Jeans und T-Shirts markierten den Boden mit weißem Band. Elaine stand mit einem Mann in Shorts und Sandalen neben einer ausladenden Eiche. Ein anderer Mann – vermutlich der Geophysiker – saß allein mit einem Laptop auf einer sandigen Erhebung. Sarah ging zu ihm.

»Dr. Stichill?«

Er sah auf. »Sie sind Sarah?«

»Richtig. Sie haben schon angefangen?«

Er blickte zu Elaine und dem Mann hinüber.

»Ja, Ihre Kollegin war uns eine große Hilfe. Und natürlich auch Mr Medcalfe. Ihm haben wir zu verdanken, dass wir genau wissen, wo die Schule bei der Pflanzung geholfen hat. Zum Glück ist es ein relativ kleines Gebiet.«

»Prima. Wenn Sie mich nicht sofort brauchen, gehe ich und sage kurz Hallo. Ich bin gleich wieder da.«

»Kein Problem. Ich muss mich hier noch um einiges kümmern.«

Sarah ging zu Elaine und dem Mann. Sie streckte die Hand aus. »Mr Medcalfe?«

Medcalfe war hochgewachsen und vermutlich Ende siebzig. Sein krauses Haar war sehr kurz geschnitten und von einem schönen Grauton wie weiche Lammwolle. Ein einfaches kariertes Baumwollhemd, ein Band mit einem Schlüssel um den Hals, blaue Shorts, die unter dem Knie endeten, leichte Krampfadern unter der mattschwarzen Haut seiner Beine, Socken bis zur halben Wade hinaufgezogen, blaue Turnschuhe. Sein Handschlag war kurz und kräftig. Er hatte das rollende »R« der Karibik beibehalten, und der Rhythmus seiner Sprache klang, als ob selbst der einfachste Satz ein verborgenes Vergnügen in sich bereithielt.

»Detective Sarah Collins?«

»Richtig. Und bitte nur Sarah. Danke, dass Sie so früh kommen konnten.«

»Kein Problem. Ich bin Frühaufsteher.«

Sarah sah Elaine an. »Haben Sie seine Aussage schon aufgenommen?«

Elaine nickte. »Ja.«

Sarah wandte sich wieder an Medcalfe. »Sie haben für die Gemeinde gearbeitet, Sir?«

Er lachte. »Ich bin Harry.« Er blickte sich um. »Ja. Parks und Anlagen. Habe ich gern getan.«

»Und jetzt sind Sie im Ruhestand?«

»Schon lange. Aber ich habe genug zu tun.«

»Das kann ich mir vorstellen. Sie erinnern sich an Mr Stephenson?«

Er lächelte skeptisch. »Oh ja. Er war ziemlich scharf darauf, bei den Pflanzungen dabei zu sein.«

»Und die Freiwilligen von der Schule haben nur hier gearbeitet? Nirgendwo sonst?«

»Ja, dessen bin ich mir ganz sicher. Hundertprozentig.«

Sarah blickte Elaine an, die nickte. »Alles bestens, steht so in der Aussage. Harry führte einen Zeitplan und eine Karte, wer wo und wann gearbeitet hat. Gut organisiert. Könnte nicht besser sein. Er hat mir seine Notizbücher überlassen.«

Sarah sagte: »Das ist ja toll.« Sie wandte sich erneut an Harry. »Aber vermutlich wissen Sie nicht mehr, welche Bäume er genau gepflanzt haben könnte.«

Medcalfe lachte. »Himmel nein! Aber er hat nicht viele gepflanzt, so viel ist sicher. Ich glaube, er war hier, um Eindruck zu schinden, und nicht, um Bäume zu pflanzen.« Er blickte in das grüne Blätterdach hinauf und atmete den Waldgeruch ein. »Können Sie erkennen, welcher Baum der jüngste ist?«

»Darum kümmert sich unser Botaniker.«

Er lachte. »Sie brauchen keinen Botaniker!«

Sarah lachte ebenfalls. »Nun, jetzt haben wir einen.«

Er lächelte. »Ich weiß.« Er dehnte das Wort skeptisch: »An-wei-sung.«

Sarah lächelte. »Harry, ich kann Ihnen gar nicht genug danken. Sollen wir Sie nach Hause fahren?«

»Nein danke. Ich werde die jungen Leute noch ein bisschen langweilen.« Er streckte ihr seine Hand entgegen, und Sarah schüttelte sie herzlich. Er blickte auf die zerklüftete Rinde der Eiche hinauf bis zum Laubdach. »Die da bekommen Sie nicht. Die ist alt.«

Sarah sah ebenfalls hinauf zu den Blättern, die im Sonnenlicht fast durchsichtig wirkten. Jenseits des Blättermosaiks schimmerte der ferne blaue Himmel. »Nein, die lassen wir stehen.«

Harry legte seine Hand flach auf den mächtigen Stamm des Baumes, als wäre er ein alter Freund, der Trost brauchte.

»Glauben Sie, dass Sie sie finden?«

»Ich weiß es nicht.«

Er atmete betrübt aus. »Traurige Sache.«

»Ja, das ist es.«

Dr. Stichill war jünger und kleiner als Harry, aber wie er ein schlanker, praktisch denkender Mann. Er trug eine Cargohose und ein Helly-Hansen-Fleece mit mehr Taschen, als ein Mensch je brauchte. Er klopfte auf den Boden neben sich. »Setzen Sie sich.«

Sarah öffnete ihren Mac. »Also, bis Mittag wollen Sie sie gefunden haben?«

Er lachte. »Stimmt. Vielleicht sogar früher.«

Sarah lehnte sich zurück und stützte sich auf ihre Unterarme. »Erzählen Sie mir, was Sie gerade tun.«

»Wir suchen nach Anomalien – Vertiefungen, etwas in dieser

Art. Wenn irgendwo eine Leiche liegt, entsteht Zersetzungsflüssigkeit, aber möglicherweise sieht man sie nicht. So etwas hängt von allen möglichen Dingen ab – wie lange nach ihrem Tod sie begraben wurde, ob sie bekleidet oder in irgendetwas eingewickelt war.« Er nickte in die Richtung des jungen Mannes und der Frau in Jeans, die weißes Band auf den Boden klebten. »Meine Leute sind dabei, das Gelände zu markieren, damit wir topographische Korrekturen machen können.«

Sarah musste den technischen Erläuterungen nicht folgen, und ihre Aufmerksamkeit schweifte ab. Am liebsten wäre sie auf diesem schönen, warmen Hügel eingeschlafen.

Dr. Stichill packte zusammen. »Ich rufe Sie an, wenn wir etwas Interessantes finden.«

»Danke. Unsere Kollegen in Uniform bleiben vor Ort. Sie sind alle informiert, aber wenn sich jemand besonders für das interessiert, was Sie hier tun, lassen Sie es mich bitte unbedingt wissen.«

Der Weg zurück zum Wagen war mit Dingen markiert, die man auffällig platziert hatte, damit diejenigen, die Sachen verloren hatten, sie wiederfanden. Auf einem umgestürzten Baum lag eine Sonnenbrille. Von einem Zweig hing eine offenbar von Kinderhand gefertigte Perlenkette. Neben einem Trinkbrunnen stand ein Kinderbecher. Sarah fand eine Bank, die eine wunderbare Aussicht auf die Bäume bot.

Ein Mädchen von acht oder neun Jahren mit einer Haut, deren Farbe und Glanz an poliertes Ebenholz erinnerte, radelte langsam in einem roten Kleid durch das hohe Gras. Ihr Vater ging ein paar Meter hinter ihr. Zunächst dachte Sarah, er spräche über Lautsprecher in sein Telefon, dann aber erkannte sie, dass er seine Tochter filmte und versuchte, diesen Moment voller Schönheit zu erfassen.

Heute war Susies Gedenkgottesdienst.

Sarah erinnerte sich an die Dunkelheit des Klassenzimmers und die tintenbefleckte Holzoberfläche des Schreibtisches. Sie hatten die *Aeneis* durchgearbeitet und sie laut vorgelesen. Jedem Mädchen wurde ein Satz oder eine Zeile zugewiesen. Von der Universität war ein blinder Professor gekommen, der nicht bemerkte, dass man die Lichter hätte einschalten müssen. Ihre eigene Zeile hatte sie nie mehr vergessen. *Et vastos volvunt ad litora fluctus* – »Und sie rollen ihre riesigen Wellen zum Ufer«. Es hatte an der Tür geklopft. Die Sekretärin trat ein, schaltete die Lichter ein und bat darum, dass man Sarah entschuldigen möge. Sie führte Sarah mit kurzen, hastigen Schritten zum Büro der Schulleiterin – *nein, tut mir leid, die Direktorin wird alles erklären* –, blieb hinter Sarah im Flur stehen und mahnte zur Eile, als sie zögernd die Hand ausstreckte, um die Tür zu öffnen. Die Direktorin – rothaarig, auffallende Erscheinung und Oxford-Absolventin, die sowohl von den Mädchen als auch von den Jungen sehr bewundert wurde – stand auf, als sie eintrat. Sanft sprach sie ihren Namen aus.

Sarah.

In den Siebzigerjahren war ein Pfarrhaus meist der Treffpunkt für viele Aktivitäten und ein Ort, wo man nie vor verschlossener Tür stand. Aber plötzlich war es ganz still geworden. Die Gemeinschaftsräume – das Wohnzimmer, die Küche, das Esszimmer – waren verlassen. Sarah schlich hindurch wie ein Eindringling. Ihr Vater betete andächtig in seinem Arbeitszimmer, und die Tür zum Elternschlafzimmer oben war fest geschlossen. Ihre Mutter wollte nicht gestört werden.

Sarah, die bis nach der Beerdigung von der Schule befreit war, saß auf dem Sofa und zappte durch stumm geschaltete Fernsehkanäle. Ständig klingelte es, und obwohl ihre Aufmerksamkeit auf nichts Besonderes gerichtet war, stand sie nur widerwillig auf, um die Gemeindemitglieder zu begrüßen, die ihr mit ausgestreckten Armen Töpfe und Kuchen entgegenhielten. Ihr Vater wurde von seiner Gemeinde geliebt, und die Leute wollten gern helfen. Es war alles, was ihnen einfiel. Sie kamen herein und boten an, Tee zu machen. Sie räumten die Küche auf und fragten, wie es ihren Eltern ginge. Wenn ihre Augen feucht wurden, wechselten sie schnell das Thema und machten sich im Haushalt nützlich.

Wenn sie gegangen waren, blieben die mitgebrachten Speisen zurück – Ausdruck eines Mitgefühls, das zwar ehrlich war, das aber niemand ertragen konnte. Was sie gerade durchmachten, war so bitter, und keiner von ihnen hatte Appetit auf etwas Süßes. Auch die Behälter – mit Bildern von Hühnern oder Luftballons – wirkten so unglaublich unangemessen wie Girlanden an einem Bombenkrater. Sarah fühlte sich völlig einsam. Ihre Schwester war tot. Die liebe Susie: praktisch, unkompliziert, warmherzig, fröhlich. Sarah hatte sie für selbstverständlich gehalten. Susie war einfach da. Etwas Tragisches passte nicht zu ihr. Zu ihr gehörten dumme Witze und viel Spaß. Sie war so normal und so notwendig wie Wasser und Licht. Welcher Gott konnte mit den Fingern schnipsen und sie auslöschen?

Dann kam der Tag der Beerdigung. Ihre Mutter war nach unten gekommen, und es war klar, dass sie nie mehr dieselbe sein würde. Das Leben war weitergegangen. Aber ohne Susie war das Haus verstummt. Wie hätte Sarah nicht denken sollen, dass Gott perverserweise das falsche Kind genommen hatte?

Sie reckte sich und sagte sich, dass sie allmählich wieder an die Arbeit gehen sollte.

Eine Familie spazierte vorbei – Kinder verschiedenen Alters, zwei Hunde, ein Baby auf den Schultern des Mannes, das Händchen um den Hals des Vaters gelegt –, und plötzlich dachte Sarah, dass, wenn es einen weit entfernten Satelliten mit einer Kamera für die Wahrnehmung menschlichen Glücks gäbe, dieser Park hier vermutlich durch die Dunkelheit des Weltraums leuchten würde. Vielleicht existierte ja doch irgendeine Güte, wenn dies der Ort war, an dem Tania ruhte. Sie griff in ihre Tasche und grub ihre Brieftasche aus. Darin bewahrte sie Carolines Nummer auf. Sie wählte sie und hinterließ eine Nachricht.

»Hier ist Sarah. Erinnerst du dich? Die Kriminalbeamtin. Es tut mir wirklich leid wegen neulich. Ich war schrecklich. In den nächsten Tagen bin ich ziemlich beschäftigt. Aber wenn du es erträgst, mich wiederzusehen, könnten wir uns vielleicht mal treffen, sobald es bei mir etwas ruhiger wird, und zusammen etwas trinken.«

29

Es war bereits später Vormittag. Lizzie wälzte sich im schmalen Bett ihres früheren Kinderzimmers. Auf einem Regal gegenüber dem Bett waren die Trophäen und Medaillen ihrer sportlichen Wettkämpfe ausgestellt. Sie tastete sich nach unten, nahm ihr Telefon vom Boden und googelte Mark Brannon. Die Anfrage ergab sofort eine ganze Menge Treffer. Auch ein Video war dabei. Lizzie drehte das Telefon ins Querformat und drückte das Dreieck zum Abspielen. Ein dicker Mann im grauen Nadelstreifenanzug mit weißem Hemd und glänzender grauer Krawatte stand vor der Kamera. Auf dem Lauftext unter ihm stand: *Detective Chief Inspector James Fedden.*

»Mark, ich wende mich direkt an Sie. Nach dem, was passiert ist, müssen Sie sich schrecklich fühlen und werden sicher nach einem Weg suchen, damit das aufhört. Wir wissen …« Das Video wurde wegen der langsamen Internetverbindung bei Lizzies Mutter gepuffert, ging aber bald weiter. »… wie sehr Sie Ihre Tochter Skye lieben. Wir appellieren an Sie, uns zu helfen, Ihnen dabei zu helfen …«

Die Anstrengung des DCI war spürbar, und Lizzie begriff anhand der Wortwahl, wie sehr man sich bemüht hatte, diesen Appell richtig zu gestalten. Offenbar waren die Kollegen ziemlich verzweifelt. Drei Tage nach dem Mord an Georgina war Brannon noch immer auf der Flucht, und auch Skye fehlte.

Es läutete an der Tür. Lizzie drehte sich um und ignorierte es. Es klingelte erneut. Sie rief:

»Mum, da ist jemand an der Tür!«

Ein weiteres, ziemlich drängendes Klingeln. Lizzie stand auf und schaute in Höschen und T-Shirt aus dem Fenster. In der Auffahrt stand eine weiße Mercedes-A-Klasse, daneben drei Personen. Einer von ihnen, ein Mann in einem grauen Anzug, blickte zu ihr hinauf und winkte fröhlich. Lizzie zog den rosa und weiß gestreiften Morgenmantel an, den ihre Mutter ihr hingelegt hatte, und lief barfuß die Treppe hinunter. Sie öffnete die Tür. Der Mann lächelte sie an.

»Denning and Reeves. Wir hatten für heute einen Besichtigungstermin vereinbart.«

»Äh … ja, kommen Sie herein.«

Sie drängten sich im Windfang. Der Mann im Anzug hatte Pickel. Sein Hemd war weiß, der hellblaue Kragen passte genau zu seiner Krawatte. Er wurde von einem Ehepaar begleitet; die Frau war schwanger.

Lizzie fuhr sich mit der Hand durch die Haare. »Entschuldigen Sie, aber ich bin gerade erst aufgestanden.«

»Schon in Ordnung«, sagte der Makler. »Ich kann die Führung selbst übernehmen.«

»Ja, danke.«

Sie ging in die Küche, stellte Wasser auf und schaufelte Kaffee in die Cafetière. Eine Nachricht von ihrer Mutter lag auf dem Tisch. *Bin kurz einkaufen.* Lizzies Blusen und Hosen hatte sie aus der Waschmaschine genommen und ordentlich aufgehängt. Während der Wasserkessel simmerte, stellte Lizzie sich an die Küchentür und beobachtete den Makler, der im Wohnzimmer den Blick aus dem Fenster kommentierte. Sie erinnerte sich, wie ihr Vater die Aussicht geliebt hatte und wie Falken über den Binsen und dem struppigen Gras geschwebt waren, ehe das wilde Land für Sportfelder und einen Kinderspielplatz trockengelegt wurde.

»Hier ist ein guter Platz, um eine Familie zu gründen«, sagte der Makler. »Das Haus ist ein bisschen verwohnt und muss renoviert werden, aber das berücksichtigen wir beim Preis.«

Lizzie betrachtete das Wohnzimmer. Den verstellbaren Ruhesessel, in dem ihr Vater kurz vor seinem Tod wie ein starres Totem gesessen hatte, den Glas-Couchtisch, die Vorhangschärpen und die kontrastierenden grünen Tapetenfriese mit Blumenmuster.

Der Immobilienmakler drehte sich um und sah Lizzie mit ihren nackten Beinen im gestreiften Bademantel ihrer Mutter an. Die schwangere Frau lächelte verlegen. »Es ist schön hier«, sagte sie und legte unbewusst ihre Hand auf ihren Bauch. »Sind Sie hier aufgewachsen?«

»Ja. Mein Vater ist letztes Jahr hier gestorben. Das ist der Grund, warum meine Mutter verkauft.«

»Oh, das tut mir leid.«

»Schon gut. Ich lasse Sie weiterschauen.«

Lizzie ging an ihnen vorbei in den Flur und die Treppe hinauf ins Zimmer ihrer Mutter. Im Kleiderschrank befand sich eine Schachtel mit Fotos, die es nicht in die schweren Alben geschafft hatten, die unten in einer Schublade lagen. Sie stellte die Schachtel auf das Bett. Die Interessenten kamen bereits die Treppe herauf und redeten leise miteinander. Wäre sie nicht hier, dachte Lizzie, könnten die Leute freier sprechen, anstatt das Haus wie eine Sehenswürdigkeit zu behandeln, die ihnen die einmalige Gelegenheit bot, ein Doppelhaus in der Vorstadt zu erleben. Sie setzte sich auf das Bett und fing an, durch die Fotos zu stöbern. Ihre Abschlussfeier. Lizzie lächelnd und fesch mit weißen Handschuhen, Tunika und Tuchhose. Ihr Vater in einem Rollstuhl neben ihr. Er hielt ihre Hand und stellte eine zurückhaltende, aber fast vor Stolz platzende Miene zur Schau. Sie blätterte durch die anderen Bilder. Ihre Schwester Natty als Kleinkind, wie sie auf ihrem Dreirad die nagelneue Auffahrt hinauffuhr. Sie selbst, während sie ihren Vater am Strand einbuddelte. Ein paar Fotos von Leichtathletikwettbewerben: Lizzie beim Hürdenlauf, Lizzie auf dem Siegertreppchen.

Ganz unten in der Kiste fand sich ein einzelnes Foto: ein Mann, den sie nicht kannte, der auf einer Brücke über einen Fluss stand. Die Sonne schien in sein Gesicht, doch sie erkannte einen sinnlichen Mund und eine leichte Welle in seinem blonden Haar. Er trug eine coole ausgewaschene Jeans und ein leichtes Baumwollhemd und blickte ruhig in die Kamera. Unter dem Foto lagen einige schwere Briefumschläge. Lizzie spähte hinein und sah cremefarbenes Papier und eine Handschrift in blauer Tinte.

Es klopfte. Sie schloss die Schachtel, stellte sie zurück in den Kleiderschrank und öffnete die Schlafzimmertür. Der Makler wartete mit den beiden Interessenten auf dem Treppenabsatz. Sie sahen nervös, aber eifrig aus, wie Mormonen-Missionare. Der Makler fragte: »Stört es Sie, wenn wir uns das Hauptschlafzimmer noch ansehen?«

Lizzie versuchte zu lächeln, befürchtete allerdings, Feindseligkeit auszustrahlen. »Aber nein. Sind Sie mit dem Badezimmer fertig?«

Sie nickten und lächelten vorsichtig, als wäre sie eine unvorhersehbare Fremde in ihrem eigenen Haus.

Lizzie stand im schwachen Licht, das durch die Läden im Badezimmer sickerte, legte ihre Hand zwischen ihre Beine, zog sie wieder zurück und schaute ihre Finger an. Immer noch nichts. Sie ließ Wasser einlaufen, zog sich aus, nahm ein quadratisches Glas mit Badesalz, öffnete den Deckel und atmete den Duft einer anderen Generation ein. Sie stieg in das heiße Wasser, legte ihren verletzten Arm auf den Wannenrand und lehnte sich zurück. Sorge breitete sich in ihr aus wie Hitze. Sie sollte sich einen Schwangerschaftstest besorgen, nur für alle Fälle. Ihre Gedanken wanderten zu dem Mann auf diesem Foto in der Kiste.

Nun konnte sie sich auf einmal bruchstückhaft daran erinnern, wie ihre Mutter bei einer Erwachsenenparty zu Lizzies Grundschulzeit auffallend eng mit ihm tanzte. Der Kopf ihrer Mutter lag auf seiner Schulter, sein Arm lag fest um ihre Taille. Nach dieser Party war ihre Mutter für fünf Monate verschwunden. Lizzie hatte den Mann – Alan war sein Name – an dem Tag gesehen, an dem ihre Mutter nach Hause zurückgekehrt war. Sie hatte aus dem Schlafzimmerfenster dieses Hauses hier geblickt und ein Auto in die Auffahrt einbiegen sehen. Es war rot und hatte ein galoppierendes Pferd auf dem Kühlergrill. Erst viel später, als sie ein ähnliches Auto auf der Straße sah, wusste sie, dass es sich wirklich um ein cooles Auto handelte, ein Auto, das Spaß machte: ein kleiner alter Mustang. Wie sehr musste ihr Vater es gehasst haben! Aber er hatte keine Anzeichen von Unmut gezeigt, als er aus dem Haus kam und Alan half, die Koffer der Mutter auszuladen.

Sie strich sich mit der Hand über den Bauch, und der Schimmer eines Gefühls lief über ihre Haut. Sie hielt sich die Nase zu, hob den verletzten Arm hoch und ließ sich hinuntergleiten, bis das Wasser ihr Gesicht bedeckte. Sie dachte an Kieran und seine Frau und Tochter irgendwo draußen an der Südküste. Gott, sie hoffte, dass sie nicht schwanger war.

Sie hörte, wie der Makler das Haus verließ. Kurz darauf kam ein anderes Auto die Auffahrt hinauf. Die Haustür wurde geöffnet. Lizzie zog einen ihrer alten Trainingsanzüge und ein T-Shirt über und ging hinunter. Ihre Mutter stand in der Küche und packte Einkaufstaschen aus. Lizzie schaltete den Wasserkessel wieder ein. Sie holte die Porzellantassen mit den auf die Innenseite gemalten Brombeeren aus dem Schrank.

Ihre Mutter blickte über ihre Schulter. »Das gute Porzellan, Lizzie? Gibt es einen besonderen Anlass?«

Da war sie wieder – diese vertraute Reizbarkeit. »Muss es dafür denn einen besonderen Anlass geben?«

»Vermutlich nicht.« Ihre Mutter lächelte angespannt. »Du hast völlig recht. Es steht nur im Schrank herum. Besser, wir benutzen es.«

Sie überließ ihre Einkäufe sich selbst und trat neben Lizzie, die das mittlerweile kochende Wasser über den Kaffee in der Cafetière und zum Vorwärmen in die Tassen schüttete. Sie versuchte Nähe zu ihrer Tochter herzustellen.

»Nun, wie geht es dir?«, erkundigte sich Lizzies Mutter.

»Gut.«

Lizzie betastete ihre Wäsche auf dem Trockengestell. Sie war noch feucht, und sie fing an, sie in den Trockner zu legen. Ihre Mutter fragte: »Schadet das den Sachen nicht?«

»Ich brauche heute Abend eine trockene Bluse.«

»Aber das sind empfindliche Teile. Du könntest sie noch eine Stunde trocknen lassen.«

Lizzie drehte den Schalter und startete den Trockner. »Wird schon gutgehen.«

Sie schüttete etwas Milch in einen Krug und stellte ihn in die Mikrowelle. Ihre Mutter beobachtete sie weiter, als wären ihre banalen Handlungen wirklich interessant.

»Schmerzt dein Arm nicht zu sehr?«

»Nein, es ist nichts Schlimmes.«

Ihre Mutter versuchte, ihren Blick festzuhalten. »Gibt es etwas Wichtiges?«

»Was meinst du?«

Ein nervöses Lachen. »Na ja, zum Beispiel dieser Mann, der zur Beerdigung deines Vaters gekommen ist. Werde ich ihn wiedersehen?«

Lizzie dachte verzweifelt an ihre ausgebliebene Periode und an Kierans kleine Tochter und gab eine Art Stöhnen von sich. Ihre Mutter nahm es wahr und runzelte besorgt die Stirn. »Ist alles in Ordnung, Lizzie?«

»Ja, ja, alles ist gut.«

Ihre Mutter machte sich wieder ans Auspacken. Obwohl Lizzie alle Annäherungsversuche ablehnte, bedauerte sie ihre Hartherzigkeit.

Sie beobachtete ihre Mutter, die tapfer ihr Witwendasein ertrug: Sie war nach wie vor eine attraktive Frau, und die blaue Strickjacke und die gut sitzende Hose standen ihr ausgezeichnet. Lizzie dachte an den Mann auf dem Foto mit der coolen verwaschenen Jeans und dem roten Mustang. Er bot eine Möglichkeit für ihre Mutter, die sie sich niemals vorstellen konnte.

»Hast du eigentlich jemals daran gedacht, Alan wiederzufinden?«, fragte sie.

Ihre Mutter sah sie an. »Wie kommst du denn darauf? Nach all den Jahren!« Sie schüttelte den Kopf und wandte sich wieder ihren Einkaufstüten zu. »Also wirklich.«

»Aber Dad ist tot. Es würde doch niemandem schaden.«

Ihre Mutter antwortete nicht sofort. Sie stapelte die Dosen, die in die hohen Regale gehörten.

»Das ist lange her, Lizzie. Reden wir bitte nicht mehr darüber.«

Die Mikrowelle pingte. Lizzie wandte sich zum Spülstein und leerte das heiße Wasser aus den Tassen. »Unser Kaffee ist so weit«, sagte sie. »Warum setzen wir uns nicht zusammen und trinken ihn gemeinsam?«

Ihre Mutter hörte auf herumzuräumen, glättete ihre Hose, hielt die Hände unter den Wasserhahn und sagte leise: »Ja, warum eigentlich nicht?«

Sie setzten sich in den Wintergarten. Lizzie versuchte, ihren Tonfall nonchalant zu halten.

»Heutzutage ist es wirklich ganz einfach, Leute zu finden. Social Media, Facebook, so etwas. Ich könnte dir helfen.«

Lizzies Mum schürzte die Lippen, und Lizzie erinnerte sich an die Ordnungsliebe, die gewissenhafte Organisation und die strengen Verbote, die ihre späteren Jahre mit ihrer Mutter charakterisiert hatten.

»Ich hatte dich doch gebeten, nicht darüber zu reden. Er ist tot, Lizzie. Er starb einige Jahre nachdem ich zu deinem Vater zurückgekehrt war. Können wir das Thema jetzt wechseln?«

30

Sarah parkte in einer vorstädtischen Sackgasse mit Häusern aus den Dreißigerjahren. Kinder radelten im Wendekreis am Ende der Straße.

Als Katherine an die Tür kam, erkannte Sarah, dass sie sich die Freundin von Tania trotz deren schlechter Laune am Telefon – *Ich habe doch schon mit dieser anderen Frau von der Mordkommission gesprochen!* – so vorgestellt hatte, wie sie 1987 gewesen war. Claire Mills hatte ihr ein Foto der beiden Mädchen gezeigt, Seite an Seite in Schuluniform. Sie lächelten beide, als hätte man ihnen einen Witz erzählt, unbewusst sexy in ihrer wissend-unwissenden Schulmädchenart. Beide hatten lange Haare, trugen die Krawatten locker um den Hals, hatten sich die Arme um die Schultern gelegt und ihr Gewicht auf ein Bein verlagert. Vor ihr stand jedoch eine Frau mittleren Alters, älter als Sarah selbst. Sie trug eine Jogginghose und ein ärmelloses T-Shirt und hatte die muskulösen Waden einer Frau, die weit über ihre Jugend hinaus fit geblieben war. Ihr blond gesträhntes Haar zeigte erste graue Fäden. Um Mund und Augen hatten sich tiefe Falten eingegraben.

Sie begrüßte Sarah nicht, sondern sagte nur: »Sie kommen später als angekündigt.«

Sarah steckte ihren Dienstausweis wieder in die Tasche. »Das tut mir wirklich leid. Sollen wir einen neuen Termin vereinbaren?«

Verbittert hob Katherine die Hände. »Einen neuen Termin?«

Mit einem tiefen Seufzer wandte sie sich ab und führte Sarah ins Haus.

Sarah folgte ihr ins Wohnzimmer und beobachtete, wie sie mit raschen Bewegungen herumliegende Gegenstände aufhob – Schwimmbrillen, Bonbonpapierchen, einen Fußball.

»Immer wieder sage ich ihnen, dass sie das Zeug wegräumen sollen, aber keiner hört auf mich.«

Sie bot weder Tee an noch forderte sie Sarah auf, sich zu setzen. Irgendwann hörte sie auf, einen ganzen Stapel Zeug unter dem Fernseher zu verstauen, und sprach schnell weiter.

»Dieses Wochenende sind die Kinder bei meinem Ex. Es ist die einzige Gelegenheit, einmal Zeit für mich zu haben. Wollen Sie etwas Bestimmtes von mir?«

Sarah hatte gehofft, etwas herauszufinden, was den anderen vielleicht entgangen war, aber Katherine schien mit jeder Äußerung die Möglichkeit einer Annäherung verhindern zu wollen. Ihr blieb nichts anderes übrig, als direkt mit der Tür ins Haus zu fallen. »Sie und Tania hatten ein Treffen vereinbart …«

Katherine unterbrach sie. »Ich habe das gefühlt schon hundertmal erklärt.«

»Tut mir leid.«

»Tania war unzuverlässig.«

»Unzuverlässig?«

»Sie wissen doch, wie Teenager sind – sagen, sie wollen etwas unternehmen, tauchen dann aber nicht auf. Damals gab es noch keine Handys.«

»Haben Sie nicht daran gedacht, bei ihr zu Hause anzurufen und herauszufinden, was los war?«

»Ihre Mutter anrufen? Wer würde denn so etwas tun?«

Sarah fragte nicht weiter, wozu Katherines Ton eigentlich aufgefordert hätte, sondern hielt inne, um diese Worte abzuwägen. Hätte ein Teenager wirklich nicht einmal mit dem Gedanken gespielt anzurufen, um zu erfahren, wo die Freundin abgeblieben war?

»Ich glaube, wenn eine meiner Freundinnen nicht aufgetaucht wäre, hätte ich auch in diesem Alter wahrscheinlich ihre Familie angerufen.«

Katherine sah sie an und kratzte sich am Kopf. »Sie waren wohl eine von den ganz Braven?«

»Wie kommen Sie darauf?«

»Sehen Sie, es tut mir leid. Ich wollte Tania nicht in Schwierigkeiten bringen.«

»Warum hätten Sie das damit getan?«

»Wenn Tania nicht zu mir gekommen ist, bedeutete das, dass sie wahrscheinlich etwas anderes im Sinn hatte.«

»Etwas anderes? Was denn?«

»Ach, kommen Sie schon! Alle Jugendlichen haben manchmal etwas anderes im Sinn.«

Dies war die Information, auf die sie gewartet hatte und die sie vertiefen musste.

»Aber Tania war nicht *alle Jugendlichen*. Sie war eine der wenigen, die offenbar dabei zu Schaden gekommen sind. Das ist der Grund, warum ich versuche, alle Details herauszufinden, alle Information, die Sie haben könnten – selbst wenn Sie gar nicht wissen, dass Sie sie haben. Jede Einzelheit könnte uns helfen zu erkennen, was mit ihr passiert ist. Wenn sie also etwas anderes im Sinn hatte, dann muss ich wissen, was es war. Deshalb stelle ich Ihnen diese Fragen.«

»Und ich antworte. Ich will ja nicht unhöflich sein, aber diese Fragen wurden mir alle schon gestellt. Ich glaube wirklich nicht, dass ich Ihnen helfen kann.«

Sarah versuchte zu lächeln. »Also, was hatte sie im Sinn?«

Katherine zuckte mit den Achseln. »Ich weiß es nicht. Wir standen uns nicht mehr so nah wie früher. Sie hatte aufgehört, mir ihre Geheimnisse anzuvertrauen.«

»Haben Sie sich gestritten?«

»Nicht so richtig. Sie wissen doch, wie Teenagermädchen sind. Ich habe selbst eine Tochter in dem Alter: Sie hat ständig Krach mit ihren Freunden, aber dann versöhnen sie sich wieder im großen Stil. Irgendwann verliert man den Überblick. Haben Sie keine Kinder?«

Ein gewisser Blick verriet, dass Katherine längst ahnte, dass Sarah kinderlos war.

Sarah fuhr fort: »Dann waren Sie also noch Freundinnen, ja? Beste Freundinnen. Und Sie erzählten einander, was Sie so im Sinn hatten?«

Katherine zuckte mit den Schultern. »Gut möglich.«

»Wussten Sie zum Beispiel, dass ihr Vater eine Affäre hatte?«

»Oh ja, das hat sie mir erzählt.«

Also standen sie sich doch noch nah genug, um über persönliche Dinge zu reden. »Wussten Sie, ob Tania eine Beziehung hatte?«

»Sarah, alles, was Sie mich fragen, wurde ich schon früher gefragt. Haben Sie die Akte nicht gelesen?«

Natürlich hatte Sarah die Akten gelesen, aber sie wollte die Antwort aus erster Hand hören. Sie nickte und wartete auf Katherines Antwort.

»Es gab keinen Freund, von dem ich gewusst hätte«, sagte Katherine mit dünner Stimme.

»Und Sie, Katherine?«

»Was meinen Sie?«

Die anhaltende Schwierigkeit, Fragen zu stellen, war schon für sich interessant.

»Hatten Sie einen Freund?«

Katherine sah Sarah an, zögerte kurz und sagte dann: »Nein, ich hatte keinen. Ich war fünfzehn. Sonst noch etwas?«

»Nur noch eins. Ihr Musiklehrer, Mr Stephenson …« Sie spürte Katherines Blick und suchte nach Worten. »Scharwenzelte er häufig um Sie herum? Ich meine, mehr, als man von einem Lehrer im Allgemeinen erwartet?«

»Das ist eine merkwürdige Frage.«

»Und? War es so?«

Katherine studierte sie. »Natürlich haben wir ihn häufig gesehen. Tania und ich, wir waren beide im Orchester. Warum interessieren Sie sich für Mr Stephenson?«

»Es ist nur eine von vielen Spuren. Hat er Sie je in seinem Auto mitgenommen?«

»Ich kann mich nicht erinnern. Sehen Sie, Mr Stephenson war nicht gerade ein netter Mann.«

»Ach, war er das nicht? Könnten Sie mehr darüber erzählen?«

»Er war gemein. Diese Machtspielchen. Aber ich bin sicher, dass er Tania nicht getötet hat, falls Sie das denken sollten.«

»Interessant. Wie können Sie sich da so sicher sein?«

Sarah bemerkte etwas, vielleicht eine gewisse Starre in den Armen, die jedoch sofort von Katherine unterbrochen wurde. Sie entspannte sich und runzelte die Stirn. Sie setzte sich auf das Sofa.

»Natürlich kann ich nicht sicher sein, halte ihn allerdings nicht für einen Mörder. Das wäre zu viel.«

»Zu viel?«

Katherine zuckte wieder mit den Achseln. Sarah sagte: »Aber Sie erwähnten diese Machtspielchen.«

Katharine schüttelte den Kopf. »Er war einfach nur ein schrecklicher Mensch.« Sie schlang die Arme um sich. »Haben Sie noch mehr Fragen? Ich wollte nämlich eigentlich schwimmen gehen.«

Im Flur vor der geöffneten Haustür entschuldigte sich Katherine.

»Falls ich unhöflich war, tut es mir leid.«

Sarah winkte ab. »Schon gut.« Ganz bewusst zögerte sie ihren Abschied hinaus, weil sie darauf hoffte, Katherine würde doch noch mit etwas Brauchbarem rausrücken. Was sie jedoch zu hören bekam, war nicht wirklich eine wichtige Info, sondern eine Art nervöser Ausbruch.

»Ich scheine mich mein ganzes Leben lang beeilen zu müssen!«

Sarah wartete.

»Ich habe mir angewöhnt, alles mit Höchstgeschwindigkeit zu erledigen, seit mein nutzloser Ehemann mich verlassen hat. Okay, das allein ist es nicht. Tania ist seit Langem Vergangenheit, und ich denke lieber nicht darüber nach.« Ihr Gesicht zuckte ein wenig. »Wahrscheinlich ist es das, was mich unhöflich wirken lässt.« Sie sah Sarah direkt an. »Aber ich bete, dass diese neue Spur – was auch immer es ist – irgendwo hinführt und Sie mir eines Tages berichten können, was passiert ist. Auch wenn Tania tot ist. Ich hätte gern ein Grab, das ich besuchen kann. Selbst das würde mir viel bedeuten.«

Sarah zögerte. Sie fühlte sich versucht, Katherine ganz direkt zu fragen. *Diese Machtspielchen.* Doch sie griff den Dingen vor. Sie hatte es versucht, weil es viele Chancen gab. Aber jeder Hinweis auf das, was sie vermutete, würde die Beweise verfälschen. Sie musste warten. Wenn etwas kam, dann musste es von Katherine kommen, und zwar ohne Stichwort. Der Moment war allerdings bereits vorüber. Sie hatte ihn verpasst. Katherine schenkte ihr eines jener Lächeln, das nicht echt war.

»Also«, sagte sie, »gibt es sonst noch etwas?«

»Nichts, was mir im Augenblick einfiele. Danke.« Sarah dehnte ihren Besuch noch eine Sekunde länger aus, obwohl sie die schiere Kraft von Katherines Willen spürte, sie endlich loszuwerden. »Wissen Sie, ich habe einen Fehler gemacht, dass ich hier so kurzfristig aufgetaucht bin. Es tut mir leid.« Sie reichte Katherine ihre Karte. »Sie müssen wissen, dass Sie immer mit mir reden können. Über alles, ganz gleich, was. Würden Sie mich bitte anrufen, wenn Ihnen noch etwas einfällt?«

31

Brannon wachte steif und mit schmerzenden Knochen auf dem Boden neben dem Bett auf. Skye bewegte sich und rieb sich die Augen. Die Angst hatte ihn fest im Griff: Er hatte zu lange geschlafen. Die Sache entglitt ihm. Jemand musste alles unter Kontrolle haben, und dieser Jemand war er. Er setzte sich auf, rieb sich den Kopf und versuchte, positiv zu denken.

Die Pfannkuchen waren ein voller Erfolg gewesen, und das war gut so. Er wollte, dass für Skye alles perfekt war; das hatte er geschafft. Keine Regeln, keine Verbote. Er hatte sie die Pfannkuchen selbst hochwerfen lassen und gejubelt, wenn es ihr gelang, und gelacht und sie gestreichelt, wenn es schiefging. Der Hund strich um ihre Beine und hoffte auf herunterfallende Beutestücke. Wenn ein Pfannkuchen herunterfiel, sprang Candy hin und schlang ihn sofort herunter. Fräulein Leckermaul, lachte Skye, und er erinnerte sich plötzlich an die verschiedenen Namen, die Georgina benutzt hatte, um ihre Tochter in die richtige Richtung zu steuern. Fräulein Faulpelz, Fräulein Schläfrig, Fräulein Wenn-du-dir-die-Schuhe-selbst-zubindest-gibt-es-ein-Bonbon. Die Erinnerung war wie ein heranbrausender Lkw, dem er nicht ausweichen konnte. Er hatte Lizzie Griffiths' Küchenschränke geöffnet und versucht, auf andere Gedanken zu kommen. Zur Inspiration starrte er auf die Gläser mit Marmite und Erdnussbutter. Es war nicht seine Schuld! Allmählich nahm er den Inhalt des Schranks wahr. Ahornsirup! Dort stand eine ungeöffnete Flasche Ahornsirup. Er streckte die Hand aus und hielt sie hoch wie Manna. »Schau mal, was ich gefunden habe!« Skye schüttete den Sirup mit ihrer Kinderhand über die Pfannkuchen, bis sie in einem süßen See schwammen.

Nach dem Essen kuschelten sie sich mit dem Hund auf das Sofa und schauten zum tausendsten Mal *Ice Age*. Georgina hatte den Film in die für Skye gepackte Tasche gelegt, als sie fortgehen wollte. Brannon wollte die Kleine ein wenig verwöhnen. Er selbst hatte den Film nie gemocht – weder das weichherzige, langweilige Mammut noch das dümmliche Faultier Sid. Seine Gedanken trieben ab. Skye hielt seine Hand und beschützte ihn vor den Monstern. Als er beim Nachspann erwachte, schlief sie in seinen Armen. Er schmiegte sich an sie und roch an ihren Haaren. Um zwei Uhr morgens hatte er sie geweckt und sie durch den hinteren Garten in den dunklen Park gebracht. Wir machen Zauberferien, hatte er ihr gesagt. Trotzdem hatte er sie ermahnt, ein braves Mädchen zu sein. Er hatte ihr prüfend in die Augen geschaut, ob sie wusste, was er meinte – dass es außer dem perfekten Tag auch noch den Krieger gab, der mit dem Messer in der Jeanstasche und dem Hund an seiner Seite die Familie beschützen musste.

»Magst du den Park bei Nacht?«, fragte er. »Alles gehört uns ganz allein.« Und sie hatte ja gesagt.

Er hatte sie am Karussell angeschoben und sie auf der Rutsche in den Armen gehalten. Auf der Schaukel hatte er sie so lange angeschubst, wie sie wollte. Ihre kleinen Hände hatten die Metallketten umklammert, und sie hatte ihre Augen geschlossen, als sie hoch in den sternlosen Himmel schwang. Sie hatte gesungen. Aber als sie an den Rand des Spielplatzes rannte, musste er ihren Namen rufen. Sie hatte so plötzlich in der Bewegung innegehalten wie bei »Ochs am Berg«, sich umgedreht und gesehen, dass er den Hund am Halsband gepackt hatte und ihm das Messer an den Hals hielt.

Als sie in die Wohnung zurückkamen, begannen bereits die Vögel zu singen, und Skye ließ sich in seine Arme fallen. Er hob sie hoch und küsste ihre Wange, womit er erst aufhörte, als sie ihm sagte, er solle aufhören. Er streichelte ihre Stirn, bis sie einschlief. Erst dann kamen die Käfer angekrochen. Sie krabbelten unter seiner Haut und hinter seinen Augen. Die Anschuldigungen. Die Ungerechtigkeit der ganzen Sache. Er hatte diese schöne Familie geschaffen, aber andere hatten sie zerstört. Er dachte an den Film, den er mit Skye angeschaut hatte: das dumme wollige Mammut in der Höhle, wie es das Bild seiner von den Menschen ermordeten Frau und des Kindes sah. Das schwatzende Faultier: »Oh, und er hat eine Familie. Er ist glücklich. Schau, er spielt mit seinem Kind.« Die Lügen und die falsche Sentimentalität darin machten ihn wütend. Er hätte bestimmt nicht verziehen. Er hätte getötet, zerstört. Er wollte nicht wie das weiche Mammut mit dem leeren Ausdruck und der langsamen Sprechweise sein. Er wollte wie die wortlose, erbarmungslose Bronzestatue sein, die Jasons Boot anhob und die Argonauten ins Meer kippte.

Um sechs Uhr morgens hatte er die App erneut überprüft und gesehen, dass Lizzie Griffiths' Auto noch immer 250 Kilometer entfernt stand. Was, wenn sie Urlaub machte und tagelang wegblieb? Vielleicht sogar wochenlang? Seine Optionen verringerten sich, dunkle Wolken dräuten, die Frist näherte sich ihrem Ende. Er musste unbedingt nachdenken, solange er es noch konnte, ehe er von den Umständen überwältigt wurde. Dieser Ausflug in den Park war eine Schnapsidee gewesen! Er konnte Skye nicht wirklich vertrauen. Er sah genau, wie sie ihn manchmal anschaute. Nein, so etwas durfte er nicht wieder riskieren! Wenn man ihn schnappte, wäre es katastrophal. Sie würden Skye erwischen, und damit ihn. Dann wäre er nicht mehr in der Lage, sie zu retten – möglicherweise liefe sie sogar von selbst zu ihnen über. Er sah die Folgen genau vor sich, sobald sie ihn in der Hand hatten: das verkrampfte Sitzen im Käfig des Gefangentransports, eingeschlossen wie ein Pony in einer Pferdebox.

Die Anklagebank, den Sicherheitsbeamten, der in seinem blauen Pullover verpeilt und mit gelangweiltem Ausdruck neben ihm sitzen würde. Er wäre noch nicht einmal in der Lage, sich in seiner Zelle selbst zu töten. Man würde ihn beobachten und davon abhalten.

Diesen dummen Aufruf des fetten Mannes mit den kleinen Zähnen hatte er gesehen. *Sie müssen sich schrecklich fühlen und werden sicher nach einem Weg suchen, damit das aufhört.* Diese Worte: Es war wie bei Jason, der im Film zu Talos' Bronzestatue kroch und das Ventil in seinem riesigen Fuß öffnete. Das Blut des Lebens sprudelte aus dem Knöchel der Statue. Sie griff sich an den Hals, zerbrach und stürzte in sich zusammen. Ein schreckliches Geräusch – wie eine kreischende Gangschaltung. *Wir wissen, wie sehr du deine Tochter liebst.* Diesen Worten musste er widerstehen. Sie waren dazu gedacht, seine Kraft aufzuzehren. Sie waren ein Trick, um seine Familie zu zerbrechen. Und Skye, Skye, Skye … Sie verstand nicht, dass dieser Fall das Schlimmste überhaupt wäre! Ohne ihn wäre sie allein. Niemand, der sich um sie kümmerte. Er durfte das nicht geschehen lassen, er würde es nicht zulassen. Hätte er das Land doch sofort mit ihr verlassen, anstatt zu warten.

Er bemühte sich, seine Optionen zu klären. Der Volvo hatte gefälschte Kennzeichen. Vielleicht wussten sie es nicht einmal. In den Nachrichten war nichts darüber gesagt worden. Aber der Polizei war nicht zu trauen. Vermutlich wussten sie alles über das Auto. Sie würden eine Beschreibung für Polizei und Zollbeamte herausgeben. Seit dem Moment, als er den Wagen in einer Seitenstraße verlassen hatte, war er nicht mehr dort gewesen. Vielleicht hatten sie das Fahrzeug längst abgeholt, oder, schlimmer noch, sie hatten es gelassen, wo es war, und warteten auf seine Rückkehr. Wenn sie ihn ohne Skye überraschten, wäre er wie ein in die Enge getriebenes Tier.

Vielleicht könnte er in ein anderes Haus einbrechen und die Schlüssel zu einem anderen Auto stehlen. Aber ein solcher Diebstahl würde sofort gemeldet. Es gab keine Möglichkeit, die Kennzeichen jetzt noch zu ändern, jedenfalls nicht so, dass es nicht sofort auffiele.

Er beobachtete das Heben und Senken von Skyes Brustkorb und ihr friedliches, schlafendes Gesicht. Zeit und Möglichkeiten nahmen rapide ab. Mitleid und sogar Reue überwältigten ihn. Er würde sein Töchterchen enttäuschen. Dabei hatte er sich mit aller Macht bemüht, ausdauernder als jemals zuvor in seinem Leben. Diese Mistkerle! Diese Schweinehunde! Um ihn hatte sich nie jemand gekümmert.

Nein, er würde Skye nicht verlassen, und er würde sie auch nicht enttäuschen. Sie würde nie so allein sein, wie er es gewesen war. Am einfachsten wäre es, wenn sie schliefe. Wäre ein Kissen der sanfteste Weg? Er stellte sich vor, wie er es auf ihr weiches Gesicht presste, ihren Kampf und seine überwältigende Kraft. Ihm kamen die Tränen. Er wischte sich die Augenwinkel. Seine Hände waren nass. Georgie war immer die Einzige für ihn gewesen. Die Einzige. Nun musste er alle Entscheidungen allein treffen.

Lizzie war seine einzige Hoffnung. Wenn er sie nur ins Haus bekäme, könnte er ihr Auto nehmen. Sie war Polizistin. Ihr Auto war sicher nicht gekennzeichnet. Es könnte Tage dauern, ehe jemand bemerkte, dass sie nicht mehr da war. Er starrte auf die App. Das Auto stand noch immer. Die Tatsache hämmerte in seinem Kopf wie ein Kolbenmotor. Sie kam nicht. Er versuchte durchzuatmen und klar zu denken. Vielleicht war jetzt der Zeitpunkt, das zu tun, was er tun musste. Keine Fehlstarts mehr, keine falschen Entscheidungen.

Aber Skye wachte gerade auf. Sie rieb sich die Augen und verzog hinreißend ihr schläfriges Gesicht. »Können wir noch mehr Pfannkuchen machen?«

Er hatte einen dicken Kloß im Hals. Ein paar Pfannkuchen – und was dann?

»Eine Minute, Skye. Ich muss nur noch etwas nachsehen.«

Er überprüfte die App. Na endlich! Das Auto bewegte sich. Der Hund war auf das Bett gesprungen und leckte Skyes Gesicht. Die Kleine lächelte ihn an. In ihren Augen spiegelte sich etwas wie Verzweiflung. »Bitte, Dad, können wir mehr Pfannkuchen machen?«

Er warf einen weiteren Blick auf die App. Das Auto fuhr noch immer und bog nach links in Richtung Autobahn ab. Er lächelte Skye an. »Natürlich können wir, Fräulein Leckermaul. Es ist sogar noch etwas Ahornsirup übrig.«

32

Sarah hatte beschlossen, noch einmal zum Morville Park zurückzukehren, ehe sie zurück nach Hendon fuhr und bei der Suche nach Brannon half. Es war später Nachmittag, und das schöne Wetter hatte gehalten. Überall lagerten Leute auf Decken und picknickten. Einige hatten Körbe dabei, andere nur die Grundausstattung: Plastikbecher, Chips und Tarama aus dem Supermarkt. Kinder streiften umher, freigelassen von ihren dösenden Eltern. Junge Männer mit nackten Oberkörpern spielten Frisbee, während ein Collie bellend zwischen ihnen herumtobte. Ein Paar knutschte im Schatten eines Baumes, sie lag mit hochgeschobenem Rock und heruntergerutschtem Top-Träger auf ihm.

Um das Gelände in einem abgelegenen Gebiet des Parks zu erreichen, musste sie Waldwege benutzen. Die Wissenschaftler waren dabei, ihre Sachen zusammenzupacken. Dr. Stichill saß immer noch am Abhang, als hätte er ihn nie verlassen. Er hielt den Laptop so, dass der Bildschirm im Schatten war. Sarah sah Kleckse und Spritzer in Grün und Blau.

Dr. Stichill sagte: »Ich werde es Ihnen erklären.«

Sie lachte. »Ich glaube, das sollten Sie tatsächlich tun.«

Sein Finger bewegte sich über den Bildschirm.

»Wir suchen eine Anomalie im Bodenwiderstand – etwas, das durch den Verfall organischer Substanz erzeugt wird. Die hellblauen Bereiche sind alle anomal.« Er tippte auf den Bildschirm. »Ich denke, das hier sieht am vielversprechendsten aus. Dieses Profil wurde von ERT, einem Medizintechnikhersteller, erstellt.«

»Das technische Zeug brauche ich nicht zu wissen.«

»Okay, also grundsätzlich ist es so.« Er klickte auf ein anderes Symbol. Es war ein Diagramm, dessen Achsen Tiefe und seitliche Ausdehnung darstellte. »Das hier«, sagte er und folgte der Kurve mit den Fingern, »geht senkrecht nach unten und zeigt …« Er bewegte seinen Stift in die Mitte des Bildes, wo eine deutliche Vertiefung zu sehen war.

»Ein Grab?«, fragte Sarah.

Dr. Stichill wiegte den Kopf. »Vielleicht. Vielleicht auch nicht. Alles, was ich sagen will, ist, dass diese Absenkung anomal ist. Es muss kein Grab sein. Machen Sie sich nicht zu viele Hoffnungen.«

Sarah schüttelte den Kopf. »Bestimmt nicht. Aber sind wir so weit, dass wir graben können?«

33

Lizzie ließ ihr Auto im Innenhof stehen. Eigentlich war das nicht gestattet, aber während der Nachtschicht würde es wohl niemand nachprüfen. Sie ging ins Einkaufszentrum und kaufte einen Schwangerschaftstest. Zurück auf der Wache, ging sie zur Damentoilette und riss die Verpackung auf. Mit heruntergelassener Hose setzte sie sich auf die Kloschüssel und las die Anweisungen. Es erwies sich als umständlicher als vermutet, das Röhrchen in den Urinstrahl zu halten. Sie hätte warten sollen, bis sie zu Hause war. Doch sie war ungeduldig. Falls es eine gute Nachricht war, konnte sie aufhören, sich Sorgen zu machen. Und wenn dem nicht so war, konnte sie tätig werden. Je früher, desto besser.

Sie hatte sich vorgestellt, dass es endlos dauern würde, aber nein, peng, da waren sie: zwei Striche. Ganz undramatisch und eindeutig.

Sie starrte auf die Linien, als würden sie dadurch verschwinden. Vielleicht bedeuteten sie nicht, was sie vermutete. Oder vielleicht hatte sie den Test falsch gemacht. Sie las die Anweisungen erneut, prüfte und prüfte noch einmal, sah das Röhrchen und die beiden Striche an.

Eine Weile fixierte sie die Toilettentür.

Jemand benutzte die Toilette nebenan. Sie hörte es plätschern. Wer auch immer es gewesen war, wusch sich die Hände und ging.

Lizzie hatte nicht einmal wahrgenommen, dass sie immer noch mit heruntergelassener Hose dasaß. Sie packte den Test in die Papiertüte, die der Apotheker ihr gegeben hatte, warf alles in den Mülleimer und wusch sich die Hände. Dabei ermahnte sie sich, praktisch zu denken.

Vor allem durfte sie niemandem davon erzählen, schon gar nicht Ash – er würde sie sofort zum reinen Bürodienst verdonnern. Sie ging nach oben und aß das Käsesandwich mit Gurken, das ihre Mutter für sie gemacht hatte.

Die Nachtschicht begann.

Als Erstes legte Lizzie eine Kaution wegen gefährlicher Körperverletzung für eine Kollegin fest, die früher nach Hause gehen wollte. Schon eine Stunde später ging der erste Notruf ein. Ein alter Mann – Hemd, schwarze Hose, braun karierte Pantoffel – lag in seinem Wohnzimmer steif wie ein Brett auf dem Rücken. Seine in den Ellbogen gebeugten Arme waren hoch über seinen Kopf erhoben, und sein Gesichtsausdruck ließ darauf schließen, dass der Tod ihn ohne Vorwarnung überrascht hatte. Die beiden uniformierten Beamten traten von der Leiche zurück, als ob sie leugnen wollten, etwas damit zu tun zu haben. Auf dem Sideboard stand ein analoges Transistorradio. Geschirr trocknete auf einem Gestell auf der Edelstahlspüle. Auf der Armlehne des Sofas lag ein offener Krimi von Len Deighton.

Ash sagte: »Nicht die schlechteste Art, zu sterben.«

Lizzie wandte sich an die uniformierten Beamten. »Was ist mit den Fenstern?«

Der jüngere Beamte, dessen dunkles Haar mit Gel zu einem aufragenden Kamm über seinem Kopf frisiert war, blickte beschämt drein. »Entschuldigung, ja, wir haben sie geöffnet. Wegen des Geruchs.«

Und so ging es weiter. Sie fuhren von Notruf zu Notruf. Um Mitternacht gab es kurz hintereinander eine Serie von Einbrüchen. Sie hörten über das Funkgerät, wie der Verdächtige – hektisch wie ein Hamster im Laufrad – nach einer Jagd über die Dächer einiger Reihenhäuser schließlich festgenommen wurde. Bei näherer Betrachtung erwies sich dieser Job als ziemlich einfach: Es war zu spät, um eine Aussage aufzunehmen, außerdem stand der Verdächtige unter Drogen und war daher ins Krankenhaus eingeliefert worden.

Allmählich kam die Nacht, wo kaum was los war. Die Straße vor dem Revier war verlassen, und die Funksprüche wurden seltener. Lizzie musste an das Plastikröhrchen mit den zwei Linien im Mülleimer der Damentoilette denken. Niemand brauchte davon zu wissen, nicht einmal Kieran.

Eine der Reviermäuse, wohl ermutigt durch die Stille im Büro, wagte sich aus ihrem Versteck, blieb gut sichtbar mitten im Raum auf dem Teppich sitzen und schnupperte. Ash schüttelte verblüfft den Kopf. »Die hat ja vielleicht Nerven!«

Sie hielten die bisherigen Einsätze in ihrem Report fest, stellten ihre Fertiggerichte in die Mikrowelle und drückten die Daumen, dass es keine weiteren Anrufe gäbe.

Aber um 5.30 Uhr klingelte das CID-Handy doch wieder. Es war der diensthabende Inspector, der sie über die Meldung einer Vergewaltigung in einem Nachtclub informierte.

Ash rieb sich müde das Gesicht. »Scheiß Timing!«

Sie fuhren zum Tatort. Es handelte sich um einen belebten Nachtclub, der auch in den frühen Morgenstunden noch geöffnet hatte. Davor parkten drei leere Polizeiautos. Lizzie und Ash waren etwa gleichaltrig mit den jungen Leuten, die sich auf der Straße vor dem Club versammelt hatten und leicht schwankend rauchten und redeten. Sie bahnten sich einen Weg durch die Massen, wiesen sich an der Tür aus, wurden durchgewinkt.

Das Mädchen hatte angegeben, auf der Toilette angegriffen worden zu sein. Die Security-Leute – Kerle mit Armen wie Schinken, die Plastikausweise an Bändern und winzige Funkgeräte in den Ohren trugen – warteten in einer vollgestopften

Abstellkammer unter einer Metalltreppe auf Ash und Lizzie. Sie schauten verlegen drein. Das Mädchen hielt sich im Sicherheitsraum eine Etage höher auf und saß auf einem schäbigen Sofa, das an der Rückwand stand. Sie sah aus wie sechzehn und trug Hot Pants aus Leder mit blauen Hosenträgern über einem T-Shirt, das große rote aufgestickte Lippen zeigte. Ihre Beine steckten in einer Strumpfhose mit Laufmaschen, die violetten Doc Martens waren nicht zugeschnürt. Sie war betrunken und weinte. Sie bat darum, rauchen zu dürfen, aber Lizzie kniete sich vor sie und erklärte ihr, sie könne nicht rauchen, zumindest im Moment noch nicht.

Lizzie schaltete ihr Handy ab – sie wollte nicht ausgerechnet jetzt von einem privaten Anruf unterbrochen werden – und half dem Mädchen durch die erste Beweisaufnahme. Und da war es wieder: Sex – reduziert auf Körperflüssigkeiten und Chemikalien. Ein Tupfer in den Mund und über die Zähne. Das Mädchen musste sich auf das schmutzige Klo setzen und pinkeln. Lizzie legte das Toilettenpapier mit der Urinprobe in einen Beutel. Während der ganzen Zeit weinte das Mädchen. Lizzie versuchte, es zu beruhigen. Nein, betrunken zu sein bedeute nicht, dass man ihr nicht glaubte. Ob es jemanden gäbe, den sie gerne anrufen würde? Sie packte den Slip und die Strumpfhose des Mädchens ein, ihre Leder-Hot-Pants und ihr T-Shirt mit dem gestickten Kuss. Eine uniformierte Polizistin steckte den Kopf herein und reichte ihnen das in Cellophan verpackte Standard-T-Shirt, die Baumwollhose und die flachen schwarzen Treter, die Lizzie immer an Bockspringen über eine Holzkiste in der Schulturnhalle erinnerten. Das Mädchen gestand, etwas Ecstasy genommen zu haben, und weinte noch mehr. Der Spezialist für Sexualdelikte kam etwa eine Stunde später – ein großer Typ in Jeans und kariertem Hemd mit rasiertem Kopf. Professionell und freundlich nahm er das Mädchen unter seine Fittiche, fuhr mit ihr zur vollständigen ärztlichen Untersuchung, nahm die Asservatenbeutel mit und würde ihre Aussage aufnehmen.

Als sie wieder auf dem Revier ankamen, war ihre Schicht längst vorbei. Sie arbeiteten stumm und konzentriert. Lizzie blickte auf die Uhr. Mit etwas Glück konnte sie die morgendliche Rushhour noch umgehen und wäre kurz nach acht im Bett.

34

SONNTAG, 20. AUGUST 2014

Um sechs Uhr morgens meldete sich Sarahs Wecker mit dem irritierenden Zirpen elektronischer Grillen. Sie bewegte sich vorsichtig auf dem Feldbett, das sie im Büro aufgestellt hatte. Ihre Knochen schmerzten. Sie packte das Bett weg, nahm ihr Handtuch und den Kulturbeutel und ging den Flur entlang zum Badezimmer. Es gab kein Anzeichen von Leben in den Büros, an denen sie vorbeikam, aber sie vermutete, dass auch andere Leute an verborgenen Plätzen im Gebäude schliefen.

Nach dem Parkbesuch hatte sie bis spät in die Nacht mit dem Rest des Teams gearbeitet, das versuchte, das weitere Vorgehen in Sachen Brannon auf die Beine zu stellen. Im Büro herrschte eine gewisse Verzweiflung, denn der Mann wurde seit Mittwochnachmittag vermisst.

Die Überwachungskamera der Tankstelle an der M6, wo Brannons Handy geortet worden war, lieferte keine hilfreichen Bilder. Weder er noch irgendwer sonst erschien in der Wohnung seines Freundes in Manchester, die inzwischen überwacht wurde. Auch das Telefon wurde nicht mehr benutzt.

Um 1.00 Uhr nachts war das Telefon schließlich an einer Adresse in Manchester geortet worden. Es gab nicht nur keinerlei Hinweise auf eine Verbindung Brannons mit dieser Adresse, sondern überhaupt keine Hinweise zu dieser Adresse. Dennoch meldete sich das Telefon von dort. Ein bewaffnetes Team brach die Wohnung auf, wo ein Paar mittleren Alters friedlich im Bett lag und schlief, während ein Teenager allein in seinem Schlafzimmer Mehrwertnummern anrief. Er hatte das Telefon in einem Abfalleimer entdeckt und gedacht, er hätte das große Los gezogen. Ihm schien nicht einmal bewusst zu sein, dass er eine Ordnungswidrigkeit beging, als er das Telefon an sich nahm, ohne den Fund zu melden.

Die Laune im Büro sank immer tiefer. Brannon erwies sich als gewitzt und schlau. Die Seelenklempner hatten vor Mord und Selbstmord gewarnt. Brannons eigene Worte auf dem Video hatten diese Bedrohung bestätigt.

Das ist noch nicht das Ende.

Sie mussten weitergraben. Mit welcher Kritik auch immer sie konfrontiert wurden – und das Geschrei nahm ständig zu –, die Möglichkeit aufzugeben hatten sie nicht. Fedden bereitete mit einem anderen Überwachungskamerabild einen weiteren Appell vor, der die Öffentlichkeit vor Brannon warnte. Sie schickten auch eine Warnung an alle Beamten, weil der Inhalt des Videos nahelegte, er könne auch die Polizei zum Ziel nehmen.

Sarah hatte in Hinweise vertieft in ihrem Büro gesessen und nach irgendeiner Verbindung gesucht, die einen möglichen Anhaltspunkt bot. Um 2.00 Uhr morgens konnte sie nicht mehr denken. Sie holte ihr Feldbett und den Schlafsack aus dem Versteck im Lagerraum. Sie war so müde gewesen, dass sie sofort einschlief.

Jetzt, als sie schlaftrunken unter der Dusche stand, beschäftigte sich ihr Verstand wieder mit allen Informationen. Brannon hatte gedroht. Die Frage lautete, wie er das gemeint hatte: spezifisch oder ganz allgemein? Sarah hatte Georginas Mutter aus der Gleichung herausgenommen, denn die war noch immer sicher im Hotel untergebracht. Aber auf wen sonst könnte er abzielen? Sarah putzte sich die Zähne am Waschbecken und spulte den Inhalt von Marks Video immer wieder in ihrem Kopf ab.

Wenn die Polizei nicht wäre, würde Georgie noch leben.

Wem gab er die Schuld? Insbesondere eine Beamtin hob sich

aus der Masse hervor. Obwohl Brannon der Polizei seit Jahren bekannt war, hatte Lizzie Griffiths ihn als Erste wegen häuslicher Gewalt vor Gericht geschleppt. Sarah hatte Lizzies Bericht von der Verhandlung gelesen – wie Brannons Anwalt es fertiggebracht hatte, den Spieß umzudrehen und zu versuchen, Lizzie zum Sündenbock zu machen. Dass Brannon einen persönlichen Groll gegen sie hegte, schien sicher zu sein.

Aber wie könnte er gegen Lizzie vorgehen?, überlegte sie. Kannte er ihre Dienstzeiten? Dann könnte er sie zwar auf dem Revier stellen, doch das wäre ein recht riskanter Ort für einen Angriff. Sonst aber war es ihm eigentlich nicht möglich, sie zu finden.

Die Sache beunruhigte sie. Sie würde Fedden von ihren Bedenken erzählen, ehe sie wieder in den Park zurückkehrte.

Sie zog sich an, stand vor dem Waschbecken und betrachtete ihre Make-up-Tasche. Sie würde sich später schminken, bevor sie das Büro verließ. Sie klopfte an Feddens Bürotür, doch er war nicht da. Wahrscheinlich gönnte er sich ein paar Stunden Schlaf. Als sie vor seiner geschlossenen Tür stand, fiel ihr plötzlich etwas ein.

Sie setzte sich an ihren Computer und durchsuchte das Briefing-Dokument. Und da war es: Eine der kriminellen Aktivitäten des Young-Clans, so behauptete ein Informant, sei der Diebstahl von hochwertigen Fahrzeugen. Man statte die Autos mit Transpondern an der Unterseite aus und identifizierte und überwachte die Fahrzeuge im Zentrum von London, bis sich eine Gelegenheit für einen Diebstahl an einem sicheren und abgelegenen Ort bot. Es waren böse Raubüberfälle, und die Autos verschwanden immer schnell und spurlos. Sarah versuchte, den Gedanken weiterzuverfolgen. Es war eine vage Chance. Zwar gab es nichts, was Brannon mit dieser Aktivität in Verbindung brachte, aber immerhin war er ein kleiner Spieler im kriminellen Netzwerk der Youngs. Es war nicht zu weit hergeholt, zu vermuten, dass er diese Methode kannte. Woher aber sollte er wissen, welches Lizzies Auto war?

Sarah sah auf die Uhr: 7.10. Sie hatte sich für acht Uhr im Morville Park angekündigt.

Lizzys Handynummer war in der zentralen Datenbank der Polizei registriert. Sarah beschloss, sie für alle Fälle zu warnen, doch das Telefon schaltete zur Voicemail, und sie musste eine Nachricht hinterlassen. Sie rief Lizzies Einsatzstelle an. Der Sergeant, der ihren Anruf annahm, hatte es nicht besonders eilig, zu helfen. Nach dem üblichen Austausch von E-Mails, um ihre Identität zu bestätigen, sagte er ihr, dass Lizzie Nachtdienst gehabt hatte und normalerweise um sieben hätte nach Hause gehen müssen.

»Wie ich die Kriminalpolizei kenne«, meinte er, »liegt sie wahrscheinlich seit etwa einer Stunde im Bett.«

Sarah überspielte ihre kurze Gereiztheit. »Können Sie mir vielleicht sonst noch etwas erzählen?«

Er lachte über die Zumutung. »Klar, warum nicht?«

»Dürfen Beamte ihre Autos vor dem Revier abstellen?«

»Einige von euch Kripo-Leuten lassen sie während der Nachtschicht im Hof, weil ihr denkt, dass euch niemand einen Strick daraus dreht, aber eigentlich ist es nicht gestattet.«

»Was ist, wenn ein Beamter versetzt wurde?«

»Es gibt ein paar reservierte Parkbuchten vor dem Gebäude. Vielleicht durfte sie ihren Wagen für einen Tag oder so dort parken.«

»Und wo wird das registriert?«

»Dafür gibt es ein Buch.«

»Logisch gibt es das. Überprüfen Sie die Einträge für PC Lizzie Griffiths. Sie hat vor ungefähr zwei Wochen in Ihrem Bezirk angefangen.«

»Das soll wohl ein Witz sein! Das ist ein Job für die Kripo. Ich bin beschäftigt.«

»Ich scherze keineswegs. Es handelt sich um einen Notfall. Wir haben keine Zeit, uns bei Ihren Kollegen durchzufragen und jemand anderen zu finden. Ich bin Detective Inspector bei der Mordkommission, und ich bitte Sie nicht, sondern ich fordere Sie auf. Ich habe eine Notiz über unser Gespräch und die Zeit gemacht, zu der ich Ihnen diese Anweisung gegeben habe. Rufen Sie zurück, sobald Sie Näheres wissen. Danke.«

Sie legte auf, ehe er anfangen konnte, über die Befehlskette zu streiten. Weder Fedden noch Lee antworteten auf ihren Handys. Sie machte sich schnell einen Kaffee in der ungespülten Tasse, die noch auf ihrem Schreibtisch stand. Der Sergeant rief sie über das Bürotelefon zurück und gab die Termine durch, zu denen Lizzie berechtigt war, ihr Auto vor der Dienststelle zu parken.

»Gibt es eine Überwachungskamera für diesen Bereich?«

»Sagen Sie mir jetzt bloß nicht, dass ich die auch noch prüfen soll.«

»Entnehmen Sie die Arbeitskopien, und suchen Sie sich jemanden, der sie durchsieht. Es ist dringend. Ich suche nach Mark Brannon, der bei den Parkplätzen herumhängt.«

Geriet sie in Panik? Vermutlich war Lizzie nach dem Mord an Georgina Teel schon einmal zu Hause gewesen und nicht angegriffen worden. Andererseits: Was, wenn sie recht hatte und Lizzie war gerade jetzt auf dem Heimweg? Sie versuchte es erneut auf ihrem Handy; wieder meldete sich nur die Voicemail.

Sie würde zu spät kommen. Sie rief Steve an und berichtete ihm von ihren Sorgen.

»Ich soll um acht Uhr im Morville Park sein. Wir haben da einen Tatort in einem anderen Fall.«

»Keine Sorge. Ich übernehme das.«

Sarah beschloss, im Café des Parks noch kurz zu frühstücken, nachdem sie mit Dr. Stichill gesprochen hatte. Sie fuhr quer durch das frühsonntägliche London nach Westen und wagte sich sogar durch die Hauptverkehrsstraßen. Ihr Telefon klingelte, und sie fuhr an die Seite. Es war Steve, und er sprach schnell.

»Ich habe gerade einen Anruf vom Revier Caenwood bekommen. Am zehnten Juli, Lizzies erstem Arbeitstag, hat sie ihr Auto draußen auf der Straße in einer der Polizei-Buchten geparkt. Man kann nicht die ganze Bucht sehen, aber man sieht das Auto. Es blieb dort ganze zwei Tage stehen, mit Ausnahme von drei Stunden am Nachmittag des Zehnten, als es einmal wegfuhr und später wiederkam.

Ich habe die Gerichtstermine überprüft: An diesem Tag saß Brannon wegen eines Angriffs auf Georgina in Gewahrsam. Lizzie hat bei Georgina zu Hause einen Widerruf der Anzeige aufgenommen. Der DC, der die Überwachungskamera überprüft hat, sagt, dass sie nie genug Dienstfahrzeuge zur Verfügung haben – es könnte also sein, dass sie ihren eigenen Wagen benutzt hat, um zu Georgina zu fahren.

Brannon könnte Informationen über das Auto bekommen haben: Jemand hat sie vielleicht kommen sehen und ihm von dem Fahrzeug erzählt.

Jedenfalls ließ sie das Auto über die erlaubte Zeit hinaus stehen. Die Kamera zeigt, dass sie am Abend des Zehnten von einem schwarzen Land Rover abgeholt wurde. Am Elften um 15.57 Uhr, nachdem die Anklage gegen Brannon abgeschmettert und er entlassen wurde, zeigt die Kamera ihn auf der Straße vor der Wache. Er schlendert weg von der Kamera in Richtung der Parkbucht, wo Lizzies Auto steht, kommt aber dann wieder in Sicht. Bevor sie wegfährt – vermutlich nach Hause –, stehen sich die beiden noch einmal kurz gegenüber. Ich habe versucht, Lizzie anzurufen, doch sie meldet sich nicht. Für alle Fälle habe ich ein bewaffnetes Team zu ihrem Haus geschickt, aber du weißt ja, wie lange es dauert, bis diese Leute einsatzbereit sind. Wenn ich die Beamten des Bezirks bitte, ein Auge auf Lizzie zu werfen, bis das Einsatzkommando dort ankommt, kann ich nicht unbedingt darauf vertrauen, gute Leute zu bekommen. Aber wohnt Lizzie nicht in der richtigen Richtung für dich?«

»Okay, ich fahre hin. Mit Blaulicht und Martinshorn.«

35

Lizzie parkte vor ihrem Haus. Sie bewegte sich mit der Hast eines Schichtarbeiters, der noch die ganze Woche Nachtdienst vor sich hatte. Es war längst richtig hell geworden, und sie sollte so schnell wie möglich ins Bett kommen. Als sie nach ihrer Tasche auf dem Beifahrersitz griff, fiel ihr ein, dass sie vergessen hatte, ihr Handy wieder einzuschalten, nachdem sie sich mit dem Vergewaltigungsopfer beschäftigt hatte. Sie sollte besser kurz nachschauen, ob es noch Fragen zu den Nachteinsätzen gab. Die würde sie klären, um danach ungestört schlafen zu können. Sie stand auf dem Bürgersteig, die Tasche noch auf dem Fahrersitz, und tippte auf ihrem Telefon herum. Kaum hatte sie es eingeschaltet, meldete es sofort mehrere Voicemails und verpasste Anrufe. Gut, darum würde sie sich in ihrer Wohnung kümmern. Sie warf ihre Tasche über die Schulter und schloss das Auto ab. In diesem Moment klingelte das Telefon erneut. Sie fischte es wieder aus der Tasche. Sarah Collins! Ausgerechnet! Sie war wirklich die letzte Person, mit der sie jetzt sprechen wollte. Sie strich für die Anrufannahme über den Bildschirm.

Collins rief sofort: »Lizzie?«

»Ja.«

»Gehen Sie auf keinen Fall in Ihre Wohnung!«

»Was?«

»Sind Sie schon dort?«

»Ja, davor.«

»Setzen Sie sich sofort in Ihr Auto, fahren Sie um die Ecke, und rufen Sie mich von dort an. Ich bin auf dem Weg zu Ihnen.«

»Warten Sie …«

Die Stimme in der Leitung drängte weiter, aber Lizzie hörte nichts von dem, was sie sagte. Ihre Aufmerksamkeit wurde von etwas anderem voll beansprucht: An ihrem Schlafzimmerfenster stand ein kleines Mädchen, das das Verdunkelungsrollo ein Stück hob und ihr zuwinkte. Lizzie unterbrach Sarah.

»Skye Brannon ist in meiner Wohnung. Ich kann sie am Fenster sehen.«

»Verschwinden Sie sofort von dort. Ein Einsatzkommando ist auf dem Weg. Brannon ist drinnen. Wenn er merkt, dass seine Deckung aufgeflogen ist, könnte es sein, dass er die Kleine tötet. Davor haben die Psychofritzen uns jedenfalls gewarnt.«

»Sie hat mir zugewinkt. Was, wenn sie ihm sagt, dass sie mich gesehen hat?«

»Warten Sie …«

»Sie klopft ans Fenster. Sicher hört er das. Ich versuche, sie da rauszuholen.«

Lizzie steckte ihr Telefon in ihre Tasche, ohne den Anruf zu beenden, und lief leise auf ihr Schlafzimmerfenster zu. Dabei legte sie den Zeigefinger auf ihre Lippen. Mit einem Stirnrunzeln drückte Skye ihr blasses Gesicht an das Glas. Die Fenster besaßen eine Doppelverglasung aus gehärtetem Glas. Lizzie hatte sie als Vorsorge gegen Diebstahl einsetzen lassen und wusste, dass sie nicht eingeschlagen werden konnten. Aber die Beschläge waren neu und leicht zu bewegen, wenn vielleicht auch nicht für ein Kind. Sie erwog, durch die Haustür zu gehen, wagte jedoch nicht, Skye für eine Sekunde aus den Augen zu verlieren. Sie legte den Finger wieder auf die Lippen, deutete auf die Fenstergriffe und machte eine Rotationsbewegung. Skye schüttelte den Kopf. Sie machte ein besorgtes Gesicht. Sie kam ganz nah ans Fenster, legte ihre Hände wie ein Sprachrohr um die Lippen und sagte: »Dad sagt, er würde Candy etwas tun.«

Lizzie flüsterte: »Öffne das Fenster, Skye. Ich hole den Hund.« Skye zögerte. »Ich hole den Hund. Versprochen.«

Skye stellte sich auf das Bett und reckte sich nach den Griffen. Sie kämpfte, bis ihr kleiner Mund sich vor Anstrengung und Konzentration verzerrte. Aber dann schaffte sie es, die Griffe zu drehen. Lizzie kletterte auf das Sims und legte ihre Hände um den unteren Fensterrahmen. Sie schob ihn etwa um ein Drittel der Höhe nach oben, ehe er sich verkantete. Sie packte ihn mit beiden Händen und schob mit aller Kraft. Er rührte sich nicht. Sie hatte dieses Fenster noch nie von unten geöffnet. Trotzdem konnte sich Skye wahrscheinlich hindurchwinden. »Los, Skye, zwäng dich durch.«

Skyes Gesicht hinter dem Glas war ängstlich. »Wie willst du Candy holen?«

»Ich hole sie.«

Aber plötzlich war es zu spät. Brannon stand hinter Skye und hielt den Hund am Halsband. Die linke Hand verbarg er hinter seinem Rücken.

»Weg vom Fenster!«

Skye drehte sich um und zögerte für einen schrecklichen Moment.

»Ich habe dich gewarnt, Skye. Das hier ist kein Spiel.«

Lizzie fing an, mit dem Fenster zu kämpfen, und versuchte verzweifelt, es weiter hoch zu zwingen. Plötzlich jaulte der Hund auf und Skye schrie. Lizzie blickte auf. Brannon hatte dem Tier das Messer in die Flanke gestoßen, und Skye beugte sich über den Hund. Brannon packte sie am Oberarm. »Ich habe dir gesagt, du sollst gehorchen!« Der Hund wimmerte und hob eine Pfote in die Luft. Skye hielt seinen Kopf in den Händen und begann zu weinen. »Candy. Candy. Candy.«

Lizzie war zutiefst schockiert: Ihr Kiefer krampfte, ihre Arme hingen.

Brannon blickte sie an. »Sehen Sie, was Sie angerichtet haben.«

Es war so lächerlich, dass sie fast gelacht hätte.

Skyes T-Shirt und ihr Gesicht waren mit dem Blut des Hundes beschmiert. »Daddy, Daddy, bitte. Wir müssen uns um Candy kümmern.«

»Ich habe dir gesagt, du sollst gehorchen. Ich habe dich gewarnt.«

Er erschien Lizzie wie die seltsame Parodie eines enttäuschten, wütenden Dads. Eine verrückte Welt. Sie sagte »Mark« und legte in einer Geste der Kapitulation ihre Hände ans Fenster. In diesem Augenblick war ihr klar, was sie tun musste. Obwohl sie große Angst hatte, würde sie hineingehen, sich ihm anbieten und musste ihn Skye mitnehmen lassen. Es war die einzige Möglichkeit, ihn daran zu hindern, seine Tochter zu töten. Verhandeln machte keinen Sinn mehr, und auch die Angebote der Polizei in ihrem Appell waren sinnlos. Sie sprach laut und hoffte, dass Sarah sie über den nicht beendeten Anruf hören konnte.

»Ich komme ins Haus, Mark. Durch die Haustür. Ich habe meinen Schlüssel. Niemand weiß, dass Sie hier sind. Ich habe Skye am Fenster gesehen, nur deshalb weiß ich es. Sie können mein Auto nehmen und mit ihr wegfahren. Vor zehn Uhr heute Abend werde ich nicht vermisst, und selbst dann werden sie niemanden herschicken, mindestens eine Stunde nicht. Bis dahin können Sie mit Skye längst auf dem Festland sein.«

Brannon zögerte.

Der Hund wimmerte und versuchte, seine Flanke zu lecken. Skye küsste seine Schnauze und weinte. Lizzie wurde klar, dass das Tier die Wunde nur überleben könnte, wenn es behandelt wurde, aber es würde sicher eine Weile dauern, ehe es starb. Vielleicht wäre es leichter für sie gewesen, wenn es sofort gestorben wäre. Skye würde dann vielleicht weniger auf Mark hören. Aber sie verstand das Kind: Dieser Hund war alles, was der Kleinen geblieben war.

Lizzie sagte: »Sie haben es doch auf mich abgesehen, nicht wahr? Deshalb verstecken Sie sich hier. Ich bin allein. Lassen Sie mich hereinkommen, bevor mich jemand sieht und neugierig wird.«

Brannon legte einen Arm um Skyes Hals und zog sie auf die Füße.

»Verschwinde von dem verdammten Fenster! Ab zur Haustür. Ein bisschen plötzlich, wenn's geht. Und wehe, du rufst jemanden an. Du tust genau, was ich sage, sonst muss Skye dran glauben.«

Skye wimmerte, und Brannon strich tröstend mit der Hand über ihr Gesicht. »Tut mir leid, Schatz. Ich muss für uns beide handeln. Danach kümmern wir uns um Candy.«

Seine Worte klangen wie die eines Verrückten, aber etwas war noch von dem Mark Brannon übriggeblieben, den Lizzie kannte. Er wirkte wie die düstere Übertreibung des Mannes, den sie zuerst erlebt hatte, des Mannes, der gesagt hatte, dass er seine Familie liebte.

»Ich gehe zur Haustür. Tun Sie Skye nicht weh.«

Lizzie wollte Zeit schinden und fummelte mühsam den Schlüssel ins Schloss, aber länger wagte sie nicht, ihn hinzuhalten. Der Flur war leer bis auf den Hund, der am Boden lag. Es roch abgestanden nach Kochdünsten, Hund und nicht gelüfteter Wohnung.

Mark rief aus dem Wohnzimmer: »Tür zu! Ich will hören, wie das Türschloss einrastet!«

Sie konnte Skye schluchzen hören.

»Skye, ist mit dir alles in Ordnung?«

»Sie ist okay. Mach die Tür zu, sonst ist sie es nicht mehr.«

Zum ersten Mal empfand Lizzie Angst um sich selbst. Mit einem sehnsüchtigen Blick nach draußen zog sie die Tür so zu, dass das Schloss klickte. Anschließend hielt sie das Schloss mit ihrer linken Hand fest, während sie langsam den Knopf zurückdrehte und den Haken am Riegel so verstellte, dass man die Tür von außen öffnen konnte. Für das Einsatzkommando würde es wahrscheinlich keinen Unterschied machen, aber jede Sekunde könnte zählen.

Der Flur war leer. Sie suchte nach etwas, was sie als Waffe benutzen konnte, und ging ins Bad. Die Nagelschere im Schrank fiel ihr ein. Sie würde nicht viel Schaden anrichten, doch sie konnte ihn damit verletzen, wenn sie sie in sein Gesicht stieß.

Sie sah sich im Spiegel und musste plötzlich an dieses andere Leben denken, das sie verborgen in sich trug.

Brannon rief: »Ins Wohnzimmer!«

Sie steckte die Schere in ihre rechte Tasche und trat in den Flur. »Der Hund! Kann ich wenigstens dem Hund helfen? Ich habe einen Erste-Hilfe-Kasten im Badezimmer.«

Skye rief: »Daddy, Daddy, bitte lass sie Candy helfen, bitte, lass sie Candy helfen!«

Das Geräusch einer Ohrfeige. Lautes Schluchzen. »Komm endlich rein!«

Sie tastete nach ihrer Tasche. Sie könnte leere Hände vorweisen, die Nagelschere aber leicht greifen, indem sie kurz ihre Hand in die Tasche steckte und wieder hervorholte.

»Ich komme ja schon.«

Sie hatte Angst, er würde hinter der Tür warten, um ihr die Kehle durchzuschneiden, sobald sie das Wohnzimmer betrat, doch er hielt sich ihr gegenüber im Küchenbereich auf und trug das Messer wie beiläufig an seiner Seite. Er war rasiert und trug ein sauberes Hemd. Skye lag mit an den Heizkörper gefesselten Händen am Boden. Die Vorhänge waren gegen neugierige Blicke zugezogen. Der Herd starrte vor Schmutz. Die Schranktüren standen offen. Das Sofa war mit Hundehaaren übersät. Über einen ihrer Sessel hatte Brannon ein Laken drapiert. Hier hatte er also sein Video aufgenommen.

»Wirf mir die Autoschlüssel zu.«

Sie warf sie quer durch den Raum. Er fing sie mit Leichtigkeit auf und legte sie auf die Küchenarbeitsplatte.

Eine seltsame Art Ruhe breitete sich über ihnen aus. Lizzie ahnte, was in seinem Kopf vorging. Er musste sie töten, damit er mit ihrem Wagen wegfahren konnte. Sie erkannte auch, wie er sich davon überzeugt hatte, dass sein Plan vernünftig war. Für ihn gab es keine Alternative, denn er würde sich nicht ergeben.

Sie kniete sich neben Skye auf den Boden, wandte Brannon in voller Absicht den Rücken zu und zeigte dem Kind das Loom-Band, das sie nach wie vor am Handgelenk trug. »Schau, ich habe es immer bei mir. Ich habe dir ja gesagt, dass ich es in Ehren halten würde. Du brauchst dir keine Sorgen zu machen.«

Skyes Blick glitt furchtsam an ihr vorbei zu ihrem Vater. Lizzie wünschte sich inständig, sie hätte irgendeine Möglichkeit, die Handschellen zu lösen und das kleine Mädchen aus der Wohnung zu lotsen. Die Gedanken überschlugen sich in ihrem Kopf. Vielleicht würde er Gnade walten lassen, wenn sie sagte, dass sie schwanger war. Aber ihr Polizistinnengehirn warnte sie. Es wäre, als würde man eine Handgranate in den Raum werfen. Warum sollte sie eine Familie haben und er nicht? Sie drückte Skyes Hand. »Dein Dad bekommt mein Auto, damit er dich in Sicherheit bringen kann.«

Sie spürte Brannons Arm an ihrer Schulter. Die Messerspitze drückte sich wie ein scharfer Punkt gegen ihren rückwärtigen Brustkorb. Ein Angstschauder überlief sie.

Skye schluchzte: »Tu ihr nicht weh!«

»Sag mir nicht, was ich zu tun habe, Skye. Du verstehst das hier nicht.«

Er zog Lizzie an sich, und sie schrie kurz auf, als sie spürte, wie die Messerspitze fester zudrückte.

Skye wimmerte: »Daddy, bitte.«

Brannon zischte nah an Lizzies Hals:

»Du hast uns nicht in Frieden gelassen. Du hast versucht, mich ins Gefängnis zu bringen und meine Familie zu zerstören.« Er stach zu, und sie fühlte, wie sich warme Feuchtigkeit über ihren Rücken ausbreitete. Er sprach immer noch. »Ihr Bullen habt mir bisher nur Kummer bereitet. Ich hatte eine gute Beziehung zu Georgie.«

Skye schluchzte wieder. »Daddy.«

»Ich habe alles für sie getan, für sie gesorgt und den beiden einen Hund gekauft.«

Lizzie spürte Tränen der Angst, die über ihr Gesicht liefen, aber sie versuchte, weiterhin klar zu denken und damit das Wichtigste anzuwenden, was sie in der Ausbildung gelernt hatte: Gib nie auf. »Schon gut, Mark. Schon gut.«

»Ich wollte ihr nicht wehtun. Wirklich nicht.«

Er stach erneut zu, und trotz aller guten Vorsätze schluchzte sie auf. Die Feuchtigkeit breitete sich weiter aus. Sie tastete mit der rechten Hand in ihrer Tasche nach dem harten kleinen Griff der Nagelschere.

»Schon gut. Sie haben doch jetzt das Auto.«

»Ich habe dir gesagt, dass ich dich hole. Ich habe dich gewarnt. Du hast mir das angetan. Du hast mich dazu gebracht.«

Er hatte angefangen, sie in den Flur hinauszuzerren. Skye flehte: »Daddy, Daddy, bitte, bitte, bitte.«

Er zischte: »Tür zu!«

Lizzie streckte die Hand aus und zog die Tür zu.

Er schleppte sie rückwärts. Sie fuhr mit der Hand in ihre Tasche und griff nach der Nagelschere. Der Hund lag mit dem Kopf auf den Vorderpfoten und keuchte noch immer. Sie zögerte einen entsetzlichen Moment, dann riss sie den Arm nach hinten und stach mit aller Kraft zu.

Brannon stöhnte auf, ließ los und taumelte rückwärts. Aber fast sofort stand er wieder aufrecht. Unter seinem Auge war eine blutige Wunde, doch er hatte das Messer nach wie vor fest in der Hand.

36

Sarah parkte außerhalb der Sichtweite von Lizzies Wohnung. Sie lauschte mit dem Telefon am Ohr. Brannon durfte nicht merken, dass die Polizei kam, denn davon hing alles ab. Sie erinnerte sich noch gut an diese Straße – in den ersten Tagen der Ermittlung wegen Farahs und Hadleys Tod hatten sie hier eine Durchsuchung durchgeführt. Sie erinnerte sich auch an die Schränke und Schubladen, an das Privatleben von PC Lizzie Griffiths, das kalten Ermittlerblicken ausgesetzt war. Und sie erinnerte sich, wie sie draußen mit Steve Bradshaw geraucht und geplaudert hatte.

Das Geräusch des Futterstoffs von Lizzies Tasche raschelte und knisterte schmerzhaft in ihrem Ohr. Das bewaffnete Team war im Anmarsch. Sie berichtete ihnen über Funk, was sie von den Äußerungen verstehen konnte. Sie legten sich eine Taktik zurecht, während sie mit Blaulicht und Martinshorn durch London jagten. Zunächst dachten sie daran zu verhandeln, entschieden sich aber dagegen. Brannon war zu unberechenbar und zu nah an Lizzie und Skye. Er durfte keine Gelegenheit haben, wieder zu töten. Sie würden mit gezogenen Waffen das Haus stürmen.

Wie lange das nur dauerte! Sarah unterbrach ihren Funkverkehr und forderte eine voraussichtliche Ankunftszeit.

Sieben Minuten.

Aus dem Telefon drang der Schrei des kleinen Mädchens. »Tu ihr nicht weh!«

Sarah stieg aus dem Wagen, legte ihre kugelsichere Weste an und streifte den Holster über die Schulter. Dann hörte sie aus dem Telefon ein unverwechselbares Geräusch: den schmerzhaften Aufschrei einer Frau.

Sarah durchfuhr es wie ein Blitz.

Die Straße war unnatürlich ruhig, die Blätter der jungen Bäume flirrten in der Sommerbrise. Sie fühlte sich sehr einsam.

»Akute Lebensgefahr! Beamtin vermutlich verletzt!«, rief sie ins Funkgerät. »Ich kann nicht auf das Einsatzkommando warten. Ich gehe jetzt rein.«

Sie hörte noch, wie sie ihr erklärten, wie nahe sie bereits waren, aber das Plärren des Funkverkehrs konnte sie nun nicht länger riskieren. Sie schaltete den Lautsprecher stumm und funkte nur noch mit dem Notfallknopf, der allen anderen Funkverbindungen übergeordnet war.

»Lebensgefahr, ich wiederhole: Lebensgefahr. PC Griffiths vermutlich verletzt. Ich versuche, mir Zugang durch die Vorderseite des Anwesens zu verschaffen.«

Brannons Stimme rasselte über das Telefon wie die eines in einer Blechdose gefangenen Westentaschen-Diktators.

… versucht, mich ins Gefängnis zu bringen und meine Familie zu zerstören …

Sarah huschte leise um die Ecke, bis sie einen klaren Blick auf das Haus hatte. Sie sah, dass die Haustür nur angelehnt war. Ihr Herz hämmerte. Sie zog ihren Schlagstock und umfasste ihn fest mit ihrer geballten Faust. Um ihn drinnen zu schwingen, war das Haus zu klein.

Im Telefon hörte sie wieder Brannons Stimme – das verärgerte Stakkato eines Mannes, der keinen Widerspruch duldete.

Ich habe dich gewarnt.

Sie steckte das Telefon in die Tasche und lief leise den Gartenweg hinauf. Ihre Hände schwitzten vor Angst. Sie stieß die Tür vorsichtig auf und betrat die Wohnung. Sie hörte etwas, das wie eine Klinke klang, und nahm eine Bewegung gleich gegenüber im Flur wahr. Brannons Stimme war unnatürlich nahe.

Tür zu.

Sie biss die Zähne zusammen, um sich Mut zu machen, und hob ihren zusammengeschobenen Stock auf Schulterhöhe. Unmittelbar darauf hörte sie einen wütenden Schmerzensschrei und explodierende Wut.

»Verdammtes Miststück!«

Sarah trat links in den Flur. Brannon hatte ihr den Rücken zugewandt und hielt das Messer mit der rechten Hand hoch. Sie versetzte ihm einen kräftigen Hieb auf den Hinterkopf. Er fiel nach vorn, kämpfte sich aber fast sofort auf alle viere zurück und umklammerte sein Messer. Sie schlug erneut hart zu, wieder auf den Hinterkopf, und abermals kippte er nach vorn. Das Messer behielt er jedoch in seiner ausgestreckten Hand. Lizzie glitt an der Wand herunter. Sarah trat hart auf Brannons Messerhand. Er gab ein ersticktes, schmerzliches Stöhnen von sich, und es hörte sich fast so an, als wäre er erschöpft. Seine Hand erschlaffte. Sarah stellte sich mit dem Schlagstock über ihn.

»Lizzie, helfen Sie mir. Legen Sie ihm Handschellen an.«

Aber Lizzies Gesicht war aschfahl und ihre Lippen blau. Ihre Bluse war mit Blut durchtränkt. Sie schüttelte den Kopf.

Aus dem Wohnzimmer auf der anderen Seite des Flurs hörten sie das weinende Kind. »Mummy! Mummy! Mummy!«

Dann das Krachen eines gewaltsamen Zugangs und laute Rufe: »Polizei! Wir sind bewaffnet!«

Sarah ließ den Schlagstock fallen und hob ihre Hände hoch. Vor ihr stand ein Polizist mit gezogener Schusswaffe.

Sie sagte: »Detective Inspector Sarah Collins.«

Ein großer, schlanker Mann, der hinter ihr stand, schob sie weg von Brannon ins Schlafzimmer. Er kontrollierte ihren Dienstausweis ohne sichtliche Emotionen. »Sind Sie unverletzt?«

»Ja. Die andere Frau ist Detective Constable Lizzie Griffiths. Sie wurde mit einem Messer angegriffen.«

Der Officer wandte sich von ihr ab und ging wieder in den Flur, um den Stand der Dinge durchzugeben.

»Eine verletzte Beamtin. Stichwunden. Sie ist bei Bewusstsein und atmet. Dringende medizinische Hilfe erforderlich.«

Sarah folgte ihm in den Flur. Brannon lag in stabiler Seitenlage. Ein bewaffneter Polizist stand über ihm. Hinter ihnen lehnte eine kreidebleiche Lizzie Griffiths mit der Seite an der Wand. Sie war kaum noch bei Bewusstsein. Man hatte ihre Bluse zerrissen, und ein Beamter klebte einen Plastikschutz über eine Wunde in ihrem Rücken. Sarah konnte sehen, wie das Pflaster eingesaugt wurde und sich wieder blähte. Sie trat auf sie zu. »Lizzie.«

Lizzie öffnete die Augen. »Der Hund, Sarah. Tun Sie es für Skye. Retten Sie den Hund.«

Sarah blickte den Hund an. Er war kollabiert, atmete aber immer noch mit kurzen, keuchenden Zügen. Sie nahm ihr Funkgerät aus dem Gurt. »Ich brauche dringend einen Kollegen in Uniform. Er muss einen verletzten Hund aus der Wohnung holen und ihn sofort zu einem Tierarzt bringen.«

Zwei Sanitäter erschienen und leisteten Lizzie erste Hilfe. Ihr Gesicht war unter einer Sauerstoffmaske verborgen. Sarah ging ins Wohnzimmer. Sie sah die Welt wie durch einen Filter. Irgendwo in der Höhe näherte sich das klappernde Dröhnen eines Hubschraubers. Jemand hatte die Tür zum Garten aufgerissen. Skye lag mit tränenüberströmtem Gesicht in den Armen eines der bewaffneten Polizisten und weinte: »Ich will meinen Daddy sehen.« Sarah wandte sich zum Fenster und sah den Ambulanzhubschrauber wie eine große rote Libelle in den Park absinken. Ärzte und weitere Sanitäter rannten durch den Garten. Sie folgte ihnen zurück in den Flur. Lizzie war inzwischen bewusstlos. Die Ärzte kümmerten sich sofort um sie. Brannon lag auf dem Boden im Schlafzimmer. Sein Gesicht war fahl und geschwollen. Die Sanitäter machten sich bereit, ihn auf die Trage zu legen. Sarah trat zu einer robusten Frau mit einer Cornrows-Flechtfrisur und dem Abzeichen der Diensthabenden auf der Schulter.

»Ist er bei Bewusstsein?«

»Manchmal. Er hat vermutlich einen Schädelbruch.«

»Ist er fit genug, dass ich ihn verhafte?«

Die Sanitäterin blickte sie mit deutlicher Ungeduld an. »Das wäre kaum meine Priorität.«

»Er hat seine Frau umgebracht und versucht, eine Polizeibeamtin zu töten.«

Die Sanitäterin nickte jetzt mit deutlich mehr Mitgefühl. »Aber machen Sie schnell.«

Sarah hockte sich neben ihn. »Mark, ich bin Detective Inspector Sarah Collins.«

Er stöhnte, sah sie an und murmelte etwas.

»Ich verhafte Sie wegen Mordes an Georgina Teel, der Entführung von Skye Brannon und des versuchten Mordes an Police Constable Lizzie Griffiths.«

Eine laute Stimme von draußen lenkte sie ab. Sie ging zurück in den Flur. Lizzie lag jetzt ausgestreckt auf dem Boden und war immer noch bewusstlos. Ihr Oberkörper war völlig nackt. Man hatte ihren hellblauen Baumwoll-BH in der Mitte durchgeschnitten und achtlos neben sie geworfen. Sarah betrachtete für einen Augenblick die zarte, verwundbare Weiblichkeit, die brutal behandelt und bedeutungslos geworden war. Unbewusst schlug sich Sarah vor Angst die Hand vor den Mund. Sie starrte Lizzie an. Lizzies Nacktheit hatte etwas Verwirrendes, ebenso wie ihr apathisches Verhalten gegenüber den Sanitätern, die sich um sie herum bewegten. Ihr Anblick war wie der einer Sterbenden. Auf ihrer Haut und an den blauen Plastikhandschuhen der Sanitäter klebte Blut. Eine Kanüle steckte in der linken Seite ihres Brustkorbs, und der Arzt klebte Defibrillator-Pads auf ihre Brust und ihren Rücken. Sarahs Lippen wurden kalt und taub. Zwar hörte sie die Worte: *Vorsicht! Abstand!*, aber sie nahm sie nicht wirklich wahr. Ein elektrischer Schock jagte durch den leblosen jungen Körper vor ihr. Und mit einem Mal wurde Sarah bewusst, was da vor ihren Augen geschah.

Lizzie hat einen Herzstillstand. Ich hätte früher hineingehen sollen.

TEIL DREI

37

DONNERSTAG, 24. JULI 2014

Nach der Verhaftung von Brannon hatte sich Sarahs Team ins Zeug gelegt, um alles in den Griff zu bekommen.

Sarah war dazu verhört worden, wie sie in Lizzies Wohnung hineingekommen war und Brannon kampfunfähig geschlagen hatte. Seine Gehirnerschütterung war so schwer, dass er im Krankenhaus bleiben musste. Im Verhör wurde sie von einem Vertreter der Polizeigewerkschaft und einem Anwalt unterstützt – schließlich hatte sie Brannon mit dem Schlagstock hart am Hinterkopf getroffen, ohne ihn zuvor zu warnen. Als sie ins Büro zurückkam, standen Blumen vom Team und eine von allen signierte Karte auf ihrem Schreibtisch. Sie ahnte, wer die Idee gehabt hatte. Trotzdem rührte es sie, die Blumen zu sehen. Elaine hatte ihr eine Geschenkpackung mit speziellen Nespresso-Kapseln hingelegt. *Das Einzige, von dem ich wusste, dass Sie sich darüber freuen würden. Kippen verschenke ich nämlich grundsätzlich nicht.*

Zwischen der ganzen Arbeit am Brannon-Fall hatte Sarah schließlich doch noch Zeit gefunden, Morville Park zu besuchen.

Der Boden war an mehreren Stellen aufgewühlt. Drei Bäume waren gefällt worden: eine ausladende Buche und zwei Eichen. Sarah hatte zugesehen, wie sie umstürzten, das Jaulen der Kettensägen gehört und die jungen Baumchirurgen beobachtet, die an ihren Seilen hingen und die dicken Äste amputierten, bis die Bäume nur noch als entblößte Stämme standen. Sie roch die Benzindämpfe der Schredder, deren Zähne die Bäume schließlich zermalmten.

Sie brachte es nicht übers Herz, Tanias Mutter darüber zu informieren, dass sie angefangen hatten zu graben. Sie wusste, dass die aufgewühlte Erde ein Ort seltsamer Hoffnungen und Ängste wäre, wo man wünschte und doch nicht wünschte. Und dass am Ende alles umsonst sein könnte. Vielleicht fanden sie Tania nicht. Aber Elaine hatte darauf bestanden, dass es ihre Pflicht sei, Claire zu informieren, und natürlich hatte Elaine recht. Sarah bat sie, die Aufgabe zu übernehmen. Claire, die an jeder der schmerzlich gescheiterten Untersuchungen möglicher Spuren aktiv teilgenommen hatte und es als Fortsetzung der Hingabe an ihre Tochter zu sehen schien, wollte unbedingt die Stelle in Augenschein nehmen, wo ihre Tochter vielleicht lag. Am frühen Morgen hatte Sarah auf dem Parkplatz von Morville Park auf sie gewartet. Sie kam in ihrem neuen Hyundai, chic und zugleich bequem in Hose, Windjacke und flachen braunen Schuhen, mit einem Strauß cremefarbener Rosen in der Hand. Sarah setzte sich neben sie in das von Parkwächter Tom gefahrene Elektrofahrzeug. Er fuhr sie über holprige Wege zum Grabungsgelände und gab den Versuch eines Smalltalks über das Wetter schnell auf. Claire legte die Blumen neben einer Eiche auf den Boden, blieb am Rand des Grabens stehen und beobachtete, wie eine grüne Buche fiel. Leise erwähnte sie, wie es sie an den Flieder erinnerte, der in der Sturmnacht gegenüber ihrem Haus umgeweht worden war.

An diesem Tag jedoch musste Sarah akzeptieren, dass sie nichts als einen Fahrradrahmen und das Skelett eines Hundes fanden. Wieder hatte es Elaine übernommen, Claire zu informieren. Sie verstand ohne große Worte, dass Sarah sich dazu nicht in der Lage fühlte.

Dr. Stichill, dessen Stiefel mit Schlamm verkrustet waren, hatte seine Ausrüstung zusammengepackt. Als er Sarah abseits stehen und rauchen sah, drehte er sich um und ging zu ihr, um mit ihr unter vier Augen zu sprechen.

»Es tut mir wirklich leid«, sagte er. »Aber wenn sie nicht da ist, kann ich sie auch nicht finden.«

»Und Sie sind inzwischen sicher, dass sie nicht da ist?«

»Ja, so sicher wie möglich. Es handelt sich schließlich nicht um eine exakte Wissenschaft.«

Sarah betrachtete den schlammigen Boden. Sie fühlte sich an die Fotos zerstückelter Baumstämme auf den Schlachtfeldern in Frankreich erinnert. Aber dies hier war weder ein Schlachtfeld noch ein Grab, nur ein Vorstadtwald, den sie auf eine Vermutung hin vorsätzlich hatte zerstören lassen.

Ehe sie in ihr Auto stieg, rief sie im Krankenhaus an und fragte nach Lizzie: Ihr Zustand war noch kritisch, aber stabil.

Der Umschlag wartete im Flur, als sie nach Hause kam. Unter seinen weniger bemerkenswerten Begleitern, die eine Stromrechnung, ein Angebot für eine Kreditkarte und die Wurfsendung eines lokalen Maklers enthielten, stach er deutlich hervor. Das schwere geprägte Papier und die Handschrift in schwarzer Tinte verrieten ihr sofort den Absender. Ihr Vater, der trotz seines Alters eine Innenstadt-Pfarrei leitete, war im Grunde noch immer ein Gymnasiast, dessen Tintenflasche sich allmählich leerte.

Sarah wollte den Brief nicht sofort lesen. Zunächst schickte sie den Hund in den Garten, ließ sich ein Bad ein und legte ihre Brille, ein Handtuch und den Umschlag neben die Wanne.

Eigentlich wusste sie ziemlich genau, was in diesem Brief stand. Es wäre der Bericht über das Jahresgedächtnis ihrer Schwester, das sie versäumt hatte. Sie wusste, wie sehr es ihren Vater verletzt hatte, dass sie nicht dabei gewesen war. Sie wusste, wie viel es ihm bedeutete. Jedes Jahr bereitete er sich intensiv auf diesen Gottesdienst vor, konsultierte seine Bücher, schlug bestimmte Dinge nach und klebte Notizzettel auf die entsprechenden Seiten. Der Gottesdienst fand immer in der gleichen Dorfkapelle statt, durch deren Lanzettfenster rotes und blaues Licht fiel. Susies ehemalige Schulkameradinnen kamen jedes Jahr und parkten ihre Autos kreuz und quer auf der Straße, der Böschung und zwischen den Hecken. Zuerst brachten sie ihre Freunde mit, später dann ihre Ehemänner, und schließlich kamen auch die Kinder mit, die sich in den Gängen und Seitenschiffen der Kirche selbstständig machten. Ihr Vater erklomm die Holztreppe zur Kanzel jetzt langsamer als früher.

Sarah konnte nicht bestreiten, dass sie es teilweise mit Absicht getan hatte. Ihr Vater hatte sie um Termine gebeten, aber sie hatte ihm nicht gesagt, dass er den bevorstehenden Bereitschaftsdienst ausschließen solle – die geschäftigste Zeit überhaupt, in der es unmöglich war freizunehmen.

Sie legte sich in die Wanne und las. Der Brief enthielt weder durchgestrichene Wörter noch Tintenflecken. Daran erkannte sie, wie sorgfältig ihr Vater den leichten Plauderton vorbereitet hatte. Er hatte den Brief bearbeitet, bis er völlig zufrieden damit war, dann ein frisches Blatt genommen und den Text abgeschrieben. Sie konnte ihn sich vorstellen, wie er in seinen Hausschuhen am Schreibtisch saß und diesen Brief entwarf, so wie er früher seine Predigten geschrieben hatte.

Sie wusste, was sie sich von diesem Brief erhoffte, aber sie wusste auch, wie töricht es war, nach so vielen Jahren noch auf ein Wunder zu hoffen. Sie hätte den Brief selbst schreiben und genau die Worte liefern können, die sie gern gelesen hätte.

Wer liebt, der ist aus Gott geboren.

Allein dieser Satz würde schon genügen. Warum auch nicht? Doch ihr Vater war immer recht knauserig mit Zitaten aus der Bibel. Sein Brief begann in fröhlichem Plauderton und kritisierte ihre Abwesenheit nicht. Trotzdem wäre es sehr schade gewesen, dass sie es nicht hatte schaffen können! Alle hätten sie vermisst, und so viele ihrer alten Schulfreunde seien dort gewesen! Es folgte ein Scherz über Hiob und seine Geschwüre, ehe ihr Vater sein Verständnis dafür äußerte, dass ihre beruflichen Verpflichtungen sie an einem Erscheinen gehindert hätten. Er hoffte, dass die Ermittlungen gut liefen. Wie viele Menschen brauchten und sehnten sich schließlich nach Gerechtigkeit! Er wäre sehr stolz auf sie und ihre Arbeit.

Mum und ich lieben dich sehr.

Das stimmte auf jeden Fall. Ganz sicher sogar. Sie erinnerte sich an einen Sturz von einer Mauer hinten im Garten, als sie noch im Grundschulalter war. Sie hatte sich den tiefen Schnitt angeschaut, der kränklich weiß und blau aussah, ehe das Blut heraussprudelte. Ihr Vater hatte sie hochgehoben und ins Wohnzimmer getragen, wo er den Schnitt versorgte und sie anschließend lächelnd sanft in die Nasenspitze kniff. Damals war er noch großzügiger mit Bibelzitaten umgegangen. »Gott ist barmherzig, gnädig und geduldig«, hatte er mit breitem Lächeln gesagt, »und von großer Gnade und Treue.« Dann hatte er sie auf die Stirn geküsst und ihr ein großes Stück Schokoladenkuchen gegeben.

Damals war alles noch einfacher gewesen.

Auch diesen Brief unterschrieb er mit dem einzigen Bibelzitat, das er sich zugestand.

Und so, meine liebe Tochter, möge der Gott der Hoffnung dich erfüllen mit aller Freude und Frieden.

Dein Dich liebender Vater

Dort war er, dachte sie, er versteckte sich in diesem Zitat – der verborgene Hinweis darauf, dass er wusste, dass sie in Wirklichkeit nicht mit Freude und Frieden erfüllt war und dass es einen Stolperstein gab, über den man nicht reden durfte.

Der Brief war aufgeweicht, und das Papier hatte sich dort, wo sie es gehalten hatte, gewellt. Sie ließ ihn auf den Boden neben der Wanne fallen. Sie sollte mit Freude und Frieden erfüllt sein, aber sie durfte nicht sie selbst sein. Das war eine verdammt schwierige Sache.

Doch es machte keinen Sinn, diese Gedanken zum soundsovielten Mal durchzukauen.

Es war nicht die Schuld ihres Vaters. Er war ein Mann mit Prinzipien. Er konnte fünf nicht gerade sein lassen, weil es ihm persönlich gegen den Strich ging. Sie hatte eine Ahnung, wie das sein musste. Denn war es nicht genau diese Sünde, die Steve ihr vorgeworfen hatte, als sie nach den Todesstürzen am Portland Tower gegen Lizzie vorgegangen war: Dogmatismus, ohne das größere Bild zu sehen? Kein Herz zu haben?

Vielleicht hatte ihr Vater deshalb die Prüfungen des Hiob erwähnt. Vielleicht wollte er damit ausdrücken, dass es ihn schmerzte, sie zwar immer zu lieben, sich aber niemals erlauben zu können, sie zu akzeptieren. Bei Hiob ging es um die Unergründlichkeit Gottes. Nicht nur seine Kinder wurden Hiob genommen, sondern Gott schickte ihm auch Geschwüre! Und als Hiob sich beklagte, was antwortete Gott da?

Wo warst du, als ich die Erde gründete?

Nachdem ihre Schwester gestorben war, kam es Sarah so vor, als ob man ein Loch in sie hineingemeißelt hätte, als wäre sie eine Skulptur, durch die nun der Wind wehte.

Zwar wurde das Wasser immer kälter, aber Sarah wollte noch nicht aus der Badewanne steigen. Der Spaniel lag auf den Fliesen neben ihr. Sarah betrachtete die Fisheye-Ansicht ihres eigenen Körpers: die kleinen schwimmenden Brüste, die verletzliche, flache Kurve ihres Bauchs unter der Wasserlinie, die Erhebung ihrer Hüften … Sie, die sie so viel Zeit ihres Berufslebens damit verbracht hatte, die Intimsphäre völlig fremder Menschen zu untersuchen, fühlte sich, als sei sie sich selbst fremd.

Sie erinnerte sich an die Leiche von Farah Mehenni, die noch viel zu jung gewesen war, um so kalt und tot zu sein. Sarah war damals völlig sicher gewesen – nicht nur, dass sie ein Ergebnis bekommen würde, sondern auch, dass sie das Richtige tat. Doch am Ende geriet auch diese Überzeugung ins Schwanken. Sie hatte mit leeren Händen vor dem Nichts gestanden.

Nun musste sie an Lizzie denken, die in immer noch kritischem Zustand auf der Intensivstation lag. Sie hatte sie nur einmal gesehen: ohne Bewusstsein, an Monitore angeschlossen, eine Kanüle in der Brust, aus der Sekret in eine Flasche neben dem Bett tröpfelte.

Sie hätte früher in die Wohnung gehen sollen.

Sarah stand auf, stieg aus der Wanne und fing an, sich entschlossen abzurubbeln.

Nach dem Abschluss der Ermittlungen nach Hadleys und Farahs Tod hatte der Mediator ihr erklärt, dass die Angewohnheit, ihre Gedanken immer wieder herumzuwälzen, nicht etwa Teil des Problems war, sondern selbst das Problem darstellte. Das Verhalten hatte sogar einen eigenen Namen. Grübeln. Sarah stellte sich dieses Grübeln als verkleidete Sci-Fi-Figur vor, eine Art Darth Vader, der heimlich mit ihr umherzog und den Geschmack aus ihrem Essen und die Farben aus ihrem Tag heraussaugte.

Jeden Morgen beim Aufwachen streckte sie die Hand aus und drückte die kleinen Pillen, die der Arzt ihr verschrieben hatte, brav aus der Blister-Verpackung. Sie befolgte alles, was man ihr gesagt hatte. Machte weiter. Ließ das Grübeln nicht von sich Besitz ergreifen. Trainierte. Veränderte ihre Routinen. Arbeitete im Garten. Nahm die Tabletten. Es war wie die Hoffnung auf ein Seil, das sie in einer sehr starken Strömung umklammern konnte.

Doch erst kürzlich hatte sie feststellen können, dass ihre Selbstdisziplin wirkte. Es wurde besser.

Als sie erfuhr, dass gegen Stephenson wegen sexueller Übergriffe auf Schutzbefohlene ermittelt wurde, fühlte sie sich gerechtfertigt. Auch als sie zu Lizzies Wohnung fuhr, dort parkte und auf das bewaffnete Team wartete, fühlte sie sich clever – klüger als die anderen Polizisten. Ganz obenauf. Die dumme Eitelkeit der Aufregung, die sie empfunden hatte, machte sie schaudern. Wieder sah sie Lizzie vor sich, als die elektrische Entladung des Defibrillators durch ihren bewusstlos Körper fuhr.

Es wurde Zeit, jemandem davon zu erzählen und sich krankschreiben zu lassen, bevor es noch schlimmer wurde. Sie brauchte Hilfe, das erkannte sie jetzt, viel mehr Hilfe, als diese Tabletten bieten könnten. Sie musste sich von Grund auf verändern. Lange hatte sie sich dagegen gewehrt und nicht nur den Schaden gefürchtet, den ihre Karriere davontragen könnte, sondern auch das, was das wiederum für ihr Leben bedeutete. Für sie gab es keine andere Arbeit als die bei der Polizei; nichts anderes vermittelte ihr eine so tiefe Zufriedenheit. Aber auch dem musste sie sich stellen. Sie konnte nicht allein durch Strafverfolgungen und die Suche nach Schuldigen überleben. Tatsächlich war es keine Hingabe. Es war eine Persönlichkeitsstörung.

Daisy war aufgestanden und wedelte mit dem Schwanz.

»Ja, Schätzchen, wir haben gerade noch genug Zeit für einen Abendspaziergang.«

Aber als sie den Hügel hinaufstieg, lief das Grübeln stetig neben ihr her. Sie hatte zu viel Wirbel um das Auffinden von Tania Mills gemacht. Wie armselig war es doch, so viel Wert auf eine Untersuchung zu legen, über die man so wenig Kontrolle hatte.

Sie drehte sich um. Die große Stadt London warf einen orangefarbenen Schein über die Krümmung des fernen Horizonts. Daisy tobte um ihre Beine und sprang an ihr hoch. Sarah spürte ihre harten Krallen durch ihre Hose. Sie ging in die Hocke und streichelte sie. Bei den Gedanken, die ihr kamen, schämte sie sich, aber sie entglitten ihr schnell wieder, als sie versuchte, sie näher zu betrachten. Sie erinnerte sich, dass sie einmal an der Bahnsteigkante gestanden hatte, als der Zug angerast kam.

Ihr Telefon pingte. Sie zog es aus der Tasche. Eine Nachricht von Caroline.

Wie sieht es aus mit dem versprochenen Treffen?

Sie antwortete betont fröhlich. Wie ähnlich sie ihrem Vater doch war.

Sorry, aber bin immer noch beschäftigt. Melde mich in ungefähr einer Woche.

Das Telefon begann zu klingeln. Sie starrte es einen Augenblick an, ehe sie ranging.

»Hör mit dem Quatsch auf. Wenn du mich sehen willst, müssen wir ein Date ausmachen.«

»Aber ich habe zu tun.«

»Du bist immer beschäftigt, nicht wahr? Hast du kalte Füße bekommen?«

Sarah blickte zu Londons Lichtern hinüber. Sie dachte an den Brief ihres Vaters – *möge der Gott der Hoffnung dich erfüllen mit aller Freude und Frieden* – und an den kalten Wind, der durch sie hindurchwehte. Verzweiflung war schließlich auch eine Sünde.

Sie überlegte sich ein Datum, das noch länger als eine Woche in der Zukunft lag. Es wäre der Freitag vor einem Ruhetag. »Wäre der erste August okay für dich?«

»Wehe, du sagst ab.«

Caroline legte auf.

Die Hündin schnüffelte an Saras Gesicht. Sie streichelte ihre kleinen Schultern und den Kopf, während Daisys Schwänzchen heftig wedelte.

»Ja, du bist ein feiner Hund. Feiner Hund. Mach dir keine Sorgen.«

Sie machte sich auf den Rückweg nach Hause. Und plötzlich fiel es ihr wie Schuppen von den Augen: Richard Stephenson, der anspruchsvolle Geigenlehrer, buddelte freiwillig im Park? Natürlich hatten sie Tania nicht gefunden. Aber sie musste dort in Morville Park sein.

Sarah blieb stehen, und auch die Hündin hielt inne und blickte sie an. Kaum hatte sie den Gedanken gehabt, als sie ihn auch schon wieder infrage stellte. Es war ein unangenehmes Gefühl: Sie vertraute ihrem eigenen Urteil nicht mehr. War dieser letzte Impuls die informierte Wahrnehmung einer ausgebildeten Ermittlerin oder doch eher der irrationale Zwang von jemandem, der am Abgrund stand? Litt sie etwa unter der Fixierung eines Detectives auf einen Verdächtigen? Dieser Vorgang war berüchtigt – auch die Besten konnten blindlings hinter einer vermeintlichen Entdeckung herjagen und dabei andere Spuren unerforscht lassen. In ihrem Denken herrschte, wie sie jetzt bemerkte, eine Nervosität, ein Zögern, das ihr nicht gefiel. Sie hatte sich schon mit dem Graben lächerlich gemacht. Aber sobald sie den Gedanken erwischte, konnte sie ihm nicht folgen. Der Instinkt der Polizisten war ein unzuverlässiges Phänomen. Dieses *Es-fühlt-sich-nicht-richtig-an*-Gefühl, das entweder genial oder ein reines Vorurteil sein konnte.

Daisy wedelte verunsichert mit dem Schwanz. Sarah hatte die Nummer des pensionierten Parkwächters in ihrem Telefon eingespeichert. Sie zog es aus der Tasche und starrte auf die Tastatur, ehe sie eine Nachricht schrieb. Jetzt konnte sie auch Nägel mit Köpfen machen und ihren Ruf endgültig ruinieren, bevor sie zugab, dass sie einen Zusammenbruch hatte.

Harry, entschuldigen Sie bitte die späte Störung. Können wir uns morgen sehen?

38

FREITAG, 25. JULI 2014

Sarah stieg aus dem Wagen und warf das Polizei-Logbuch auf die Ablage über dem Armaturenbrett. Sie schlüpfte in ihre Jacke, zog den Reißverschluss hoch, ging durch das Tor und machte sich auf den Weg durch den Park. Eine Kaltfront war aufgezogen und hatte den klaren blauen Himmel und die warme Luft verdrängt. Die Baumkronen rauschten im kühlen Wind. Der Waldweg zur Unterkunft des Parkwächters wirkte im Vergleich zu dem herrlichen strahlenden Sonnenschein des Vortags richtiggehend düster.

Harry wartete zusammen mit Tom und zwei anderen Parkbediensteten – einem jungen Mann und einer Frau – in der Hütte auf sie. Sie saßen bei Kaffee und Toast.

»Weg mit dem Gras«, sagte Harry laut. »Die Polizei ist da.«

Sarah zuckte mit den Achseln und öffnete bei Harrys Bemerkung mit gespielter Verzweiflung die Hände. »Was kann man da schon machen?«

Tom lächelte. »Ich hätte Sie doch am Tor abholen können, Sarah. Haben Sie Lust auf einen Drink?«

»Nein danke. Und danke für das Angebot, aber ich habe mich gefreut, mir ein bisschen die Füße vertreten zu können.« Sie wandte sich an Harry, der bereits seinen Stuhl zurückschob und aufstand. »Begleiten Sie mich auf meiner Tour?«

»Ja, Ma'am, aber es wird nicht allzu lange dauern.«

Sie gingen durch eine schmale Tür und standen in einem kleinen Umkleideraum. Harry redete sich seinen Unmut über Stephenson bereits von der Seele.

»Der Mann war immer sehr früh da, das muss man ihm lassen. Er kam sogar schon vor mir.«

Sarah blickte sich um. Der Boden des Zimmerchens war mit angetrocknetem Schlamm bedeckt. Es gab eine Bank, Kleiderhaken, eine Dusche und Toiletten.

»Haben Stephenson oder die Kinder diesen Bereich ebenfalls benutzt?«

»Im Grunde nicht. Manchmal hatten wir ein weiches Herz und ließen die Kinder die Toilette benutzen. Aber normalerweise nicht. Im Park ist eine.«

»Wie kamen die Freiwilligen von der Schule her? Haben Sie sie abgeholt, oder kamen sie zu Fuß?«

»Sie kamen mit dem Bus und wurden von ihren Lehrern hergebracht. Natürlich mit Ausnahme von Mr Stephenson. Ein gewöhnlicher Bus hätte seinen Ansprüchen nicht genügt.«

»Aha?«

»Ja, Mr Stephenson wollte immer wie ein König behandelt werden. Wir mussten ihm sogar einen eigenen Parkplatz zuweisen.«

Sarah folgte Harry nach draußen auf den relativ kleinen asphaltierten Parkplatz. Er war ordentlich voll. Neben einem Elektro-Lkw parkten ein kleiner Traktor und drei private, recht betagte Autos.

»Auf dem Parkplatz wurde damals gearbeitet. Er bekam eine neue Asphaltdecke. Trotzdem bestand Stephenson darauf, mit dem Privatwagen zu kommen. Ohne Witz.«

»Und er war vor Ihnen hier? Hatte er denn einen Schlüssel zum Tor?«

»Den hatte er. Und zwar während der ganzen Zeit. Er hat darauf bestanden.«

39

Ihre Nasenschleimhäute waren wund, das Schlucken tat weh, und das Atmen fiel ihr schwer. Lizzie streckte die Hand in die Dunkelheit, um das, was da störte, zu entfernen – was auch immer es sein mochte. Aber ihre Hand wurde von einer anderen, größeren Hand festgehalten.

»Lass das lieber drin.«

Sie öffnete die Augen. Kieran war da und saß neben ihr am Bett. Er lächelte. »Willkommen zurück.«

»Wie geht es Skye? Ist alles in Ordnung?«

»Es geht ihr gut.«

»Und Brannon?«

»Ist in U-Haft. Mord, versuchter Mord, Freiheitsberaubung.«

Sie lächelte. »Dann hat Collins ihn doch nicht umgebracht?«

Er schüttelte den Kopf. »Leider nicht. Aber dank ihr hat er jetzt ziemlich üble Kopfschmerzen.«

Lizzie lehnte sich in ihr Kissen zurück. »Gut. Julie wollte ihn lebendig.« Sie döste wieder ein, erinnerte sich aber plötzlich noch an etwas anderes: Der Hund mit dem blauen Gips am Bein, der neben ihr keuchte. Sie öffnete die Augen.

»Was ist mit Candy?«

»Candy?«

»Der Hund.«

Er legte seine Hand auf ihre. »Mach dir keine Sorgen um den Hund.«

Sie versuchte, sich aufzusetzen »Doch. Wie geht es dem Hund, Kieran?«

Er drückte ihre Hand. »Der Hund ist tot. Aber es spielt keine Rolle, Lizzie. Du hast Skye gerettet.«

Sie schloss die Augen. Am liebsten hätte sie geweint. Es spielte sehr wohl eine Rolle! Sie sah den armen, mühsam atmenden Hund vor sich. »Für Skye war er wichtig«, sagte sie leise. Tränen liefen über ihre Wangen. »Das Mädchen hat diesen Hund geliebt.«

Kieran beugte sich über sie. »Was hast du gesagt, Lizzie?«

Aber sie schüttelte den Kopf. Langsam sank sie wieder in den durch Morphium ausgelösten Dämmerschlaf.

40

SAMSTAG, 26. JULI 2014

Sarah war glücklich. Dr. Stichill hatte sich am Vortag freimachen können und war in den Park zurückgekommen. Am späten Nachmittag konnte das Team eine deutliche Anomalie im Boden des kleinen ebenen Parkplatzes identifizieren. Gleich am nächsten Morgen begannen sie zu graben, und Tania wurde schnell gefunden. Sie war in einen Teppich eingehüllt und lag auf dem Rücken. Ihre Kleidung hatte sich noch nicht ganz zersetzt. Es waren nicht die Wurzeln der Bäume gewesen, die sie verborgen hatten, sondern der harte Boden des Parkplatzes. Sie war bemerkenswert gut erhalten. Ihre Jacke und ihr kurzer Wollrock waren immer noch da, um an das junge Mädchen zu erinnern, das sie einmal gewesen war.

Verborgen in einem Schutzzelt zerschnitt die Frau von der Spurensicherung sorgfältig die Nähte der Jackentaschen und schälte sie ab. In der oberen Innentasche fand sich ein zerrissenes dünnes Papierfragment, das kaum noch lesbar war. Sie entfernte es mit einer Pinzette und untersuchte es. »Es ist ein Stück Papier, so viel ist sicher. Das leichte Gewicht deutet darauf hin, dass es aus einem Telefonbuch gerissen worden sein könnte. Mehr kann ich leider nicht feststellen.«

Sarah fragte: »Was ist mit dem Teppich? Können Sie den säubern und vielleicht etwas für mich herauslesen?«

»Wir können es versuchen. Das Material können wir wahrscheinlich identifizieren. Vielleicht erkennen wir sogar ein Muster.«

»Könnten Sie das bitte vorrangig bearbeiten?«

Sarah rief Fedden an und bat ihn um einen Haftbefehl für Stephenson. Als sie gerade auflegen wollte, hielt Fedden sie zurück.

»Hören Sie, Sie sollen sich zwar keine Sorgen machen, aber ich habe gerade mit dem Chirurgen gesprochen. Lizzie ist noch nicht aus dem Schneider. Sie wird morgen früh noch einmal operiert.«

»An einem Sonntag?«

»Warten Sie, ich habe es mir aufgeschrieben … ja, ein Hämatopneumothorax. Schon mal davon gehört? Nein, ich auch nicht. Jedenfalls kam wohl eine Menge Blut aus der Drainage in ihrer Brust, und sie haben beschlossen, dass sie es nicht so lassen können. Sie hat Fieber, und sie vermuten, dass ein Blutgefäß nicht richtig abheilt. Aber er sagte, dass sie nicht allzu besorgt sind.«

41

SONNTAG, 27. JULI 2014

Schmerzen in Brust und Rücken. Ein trockener Mund. Das Schlucken fiel ihr schwer, und sie hatte Schmerzen in der Nase, wo die Sauerstoffzufuhr lag. Auf ihrer Station herrschte immer Halbschatten. Der tägliche Wechsel von Licht und Dunkelheit wurde von anderen Rhythmen überdeckt. Weiche Trittgeräusche. Das Öffnen und Schließen von Vorhängen. Irgendwelche Leute berührten ihre Haut, hoben sie an und bewegten sie.

Das Atmen strengte an. Sie legte eine Hand auf ihre Brust, und die Haut knisterte unter ihren Fingern wie Seidenpapier. Sie versuchte, sich aufzusetzen, und sah links auf dem Monitor ihre Vitalparameter. Ihr Herz schlug langsam und stetig. Auf ihrem Zeigefinger steckte die Klammer für den Pulsmonitor. Wieder versuchte sie, sich aufzusetzen, aber eine Frau in einem königsblauen Kittel legte die Hand auf ihren Arm.

»Legen Sie sich wieder hin. Ich bringe Sie gleich in den OP. Wollen Sie Ihrer Mum kurz Hallo sagen?«

OP? Sie war verwirrt. Als sie die Augen wieder öffnete, sah sie ihre Mutter. »Mum.«

Ihre Mutter lächelte. »Lizzie.«

Sie schloss die Augen. Die Frau im blauen Kittel sagte etwas, aber es fiel ihr zu schwer, den Worten zu folgen. Das Bett fuhr plötzlich. Jetzt war sie wirklich verwirrt. Und erschrocken. Wohin ging es? Wieso bewegte sie sich so? Was passierte da gerade mit ihr? Oder war es nur ihre Schwester Natty, die sie mit verbundenen Augen in einer Schubkarre durch den Garten fuhr, wie sie es früher immer gemacht hatte?

Nun blieb das Bett stehen. Leute sprachen über sie – sie hörte ihren Namen und ihr Geburtsdatum.

»Wissen Sie, dass Sie positiv auf eine Schwangerschaft getestet wurden?«

Sie öffnete ihre Augen. Vor den extrem hellen OP-Lampen stand ein Mann und sah sie an. Er trug ein Haarnetz über seinem lockigen grauen Haar.

»Bin ich immer noch schwanger?«, fragte sie.

Er sagte: »Das sind Sie, aber machen Sie sich jetzt keine Sorgen deswegen. Wir haben noch viel Zeit, darüber zu sprechen, sobald wir uns um diese hässliche Wunde in Ihrer Lunge gekümmert haben.«

Sie betrachtete die vielen Leute um sie herum in ihrer blauen OP-Kleidung. Ihr Herz floss über. Sie sahen alle so nett aus. »Vielen Dank.«

Der Mann mit dem lockigen grauen Haar lächelte. Er sagte: »Zu Diensten, PC Griffiths. Sie sind eine Heldin. Und nun zählen Sie bis zehn.«

42

Der frühe Morgen lag golden auf den breiten Straßen von Hampstead. Die Vorhänge waren zugezogen. Die hohen Bäume mit ihren grau gemusterten Stämmen und großen Blättern hatten das Viertel weitgehend für sich. Einige Männer und Frauen in schicker Kleidung und teuren Schuhen eilten mit dem Ausdruck einer gewissen Zufriedenheit in Richtung der U-Bahn. Elaine fuhr, Sarah saß auf dem Beifahrersitz und hatte Zeit, die blauen Schilder zu betrachten, die an die ehemaligen Bewohner der Millionen Pfund teuren Häuser erinnerten. Dichter, Schriftsteller, Tänzer, Fotografen und Maler hatten hier gelebt.

Lee meldete sich vom Rücksitz: »Eine ganze Menge dieser Schilder gibt es hier.«

Elaine sagte: »Ich frage mich, wann sie anfangen, auch welche für Hedge-Fonds-Manager aufzuhängen.«

Sie parkten ein paar Häuser von der Adresse entfernt. Die Spurensicherung war unmittelbar hinter ihnen. Gegenüber stand ein Haus aus dem achtzehnten Jahrhundert mit schmiedeeisernen Toren und einem großen Kopfsteinpflasterhof. Auf der anderen Seite befanden sich eine Reihe imposanter viktorianischer Doppelhäuser mit Steinstufen bis zu den Haustüren.

Sarah sagte: »Okay, wir gehen jetzt hinein und erklären, was los ist. Danach verhaften Sie ihn, Elaine, und wir sagen der Spurensicherung Bescheid.«

Gemeinsam stiegen sie mit gezückten Dienstausweisen die Treppe hinauf. Sarah klopfte zweimal mit dem Messingklopfer und wartete. Lee strich sich die Haare glatt.

Man sah Richard Stephenson seine zweiundsechzig Jahre zwar an, aber er war noch immer eine imposante Erscheinung: hochgewachsen und kantig, mit einem großen Mund. Sein Gesicht wirkte zerklüftet – gebräunt und mit Dreitagebart. Sein Haar war grau, mit kurz geschnittenen Seiten, langem Deckhaar und einer angedeuteten Tolle. Er trug dunkelblaue Jeans, feste schwarze Schuhe und über einem weißen Baumwollhemd mit offenem Mandarinkragen eine dunkelblaue Samtweste. Der Blick war theatralisch – vielleicht wie der eines Obersten der Konföderierten –, und er gab sich wie ein Schauspieler, der allmählich glaubte, wirklich einer jener Männer zu sein, die er ein Leben lang dargestellt hatte.

Sarah zeigte ihren Dienstausweis, und Stephenson begrüßte sie mit einem irritierten leichten Lächeln. Seine Augen wanderten zu Elaine und Lee, die ein Stück hinter ihr standen, und dann wieder zurück zu Sarah. Er sprach, als sei er abgelenkt, als gehöre er zu einer Kategorie von Menschen, die sich normalerweise nicht mit Polizeibeamten beschäftigte. »Ja. Was kann ich für Sie tun?« Er blickte auf die Straße hinaus. »Wurde irgendwo eingebrochen?«

»Detective Inspector Sarah Collins. Können wir mit Ihnen reden?«

»Aber sicher.«

Er führte sie durch den Flur.

Ein schwarzer Stutzflügel stand im Wohnzimmer. Auf seiner glänzenden Oberseite lag ein offener Geigenkasten. Über dem Kaminsims hing ein dunkles Ölgemälde von zwei jungen Frauen mit Hüten in einem Café. Auf einer glänzenden Walnusskommode standen silbern gerahmte Fotos. Elaine war an das große Erkerfenster getreten, das die Straße überblickte.

»Sie wohnen sehr schön.«

Stephenson schien sich über das Lob zu freuen und schenkte

ihnen ein gnädiges Lächeln. »Danke.« Aber sofort öffnete er seine Hände in einer verzweifelten Geste. »Leider benutzen die Pendler diese Straße als Rennstrecke.«

Elaine wandte sich mit einem spöttischen Ausdruck zu ihm um. »Das muss wirklich ärgerlich für Sie sein.«

Sie sagte es unhöflich genug, dass Stephenson es bemerkte. Mit hochgezogenen Augenbrauen warf er Sarah einen Blick zu, als verwirre ihn der Mangel an Manieren der von ihr mitgebrachten Beamten.

»Also, Miss … äh … Collins, ich glaube, Sie sind hier die Chefin. Warum sagen Sie mir nicht endlich, worum es überhaupt geht?«

»Wir haben die Leiche von Tania Mills gefunden.«

Er runzelte die Stirn, als ob er überlegen müsse, woher er den Namen kannte.

Sarah sagte: »Ich bin sicher, Sie erinnern sich an sie. Sie war eine Ihrer Schülerinnen.«

Er nickte ernst. »Stimmt, Sie haben recht. Das arme Mädchen, das nach dem großen Sturm verschwunden ist.«

»Wir haben ihre Leiche gestern unter dem Parkplatz des Morville Parks gefunden, wo Sie damals bei der Neuanpflanzung von Bäumen geholfen haben. Der Wärter dort hat zu Protokoll gegeben, dass Sie kurz nach dem Sturm Zugang zum Parkplatz hatten – dass Sie sogar darauf bestanden, Ihr Auto dort zu parken, obwohl der Platz frisch asphaltiert wurde. Seither wurde dort nicht mehr gearbeitet, sodass Tania in diesem Zeitraum begraben worden sein muss. Haben Sie dazu etwas zu sagen?«

Eine gewisse Anspannung flackerte über sein Gesicht. »Nein, nichts.«

Sarah wandte sich an Elaine: »Ich glaube, Sie können anfangen.«

Elaine trat vor. »Richard Stephenson, ich verhafte Sie wegen Mordes an Tania Mills am 16. Oktober 1987.«

Er schien ihr höchst konzentriert zuzuhören. Während Elaine die Rechtsbelehrung beendete und erklärte, dass sie einen Durchsuchungsbefehl hatten, ging Sarah zur Kommode und studierte die Fotos in den silbernen Rahmen. Nur berufliche Triumphe des Hausherrn. Stephenson, der sich plump-vertraulich mit berühmten Interpreten sowohl der Pop- als auch der klassischen Musik hatte ablichten lassen. Ein Foto war vor den EMI-Aufnahmestudios in der Abbey Road aufgenommen worden. Ein anderes zeigte ihn mit einem Mann, den Sarah nicht sofort einordnen konnte, den sie aber für einen Filmregisseur hielt. Stephenson mit weißer Krawatte vor dem Buckingham Palace – er hielt das rote Band mit dem silbernen Kreuz seines MBE-Ordens hoch. Neben ihm stand eine sicher zwanzig Jahre jüngere lächelnde Frau in einem blauen Seidenkostüm mit passendem Pillbox-Hut und Schleier.

»Miss Collins.«

Sie drehte sich um. Elaine hielt die Handschellen bereit. Stephenson hob eine Hand, um sie aufzuhalten, und sagte: »Die Karte meiner Anwältin befindet sich in meiner Brieftasche. Darf ich sie anrufen?«

Sarah nickte. »Lee, könnten Sie Mr Stephenson bitte behilflich sein?«

Lee nahm die Karte, wählte die Nummer der Anwältin und reichte Stephenson den Hörer.

»Wäre etwas mehr Privatsphäre möglich?«

»Tut mir leid. Hier gibt es keinen ausreichend sicheren Ort, um Ihnen Privatsphäre zu bieten. Sobald Sie auf der Wache in Gewahrsam sind, können Sie mit Ihrer Anwältin privat reden.«

Stephenson murmelte laut genug, dass alle es hören konnten: »So ein Despot!«

Elaine grinste.

Stephenson telefonierte, lieferte kurze Details zu seiner Verhaftung und lauschte der Stimme am anderen Ende. Kurz darauf gab er Lee das Telefon zurück.

»Sie schicken jemanden her, der bei der Hausdurchsuchung anwesend ist. Wären Sie bitte so nett, bis dahin zu warten, ehe Sie anfangen?«

»Selbstverständlich. Die Spurensicherung wartet draußen. Wir versiegeln die Tür und fahren mit Ihnen zur Wache.«

Elaine trat mit den Handschellen vor. »Sir, würden Sie bitte den rechten Arm beugen?«

Seine Lippen zuckten. »Ist das wirklich nötig?«

»Sie stellen ein unbekanntes Risiko dar, Sir. Es geht nur darum, Sie und uns zu schützen, bis wir Sie auf der Wache abliefern.«

Er wedelte mit der Hand, als ob er eine Fliege verscheuchen wolle.

»Ich denke, ich warte nicht auf die Anwältin und spare Ihnen die Mühe, mich mitzunehmen.« Er wedelte erneut. »Ich habe nämlich ein Alibi für den sechzehnten Oktober.«

Sarah intervenierte. »Mr Stephenson, Sie befinden sich in Polizeigewahrsam. Vielleicht wollen Sie lieber warten …«

»Nein. Ich will nicht warten!«, fauchte er. Seine Lippen verformten sich zu einem kleinen Schmollmund, und dann purzelten die Worte nur so aus ihm heraus. »Warum sollte ich die ganze Prozedur der Haftaufnahme durchmachen, wenn es schlicht nicht nötig ist? Ich erinnere mich noch sehr gut an den besagten Tag. Wegen des Sturms. Ich war den ganzen Tag mit Tanias Freundin Katherine Herringham zusammen.«

Eine Pause entstand. Stephenson räusperte sich mit zwei leichten schnellen Zuckungen seines Adamsapfels. »So.« Er sah sie erwartungsvoll an, als hätte er gerade die höchste Karte ausgespielt. Aber hinter seinem spröden Lächeln zeigte sich auch Angst.

Elaine hatte die Handschellen wieder weggelegt und kritzelte etwas in ihr Notizbuch. Sarah blickte zu Lee hinüber, um sicherzugehen, dass er ihr aufmerksam zuhörte. Dann sprach sie in angemessenem Tonfall: »Mr Stephenson, Sie stehen nach wie vor mit der Entdeckung von Tanias Leiche in Verbindung. Sie sind nach wie vor verhaftet. Wir müssen Ihr Alibi untersuchen und Sie verhören.«

»Aber das ist doch lächerlich!«

Aus den Augenwinkeln erkannte Sarah, dass Lees Hand zu seinem Schlagstock zuckte. Leise sagte sie: »Lee, warum legen *Sie* ihm nicht die Handschellen an?«

Für eine Sekunde schien Stephenson fuchsteufelswild zu werden, als wolle er entgegen jeder Vernunft kämpfen. Als Lee jedoch vortrat, nickte er entschlossen und fügte sich.

Elaine, die ihr Notizbuch auf den Knien hielt, blickte auf und sagte: »Ich habe Ihre Äußerungen aufgeschrieben. Ich denke, ich habe den Wortlaut richtig notiert. Mal sehen: ›Ich erinnere mich noch sehr gut an den besagten Tag. Wegen des Sturms. Ich war den ganzen Tag mit Tanias Freundin Katherine Herringham zusammen.‹ Würden Sie das bitte als tatsächlich erfolgte Äußerung unterschreiben?«

»Nein, ganz bestimmt nicht. Und wenn die Sache hier vorbei ist, zerre ich die ganze Met vor Gericht!«

Bedächtig sagte Sarah: »Ich habe Sie ordnungsgemäß darüber informiert, dass Sie sich in Polizeigewahrsam befinden, Mr Stephenson. Es entspricht der vorgeschriebenen Vorgehensweise, wichtige Äußerungen Ihrerseits aufzuzeichnen.«

Elaine schrieb erneut etwas in ihr Notizbuch. Wütend fauchte Stephenson sie an.

»Was zum Teufel schreiben Sie jetzt?«

»Ich notiere nur, dass Sie die Unterschrift ablehnen. So läuft das Standardverfahren. Die anderen Beamten werden meine Mitschrift mit ihrer Unterschrift bestätigen.«

»Aber ich weigere mich doch gar nicht, zu unterschreiben!«

Sie bot ihm das Notizbuch erneut an. »Würden Sie dann bitte meine Notizen bestätigen?«

»Himmel noch mal, habe ich denn hier nur mit Idioten zu tun? Schauen Sie, wenn Sie mich zur Wache bringen, können Sie ohnehin alles vergessen, was ich je gesagt habe!«

Sarah sprach, als wäre sie tatsächlich verwirrt. »Vergessen, was Sie gesagt haben, Mr Stephenson? Wir haben Sie wegen Mordes festgenommen!«

»Und ich bin unschuldig! Warum schreiben Sie das nicht auf?«

»Sir, wir haben Sie vor Ihrer Festnahme belehrt. Haben Sie nicht auf die Formulierung geachtet? ›Jede Ihrer Äußerungen kann als Beweis gegen Sie verwendet werden.‹ Elaine schreibt alles auf, was Sie sagen – vergessen Sie bitte nicht Mr Stephensons Vorschlag, sein Alibi nicht zu beachten, Elaine.«

»Habe ich, Sarah.«

Stephenson presste die Lippen zusammen, bis sie weiß waren, und überlegte schier endlos. »Nun denn.« Er nahm den Tonfall eines intelligenten Mannes inmitten von Narren an. »Also gut. Darf ich vielleicht eine Partitur mitnehmen? Ich gehe davon aus, dass wir einiges an Wartezeit vor uns haben.«

Sarah sah Lee an. »Können Sie Mr Stephenson bitte helfen, die Partitur zu finden, die er mitnehmen will?«

Stephenson bat Lee, eine Jacke zu holen und ihm über die Schultern zu werfen, um die Handschellen zu verdecken. Sie versiegelten die Tür, gingen zum Wagen und setzten Stephenson auf den Rücksitz. Elaine quetschte sich neben ihn und maulte ihn an: »Können Sie nicht ein Stück rücken?«

Sarah fragte sich, ob sie es absichtlich tat. Lee starrte stur geradeaus und verbiss sich ein Kichern. Auch Sarah stellte fest, dass sie unbedingt der Versuchung widerstehen musste, ihre beiden Passagiere im Rückspiegel zu betrachten.

Elaine und Sarah überließen es Lee, sich darum zu kümmern, dass Stephenson Kontakt zu seiner Anwältin aufnahm, und fuhren vierzig Minuten in Richtung Westen – zu Katherine Herringham.

43

Katherine öffnete die Tür. Sie trug Shorts und eine abgeschnittenes Top. Sie sah schlank und fit aus, schien aber schlechte Laune zu haben.

»Sie hätten anrufen sollen. Ich wollte gerade joggen gehen.«

»Dürfen wir reinkommen?«, fragte Sarah.

Katherine stemmte ihre Hand auf den Türrahmen. »Nein, dürfen Sie nicht. Es ist das dritte Mal, dass einer von Ihnen hier war. Sie haben mir Ihre Karte gegeben. Wäre mir noch etwas eingefallen, hätte ich angerufen.«

»Wir haben Neuigkeiten.«

Katherines Gesicht veränderte sich und zeigte den leeren Ausdruck, den Todesnachrichten manchmal auslösen. Wortlos ging sie voraus ins Wohnzimmer, setzte sich, faltete die Hände im Schoß und wartete.

Sarah setzte sich ihr gegenüber. »Wir haben eine Leiche gefunden. Zwar warten wir noch auf die offizielle Bestätigung, aber wir sind ziemlich sicher, dass es sich um Tania handelt.«

»Ich weiß einfach nicht …«, stieß Katherine hervor und fuhr nach einer Pause fort. »Irgendwie habe ich immer gehofft, dass sie noch am Leben wäre.«

»Wir können jemanden für Sie anrufen«, schlug Elaine vor.

Katherine schüttelte den Kopf. Es war still im Zimmer.

Schließlich sagte Elaine: »Soll ich einen Tee machen? Oder Kaffee?«

»Nein danke.« Sie starrte ziellos in den Raum. »Wissen Sie, wie sie gestorben ist?«

Sarah antwortete: »Daran arbeiten wir gerade. Wir brauchen Ihre Hilfe.«

Katherine nickte. Plötzlich sah sie erschöpft und abgeschlagen aus.

Leise fuhr Sarah fort. »Wollen Sie Elaine nicht doch erlauben, Ihnen eine Tasse Tee zu machen?«

»Ja, gut. Tee bitte.«

Elaine füllte den Kessel und fand Tassen. Der Wasserkocher summte.

Sarah sagte: »Erinnern Sie sich an das letzte Mal, als ich hier war? Ich sagte, dass Sie über alles mit mir reden können.«

Katherine nickte stumm.

Elaine stellte eine Zuckerdose und Tassen auf den Tisch. Sie setzte sich dazu. Katherine blickte unsicher zwischen den beiden Polizeibeamtinnen hin und her.

Elaine sagte: »Tania wurde rechtswidrig begraben. Verstehen Sie, was das bedeutet?«

Katherine schüttelte den Kopf.

»Das heißt, dass jemand die Leiche versteckt hat. Sie sollte nicht gefunden werden.«

Sarah beobachtete Katherine, die mit gespannter Aufmerksamkeit zuhörte.

Elaine fuhr fort: »Tania erlitt einen Bruch des zweiten Halswirbels. Wir gehen davon aus, dass sie getötet wurde.«

Plötzlich presste Katherine ihre Hände auf die Augen. Sarah und Elaine warteten, aber sie sagte nichts.

Elaine sagte: »Richard Stephenson hat ausgesagt, dass er den Tag, an dem Tania verschwunden ist, mit Ihnen verbrachte.«

Katherine nahm die Hände von den Augen, sah Elaine an und nickte.

»Ist das ein Ja?«, wollte Elaine wissen.

»Ja, ich war mit ihm zusammen.«

Elaine sah sie an: »Ich nehme an, Sie haben Ihre Gründe, all die Jahre hindurch nicht darüber gesprochen zu haben.«

Katherine stimmte mit einem kaum merklichen Nicken zu. Elaine fuhr fort: »Aber jetzt müssen Sie mit uns reden.«

Stumm trank Katherine einen Schluck Tee. Sie rieb sich das Schlüsselbein.

Sie fuhren mit Katherine zur Wache. Elaine führte das Verhör, während Sarah es vom Kontrollraum aus auf dem Bildschirm beobachtete.

Der von der Kamera gebotene Anblick war unpersönlich, aber trotz des fixen, gleichgültigen Objektivs erkannte Sarah Katherines Gemütszustand an ihren Gesten – eine Hand vor dem Gesicht, niedergeschlagene Augen, Kauen an den Nägeln. Er zeigte sich auch in ihrer manchmal zögerlichen Rede und einer gelegentlichen, plötzlich wütenden Unverblümtheit.

Sorgfältig begann Elaine die Ereignisse nacheinander zu schildern und schlug so eine erste Bresche in die Geheimnisse, die Katherine noch nie jemandem anvertraut hatte.

Am 16. Oktober 1987, dem Morgen nach dem Sturm, läutete das Telefon bei Katherine. Sie war alleine im Garten, rauchte und wartete darauf, dass Tania kam. Es war der letzte jener langweiligen Teenager-Tage, wo jedes Telefonklingeln – wenn schon nichts anderes, dann wenigstens das – eine Unterbrechung der Eintönigkeit zu versprechen schien. Sie ließ ihre Zigarette brennend auf der Mauer liegen, rannte hinein und nahm den Anruf an. Als sie erkannte, wer es war, errötete sie und fühlte sich verunsichert, aber erfreut. Er, der normalerweise so unnahbar war, klang freundlich. Er sagte, er hätte Katherines Telefonnummer aus den Schulakten, und er hoffe, es mache ihr nichts aus, dass er sie zu Hause anrief.

»Äh … nein, Sir.«

Am anderen Ende der Leitung wurde freundlich gekichert. »Lassen Sie den Sir stecken. Wir kennen uns schließlich schon besser, nicht wahr?«

»Es ist wirklich nett, dass Sie anrufen, Mr Stephenson.«

»Richard.«

»Also gut – Richard.«

Während sich ihre Gedanken überschlugen, sprach er gut gelaunt weiter. Er hätte kürzlich an ihrem Spiel gespürt, dass sie für die nächste Stufe bereit war. Alles, was sie brauche, wäre ein bisschen Hilfe, jemand, der ihr die Kleinigkeiten zeigte, die den Unterschied machten. Heute wären sie beide gezwungenermaßen zum Nichtstun verdammt. Ob er kommen könne? Natürlich nur, wenn sie Lust hätte. Zum ersten Mal hörte sie eine gewisse Strenge heraus. Er warnte sie, dass er nicht gerne mit Leuten arbeitete, die nicht alles gaben.

Sie rannte nach oben, um sich umzuziehen und sich zu schminken. Sie hatte damals viele Pickel und versuchte, sie mit einem Concealer zu überdecken. Dabei vergaß sie völlig, dass auch Tania kommen wollte. Als sie sich dann doch erinnerte, war es zu spät, um anzurufen und ihr abzusagen. Plötzlich ärgerte sie sich über Tania: Sie hatten in letzter Zeit kaum miteinander gesprochen. Wie kam es, dass sie plötzlich wieder Wert auf ihre Freundschaft legte?

Mr Stephenson war binnen kürzester Zeit an der Tür. Er küsste sie auf die Wange, als wäre sie erwachsen. Sie gingen ins Wohnzimmer. Er bat sie, ihre Geige zu holen. Zunächst saß er nur da und beobachtete sie beim Spielen. Schließlich stand er auf und legte einen Arm um sie, um ihr die genaue Technik zu zeigen, insbesondere die Martelé-Bogenführung, mit der sie immer zu kämpfen hatte. Es klingelte an der Tür. Stephenson zog sich sofort von ihr zurück. Er sagte: »Ich dachte, du hättest gesagt, du hättest Zeit für eine Geigenstunde?«

Katharina errötete. »Das stimmt auch. Es ist nur Tania. Ich sage ihr, sie soll später wiederkommen.«

»Gut, dann warte ich hier.«

Tania stand in ihrem kurzen Rock, mit krausem Haar, ihrer Tasche und ihrem Geigenkoffer an der Haustür. Katherine wusste nicht, warum sie die Freundin anlog. Vielleicht weil – wie Mr Stephenson ihr später sagte – sie schon immer gewusst hätte, was los war.

Sarah beobachtete die erwachsene Katherine auf dem Monitor.

»Ich wusste es gewissermaßen, andererseits auch wieder nicht. Nicht so richtig. Macht das Sinn?«

Elaine nickte, sagte aber nichts.

Katherine fuhr fort: »Also sagte ich zu Tania: ›Tut mir leid, aber ich hatte völlig vergessen, dass ich meiner Mum versprochen habe, einkaufen zu gehen.‹

Und Tania meinte: »Mensch, Katherine! Ich bin den ganzen Weg hierhergelaufen.«

»Tut mir leid.«

»Ich könnte doch für eine Minute reinkommen, bis du dich fertig gemacht hast.«

»Lieber nicht. Ich bin noch nicht so weit und Mum ist bestimmt sauer. Sie kommt jeden Moment wieder zurück.«

Tania zögerte. Dann zuckte sie mit den Achseln. »Wir sehen uns später.«

Nachdem sie die Tür geschlossen hatte, wurde Katherine nervös. Sie war sich nicht mehr sicher, ob es wirklich eine so gute Idee gewesen war. Sie ging zurück ins Wohnzimmer. Mr Stephenson saß mit weit gespreizten Beinen und den Händen auf den Knien auf dem Sofa. »Alles in Ordnung?«, fragte er mit etwas irritiertem Lächeln.

»Soll ich wieder anfangen zu spielen?«, fragte sie.

Aber dann hämmerte es an der Tür, und Tania schrie durch

den Briefkasten. »Ich weiß, dass er da drin ist! Draußen steht doch sein Auto!«

Katherine nahm die Violine vom Kinn. Sie wusste nicht, was sie tun sollte.

Stephenson sagte: »Ich rede mit ihr.«

Er ging in den Flur. Zuerst hörte sie nicht viel, nur eine gedämpfte, drängende Stimme. Sie legte ihre Geige auf das Sofa, ging an die Tür und beobachtete die beiden vom Ende des Flurs aus. Stephensons Rücken verdeckte Tania. Sie hörte ihn sagen: »Wenn du dich nicht freundlicher ausdrückst, muss ich die Tür schließen.«

Aber dann blickte Tania an ihm vorbei, sah Katherine und begann zu schreien: »Katherine, Katherine!«

Es dauerte nur eine Sekunde, dann hatte Stephenson die Tür schon geschlossen. Das Schreien hörte auf. Katherine tat alles plötzlich sehr, sehr leid. Sie wollte Tania nachlaufen, aber Stephenson stand noch an der Tür, also hastete sie stattdessen in den ersten Stock zum Fenster des Elternschlafzimmers und beobachtete, wie ihre Freundin wegging – mit hängenden Schultern und den Blick auf das Straßenpflaster gerichtet. Sie wollte zu ihr gehen, um ihr zu sagen, dass es ihr leidtue, und sie zu bitten, einfach wieder beste Freundinnen zu sein, so wie früher. Aber Stephenson stand schon hinter ihr. Er legte seinen Arm um sie.

Freundlich sagte er: »Du hast keinen Fehler gemacht.« Er küsste sie leicht auf die Wange und flüsterte ihr ins Ohr. »Komm schon, du weißt doch, dass sie nur eifersüchtig ist.« Er nahm ihr Gesicht in die Hände und wandte sich ihr zu. »Ich mag dich wirklich.« Die Worte waren schön, aber Katherine war beunruhigt. Sie war zwar eifersüchtig auf Tania gewesen, doch das hier hatte sie nicht gewollt. Das leere Haus erschien ihr längst nicht mehr als Segen. Seine Zähne stießen hart gegen ihre. Seine riesige Zunge drängte sich in ihren Mund. Sie wich zurück.

»Komm schon, du weißt, warum ich hier bin.«

Seine Hand griff nach ihrer Brust. Er tat ihr weh. Später entdeckte sie einen blauen Fleck. Sie versuchte, darüber zu lachen, aber er lachte nicht mit.

»Komm schon. Du willst es doch auch. Warum sonst hast du dich so angezogen?«

Sicher war das alles nichts weiter als ein Missverständnis. Er würde es verstehen.

»Nein, bitte, Mr Stephenson.«

»Richard.«

»Richard, ich will nicht …«

Aber seine Hand war schon zwischen ihren Beinen und zog ihren Slip entschlossen zur Seite. Es ging sehr schnell. Sie lag auf dem Rücken und bemerkte, dass Spinnweben an der Decke hingen. Mehrmals stieß er ihren Kopf gegen die Wand, als er sie auf dem Boden ihres Elternschlafzimmers nahm. Es tat weh, doch irgendwie war es auch gut, weil es nicht ihr Körper zu sein schien, dem dies passierte.

Danach wusste sie nicht, was sie tun sollte. Sie dachte, er würde gehen, was er allerdings nicht tat. Sie wollte allein sein, aber er stand in der Tür zum Bad, während sie duschte. Er sagte, sie sei schön und dass er sie besonders behandeln wolle – wie eine Dame, weil sie es verdient habe. Er half ihr, ein Outfit auszuwählen, und nahm sie mit in seinem großen grünen Wagen mit den Ledersitzen. Sie wollte nicht mitkommen, doch sie wusste nicht, wie sie ihn loswerden sollte. Sie fuhren vorbei an umgestürzten Bäumen und hatten die Straße fast für sich allein. Er lud sie zum Essen in einen Pub ein, ermutigte sie, Wein zu trinken, und sagte ihr, dass sie etwas ganz Besonderes sei.

Elaine hörte ihr stumm zu.

Katharina blieb unbewegt, blickte nach links und sprach fast tonlos.

Sarah machte sich ganz professionell Notizen, beurteilte den Bericht und versuchte, alles auf Beweismöglichkeiten zu überprüfen. Aber sie konnte die ruhige Landgaststätte vor sich sehen, den schimmernden Wein im Glas, und Katherine, der Stephenson eine Speisekarte vorlegte und sie ermutigte, auszuwählen. Das junge Mädchen war der Situation nicht gewachsen, zutiefst schockiert, und fühlte sich gleichzeitig angezogen und abgestoßen durch die Methode ihres Verführers.

Auf dem Rückweg hielt er auf einer Landstraße an.

Dieses Auto. Die frühe Dämmerung des Herbstes setzte bereits ein. Der erwachsene Mann mit seiner Gier. Das Kind auf dem Beifahrersitz.

Er schob seinen Sitz zurück.

Sarah hätte die Handlung am liebsten unterbrochen. Nun kamen seine Worte, die unvermeidlichen Worte, die Worte, die nichts anderes als seine Methode waren.

»Du bist wunderschön.«

»Es ist deine Schuld. Ich kann dir nicht widerstehen. Es ist nicht fair von dir, mir das anzutun.«

»Komm schon, Katherine, es gibt da etwas ganz Besonderes, das du für mich tun kannst. Ich mag es, und du wirst es auch mögen.«

Nichts fand statt, als er dort immer ungeduldiger im Auto saß; keine Liebkosungen, keine Küsse, sondern nur die unbedingt notwendigen Schritte, um das zu bekommen, was er wollte.

Er öffnete seinen Hosenlatz. »Komm, nimm ihn in den Mund.«

Und da war Katherine, das Kind. Sie wehrte sich, protestierte und kämpfte.

»Ich sagte, ich hätte Angst und dass ich nach Hause gehen wollte. Ich sagte, ich wüsste nicht, was ich tun soll. Ich hätte so etwas noch nie getan und bisher nur einen Jungen in meinem Alter ein paarmal geküsst.«

Und dann war da dieser Teufel, des Wartens müde.

»Sei doch nicht so ein Baby!

Tania tut es gern. Stimmt etwas nicht mit dir?

Hör. Auf. Zu. Jammern.«

Und schließlich die Gewalt.

»Er legte mir beide Hände auf den Hinterkopf und zwang mich so heftig hinunter, dass ich würgen musste.«

Die fünfzehnjährige Katherine im Auto, ihr Gesicht in seinem Schoß, seine Hände auf ihrem Hinterkopf. Empört, erschrocken, entsetzt.

»Ich konnte es nicht fassen, als er in meinen Mund kam. Es war so ekelhaft. Ich war nicht einmal sicher, was genau passiert war.«

Katherine, die aus dem Auto heraussprang und die Beifahrertür in aller Eile offen ließ und sich immer und immer wieder in die Hecke übergab. Stephenson, der im Wagen saß und ungeduldig wartete, bis sie zurückkam und sie das Ganze hinter sich brachten.

»Als ich wieder in den Wagen kam, sagte er, ich sei ein gutes Mädchen und dass er mich liebte. Und dass Liebe nun einmal so wäre. Ich würde es sicher eines Tages genießen. Ich wäre einfach nur unerfahren. Allen Mädchen fiele es schwer, damit anzufangen. Ich begann zu weinen. Er sagte: ›Weine nicht. Immerhin wolltest du es doch, nicht wahr? Warum sonst hättest du Tania weggeschickt?‹ Er gab mir sein Taschentuch und wartete. Dann drehte er den Zündschlüssel.

Es war so, als hätte ich es geträumt. Konnte es wirklich so schrecklich gewesen sein?

Er fuhr mich nach Hause. Die ganze Zeit redete er. Nicht nur, dass er mich liebe, sondern auch, dass ich eine gute Geigenspielerin *wäre*, wirklich gut, geradezu außergewöhnlich. Er würde mich berühmt machen. Er ließ mich um die Ecke von meinem Haus aussteigen, und ich ging nach Hause.

Gegen zehn Uhr kam die Polizei und sagte, dass Tania vermisst würde, und fragte, ob ich sie gesehen hätte. Ich wusste nicht, was ich sagen sollte. Das letzte Mal hatte ich Tania gesehen, als sie die Straße hinunterging und auf den Bürgersteig blickte. Ich hatte ihr Mr Stephenson fortgenommen und herausgefunden, dass ich ihn nicht wollte. Es gibt nichts Schlimmeres, als von ganzem Herzen zu wünschen, man hätte etwas nicht getan. Ich wollte sie unbedingt sehen und ihr sagen, dass es mir leidtat. Ich wollte mit ihr reden. Hast du es ebenso gehasst wie ich? Hast du ihn geliebt? Ich ging davon aus, dass sie tot war. Dass sie sich das Leben genommen hätte. Ich wollte mich auch umbringen. In dieser Nacht wachte ich ständig auf und kotzte mir die Seele aus dem Leib. Ich konnte doch niemandem erzählen, was passiert war. Ich habe mich so geschämt. Bis heute habe ich noch nie mit jemandem darüber gesprochen. Aber er kann Tania nicht ermordet haben, weil er am sechzehnten Oktober den ganzen Tag mit mir zusammen war.«

Sie machten eine Verhörpause. Stephensons Gewahrsamsuhr tickte. Irgendwann musste er verhaftet oder freigelassen werden. Die Überprüfung der Details aus Katherines Bericht erforderte Präzisionsarbeit und würde mindestens einen Tag in Anspruch nehmen. Sarah musste irgendwie die Zeit finden, um sich um Stephenson zu kümmern. Es gab viel zu tun. Seine Untersuchungshaft würde verlängert werden müssen. Er musste noch einmal verhört werden. Sie mochte sich nicht eingestehen, dass die Rückkehr zu diesem Aspekt der Ermittlung auch eine Flucht aus Katherines Geschichte war.

Sie tätigte ein paar Anrufe und sprach dann mit Fedden.

»Stephenson hat ein Alibi bis mindestens zum frühen Abend. Aber der Fundort ist noch immer mit ihm verlinkt; vielleicht hat er Tania später getötet, als er nach Hause kam. Um ehrlich zu sein: Ich weiß es nicht. Ich zerbreche mir vergeblich den Kopf. Ich habe Lee geschickt, um eine Tür-zu-Tür-Befragung an Stephensons früheren Adresse zu machen. Wir suchen etwas, woran sich irgendwer erinnert. Es war der Tag nach dem großen Sturm, das könnte die Erinnerung der Leute auf Trab bringen. Können Sie jemanden freistellen, der hier für mich bei Elaine übernimmt? Ich gehe noch einmal ins Gefängnis und spreche mit Stephenson. Steve Bradshaw hat gesagt, er hätte Zeit, mich zu unterstützen.«

Wie vereinbart ließ Steve Sarah durch die Hintertür des Gefängnistrakts ein.

»Wir sind bereit«, sagte er. Er klopfte auf seine Hemdtasche. »Willst du noch eine rauchen, bevor wir anfangen?«

Sie schüttelte den Kopf. »Nein, lass uns gleich loslegen.« Ihre Blicke trafen sich kurz und erforschten, wie es derzeit zwischen ihnen stand. Sarah sagte: »Danke, dass du mir aushilfst.«

Steve schenkte ihr ein Lächeln, das die müden Linien um seine Augen betonte. Es schien etwas mehr auszudrücken als reine Freundlichkeit, aber Sarah vermutete längst, dass er das nur machte, damit sein Gegenüber sich wohlfühlte.

»Kein Problem«, sagte er. »Klingt nach einer interessanten Aufgabe. Ich bin dankbar, dass du mich gebeten hast, daran mitzuarbeiten.«

Sarahs erster zynischer Impuls war: *Weil Stephenson einer der richtigen Bösewichte ist, einer von denen, die du gern einbuchtest*, aber dann dachte sie an Lizzie, die bewusstlos im Krankenhaus lag. Es war ein beunruhigendes Bild, und sie ertappte sich bei dem Gedanken, dass Steve in seiner Einschätzung von Lizzie vielleicht recht gehabt und sie selbst falschgelegen hatte.

Sie sagte: »Ja, gut, es ist toll, dich dabeizuhaben.«

Sie holten die Anwältin am Empfang ab und gingen gemeinsam in den Haftbereich.

Stephenson saß auf der Plastikmatratze in seiner Zelle und arbeitete mit einem Bleistift die mitgebrachte Partitur durch. Die Finger seiner linken Hand klopften einen komplexen Rhythmus, während er das Manuskript durch die Gläser seiner randlosen Brille studierte. Sein Jackett hatte er ordentlich ans Fußende des harten Betonregals gelegt, das als Bett diente.

Seine Anwältin entsprach nicht dem müden, schäbigen Typ, den man gewöhnlich im Arrest antraf. Sie war in den Vierzigern, elegant, mit schulterlangem stahlgrauem Haar und einem herben Gesicht, das kein Make-up brauchte. Sie war schlank und trug ein dunkles Nadelstreifenkostüm zu einer hellgrauen Seidenbluse. Schließlich trat sie einen einzigen Schritt auf ihren Mandanten zu und sagte: »Richard.«

Stephenson blickte auf und nahm die Brille ab, als ob die Leute, die in seiner Zelle standen, Studenten wären, die seine Arbeit unterbrachen. Nur zu seiner Anwältin nahm er Augenkontakt auf, als wäre sie die Einzige, die eine Bedeutung hatte. »Ah, Marion«, sagte er, stand auf und zog sein Jackett über. Er blickte auf die Uhr. »Ich bin bereits seit acht Stunden hier, allerdings scheint nichts zu passieren.«

Die Anwältin antwortete leise. »Ich werde mir alles zu gegebener Zeit ansehen, aber die Beamten hier sind bereit, Sie jetzt zu verhören.«

Der Verhörraum war klein, ziemlich vollgestellt und roch in der Nachmittagshitze unangenehm nach einem früheren Benutzer. Sie überlegten, die Tür offen zu lassen, entschieden sich jedoch dagegen: Mr Stephenson wollte seine Privatsphäre so weit wie möglich beibehalten.

»In diesem Fall«, sagte er, »hoffe ich, dass es Ihnen nichts ausmacht, wenn ich mein Jackett ablege.«

Sarah schüttelte den Kopf: »Natürlich nicht.«

Als er aufstand, seine Jacke auszog und sie über die Stuhllehne hängte, traf Sarahs Blick kurz auf den der Anwältin. Für den Bruchteil einer Sekunde schien Marion eine irritierte Ungeduld mit Stephensons übertriebener Formalität an den Tag zu legen, aber – wenn es überhaupt so war – sie beherrschte sich schnell wieder und verlieh ihrem Gesicht einen ruhigen Ausdruck, der nicht enthüllte, was sie dachte.

Sie waren übereingekommen, dass Steve das Verhör leiten sollte. Sarah lehnte sich zurück und machte sich Notizen, während er die Formalitäten durchging.

»Sie werden beschuldigt, am 16. Oktober 1987 zwischen 9.30 und 11.00 Uhr Katherine Herringham bei ihr zu Hause vergewaltigt zu haben; am selben Tag zwischen 13.00 und 18.00 Uhr sollen Sie in Ihrem grünen Jaguar auf einer Landstraße gegenüber Katherine sexuell übergriffig geworden sein, indem Sie das junge Mädchen zum Oralverkehr zwangen. Nach heutiger Gesetzgebung ist dieses Delikt strafbar und wird als Vergewaltigung verurteilt.«

Stephenson protestierte sofort. Katherine log! Er hätte sich nicht vorstellen können, dass seine Hingabe an seine Schüler gegen ihn verwendet werden könnte. Er hatte sein Leben der Musik gewidmet! Die ganze Sache wäre eine Hexenjagd!

Sarah fasste alles in einer drei Worte umfassenden Notiz zusammen: *Leugnet den Tatbestand.*

Danach blendete sie den Protest aus, denn schließlich gab es keine Beweise. Lang zurückliegende Fälle von sexuellem Missbrauch waren in der Regel schwierig. Immer stand Aussage gegen Aussage. In diesem Fall allerdings war sie nicht nur zuversichtlich, dass Katherine die Wahrheit sagte, sondern auch, dass Stephenson angeklagt würde. Katherines Bericht passte akkurat zu dem der anderen Opfer, die nichts voneinander wussten. Eines, ein Mädchen an einer Privatschule in Leicestershire, war auf genau die gleiche Weise oral im Auto vergewaltigt worden – auffälligerweise ebenso wie Katherine nach einem Mittagessen in einem Pub, bei dem ihr Alkohol aufgedrängt wurde. Die Herausforderung bei dieser Untersuchung war nicht, genügend Beweise für eine Anklage zu bekommen, sondern vielmehr später das Gericht dazu zu bringen, die Klagen aller anderen Opfer mit einzubeziehen, damit die Jury das Ausmaß und die Ähnlichkeit von Stephensons Vergehen erkannte.

Stephenson hatte ihre Unaufmerksamkeit möglicherweise bemerkt, denn er drehte sich theatralisch zu ihr um.

»Wissen Sie eigentlich, dass Kinder während der Kulturrevolution in China dazu erzogen wurden, falsche Beschuldigungen gegen Erwachsene zu äußern?«

Sarah unterdrückte ein Lächeln. Sie war mit empörten Reaktionen durchaus vertraut, aber sie mit maoistischen Kadern zu vergleichen, war nun wirklich etwas übertrieben.

Steve intervenierte mit der geduldigen Freundlichkeit, die Sympathie vorgaukelte. »Danke, Mr Stephenson. Gehen wir es langsam an. Berichten Sie mir doch bitte ganz genau, was am sechzehnten Oktober passiert ist.«

Sarah hörte aufmerksam zu, während Stephenson von einem Tag erzählte, der dem ähnelte, den Katherine beschrieben hatte – allerdings ohne die sexuellen Übergriffe. In seinem Bericht kam er natürlich viel besser davon: Stephenson stellte sich als großzügigen Lehrer dar, der sich weit über seine Pflicht hinaus immer bemühte, seine Schüler zu ermutigen. In seiner Aussage wurde er zum Opfer seiner eigenen Freundlichkeit. Steve erwähnte sorgfältig jedes Detail bis hin zum Namen des Pubs und zur gefahrenen Route.

»Und zum Schluss«, sagte Stephenson, als er zum Ende seines Berichts kam, »setzte ich Katherine zu Hause ab, und das war alles. Wer hätte gedacht, dass ein derart banaler Tag je auf einer

Polizeiwache besprochen würde? Lehrer müssen heutzutage sehr vorsichtig sein.« Er wiederholte den letzten Teil des Satzes langsam mit der Betonung einer impliziten Bedrohung. »*Sehr vorsichtig*, wenn man freundlich mit den Schülern umgehen will.« Er lehnte sich in seinem Stuhl zurück. »Zumindest befreit mich Katherine von diesem Mordvorwurf. Ich kann Tania nicht umgebracht haben, weil ich den ganzen Tag mit Katherine zusammen war.« Er legte seine gepflegten Hände flach auf den Tisch, als wolle er sagen: *Tun Sie, was Sie tun müssen.*

»Nun, Mr Stephenson, Ihre Verbindung zum Fundort der Leiche ist nach wie vor sehr auffällig, und die Tatsache, dass Katherine sagt, sie glaube, Sie hätten Tania missbraucht, hilft Ihnen auch nicht gerade.«

Die Anwältin notierte sich etwas, sagte aber nichts. Stephenson sah verärgert zwischen Steve und Sarah hin und her. »Eine Verbindung zum Fundort der Leiche? Ich hatte Zugang zum Parkplatz. Na und? Das hatten andere Leute auch.«

»Dann streiten Sie also kategorisch jede Beteiligung an der unrechtmäßigen Entsorgung von Tanias Leiche ab?«, erkundigte sich Steve. »Und bitte, denken Sie genau über Ihre Antwort nach.«

Marion hob die Hand, als wolle sie zur Geduld mahnen, aber Stephenson antwortete bereits. »Ich brauche nicht sorgfältig nachzudenken, denn ich habe nichts damit zu tun.«

Sarah legte kommentarlos drei Fotos auf den Tisch.

Stephensons Augen flackerten darüber hinweg.

Sarah sagte: »Das Labor hat sich den Teppich, in den Tania eingehüllt war, einmal näher angesehen.« Sie tippte auf das linke Foto. »Beweisstück MRB/1: ein Bild des verschmutzten Teppichs, wie er aus dem Grab geholt wurde.« Sie tippte auf das nächste Foto. »Beweisstück MRB/2: ein Stück des gleichen Teppichs, abgeschnitten und gereinigt durch das forensische Team. Er ist zwar noch verfärbt und abgenutzt, trotzdem kann das Labor nachweisen, dass es sich um einen Wollteppich handelt, der in signifikanten Details und Proportionen des Musters dem entspricht, der auf MRB/3 gezeigt wird.« Sie tippte auf das letzte Foto: ein Design aus roten Blüten, gewundenen Stielen und Blättern auf einem blassgrünen Hintergrund. »Dieser Teppich wurde in den Achtzigerjahren von der Firma Axminster hergestellt. Ihr ehemaliger Vermieter hat ausgesagt, dass ein solcher Teppich in Ihrer Wohnung lag, als er sie Ihnen zur Zeit des Verschwindens von Tania vermietete, und dass der Teppich bei Ihrem Auszug ohne seine Erlaubnis entfernt worden war.« Sie sah zu Stephenson hinüber. Er war still geworden. »Bestreiten Sie immer noch, dass Sie mit der illegalen Beerdigung von Tania Mills etwas zu tun haben?«

Stephenson nickte. »Ich verstehe, wie Sie es gemacht haben. Sie haben diesen Teppich meinem ehemaligen Vermieter gezeigt und ihn dann gefragt, ob es der richtige ist. Mich überrascht nicht, dass er es bestätigt hat. Er konnte mich nicht leiden.«

»Nein, Mr Stephenson. Ihr ehemaliger Vermieter hat uns die Beschreibung gegeben, lange bevor wir Tania fanden oder Teppichdesigns recherchierten. Heute haben wir ihm einige mögliche Teppichproben gezeigt. Er wählte diese hier ohne Zögern aus. Wir wissen auch, dass er das gleiche Muster in mehreren seiner Wohnungen hat verlegen lassen. Das geht weit über jeden Zufall hinaus.«

Sie ließen Stephenson und seine Anwältin zur Besprechung im Verhörraum zurück. Lee saß im Zentralbereich auf einer Bank und spielte auf seinem Telefon. Als er sie sah, stand er eifrig auf.

»Ich habe auf Sie gewartet! Raten Sie mal, wo ich heute gewesen bin.«

Sarah zuckte mit den Achseln. »Keine Ahnung, Lee. Als ich

Sie das letzte Mal sah, waren Sie unterwegs zu einer Tür-zu-Tür-Befragung.«

»In Bristol!«

»Bristol?«

Er schwenkte eine handschriftliche Aussage in einer transparenten Hülle. »Nennen Sie mich Sherlock.«

Steve grinste. »Und warum? Haben Sie gekokst?«

»Was?«

Sarah lachte. »Vergessen Sie es. Was haben Sie denn?«

Lee schnalzte. »Ich habe Stephensons ehemaligen Nachbarn ausfindig gemacht, der eine Etage tiefer gewohnt hat. Nicht schlecht, wie? Netter Kerl. Seine Frau starb an Brustkrebs, als sie erst dreißig war, und er hat den gemeinsamen Sohn allein aufgezogen. Er ist erst vor Kurzem ausgezogen und wohnt jetzt mit seinem Sohn in Bristol. Der Nachmieter schickt ihm noch die Post nach. Um ehrlich zu sein: Ich war froh, den Mann lebendig anzutreffen. Der alte Knabe sieht aus wie ein Pelikan. Und zwar kein gesunder Pelikan.«

»Und das Fazit?«, wollte Steve wissen.

»Stephenson war wohl immer schon ein elender Mistkerl. Hasste es, wenn Kinder draußen spielten. Beschwerte sich, wenn man früh aufstand oder spät nach Hause kam – er war ein Deckenklopfer. Aber am sechzehnten Oktober war er Mr Superfreundlich. Unser Zeuge erinnert sich daran, weil es der Tag nach dem Sturm war, bei dem ein Baum im Garten umstürzte. Außerdem fiel bei seinem Sohn an diesem Tag die Schule aus, und er hat ihn und seinen Kumpel ausgeführt. Ein besonderes Vergnügen für die Jungs – Bowling und anschließend Fish and Chips. Jedenfalls kommen sie nach Hause und sehen sich eine Serie im Fernsehen an, als es klopft: Mr Stephenson steht vor der Tür. Kommt nicht in seine Wohnung. Irgendetwas blockiert die Wohnungstür. Aber Hilfe will er nicht, sondern nur eine Leiter leihen. Unser Freund, der Pelikan, hält unten die Leiter, Mr S. steigt durch das Schiebefenster. Kommt aber nicht mehr runter, sondern winkt nur aus dem Fenster. ›Danke vielmals. Alles in bester Ordnung.‹« Lee grinste. »Ich habe seine Aussage aufgenommen.«

»Was mag das zu bedeuten haben?«, fragte Sarah nachdenklich.

Lee zuckte mit den Achseln. »Es ist schon ein bisschen seltsam, nicht wahr?«

Steve meinte: »Sind Sie sicher, Lee, dass Sie Sherlock sind und nicht etwa Watson?«

44

Lizzie wusste nicht, wo sie sich befand. Nur, dass sie große Schmerzen hatte. Neben ihr stand eine Frau. Lizzie sah ihr Gesicht wie in einer Galerie, wo alles andere unbeleuchtet war: tiefschwarz, einprägsam, große Augen, sehr kurz geschnittenes Haar. Die Frau hatte eine Spritze in der rechten Hand, griff nach Lizzies Arm und ließ die Nadel hineingleiten. In erstaunlich kurzer Zeit fühlte Lizzie sich besser, viel besser. Geradezu hervorragend. Sie sagte: »Danke. Alle sind so nett hier! Wo bin ich?«

Die Krankenschwester lächelte. »Sie werden gerade wieder gesund, und wenn Sie mich fragen, sind Sie ziemlich zugedröhnt.«

Sie wurde durch einen Flur gerollt. Sie konnte den Rücken des Pflegers sehen: Es handelte sich um einen kleinen weißen Mann mit rasiertem Kopf. War es möglich, dass Brannon gemeinnützige Stunden im Krankenhaus ableistete? Sie fand diesen Gedanken allenfalls beunruhigend. Das Morphium verlieh ihr eine vertrauensvolle Mattigkeit. Sie sagte: »Mark?« Er drehte sich um, aber es war nicht Brannon, sondern ein älterer Mann um die fünfzig mit geröteter Gesichtshaut, und er sagte: »Nein, Liebes, ich bin Sean.« Sie nickte und konzentrierte sich auf die gesprenkelten Deckenfliesen und die runden weißen Lichter, die in regelmäßigen Abständen über sie hinwegglitten. Die Lifttüren öffneten sich, schlossen sich und öffneten sich wieder.

Eine dicke Krankenschwester mit kurzem glattem orangestichigem Haar, das wie Nylon aussah, übernahm sie an der Tür zur Station und rollte sie in ihr Zimmer.

»Hier ist jemand für Sie. Er hat auf Sie gewartet.«

Sie erkannte den Umriss von Kieran, der aus dem Fenster schaute. Sofort schloss sie die Augen. Das Bett kam zum Stillstand, und die Bremsen wurden festgestellt.

Die Krankenschwester sagte: »Sie hat starke Schmerzmittel bekommen. Sie dürfte nicht immer ganz klar im Kopf sein.«

Lizzie spürte, wie Kieran sich am Fußende des Bettes bewegte. Komplikation und Schwierigkeiten schienen sich wie eine Öllache über den Boden zu verbreiten. Sie öffnete die Augen und war drauf und dran, ihm die Nachricht mitzuteilen. *Ich bin schwanger.* Aber er lächelte, weil er sie bei Bewusstsein antraf, und seine offenkundige Begeisterung brachte sie zum Schweigen. Er nahm ihre Hand.

»Jetzt schau dir bloß an, in welchem Zustand du bist. Ich hatte dich doch gebeten, kein Risiko einzugehen.«

Sie schloss die Augen wieder und versuchte, sich in den Dunst des Morphiums zurückzuziehen, er redete allerdings weiter.

»Ich liebe dich.«

Sie öffnete die Augen. »Nein.«

Er missverstand sie, lächelte und sagte: »Ich liebe dich wirklich.«

Sie wünschte, er würde nicht reden, nicht, solange die wohltuende Wirkung des Morphiums noch andauerte. Es war so ruhig hier und so schmerzfrei.

45

Sie waren zurück im Verhörraum. Sarah erhaschte Stephensons Blick für einen Moment, aber er wandte sofort die Augen von ihr ab in Richtung einer Zimmerecke, als wäre sie nur nervig und unwichtig.

Steve begann: »Können Sie mir bestätigen, dass dies Ihre Aussage ist, Mr Stephenson?«

Stephenson sagte: »Ja, das ist meine Aussage.« Seine Lippen zuckten, und er schaute wieder in die Zimmerecke.

Seine Anwältin begann vorzulesen.

»Am sechzehnten Oktober 1987 kehrte ich, nachdem ich den Tag mit Katherine Herringham verbracht hatte, am frühen Abend zurück nach Hause, wo es mir unmöglich war, meine Wohnungstür zu öffnen. Ich klopfte, bekam allerdings keine Antwort. Ich ging zur Rückseite des Hauses, um die außen liegende Feuertreppe zu benutzen, doch meine Frau Abigail hatte auch diese Tür von innen abgeschlossen. Ich klopfte, aber sie antwortete nicht. Ich wusste, dass das Schloss des Schiebefensters an der Vorderseite defekt war, also klopfte ich bei meinem Nachbarn eine Etage tiefer und bat ihn um seine Leiter. Ich kletterte ins Wohnzimmer und ging direkt die Treppe hinunter zur Wohnungstür, um zu sehen, warum sie sich nicht öffnen ließ. Am Fuß der Treppe lag Tania. Sie war tot und blockierte die Tür. Meine Frau hatte die Tür außerdem von innen verschlossen. Deshalb kam ich nicht hinein.

Abigail lag auf dem Bett im Schlafzimmer. Sie hatte sich bewusstlos getrunken. Ich saß im Wohnzimmer und versuchte zu entscheiden, was ich tun sollte. Ich hätte die Polizei rufen sollen, aber ich konnte doch nicht meine eigene Frau ins Gefängnis schicken. Sie war schwanger. Obwohl es schrecklich war, beschloss ich, Tanias Leiche zu entsorgen. Ich entfernte den Teppich von der Treppe, weil er Flecken hatte. Später erwies er sich als nützlich, um die Leiche hineinzuwickeln.

Ich leugne jede andere Beteiligung an Tanias Tod.

Auf Anraten meiner Anwältin werde ich weitergehende Fragen weder kommentieren noch beantworten.«

Sarah hegte keinen Zweifel daran, dass es sinnlos wäre, aber Steve musste die Fragen stellen. Stephenson antwortete, ohne je den Blick von der Zimmerecke abzuwenden, der seine gesamte Aufmerksamkeit zu gelten schien.

»Unterhielten Sie eine sexuelle Beziehung zu Tania?«

»Kein Kommentar.«

»Haben Sie Tania vergewaltigt?«

»Kein Kommentar.«

»Was hat Tania bei Ihnen zu Hause gewollt?«

»Kein Kommentar.«

Kein Kommentar, kein Kommentar, kein Kommentar.

Sie brachten Stephenson zurück in seine Zelle, dann rief Sarah Elaine an.

»Wie kommen Sie weiter?«

»Wir sind fertig. Ich habe Katherine nach Hause gebracht. Wir können Stephenson wohl nur die beiden Vergewaltigungen zur Last legen. Nachdem Tania vermisst wurde, sagte Stephenson zu Katherine, dass er die Beziehung, wie er es nannte, nicht fortsetzen könne. Die Sache mit Tania ginge ihm zu nah. Natürlich hatte er richtig Schiss. Er wagte nicht länger, das Schicksal herauszufordern.«

»Sie sind nicht mehr im Dienst?«

»Nein.«

Eine Pause entstand.

»Verflixt, Sarah. Was zum Teufel ist es jetzt?«

»Wir müssen Stephensons Ex-Frau verhaften, und ich würde sie gerne zusammen mit Ihnen verhören, wenn Sie es einrichten könnten.«

46

Als Sarah und Steve nach Primrose Hill fuhren, hatte Sarah das vertraute Polizistengefühl – das Gefühl, sich durch ein anderes Element zu bewegen als die Menschen um sie herum. Selbst zu dieser späten Stunde war noch viel los, und die Metalltische der Cafés waren mit späten Gästen gut besetzt.

Hinter der Glasscheibe der Hartholztür von Abigail Levys Haus brannte Licht. Sie öffnete die Tür in einem roten, mit Perlen bestickten Abendkleid und runzelte die Stirn, als sie Sarah und Steve mit ihren Dienstausweisen in der Hand vor sich stehen sah.

»Es ist zehn Uhr abends! Ich habe Freunde zu Besuch. Können Sie nicht zu einem anderen Zeitpunkt kommen?«

Sarah schüttelte den Kopf. »Es tut mir leid, aber das geht leider nicht. Wir müssen hereinkommen. Sie müssen Ihren Freunden erklären, dass etwas vorgefallen ist und sie gehen müssen.«

Abigail sah über Sarah hinweg zu Steve und lächelte mit dem Charme einer ehemals sehr attraktiven Frau. »Und wenn ich das nicht will?«

Sarah dachte, dass die Sympathie in Steves Lächeln dieses Mal sogar echt sein könnte. »Tut mir leid, Miss Levy. Sie müssen sich fügen.«

Das elektrische Licht war ausgeschaltet, und auf Tisch und Kaminsims brannten Kerzen. Auf dem weißen Tischtuch standen leere Kaffeetassen, eine teure Pralinenpackung, in der nur wenige Stücke fehlten, eine Flasche Sauternes und Weingläser. Die Gäste – zwei Männer und eine Frau – sahen verwirrt aus, gehorchten aber schnell. Die Frau griff nach ihrer Handtasche und zog einen Schal um ihre Schultern.

»Bis dann, Abigail.«

»Nett, dass ihr da wart.«

»Das Risotto war köstlich.«

Man küsste einander auf die Wangen, beobachtete dabei aber misstrauisch die beiden Leute im Anzug, die geduldig warteten und Abigail keine Sekunde aus den Augen ließen.

Als sich die Haustür endlich geschlossen hatte, erledigte Steve die Festnahme.

Abigail rieb sich mit dem Zeigefinger den Mittelfinger der anderen Hand und fragte: »Wie geht es jetzt weiter?«

Sarah antwortete: »Wir bringen Sie aufs Revier und verhören Sie. Wir können Ihnen einen Anwalt besorgen, oder, wenn Sie bereits einen Anwalt haben, können wir den für Sie anrufen. Ich fürchte, ich muss Ihnen Handschellen anlegen. Nur für die Fahrt, damit alle sicher sind. Wir parken das Auto direkt vor Ihrer Tür. Niemand braucht etwas zu sehen.« Sie hielt inne und betrachtete das rote Kleid. »Möchten Sie sich umziehen, ehe wir zur Wache fahren?«

»Ich weiß nicht. Ich war noch niemals im ...«, Abigail zögerte, »... im Gefängnis. Was empfehlen Sie?«

Was sie empfahl? Als ob es ein Skiausflug oder ein Wandertag wäre!

»Ich würde etwas Praktisches nehmen. Ich muss zwar bei Ihnen im Zimmer bleiben, aber ich drehe Ihnen den Rücken zu, während Sie sich umziehen.«

Bei der Körpervermessung brachte es Abigail auf 1,58 m. Für die Polizeifotos saß sie nervös auf dem Hochstuhl, kreuzte ihre schlanken Fesseln, neigte ihre Knie zur Seite, drehte den Kopf gehorsam, wenn sie darum gebeten wurde, und bot der Kamera ein Lächeln, als handele es sich um Studioaufnahmen. Sie hatte sich für eine blaue Caprihose, ein graues T-Shirt und ein gerade geschnittenes blaues Jackett entschieden und sah aus, als wäre sie bereit für einen langen Tag auf den Beinen, vielleicht als Ehrenamtliche in einer Organisation des National Trust. Sie stand auf Zehenspitzen vor dem Fingerabdruck-Scanner, während der Haftbeamte, ein stämmiger weißer Mann mit rasiertem Kopf, ihre Finger über den Bildschirm rollte und routiniert mit dem Fußpedal klickte. Sie schwieg und studierte die Fingerabdrücke gegen das rote Licht.

»Dann benutzen Sie also gar keine Tinte mehr?«, fragte sie, und der Haftbeamte sagte: »Nein, meine Liebe. Das hier ist viel besser. Computergesteuert.«

Sie nickte, als wäre sie auf einer Besichtigungstour durch die Einrichtungen. »Ja, das macht Sinn.«

Später saß sie mit ihrem Anwalt im Beratungsraum. Sarah hatte die Beweise gegen Abigail zusammengefasst, aber trotzdem winkte Abigail sie herein.

»Dürfte ich Sie etwas fragen, ehe wir anfangen?«

»Wenn Ihr Anwalt nichts dagegen hat – natürlich.«

»Hat er gesagt, ich hätte es getan?«

»Hat er. Er sagt, er kam nach Hause und fand Tania tot auf. Sie blockierte die Eingangstür. Ihr Nachbar bekräftigt diese Aussage zu einem gewissen Grad.«

Abigail dachte nach.

»Und ich darf mich jetzt mit meinem Anwalt zusammensetzen und reden?«

»Das dürfen Sie, ja.«

Sarah ging hinaus in den Hof, um mit Steve zu rauchen. Es herrschte das übliche Ankommen und Abfahren von Polizeiautos und Vans. Zwei Fahrzeuge der bewaffneten Polizei fuhren in den Hof. Die Insassen stiegen aus und unterhielten sich gemütlich in der warmen Nacht. Autoscheinwerfer blinkten jenseits des Tores auf, einer der Bewaffneten ging hinüber und ließ das Auto herein. Es war Elaine. Als sie Sarah und Steve sah, winkte sie ihnen zu und nahm ihre geräumige Tasche aus dem Wagen.

»Ich kann zum Verhör hierbleiben, wenn du willst«, bot Steve Sarah an.

Elaine trat zu ihnen, eine Tüte Pommes in ihrer rechten Hand.

Sarah sagte: »Nicht nötig. Aber trotzdem danke.« Einen kurzen Moment bereute sie, dass sie Steve fortschickte. »Ich glaube, Abigail sollte besser von zwei Frauen verhört werden.«

Steve warf seine Zigarette auf den Boden und trat sie aus. »Du hast wahrscheinlich recht.«

»Danke für deine Hilfe bei Stephenson.«

»Immer gern.«

Elaine bot Pommes an. »Möchte einer?«, fragte sie. »Sie sind lecker und heiß. Ich bin mit einem Affenzahn gefahren. Gut salzig. Es gibt eine gute Pommesbude am Lisson Grove.«

Steve sagte: »Nein danke. Ich fahre nach Hause.«

Sarah nahm sich eine. Elaine hob den rechten Fuß und kratzte sich am Knöchel. »Die blöden Mücken haben mich fast aufgefressen.«

Steve reichte ihr die Hand. »Ich bin übrigens Steve.«

Einen Moment überlegte Elaine, ob sie ihm ihre fettige Hand geben sollte, dann lachten beide und entschieden sich dagegen.

»Ich bin Elaine«, sagte sie und nahm sich noch eine Pommes. »Bekannt als Fat Elaine. Sie haben bestimmt schon von mir gehört.«

Er nickte und lächelte. »Ja, das habe ich.« Er griff nach seinen Autoschlüsseln. »Ich lasse euch dann mal allein«, sagte er, und nach einer Pause: »Es tat gut, mal wieder mit dir zu arbeiten, Sarah.«

Sie nickte. »Stimmt. Geht mir genauso.«

Abigail saß adrett im Verhörraum. Vor ihr auf dem Tisch stand ein Plastikbecher mit Wasser, an dem sie regelmäßig nippte. Ihre Nägel waren perfekt manikürt und grau lackiert. Alles an ihr war ordentlich. Ihr Anwalt, ein Pflichtverteidiger, sah aus, als wäre er als Kontrast zu ihr angetreten – ein junger Mann mit Dreitagebart, der Jeans und Sportschuhe trug.

Elaine führte das Verhör. Nach den üblichen Vorbereitungen begann sie: »Abigail, Ihr Anwalt hat uns gesagt, dass Sie uns erzählen wollen, was passiert ist.«

Abigail blickte sich in dem kleinen Raum um, als ob sie sich fragte, mit wem Elaine wohl sprach. Als sie jedoch niemanden dieses Namens sonst im Zimmer fand, lächelte sie ausdruckslos und sagte: »Ja, das ist richtig.«

Elaine legte eine Hand flach auf die andere und lächelte sie ermutigend an. Niemand sprach, und nach einer kurzen Stille begann Abigail:

»Es war nachmittags.«

Sie zögerte und blickte zu ihrem Anwalt hinüber. Er sagte leise: »Ich denke, Sie sollten weiterreden. Wie wir besprochen haben.«

Sie legte ihre Hand flach auf ihre Brust und stöhnte leise, als hätte sie Schmerzen, die sie nicht recht lokalisieren könne. Dann sah sie auf und trank einen weiteren Schluck Wasser.

»Also, ich wohnte mit Richard Stephenson, der damals mein Ehemann war, in der obersten Etage eines in mehrere Wohneinheiten unterteilten viktorianischen Reihenhauses. Wir hatten gerade erst geheiratet. Ich kam aus Manchester, und es war das erste Mal, dass ich von zu Hause fort war. Ich kannte nicht viele Leute. Und ich war schwanger.«

Sie unterbrach sich und blickte die drei Leute am Tisch an, die alle aufmerksam warteten. Sie fuhr fort, als ob sie eine kleine Anekdote erzählen wollte und überrascht wäre, dass so viel Interesse daran bestand.

»Die Schule, an der Richard arbeitete, hatte an diesem Morgen angerufen, um zu sagen, dass sie an diesem Tag nicht öffnen würde. Richard sagte, er müsse trotzdem gehen. Es gäbe Dinge, die er tun müsse. Ich fragte nicht weiter, denn ich wusste, dass er davon nur ungeduldig wurde. Mir waren längst einige Dinge klar geworden.«

Sie machte eine weitere Pause und lächelte leicht schuldbewusst, als wolle sie nahelegen, dass die Anekdote vielleicht langweilig sein könnte.

»Ich habe ferngesehen und hatte eine Flasche Wein geöffnet. Der Wein war mir zur Gewohnheit geworden, weil ich festgestellt hatte, dass ein paar Gläser mir durch den Tag halfen. Ich war ziemlich unglücklich, um ehrlich zu sein. Im Fernsehen gab es einen alten Hollywood-Film. *Alle Herrlichkeit auf Erden*. Ich habe ihn wirklich genossen. Da klopfte es. Ich schaltete den Fernseher aus, stellte das Weinglas in die Küche, ging hinunter zur Haustür und öffnete. Und da stand sie.«

Elaine half sanft nach. »Tania?«

Abigail nickte. »Ich nehme es an, obwohl sie mir nicht ihren Namen genannt hat.«

»Wie sah sie aus?«

»Sie trug einen kurzen Rock, hatte langes gewelltes Haar, ihre Augen waren mit Kajal betont, und an ihren Ohren klimperten große bunte Glasohrringe. Sie hatte einen Geigenkasten und eine Tasche bei sich.

Ich wusste sofort, wer sie war. Ich meine natürlich nicht ihren Namen, aber ein Blick und ich wusste alles andere über sie. Sie fragte, ob Mr Stephenson zu Hause sei. Ich sagte nein, und sie wollte wieder gehen – ich wünschte, ich hätte sie gehen lassen. Aber ich bat sie herein. Ich weiß nicht, warum ich es getan habe. Es war …«

Sie brach ab und Elaine half weiter. »Ja?«

»Es war, als suchte ich Gesellschaft! Lächerlich, nicht wahr?«

Ihr Gesicht sah plötzlich zerknittert aus, doch sie legte ihre Hand wieder auf ihre Brust, tätschelte sich ein paarmal, als ob sie sich ermutigen wollte, und sprach dann mit wiederhergestelltem adrettem Äußeren zügig weiter.

»Es gab einen Zugang zur Wohnung vom Erdgeschoss aus, der allerdings nicht besonders gelungen war: Wir mussten eine steile, schmale Treppe hinaufsteigen, um zum Wohnbereich zu gelangen. Aber das Obergeschoss war ganz anders.« Sie lächelte, als käme jetzt etwas Lustiges. »Es war eine Art TARDIS. Sobald man das Wohnzimmer betrat, war es so, als wohnten wir in einem großen Haus und nicht in einer kleinen Zwei-Zimmer-Wohnung. Richard gab gern ein bisschen an. Im vorderen Raum hatten wir einen Stutzflügel. Wir mussten das Fenster rausnehmen lassen, um ihn nach oben zu bekommen. Richards Geige lag immer auf dem Flügel. Auch Blumen standen dort. Lilien. Richard bestand immer auf Blumen.«

Sie brach ab, als ob ihre Geschichte zu Ende wäre.

Elaine sagte: »Nun stand Tania also in Ihrem Wohnzimmer. Was ist dann passiert?«

»Nun, nichts! Absolut gar nichts. Sie stand nur da! Blickte sich um, als befände sie sich in einem Schloss.

Ich erwartete, dass sie mir sagte, warum sie gekommen war, doch sie sagte keinen Ton. Ich dachte: *Raus damit, sprich es aus!* Es war eine Sache, zu mir nach Hause zu kommen, aber eine andere, nur dort zu stehen und nichts zu sagen. Ich wurde irgendwie wütend …«

»Sie wurden wütend?«

»Und ärgerlich. Und ja, ich schämte mich auch.« Sie lachte, als hätte sie etwas Dummes gesagt. »Alles gleichzeitig! Ist das möglich?« Sie sah Elaine direkt an. »Ich hatte ziemlich viel getrunken, wissen Sie.« Hastig sprach sie weiter. »Jedenfalls, was auch immer mit uns los war und ganz gleich, wie miserabel alles lief, ich dachte: *Ich bin immer noch die Ehefrau. Sie hätte nicht zu mir nach Hause kommen dürfen.*« Sie rieb sich die Stirn. »Dumm, nicht wahr? Als ob es eine Rolle spielte, dass sie zu mir nach Hause gekommen war. Das war nun wirklich mein geringstes Problem.« Sie blickte alle mit einem plötzlich erstaunten Ausdruck an, als ob sie selbst überrascht wäre. »Außer, dass es nicht stimmte.«

Sie nickte, als erwarte sie irgendeine Art von Zustimmung von den drei Personen, die mit ihr um den Tisch saßen. Als jedoch die einzige Reaktion eine Art gebanntes Lauschen war, wedelte sie schnell mit den Händen, als wäre sie peinlich berührt. Sie fuhr fort und sprach sehr schnell, als müsse sie endlich zum Ende der Geschichte kommen.

»Nachdem das Mädchen nichts sagte, sprach schließlich ich. Ich fragte: ›Ist Richard dein Lehrer?‹ Sie nickte. Ich sagte: ›Würdest du für mich Geige spielen?‹

Sie zögerte, daran erinnere ich mich gut. Schließlich öffnete sie den Geigenkasten, um ihr Instrument herauszunehmen, aber ich sagte: ›Nimm seine. Es ist eine Joseph Rocca.‹«

Abigail sah ihren Anwalt an und rieb den Knöchel ihres Ringfingers. »Es sollte eine Art Scherz sein, verstehen Sie, weil er diese Geige liebte und er sie nie jemand anderen spielen lassen würde.«

Sie blickte sich mit einem enttäuschten Ausdruck um, als hätte niemand ihren Witz verstanden.

»Sie nahm also seine Geige und stimmte sie gegen das Klavier. Dann begann sie zu spielen. Es war ein Cantabile von Paganini. Richard hatte darauf bestanden, dass ich es ebenfalls lerne. Die ersten drei Takte sind einfach, aber recht bald wird es ziemlich knifflig – plötzliche, schwierige Fingersätze und Versetzungszeichen. Tanias Finger bewegten sich nicht schnell und zuverlässig genug. Man konnte spüren, wie sie arbeitete, aber das steht dem ganzen Sinn der Komposition entgegen, denn es ist ein virtuoses

Stück. Es soll sich mühelos anhören, doch ihre Finger waren wie ein starrer Uhrwerksmechanismus. Ich dachte: *Die Ärmste, sie ist nicht einmal wirklich gut.*

Sie hörte auf zu spielen, legte die Geige auf ihr Knie und sagte: ›Ich kann es nicht gut spielen.‹

Sie tat mir leid, aber gleichzeitig hätte sich sie am liebsten geohrfeigt. Ich wusste nicht, was ich tun sollte. Einerseits wartete ich noch immer darauf, dass sie mir verriet, warum sie hier war. Andererseits hatte ich keine Lust darauf. Ich wollte nur noch, dass sie ging, damit ich wenigstens das Ende des Films mitbekam.

Ich sagte: ›Vielleicht gehst du jetzt besser.‹

Sie sagte: ›Ja, genau‹, und legte die Geige zurück in den Kasten auf dem Klavier. Dann sagte sie: ›Es tut mir leid. Ich hätte nicht kommen sollen.‹ Das machte mich wieder total wütend! Sie war so mitleiderregend und verletzlich. Und sie war benutzt worden. Sie ging zur Treppe. Ich stand auf und folgte ihr, als wolle ich ihr den Weg zum Ausgang zeigen, aber dann überwältigte mich ein Impuls. Ein Moment reiner Wut. Ich schubste sie heftig, sehr heftig, von hinten zwischen den Schulterblättern. Sie wurde davon völlig überrascht. Sie hatte ihren Geigenkasten in der Hand und fiel kopfüber, konnte sich nirgends festhalten. Wie Sie sich erinnern, war die Treppe sehr steil. Am Neigungswinkel ihres Kopfes konnte ich erkennen, dass da etwas ganz gewaltig nicht stimmte. Und dann keuchte sie so merkwürdig. Ich lief zu ihr hinunter.

Es roch nach Kot, was mich total entsetzte. Warum war das geschehen? Alles war außer Kontrolle geraten. Ich wurde mit dem, was da passierte, nicht mehr fertig. Ich kannte nicht einmal ihren Namen, um sie ansprechen zu können, aber es spielte schon keine Rolle mehr. Sie schien nicht mehr bei Bewusstsein zu sein. Sie war schlaff, und in ihren Augen sah man nur das Weiße. Ihre Lippen waren blau geworden. Dann hörte ich ein schreckliches

Geräusch, eine Art Keuchen und sie hörte fast sofort auf zu atmen.

Ich wusste nicht, was ich tun sollte. Ich war in heller Panik. Ich glaube, ich rief um Hilfe, aber niemand kam. Ich tastete nach ihrem Puls und hielt mein Gesicht vor ihren Mund, doch da war nichts. Ich ging wieder nach oben und setzte mich auf das Sofa. Ich überlegte, einen Krankenwagen zu rufen, aber welchen Sinn hätte das gemacht? Sie war eindeutig tot.

Ich ging in die Küche, füllte mein Glas, stürzte es hinunter und füllte es erneut. Ich nahm eine neue Flasche mit ins Wohnzimmer und schaute mir das Ende des Films an – also, ich starrte in die entsprechende Richtung. Die ganze Zeit dachte ich: *Es ist nicht meine Schuld! Es ist nicht meine Schuld!*

Ich ging wieder hinunter und betrachtete sie. Dann verschloss ich die Haustür und sperrte die Tür zur Feuerleiter ab. Ich trank weiter und nahm auch einige Schlaftabletten. Ich war so weggetreten, dass ich mich hinlegen musste. Als Richard zurückkam, schlief ich. Ich hörte ihn nicht einmal hereinkommen. Es war dunkel, und er schüttelte mich wach. Er fragte: ›Wie viele hast du genommen?‹ Ich antwortete: ›Ich weiß es nicht.‹ Er zerrte mich auf die Toilette und steckte mir den Finger in den Hals. Ich übergab mich immer wieder. Er hat nichts gesagt, nicht ein Wort. Daran erinnere ich mich wirklich gut. Ich erinnere mich, dass ich zwar Angst vor ihm hatte, mir allerdings plötzlich alles gleichgültig war. Ich dachte: *Er ist wirklich wütend auf mich, aber mir ist egal, was passiert.* Er brachte mich wieder ins Bett.

Am Morgen weckte er mich und sagte, ich solle ein Bad nehmen und mich fertig machen. Er machte mir Kaffee.

Ich fragte ihn, wer sie war, aber er sagte: ›Frag mich nicht.‹

Woraufhin ich erwiderte: ›Vielleicht sollte ich lieber die Polizei rufen.‹

Er gab zurück: ›Wir rufen nicht die Polizei.‹«

Abigail hörte auf zu sprechen und starrte vor sich hin, als wäre niemand anwesend. Schließlich sagte sie: »Ich möchte sagen, dass es mir sehr leidtut. Sehr, sehr leid.«

Nach einer Pause fragte Elaine: »Als Sie sie stießen, wollten Sie ihr da wehtun?«

»Ich weiß nicht, was ich wollte. Ich war sauer. Ich habe sie einfach nur gestoßen.«

»Wissen Sie, was mit ihrer Leiche geschah?«

»Ich glaube, Richard hat sie zunächst im Gartenschuppen versteckt. Ich muss geschlafen haben, als er es tat. Aber wo sonst hätte sie sein können? Wir hatten den Garten hinter dem Haus, der Nachbar hatte den Vorgarten. Man konnte in eine schmale Gasse fahren und das Auto dort parken. Für niemanden sonst bestand ein Anlass, dort hinzugehen. Was danach mit ihr geschah, weiß ich nicht. Er rief einen Innenausstatter an, und ich hörte ihn sagen, dass er den Teppich immer gehasst hätte und es einen schönen alten Boden darunter gab, der nur poliert werden müsste, und ob sie kommen und einen Kostenvoranschlag machen könnten.«

»Und Sie? Was haben Sie gemacht?«

»Ich ließ ihn gewähren. Es gab da all diese Suchaufrufe wegen Tania. Es wurde immer schwieriger. Ich spürte, dass ich in ernsten Schwierigkeiten war. Das Einzige, was ich genau wusste, war, dass ich ihn verlassen musste. Am Montagmorgen ging er wieder zur Arbeit. Ich machte einen Termin beim Arzt und arrangierte eine Abtreibung. Ich habe es Richard nicht erzählt. Nach dem Schwangerschaftsabbruch rief ich meinen Vater an und sagte, dass es nicht klappte, dass Richard mich schlüge und ich nach Hause kommen müsse. Er holte mich ab, als Richard bei der Arbeit war. Ich sagte, ich hätte das Baby verloren und wolle nicht darüber reden, und er nannte mich sein kleines Mädchen. Richard rief an und sagte, ich solle nach Hause kommen, woraufhin ich konterte: ›Wenn du versuchst, mich zu zwingen, sage ich alles.‹«

Wieder lag ihre Hand auf der Brust und strich von einer Seite zur anderen, als wolle sie Schmerzen lindern.

»Wissen Sie, was das Schrecklichste ist? Tania hat mir geholfen, ihn loszuwerden.«

Alle schwiegen.

Der Anwalt hob leicht seine Hand, als bitte er um die Erlaubnis zu sprechen, und Elaine nickte: »Ja?«

Der Rechtsanwalt sagte: »Abigail, Sie müssen den Beamten sagen, in welchem Zustand Sie damals waren. Mental meine ich.«

Sie nickte, als hätte sie ein kleines Detail vergessen. »Ach ja, ungefähr drei Monate später habe ich einen Selbstmordversuch gemacht.«

Elaine hakte nach. »Sie haben versucht, sich umzubringen? Auf welche Weise?«

Abigail zog die Ärmel ihrer Jacke hoch und zeigte zwei tiefe weiße Narben, die entlang ihres linken Handgelenks verliefen. »Und natürlich habe ich auch Tabletten genommen.«

»Und dann?«, erkundigte sich Elaine.

Abigail zuckte mit den Achseln. »Keine Ahnung. Ich lag eine Zeit lang in der Klinik. Danach habe ich beschlossen zu leben.«

Alle schwiegen lange.

Irgendwann sagte Sarah: »Ich verstehe nicht, warum Sie sie gebeten haben, Geige zu spielen.«

»Ich kann es nicht wirklich erklären … Es war so, als müsste ich mich selbst verletzen.« Abigail runzelte die Stirn und knetete ihre Hände. »Ich habe das Geigenspiel wirklich geliebt, wissen Sie. Aber ich war nicht mehr in der Lage, selbst zu spielen. Schon monatelang nicht.«

Sarah mischte sich ein: »Sie sagten, dass Tania sich entschuldigte und Sie das richtig wütend machte, weil sie …« – sie konsultierte ihre Notizen und legte ihren Finger auf jedes Adjektiv, während sie es aussprach – »… mitleiderregend und verletzlich aussah. Und benutzt worden war.« Sie blickte auf. »Warum wurden Sie deshalb wütend? Warum hat sie ihnen nicht einfach leidgetan?«

Abigail murmelte etwas.

Sarah fragte sanft nach. »Entschuldigen Sie, aber was war das?«

Abigail sah auf, starrte Sarah direkt ins Gesicht und sprach laut. »Ich sagte: Weil sie ich war.«

»Tania war Sie?«

»Ja, sie war ich! Und deshalb hasste ich sie.«

Sarah versuchte, sich über ihre Gefühle klar zu werden, als sie Abigail in ihrem zu ordentlichen netten kleinen Outfit und mit ihrer zu gewissenhaften Art ansah. Abigail berichtete, wie gern sie Geige gespielt hatte, und Sarah sah sie vor sich als Vierzehnjährige – damals war sie ein ganz anderer Mensch. Ein hübsches Mädchen in einem hübschen Kleid, das es genoss, die Erwachsenen mit ihrer Fähigkeit zu begeistern, Ysaÿe zu spielen. Stolz war sie gewesen, vielleicht ein bisschen angeberisch und eine wirklich sehr begabte Geigerin. Sie war so, wie alle anderen Mädchen sein wollten. Man sagte ihr eine musikalische Karriere und eine gute Heirat voraus. Sie bewunderte ihren Lehrer, der bereits berühmte Leute kannte.

Stephenson schätzte seine Beute sehr genau ein und wusste, wie er sich ihre Schwächen zunutze machen konnte. Er hatte ihr geschmeichelt, ihr Versprechungen gemacht und ihr gesagt, wie beeindruckt er von ihr war.

Um eine wirkliche Künstlerin zu werden, hatte er ihr erklärt, müsse sie erst zur Frau werden. Und so hatte er angefangen. Zunächst, indem er seine Hände auf ihre Brüste und später zwischen ihre Beine legte, und dann, indem er sie schließlich vor sich auf die Knie drückte.

Die junge Abigail hatte keine Ahnung gehabt, dass so etwas als Vergewaltigung galt. Sie hatte geglaubt, es verhielt sich so, wie er behauptete: dass sie es selbst gewollt und sogar gebraucht hätte. Mit knapp vierzehn hatte sie sich gefühlt, als wäre sie weit weg vom beleuchteten, sicheren Ufer auf einen dunklen Ozean hinausgerudert, von dem es keine Rückkehr gab. Wie hätte sie über die schmutzigen Dinge reden können, die sie getan hatte? Wie hätte sie erklären sollen, dass sie nicht mehr das frühreife Mädchen in dem hübschen Kleid war, sondern eine zwanghafte junge Frau, die sich heimlich so oft wusch, dass ihre Haut rot und wund geworden war? Wem hätte sie es gestehen sollen? Wem gegenüber konnte sie derart unaussprechliche Dinge zugeben?

Schließlich näherte sich ihr siebzehnter Geburtstag, und er fing an, ihrer müde zu werden. Er war bereits fortgezogen, um einen neuen Lehrauftrag anzunehmen. Aber einmal tauchte er dann doch noch auf, um sein Zeug abzuholen, und er sagte, er wolle sie noch ein letztes Mal sehen. »Vermutlich aus Langeweile«, sagte Abigail sowohl verstört als auch unbeteiligt, als ob sie über jemand anderen spräche. An diesem Tag hatte er sie vergewaltigt und ihr Gesicht mit der Hand in den Teppich gedrückt. Das Kondom war gerissen, und das war es. Sie wurde schwanger.

Damals dachte sie, wie sie sagte, zum ersten Mal über Selbstmord nach. Denn welche anderen Optionen gab es noch? Zunächst reagierte Richard mit einem Wutanfall, doch dann zeigte er sich mit einem Mal begeistert. »Dann heiraten wir eben!«

Ihr Vater gab sein Einverständnis. Zunächst war er überrascht, ja sogar wütend gewesen, aber solche Dinge passierten nun mal, und Richard schlug die richtige Lösung vor. Abigail war immerhin siebzehn, also war eine Schwangerschaft nicht ganz so schockierend – und Richard war als Schwiegersohn bestimmt nicht die schlechteste Wahl.

Die Hochzeit fand in aller Stille auf einem Standesamt statt.

Abigail hatte ein rosa Kostüm getragen – eine Woche später saß sie in seiner Wohnung in London von morgens bis abends vor dem Fernseher.

»Mit siebzehn«, sagte Abigail, »war ich natürlich längst zu alt für Richard. Er benutzte mich als – wie nennen es die Homosexuellen? – seine Alibifrau. Mit einer jungen, schwangeren Frau war er über jeden Vorwurf erhaben. Ich bin zwar mit ihm zusammengezogen, aber er hat mich danach nie mehr angerührt. Ich begann, die Musik zu hassen. Sie verursachte mir Kopfschmerzen. Ich war schwanger mit seinem Baby und konnte mir meine Zukunft absolut nicht vorstellen. Wie hätte ich entkommen und neu anfangen sollen?

Und dann, an diesem sechzehnten Oktober, stand dieses Mädchen plötzlich in meinem Wohnzimmer, und ich habe was Schlimmes gemacht. Ich habe sie gestoßen. Und dann habe ich getrunken und Tabletten genommen, aber es wohl nicht richtig gemacht. Und wissen Sie, Richard hätte es nicht in den Kram gepasst, wenn ich gestorben wäre. Immerhin lief alles wirklich gut, und er kam mit allem davon. Eine Störung in seinem wunderbaren Leben konnte er nicht brauchen. Es war schließlich mein Fehler, nicht seiner. Warum sollte er für diese chaotischen, irritierenden Nymphen bezahlen? Ein Mädchen, das zum Schulleiter ging – so etwas passierte nicht oft. Und wenn doch, gab es nur selten Probleme. Vielleicht fand ein Gespräch in einem netten Büro statt, was zugegebenermaßen unangenehm für alle war und ihn in schlechte Stimmung versetzte. Vielleicht verlor er die eine oder andere Schülerin oder musste die Schule wechseln. Aber Tanias oder mein Tod, das wäre selbst für ihn zu viel gewesen, verstehen Sie? Selbst Richard hätte sich nicht davon erholt.

Ich hätte die Tat gestehen und dafür bezahlen müssen, doch stattdessen kümmerte er sich um alles, und ich zog aus und beschloss, endlich mein eigenes Leben zu leben. Die einzige

Möglichkeit, dies zu erreichen, war, nie wieder mit Richard in Kontakt zu treten und nicht darüber nachzudenken, welche Veränderungen es bei ihm gab, die ich von Zeit zu Zeit verfolgte. Ich wusste, welche Möglichkeiten er für sich wahrnahm – die Arbeit an Musicals und Klassik-Pop oder seinen Einsatz für Wohltätigkeitsorganisationen, die benachteiligten Jugendlichen dabei helfen, ein Instrument zu erlernen. Er hat seine eigene Wiki-Seite. In der Zeitung stand ein Artikel über seinen MBE-Orden. Und ich wusste, dass ich nur etwas hätte sagen sollen, um ihm einen Riegel vorzuschieben – aber ich habe es nicht getan.«

47

Elaine war Sarah auf den Hof gefolgt. »Tut mir leid, Sarah, mir ist eigentlich klar, dass Sie jetzt gern allein wären, aber ich brauche nach dieser Aussage einfach Gesellschaft.«

Sarah zündete eine Zigarette an. »Schon in Ordnung.«

Eine Weile rauchte sie schweigend.

Irgendwann sagte Elaine: »Was, glauben Sie, wird man ihr zur Last legen? Totschlag oder Mord?«

Sarah seufzte: »Totschlag, denke ich. Natürlich bestand vielleicht eine gewisse Absicht, Tania zu schaden, aber vermutlich nicht genug für eine Mordanklage. Es wird wahrscheinlich ganz schön kompliziert.«

»Was glauben Sie, wie lange sie einsitzen muss?«

»Keine Ahnung. Dass sie missbraucht worden ist, wird sicher als strafmildernd angesehen, andererseits hat sie nie darüber geredet: Dem Ermittlungsrichter dürfte das nicht gefallen. Ich würde sagen, so zwei bis fünf Jahre. Aber man weiß nie. Vielleicht bekommt sie sogar Bewährung.«

»Wären Sie damit einverstanden?«

»Ich weiß nicht recht. Nach meiner letzten Ermittlung erinnere ich mich, zu jemandem gesagt zu haben – es war übrigens Steve, der DC, der eben hier war –, jedenfalls waren wir uns in irgendeiner Sache nicht einig, und ich sagte zu ihm. Verurteilung, Strafminderung und das ganze Drumherum sind nicht unsere Aufgabe. Wir kümmern uns nur um das Gesetz. Unser Job ist nur, herauszufinden, was passiert ist, und die Leute dem Gericht zu übergeben.«

Elaine sagte: »Damit gehen Sie ein ganzes Stück über meine Meinung hinaus.«

Sarah zuckte mit den Achseln. »Wissen Sie was? Ich weiß nicht einmal mehr, ob ich recht habe. Und Tania wird durch nichts mehr lebendig.«

Sie warf ihre Zigarette auf den Boden und zündete sich eine neue an.

»Jedenfalls hätte ich mir gewünscht, dass Stephenson sie getötet hätte.«

»Geht mir genauso.«

Sie sahen zu, wie die Tore sich öffneten, ein Auto in den Hof kam und ein Beamter einen jungen Mann in Handschellen vom Rücksitz holte und zum Eingang des Hafttrakts führte.

Elaine fragte: »Tut Abigail Ihnen leid?«

»Nein.« Sarah schüttelte den Kopf. Nach einer Pause jedoch fuhr sie fort: »Also, ich weiß es nicht genau.«

»Stellen Sie sich mal vor, Sie wären mit dem Kerl verheiratet.«

»Unmöglich. Geht gar nicht.«

»Und trotzdem ... Ich kapier es einfach nicht. Warum hat denn die ganze Zeit niemand etwas gegen diesen Widerling unternommen?«

»Damals tickte man anders. Man verhielt sich nicht ehrlich. Alles wurde unter den Teppich gekehrt.«

»Vermutlich stimmt das.« Elaine sah Sarah nachdenklich an. »Für Sie war es sicherlich auch nicht ganz leicht, nicht wahr? Ich meine, weil Sie lesbisch sind.«

Sarah lachte. »Kann man wohl so sagen.« Sie kratzte sich am Nacken. Es gab noch viel zu tun. »Müssen Sie jetzt Feierabend machen?«

Nun lachte Elaine. »Ist Ihnen nicht aufgefallen, dass es zwei Uhr morgens ist? Gavin ist in der Nachtschicht. Wer zum Teufel, glauben Sie, kümmert sich um die Kinder?«

»Keine Ahnung. Wer denn?«

»Ich habe meine Mutter angerufen. Sie ist über Nacht bei den Kleinen. Ich bleibe hier.«

Sarah lächelte. »Gut. Vielen Dank dafür. Sie waren übrigens ganz großartig bei der Anhörung von Katherine. Ich kümmere mich jetzt um die Anklage für Abigail. Könnten Sie die Polizeireviere anrufen, bei denen die anderen Frauen Stephenson angezeigt haben? Fragen Sie, ob sie jemanden schicken wollen, der sich um die Anklage kümmert, solange er noch in Gewahrsam ist? Ich rufe Fedden an. Jemand muss die nächsten Verwandten informieren, bevor es durch die Presse geht. Sie oder ich dürfen es leider nicht tun.«

Elaine nickte. Dann sagte sie: »Vielleicht bekommt er mehr aufgebrummt als sie. Und da ist noch die zusätzliche Genugtuung, dass er viel mehr zu verlieren hat als sie. Diese Wiki-Seite, die Abigail erwähnt hat, wird sicher bald aktualisiert werden, und demnächst können Sie eine Menge mehr Dinge über ihn erfahren, wenn Sie ihn googeln.«

Sarah drückte ihre zweite Zigarette aus.

»Ich weiß, es ist Ihnen egal, aber Sie haben einen großartigen Job gemacht, Elaine. Sie sind eine gute Polizistin.«

»Danke«, nickte Elaine und fuhr nach kurzem Schweigen fort: »Erzählen Sie es bloß niemandem, vor allem nicht unserem Chef, aber ich muss zugeben, dass ich sehr zufrieden bin, dass wir den Mistkerl geschnappt haben.«

Sarah überließ es Elaine, Stephenson und Abigail offiziell zu verhaften. Sie würden beide in Gewahrsam bleiben, bis sie vor Gericht erscheinen mussten. Abigails Vergewaltigungsvorwürfe gegen Stephenson mussten ebenfalls noch untersucht werden, aber zuvor brauchten sie fachkundigen Rat, wie in dieser Sache vorzugehen war. In der Zwischenzeit würde Tanias Tod seinen langen Weg durch die Gerichte beginnen.

Sarah hatte angeboten, die Verhaftungen selbst zu übernehmen, doch Elaine lehnte ab: Es war ohnehin schon schrecklich spät, und es wäre ihr ein Vergnügen. Allerdings solle niemand sie am nächsten Tag allzu früh erwarten – wenn überhaupt. Und außerdem würde sie sich die Zeit als Freizeit vergüten lassen und nicht finanziell – nur für den Fall, dass jemand glaube, die jüngsten Erfahrungen hätten sie weichgeklopft. Sie hasse diese Mistkerle, und zwar ausnahmslos.

Sarah lächelte und küsste sie auf die Wange.

Elaine verzog das Gesicht. »Geben Sie es zu: Sie fühlen sich von meiner verdorbenen Art angezogen!«

Und Sarah lachte und erwiderte: »Klar doch!«

Ehe sie Feierabend machte, beobachtete Sarah Stephenson auf der Überwachungskamera seiner Zelle. Er saß auf der Plastikmatratze, trug seine Lesebrille und studierte noch immer die mitgebrachte Partitur.

Als sie nach Hause kam, war es fast fünf Uhr morgens. Das Haus war still. Sie konnte nicht schlafen und legte eine Aufnahme von Sibelius' Violinkonzert auf. Sie schloss die Augen und gab sich der ersten, so zärtlich dissonanten Note hin. Lange Zeit saß sie da, folgte dem Spiel der Violine und gestattete sich, sich auf die einsame Stimme des Instruments zu konzentrieren, die manchmal voll und kräftig erklang, manchmal aber auch vom gewaltigen Anschwellen des Orchesters übertönt wurde.

EPILOG

48

FREITAG, 1. AUGUST 2014

Tanias Beerdigung fand am späten Vormittag statt. Die Kirche war voller Leute um die vierzig: Tanias ehemalige Schulkameraden und die Musiker, die mit ihr im örtlichen Jugendorchester gespielt hatten.

Ein junger Cellist und ein Pianist vom Royal College of Music hatten sich zu einem Auftritt bereiterklärt, und die Gemeinde lauschte Auszügen aus Glucks *Orfeo ed Euridice*. Das Klavier plätscherte wie Wasser über die Klagen des Cellos, während auf einem Monitor Bilder aus Tanias Leben abliefen. Tania, die Tennis spielte. Tania in einem Planschbecken. Tania, die ihre Arme um ihre Freundin Katherine schlang. Anschließend stand die Gemeinde auf und sang ein Kirchenlied.

Katherine stand in der Kirche neben Tanias Mutter. Claire hatte ihr trotz der vielen Jahre des Schweigens erlaubt zu kommen. Tatsächlich hatte sie die Freundin ihrer Tochter herzlich willkommen geheißen. Sie hatte verstanden, dass Katherine ebenfalls ein Opfer war – und vielleicht jemand, mit dem sie sich trösten konnte. Sarah sah ihre beiden Rücken Seite an Seite in der ersten Bank und erinnerte sich an den Teller Penguin-Kekse, der darauf wartete, dass Tania nach Hause kam. Zum ersten Mal empfand sie ein gewisses Bedauern: Tania zu finden hatte jeder Hoffnung ein Ende gesetzt. Dies hier war die unwiderrufliche Gegenwart.

Als Nächstes ertönte ein einzelnes Klavier, und Mahalia Jacksons Stimme erklang: *There is a balm in Gilead to make the wounded whole.*

Die Bestatter wendeten den Sarg, und Claire stellte sich mit ihrem Ex-Mann dahinter auf. Hinter ihnen gingen Tanias alte Freunde, die jetzt alle erwachsen waren: fett oder dünn, verheiratet oder Single, zufrieden oder enttäuscht – was auch immer es war, das sie aus ihrem nie unterbrochenen Leben gemacht hatten.

Zum Friedhof musste man ein Stück mit dem Auto fahren – es war eine Naturbegräbnisstätte –, daher standen am Grab weniger Menschen. Sarah hielt sich im Hintergrund. Sie sah Claire mit langstieligen weißen Rosen und Tanias Vater mit seiner dritten Frau und ihren beiden Kindern im Teenageralter.

Der pensionierte Detective Inspector Peter Stokes war ebenfalls da und hielt sich wie Sarah respektvoll im Hintergrund. Er hatte Sarah vor dem Gottesdienst beiseitegenommen, ihr die Hand geschüttelt und gesagt, er stehe zu seinem Wort und dass im Kofferraum seines Autos eine Kiste Champagner auf sie warte. Sarah hatte gesagt: »Die muss ich aber mit Elaine teilen.« Stokes hatte die Augenbrauen hochgezogen und gefragt: »Sprechen Sie etwa von Fat Elaine?« Und Sarah hatte geantwortet: »Genau die. Ohne ihre Hilfe hätte ich es nicht geschafft.«

Auch Elaine war anwesend, ebenso wie Robert McCarthy mit Ewan, der mitgekommen war, um ihm behilflich zu sein. Den Anzug, den er trug, hatte er offenbar geliehen; er war burgunderfarben und hatte zu kurze Ärmel. Und natürlich war auch Katherine da, Tanias Freundin, die am 16. Oktober 1987 beobachtet hatte, wie sie davonging. Der Sarg war hellbraun. Tanias Name stand auf einer Bronzeplatte auf dem Deckel. Die Bestatter legten die Gurte unter und senkten ihn in den Boden.

Zumindest war Tanias Schicksal jetzt bekannt. Zumindest gab es ein Grab, das man besuchen konnte. Sarah blickte sich um und freute sich über die Bäume auf dem Gelände: Es waren Birken und Eschen.

Sie dachte an Tania, fünfzehn Jahre alt und auf der Schwelle zwischen Kind und Frau. Ihre Vorstellung von Tania war begrenzt – sie sah sie vor sich auf dem Tennisplatz bei einem aggressiven kleinen Angriff; wie sie in ihrer Schuluniform Geige übte; wie sie ihre Haare in Wellen legte und sich in ihre Jeans kämpfte. Sie war in dem Abschnitt ihres Lebens gewesen, in dem die Welt für sie in all ihrer Herrlichkeit hätte singen sollen. Sie hätte harmlose Fehler machen und sich mit Teenagerliebe herumquälen sollen, Erwachsene hätten ihre Köpfe über ihr Verhalten schütteln sollen; sie hätte ihr Leben gleichermaßen gut und schlecht leben und am Ende alle Widrigkeiten überleben sollen, um älter und weiser zu werden.

Claire hatte für die Lesung am Grab Psalm 98 ausgewählt, und es wurden Fotokopien mit dem Text verteilt. Sie lasen ihn zusammen.

Jauchzet dem Herrn, alle Welt, singet, rühmet und lobet!
Lobet den Herrn mit Harfen, mit Harfen und mit Saitenspiel!
Mit Trompeten und Posaunen jauchzet vor dem Herrn, dem König!
Das Meer brause und was darinnen ist, der Erdkreis und die darauf wohnen.

Claire zögerte am Grab. Der Bestatter bot ihr den Eimer mit Erde an, aber sie lehnte es ab, Erde auf ihre Tochter zu werfen. Stattdessen ließ sie sich auf Hände und Knie nieder und warf die Rosen ins Grab.

49

Jeder Tag brachte mehr Realität.

Man hatte Lizzie auf eine andere Station verlegt, und sie spürte die Abschwächung von kritisch auf stabil. Die Krankenschwestern behielten ihre professionelle Nettigkeit bei, aber sie waren mit mehr Patienten in ihrer Obhut beschäftigt. Lizzie stellte sich vor, dass man ihrer müde wurde, als wäre sie ein Gast, der zu lange blieb. Auch sie selbst wollte endlich aus der Klinik raus. Nach der komplizierten Operation war sie vom Morphium berauscht, aber langsam frustrierte es sie, wie langsam ihre Genesung voranging. Allmählich blieb sie länger wach. Sie hatte Schmerzen, wenn sie sich bewegte. Nach der unrühmlichen Verwendung der Bettpfanne kam der erste, langsame Gang zur Toilette, bei dem sie ihren Freund, den Infusionsständer, mitsamt den daran hängenden Beuteln neben sich herschob.

»Nein danke, Mum, es geht schon. Ich kann es selbst.«

Sie hatte ihr Nachthemd hochgezogen und sich die Verbände auf ihrem Brustkorb und die Hämatome angeschaut, die sich über ihre Schulter und ihren Arm ausbreiteten. Es war schwer zu glauben, dass dies der Körper war, der einmal Langstreckenläufe gewonnen und Wettbewerbe im Langlauf bestritten hatte, und dabei nicht einmal schlecht abschnitt. Sie fragte sich, ob die Euphorie des Läufers für immer für sie verloren war. Diese wunderbare Kraft, die Leichtigkeit in den Lungen, die Kraft in den Füßen – es war, als erinnere sie sich an jemand anderen. Aber es war nicht nur der physische Aspekt. Sie fühlte sich, als müsse sie sich von einer anderen, jüngeren Person verabschieden, die die

Welt durch andere Augen gesehen hatte. Sie wusste, dass sie eine Kehrtwende durchführen musste wie ein zögerlicher Segler, dem eine Halse hart am Wind bevorstand. Der Arzt kam und wollte wissen, wie sie über diese Angelegenheit dachte, die sie besprochen hatten. Sie würde eine Entscheidung treffen müssen.

Julie hatte um Erlaubnis für einen Besuch gebeten und steckte vorsichtig den Kopf durch die Tür. »Darf ich reinkommen, Lizzie?«

Sie hatte eine Plastiktüte bei sich, setzte sich und förderte eine weiße Schachtel mit Pralinen zutage. »Ich habe sie gegoogelt«, sagte sie. »Ich hoffe, Sie mögen Trüffel.« Eine handgestrickte Strickjacke folgte. Sie hielt sie hoch, und Lizzie sah hübsch zusammengestellte erdige Farben im Fischgrätmuster, mit sechs dünnen roten Streifen, die im Zickzack über Ärmel und Vorderteil liefen.

Julie sagte: »Das Muster habe ich aus der Vogue stibitzt. Die Größe dürfte richtig sein.«

Sie reichte Lizzie die Jacke. Die Wolle war wunderbar weich.

Julie sagte leise: »Ein Wolle-Kaschmir-Mix.«

»Sie ist wunderschön, aber ich bin mir sicher, dass ich sie nicht annehmen darf.«

»Quatsch.« Julie faltete die Jacke mit geschickten Bewegungen schnell zusammen und legte sie in das Schließfach neben dem Bett. »Da sehen Sie, Sie haben sie immer gehabt. Ihre Mum hat sie von zu Hause mitgebracht.«

»Ganz lieben Dank. Sie ist wirklich schön.«

»Skye und ich haben das Garn zusammen aufgewickelt.«

Erncut griff Julie in die Tragetasche, die Lizzie eigentlich für leer gehalten hatte. »Noch etwas.« Sie hielt ihr ein Loom-Band in Hellrosa und Knallblau entgegen. »Skye wollte, dass Sie das hier bekommen. Wegen der Farben war ich mir nicht so sicher.«

Lizzie nahm es und streifte es über ihr Handgelenk neben das

Krankenhaus-Armband aus Plastik. »Ich frage mich, was aus dem anderen geworden ist, das sie mir gegeben hat.«

»Vielleicht haben die Sanitäter es abgeschnitten, als sie Sie hergebracht haben?«

Lizzie lehnte sich zurück. Allein bei der Erinnerung daran – an die hellen Lichter und den Trubel um sie herum, als sie sie aus dem Krankenwagen gehoben hatten, fühlte sie sich plötzlich sehr müde. Sie fragte sich, ob sie jemals wieder die Energie zum Leben haben würde.

Julie sagte: »Keine Sorge, ich bleibe nicht lange.« Sie rieb die Hände gegeneinander, als ob sie ein Feuer mit Zunder machen wolle wie in einem Abenteuerfilm. »Ehe ich gehe, wollte ich nur sagen ...« Sie hatte Tränen in den Augen. »Danke.«

Lizzie unterbrach sie mit einer Handbewegung. »Nein, Julie. Nein. Dafür gibt es keinen Grund.«

»Oh doch, es gibt einen Grund!« Jetzt weinte Julie wirklich. Betreten stand sie auf und sagte: »Ich sollte lieber gehen. Man hat mir eingeschärft, ich dürfe Sie nicht ermüden.« Neben dem Bett blieb sie stehen. »Darf ich Ihnen einen Kuss geben? Würde es Ihnen etwas ausmachen?«

Lizzie schüttelte den Kopf. »Nein, ich würde mich freuen.«

Als Julie gegangen war, starrte Lizzie an die Decke. Ihr fiel auf, wie glücklich Julie trotz ihrer Trauer und ihres großen Verlustes darüber war, wieder ein Kind aufziehen zu dürfen.

Gleich würde der Arzt kommen.

Die wirkliche Entscheidung, die richtige Entscheidung, die rationale Entscheidung war die, die sie getroffen hatte, ehe sie ihr Haus betreten hatte und Skye mit Handschellen an den Heizkörper gefesselt gesehen hatte. Sie hasste sich dafür, dass sie es nicht schaffen würde. Sie wollte frei und bar jeder Verantwortung sein. Und mehr als alles andere hasste sie das Gefühl, dass sie, obwohl sie noch in den Zwanzigern war, nicht mehr jung wäre.

Aber sie konnte es nicht tun. Ihr war, als ob sie wegen der Art, wie alles gelaufen war, keine Wahl mehr hatte. Sie und dieser kleine Herzschlag hatten Brannon zweimal überlebt.

Sie stand auf, kämpfte sich mit dem Infusionsständer auf die Toilette und zwang sich zu pinkeln. Sie glaubte nicht an Zeichen und Vorzeichen. Und sie wollte ihr Leben nicht schwieriger machen!

Aber was konnte sie tun? Die Zeit lief ihr davon, und die Entscheidung musste getroffen werden. Trotz des ganzen Elends war da dieser zusätzliche Herzschlag in ihr, und sie konnte sich nicht dazu überwinden, ihn zu stoppen.

50

Es war früher Abend. Sarah stand in ihrem Schlafzimmer und haderte nicht nur mit ihrem Entschluss, sich mit Caroline zu treffen, sondern auch mit der Wahl eines Outfits.

Alle Bestandteile von Kleidung – wie zum Beispiel bestimmte Nähte, die Weite eines Hosenbeins, die Kombination von Farben, ihre Schattierungen und Qualitäten – all dies schien Sarah eine Sprache zu sprechen, die ihr nicht nur unverständlich, sondern auch suspekt war. Wann war eine Farbe kühn? War Kühnheit etwas Gutes? Wer wusste so etwas? Die Frage nach dem Schnitt eines T-Shirts oder den Nähten einer Tasche schienen einen Anspruch an ihre Aufmerksamkeit zu stellen, gegen den sie sich mit jeder Faser sträubte.

Arbeitskleidung war einfach. Sie hatte ein Grundrezept: elegante dunkle Hosenanzüge, gute weiße Blusen, schicke flache Schuhe. Das war Kleidung, mit der sie sich ohne langes Nachdenken identifizieren konnte. Hier kam es nur auf Funktionalität an, und die einzige Bedeutung, die sie damit vermittelte, war: »Ich tue meine Arbeit. Jeder kann darauf vertrauen, dass ich mich auf meinen Job konzentriere und nicht auf das, was ich trage.«

Aber ihr blieben nur noch zwanzig Minuten, bevor Caroline kam, und plötzlich präsentierte sich Kleidung als unvermeidliche, zwingende Angelegenheit. Jede Wahl beinhaltete mögliche Andeutungen – Hinweise, die vielleicht bedenklich waren, von denen sie allerdings wusste, dass sie wagen musste, sie zu enthüllen. Ihre Sehnsucht konnte sie vielleicht durch die Höhe einer Taille oder den Stoff einer Bluse offenbaren.

Vorsichtshalber gestattete sie sich keinen Gedanken daran, dass auch die Unterwäsche wichtig sein könnte, aber sie packte so uninteressiert wie möglich nagelneue Baumwollslips aus makellosem Zellophan. Sie saßen einladend glatt über ihren Hüften – *Hier ist es*, schienen sie zu sagen, *wenn du nur willst* – und ließen viel glatte Haut zwischen ihrem geraden Saum und dem einfachen BH frei.

Dann, trotz bester Absichten, beeilte sie sich immer mehr, stellte ihren Kleiderschrank und alle Schubladen auf den Kopf, probierte Outfits und verwarf sie. Der Stapel auf ihrem Bett wurde immer höher. Eine Stretchhose. Ein Blick in den Spiegel: zu verzweifelt. Ein Leinenkleid: zu altbacken. Ein kurzer dunkler Baumwollrock mit einer seitlich geknöpften Streifenjacke: Himmel, nein, was um alles auf der Welt hatte sie sich gedacht, als sie das kaufte? Schließlich entschloss sie sich für alte Jeans mit einem breiten braunen Ledergürtel und eine hellblaue Bluse mit Schneeflockendruck und Perlmuttknöpfen.

Es war eine hübsche Bluse, selbst sie erkannte das. Sie hatte sie auf einer ihrer seltenen Expeditionen zu den schicken Läden in der Nähe von Covent Garden gekauft. Der Verkäufer, ein netter Schwuler, hatte ihre Proteste einfach ignoriert und verschiedene Stoffe neben ihr Gesicht gehalten, Blusen und Hosen aus Regalen genommen und die Umkleidekabine ohne die geringste Verlegenheit betreten, obwohl sie nur in BH und Slip dastand. Er hatte auf die Bluse bestanden, und sie hatte ihr Plastikkärtchen gehorsam, aber auch mit heimlicher Freude, durch die Maschine gezogen. Das gute Stück war geradezu lachhaft teuer gewesen. Als sie den Laden verließ, hatte sie über ihre Schulter zurückgeschaut, und er hatte ihren Blick aufgefangen und gezwinkert.

Sarah hielt inne und betrachtete sich.

Vielleicht.

Vielleicht sogar ganz gut.

Sie prüfte sich noch einmal und fand ihren ersten Eindruck bestätigt. Dann quälte sie sich noch ein paar Minuten wegen eines Details, öffnete und schloss die oberen Knöpfe, und als sie sich endlich zu zwei offenen Knöpfen entschlossen hatte, die ihren Brustansatz erahnen ließen, machte sie sich Sorgen, dass sie mit ihrem Gefummel das teure, raschelnde Gewebe verdorben haben könnte.

Schuhe? Fünf Paar an- und wieder ausgezogen, während der Hund sie grimmig vom Schlafzimmersessel aus beobachtete. Sneakers: zu langweilig. Flache Pumps: auch zu langweilig. Hohe Absätze: Nein, sie konnte doch nicht wirklich … Schließlich, ja, vielleicht – Biker-Stiefel aus dunklem Leder. Sie sah Daisy an.

»Tja, was denkst du?«

Die Hündin hob den Kopf und wedelte eifrig mit dem Schwanz.

»Ist das nicht ein bisschen zu lesbisch?«

Sie blickte erneut in den Spiegel und schwang ihre Hüften.

»Aber vielleicht auf nette Art lesbisch?«

Sie sah den Spaniel an, der antwortete, indem er die Ohren anlegte und einen Ausdruck annahm, der fast an ein Lächeln erinnerte. Sarah wandte sich wieder ihrem Spiegelbild zu.

»Verdammt, du hast recht, mein Daisy-Mädchen. Warum eigentlich nicht?«

Sie legte roten Lippenstift und etwas Wimperntusche auf. Nicht viel Make-up, gerade genug, um nahezulegen, dass sie so etwas die ganze Zeit tat und ihr Leben nicht einzig dem Job widmete. Natürlich verbrachte sie ihre Ruhetage nicht in Jogginghosen und alten T-Shirts. Nur ein Narr würde das denken! Sie hoffte, dass der Eindruck stimmig war: Nicht, dass sie sich etwa …

Es klopfte. Daisy rannte die Treppe hinunter und bellte im Flur. Sarah saß auf dem Bett. Der Hund bellte wieder. Eine Minute später ein weiteres, prüfendes Klopfen. Caroline nannte ihren Namen. Ein Impuls durchfuhr Sarah wie eine kalte Flut – lass den Hund bellen und warte, bis Caroline wieder geht –, aber ehe sie ihm nachgeben konnte, öffnete sie die Schlafzimmertür und ging hinunter.

Daisy begann sofort, an ihren Beinen zu hochzuspringen. Sarah erinnerte sich an den alten Witz, demnach eine Lesbe zum zweiten Date mit dem Umzugswagen kommt. Mit Daisy im Schlepptau war es noch schlimmer: kein Umzugswagen, sondern sogar ein Ersatzkind! Um Himmels willen! Alles wirkte so verzweifelt. Aber sie war nicht verzweifelt. Und das stimmte. Sie war gern allein. Sehr gern sogar. Daisy blickte zu ihr auf und wedelte mit dem Schwanz. Sarah öffnete die Tür.

Zuerst nahm sie die Person Caroline gar nicht richtig wahr, sondern empfand nur eine ungeheure Aufregung darüber, dass sie tatsächlich gekommen war. Hastig versuchte sie einzuschätzen, was Caroline trug. Nichts davon schien einer Anstrengung bedurft zu haben: ein hellblaues T-Shirt mit rundem Halsausschnitt und eine auf der Hüfte sitzende Jeans.

»Hey«, sagte Caroline und lächelte, »du siehst toll aus.«

»Du auch.«

Das stimmte wirklich, und man hatte absolut nicht den Eindruck, als hätte sie Ewigkeiten mit der Suche nach dem richtigen Outfit verbracht. Sie wirkte so kontrolliert, so normal.

Daisy wuselte um sie herum und wedelte glücklich mit dem Schwanz. Caroline nahm die Hündin auf den Arm und kraulte sie hinter den Ohren. Daisy versuchte, ihr Gesicht zu lecken.

Sarah empfand eine Art drängende Sehnsucht. Sie stellte sich ihre Lippen auf Carolines Mund und ihren Körper ganz nah an ihrem vor. Ihre Sehnsucht verstimmte sie und war ihr peinlich. Sie fühlte sich wie eine Idiotin. Sie spürte den unbändigen Drang, auf sämtliche Höflichkeiten und das im Ofen schmorende Essen zu verzichten. Sie wollte die Karten offen auf den Tisch legen und ihrer Unbehaglichkeit ein Ende setzen.

Caroline, immer noch mit Daisy auf dem Arm, lächelte sie freundlich an. »Was für ein niedlicher Hund.«

Das Essen war köstlich. Sie sprachen über dies und das – über Carolines Arbeit als Lehrerin und Sarahs bei der Polizei –, vermieden aber die Themen, die ihnen wirklich auf den Nägeln brannten: Farahs Tod, Patti und Sex.

Schließlich wagte Sarah, die Frage zu stellen, die hinter den Themen von Kürzungen im Polizeidienst und dem Druck auf Lehrer in innerstädtischen Schulen eigentlich lauerte.

»Wie geht es Patti?«

Caroline hielt mit ihrem Löffel voll Schokoladenmousse inne. »Sie ist immer noch bei ihrer Familie in St. Lucia.«

Es war schwierig, nahtlos daran anzuknüpfen, aber Sarah wollte reges Interesse demonstrieren.

»Wart ihr lange zusammen?«

Caroline grinste. »Du hast wirklich nicht viel Erfahrung in solchen Dingen, oder?«

Natürlich war es Caroline, die den Abstand zwischen ihnen überbrückte. Sie stand auf und verteilte zärtlich etwas Schokoladenmousse auf Sarahs Lippen, um sie dann langsam und mit fordernder Zunge abzulecken. Sarah, die noch saß, wich nervös zurück.

Caroline trat zurück und blickte sie lächelnd an: »Das wolltest du doch, oder?«

Obwohl sie errötete und vor Verlegenheit fast aufgeschrien hätte, sagte Sarah heiser: »Ja. Himmel, ja! Natürlich, genau das will ich.«

Und so wurde Daisy irgendwo oben eingesperrt, und Caroline nahm Sarah wieder in die Arme. Sie küsste sie zärtlich, zuerst auf den Mund, dann auf den Hals. Sarah presste ihren Körper an den von Caroline. Eigentlich war es doch ganz einfach: Endlich tat sie das, wonach sie sich immer gesehnt hatte. Sie küsste Caroline auf den Mund, streichelte ihren Rücken, liebkoste ihre Brüste und ließ die Hände schließlich zwischen ihre Beine gleiten. Jede Berührung war aufregend und fühlte sich so gut an. Plötzlich waren sie beide ungeduldig. Sie kämpften sich aus ihren Kleidern und lachten über ihre eigene Dringlichkeit. Es gab eine kurze Verzögerung, denn die Knöpfe der neuen Bluse waren umständlich zu öffnen. Sarahs erster Impuls war, sie abzureißen, aber dann stand sie still und feierlich vor Caroline, während diese langsam und sorgfältig die schicke Bluse aufknöpfte und die Hände danach über ihren ganzen Körper gleiten ließ.

Als es vorüber war, lagen sie zusammen in Sarahs Bett. Doch Sarah kam schon wieder auf Touren und fuhr mit ihrem Finger langsam über Carolines Bauch bis hinunter zu ihrem Schoß.

»Mit meinem Leib verherrliche ich dich«, sagte sie.

Caroline küsste sie und lachte. »Sag das nicht! Wenn wir es dir überlassen hätten, wären wir nie so weit gekommen.«

Sarahs Handy klingelte.

»Schaltest du das verdammte Ding jetzt aus, oder musst du das Gespräch annehmen?«

Sarah strich Caroline zärtlich das Haar aus dem Gesicht.

»Ich schalte das verdammte Ding jetzt aus.«

Danksagung

Für ihre kreative Hilfe, Unterstützung und Freundlichkeit bei der Niederschrift dieses Romans danke ich Margaret Stead, Sara O'Keefe und Anne-Marie Doulton. Das Team von Corvus ist immer hilfsbereit und freundlich, aber ein besonderer Dank geht an Louise Cullen, die die kniffligen Teile ertragen musste. Vielen Dank auch an alle bei Sly Fox Productions – Linda James, Tim Vaughan und Savannah James-Bayley.

Viele Menschen haben ihr Wissen großzügig mit mir geteilt. Wenn es Fehler gibt, stammen sie von mir. Vielen Dank an Dr. Carolyn Millar, Dr. Sergei Grachev, Dr. Jamie K. Pringle, Jeffry und Claire Wilcox, Avril Johnson.

Wie immer bin ich meinen ehemaligen Kollegen zu großem Dank verpflichtet und fühle mich von ihnen inspiriert.

Viele Leute haben mir während der Entstehung dieses Buches mit ihrer Freundlichkeit, Zuneigung und ihrer Bereitschaft geholfen, mich vom Schreibtisch zu erlösen. Ein besonderer Dank geht an Uri Roodner, Yoni und Daveed Roodner, Jane Robinson, Mark Attridge, Paul Needley, Muriel und Fabrice Guine, Hemi und Keren Rudner, Kerry Edwards und Luke Philpotts. Vielen Dank und viel Liebe schulde ich dieses Jahr meiner Schwester Ann Sutcliffe. Sie weiß, warum. Und besonders innige Grüße schicke ich meiner Schwester Felicity Wood, die mich immer ermutigt hat.